カラ海
バレンツ海
ロ　シ
ペテルスブルク
レヴァル
モスクワ
黒海
カスピ海
アラル海
地中海

アドルフ・ムシュク

# レーヴェンシュテルン

野口薫 訳

松籟社

【ヘルマン・ルードヴィッヒ・レーヴェンシュテルン肖像】
（*Eine kommentierte Transkription der Tagebücher von Hermann Ludwig von Löwenstern, 1771-1836* より）

【ナデシュダ号図】
1804年に長崎に来航したロシア船。江戸時代後期の武士・宮崎成身が著した『視聴草（みききぐさ）』に収録されているもの。

【ニコライ・レザノフ肖像】
日露の通商関係構築のため、ナデシュダ号で長崎に来航。

【A･v･クルーゼンシュテルン肖像】
ナデシュダ号船長として世界一周航海を敢行。

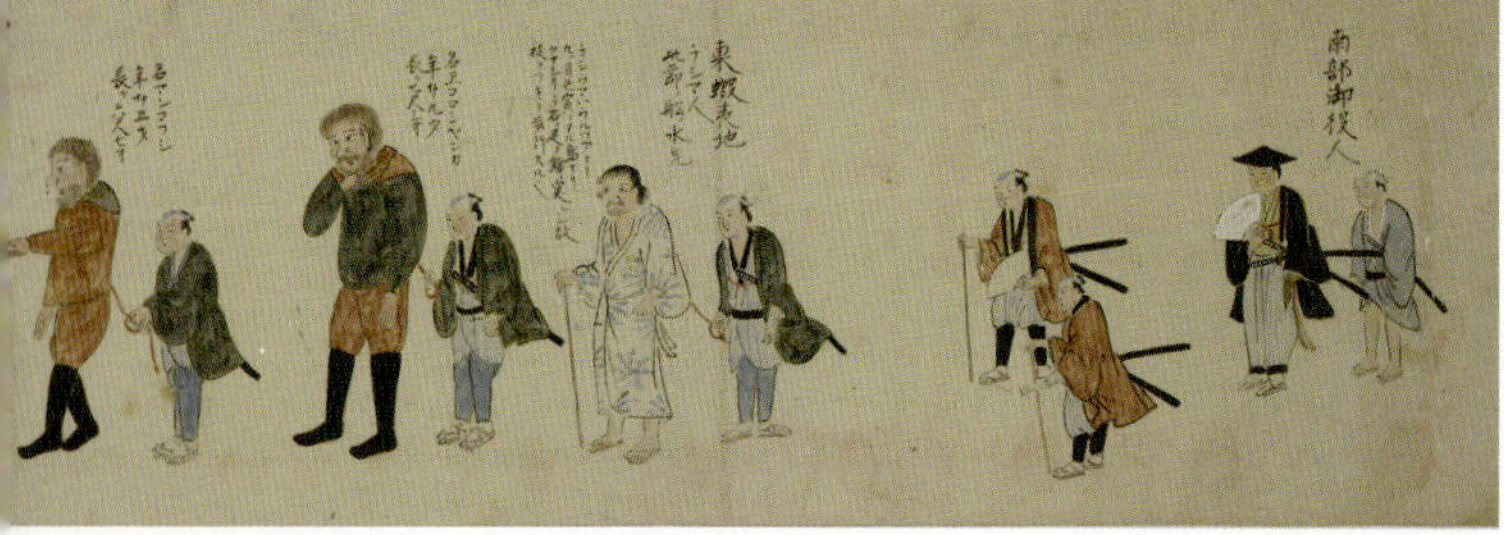

【ワシリ・M・ゴロヴニン肖像】
ディアナ号艦長として国後島に来航、日本側に捕縛される。解放されて帰国後、『日本幽囚記』を著した。
（高田屋顕彰館・歴史文化資料館発行『高田屋外交 ゴロヴニン事件解決後200周年記念版』より転載）

【ピョートル・I・リコルド肖像】
ディアナ号副艦長。高田屋嘉兵衛の協力を得つつ、ゴロヴニン救出に尽力した。
（『高田屋外交』より転載）

【俄羅斯人（オロシャジン）生捕之圖（部分）】
1811年に国後島に来航したゴロヴニンらは6月2日に上陸、松前奉行所調役と会見するが、その後に捕縛された。（早稲田大学図書館所蔵）

【高田屋嘉兵衛肖像】
国後沖を航海中、リコルド指揮のディアナ号によって拿捕されるも、リコルドと信頼関係を築き、ゴロヴニン解放に大きな役割を果たした。ゴロヴニン『日本幽囚記』には、上図の嘉兵衛の肖像が掲載されている。(『高田屋外交』より転載)

【ヲロシヤ掛船図】
ゴロヴニン、リコルドらが乗船して日本に来航したロシア船・ディアナ号を描いたもの。(致道博物館所蔵)

# レーヴェンシュテルン

***Löwenstern***

by

**Adolf Muschg**



Published by arrangement through Meike Marx Literary Agency, Japan

Published with the support of the Swiss Arts Council Pro Helvetia

Translated from the German by Kaoru Noguchi

英雄のひとりでありたいとぼくが望むとすれば
そしてどんな英雄か、自由に選んでよいとすれば
ぼくがなりたいのは海の英雄であろう。

——フリードリッヒ・ヘルダーリン、「コロンブス」

本のことが話題になったところで、僕が君に薦めたいのはゴロヴニンの日本旅行記だ。それを読めば、日本人が地球上でもっとも文明化され、もっとも都会的に洗練された民族であることがわかる。いや、もっともキリスト教的な民族だとさえ言いたいね、驚いたことにこの民族にとってもキリスト教ほど厭わしく悍《おぞ》ましいものはなかったことをこの本を読んで知りさえしなかったら、の話だが。わたしは日本人になりたい。十ほど厭わしいものはない。わたしは日本人になりたい。

——ハインリッヒ・ハイネ、モーゼス・モーザーへの手紙、一八二五年十月八日付け

ミンネ（愛）は合一を齎しはしない。ミンネによる合一は人の業においてはあり得ても、人の本質においてはあり得ない。

——マイスター・エックハルト

## 日本の読者の皆さんへ

日本への私の愛は長い歴史を持ちます。年の離れた私の異母姉妹が著した一冊の子供の本にそれは始まるのです。彼女は京都に住まいを持つあるスイス人と日本人夫婦の家族の家庭教師として日本に滞在しました。十九世紀の二〇年代、関東大震災があった頃のことです。この本で私は読むことを覚え、その本から得た初めての世界像が私を日本に結び付けました。

幼い読者である私は、世界像は現実とは無関係であることを知りませんでした。自分の外に見るように思う異国は実は私たちの目の中にあるのです。その異国像は他者に関してよりはむしろ私たち自身について多くを語ります。私の異母姉妹の日本も彼女の願望や不安の反映であり、それに彼女が異国風の衣装を纏わせたものでした。そのことに日本で彼女が気づかなかったことこそが、日本を秘密に満ちた国にしたのです。

読むことと書くことを学ぶことは、作家にとっては、現実が絶えず違って見えるという経験を意味します。それが現実を謎めいたものにします。というのも現実とは鏡の後ろにひとつあるというものではなく、鏡を介してのイメージと作家の目の絶えざるやり取りの中に生まれる共同作品なのです。

私たちは現実への自分の関わり方は不変で自明のものだと思い込んでいます。しかし日本への愛について言えば、ほかのどんな愛も同じですが、対象について私たちはいつも性急にイメージを作りすぎます。宗教においては、私たちをもっとも深い所で動かすものについてイメージを作ってはいけないという掟があります――聖書の神だけでなく、仏陀についても同じです。イメージの中には真実を裏切るものがあり、それが私たちをその囚われ人にします。私たちを人間にするところの者、それは対象物になろうとはしません。それは開かれたものであり続けようとするのです。

広告はむろんそんなことに頓着しません。広告はイメージの工場です。あるものについてのイメージが分かりければ分かりやすいほど、その認識が容易であればあるほど、売込みには都合がいいのです。観光業は変わらぬ決まり文句を用いて利益を生み出す商売です。建物や風景は典型的な観光客が持つイメージに合うよう作り変えられます。観光客が、建物や風景を自分の目で見るよりも前に見る最初のもの、それは、すでに作られたイメージなのです。典型的な観光客は、典型的な日本なるものもそうですが、前もって計算可能なもの、経済の産物であって、コンピューターで処理するのに便利なものです。それは多義的な対象を既製のイメージに置き換え、文化間の関係を簡易化します。文化間の差も規格化します。

グローバル化とは、人々が日本に結び付けるさまざまの特性が世界中どこでも同じになれば計算通りで都合がいいということを意味します。私が見る日本はそうではありません。長く日本と関われば関わるほど、自分が日本を知っているとは思えなくなるのですから。

芸術もイメージを避けて通るわけには行きません。文学も鏡を用いて仕事をします。しかしこの鏡は対象を取り込むことはできません。それはひとつのプロセスを映し出します。そのプロセスは、私がそこに何かを見出すことで始まりますが、たいていは、鏡がまた空《くう》になることで終わります。イメージは再び開かれたものとなるのです。

私の小説は、歴史の場での双方の手探りの試みといったものを描きます。当事者たちは――日本人も、ヨーロッパからやって来た航海者たちも――自分たちが直面している新しい事態が、自分たちに善を齎《もたら》すものか、命の危険を意味するものか、知らないのです。彼らは経験の中で――試行錯誤を通して――どこまで進めるか、それがどこへ自分たちを導いてゆくかを学びます。日本へ行くことを望まなかったゴロヴニンが日本で二年の幽閉生活を経験することとなり、日本の地にわずかしか触れ得なかったレーヴェンシュテルンが彼以上に長く日本に執着します。到達し得なかったものであればこそ、そこで自分が何かを失った場所として、日本は、彼の熱愛する国となるわけです。子供時代の私のあの絵本と同様、後になって初めて、彼はそれをよりよく読む術を学びます。つまり植民地主義の時代、文盲だった若者は自分自身の発見者となり、その中で自分自身と出会う異国が彼を変容させるのです。

日本の読者がこの本を通して彼の心の旅に同行して下さることを嬉しく思います。その旅は植民地主義時代の探検旅行の続きですが、願わくは、それを修正するための材料を十分に擁していて欲しいと思います。日本の読者がこの鏡の中に何を発見されるか、とても楽しみです。市場に出回る日本のイメージの多くを皆さんがそこには見出されないとすれば、その時こそ、レーヴェンシュテルンは本当の日本にやって来たのであり、私自身の日本への愛の物語はハッピーエンドを迎えることになるでしょう。

二〇一五年四月　アドルフ・ムシュク

# 目次

# 第I章 前奏――ポーツマス

## *1*

一八〇三年三月、アミアンの和平[1]後の短い平和の時期、ペテルスブルクのウインターパレス[2]の前では皇帝《ツァー》アレクサンドル[3]が、研修のためにイギリスに向かうべく参集した若い海軍士官の一団を送り出す式を行っていた。ツァーは士官たちを自分の「特任公使」と呼んだ。士官たちは、ロシアの偉大さを表現すべく近衛兵基準に適う者たちが選ばれていたため、ツァーはその体躯に負けじと、馬上高くから「派遣団に神の御加護あれ」と彼らに呼ばわる形を選んだ。彼が若者たちをまず「キリストの死によって贖われたまことの自由の使者たち」と呼ぶと、彼の灰色糟毛《かすげ》の雌馬は踊るように歩を進めた。次にツァーは彼らを「制服に身を包んだ世界市民」と呼んだが、そのために彼は言語をわざわざフランス語から英語に切りかえた。

春先の河氷の流出が首都の一部を水浸しにしたあと、季節はもう一度、冬に逆戻りしていた。雪の薄い幕が広場の上に吹き寄せる中、ツァーの甲高い声は心もとなげに響く。馬の蹄が敷石を引っ掻く音、ウインターパレスの中にいる馬たちの嘶《いなな》き、一つ一つの音が静寂を一層深いものにする。馬の鼻孔が勢いよく吐き出す水蒸気の上方で皇帝の呼気の靄《もや》は弱々しく見える。演説を終えると彼は手袋をはめた手を口元に運び、それから突然、意を決したように鞍から飛び降りて、若い士官たちの方に歩み寄った。士官たちに「休め！」の号令がかけられた。

ツァーは近衛団司令官を従えてその前を巡察し始める。士官たちの列はしかし依然としてほぼ直立不動の姿勢を続けた。一人一人、士官たちは自分の名を名乗り、ツァーはそのたびにちょっと頷き、時折、足を止めて一言二言、言葉をかける。語りかけられた者が答えるや、皇帝陛下の青い眼は上方に、あるいは次の男の方に向けられた。頬笑みを絶やさないよう努めるツァーの唇に時折、痙攣が走る。彼はリコルドから始め、すぐに「フランス人か？」と尋ねた。「イタリア人でございます」とリコルドは答えた。――「君の先祖は建築家か？」とアレクサンドルは続けて質問した。リコルドは巻き舌のRを響かせながら答える。「我が祖父はベルガモ出身の石積み大工《ミュラトール》で、皇帝陛下の首都の美化に貢献させて頂く栄誉を拝しました！」――ツァーはすでに隣の男の前に立っていた。男は「クレブニコフ！」と吠える。この男はだがロシア人であろうな？《メ・セルイ・シ・エ・ビエン・リュス》　とツァーは司令官に向かって言った。司令官は、クレブニコフはスウェーデン戦争で戦功を立てたのだと補足した。なぜ勲章をさげておらんのか？　とツァーは尋ねたが、その答えにはもはや関心がないようだった。素早く次の、さらにその次の海軍士官の所に行ったが、それぞれの前で一瞬、足を止めただけだった。ツァーはすでに最後から二人目の男の所に来ていたが、この男の姿勢は、身を屈めると同時に背伸びして自分を超えようとするかのような表情を見せている。フィヨドール・ムール！——ついにドイツ人の登場か《エントリヒ・アイン・ドイッチャー》、とツァーはドイツ語で応じる。——母はロシア人で、貴族の身分でございます、陛下！　と彼はやっとのことで言葉を押し出した。恋愛結婚というわけか《ユヌ・マリアージュ・ダムール》？　と、アレクサンドルは語尾をあげることなくコメントし、さらにそれならよい息子でいるがよい《アロール・ソワイエ・ボン・フィス》と付け加えた。だがそのときには彼はもう最後の者に向かっていた。ゴロヴニン！　この男はツァーよりもほとんど頭ひとつ分、背が高かった。ゴロヴニン？　とツァーはロシア語で繰り返した。——近衛団に属してはいないのか？　だが金のメダルを下げているではないか、どこで得た？——ノリ・ミ・タンゲ号上においてでございます。——何の功績に対してか？——われわれはスウェーデンの砲弾を無力化いたしました。——それは感心だ、ツァーはそう言ったが、すでに見るからにじりじりしていて、向きを変えて立ち去ろうとする。雪が降り始めた。——立派な男たちだな、と司令官に言葉をかける。無事、連れて帰るように。ロシアは彼らを必要としている。——一瞬、彼は歩を止め、何か重要なことを思い出したという風であったが、すぐひらりと馬に飛び乗り、鞭をあてて走り出し、続く騎馬の者たちと共に、ウインターパレスに戻っていった。後ろからの万歳！　の歓声にツァーは馬の歩みを止めぬまま、三角帽《トライコーン》に二本の指をあてて感謝の印を示す。やがて帽子の羽飾りはぴょんぴょん飛びはねながら、雪嵐の中、視界から消えた。

　リコルドも勲章を付けていた。ツァーはそれに気づかなかったのだ。リコルドは金髪の巻き毛で明るい色の目をし、繊細な神経質さを示す一方、大胆な言葉にも不自由しなかった。彼は、イタリア人の礼儀を身につけるには千年を要したであろうゴート人の子孫を自称していた。——千年かけても無駄だったんだろうな、そうでなければ俺だって歌うことくらいできたろうに、とも付け加えた。と言いつつ彼は、そのよく響く声のゆえに、幼年学校の仲間たちからは「テノール」と呼ばれていた。彼の曽祖父は決して単なる石積み大工だったわけではなく、市の建築マイスター・ラストレリ[4]の片腕であり、息子は新設の大学ドルパト[5]に送って法学を学ばせた。息子はそこで片手間に五つの外国語をマスターし、女帝エカテリーナから功績ある法律顧問官としてトヴェリ[6]郊外に所領地を賜った。だがもう一世代、ピョートルという繊細な感覚を持つ病気がちの父親を経てようやくその息子に至る。ところがこの息子はロシアにおいて良しとされるすべてのものに背を向けた。外交官にはなりたがらず、世界航海という形だけが彼に憧れの外国を目の前に差し出していた。だが「イタリア宮殿」にある幼年兵養成所へとつながる道は針の穴のように狭く、そこでの訓練も四年を要した。

　それでも幼年学校は彼にひとりの友人を贈った。ワシリ・ミヒャエロヴィッチ・ゴロヴニンである。といっても二人は容姿も性格もこの上なく異なっていた。ワーシャことワシリ・ゴロヴニンは飛びぬけて背が高かったが粗野ではなく、彼の手は荒縄を結ぶような仕事でも常に精密な作品を仕上げたし、練習船上の諸々の装置の上も地面を歩くように歩き、眩暈《めまい》や船酔いは知らず、その泳ぎはまるであざらしのそれのようだった。しかしながらロシアの奥深い田舎育ちの彼はその欲求もまことに慎ましく、養成所の食事でさえ満足して食べた。痩身の上に乗っている顔は重々しい印象を与え、早々と頭髪が後退して広い額をますます広く見せていなかったら、農民のようにさえ見えたであろう。唇はいくらか肉感的ではあるが形はよく、生来の少年っぽいところを残していて、それが度胸の座った彼の性格と際立った対照をなしていた。サクランボのようなこの唇はリコルドに、彼の家庭教師であったアイルランド人女性キティのそれを思い起こさせた。この女性は彼の中にメルヘン風の想像力を育てたのだった。

　ゴロヴニンの両親は彼が七歳のとき、相次いで亡くなった。彼は静かな図書室で、大伯母の厳格な視線、フランス人女性家庭教師のメランコリックな視線、そしてどんな時も彼の味方である乳母の視線の下、キャプテン・クックの探検記を読みながら、読書好きの少年に育った。しかし大伯母は床に伏せっていることが多かったので、彼は自分の小さな、とはいえ少年にとっては広大な世界の中で次第に自分ひとりをおのれの主人とするようになり、一層の慎重さをもって自分の自由な空間を利用した。巡礼者の群れのあとについて近くの巡礼地を訪れたり、ユダヤ人にくっついて家畜や布の市場に行ったり、ジプシーの群れに紛れ込んで女占い師や薬草作りの女性のところに行ったり、あるいはまた、夜毎のジプシーの宴を覗いたりした。彼がもっとも好んで訪れたのは所領地の一部であるタタール人の村々で、ムアジーの声に耳を傾けたりした。友達もでき、彼らはゴロヴニン少年を自分たちの学校に連れていったり、金曜礼拝の行われているモスクに案内したりした。人々が彼に示す畏敬の念を彼も学び、礼儀正しく彼らの習慣に倣いつつも、それに深入りすることはなかった。というのも彼は自分が領主に向いているようには感じなかったのだ。彼が自分を育てながら目指していたのは、これとはまったく別の世界だったからだ。[7]

幼年学校で彼らが二年を過ごした頃、リコルドは、偶然、「貴君をランドユンカーに昇進させ、航海に加わる資格を与える」という文書を目にした。それはゴロヴニンの貸してくれた古い航海術の教科書のページの間からはらりと落ちてきたのだ。彼らの友情は厚いとはいえ、まだ生死をかける試練に共に耐えてきたというほどのものではなかった。自分の少年時代についてゴロヴニンが語ることはなかったし、利口で、少しばかり年よりもませて見える学者の息子リコルドが彼の友情を求め、それどころか手本として彼を見なそうとすると、ゴロヴニンはいつもちょっと躊躇《ためら》うところがあったのだ。その頃二人は、消灯のあと、よく寝室の間のストーヴのある小部屋で落ち合い、ラテン詩人を読んだ。リコルドはそうした教養を母乳と共に吸いこんで育ったのだが、ゴロヴニンの方は、自分でたまたま発見したホラティウスの

「オード」をラテン語の初歩を学ぶための教科書として利用しなくてはならなかった。リコルドが手伝ってくれるのは有り難く、リコルドの方も任務を終えた後、その役目を引き受けることができるのは無上の喜びだったので、喜んで夜の数時間、眠りを犠牲にした。兵営には彼ら以外、そんな趣味を持つ人間はいなかったから、二人の友人は安心して、光を提供してくれる火の前に陣取っていることができた――ただし時折、真夜中過ぎが多かったが、夜闇にまぎれた「脱走兵」数名が闖入《ちんにゅう》してきて、押し殺した物音と歓声のもと、市の郊外で調達してきた羊の腿肉やハムをストーヴで焼き、女がどうのという話を繰り広げたりウォッカをあおったりするときを除けば、の話である。そんな邪魔が入ったときでも、ゴロヴニンは人の好い素振りを見せたが、リコルドの方は見るからに気分を損ね、不機嫌になった。

しかし本に挟んだまま忘れられていた手紙のおかげでリコルドは、ゴロヴニンの寡黙の背後にある世界をちらと覗くことができ、海の男としての彼の有能さの家庭的背景も同時に知った。というのは本当なら彼はプレオブラシェンスキー連隊[8]護衛兵の任務につく定めだったのだ。だがそこに、ある人物の手が介入した。そしてその手が若いワーシャに関して書いた書面がたいへん素晴らしいものに思われたので、リコルドはそれを密かに書き写した。友人に対するこの小さな裏切りは他の観点からみると由々しきことであった。というのもそれは亡くなった女帝エカテリーナに宛てた手紙のコピーであり、それが親密な書簡であることは疑い得ないところだったからである。手紙の書き手はマキシム・ゴロヴニン将軍であるが、その調子から見て、書き手は宛名人であるやんごとなき女性の王座に仕える一介の忠実な臣下という以上の存在であったことを示しているからだ。マキシム・ゴロヴニンは孤児となったワーシャの名付け親で、どうやら、それまであまり名付け子の面倒を見てやらなかったという良心の咎めが彼を動かしたと同時に、女帝はその心に残る甘美な追憶からこの件でもきっと助けの手を差し伸べてくれるであろうという静かな確信が、彼にこの手紙を書かせたものと思われた。

たしかに――と手紙は報告している――リャザン行政区にあるギリンキは、彼の弟ミヒャイリの死と共に完全に衰微したわけではない。管理人は大酒のみだがその他の点では信用のおける男である。自分の名付け子である未成年の領地相続人に代わってその大伯母が領地支配を行ない、資産を管理している。締まり屋の彼女のことゆえ、甥っ子の財産を浪費するようなことはない。マキシム・ゴロヴニンは、遅まきながら今に至ってようやく、その領地がどうなっているか様子を見、ワーシャの将来の展望について概要を知り、場合によってそれを進展させることは自分の義務だと考えるに至った。

老いた将軍たる自分は愛を捧げる女帝に今は次のように報告することができる。すなわち、若者は伯母の厳しい監督を脱して、ある意味では後見などほとんど必要としなくなっている、と。少年は神のよき被造物として成長し、周辺の住人の敬虔な習わしを敬意をもって共に行ったりしているものの、神なしでもちゃんと生きられるようになっている。つまりギリンキは少々管理の行き届かない天国で、彼はその中で自分だけの被造世界を作り上げ、それをひとりで支配しているのだ。それでいて人づきあいができないわけではない。彼は教材を、彼の父親が息子に残すことのできた最善のもの、すなわち、よく整えられた図書室から得ていて、そこで彼が夜ごと自然科学の書物に読み耽っている様を人は見ているのだ。中でも航海に必要な知識を彼は独力で身に付け、昼にはその知識を村の男の子たちを集めて実地に応用してみる。領主館の後ろの水車用の池は、歴史上の見本に従って若い戦略家が考えた海戦の舞台となる。そのために彼は古くなって用済みの魚釣り舟を再び浮揚させ、コーキングし、帆を張り、自分で作った迫撃砲を装備した。船に名前をつけ、旗を飾って満艦飾とした。乗組員たちはそこに書かれた文字が読めなくてはならず、また航海日誌が書けるようにならなくてはならない。子供たちはそんなことをしながら自分では気づかぬうちに読んだり書いたりする術を学んでいた。そして素朴な手立てをもって彼らはすでにかなりの航海技術を実践していたのだ。当然のことに、彼らは海損事故の何たるかの経験もした。しかし怖れることはなかった。若い船長は部下に泳ぎも教えたので、少年たちは自身の役にも立つこの技術において老練な船乗りにも引けを取らぬほどになっていたからだ。

約《つづ》めて申せば、愛するわが甥っ子に欠けるものは只一つ、海だけである。自分は彼を都会的洗練のためにモスクワに同行した。この間に彼はフランス語会話においても困ることはなくなった。要するに自分はこの若者を、ダンスにおいても通用し海難事故においても貴重な《アクセプタブル・アト・ア・ダンス・アンド・インヴァリュアブル・イン・ナ・シップレック》ジェントルマンに仕立て上げたのだ。背もすばらしく伸びてその押し出しも堂々たるものなので、彼の従姉妹たちはみんな彼に熱をあげてしまったほどである。幸いなことに彼の品行方正さは彼の慎重さに劣らず信頼に値する。要するに、自分の見る所に間違いがなければここに育っているのは一人前の船長であり、海軍大将とまで行かなくともキリスト教徒の航海士の手本、ロシアの航海士の飾りとなる一人の船長である。

因みに船についての研究は当然のように文学についての研究へと入り込んでいった。ホメロスの文学の価値を知らずしてオデュッセウスの老獪さに讃嘆することはできないことが彼にはわかったからだ。これによって彼は芸術全般に関する理解においても大きな進歩を遂げたので、芸術のセンスがあるとまでは言えなくても、航海術の教養と共に彼は様式や趣味をも身に付けたということができよう。

愛を捧げる女性支配者にあてた教養ある将軍の手紙は、甥っ子の推薦状の中に自画自賛を結びつけることがもう少し少なければ、一層、彼自身の名誉に資するものとなっただろう。明らかに彼はこの写しを作らせたのだ。甥っ子が自分の幸福を誰に感謝すべきか、疑いの余地なくしておきたかったのだろう。理想的な少年時代の賛歌が女帝の手元に届いたかどうかはしかしながら定かではない、この手紙が送られたのは、彼女がすでに死の床についている時だったからである。それゆえになおのこと、彼女の息子で後継者たる人物パーヴェル[9]がこの手紙を読まなかったであろうことは想定できる。というのも、知られているように、彼の第一の主義は、憎むべき母に逆らって行動し、彼女の恩寵の印を抹消し、御贔屓の人間を罷免することだったからである。

にもかかわらず、ワシリ・ゴロヴニンは他ならぬパーヴェル一世の時代に幼年学校に入学し、反フランス革命軍の後方射撃部隊で任務を果たすようにと、彼を初めてイギリスに送ったのは、そのパーヴェル一世であった。六年後、パーヴェル一世は自ら建てた不信の牢獄ミヒャエル城[10]において公には脳溢血で倒れたとされ、アレクサンドル一世が若い神として王座に上ったのだが、後継者に関してはこうしてエカテリーナ大帝の意志が叶ったのであった。マキシム・ゴロヴニンの願望についても同様であった。彼の甥っ子は認められて二度目のイギリス派遣となった。今回はまことの平和君主によって、ロシアの航海術の希望の星として送り出されたのだ。背丈から言っても彼は、人の記憶にある限り最大の希望であった。

伯父マキシムの手紙を無造作に本に挟んでいたことは、ゴロヴニンがそれを捨てはしなかったものの、間もなく忘れてしまったことを示している。将軍はワーシャの幼年時代を牧歌的に描いているが、これは事実とはあまり関わりがなく、ワーシャは、彼の人生に介入したかと思うと再び姿を消してしまった伯父の祝福を受けてか、あるいは受けぬまま、ギリンキを出奔した。この間にワーシャは、目に見える形で彼を家族と結びつけるものはすべて失っていた。彼の身を養った領地の管理を、彼は生涯、いくらかなりとも信頼に値する人間の手に委ねたまま、五十五歳でコレラに罹り、海軍大将の地位にあるフリゲート艦艦長としてペテルスブルクで亡くなるまで、一度もギリンキに足を踏み入れなかったという。

ところで彼が十八歳で生涯の友と出会ったのはつぎのような経緯によるものであった。

ゴロヴニンとリコルドは共に中尉になりたての青年として戦艦ノリ・ミ・タンゲ号に配属され、ウィブルク近くのシェーレ島にむけて初の船出をした。窮地に陥ったスウェーデンの艦隊は、船中の竈《かまど》で熱した弾丸で応酬してきた。そしてその一個が火薬庫の近くに飛んできたのだ。船長は最悪の場合を覚悟して乗員全員に甲板の下に行けと命じた。貯蔵庫を通り、危険な場所の脇をすり抜けてそこに入りこむという可能性に賭けたのだ。しかし積荷がその道を塞いでいてその間の空間は狭く、ほとんど潜り込むことさえできない。にもかかわらずゴロヴニンはその大きな体をそこに突っ込み、残った人間たちは彼を、竈に入ろうとしないパンのように、ぐいぐいそこに押し込んだ。友人の姿が見えなくならないのでリコルドも後ろから彼めがけて突進した。モグラのように二人は自分たちで作らねばならなかった道を通って進んでいった。すると思いがけなく圧力が軽減し、極めて狭いながら二人の前に空間が開けた。見ると彼らの足もと、帆布を積んだ上に落ちた弾丸が、つんと鼻をつく匂いを発しながら燻《くすぶ》っている。船側に開けられた穴からは水の代わりに——それには位置が高すぎたのだ——隙間風が入ってきていたのだが、幸い、燃え上がってはいない。俺のズボンはずぶぬれだぞ！　とリコルドが咳をしながら言った。咳をしながらもふたりはすぐに、懸命になって彼の足からズボンを引き抜いた。そしてワーシャはその濡れたズボンを両の素手でシューシュー音を立てている弾丸に押しつけた。まるで動脈を切開しようとでもいうようだった。事実、肉が焼けるようないやな匂いがしたがワーシャは怯まない。ついに弾丸が色を失った。それからふたりはあざらしのように這って貯蔵庫まで戻り、安堵の歓声に迎えられたのだった。

勝利を齎《もたら》したノリ・ミ・タンゲ号がクローンシュタットに帰港したとき、まず行われたのは、海軍大将が彼の英雄たちに金のメダルをひとりひとりの首に掛けることだった。ゴロヴニンはなお二週間、手に包帯をしたまま辺りを歩いた――「墓から蘇ったラザロ」。首都の新聞は彼をこう呼んだ。その後、子供のようなバラ色の皮膚が再生したが、それは数週間後にはまた厚い皮膚で覆われた。しかし「ガリヴァー」――ゴロヴニンはその背の高さからそう呼ばれていたのだ――と、「テノール」は固く結ばれた友人同士となった。

とは言え、任務が二人を切り離す。ゴロヴニンはイギリス軍支援のためのロシア船団とともに北海に、リコルドはスウェーデンがもう封鎖する心配はない白海に面した港、荒涼たるアルハンゲリスクに勤務を命ぜられたのである。バルト海封鎖に関しては長い冬が十分すぎるほどその任を果たしてくれたのではあるが。

## 2

ポーツマス港湾司令官リンゼイ将軍は、一行の到着後、もし万が一必要が生じた場合に《ホウェン・アンド・イフ・ニード・アライジズ》、われわれの友人《アワ・フレンズ》が配属されることになる船の名を告げた。リコルドはアマツォーネ号、ゴロヴニンはシティ・オブ・パリ号だという。自分たちは別れ別れになりたくないのだ、という彼らの抗議に対して将軍は、それを切って捨てる手振りをした。何かあればの《ホウェン・アンド・イフ》話ですよ、と彼はゆっくりした口調で繰り返した。戦争はないのです、いいですか《リメンバー》、あなた方がここに来たのは英語を学ぶためでしょう、そうではないですか。

英語なら彼らは十分に話せ、スコットランド方言もわかるほどだった。リンゼイは寡黙なことで知られていた。むろん彼は、ロシア人友人たちに課せられた英国海軍アカデミーでの「再研修」なるものが、冗談事とは言わないまでも、一種の気散じであることを知っていた。天文学について、海流について、難船の場合の行動について、南の海の道義的危険についてなどなど、それぞれ延々と蘊蓄を傾けるアカデミーの変わり者教授たちを思い浮かべて、丁重に微笑めば良かったのだ。宿舎担当責任者は友人たちをとりあえずは「ボーディングハウス」に泊めたが、その後、ひとりの船長未亡人が、最初に割り当てられたロシア人青年を嫌がってこの男だけは勘弁してくれと言ってきたために、二人をそこに連れていった。だがそのロシア人とは同じ幼年学校仲間のフィヨドール・ムールだったので、リコルドは詳しい事情を知りたがった。というのもミスター・ムーアは――ここ外国ではムールはそう呼ばれたがったのだ――礼儀正しさを絵にかいたような青年だったからだ。だが、あの人は神出鬼没《スプーキィ》で幽霊みたい《ライク・ア・ゴースト》なんです、と未亡人は言う。貫禄ある年配の婦人のすぼめた口から発せられると、ｇｈｏｓｔのｈが文字どおりｈとしてはっきり聞こえた。

今度預かることになったのはしかし二人の行儀のよい青年であった。彼らは主寝室《マスター・ベッドルーム》の隣の、昔は子供部屋だった部屋に入ることになり、すぐに宿主の女性の全幅の信頼を得て、わたしをサリーと呼んで《コール・ミー・サリー》！　とさえ言わせた。二人は前下宿人が彼女に与えたロシア人のよくないイメージを正反対の方に持っていくことに成功したのだった。こんなにお行儀がいいなんてあなたたちは王子様に違いないわね、五カ国語も話せるなんて天才だわ！　結局、二人についての彼女の評価は賢い坊やたち《クレヴァー・ボーイズ》というところに落ち着いた。ゴロヴニンは、これはお世辞と取っておく方がいいよ、と彼の友人に警告した。いずれにせよサリー・グリフィス夫人は、毎朝、彼女の亡くなったご主人の好物であった大麦のお粥《ポリッジ》を二人の前に置いた。それとコクチマスという、ほとんど小骨ばかりの淡水魚が出た。リコルドはかすれ声で次のような推測を述べた。ムールが逃げ出したのは、きっとこの「魚肉の残りがくっついた骨のクッション」のせいだよ。

　しかしムールの件の実情は次のようだった。

　最初の自己紹介のとき、彼が一方ではとても一生懸命な様子ながら、他方、ひどくぎこちなくどぎまぎしているのが、ミセス・グリフィスにはすでに変わっている《パティキュラー》という印象を与えたという。まともに夫人の目をみることもしない。そして第二夜にはすでに彼は、夫人には本当に不可解に《ポジティヴリィ・アンキャニィ》見える二重生活を始めたのだ。夫人は彼に就寝前の酒《ナイトキャップ》を運んでから、何の心配もせず自分も寝室に入った。ところがうとうとと寝入りかけた時、壁のうしろで誰かが大声で話しているのが聞こえた。最初、彼女は、「夜の訪問客」というわけかしら、あれほど禁じておいたのに！　と思ったのだが、次の瞬間、静かにはなった、とはいえ、静かすぎる。そのあと隣室で音もなくドアが開いた。サリーはベッドの中で身を凍らせた。それから足音！――どこに向かうのだろう？　彼女には永遠のように思われたが、おそらくは五分ほど経ったとき、男が彼女の家の中を忍び足で歩きまわるのが聞こえた。何かを探しているのだろうか。彼女の銀食器か？　彼女の女性としての徳か？　しばらくすると、屋根裏に通じる絨毯を敷いた廊下に床のきしむ足音が聞こえた。屋根裏部屋にサリーは、亡くなった船長がインドから持ち帰った絨毯を置いている。彼女はそれを売って小さな商売をしていたのだ。最初はまだ息を凝らして耳を澄ましていられた。だが何の物音もしない。咄嗟《とっさ》の祈りをひとこと呟くと彼女はガウンを羽織り、階段を駆け下りて隣家の扉を叩いて人を呼び、息を弾ませながら説明した。あのロシア人はきっと屋根裏で火をつけようとしているんだわ、あるいは首を吊ったのかも。

ところが屋根裏に着いた時、彼らはなにを見ただろうか？　何も、まったく何も見えはしなかったのだ、隅から隅まで灯りで照らして見たにもかかわらず。最後にしかし二人は男が絨毯の間でぐっすりと、しかも一糸纏わずに、眠り込んでいるのを見つけた。まぁ、真っ裸で！　隣人は彼を突っつき、それから強く揺さぶらねばならなかった。ついに彼は飛び起きた。「俺はどこにいるんだろう？」――それから恥ずかしそうに背を向けて、非礼を詫びた。眠ったまま歩いていたような気がするが、自分は誰にも危害を加えたりすることはないのでご安心ください！――わたしの家ではもうお断りですよ！　と主婦は叫んだという。わたしの屋根の下にあなたはもうすでに長くい過ぎましたよ。自分が何をしているか分からない位なら、あなた、どうやってイギリスのためになど戦えると言うのですか！――すると彼は一礼し、黙ってその場を去った。その後、部屋を片付ける音がしていたが、夜のうちに姿を消したという。翌日、使いの者を介して、絵に描いた白い水仙の花束がサリーの手もとに届いた――送り主の名はなかった。

あの男は絵がうまいんです、とリコルドは言った。

放っておいたらわたしの絵を描くなんていうところまで行ったかも知れませんわ！――と下宿の女将は言った。

ムールの夢遊病の癖は幼年学校時代も知られていたが、海の上の勤務になって鎮まっていたのだ。ハンモックの揺れが彼にはよい効果を与えたようだった。ムールには揺りかごが必要なんだよ、とリコルドはコメントした。揺れない地面が足の下にあると眩暈がするんだ。彼の母親も彼にはもうお手上げだったのだ。ドイツ人のパン屋が現れて彼らを憐れんでくれたのは彼女には有り難かった。でなければ母子ふたり往生していただろうよ。

あいつは何かを探しているんだよ、とゴロヴニン。

一つ以上の人生を生きていて、そのどちらもちゃんと生きていないんだな、とリコルド。

義務の感覚だけはあるよ。

そんなものも持ってるのか！　そいつはまさに不可解《ポジティヴリィ・アンキャニイ》だね、と言ってリコルドはにやりとした。


ムールは一個の謎であり、リコルドは謎解き人だった。ムールの本当の父親とはいったい誰だったのか？　母親は決してそれを明かそうとしなかったそうだ。彼はなにゆえあのようにも母親を憎んでいたのに母親を離れられなかったのか？　まさにそれが理由さ。憎悪というのはいつも失望した愛なのだ。でもムールはなぜ、第一総統ナポレオンを憎んでいたのか？　なぜなら二人とも母親っ子だからさ。母親は彼らにすべてを与えたが、一つのものだけは与えることができなかった。それは生まれの良さだ。ムールはなぜツァーを神のように崇めるのか？　なぜなら彼は王冠を戴くべく生まれついているからだ。何でも与えられて、自分では何一つ稼ぐ必要はないのだ。ムールがイギリスに来て、自分が憎んでいた父親と同じくドイツ人だと言いたがるのはなぜだ？　それはその父親なる男がパンだけでなくバターも稼ぎ、結構、裕福だったから、つまり、意に反してではあるが彼の理想像だからだ。だがドイツ名を持っているならここではなぜ英語風の発音で、ムーアと呼んでもらいたがるのか？――どこかに帰属したいからだよ――彼はいつも二つのことを望む。一人きりでいたい半面、人々と一緒にもいたいのだ。他の連中より優れていたい半面、彼らと同じように良くありたいんだよ、わかるかい？

　ゴロヴニンはパイプを取りだした。毎晩、彼は一服だけ、自分に許す。――そうだな、この男は矛盾から成り立っているような男だ。君の矛盾は見ていて楽しいがね。――これを聞くと、リコルドはゴロヴニンをじっと見つめるしかなかった。ちょっと不信の表情で、しかし幸福のあまり沈黙したまま。

ポーツマス。一八〇三年四月。これがイギリスの春なのか？　緑はまだ地面に張り付いている。牧草地だけは降り続いた雨がたっぷりの水気を与えていた。同時に強い風が吹いているので、港町の小路を歩くとひとりでに後ろから押されて止まれないか、あるいは一歩も前に進めない。行きつけの酒場の前まで来ると、二人の友人は、ポーツマスでは自分たちが「我が家のように」感じていられることを互いにたしかめあった。

「一角獣」の料理はエキゾティックなものを尊重していた。魚のスープはカレーで味付けされ、口を火傷しそうに熱く、そのため、温めたビールが辛うじて火消しの水の役を果たした。しかしニシンのサラダはサリーのコクチマスより美味しかったし、カタリンゴのソースをかけたグノッチはリコルドにはほんの微かながらイタリア料理を思わせるものがあった。一階で空腹を鎮めて上階に上がると、より高度の欲求に応じてもらえる。客は主にロシア人であったが、広い建物の中に散らばって陣取っていたので、二人の友人は片隅の静かな場所を占領し、そこでかつての暖房の部屋におけると同じように自分たちだけでいられた。

グリーンと名乗る「一角獣」の主人はいくつもの小部屋を提供していて、そのどれにも火が燃えていた。火を絶やさないよう気を配るのは客自身の責任で、薪だけが用意されている。その代わりつまみものは常時、提供された。干したイカ、生えび、海苔、オリーヴ、南洋の果物の砂糖漬けなど、小さな珍味の数々で、それをオセアニア系のボーイたちが飛ぶように走り回って運び、サーヴィスしている。ゴロヴニンは下宿の玄関の鍵を持っていて、二人は毎夜、下宿に帰るのをできる限り引き延ばしたので、サリーはついに——おそらくは疲れて——彼らを待つのを止めた。

「一角獣《ユニコーン》」——正式には一角獣と蠅《ユニコーン・アンド・フライ》と言う名だった——は裏庭に面し、玉石状の敷石で舗装された通路を通ってそこまで行く。まず目につくのは変わった光だ。店の名を書いた看板の下に鋳鉄でできた角灯があって、その中に昼も夜もぼんやりした光が燃えている。それはポーツマスで最初のガス灯で、店主自身の発明品だった。彼は地下で自分のコークス製造所を営んでいて厳重に鍵をかけているが、それにはさまざまな伝説が纏《まと》わりついていた。曰く、彼は、自分の家を空中爆発させることなしには、もはやその火を消すことはできないのだ、だからそれをあきらめ、家の内部も青い光で装備しているのだ、云々。真相はしかしこういうことだった。角灯の光の中に入ると人は影を持たない。最初の頃は物見高い人間が中庭にやってきては、その奇妙な現象を自ら試してみようとした。だがその後、ガス灯は外見では分からないが人間の体液に害を及ぼす、という噂が広がり、そのため地元の人間は次第にその場所を避けるようになった。バーテンのジョージはただ笑ってみせた。店主自身がその噂の源ですよ、誰彼となく人が来るのを避けようとしてね。ゴロヴニンとリコルドは、そのガス灯の前に立つと奇妙な感じに襲われた。それは影をすっかり吸いこんでしまうわけではなかったが、複数の影を投げ、それがほの暗い一つの光の束になるのだ。アカデミーで習ったばかりの光学の法則はその現象に説明を与えてくれなかった。だが長い一日のあとでの研究は彼らの好むところではなかった。

「一角獣」は廃業になった馬車屋を利用していて、昔、馬車が置かれていた地階をパブとして設《しつら》え、そこに入るには左側の門のアーチを通る。それ以外の二つのアーチはブッツェン窓ガラスが張られていて中が見えないようになっている。門は閉店時間になると鍵がかけられるが、選ばれた客のためにだけ、地階の店はその後の時間も営業しており、中庭が静かになっても、長く並んだ窓の列にはしばしば明け方まで灯りが灯っている。今、クラブの部屋になっているところは、昔は厩《うまや》だったので、外壁にそって作られたアプローチがゆるやかに上に通じている。だがそれが使用禁止になっているのは、天気が悪い日や、特に足もとの覚束ない客が段のないその道を使うのは勧められないことだったからである。選ばれた客にはパブの裏階段が上階に行くために提供されていた。紳士専用《ジェントルマン・オンリー》というわけだ。

かつての厩の上階は、今は幾つかの小部屋に分けられているが、そこはいまだに昔の用途を見てとることができる。スタンドと、飼い葉桶を利用した腰かけが新たに設置されただけで、壁は半分の高さまでしかないので、どの小部屋も上半分の空間を共有している。だから煙が空気抜きの方に上っていくとき、そのあとをずっと目で追うことができるのだった。あたたかい空気もそちらに上って抜けていくので、客は好んで、なかなか凝った作りの暖炉のあたりに陣取るのだ。店主はこれらの暖炉をウェールズ地方のある城が解体された時、手に入れたのだが、暖炉の四つの面には火事で焼けて失われた町の様子が描かれていた。トロヤ、エフェソス、ローマ、そして最後はエルサレムだ。リコルドはそれらの絵について頭を巡らした。主人のグリーンからは情報が得られそうになかったので、彼は、暖炉に彫り込まれた都市の景観が炉の火で本当に燃えてしまわぬよう、ただ明るい光があたるようにするのに気を配るだけで満足しようとした。銘もたいていは読み取れなかったが、カタログには載っている。彼らが座っている席の上方にある天上の梁《はり》に彫り込まれた銘について、リコルドは最初の日からあれこれ考えていた。

上階の広間に足を踏み入れるどの客もまず気がつくのは、人を混乱させるその作りであった。梁の組み立ては大きな納屋のそれであるのはよいとして、暖炉の煙抜きはこの空間をどこか工場風に見せていた。というのも煙突は鋲でとめた銅板でできていて、それが構造を担う柱のように斜めになった屋根の方に伸びている。外からは、「一角獣」は十三の暖炉を備えていてそれがどれも煙をはいているように見える。だが中に入って見ると、どう数えても、炉は七つしかないのだ。グリーンはこれら煙突を、蒸気船の開発に関わっているマンチェスターの工場から取り寄せたのだと言う。蒸気船の持つ可能性が事実となったら、キリスト教徒の航海も終わりだろう[1]と言うのだった。

「一角獣」の上階は移動可能な壁を持つ。二人がこのことに気付いたのは、彼らの特区——いわゆる外国人特派員クラブ《フォーリン・コレスポンデンス・クラブ》——が毎回、様子が変わって見えたからだ。暗い色の壁紙を張った壁はどっしりとしていて、額縁に入れた銅版画——それはグリーンの海外での冒険を描いているのだそうだ——を並べたギャラリーを担うに十分な堅固さを持つ。この家にその名を与えている一角獣も鋳型に入れたようにがっしりとそこに立っている。というよりもむしろ壁を突き抜けて出ていて、まるで壁の途中でひっかかって止まってしまったように見える。というのもそれは体の前半分だけを部屋の内部につきだしているからだ。下半身は堂々としていて、蹄の上の毛の生え際まで灰銀色をしている。豊かなたてがみは玉虫色の目を半ば隠している。だがその額の真中から一本の曲がった角が生えているのだ。

　グリーンが喜んで説明してくれたのは次のことだ。詰め物をした一角獣はその昔は鉱山用のポニーで、ブリテン島の西の端、崖から直接スレートが切りだされる聖ユストの鉱山にいた。グリーンの話によると、この商売は彼に非常な利益を齎《もたら》し、その儲けで捕鯨船を一隻、装備できた。この船——若き日の夢だったその船——が彼をしかし身体障害者にした。つまり彼が一角鯨に銛を投げて射とめたとき、その投げ縄でこの鯨が彼を海に引き込み、その尾で彼をめったやたら打った。だが最後には鯨も観念して自分の頭の飾りを彼に提供しなくてはならなかったと言う。そしてその角を使って彼はポニーを一角獣に作り変えたというわけである。南の海で彼は動物の解剖を学んだのだそうだ、むろん人間の頭の解剖も。

　一角獣については以上である。だが蠅《フリーゲ》とはどういう意味か？

それについてはわしの看板をよく見てもらわなければならんな。

次に行ったとき、二人はガス灯の光の中でそれを見た。入口の上方の想像上の動物の背には何かが乗っている。三角帽を頭に載せた甲虫に似た生き物で、それはボナパルトを連想させた。なぜと言うに、その生き物は、鉤爪の一本をユニフォームに包んだように見える自分の胸につきたてているのだ。奇妙なのはただ、世界の新しい支配者は、グリーンが彼のこの住まいを手に入れた当時、まだ無名の砲兵隊中尉に過ぎなかったことだ。だがグリーンは、顔の表情ひとつ変えず、次のように言った。統治《グヴェルネ》とは、予知すること《セ・プレヴォワール》なのだ。

壁の後ろで一角獣の後ろ半身を探していた時、リコルドは、壁の中に隠されたシャフトを見つけた。これでグリーンの謎の一つは少なくとも解けた。彼の遍在の謎だ。というのは彼のことをふと思い出しさえすればそれで十分、彼はもう呼ばれたように目の前に立っていて、喉の奥から出る低い声で聞くのだったから。「何かお望みで？」

グリーンが座ることは決してなかった。彼は、その肩を頭の高さに支える松葉杖に縋《すが》っている。それは彼の上半身を大きく見せた。腰と足は白い前掛けで覆われている。だが彼が後ろを向くと、両足がぶらぶら揺れている様が見える。長靴は床の上をあとから引きずられてゆくのだ。彼の顔は命令を下す男のそれのように見えると同時に、ぞっとするほどやつれている。松葉杖が彼をまっすぐ立たせてそのままの姿勢にすると、彼は風に揺れる木のように揺れる。彼がどうやって階段を上り下りするのかは謎だ。にもかかわらず彼は上のクラブ・ルームに突然現れるかと思えば、またすぐ下の食堂に現れるのである。

どうやってそんなことができるんですか、あなたは？

あなたは今、わたしの昇降術《ファークンスト》を発見したではないですか。

ファークンストの何たるかを知るには鉱山夫の経験がなくてはならんのですよ。グリーンはウェスト・ヴァージニアにおいて鉱区内の技術指導者にまで昇進したのだった。坑内に降りていき、しかも自分の道具一切を背負ってですよ、また上がってこようと思えば、昇降路がなくてはなりません、それがファークンストと呼ばれるものです。これまで誰ひとりこのトリックに気付いた人間はいません、ご褒美に小さな甕《かめ》入りの、米からできた日本の酒をごちそうしましょう、わたしの奢り《オン・ザ・ハウス》です！

ところでこの家は女性のいない家であった。この謎もリコルドはすでに解きかけていた。彼は建築家の目を持っており、一つの空間を多方面から見るのは彼にはごく当たり前のことなのだ。

厩がどのようにして紳士クラブになったか、そしてなぜこの建物は上から見ると人形の家を開けたように見えるのか？　グリーンが「羊《ラム》」という名だったこの家を買い取ったとき、それは古典的なパブリック・ハウス、すなわち売春宿だった。今もそのことを証ししているのは裏階段のところに書かれた文字だ——紳士専用《ジェントルマン・オンリー》！　入室を許されたのは、さまざまな国籍を持つ将校たちである。ということはスパイも欠けてはいなかった。というのも女を買うとき、人間はその舌も緩んでいるからだ。「この家で英国は戦いを勝ち取った、そしてそれ以上の価値を持つが、戦争を回避した。」地階はコンタクト・ゾーンで、紳士たちが女性を物色していると思っている間に、実際は彼女たちの方がぴったりのカモを探し出して上階のこのベッドのブースでたっぷりと情報を絞り取るのであった。この家を買い取ると、マスター・グリーンは、設備はほぼそのままに残したが、その趣向を変えた。女性を提供することはもはやしない。羊《ラム》は一角獣《ユニコーン》になり、地階は誰でも入れる食堂に、上階は仲間同士でいたいジェントルマンたちのための空間にした。店員は南の島の住民である。つまり、グリーンが鯨で負傷してヌカヒワの岸辺に打ち上げられたとき、彼を助け、看護した者たちがこの役を引き受けたのだ。捕鯨船の乗組員たちは最初危うく島の住民たちの食卓に供されるところだったのだが、グリーンは彼らにグレゴリオ聖歌を唱和させながら――彼は若い時、ダブリンで司祭の待者を勤めていたことがあるのだ――タブーを教えることに成功した。その後、ポリネシアの呪術治療士が、彼を今日見る状態にまで回復させた。最後に島民たちは彼のために航海に耐える船を組み立て、大勢が同行して彼を――オランダ諸島をそう呼ぶことができるなら――文明の中に連れ戻した。ようやくポーツマスまで来ると彼は、彼らをまともな職につけるべく英国風の礼儀を教えた。彼は自分の店でヌカヒワの習慣に戻ることを彼らに許さなかった。首狩り廃止、女たちのいる楽園も廃止だ――女をちょっとだけ、というのもだめだ。結局、女云々は完全に終わりだった。グリーンの独身男の家では唯一の悪徳のみ許された。賭けごとだ。

というわけで今は急な裏階段は、屋根裏のビリヤード部屋に通じていた。リコルドやゴロヴニンのように、すぐにアッパー・クラスの空間に向かわない者は、ダーツを投げることもでき、もっと奥ではホイストやブリッジ、ボストンやポーカーなどのカードに興じることもできた。一番奥には見張り人のいるドアがあってその後ろはカジノになっている。そこでは朝、鶏が鳴くまでルーレットが回るのだ。そしてグリーン自身が銀行でもあり、その銀行が――自身、喜んで認めるところでは――常に利益をあげたため、建物の前の方の部屋を文化のために確保することができた。中央のカウンターの後ろで、天才バーテン、ジョージが魔法の飲み物を混ぜているその先から上級の趣味の領域は始まっていた。ここには読書コーナーがあり、「オブザーヴァー」、「タイムス」、「スペクテーター」などと並んで、「コベット政治記録」のような印刷物、加えて、アミアンの和平のおかげで、「モニター」や「グローヴ」などまで置かれていた。むしろここでは、ロシア人士官たちが故国では検閲が許さない類の新聞・雑誌に読みふける姿が見られた。むろんここでも監視の目はあったのだが。図書室はなかったが書きもののできる空間はあり、私信は私設の配達人が用を足してくれた。

だが何よりも、外国人特派員クラブ《フォーリン・コレスポンデンス・クラブ》があった。一角獣が飾られ、ギャラリーのある部屋だ。それは芸術愛好家である他の士官たちの関心をも惹き、フィヨードル・ムールも定期的にやってきて、トロヤを描いた暖炉の近くで、暖炉の火を灯りにして絵が描けるコーナーを確保し、画架や筆、チョークだけを相手にしていた。彼は自分の存在が同僚たちの目にも耳にも入らないだけの距離を取り、誰にも画用紙を覗かせなかった。

クレブニコフも常連客のひとりだったが、彼はいつもしばらくすると奥の黒い扉のうしろに姿を消した。ひとりゴロヴニンのみは、この男が賭けているのは金ばかりでなく、彼自分の命であることを知っていた。というのもニコライ・クレブニコフは、この男が暖炉の間で熱に浮かされてでたらめを言ったのでないとすれば、パーヴェル一世の実の子であり、つまりは現支配者アレクサンドルより一年前に生まれた、ロマノフ一族に連なる男子であったのだ。

それはゴロヴニンにはあまり思い出したくない場面ではあった。彼があるとき、真夜中に暖炉のある部屋にやってきたのは、たまたまひとりでリコルドの助けなしに、ホラティウスを読むためだった。リコルドは熱を出してベッドに横たわっていたからだ。驚いたことに暖炉近くの小さな空間はすでに占領されていた。それが驚愕に変わったのは、彼がうっかり躓《つまず》いたクレブニコフが死んでいるように見えたときだった。だが、ゴロヴニンが彼の体に触れると、グレブニコフは激しい身振りで起き上がり、手に持ったナイフを彼に突きつけて、自分をこれで刺し殺してくれと、乱暴な願いを口にした。自分ではできないので、死ぬもならず生きるもならず、なのだと言った。少し嫌悪感を覚えながらもゴロヴニンが彼を抱擁すると、彼は痙攣に引きつる嗚咽《おえつ》のなかで、彼の人生の一切を体から吐き出した。それによれば彼コーリャはパーヴェル・ロマノフの庶出の息子であるという。エカテリーナの祝福されない後継者パーヴェルが、彼の慰みにとエカテリーナが彼に与えたガチーナの城で、小間使いとの間に作った子であった。これもエカテリーナが彼に与えたドイツ人の妻は女帝の息子のベッドでその気になれなかったのである。とは言っても婚外子を孕むなどは許されない事であったから、小間使いは大急ぎで船大工と結婚させられた。この男は口止め料を受け取ったが、投げ与えられた妻への侮蔑は購わないまま、間もなく酒でその金を使い果たした。妻は次の子の出産のとき産褥熱で命を落とし、庶出の息子は五歳そこそこで、いつも酔い潰れている継父と二人きりになった。奇跡的な援助がなかったら彼は死んでいたであろう。ある目に見えない手が差し伸べられ、この子を教会の孤児院に入れ、それから修道院付属の学校に入学させ、十歳になるとギムナジウムに、そして最後は地理学研修所に入れた。訓練を受けた測量技師としてこの研修所をあとにしたのは彼が十七歳のときである。ここまで来れば海軍幼年学校への道を阻むものは何もない。自分自身でさえ障碍ではない。遅まきの反抗期で、規則の禁ずるところを彼はすべてやってみたにもかかわらず、不名誉な退学に至ることはなかった。だが彼はどこに行くべきだったろうか？　一度、数週間も籠ったことのある女郎屋にだろうか？　だが無名とは言え、皇帝の息子はカインの印を帯びている。彼に何かが起こるはずはない。しかしそれは恐るべき錯覚だった。世界のどの一角にも金を支払われた殺し屋が潜んでいて、望まれない存在をこの世から消そうと彼の隙を狙っているかも知れなかったのだ。死の不安のあまり、彼は自分で自分を抹消しようとした。だがそうするにさえ、彼は臆病すぎたのだ。

ゴロヴニンは、驚き、痛ましく思いながらも、コーリャがどこで彼の出生の前史を知ったのか、知りたがった。母親が物語ったはずはない。だがロシアには、国家の安全のために、正規の婚姻関係以外のすべての男女関係を記録に留めている一つの委員会があることを彼は知った。そのアーカイブの書記が酔っぱらってあることを仄めかした時、コーリャはその男の賭けごとの借金をすべて支払ってやった。そして、絶対に他言せぬことを約束してから、必要なことすべてを聞き出した。というのも女帝の情事さえも事細かに記録されているというのだ。アーカイブはある意味、毒薬貯蔵庫であり、権力は、いつの日か汚らわしい秘密に自ら躓いて破綻に至るまで、好んでこれを利用した。この役所は高い金でその秘密を売り、いずれにせよ、コーリャ・クレブニコフの魂をその中核に至るまで破壊する力を発揮した。その後彼は二つの幸運しか知らない人間になった。死とルーレットがそれである。

賭けごとを彼はやめることができなかった。「フォーチュン」なる幸運の顰《しか》め面が彼につき纏った。彼はどんな儲けを手にしてもその蓋然性を一切嘲笑した。するとこの儲けが彼に顰め面を見せ、代償として彼の悩みをすら滑稽なもの、くだらぬものに見せた。こうして彼は救いのない人間になった。

暖炉の間でのシーンは慰めようもないものだった。だが慰めが求められている訳でもなかった。ゴロヴニンは、自分にも意外なある言葉を口にしたのを覚えている。彼は言ったのだ、僕にとっては、君はあくまでも大工の息子だ。君とはまったく違う大工の息子たちを僕は見てきたがね！

相手が茫然とした様子で彼を見つめると、彼は付け加えた。君は父親から技術的才能を受け継いでいる。君は君の階級の最善の数学者だ。そして今日、僕が知ったのは、君が雄弁だということだ。

クレブニコフがそれを一言も信じていないことは見て取れた。そこでゴロヴニンはさらに言った。いつの日か僕は世界航海に出る、その時は君を連れていくよ、他の誰でもなく君をね。

それはいつの事か分からぬ遥か未来の展望に過ぎなかったが、それでもコーリャの痛めつけられた顔を希望の鬼火がちらと掠めた。

本気か？

本気だとも、僕がここにこうして座っていると同じく、確かなことだ、と、ゴロヴニンは言った。だが僕が船長の船の上では賭けごとは許さない！

クレブニコフは、他の仲間のように近衛兵の部隊に属していたわけではないにもかかわらず、ポーツマスに派遣された。新しいツァー[12]は、変則的な義兄弟をなるべく身辺から遠ざけておくことを望んだのだ。そしてその義兄弟は「一角獣」でも自分の運を試して賭けごとを続けた——そして運を得た。昼の光に照らして考えれば、ゴロヴニンにとって——ひょっとしてムールを除けば——クレブニコフほど自分の船の上にいてほしくない士官はいなかった。しかしゴロヴニンは必ずしもすべてを昼の光に照らして見ることはせず、自分自身の目を信じた。彼の中にも運命に挑戦することを好む人間が潜んでいたのだ——だがだからと言って彼は自分を賭博師と呼びはしなかっただろう。なぜなら幸運と運命とは別物だからだ。

## 3

昼の光の中なら「一角獣」の窓を通して、沖合の戦時停泊地にあってすでに装備を整えられている船のマストを見ることができたに違いない。ゴロヴニンとリコルドはしかし彼らが配属されている船に足を踏み入れることはまだ一度も許されていない。外国人通信員クラブではロシア人が仲間たちだけで集まっていた。新聞を読む人間が出たり入ったりした。ムールは、おそらく記憶に頼って、または昼間集めた手本に倣って、根気よく絵を描いていた。見慣れない顔はただひとり、離れた隅っこに席を占めている訪問者だけであった。白っぽいブロンドの前髪を垂らした、青白い青年だった。大方はロシア製のユニフォームの各部分を寄せ集めた粗末な服を着ていた。自己紹介はしなかったが、スパイにしては少し地味すぎた。

近くの教会の塔から十時を告げる鐘が響いてきたばかりの頃、二人、新しい人間が現れた。彼らはバーで、ロシア語で会話している。着ているユニフォームは彼らが露米商会[13]に働く人間であることを示していた。ゴロヴニンはすでに葉を詰めて持参していたその日のパイプを衒《くわ》え、仕立て屋の請求書で作った紙縒りを使って火をつけた。たっぷり一時間はもたせたかったし、黙想は少しずつ規則的に吸う吸い方を要求したので、会話に参加する度合いが自ずと多くなり、リコルドは少なからず喜んでひとりでその相手をした。その間、ゴロヴニンはゆっくりと間を取って、よい香りのする沈黙の煙を立ち上らせた。

あの木に書かれた格言がどういう意味か、分かるかい？　とリコルドが聞いた。彼らの頭上の二本の梁は細い隙間を残していて、そこから客のひとり位は通り抜けることができたろう。さもなければ彼は「一角獣」に泊らなくてはならないことになる。下の方の梁に亀の子文字の小文字で彫られていた。*Ore stabit fortis arare placet ore stat.* 強い男は口で立つだろう《デア・シュタルケ・ヴィアム・アウフ・デム・ムンデ・シュテーエン》、とゴロヴニンは直訳を試みた。農耕は気に入る、で、彼は食べていける？　座ってよろしい、ゴロヴニン！　そうさ、人は時にはラテン語なんかできない方がいい。*O rest a bit for t'is a rare place to rest at.* おお、少し休むがいい、なぜといって、ここは貴重な休み場所だからだ。

ゴロヴニンは大人しい生徒のように、かすかに笑った。——誰かがまたラテン語をからかっているんだね。でもそこにはまだラテン語ができる愚か者がいなくてはならない。そうでなくては折角のジョークもジョークとして通じないからね。

ジョークだろうか？　とリコルドは聞いた。——一理あるじゃないか。強い男は口で立つ。喫煙は、口で立つための君の流儀じゃないか。

僕は煙草呑みなんかじゃないよ、とゴロヴニンは言った。

むろんさ、とリコルドは答えた。

夜中になってもゴロヴニンはまだパイプをふかしていた。ムールは暖炉のところでまだ絵を描いている。一方、新聞を読んでいた雑多な色の服の男は、鎮火された町（ローマの大火）の前で居眠りしているように見えた。バーのところの二人の紳士もまだ飲んでいたが、そのうち、黒い髪を縮らせた、ほっそりした青年は、もう一人の男の肩によりかかって寝入った。肩を貸している方の男はしかし跳躍寸前のように、一方の足を、カウンターの足もとに巡らしてある真鍮の棒に突っ張って座り、もう一本、上の方に巡らしてある棒には肘をついて、彼に「フヴォストフ」と呼びかけるバーテンダーのジョージと言葉を交わしながら、グラスを一杯、また一杯と空けている。リコルドはバーテンダーの肩章に書かれた「カミルハン」という文字を眺めていた。これは島民がグリーンのために装備したという船の名前ではなかったか？

また新しい謎だ。

フヴォストフと呼ばれた男[14]はゴロヴニンより小さいが体の横幅は広く、明るい色の前髪、四角い顔つき、小さいが突き刺すような明るい色の目と相俟って、スカンディナヴィアよりもむしろロシアでよく見かけるノルマン人のタイプだった。彼は自分の肩によりかかった仲間の眠りを妨げないよう、ほとんど体を動かさなかった。だが今や、後方の部屋からざわざわと人声が聞こえてきた。ほとんどもう《リエン・ヌ》・動かない《ヴァ・プリュ》ぞ！　という声と共にドアが開いてまた閉まったとき、二人のお仕着せの服を着た島民が急いで小さな担荷を担いで通りすぎた。布で覆われた物体は人間の形をしていたが、小人くらいの大きさしかない。

リコルドはバーテンの方を見て聞いた。何を運び出したんだ？　死体か？

グリーンです！　とバーテンは言う。

どういうことだ？　説明してくれ！

バーテンは、カウンターの客にもう注文がないことを——フヴォストフも、顎を友人の巻き毛の頭の上にのせて、寝入っていた——確認してから、選り抜きのキングズ・イングリッシュで説明を始めた。

グリーンがまた落ちたんですよ！　とバーテンは囁く。年に二度か三度はあれをやるんです。「星の昏倒」という奴で、これはいつも同じ夢から始まるんですよ。グリーンは梯子を伝ってつるつる滑る岩壁を登らなくてはならない。だがもう終わりに着いたかと思いきや、到達すべき地点からは、まだ、わずかながら越え難い距離、隔たっている。そこで岩壁にピッケルを打ち込まなくてはならない。それを打ちおろすために腕をうしろに振り上げると、梯子がずり落ちる。それをもう一度ちゃんとしようとするができない。おそろしい滑落はもう目前だ、というより、もう始まっている。道具をしっかり持ってピッケルを打ち込まなくては！　しかも風が転落の速度で厚い壁となるまさにその瞬間に！　さもなければ彼は次の一瞬、落ちてメタメタに地面に叩きつけられる！　だがピッケルがもしうまく打ち込めたとすると、足もとに口を開けている淵は測り難いものになり、同時にグリーンは夢幻のなかに包まれる。そうすれば重力は働かなくなり、天の力の安全ネットが広がってグリーンを捉える。すると彼は落ちる代わりに、円を描いて回り始め、天体のようにたしかな軌道を通って地球の周りを回転するのだ。それより重くも軽くもなく、彼はそれをあらゆる壮麗さに包まれた、青い、母なる星として眺める、とまぁ、そういうわけなのです。

それじゃなぜ担架なんかで運ばれるんだ？　なぜあんなに小さいんだ？

南の島の男は微笑んだ。

人間の目には順を追って展開するように見えることが、グリーンの身には、自由なる落下の間に、稲妻の早さで起こるのです。弟子たちには、彼をちょうどステーンフォールの高さに支えておく時間しか残っていません。だから彼は急ぎます、さもないと、落ちた時に彼の大きさが零になっていれば、彼はもうこの世の生を終えてしまっているかも知れず、深い淵に落としてももう意味はないのです。しかし幸いなことに被造世界では、どんなものもそう早くは零になりません。理想的なのは昆虫の大きさですね。ステーンフォールの高さって何なんだい？　と、リコルドは尋ねた。

それがどこにあるかくらいしか、われわれは知らないのですよ、サー！

上から見るとそれは海岸にある火山の穴で、海の波には洗われない高さにあります。そこに通り穴ができ、干潮のときにはそれは洞穴となり、満潮のときは底に水が入り込みます。洞穴というのは地球の心臓部ですね、グリーンは、地球を天体として経験するには、まず落下しなくてはならないのだ、と言うのです。それがどんなぐあいに起こるのか、彼だけが知っていますが、それについて語ることは彼にはできないのです、彼は昆虫になっていて、気がつくと家にいるわけですから。というのも人間の姿に戻るには助けは不要で、自宅でそうなるには時間も不要なのです。

だが今、彼は自宅にいないではないか。

それは分かりませんよ、ひょっとしたらもうわれわれの真ん中に戻っているかもしれません。

ヌカヒヴァではそんな物語をしあうのか？　と彼は聞いた。

彼らがわたしたちに語るのです。

ところでバーにいるあの男たちは誰なのだ？

フヴォストフとダヴィドフです、とジョージは小声で言った。――彼らは土でできているので、やがて土に帰らなくてはなりません。

そうでない人間がどこにいる？　と、リコルドは訳が分からぬという顔で尋ねた。

ダヴィドフと呼ばれた男が子どものように大きなため息をついた。大きな瞼の睫毛がピクピク動いた。フヴォストフの頭は今や手摺のところまで沈み込み、魔法をかけられたようにじっとコップの水を眺めていた。

バーテンダーが席をはずすと、彼はゴロヴニンに尋ねた。君はどう思う、あの話？

どの話だい？　とゴロヴニンは、新たにパイプに火をつけるのに気を取られながら、聞き返し、詫びた。すまん、ギリンキのことを考えていたんでね、俺の出身地さ。

リコルドの次の質問の前に、大きなもの音がした。一ダースほどの士官がどやどやと広間に入ってきた。賭けを中断してやってきた彼らはバーに押しかける。フヴォストフは場所を譲らねばならず不機嫌だったが、今は再びちゃんと足で立っていたその友人が彼を引っ張った。クレブニコフは全員に一杯を！　と注文した。彼に様々呼びかける声から察するところ、彼はとんでもなく大きな勝ちを収めたので、負けた人間全部に奢らなくてはならなかったのだ。人々はクレブニコフに！　と杯を上げた。彼は英国の繁栄のために！　と言い、それからロシアのために、さらには「一角獣」に集まっている全員の祖国のために、一杯、飲まなきゃ！　と叫んだ。フランスのため、ボナパルトのためにもか？――ゼウスにかけてNOだ！　あのアンティクリストのために杯をあげるのは、奴を地獄につき落してからだ！

静かな会話などはもう望めなかった。ムールは画架をたたみかけ、つぎはぎの制服を着た若い男も彼の本を閉じた。かの男たち二人は窓枠に腰を下ろした。だがすぐにフヴォストフが立ちあがり、大声で演説を始めたので、一同は彼の方を振り返った。最初は何のことか、と、口をあけて、それから不承不承ながら、聞き入った。

ゼウスにかけて！　と聞こえたぞ。ユピターと聞けば何と答える？　ガニュメートだ。アキレウスと聞けば、パトロクロスだ。アレクサンドロスと聞けば、せいぜいクライトスとでも答えて、苦い涙を流そう。ハルモニドスとアリストゲイトン、巨人時代の終わりだ。ペロピダスとエパミノンダス、聖なる一群だが、遅すぎた！　俺の言い過ぎかな、ダヴィドフ？

奴らにはおそらく半分も分かりませんよ、と呼びかけられた男があいまいな笑顔をうかべて言う。

彼らは聞こえても聞かず、見えても見ないのだ、知れたことではないか、わが友よ！

ロシア万歳！　とクレブニコフが叫んだ。

そうだ、兄弟！　ロシアよ、生きよ！　だがそいつは一体、どんな状態で生きているというのだ。お袋ちゃんロシアは？　あたたかい水を欲しがって乞食みたいに這いつくばっている、病気の手足を温めるための水だ――それが生きていると言えるか？

あたたかい水をあたたかい兄弟たちのために！　とクレブニコフが叫んだ。

あはぁ！　フヴォストフは応じた。――貴様らは男だ、一人前の男たちだ！　それなら言おう、貴様たちはなぜお袋さんを凍えさせておくのか？　彼女を大いなる太平洋まで担いで行け！　そこなら適温だ。それはバスタブにも洗礼盤にもなる。それは誰の所有か？　それを自分のものにする者だけの所有だ。それをやってのける、男の中の男を俺は知っている。ニコライ……ペトロヴィッチ……レザノフだ！[15]　いいか？　その男はお袋さんの手をひいてダンスに行くように浴槽に連れていく。そこで彼女とセックスするんだ。オホーツク！　ボルシェレスク！　ペトロパヴロフスク！　コディアック！　ヌナラスカ！　ノヴアルハンゲラ！　彼は満足したか？　いや、それからが本番だ、サンフランシスコ！　サンタ・バルバラ！　まだ欲しいか？　ハワイ！　オタハイチ！　ヌカヒヴァ！　それから取っておきのものが来る、ジャパンだ！　よろしいかな、紳士諸君、かの秘密に満ちた、恥じらいに満ちたジャパンだ——レザノフはそいつを何の造作もなく自分のものにするぞ！

この名前があたりに響くや、嘲笑も痛烈な皮肉も鳴りを潜めた。レザノフ、ツァーの侍従、露米商会創立者シェリコルドフの娘婿。つまりは、「柔らかい金」と呼ばれる毛皮を一手に収めるボス、シベリアとロシア・アメリカの無冠のツァーだぞ。彼は自分専用の艦船を持っている。そしてこの俺、フヴォストフがこの男の部下だった時は、彼は、生意気な言葉を口から漏らす者がいれば、そいつを直ちにシベリア行きにする力があったのだ。

一同、しんとなった。するとフヴォストフは調子を変えて、学校の教師のような口調で言った。

われわれは静かなる太平洋をわれわれの海《マーレ・ノストルム》にする。これ位のラテン語はわれわれも知っているのだ。日本が鍵だ。豊かな国、心配性の国だ。二百年以上前から戦争をしていない。いばら姫のようにいばらの中に身を隠している。われわれは彼女に口づけをして、起こしてやるのだよ！　それにはいい鉄砲があればそれで十分だ。なぜって相手はまだ中世に生きているのだからな。だが日本はあたたかい港をいくつも持っている。そいつを手にすればわれわれは、群れをなして南の海全体に乗り出していける。そうなって初めてツァーは何のために船を築いてきたのか、分かるのさ。どうだ、ダヴィドフ、お前もそう思わないか？

仰せの通り、という他はないね、とダヴィドフは言って、肩を聳《そび》やかした。

クレブニコフ、どうした？　聞いているか？

何時《いつ》、出発されるんで？

こいつは俺たちに早くいなくなって欲しいのだな、とフヴォストフは吠えるように言った、だがまず落ちつけ。何時、出発するのかな、グラヴリル・イヴァノヴィッチ？　われわれはそもそも出発するのかな、相棒？

いいや、とダヴィドフは答え、窓の下枠に身を寄せかけ、まるで歌うように言葉を続けた。われわれはまずわれわれの聖なる国を測量する、呪われたロシア、暗いシベリアを一歩一歩、ゆっくりとな。そしてその果てまで来るとわれわれは、われわれの終わりはロシアの終わりではないことに気づく。われわれは障碍に突き当たる、苦難の道《ウィア・ドロローサ》に至るのだ、そこでわれわれは死を恐れない術を学ぶ。

フヴォストフは彼を喜びに輝く表情で見つめた。それからピョートル・ペトローヴィッチ！　とリコルドの方に向いて言った。君は学問のある人間だ。アルゴナウスの英雄たちを知っているな、イァソン、メデアなどなど、ヘラクレスもいれば、黄金の雄羊[16]もいる。——それが何を意味するか、君は分かっているだろうが、言ってやろうか？　今やアルゴナウス号の出発だ、われわれは出発しよう、汗をかき、凍えることも臆せずにな。

汗をかくのは好かないな、とリコルドは言った。

それは言葉通り、信じよう、とフヴォストフは叫んだ。——だが、俺は俺の生涯ですでに血の汗をかいてきたんだ。毛皮を洗うにはそれを濡らさなきゃならんからな。

ヘラクレスは毛皮商人だったのかな？　うしろから誰かが叫んだ。

ふと沈黙が広がった。フヴォストフは大股で部屋を行き来し、絵筆などを入れた袋の紐を括ろうとしていたムールの前に足を止めた。彼は手にスケッチブックを持っている。フヴォストフはそれを奪い取って開いて見た。

何だ、これは？

返してくれたまえ、とムールは言った。

フヴォストフは一歩、脇に退いてそれを開き、高く掲げた。

見えるか、ダヴィドフ？――と彼は聞く。――俺たちの絵を奴は描いているぞ！　真っ裸だ。

ムールは立ち上がり、ユニフォームの傍らに置いてあった剣に手を伸ばした。

あはぁ、とフヴォストフは言って、スケッチブックを投げ捨て、一歩、後ろに下がったと思うと、生身の剣を手にしていた。――かかってこい、芸術家、見せてみろ、お前が何者かな！

突然、ゴロヴニンがフヴォストフの背後に立った。うしろから腕をまわして非常に強い力でフヴォストフの腕を締め付けたので、彼の体は少しばかり床から持ちあがった。一瞬、体を固くしたあと、フヴォストフは身を激しく捩《よ》じり、足をばたばたさせたが、ゴロヴニンは彼をねじ棒のように抱えたままだ。フヴォストフは突然体をぐんにゃりさせると、人形のようにゴロヴニンの腕の中にぶら下がって、目を閉じた。

誰もその名を知らない読書家が、自分の方に投げられたスケッチブックをムールに返し、ゴロヴニンもフヴォストフを自由にした。ダヴィドフが立ちあがって言った。

兄弟同士で血を流し合うのはやめよう、ニコライ・アレクサンドロヴィッチ、今日は長い一日だったな。

見物人は口々に何か言った。クレブニコフはゴロヴニンの腕を摑み、もう一方の手でフヴォストフの肩を摑むと、二人をリコルドのいる隅っこに連れていった。――ピョートル・ペトローヴィッチ、そこに座っていいか？　そして肩越しにムールに言った、君もだ、フョードル・フョードロヴィッチ？　俺たちみんな、ロシアの子どもなんだ。

結構です、とムールは言い、すでにドアの所に立っていた、ここは隙間風が入りすぎるので僕は失礼します！——そう言うと外に出ていった。

一つのグループだけがまだ一角獣のまわりを囲んでいたが、他の連中はふたたびカジノの方に引き上げていった。クレブニコフだけが残り、大声でこう言った。先に行ってくれ、俺はあとから行く。——平和が続くように、したたかに酒をあおらにゃぁな！　そしてジョージがやってきて皆の注文を聞いたあと、五人は本当にそこに腰を下ろした。

クラス会みたいだな、とダヴィドフがほほ笑んだ。——俺たちも幼年学校にいたんだぜ、二年、君たちより下のクラスだが——十二歳だと、何世紀分も差がある、まったく違う世界なんだ。

紳士がたは俺たちのことなんか覚えていないさ、とフヴォストフ。

下宿はどこですか？　とリコルドが聞いた。

われらが総領事のところだ、とダヴィドフが答えた、フランス人さ、亡命者だ。今はお茶を商っているが、その前は毛皮商だった、数え切れないほど店を持ってる。われわれの下宿は快適だよ。

俺たちはスウェーデン戦争にも参加したんだぞ、とフヴォストフが口を挟んだ。

表彰もされたはずだ、知っていますよ、とリコルドが礼儀正しく言った。——で、今はその商会のために働いているんですか？

それが恥になることですかね、とフヴォストフが聞いた。

そんなこと誰も言っちゃいないじゃないか、とダヴィドフが窘《たしな》める。——まぁ、そういうことになってね、われわれにとっては幸運なことにね。フヴォストフはニコライという名だ、ロマノフ家の一員みたいだろう。――俺たち二人はひと目惚れの間柄だね。

大袈裟だよ、お前は。だがこいつは詩人なんですぜ。いつかはプーシキン以上になる。

ダヴィドフは相手の膝を叩いた。――そしてお前は散文作家だ。行動をもってしゃべるんだ。血の汗をかいたというのは因みに本当だよな、ピョートル・ペトローヴィッチ。奴は親父さんを法の挽き臼から救い出したんだ。

君はいい息子だそうだね、聞いてますよ、とゴロヴニンは言った。ところで、君なしに賭博師たちは何をやっているんだろうね、コーリャ？

奴ら、俺の金で遊んでいるんだから、一度くらいは勝って貰わないとな、とクレブニコフは言った。

――五〇〇〇、俺は奴らから巻きあげた。これは俺にもできすぎだ。

女性についてもそんなに運が良ければ、君は理想的な娘婿だろうな、とリコルドがからかった。

だがそれは、あれかこれか、どっちかひとつなんだ、とクレブニコフが陰鬱な調子で答えた。ジプシー女が俺にそう告げたよ。娼婦なら俺にも買えるが、女房はな、そいつが可哀そうというもんさ。

だって君は婚約しているんだろう、とゴロヴニン。

俺もそう思っていたんだが、とクレブニコフは言った。――だがあれもこれも持つわけにゃいかないんだ。

結納金が足りないというだけの話なら、あんたは俺たちのところに打ってつけの男だ。――ヌナラスカに行けば一角《ひとかど》の男になって帰ってこれるさ――あるいは、すっからかんで帰るってこともあるが。

クレブニコフが黙り込むとゴロヴニンが言った。なんであんた方はシベリアを足で歩いて渡ろうというのかね、日本は島国だよ、それを襲おうと言うなら、船を選ぶべきだろうに。

紳士の皆さんにお前の話をしていいか？　とフヴォストフは友だちに聞いた。

相棒、その話なら自分でするよ、とダヴィドフが言う。——日本は俺を惹きつけはしないんだ。俺の行きたいのは世界で一番、寒いところさ。氷が張るにも寒すぎるところだ。雪が小麦粉みたいに舞っていてさ、頬っぺたが湯たんぽみたいに膨れる。三メートル掘るとようやく魚が泳げる位には液状になっているが、釣り上げると即刻、冷凍状態だ。

そして馬を殺すと、とフヴォストフがにやりとして言った、そいつはもうコチンコチンで、スライスしないと食えんのさ。

馬肉だって！　そいつは願い下げだ、とダヴィドフは身を震わせて言った。

嚙み切れないからだろう、とフヴォストフがにやにやする。——口の中で溶かすのさ。そうすれば、それが生だなんて気がつかない。——ダヴィドフは「絶対」を探しているんだ。

そういうことなら多幸を祈るばかりだ、とリコルドが言った。——僕が体験したいのはロシア最初の世界航海だ。われわれは遅れているからな、いつもそうだが。

だが誰がロシアを回避していけるというんだ？——とクレブニコフが尋ねた。——クックだって、ラ・ペルーズ[17]だって、俺たちの港に寄港している。そしてアレクサンドルなら何でも可能だ。

残念ながらね、とリコルドは言う。

アジアを征服するためでないとしたら、とダヴィドフは微笑んだ、奴はなんでアレクサンダー大王と同じ名前なんだ？　われわれはすべてを獲得し、すべてを所有しなければならぬのだ！

何のために、いつも獲得したり、所有したりしなくてはならないんだ？　と、リコルド。

誰もが銀の匙を銜《くわ》えて生まれてきたわけではないからだよ、ピョートル・ペトローヴィッチ、とフヴォストフ。

歯を食いしばらなくちゃならず、それでも気がつくと歯の間に何も挟まっていない、そういう連中だって結構いるんだ、とクレブニコフ。

だからと言ってすぐさま腹をすかした狼にならなきゃならない、ということではないさ、とリコルドが応じた。――だが狩人より、口を大きくあけるだけの狼の方が、よほど人間的な顔をしているよ。

決闘は今日の所は一回で十分だよ、ペーチャ、とゴロヴニンが言った。

ところで、あのムールというのはいったいどういう人間だ？　とダヴィドフが話題を変えた。

あの男の話なら今日はもう時間が足りませんやね、と唸るようにクレブニコフが言った。ミスター・ムールは世界にたった一人しかいない男でね。何でも知っているだけでは足りなくて、何でも人よりよく知っているんだ。だが、これで失礼しますよ、俺の金が俺を呼んでる。無能な奴らからまた巻き上げておかんとな。

彼が立ちあがると、ダヴィドフも、自分とフヴォストフも今日の所はこれで十分ということにしよう、と言った。領事が寝酒を用意して待っているのでね。

酒ではなくお茶だろうさ、とフヴォストフが吐き捨てるように言いながらも、大人しく立ちあがった。――せめて日本茶ならなぁ。日本茶は世界一、上等だ。なぜわれわれは日本茶を高い金を払ってシナで買っているのか、なぜその本家で買わんのか。

まずはベッドに行かねばならぬからだ、とダヴィドフが断固として言った。

フヴォストフはしかしその場から立ち去ろうとしなかった。彼の顔に瞑想的な表情が浮かんだ。

オランダ人！　と彼は呟く。あいつらは日本交易権を独占している。だがなぜオランダ人なんだ？　オランダなんてフランスの田舎に過ぎないじゃないか。ひょっとすると日本人は、オランダなんて国はもうないということに気づいていないんだ。世界の目はナポレオンに釘づけになっている。今こそ日本を買わなくてはならない、今こそその時だ！　そのことをレザノフは知らねばならぬ！

彼は知っているさ、とダヴィドフは宥めた。一晩寝て考えよう、そして明日また、その話をしよう。――ダヴィドフは一礼し、軽く一突きされて彼に続いて一礼したフヴォストフを引っ張って、カウンターに沿ってドアの方に行った。

二人だけになると、リコルドはバーテンダーを呼んで、日本茶はあるかいと聞いた。「一角獣」には不可能はなかったので、二人は間もなく緑茶の入った二つの茶碗を前にして座った。柔らかな苦みがこの一晩の締めくくりの気分を醸し出した。そのために眠れなくなったとしても、それは明日、アカデミーで取り返せばいい。ところが彼らがその茶碗を置くか置かないうちに、その存在をすっかり忘れていたひとりの人間が彼らの前に立った。白っぽいブロンドの、ラフな服装で、本に読みふけっていた、あの男だった。

## *4*

レーヴェンシュテルンです、と彼は自己紹介した。エルモライ、本当はヘルマン・ルドヴィッヒというのですが、というのもイギリスでは、わたしはドイツ語母語話者でして、それはわたしのロシア語からもお分かりでしょう。わたしの外見からはほとんど見て取れないでしょうけれども、わたしも実はロシア海軍の士官なのです。それからお二人がお忘れでも無理はないのですが、わたしも幼年学校の食事を味わった者です、いやと言う程に。フヴォストフとダヴィドフの学年です。彼らはわたしのことを覚えてはいませんでした、正直のところ、その方がわたしにも有り難いのですが。けれども、ワシリ・ミヒャエロヴィッチ、あなたは覚えておいでしょう、ほとんどあなたの長靴を磨こうとしていたわたしのことを？――それはわたしには名誉あることだったでしょうに、あなたの条件をわたしは満たせなかったのでした。

どんな条件だったのかな？　と、ゴロヴニンは聞いた。

そのあとであなたがわたしの長靴を磨くというのなら、という条件でした。とんでもないことです。あなたの位は高すぎましたから。

一緒にお茶を飲みますか？　とゴロヴニンは聞いた。

緑茶ならいつでも、とレーヴェンシュテルンは答えた。

どうしてこの「一角獣」に来たんですか？

あなたのためです。

スパイをしているのかい、われわれを？　とリコルドが聞いた。

そうです、でもわたし自身のために。――わたしはものを書いているのです。

小説家なのかい、君は？　と、リコルドが聞く。

そうです、とお答えすれば、僭越ということになるでしょう、でも、違います、と言えば、それは嘘になります。わたしは素材を持っていまして、それにあなたがぴったりなのです――いえ、あなた方お二人が。というのも分かったからです、ワシリ・ミヒャエロヴィッチ、あなたを一人占めはできない、ということが。

観念しなくてはならなかったようだね、とリコルドは言った。

わたしの主人公はつまり完全なるロシア人で、ゴロヴニン以上にその役にぴったりの人間はいないのです――失礼、イタリア系ロシア人の登場は想定していませんでした、彼の機知には強い印象を受けましたよ、でも自信がないのです、彼のレトリックに慣れることができるかどうか、それから彼の意地の悪さにも。

君だってかなり雄弁ではないですか、とリコルドは言った。

お世辞と受け取らせていただきます、とレーヴェンシュテルンは言った。――おくつろぎのところお邪魔してすみません、あの一件のあとでは当然、必要な休息の時間ですのに。でも長くはお邪魔しませんので。

そうやってもう始めたのだから、とリコルドは言った。そう簡単にあきらめてはいけなかろうよ。そもそも君は何者ですか？

のっけからちょっと大きすぎるご質問ですね、でもまぁ、こんな風に始めましょうか。わたしはパリからやってきたところです。そこには三年前、亡くなったツァー・パーヴェルの命で派遣された、というよりは、除隊を許されたとでもいうべきでしょうか。彼はフランス人を憎んでいました。派遣されたのです。しかしそれはちょうど彼がイギリス人を懲らしめなくてはと考えていた時期だったのです。彼らが彼の大好きな島、マルタ島を奪ったという理由で。彼がマルタ騎士団長になったばかりのときです。制服が彼は大好きだったことはご存じでしょう。でもパリは世界中の誰にとっても罰で行かされるような場所ではない。わたしは急いでそこに向かいましたよ、パーヴェルの風向きが変わらないうちにとね。その頃はちゃんとした軍服も持っていたんです、御覧の通り、いまはもうもうぼろぼろですがね。その後、アレクサンドルがその父親の――突然の、と言っておきましょう――死の後、わたしを呼び戻すのを忘れてからは、生活は苦しくなりました。任を解かれたわけではないものの、放擲されたのです。そうでなければどうして、自分から物書きになろうなんて気になるものでしょう。ものを書くなんて、それがどういうことか示してくれる手本があれば別ですが、わたしの得意だったことは一度もないのです。とすれば読者に留まる他はありません、ただの読者です。

そういえば本を読んでおいでしたね、とリコルドが言った。それもずーっと長時間に亘ってなので、何か裏の意図があるのだろうとわれわれは推測していました。

ご推察の通りですよ、ピョートル・ペトローヴィッチ、と若い男は応じた。でも、その裏の意図なるものが実は何なのか、わたし自身、分かっていないのだ、とお考えくださってよろしいのです。いずれにせよ、通常の意味のスパイとはまったく無縁です。書くというのは、それを望みつつも今まで虚しく終わっていたのですが、目的を持たない営みなのです。

手本をお持ちなのですか、君は？　とゴロヴニンは尋ねた。

サー、あなたが手本なんです、とレーヴェンシュテルンは答えた。でもあなたはものを書かれない。ですからゲーテです。特に変わった答えではありませんが、彼と個人的な知りあいの間柄であるということがおそらくはその理由です。もう少し正確に言えば、彼にとってわたしはまったく未知の人間ではないという理由ですが、これでも大胆すぎる主張かもしれませんね、約《つづ》めて言えば、わたしは彼と出会い、彼のおかげでわたしの今申し上げたモティーフを得ました。が同時に、それに取りかかる勇気を挫かれたとも言えます、そんな企ては彼自身、取りかかるべきものでしょうから。

どんなモティーフですか、とゴロヴニンが聞いた。

ガリヴァーです、とレーヴェンシュテルンは言った。

それならもう書かれているではないですか、とゴロヴニン。わたしは彼の旅行記で読むことを学んだのですよ。

そうするとガリヴァーはもう三重に存在することになりますね、とレーヴェンシュテルンは言って、顔を赤らめた。――スウィフト氏の発明として。イタリア宮廷でのその受容として。それからあなたの最初の読書体験として――わたしにとっても初の読書体験だったのです。そうするとわたしが不遜にも思っていた以上にわたしたちは共通点があるわけです。

だってガリヴァーはもう書かれて本になっているのですよ、とゴロヴニンは重ねて言った。

その通りです。でも彼は巨人であったばかりではありません。思い出していただけるなら――あなたにこの粗野な巨人のイメージを押しつけた人間は本の世界であまり遠くまで行かなかったに違いありません。巨人の国での小人としてのガリヴァーこそ尊敬に値するとわたしは思うのです。そのほかの想像上の国々のことは省くとしても。たしかに、ガリヴァーはもう書かれています、でも続編を許す余地はあるでしょう、意味深いと呼んでもよい続編の余地はね。その言葉に重たすぎる仮定を付与しさえしなければ、の話ですが。しかし、いずれにせよ、わたしは、おしゃべりを控えなくてはなりません――出版社にそう約束したのですから。誰かが間に割り込んでくることは容易にあり得ますのでね。そうすればその男はわたしより上手く書きさえすればよいわけで、わたしの半生は虚しかったことになります。

出版社がもうおありなわけですね、とゴロヴニンは言った、イギリスに、でしょうね、推察するところ？

　イギリス以外のどこに、人が自分に望む小さな自由を許す国がありますか、出版のようなことに関してでも？　とレーヴェンシュテルンは言う。――ロシアは論外です。しかしそれ以外のヨーロッパも今はフランス領みたいなものです。昔はすべてが可能であったオランダさえ、そうです。イギリス人は容赦ない商人ですが、人身保護条例《ハベアス・コルプス》[18]を持つ国民と言う点では譲りません。わたしは自分の祖国についてあまり名誉ではないことを報告する論文をある新聞に書き送ったばかりです。フランス共和国内でさえ、それは肌身離さず身につけて持ち歩き、どこでも所持品チェックを怖れなければならなかった論文です。わたしはレザノフのような人間に抗議して書くのです――イギリス以外、どこでそんなものが出版可能でしょう？　でもあなた方にはそれを読んで頂けます、ここ「一角獣」でもね、わたしの名前がそこにないとしても、それは然るべき理由があってのことです。

　あなたはいったい何者なのですか、リコルドが重ねて聞いた。

　どうしてもお知りになりたいのですね、ピョートル・ペトローヴィッチ？――それでは申しましょう、わたしはバルティック地方の田舎貴族です、掃いて捨てるほどいる貴族のひとりで、家族の中ですら、存命の者だけ数えても、十人、兄弟があります。領主を養うべき村々はその役を果たしません。わたしは放浪して自分で幸運を見つけねばなりませんでした。今現在は、その幸運は、ジャコバン党員の未亡人の姿を取っています。彼女はパリでわたしをその翼の下に入れて養ってくれたのです。その後、その翼の下の小さな場所もすこし窮屈になりました。自由な空気が欲しい！――数年間、ローヤル・ネーヴィーで鼻の下にその空気を感じてからは、イギリスの空気がわたしには一番好ましいものになっていたのです。その空気が鉛を含むようになるとわたしは次の国を求めて船出しました。幸運の風は常に女性の形を取りましたが、いつもちょっとばかり行きすぎになるのです。イスタンブールではイスラム教の僧がわたしをあやうくイスラム教徒にするところでしたし、ナポリのレディー・ハミルトンはわたしを完全な道化にしようとしました。両者をある高位の人と分かち合わねばならなかったことはわたしの自尊心を傷つけました。牡鹿であるのはいいとして、第二の牡鹿でありたくはなかったのです。それでもそれがいい身分であったことは、わたしの愛人をひとりの死者と共有しなくてはならない今になって分かりました。二つの世界の最悪のもの《ユー・ゲット・ザ・ワースト・オブ・ボース・ワールド》を手にしているわけです。別れを告げようとも思いましたが、彼女がわたしの可哀そうな魂のために獲得してくれた功績を思うと、それもなりません。逃げ場がないのです。あなたは何者なの、ヘルマン?――彼女もわたしに毎日、そう聞いたものです。あなたがそうお尋ねになるのも無理はありません――忸怩たる思いがするばかりです。ポーツマスでもわたしは彼女のお金で生きているのですから。彼女は旅行の費用を前払いしてくれたのです。彼女はわたしのことを重大に考え過ぎています、彼女の所以外にわたしの帰れる場所があるでしょうか。戦争でも起きれば別ですが、その気配はありません。そうでなければあなた方ご自身、もう船上の人になっているでしょうからね。そうする代わりにあなた方はわたし同様、「一角獣」にいる。でもあなた方にはすることがあって、しかも二人一緒だ。わたしは読書以外にすることがなく、一人きりなのです。わたしにはガリヴァーがいるだけです、他に誰がいますか?

　もしできるなら、もし何かをしたいと望んでいいとしたら、あなたは何をなさりたいのですか? と、リコルドが聞いた。

　レーヴェンシュテルンはじっと彼を見つめた。――あなたは何と繊細な方でしょう、ピョートル・ペトローヴィッチ。幼年学校でのあなたのニックネームをわたしはいつも不当だと思っていましたよ、あなたは「テノール」なんかではない。それはゴロヴニンが巨人ガリヴァーではないのと同じです。わたしにとってはあなたは「セラフ」で、彼は「ケルビム」だ。日曜学校でその名前がよく出てきたのですが、あなた方に出会うまでは、その名前から何を想像したらよいのか分からなかったのです。あなた方を心から羨ましく思っているのだと告白してもいいですか？

ピョートル・ペトローヴィッチがさっき君に何か質問したはずだが？　とゴロヴニンは促した。

答えはヤーパン、日本です、とレーヴェンシュテルンは言った。――日本に行きたいのです。

一角獣の下が静かになった。レーヴェンシュテルンは茶碗を口もとに運んだ。

なぜかとはお尋ねになりませんが、その方が有り難いです、わたしにも分からないのです。でもわたしが日本に行きたいのは、突然、問いがなくなること、なぜと言う問いさえもなくなることを望むからかもしれません。

君は大胆な企てをお持ちだ、とゴロヴニンは言った。日本は閉ざされた国ですよ。

それに関しては読める限りのものを読みました、とレーヴェンシュテルンは言う。日本はわたしにとって、ダヴィドフにとっての太平洋のようなものでしょうか。世界の終わりで、そこからひとつの別の国が始まる。読書の国の終わりかもしれません。非常に大きな一歩です、わたしは地中海より外に出たことがないのですから。

だが君はわれわれの話に耳を傾けていた。

しかもその時、目をつむっていたのです。時折、たいへん静かで、あなた方はわたしの存在さえも忘れておいでのようだった。

どこに住んでおいでかな？　とゴロヴニンが聞いた。

この建物のなかです、とレーヴェンシュテルンは言う。

「一角獣」の中ですか？　客室があるのですか、ここは？

客室だらけですよ、とレーヴェンシュテルンは言う。――グリーンはトリック好きの人間です。客は自分たちが客ではないことに気づきさえしません。

客でないとすれば何なのですか？

せいぜいのところ、たまたま居合わせる人間、ですかね、とレーヴェンシュテルンは言った。グリーンはわたしにベッドを与えはしましたが、気ままにさせてくれています。何一つ持たない者も彼を持っているのです。わたしは天涯孤独もいいところですから、良くも悪くも、たまたま居合わせることはできます、けれども居合わせていて意味のある人間かと言えばそうではない。でも今はあなた方に出会った。わたしの状況はよくなりそうな気がします。

あの島民の話はどう受け取ったらいいのかね？　とリコルドが聞いた。

レーヴェンシュテルンは笑った。――グリーンはこの家の中にわたしやあなた方と同じようにたまたま居合わせるのです。すぐにもやってきて、あなた方を追い出すでしょう。ルーレットの所の山師たちも諦めたようですね、それともまだ物音が聞こえますか？――賭博場は見せかけの営業です、と彼はお辞儀をしながら言った。最後はみんな損をするのです、クレブニコフも同じです――どうしてそういうことになるのか、そのわけは誰も知りません。

グリーンは驚くべき回復の話をしていたが、とリコルドは言った。

驚くべき回復をしたようには見えませんよね、とレーヴェンシュテルンは言った。彼の話は支離滅裂です。しかし彼の話の背後には何かしら真実があることはたしかです。

彼は担架で運び出されたが、人々が言うには、ある洞穴に投げ込むためだそうだ。

あなた方が目にされたのは、ヌカヒヴァで作られた迷信の一部です。誰が作った迷信か知りませんが、いずれにしろグリーンよりずっと前の事で、彼が病人として打ち上げられた島は迷信だらけの島だったのです。あるときは、タブーとされた品が多くなりすぎて島民は身動きもできなかったということです。ついには自由なセックスが完全にタブーとされるに至ったのでした。考えてもご覧ください、そんなことをしたら島はどういうことになったでしょう、ふたたび無人島になっていたかもしれません。あるとき賢い魔術師が「無名の物の置き台」というのを作ったそうです。村の広場に移動可能な台が組まれ、椰子の葉で覆われました。どの家も、誰かが羨望からか悪意からか、タブーにした品を持ってきてそこに隠しました。この未開民族の間では品物がすべてであったのは幸いでした——これは因みにゲーテにも好ましいことだったでしょう、彼にとっても物が単なる物体になってはならなかったのでした。人間が物を単なる物体と見なすようになると、その両方、つまり物からも人間からも、生命が消え失せてしまうのですから。

「無名の物の置き台」か、とリコルドが呟いた。

その置き台は一杯になりました、とレーヴェンシュテルンが言葉を続けた。ほとんど一杯になりすぎたのです。でも物がその中にあるとき、誰も覆いを取ったりしてはいけないのです——それこそは絶対的なタブーでした。そしてそんなに物が一杯集まってしまったときは、二人の人間——それはいつも若い男女のペアなのですが——その台を担いでいき、聖なる火山の火口に運んで、中味を覆いもろともそこに放り込むのです——むろん儀式が伴います、そうでないとその若い男女は目がつぶれてしまうのです。でもその儀式が終わると、彼らは抱き合って心行くまでセックスします。天国はもう一度救い出されたのです。村ではまたすぐに次の台座が組み立てられ、次の覆いが編まれます、タブーの快楽は死に絶えることはなく、火山の火口は仕事がなくなることはありません。

ステンフォールの高さ、というが、とリコルドは言った。彼らの言うところではすぐ近くにあるらしいね。

それはいつだってすぐ近くにあるのです、とレーヴェンシュテルンは言った。——無名の物の置き場というのもどこにでもあり、どこにもないのです。

だがバーテンダーによると、グリーン自身が覆いの下にいたのだそうだ、とリコルドは言った。

実際はおそらく彼は、ごく密かにいつもの医者に手当をしてもらったのです、とレーヴェンシュテルンは言った。——そして治ってから、ヌカヒヴァの想像力が彼を担架に乗せたのです。土地から土地に伝わる伝説にあっては、伝説の混交は珍しい事ではありません。今やこの行事を彼らはポーツマスで続け、その効力を信じているのです。ジョージを見ればお分かりでしょう、彼はある王の息子だそうで、ヌカヒヴァでは彼は別の名だったそうですが、今は忘れたとのことです。イギリス人はその名前をいずれにせよ発音はできませんしね。

面白い、とリコルドは言った。

外国人通信員クラブは静かになった。トロヤの暖炉の火も消えかけ、二、三のおきが赤く光っているだけだった。ゴロヴニンも立ちあがって、銃剣を手に取り、パイプをポケットに仕舞った。

もうひとつだけ、と、まだ座ったままのリコルドが言った。——グリーンはどこで彼の傷を受けるんだ？

彼の天使との日々の闘いからです、とレーヴェンシュテルンは言った。彼を神化する人々の迷信にどうやって封ができるでしょう？　毎晩、彼らは、彼を治療に連れていかなくては、と思うのです、昔、ヌカヒヴァでそうしたように。でも彼の傷は不治なのです。

それでは鯨のせいではなかったのか、とリコルドは言った。

この時、ジョージが彼らの前に立った。筋肉を動かさない彼の顔には疲れも見て取れなかった。

クレブニコフももう支払いは済ませています、と彼は言った――あなた方のお茶だけがまだです。

リコルドとゴロヴニンは小銭をかき集めて差し出した。レーヴェンシュテルンはそういう素振りは示さない。しかし彼も立ち上がった。

感謝します、と彼は言った。生涯忘れないであろう一夜でした。

何時《いつ》、パリに戻るのですか？　と、リコルドは尋ねた。

わたしはもう少し、本を読みます、とレーヴェンシュテルンは言った。ゴロヴニンは彼の肩に手を置いた。

話すと疲れますよ、もう寝た方がいいですよ、君も。

われわれはこれから寝てもあまり益はないね、とドアの前に立ったとき、リコルドは言った。また一晩、徹夜してしまった。

ガス灯は燃えてはいたがその光は見えない。朝焼けが中庭の上空の一角を染めていたからである。

間もなく戦争になる、とゴロヴニンは言った。

別々の船に乗るわけだ、ワーシャ、とリコルドが言った。――どうしてこの別れを乗り越えられるだろうか。

われわれはすでに一度、戦争より強かったことがあるではないか、とゴロヴニン。

リコルドは朝の最初の光の中で冷たく光っている、頭の上の店の看板を指差した。——君にも見えるかい、僕が見ているものが？　と彼は聞いた。

一角獣の上の昆虫はもはやワッペンを付けておらず、三角帽も被っていない。手綱を手にしているのは、見間違いようもなく縮小されたグリーンの像で、長靴を履いた足はすっかり治っているに違いなかった。それは馬の胴をしっかりと捉えていたからである。

ゴロヴニンは微笑んだ。——ほらね、できるんだよ、彼は、しようと思えばね。

# 第Ⅱ章　パリ——決闘

## 1

閣下、

あなたのご書簡はわたしを大変、驚かせました。誰が考えたでしょう、あなたが二十五年経ってもなお、一七七七年、聖ヨハネ教会で洗礼盤から取り上げた子供を覚えていて下さるとは[1]。あなたのような高位のお方をこの役目に求めたことで、当時、わたしの父は嘲笑と意地の悪い視線を浴びたのでした。国家の高い役職へのあなたのご昇進が目の前に迫っていて、レーヴェンシュテルン一族の家族の祝宴もある種の憶測から疑わしい光のなかに置かれたのです。神はわれわれの一族をたいへん大きくしましたが、一族がそこで栄えるべき土地がそれに応じて広くなるということはありませんでした。そこでわたしは運を天に任せてその土地を離れ、海軍士官になりましたのですが、自分の限界も知ることになりました。海での人生に乗り出すにはもっと別のステイタスを必要としたのです。わたしは各地を遍歴し、好んで港町に流れ着きました。二十五歳のわたしは、少年のとき想い描いた生活を始めるにはもう年を取り過ぎている気がしていました。自分はまだ自由な人間なのか、それとももう何も誰も相手にしないような人間なのか。

　あなたの庇護を、閣下、わたしは夢にもあてにしていませんでした。挫折することになろうとも自分の責任において挫折したい、誰かほかの人間の犠牲の上に、あるいは誰かの恩寵のおかげで幸運を得るようなことはしたくないと思っているのです。わたしの兄、ヴォルデマーでさえ、自分の力でともかくもコルサコフの部隊[2]の大将にまでなりました。その兄の帰郷が予定されていたのは、六年間、イギリスの船上で勤務したわたしがちょうど一族のもとに帰ったときです。

　兄はもうわたしのことが見分けられないだろうとわたしは考え、妹たちと打ち合わせて、チューリッヒから戻る英雄たちをラジクで迎えて敬意を表すためにやってきた私服のイギリス海軍士官として、わたしを彼に紹介するよう、仕組みました。芝居は成功しました。ヴォルデマーはわたしだと分からなかったのです。そして達者な英語でわたしに答えるばかりでなく、戦術における自分の才能を示そうと一生懸命でした。しかし残念ながらわれらのチューリッヒ隊は二度目の出撃でさんざんに打ち破られ、ほうほうのていで帰り、しかも軍の金庫をあとに残してきてしまっていたのです。わが兄ヴォルデマーはしかし彼個人の戦術的勝利に酔っていたので、わたしの質問をロシアの名誉への侮辱と受け取って、恥知らずの客（つまりわたし！）になんと決闘を申し込んだのです。

　わたしはその挑戦を英国流の落ち着きで受け取ると、翌日の明け方、実際に銃を手にタクスス通りで向かい合って立つ所まで、芝居を続けました。その時になってわたしのマールヒェンが叫びながら真ん中に割って入り、兄にわたしだと分からせたのでした。その時、ヴォルデマーが爆発させた笑いは決して心からのものではなく、またその手にあった銃も、ラジクにおけるわたしの所領権がどういう状況にあるか、多くの言葉以上に雄弁に物語っていたのです。

英語がわたしの母語であるドイツ語よりも今は容易に口に上ります——全然マスターしなかったロシア語が出てこないのは言うまでもありません。われわれは上流社会ではフランス語を話したからです。わたしにとって、フランス語が敵の言語になることは決してありませんでした、それがロシア人の愚かな貴族の口から話されるとき以外は。

あなたはわたしのこの手紙などを読むより緊急のことがおありのはずです。二人の大帝に仕える摂政として、あなたは常に、わたしの存在を気にかけることなどよりずっと重大なことをお持ちだったのです。ですからあなたが突然わたしに注目されたことに、あなたが「コベット政治記録」に書いた、しかしどこにもサインなどしていなかったわたしの手紙に気づかれたことに、そしてわたしの利用法を一つ思いつかれたことに、本当にびっくりしております。

それともわたしの読み違いでしょうか？　何のためにわたしを利用できるとお考えなのですか？　そして、厚かましい追加の問いをお許しいただけるなら、どういう権限をもってなのでしょう？　事故でツァーが亡くなったあと、あなたは一切の職務を放棄してあなたの領地に引き籠られたのですよね、自由意志から、ということでした。わたしもそう信じたいと思います。しかしながら、あなたがエカテリーナ女帝の後の王座に就くのを助けた若いツァー[3]は、どうして長期に亘ってあなたの助力、あなたの助言なしにいられるでしょう？　遊びはもう終わりになさいませ、《アレテ・ドゥ・ジュール、》支配するのです《レーネ》！——若い王子が父親の最後に打ちのめされ、彼を喜びに輝かせるよりは恐怖の念を抱かせる支配権を前にして押しつぶされそうになっていたとき、あなたは彼をそう言って奮起させたそうですね。わたしのパリの友人がその言葉を畏敬の念をもって引用したのですが、これはフランス人にあっては大変なことです。

そのような口からあなたがわたしの利用法を申し出られるというのは、何を意味するのでしょう？　しかしあなたにそんなことがおできになったでしょうか、ずっと以前からわたしについて情報を得ておられたのでなければ？――あなたはわたしの、わたし自身、直前まで知らなかったパリのこの宿、「イギリス亭」の住所までご存知だったのです。わたしにその手紙をそっと届けてくれた夜番の門衛は言ったのでした。でもどうか内密に、そしてあなたの返事はわたし個人に手渡しで願います、と。門番ごときがわたし個人にとはどういう意味なのでしょう？　すこしばかり異常ではありませんか？　あなたはわたしをどう利用しようと言われるのですか？　そしてもしもわたしがそのために利用可能でない場合は、どんな印をもってそれをあなたにお知らせしたらよいのですか？

しかしその前に、閣下、わたしには緊急の日程があるのです。わたしはまたもやピストルでもってロシアの名誉のために戦わねばならぬ羽目に陥っています。それもまたもや名誉というものをわたしとは違う風に理解している相手とです。今度は兄弟同士の冗談などではありません。まだ二十歳にもなっていないフィヨードル・トルストイ侯爵なのですが、彼は十七歳の時、すでに最初の決闘をして、相手を死なせた由、銃は飛ぶ鳥も落とす腕前だそうです。その点でもわたしとは格段の差で、わたしは決定的に不利なのです。当然のことにわたしの心を今占めているこの件が、わたしの利用の可能性を非常に限定するのではないかと恐れます。しかしまずわたしの著したパンフの話をしましょう。

なぜ、わたしのような無に等しい人間が、大きな政治に関して、「コベット政治記録」などに手紙を印刷させたのか？　この人間は何のために、名は名乗らぬまでも、よき市民として意見を述べたりするのか？　しかもそれでどんな名を得たと言うのか？

恐怖王イヴァン[4]以来、ロシアはシベリアに版図を拡大し、太平洋に面する境界線にまで迫ろうとしています。数世紀以来、ロシアは北アメリカにも手を伸ばし、その手は次第に血で汚れていきます。心の冷たさが彼らを先住諸民族に対して無感覚にし、自分の民族に対する以上に無慈悲にさせます。ツァーがペテルスブルクから一万露里[5]離れた場所で商売をするとして、それを皮剝ぎ職人の手に委ねる必要があるのでしょうか、人間の皮をまるで黒テンの皮を剝ぐように頭から剝ぎ取るような輩に？　神聖なるロシアは自分に歯止めをかけるべきです、ゴロツキやペテン師どもに好き勝手をさせないように。今はそういった連中ばかりが粗暴に振舞っています。鞭を振るって未開民族を改宗させたりする必要はなく、武器や性病を広めたり、ルーブルをちらつかせて手っ取り早く解決するような野蛮行為は必要ないのです。ロシアはアメリカにまで手を広げる前に、自身が文明の段階に到達しなくてはなりません。新世界は昔ながらの礼儀作法をより一層、要求します。

しかしわたしの投書の出発点は、ある個人的な感動でした。昨夏のこと、わたしはイサァク大寺院の前で木の義足をつけたひとりの男に出会いました。タタール人かカルムイク族か、いずれにしろ乞食だと思ったわたしは、何コペイカかの小銭を投げ与えました。すると彼は驚いた様子で、彼の歩行用具が許す以上に早く立ちあがろうとしたので、わたしは彼を押しとどめなくてはなりませんでした、そうでなければ彼は転倒していたでしょう。そのあと、彼は深くお辞儀しました。わたしは彼に、わたしにできることは何かないか、尋ねました。彼はやせ細って骨ばかりになっており、死人のように顔色がなかったからです。彼はもう一度、しかしあまり激しいお辞儀をしたので、それがイエスなのかノーなのか測りかねたわたしは、名は何というのか、と尋ねました。彼はロシア語の名前を小声で言ったあと、自分は実は日本人だと付け加えました。――どうしてまたペテルスブルクまで?――アリューシャンで難船したのですが、たくさんのロシア人に助けられ、神様のおかげで命長らえております。――どの神様だ?――天におられるあなた様の、そしてわたしの神様でございます。――なぜ、祖国に帰らなかったのか?――神がそれを望まれなかったから、そしてわたしの同国人もそれを望まなかったからでございます。帰ればわたしは捕らわれの身になったでしょう。――で、ここでは自由の身なのか?――この上ない幸せを与えられております。

彼の日本名はコーイチ[6]で、イセの地方の漁師だということでした。で、どうやって生計を立てているのか?

わたしは教師たる光栄を与えられております。――何を教えているのか?――わたしの母国語でございます、と答え、イルクーツクで、と付け加えました。――イルクーツクで一体、誰が、日本語を学ぶのだ?――わたしのロシア人の友人たちです、女帝さまのご命令で。大帝はわたしたちを受け入れ、ラクスマン教授に、日本語アカデミーを作るように、ペテルスブルクに、と仰せられます。今、大帝はイルクーツクにおられ、ラクスマン教授がわたしたちに、授業を許してくれます。

そのような「アカデミー」の話は一度も聞いたことはなかったのですが、ラックスマン[7]の名は辛うじて推測できました。というのも日本人の発音はたいへん奇妙なのです。もっと混乱させるのは時制、出来事の後・先の扱いです。すべてが一様に、彼の覚束ない現在形で言い表されます。それはひょっとすると彼の度外れの敬虔さのなせるわざかも知れません。彼の目にはどの時間も等しく神の手の中にあるのです。わたしは事柄の順番や関係を自分で考えて辻褄を合わせねばなりませんでした。ラックスマンという男が若いとき、女帝の委託を受けて日本を訪れたことがあり、交易の手をひろげるための第一歩として、難船した日本人を連れ帰ったことは、わたしも知っていたのです。しかしラックスマンは彼らの交換価値を高く見積もり過ぎていたに違いありません。日本人は礼に失しないよう、彼らを引き取っただけで、望んでいた外交関係は——この上ない丁重さの果てに結局——まったく生まれなかったのです。それはとりわけ、ラックスマンが、唯一、外国船に入港を許していたナガサキ、列島の反対の端にある港の代わりに、北方の島に入港するという誤りを犯したせいでもありました。

なぜイルクーツクからはるばるペテルスブルクまでやってきたのか？——皇帝陛下の謁見の機会を待っております、と彼は小声で言うと、そのあと身を起こすのも難しいほど、低く身を屈めました。——皇帝だって？　とわたしは聞きました。その時はまだパーヴェルの時代だったので、気の毒な男は長く待たねばならなかったのです。——お前さんの生徒というのはどこにいるのか？——ラクスマン先生が亡くなられ、わたしたち、もう、学校もありません。——だがなぜ、決して使うこともないであろう言語をロシア人が学ぶのだ？　とわたしは聞かずにはいられませんでした。——神様だけがご存知です、と彼は答えた。もしも大帝がわたしの国を開かれれば、よい通訳が必要です、わたしは自分がそれに耐える通訳だとは思いません。けれども新しい難船者たちをペテルスブルクまで連れていくのです、そこにはきっとよい先生がいます。彼らは残念ながらロシア語ができません。わたしが唯一の人間です。わたしはわたしの地方の方言を話します、たいていの日本人はその方言を理解しません、わたしは彼らの邪魔になります、ロシア人はちゃんとした日本語を勉強しなくてはなりません、だからわたしは陛下に、わたしの解任をお願いするのです、またよい生徒たちが集まるようにです。

あなたの日本人たちはいったいどこに住んでいるのか？

象小屋です、と彼は答えました。

たしかに昔はトルコ宮殿のうしろに、ペルシャのシャーから贈られた二頭の象が飼われていたのですが、コーイチが証言するところでは、その象たちは昨年の冬を生き延びられなかった。今は空になったその象小屋に日本人が住んで、蓄えられてあったその餌を食している。生き延びた者はごくわずかで、彼自身もすっかり弱ってしまった。コーイチはまだ歩くことはできるので、毎日、神様のところに行って、彼の同国人たちの魂のために祈っているということでした。

それは三月のことで、氷のような風が広場に吹きつけ、やせ細った首にかけた十字架を口元に持っていくにも、男の手は震えます。彼は敬虔なキリスト教徒になっていて、そのせいもあって彼は帰国を考えないのでした。それでも彼は、生徒をみんな去らせてしまったりはしない後継者を見つけて遠いイルクーツクに連れ帰るまでは、神に、自分をみ許に召して下さい、とは祈らないつもりでいるのでした。しかしこの間に、唯一、その任に当たれそうだった男が象小屋で餓死したのだそうです。

閣下、わたしはこの男以上に謙《へりくだ》った、しかし彼以上に誇り高い人間に会ったことはない気がいたします。ロシア人魂ではありません、というのも彼には、自分の苦しみに惚れ込んでいるようなところは少しもありません。まったく即物的に自分の義務を果たそうとし、その後もまったく即物的に、自分を不要の人間として片付けようとしているのです。今や自身の尊厳だけが彼の生きる糧であり、彼の見るも気の毒な体は静かな輝き、極度の羞恥心の光に包まれていました。誰にも苦情を訴えたりしないこと、それが彼に十字架を首に下げさせているのです。わたしが彼を乞食と取り違えた過ちは取り返しようもありませんでした、乞食をすることは彼自身、自分に許さなかったからです。

この男のやせ細った影が、「政治記録」であなたがお読みになった、そして、コーイチはひと言も理解しなかったであろう、あの論文の上には落ちているのです。

この男のイメージをもってわたしはこの書簡を終えます。夜が明けようとしています。だが、あなたの夜の門衛はまだ勤務中です——伝令としての「個人」のお手並みを拝見したいものです。

## 2

もうお返事が届きました。十二時間と経っていません。——あなたは近くに居られるに相違ありません。ひょっとするとご自身もイギリス亭に宿を取っておいでなのでしょうか？　開いた新聞の後ろからこちらを見ていた、あの灰色の紳士がひょっとしてあなただったのですか？　わたしはこうして人前に姿を見せていますよ、そうでなければこの手紙を、今日からその部屋の住人となった自分のスイート・ルームで書いたことでしょう。昨日は間違った部屋にご案内してしまいましたので、とホテルマンが直々、わたしのためにドアをあけてくれた部屋です。「あなた様はむろんイギリス亭の大切なお客さまで、何時《いつ》までお泊まり頂いても構いません。」

わたしはすでにあなたに仕える任務についているのでしょうか？　それに何があなたをパリに呼び寄せたのですか？　推測できるのはただ、あなたのほっそりした手がやんごとなき方の命に従ってフランスのカードを切っていることです、言うまでもなくテーブルの下で、ですが。表向きは両陣営の休戦協定がまだ効力を保っているのですから。第一統領ナポレオンは、世界の他の国々の攻撃に取りかかる前に、まずヨーロッパを消化しなくてはならないのです。近視眼の人間にはこの状況は平和と見えるかもしれませんが、武装した目にはそれ以上のことが見えなくてどうしましょう？　そして新しいツァーは、あなたの目以外にどの目を用いるというのでしょう？　あなたの発する強い光を、この見張りの行き届いた町で、どうやって枡の下に置く[8]か、それはあなたご自身が心配なさるべきこととしておきましょう。フケーのスパイは抜け目がないのです。[9]作今のフランスでは――自分自身をもはや信じないことが社交界の作法です――自分は何者かであると自負する人間にこそそれは該当します、明日はひょっとして自分が世界の主人かも知れないのですから。

あなたはわたしの英国好きをご存知です。その一徹ぶりは、願わくは、イギリス人並みであって欲しいものです。支配するために世界を分割する――フランス人とはそういう訳には行きません。彼らは自分を分割不可能と称しているのですから、世界を分割、共有などできるはずがありません。

わたしの友人ノギアのサークルは、毎夕五時――それを彼らは青い時刻と呼んでいます――に、「カフェ・レカール」で落ち合います。紳士たちは青い煙草の煙のなか、仲間内で世界政治を論じ、それも毎日新たに論じ、毎日、新しいひとつの結論で締めくくります。昨日の論法と同じでは誰の目を惹くこともできないので、あえて自分自身と矛盾することもできなくてはなりません――ただしそれが洗練を欠いたら、もうおしまいです。

ノギアのはげ頭は何もしなくても輝いています。彼自身は半分だけのロシア人のつもりですが、それは料理長として「ガチナ」で採用され、ロシア語を一言も話す必要がなくなって以来のことです。以来、彼は、われらがロシアについて真の情報通になりました。人々はわたしをイギリス人として扱います。誰かが、わたしの国の艦隊はすでに打ち負かされたと証言したら、重々しく頷けばよいのです。英国にはもう英雄はいない。ボナパルトはほかの点では何一つ誉める点はないとしても、英雄であることは確かだ云々。聞き手の役割は「カフェ・レカール」ではいつも自由なのです。

どのようにしてわたしが愚かしい限りの決闘沙汰に陥ったのか、と聞かれるのですね。誤ったところで沈黙したためなのです、閣下。人々がわたしの聖なる一族のことを悪く言うのを留めなかったばかりか、わたしがまるでそれを聞いていなかったからです。あるひとつの名前が聞こえた時、わたしは夢想に耽っていたのでした。

最近、われわれのクラブはバスティーユ襲撃を祝う会をしました。誰一人、自分のよりよき伴侶のところに帰ることなど考えませんでした。われわれは、ロイヤル・ネイビーではそう呼ばれていたように、ノギアをクレバー（Clever）と呼びました。彼には、その生産年も生産地も知らず、ましてやその領地所有者も知らずには一緒に飲むことは許されない、一本のボルドーだけが問題でした。彼はガチナでのパーヴェル大侯爵の結婚式の話を始めました。給仕係りの従者たちはコース・メニューの一段階ごとに新しいコスチュームを着たんだぞ、オードヴルにはコサック風、魚料理は漁師風、ジビエにはプロイセンの大衛兵服、肉料理にはハプスブルクのパンドゥール兵[10]の服、デザートのときはマムルーク服[11]と言う具合にね。大侯爵は母親のエカテリーナの臨席を百も承知で、誰がこの館の主人かを花嫁に示すために鞭を振り回していた。母親は最高位の貴族たちの所に座って、息子には見るからに欠けているあの威光を祝祭の席に添えてやっていたのだが。その後、彼女は彼に二人目の妃をあてがったが、この妃も女帝に相応しい孫を贈ると言う義務を持つだけだったね。パーヴェルは去り、今は彼女の可愛いアレクサンドルが王座に座っている。世界制覇にもう邪魔なものは何もない。彼女がもはやこの世に存命でないことだけが残念という訳だが、彼女はひとりだけ余分な男を傍に置きたがったんだね——七十三歳にもなったら女は自分の限界を知るべきなんだが、云々。

一同が腹の底から大笑いしていた、その時、一つの声がした。「ああ、このロマノフ家ときたら！」

どのロマノフだ？　とノギアが聞きました。多かれ少なかれ純ドイツ女と言ってよいエカテリーナは、その後継者を、かの悲しげなピョートル[12]とは別のところで作らせたのだからな、このピョートルがまだロマノフの男としても、だ。というのも彼のお袋さんも旨いものには目がなかったそうだから。彼自身はフリードリッヒ大帝を崇めていて、彼を一度、窮地から救ってやったことがある。[13]これが彼の唯一の業績だったな、彼に相応しく愚かしい業績だが。――そして大帝は、跡継ぎがなかったことからも証明されている通り、女には彼の猟犬よりもわずかな価値しか認めていなかったそうだ。

突然、この若い男がわれわれのテーブルの脇に立ったのです、ロシアの近衛士官のユニフォームに身を包んで、乗馬鞭をズボンの足で撓《た》わませ、誰あろう、わたしに向かって言ったのです。

トルストイ伯爵だ、と彼は言いました。

レーヴェンシュテルンです、とわたしは答えました。何かご用でしょうか？

あんたはロシア人か？　と彼はフランス語でわたしに聞きます。

リヴランド人です、とわたしは言いました。

じゃあ皇帝陛下の臣下だ。それなのにあんたは、あいつらに陛下が踏みつけにされるのを黙って聞いているのか？

次の瞬間、天から火の降るような一撃がわたしを襲ったのです。鞭はわたしの左目を危ういところで外れたのですが、目はすぐ腫れ始めました。わたしがその若者の襟を摑もうとすると、ノギアがわたしを押さえました。ムッシュー、なんということを⁉

トルストイは彼に一瞥もくれず、笑って言いました。「わたしがあんたを侮辱したとでも？　フォン・レーヴェンシュテルン殿？」

あんたにわたしを侮辱なんかできるものか！――わたしは言葉を吐き出しました。

その言葉であんたがわたしを侮辱したことになるぞ、と彼は言います。そいつは良い《タン・ミュー》！　仕方がない、決闘だ、あんたの介添え人を「アルザス」で待つことにする。

彼は自分の名刺をテーブルの上に投げると、剣の音を響かせて部屋を出ていきました。

あんな挑発に君はむろん乗ってはだめだ、とノギアが息を弾ませて言います。

あなたに介添え人をお願いします、とわたしは言いました。

君は気が狂ってるぞ、と彼は言いましたが、その目は輝いていて、その手はもうあの男の名刺を摑んでいました。常連客のテーブルは一瞬にして興奮した共謀の場に変わりました。フランス共和国では決闘はどこにも増して禁止されていたのですが、それが事を一層、抵抗し難いものにしたのです。

わたしの許し難い放心状態の理由は何だったでしょうか？　大帝陛下を侮辱したというのでしょうか？　いや、ひとりの大帝陛下を夢見ていたのです。

彼女はいつもわたしの目の前に漂っています、小柄ながら測りがたい印象を与え、まるで宙に漂っているように見えるのは、緑色のスリットの入ったゴールドのブロカードがその足を隠しているからです。絵から抜け出るように、彼女がわれわれの演習用中庭の舞台に現れると、その姿は、夏にもかかわらず凍りついたような印象を与える海軍省の紳士方の前ではとても華奢に見えました。三角帽の上の羽飾りだけが風に揺れています。エカテリーナ大帝は、二隻の定期船の進水式のためにクローンシュタットを訪れたのでした。彼女は、幼年兵たちから表敬を受けようとしていました。

われわれは二列に並んで現れます。靴の泥を落としてワックスを塗り、ピカピカに磨き上げた丸二日間の後、今や閲兵式に臨み、女帝の方を窺い見ることすら許されないまま、直立不動で立っていました。

わたし、わたしだけが動かなくてはなりませんでした。女帝に自分で作った詩を朗読したのです、歴史的なモティーフを用いた艦船の頌歌でした。ガイウス・ドゥイウス[14]を称える詩で、ドゥイウスは、海洋交易の覇者である豊かなカルタゴを破るには海で戦うしかなかったのでローマを海戦に耐えるようにするために、農具の犂《すき》から鉄製の舟の櫓《ろ》を作らせ、敵船に乗り移るための橋を発明して、農民に地上でと同じように戦うことを可能にした。地上戦なら彼らは不敗だったからだ、そしてわれらがロシアもそうなるであろう。

一つの勝利記念柱の模型をわたしは手に持っている。そのオリジナルは西暦前五〇〇年にフォールム・ロマーナに建てられ、略奪した数々の船の舳先に飾られている、ロシアは農夫のごときヘラクレスであり、新しいカルタゴの鎖を引きちぎるであろう、その名を言うまでもない未来の海の女王への敬意の表明をもって、この詩を終える、彼女はわれわれのただ中にいるのだ、という詩です。

彼女の高官たちはこの詩を一言も理解しなかったに違いありません。しかし古典の教養豊かな女王はわたしの目の中を覗きました。わたしがその模型を渡すために膝を屈すると、それを胸の所に引き寄せ、もう一方の手でわたしを立たせました。わたしは彼女のすぐ間近に立ち、その息がかかるほどでした。白い手袋をした彼女の手は小さな勝利の塔のでっぱりを撫でています。

名《ヴォートル・ノム》は？　少女のようなその声の響きは、わたしに一瞬、自分の名前を忘れさせました。レーヴェンシュテルンです、と蚊の鳴くような声でわたしは答えます。——あなたは詩人なのね、と彼女はドイツ語で言いました。——残念ながら違います、女帝陛下。——謙遜なのね、わたしを共和主義者にするほど大胆だったあなたなのに？　ドゥイウスは共和主義者だったわよね、違いますか？　わたしもそうだったらいいのだけれど、わたしの宮廷がそれを許さないのですよ。——後ろに居並ぶ紳士たちは咳に紛らした笑い声をあげ、女帝はわたしの頰を撫でました。

そのあと急に彼女は身を翻して去ろうとしたので、わたしたちは慌てて、練習しておいた万歳を叫ばなくてはなりませんでした。万歳に伴うべき楽の音はもう女帝の去ったあとの中庭に響いただけでした。

その夜、司令官がわたしを呼び寄せて、明後日、朗読のために女帝のもとに行くように、と告げ、さらに、その準備ができるようにと、わたしに直ちに休暇をくれたのです。何と言う誤解でしょう、わたしがドイツ語でいくらか韻文をものしたといっても、それはごく仲間内のことで、何か特別の機会があるときだけに過ぎないのです。——それなら謁見をその機会と考えればよろしい、女帝陛下は君の詩を君の口から聞きたいと仰せなのだ。われわれの名誉のために行きなさい、海軍士官候補生レーヴェンシュテルン！

わたしはすぐには、自分がたった今、昇進させられたのだということを理解できずにいました。そしてとんでもない恩寵が下ってわたしを彼の上官にしたかの如く、彼はわたしに挙手の敬礼をしたのでした。オラーニエンブルクまでは小舟が、ツァルスコイエ・セロー[15]までは馬車が用意されました。馬車の窓を覆ってわれわれは夏の宮殿に近づきました。馬車を降りると、そこは庭園の側で、脇扉が開いて、お仕着せを着た灰色の髭の男がわたしを無言で人気のない大理石の広間を通って中に導きます。わたしの靴の踵が死の舞踏の踝《くるぶし》のようにカタカタ音を立てました。厚いカーテンのうしろで二人の若い侍女がわたしを迎えます。爪を赤く塗った彼女たちの足は金色のサンダルをつっかけていました。中国の小鳥の刺繡のある黄色い絹地の小さな上着を着ていて、その顔は真剣な表情を見せています。エルモラル？　と一人が聞き、わたしはソーニャ、彼女はターニャよ、と告げるのです。ちょっとした飲み物をいかが？——わたしは女帝陛下のもとに呼ばれているのです、とわたしは答えます。陛下は三時にわたくしをお待ちで、遅刻するわけには行かないのです。——でも女帝陛下が遅刻なさるということもありますわ、と女たちのひとりが言います。その時にはわたしたちがその間ずっとあなたのお相手をしてよいことになっているのよ。楽にするといいわ![16]——といっても、そこには豹の皮で覆われたオットマン椅子がひとつあるだけでした。なので、わたしは当惑して、そこに立ち続けました。フランス語で親称を使うのは相手が子供か召使の時だけです。窓の所でレモネードを用意していた女性たちは、その肌が露わになっても一向、それを衣服で覆おうとはしません。上着の下は何も身につけていないのでした。

　あんたたちはここに勤めている人?——わたしは乱暴な言い方で愚かしい質問をしました。ソーニャがわたしにグラスを渡して、少し恥ずかしげに自分のグラスを上げます。

　あなたに何一つ、御不自由のないようにお世話するのがわたしたちの役目です、と、もう一人の、オットマンの上に腰を下ろした女性が言います。——常ならぬ状況に置かれるあなたが戸惑うことがないよう、あなたの準備がよいか、確かめる役ですわ、とソーニャは言葉を補い、わたしの胸にほとんど身を寄せかけました。そしてわたしの目を覗きこむために身を退くと、彼女はその手をわたしの腰におきました。——ちょっとした身体チェックですわ、と彼女はオットマンの上から言います、兵隊さんならあなたがたはご存じよね、わたしたちのはもう少し優しいのよ。——わたしは海軍の所属です、とわたしは挑戦的に答えました。——ほらごらんなさい、だったらあなたは軍人らしく振舞っていいのではないこと?——そう言うと彼女は手早くわたしのベルトを緩め、チョッキのボタンを外し始めました。気がつくとわたしは下着姿でそこに立っているのです。さあ《ヴォワヨン》、ソーニャは言い、わたしをさすり始めます、ほら《ヴォアラ》、立派な男ぶりだわ《アン・ノム》と、さも感心したように彼女は囁きました。お望みのままに《コム・ヴ・ザヴェ・ザンヴィ》。わたしどもは《オ・ネ・プレ・》あなた様にお仕え申す所存でございます《タ・ヴ・セルヴィエ》。

しかしわたしは意を決してわたしのズボンをふたたびそれがあるべき場所に引き上げました。女帝のところに参るよう、言われているのです、それなのに、義務を忘れた侍女たちといちゃつくより他にすべきことを知らないなんてことがあってよいものですか。

もちろんそれより他にすべきことなんてなかったのです、閣下、それはあとになってはっきりしたのでした。わたしはわたしの最善を尽くすべきだったのです、わたしが女帝陛下にもふさわしい男かどうか、侍女たちがチェックして報告できるように。そんな話ならペテルスブルクの雀たちも屋根からピーピーしゃべり立ててはいます。その歌は幼年学校の暖炉の部屋まで聞こえてきてはいました。でもその口真似をする者があれば、その者はすでにシベリアへの途上にあったでしょう。わたしは事柄のなりゆきに任せて、女帝だけが罰を受けずに讃えることのできる女神に従うべきだったのです。けれども純潔なヨセフ[17]は彼のそのような幸運については何も理解しなかったのでした。

ひょっとするとわたしは女帝の最後の寵児になれたかも知れないのでしょうか？　その同じ年の十一月に彼女は永遠に目を閉じました。その前に彼女はわたしをベッサラビア[18]の総督に昇進させることができたでしょうか？　わたしはエストニアで村を二つくらい、買い足すことができたでしょうか？

年配の女性——わたしにはそんなことが問題だったわけではありません。イザベラ、つまりわたしのあの未亡人[19]だって、若くはありません。わたしの心を動かしたのは、置き去りにされた女性の孤独以外の何だったでしょう？　女帝の死後、わたしはようやく、それを理解し始めたのでした。彼女、かの女帝もまた、置き去りにされた女性だったのです。ノギアの常連客のテーブルは、女帝の死の床は愛の床だったなどと勝手に想像していますが、彼女は愛人の腕の中で死んだわけではない、たった一人で、人知れず死に、長い間、気づかれずに捨て置かれたのでした。

愛とは何でしょうか？　ツヴァイトブリュッケ出身の女性はわたしとの間にそれを経験したと言い、後には二人でそれを知った、とすら主張しました。しかし彼女の経験は、正直のところ、わたしの経験ではなかったのです、わたしは日毎に自分を与えることが少しずつ少なくなり、そうすることでますます多く自分を失っていきました。

しかしこの真実はロシアの名誉とは何の関わりもないことです。トルストイの請求書は間違ってわたし宛てに出されたのです。しかしわたしはそれを自分に引き受けるつもりです。

わたしはあなたに何か新しい事を報告したでしょうか？――女帝の異性関係を逐一チェックするのも確か、あなたのお役目でした。すんでのところでそうなるところだったような関係もあなたはちゃんとカウントしておられたに違いありません。実現に至らなかった愛も成就されたそれに劣らず首を危うくします。女帝陛下を誹謗する理由など、彼女を所有する理由以上にないのです。ようやく後になってわたしは、自分がその上にふいに置かれたあの高い綱渡りの綱を見たのでした。

ひょっとすると女帝の死だけがわたしの命を救ったのかもしれません。

その後、何度、わたしはそれを失いかけたでしょう？　戦場を避ける術は知っていましたが、それによってわたしの命の安全は増したのでしょうか？　どうしてわたしの死だけが、目の前で起こったすべての人の死以上に無意味であってはならないというのでしょう？　名誉の戦場ではないが、忠誠の――ということはつまり、命に背いて行動するという不安の――捧げものとしての死が？　それをあとからとやかく言う人間など誰もいないし、本人にとってはそれでよいのですから。

あの未亡人とはもっと長くよい生活を続けていけたかもしれません――でもそれはわ、た、し、の生活ではなかった――そして突然、真夜中のことですが、わたしはそれにもうひと時も長くは耐えられなくなりました。ネグリジェ姿でわたしは通りに飛びだしました。驟雨《しゅうう》を避けようとしてどこでもよいから飛び込んだ、それが「イギリス亭」でした。そして夜の門衛がわたしに扉を開けてくれた、まるでわたしを待ち受けていたように。放蕩息子を受け入れるように受け入れられ、すてきな屋根裏部屋《マンサルド》のひとつを与えられたのです。そしてむろんわたしのした最初の事はノギア氏に小さな手紙を渡す事でした。親愛なる友《シェール・アミ》よ、わたしは「イギリス亭」に住まっていますが、無一物《ジャビタ・ラングルテール・エジュ・マンク・ドゥ・トゥ》なのです。

ブノア・マリー・ノギアは筋肉のひきしまった小柄な男で、禿げた頭に見る者に不安を抱かせる裂け目があります。ルイ十六世の頃、彼はガスコーニュで理髪師兼外科医をしていたのですが、債権者から逃れてパリにやってきました。革命は彼にはまさに好都合で、怒り狂った民衆の友として頭角を現しはしたものの、自身に命の危険が迫るや、貴族の身分証明を手に入れてロシアに逃れたのです。執政政治の時代、[20]一角《ひとかど》の男となってパリに舞い戻った彼は薬局を開きました。インドの嗅ぎ煙草を商い、それで中毒になった客が繰り返し彼の所に来た揚句、鼻と喉のあたりに障害が出たのですが、彼はそれに効く塗り薬も持っていました。外科医的な処置も厭わなかった彼は、そのための小さな個人クリニックを開設しました。その上、多くの患者にそこへの入院前に全財産を彼に委ねさせることにも彼は成功したのでした。

わたしが彼と知りあったのはルーレットです。彼はわたしに軍資金を援助し、初心者を虜にする幸運をたびたび得させせました。わたしの運がなくなると、われわれの結びつきは一層、密になりました。彼に借金がどんどん増えた結果、切っても切れない縁になったのです。賭けごとの借金は、わたしを彼が養い続けなくてはならない紳士にしました、わたしが突然失踪したりしないよう、ノギアはわたしが彼に依存する身であることを感じさせないように気を配りました。囚われの身の男から借金返済を要求するなど、彼は考えなかったのです。わたしの命は高くつくものとなっていたので、わたしがそれを名誉の決闘などで失うのを彼は見たくありませんでした。しかしこの事が逆に彼の冒険心を煽ったので、迷った挙句、彼は介添え人としてわたしの件を引き受けたのです。

「イギリス亭」からのわたしの緊急呼び出しに応え、彼はさっそく翌朝、ロシア皇太子に仕えていたときに集めたコレクションの中から、ユニフォームの各部分を取りそろえた包みを持ってやってきました。こうして今それはわたしの体をヨーロッパ各国の色で包んでいます。必要最小限の金を小遣いとして与えた上、かれはわたしを屋内に、つまり、「イギリス亭」に監禁したのです――まさにダンディです！

たった今、彼は「アルザス」から帰ってきました。相手の介添え人は毛皮会社の職工長で、名前はシェメリンといい、伯爵にへつらっている男だそうです。「小柄で頭はつるつるだ」とノギアは彼を描写しました。自分との類似点に彼は気づいていないようでした。銃はシェメリンが用意してきた由、象牙の握りのある、二つの全く同じ小型ピストルで、わたしは決闘の場で自分の運を賭けてそのひとつをケースから抜いてよいのだそうです。最初の一発もわたしが撃ってよいとのことで、場所はブーローニュの森の中の空き地、時間は、わたしの目の傷が癒えていれば、水曜日、日の出の時刻。シェメリンはわたしの顔の傷はどんな具合かと尋ねる気遣いを示したそうです。ノギアは医者の立会を要求しました。相手方もそれに同意はしましたが、医者の仕事は死亡証明書にサインをすることだけだろうと確信している模様だったとのことでした。

もう一度、馬に乗りたいな、とわたしは言いました。ブーローニュの森で！

ノギアは間もなくわたしの死の場所となる所までの「孤独な散歩」を許しただけでした。わたしは試しに苔の上に身を横たえてみました。太陽が昇るとき、風に揺れる木の枝の合間から、雲が飛ぶように流れていき、梢は沢山の目でわたしにウインクを送ってよこしました。すると急に海への抑え難いあこがれがわたしを襲ったのです。

追伸——その機会を逸しないうちに！　イルクーツクの日本語学校が再び開かれることになったというあなたのお手紙に心から感謝申し上げます。ひょっとするとコーイチのポストも見つかるかもしれません。彼の生徒になることができたらどんなに嬉しいでしょう！

### *3*

わたしの日本への関心は何に端を発しているのか、とお尋ねなのですね、閣下。ゲーテにもあの時そう聞かれましたよ。本当を言えば彼のせいなのです、これは。
レーヴェンシュテルンというのは主にバルティック地方に住む一族で、わたしの連なる家系はそこそこの領地しか持っていませんが、裕福な親戚もいることはいるのです。残念ながら遺産を期待するには遠すぎる親戚ですがね。一家の領地があるのはクアランド南部ですが、その家の出である、名をパウル・ルードヴィッヒ・ヨハン（因みに姓はフォン・レーヴェンドルフ・ビンケンホーフ・ウント・ゾンターハ・グロース・コッポ・ウント・アルト・ライツエン！）という男は、一七九九年、ワイマルに居を移しました。そこのムルニエ・インスティテュートという学校で息子たちに家柄に相応しい教育を授けるためです。かつてのフランス国民議会の議長ムルニエをカール・アウグスト公が自分の城ヴェルヴェデーレに招いて、次世代の青年たちを国家の有能な指導者に育てるために開かせた学校です。

パウル・ルードヴィッヒ・ヨハンがワイマルに借りた大きな家を仕切っているのは、フォン・ゲルスドルフ家の出である彼の妻ですが、彼女は、美人で同時に野心家でしてね。彼女のサロンには公爵もよく顔を出します。この家の集まりは形式ばったところがなく、それというのもその主たる構成員は女優たちだったからです。芝居のない夕べ、あるいは芝居のはねたあとの夜、人々はレーヴェンシュテルン家に集って遅くまで宴を繰り広げます。主人が留守ならなお好都合でした。というのもこの男は嫉妬心がつよく、人生を謳歌する彼の妻が彼になにかと嫉妬の種を蒔くからです。彼は、精神に過度の負担をかけないために、また、そうでなくても所用で家を留守にすることが多かったのですが、時に、予告なしに突然帰宅し、集まって陽気に騒いでいる人々を驚かせることを好みました。そうすると人々は、うっかりすると高位の客ですら、バツの悪い現場を見せてしまうことがあるわけです。

世紀の代わる年の春、わたしは休暇をとって任務を離れ、まずベルリン、次いでワイマルを訪れ、レーヴェンシュテルン家の集まりに顔を出しました。そこでゲーテと顔を合わせないはずはあるまい、そう思ったのです。劇場支配人としての彼には、女優達の健康や生活態度にも心を配る義務があるからです。しかしそんな時、女優達は少しでも多く君主の注目を惹きたいと躍起になるので、これを敬遠するゲーテは、来たかと思うと帰ってしまうのが常で、わたしの切望する、彼ととっくり語り合うなどということは、望むべくもありません、そこでわたしは、大胆にもフラウエンプランの公邸に彼を訪ねたいと申し出たのでした。

約束の日――この日を忘れることは決してないでしょう！――彼は、体調がすぐれないので、という断りの使いを寄こしていたのですが、わたしの宿の女主人が迂闊にも彼の名刺をどこかに見えなくしてしまったため（ゲーテの名刺を見えなくしてしまうとは！　今もわたしの大切な宝であるものを！）、そんなこととはつゆ知らぬわたしは、彼の館に出かけていき、呼び鈴の紐を引いたのでした。出てきた召使のガイストは、「訪問はお断り」の旨を繰り返しましたが、その時、後ろから館の主が顔を出しました。灰色のフランネルの部屋着を羽織り、でもジュピターの頭髪はまさに申し分ない《アンペカーブル》ぼさぼさのまま、少し鼻声ながらよく響く声で言ったのです。「その男なら通していいよ。お入りンさい、レーヴェンシュテルンさん、半時間ほどならね。ガイスト、クッキーを少しばかり用意してくれ。」

　彼がわたしの腕を取り、いくらか太り気味の体をゆすって、ほとんど少年のようにスキップするように階段を上って上階にわたしを導いた時、わたしは先ほど同様、体が震えるのを覚え、寄木張りの床に沈み込んでしまいたい気さえしました。まず黄色の「食事の間」を通りぬけ、それから左手の白い枠木に囲まれた扉をあけて、青色の「音楽の間」に入りました。半分の高さまで黄色いヘンルーダが絡まる柵の描かれた壁に囲まれた部屋です。最後に一番奥のトルコ・ブルーに塗られた、建物の前面にある部屋に行きつくと、彼はわたしに肘掛椅子を勧めました。テーブルの上には書類挟みが開かれたまま置いてあります。館の主は高い背もたれのあるソファに腰を下ろしたかと思うと、心地よさそうにその角っこに寄りかかりました。わたしはと言えば、ひじ掛けにひじを置くことさえ躊躇《ためら》っていました。窓からは様々な色の衣服を来た人々がフラウエンプランを横切っていく様が見えます。つい先ほどまでわたしはその一人だったのに、今は押し上げられ、ある別種の秩序の中に置かれているのです。わたしの眼の前には様々な色の部屋が一直線に並んでいる様が見えました。どの部屋も「絵画の間」でもあり、そこからは絵や彫刻がこちらに挨拶を送ってよこし、その隣の部屋からは等身大よりさらに大きな、雪のように白いユーノーの頭がうつろな両目から威嚇するような視線をこちらに向けています。しかもわたしが向かい合っているのは、思わず身を固くしてしまうような人物なのですからね。当のゲーテはしかし、わたしの身の回りのあれこれを知ろうと、心こもるバリトンで質問をしてくるだけでした。家族のこと、レヴァルのこと、わたしの任務のこと、わたしの将来計画のことなど。それなのにわたしは口がきけなくなっていました。何で海軍に入る気になったのかね、と彼が聞くと、それはまるで、普通に理性を持つ人間なら誰も説明できないような奇跡か愚行ではないかね、という問いのように響くのでした。ガリヴァーのせいです、とわたしはようやく言葉を押し出しました。それからやおらわたしは、南太平洋を渡っての旅の途上にあったレミュエル・ガリヴァーをぐいと摑んで運び、巨人の国の海岸に落とした大風の模様を説明し始めたのです。難破した男の様子、つまり、彼がふいに昆虫のように小さくなって、小麦畑の中、塔のように背の高い茎のうしろに隠れて見えなくなり、一人の女中が巨大な手で彼をつまみ上げて、目が回りそうな高さまで持ち上げて彼を見つめたところまでを眼前に思い浮かべると、わたしは急に雄弁になりました。というのもプロポーションから言うと、それはわたしが今、置かれている場面とそっくりだったからです。

大風が君を引き寄せたというわけですか？　と彼は目を見はって尋ねたのですが、その目の中には、わたしの子ども時代が映っているように思えました。わたしは言葉を途切らすことなく、小人族と巨人族について自分が読んだことを報告し、彼はまるで初めて聞く話のようにそれに聞き入っていました。彼が書類挟みを閉じて部屋にある二つ目の肘掛椅子の上に載せたのは、ガイストが運んできたクッキーのために、テーブルに場所を作らなくてはならなかったからです。お茶は彼が手づから淹れてくれました。カップにお茶を注ぐ時の彼の手をわたしは見ていたのですが、それは学者の手というよりは、精密な手仕事をする職人の手のようでした。クッキーに手をつける気にはなりません。わたしの身に起こっているこの奇跡のような出来事に、口をもぐもぐさせてものを噛むなどという品のない動作を同時進行させるなど、許されることだったでしょうか。

次第に打ち解けた様子になるゲーテに向かって、わたしはそのあとも、スウィフトの想像力が作りだした生き物たちを、自分の玩具を見せるように広げて見せていたのですが、いつの間にか、わたしたちは二人して、それを大人たちのために解説してやる仕事に移っていました。小人族とベルフスカナーはいずれにしてもイギリス人とフランス人だね、と彼が言います。世界を制覇するための艦船を互いに競って譲らないところを見ればわかるよね。わたしは、わたし自身の人生に起こった、ガリヴァーのそれと同じくらい奇妙な、立場逆転のケースを報告しました。それを聞くと彼は、節度は保ちつつも、いかにも可笑しそうな表情をし、それからわたしに向かって説教をしたのです。運命には好奇心をもって立ち向かうことだね、そして感謝も忘れないことだ、なぜって立場逆転のなかでこそ、我々の足がどれ位地についているか、明らかになるのだからね。ところで、支配者は空中に浮かぶ島に住んでいて、何時なんどきでも住民の頭の上に落ちてきかねないというラピュータ族はドイツ人に違いないね。この数学的なまでの些事への拘りや、際限を知らない思弁を見れば明らかなことだ。

巨人族については、わたしはこれにぴったりの民族を見つけられないのですが、とわたしは白状しました。――それは君自身がその一人だからだよ、と彼は悪戯っぽく答えたものです。ロシア人でなくて誰が巨人族であり得よう。彼らは手にするものを押しつぶしてしまう鈍重な手を持つが、その巨体は中に深い魂が潜むことを予感させ、その魂が毒に冒される危険は、小人族のそれなどとは比べ物にならないほど小さいのだからね。

ロシア人に対するゲーテの好意的な判定を聞いた時、わたしの目に涙が浮かびました。彼は注意深くわたしを見つめ、そして言いました。知ってますよ、君が本当はスウェーデン人だということはね。笑いながら彼は付け加えて言うのでした。しかしスウェーデン人がスイス人と同じくらい我々のガリヴァーの関心を惹かなかったとすれば、彼にとって、彼らはただの人間に過ぎなかったからで、それはそれで結構なことじゃないか。

いいや、そうとも言えないですね、とわたしは大胆にも彼に注意を喚起しました。ガリヴァーの著者が人間をどう考えていたかは、馬の国を見ればわかります。馬たちは人間の恰好をしたヤフー族なんかに比べるとはるかに上等の生き物で、ヤフーなんていうのは家畜としてさえ役に立たないのですから。そして、ホニュフム――この名前はどうやってもうまく発音できませんでしたが――の国というのは、ガリヴァーの著者に、彼が普段は押さえている人間嫌いの本性を思う存分、発散させるのに役立ったのだ、という理解において我々は意見の一致を見ました。ヤフー族の怪物たちというのは、ほんのわずかの好意さえそれに対して持つことをやめ、改善の望みを一切、捨てた時に人間に残るものの表象に他ならないのですから。ここまで来ると啓蒙主義の光も完全な闇となるね、とゲーテは言うのでした。

馬を飼うなどというのは馬に対するとんでもなく間違った扱いだと思います、高貴さにおいて勝るこの動物がどうして人間に仕えるなどという羽目に陥ったのか、自問しないではいられないのです、とわたしが正直な想いを告げると、ゲーテはこう答えました。君はいい領主だねぇ！　ところで、この永遠の命の島というのはどう考えるべきだろうね。これはもっと嫌な気分になるパロディーで、しかしそれがまた当を得てもいるのだよ。これを読むと、もう少し年を取ろうとか、そもそも年をとってみじめな様になり、若い連中の荷厄介になろうなどという気持ちは一切消えるね。もっとも五十歳にもなるともう一度若くなりたいなどと言う気にもならないがね。我々は「永遠のティトノス」にも触れました。ばら色の指を持つエオスは彼の床から身を起こす時、きっと遺憾には思わなかっただろうよ、というのも彼女は、かつての美しい羊飼いの少年に永遠の命を請いはしたが、永遠の若さを請うことを忘れたのだったからね。おかげで今や、彼女の傍らにいるのは木の根っこのように縮んだ老人さ。彼女はむろん他に気散じの術は知っているさ、女神だものね、とゲーテ。だがね、忘れないようにし給え、ホーマーは、ちびた老人にそれでも高貴な《エーデル》、という形容詞をつけているよ。これは嘲笑を嘲笑する言葉だよ、エルモライ、これは詩人の言葉なんだ。対象は高貴で在り続けることはできないにしても、対象に永遠の命を与える視線は高貴で在り続けることができて、ちょうどシラーがそうしたように、自然をも恥じ入らせるのだ。彼はスウィフトと同じように、あるいはそれ以上に物事のあさましい様を容易に見てとることができる、だがそれだけに高貴さをもってそのあさましさを恥じ入らせることができるのだ。それを人は恩寵《クナーデ》と呼ぶが、これは君たち、ルター派の人間にはなじみの言葉だろう。異教徒の間にもわたしになじみ深い言葉がある。優美さ《グラッツィエ》という言葉だ。ゲーテがシラーについて語るのを聞くのは感動的でした。しかしそれ以上に、彼がわたしをロシア語でエルモライと呼ぶのを聞くとわたしは体が震えました。彼の口から発せられるとその言葉は独特の優しさを帯びたため、自分がロシア人であったらよかったのに、と願ったほどです。ガリヴァーの「死者の国」を掠め、ゲーテはこれを初心者のための哲学入門書と呼んで片づけ、我々は次に「魔法使いの島」に行きました。これを書くためにスウィフトは南洋探検家たちの持ち帰ったメルヘンの箱を覗いたに違いないが、フォルスター氏の未開の女たちと知りあうことはなかったようだね、スウィフトがさかさまの世界を描こうとする時、それが現実世界での経験に基づいてはいなくて、それゆえその経験の苦さを生かすことができない時は、芸術的エネルギーも減少してしまう。するとそれは、目を見開かされるような意地の悪い喜びをもってであれ、おぞましく思いつつも同意せざるを得ない形であれ、我々の心に浸透するという効果を持たずに終わってしまうのだ。それは身をもって体験された、い、二義性を欠くせいだろうね。わたしはここで口を挟んで詩人に同意し、日本人に関してもそうなのですよ、実は、と言ったのでした。どうして日本人の話になるのかね、とゲーテはわたしに聞きました。日本人なんて、ガリヴァーのどこにも出てこないじゃないか。高い意味ではもちろん閣下のおっしゃる通りです、でも通常の意味では意義を唱えない訳には行きません、とわたしは答えました。ガリヴァーは彼の物語の最後におそらくは日本に上陸したのですよ。だって彼は、かの国の皇帝に魔法の国の首長の手紙を渡すよう、言付かっていたはずではありませんか。しかも日本の島々は、ヨーロッパを除けば、彼が旅の途上に訪れたと称する国々のうち、地理上、実際に存在する唯一の国なのです。けれども、まさに閣下がさきほど挙げられた理由から、この訪問には説得力が欠けています。彼がよりによって日本でやってのけたと称するこの短くて素早い旅ほど非現実的なものはありません、というのも、日本は、もうスウィフトの時代には、すぐさま送還されるか、あるいは命の代償を覚悟しなくては外国人が一歩たりとも足を踏み入れることができない国になっていたからです。日本は閉ざされた国であったばかりでなく、禁じられた国で、オランダ人以外は、それもしかも厳重な見張りつきで、決められたルートを辿る形でしか、旅のできない国だったのですよ。というのも、ショウグン、いわゆる世俗の皇帝は、オランダ人にだけ、ナガサキという港に設けた人工の島の上に、監獄と呼んだ方がいい位に小さな、通商上の拠点を置くことを許したのです。そこなら、そしてせいぜい二隻の船を連ねてくるだけなら、毎年、入港することができます。これこそは針の穴で、世界の商人は何としてもそこを通らなければ国に入ることはできず、同時に、そこを通してしか、この奇妙な国は外の世界と接して呼吸することができない訳です。

ゲーテが日本人について何の概念も持っていない様子であるのにわたしは驚きました。なぜ、オランダ人ならいいのかね、と彼は尋ねます。——日本人はキリスト教を唾棄しているのです。そしてオランダ人相手なら心配は要らないと彼らは思っています。というのもオランダ人は醒めた民族で、商売のために魂を要求したり、良心を必要としたりしないからです。——次第にゲーテは、わたしが日本人についてこれほども確かな知識を持っていることを不思議に思い始めたようでした。君は現にこうして生きてわたしの前にいるのだから、自身でかの地に行ったはずはないよね。——わたしは、自分はこれらの知識を残念ながらすべて本から、大方は山岳オランダ人の本から得たに過ぎないのだ、と白状しました。

山岳オランダ人だって？　とゲーテは眉を上げて聞き返します。——日本人はドイツ人のことをそう呼ぶのです、きっとオランダ人にそう教え込まれたのでしょう、とわたしは答えました。でもわたしは、日本人は本当の事情を知っていたに違いないと思うのです、なぜかと言えば、彼らは賢い統治者のもと、教育のある民族だからです。日本人をそのように見ているのは、他ならぬドイツ人の著作家、ケンプファー[21]のような男で、彼は、義務とされていたエドへの旅を、国と国民について正確な知識を得るために密かに利用する術を心得ていたのですね。きっと日本人の中でも選り抜きの人々はこうした本を手に入れる術を心得ていて、このような鏡を通して自分たちを見ていたはずです。——山岳オランダ人か！　とゲーテは口に出して繰り返し、その表現を面白がっている様子でした。ドイツ人みんながみんな夢想家でなかったのは有り難いな。——キリスト教布教禁止令も彼の興味を惹いたようで、オランダ人が日本上陸の前には聖書や賛美歌を毒物か爆発物のように厳重に鍵をかけて保管しなくてはならなかった、という話を、ゲーテは、メフィストフェレスのような表情で楽しげに聞いていました。賢い国民だ！　瞠目すべき国民だな！　だがそれほどまでに敬虔さを欠いていながら文明化されているなんてことがどうしてあり得よう！——それは逆です、とわたしは答えました。日常における交わりでは、他のどんな国民より敬神の心に満ちています、きわめて几帳面な秩序を持ち、それを手間のかかる儀式で守っています。そのために我々の信仰を必要としないだけなのですよ、彼らは。

レーヴェンシュテルン君！　君の日本はまるで約束の地だな。それが実在するのは確かなのかい？　任務を外れてよければ、自分で行ってみたい位だが、いかんせん、遠すぎるね。君みたいに船乗りで、若くなくちゃできんことだ。

そのあと、我々は、窓のところに置かれ何時でも手の届くところにある地球儀を眺め、ゲーテは考えに耽りながらそれを軸に沿って回転させました。この丸い世界を見たまえ、と彼は言います。これが我々の唯一の世界なのだよ。なんという小さな天体だろう！——彼の指はシベリアの平原を通って、ちょっと海を渡り、そして日本に触れることなく、その上方で止まりました。何と小さな、今にも消えてしまいそうな島々じゃないか、と彼は小声で言いました。行きなさい、これらが消えてなくなってしまわないうちに、行きなさい、エルモライ君！——そうなのです、まさにそれがわたしの切なる願いなのです、とわたしは告白しました。——この間に君の国はこの島国にほとんど境を接しているじゃないか、と彼は言います。巨人はその足先をとうにこの辺まで伸ばしている。ロシア人はカムチャッカを占領し、黒テンやあざらしを追って、ベーリング海峡を渡り、アラスカやニューカリフォルニア辺りまで行っている。日本列島は目と鼻の先じゃないか、どうしてここに行けないことがある？　ロシア人もヨーロッパ人なんだ、オランダ人や山岳オランダ人なんかよりよほどましな、ね。

わたしは顔を赤くしながら告白したのです。自分は日本へのガリヴァー旅行記を書き足し、スウィフトの遺稿の中に見つかったという触れ込みで、長い補遺の形で出版したいのです。そのために彼の仮名、ドクター・シットを使わせてもらいたいのです。もうロンドンの本屋と話を始めてもいます。——だがそのためには君は現地に行かなくてはならん！　とゲーテは叫びました。もしも日本という世界がそれ自体、そんなにさかさま世界なら、それ以上さかさまに描いてはいけない、とすれば風刺はもっとも間違った文学形式だ！　この世界は細心さをもって記録されなければいけない。だからドイツ語で明瞭な文章を書ける、実務の才もある船乗りの君こそはそれに最適の人間なのだ。この間に何があったので行けなくなったというのかね？――わたしのロシアでの任務、そしてフランス革命です。――くだらんね、言い訳だよ、それは！　とゲーテは叫んだ。任務なんて辞めりゃいい、それに革命に関して言えば、これはそんなに大仰な出来事ではない、我々のような人間はそれを無視できなくてはならないんだよ。日本に行きなさい、本屋ならわたしがワイマルで探して上げよう、君が君の義務を果たして生きて帰ってきたらね！――ああ、それよりも前にまずは向こうに到着しなくてはならないのです、それにはどんなコネも充分ではないのです、それには船が必要なんです、日本は島なのですから！――航海が必要というわけか、そいつは弱ったな、とゲーテは独り言のように言って、深い沈黙に沈んでしまいました。わたしに向かって半ばジョークで描いてみせた企ての途方もなさに、自身、思い至った様子で、彼は一気に何年分もふけて見えたのでした。

この時、ガイストがまた入ってきたのですが、ゲーテの合図で、彼は、菓子皿は残して茶道具一切を片付け、紙挟みをどさりとテーブルの上に戻し、ゲーテは心ここにあらざる様子で紙を一枚、一枚、捲《めく》り始めました。細い線で古代の人物が描かれている紙です。あるものは教科書通りの襞の多い衣服をつけ、あるものは裸でした。というのもそれらは、さらりと暗示的に描かれた性器がそれらしくは見えないにせよ、すべて男性像だったからです。ゲーテはそれら紙片を一緒に見られるようにと、わたしを自分の傍らに引き寄せました。わたしの重みで心なし沈んだのはソファです。ちょうどこんな風にわたしは父の傍に座って、子ども用聖書の絵を見たことを思い出しました。父がわたしに絵の説明をしてくれる間、父が愛飲する煙草の匂いが体の温かみを帯びて漂ってきたものです。そんな風にしてわたしは読むことと書くことを覚えたのでした。ゲーテの場合、煙草の香りは一切あり得ません。ゲーテは煙草の匂いが我慢ならないのよ、と、伯母のレーヴェンシュテルンが警告してくれたことがあります。だからわたしは葉巻の袋を手まわしよく家に置いてきていたのです。今は、微かに酸味を帯びた、まぎれもなくゲーテその人がそこに現存する香りを呼吸していました。そのゲーテはといえばしかし、わたしの口にチョコレートを運び入れ始め、ひとつ置きにパクリと自分の口に放り込むのを忘れなかったのです。何の躊躇いもなく彼はそれをもぐもぐ噛みながら、しかし唾を飛ばすことはなく、話し続けました。

　こんなことはお前の人生に一度限りのこと、二度とあることではないのだぞ、とわたしは心の中で考えました。ゲーテの肥満がもはやそれほど不思議とは思えなくなっていたのも事実です。

　ここにあるのはどれもトロヤ戦争の絵だよ。——あるコンテスト[22]の収穫さ。マイアーとわたしは両陣営の英雄たちを各自の思うまま描くよう、若い芸術家たちに呼びかけたのだ。神々を描くことは許さないが、半神は目をつぶることにした。というのも、「イリアス」には、その誕生に際して神または女神が決定的な形で関与していない登場人物など皆無に等しいと芸術家たちが言うものだからね。

　彼の官庁用語の使い方は見事なものでした。因みに、と彼は言いました。女性を描くことも禁じたのだ。若い連中は誰も彼もヘレナを描こうとしただろうからね。わたしたちは天才を期待しているわけではないのだ。なぜって、二つの軍隊を十年もの間戦わせることになる女性はどんな女性だっただろうか、天才でもなければそんな女性を描けるものではないからね。時間の無駄だ、そう呟きながらついに唾を飛ばした彼は、アキレウスの武器の上に落ちたクッキーのかけらを拾い上げてもう一度、口のなかに入れながら、言葉を続けました。若者がそんなことに躍起になるなんて、これほど愚かしいことはないからね。わたしはあえて口を挟みはしませんでしたが、それならなぜ、せめて女性たちが芸術家としてコンテストに加わることが許されなかったのか、と質問したいところでした。わたしの眼には、彼が手にしているのはどれも力ない作品で、それはまるで鉛筆が躊躇するので大胆な筆致で男性を描くことができなかったのだ、とでもいうように見えました。ゲーテは、それが主題とする英雄に従って、絵を仕分けしました。すると、さまざまな姿勢を取ってはいるが、どれも肉感のない線で描かれた、たくさんのパトロクロスやアエネースが目の前に並びました。その頃、わたしのお気に入りだったヘクトールが一番たくさんありましたが、ゲーテが好んだのはアエネースでした。一家の父親で実直な男だ、と彼は言いました。母親のアフロディテには似ていないね。だが彼が何をしたかといえば、戦争に「さらば！」を告げ、出かけていってローマを築いたのだよ。少年の面立ちの下に堂々の男が隠されていた訳だ。

自分の剣の上に倒れ落ちる寸前のアヤックス、冒瀆するテルジテス、叫び声を上げるピロクテーテスなど、窮地に陥った醜い英雄を描こうと試みる作品を、ゲーテは次々とせわしくめくりながら言いました。不快なものを描くには、人は、シェークスピアのような傑物でなくてはならない。そんなことを我々は少年に要求しはしない。そんなことをすれば芸術への出発点で躓く。模範的なものを描く、それだけでも十分に大仕事なのだからね。

時間はいつの間にか随分経っていて、もう二度もガイストは灯りをつけようと姿を現したのですが、そのたびに、いい、いい、もう少しあとでいいよ、というゲーテの言葉で、追い返されました。我々は依然として、小さなベンチに隣り合って座り、絵を前にしていました。とはいえ、そこに描かれている人物はもうほとんど見分けられなくなっていたのです。わたしたち二人の近さを夕闇がいっそう親しみ深いものにしていたこの時、わたしが自分の椅子に戻る理由があったでしょうか。もうとうに暇《いとま》ごいをすべき時刻ではありました。ゲーテの近くにいると時間は束の間で、蝶の羽の燐粉を留めてはおけないのと同じです。わたしはすでに腰を上げかけていたのですが、ゲーテはそっとわたしの腕を摑んで椅子の上に引き戻しました。

そんな遠くに行きたがるなんて、君にゃ大切な恋人のひとりもいないんかいな？ と彼は小声で言いました。考えるよりも早く、わたしは答えていました。ミンヒェンがいます！――どこで君のミンヒェンは待っているのかね？ と彼は今度はずばり聞いてきました。レヴァルです、ブライトシュトラーセに住んでいます。でもわたしを待っているかどうかは分かりません。かつてわたしの初恋の人だった、それだけです。彼女の家で子供らしい結婚式を挙げましたが、それも本当を言えばわたしの兄のヴォルデマーの代理をしただけなのです、兄が麻疹に罹っていたからです。それ以来、堅信礼までほとんど会っていませんでした。「待童の家」の「騎士祭り」における「ダーメンヴァール」[23]の時、初めて彼女は、わたしを相手に選びました。花嫁の口づけを未だに果たしていないと言って、彼女は、みんなの前で、自分からその口づけを奪いに来たのです。その時、彼女は少し前かがみにならなくてはなりませんでした。この頃、彼女の方がまだ少し背が高かったからです。その直後に入学した幼年学校時代にはわたしの背丈も伸び、しばらくの間、わたしたちはぎごちない手紙をやり取りし、お互いを忘れないようにしようね、という約束を交わしました。自分に手紙をくれる女の子がいることをわたしも仲間に見せたかったのです。しかしその後わたしの海への遍歴時代が始まり、以来、彼女とは会っていません。でも彼女はまだ独身で、わたしへの好意を持ち続けている、ということです、これは彼女から肘鉄を食らった兄から聞いただけですが。

枢密顧問官は長い間、頷いていて――わたしにはそう見えたのですが――どこか悲しそうでした。少なくとも微笑んではいなかったのです。マダム・レーヴェンシュタイン[24]からよろしくと言づかっております、とわたしは言葉を続けました。またいつかおいで頂ければ光栄ですとのことです。――薄闇のなかで見える限りでは、彼の顔はいっそう厳粛になりました。――いいかい、エルモライ君、わたしはこの種の社交の集まりにはもう耐えられないのだよ、女優たちももう沢山なのだ。――わたしは、ヤーゲマン[25]がフェードラを演じた時、わたしに与えたすばらしい印象のことを語りました。あのようにも悲劇的な人物をわたしはかつて見たことがないし、泣きながらも胸に迫るばかりの彼女の歌声をわたしは忘れられません、彼女は我々の時代のきっと最も素晴らしい女優でしょうね。――公爵も同じ意見だ、とゲーテは短く答えました。彼女を雇い入れたのはわたしだが、今、劇場は公爵の管轄なのだよ。――公爵にはレーヴェンシュテルン家で紹介されました。公爵が気さくにあの家に出入りしておられるのは女主人の人柄によるのでしょうね、彼女に公爵はたいそう親しさをお見せですが、でもわたしの見るところ、彼が親しくしたいのは誰よりもヤーゲマンで、彼女がいないと見ると、早々に暇を告げるのが常のようです。公爵が二股をかけているのは世間慣れしないわたしの目にさえ見てとれることでした。しかし今、わたしは、ゲーテも似たような状況にいることが分かったのです。彼は、自分の庇護下にある女優をめぐって、彼女の芸ゆえにのみならず、劇場をめぐる権限ゆえに、主君と鞘当しなければならないという気まずい状況に置かれているのです。これについてゲーテと話すことなどできないな、とわたしは思いました。

　ところが思いがけないことに、ゲーテの方から公爵の話を持ち出したのです。彼は、公爵はデモーニッシュと言いたいほど才能に恵まれた、しかし本当は孤独な性格で、いかにしてもそれに報いることはできないほど、善意の人間なのだ、と言うのでした。我々の間柄をはるかに超える、このような内密の事情を打ち明けられたことを、わたしは忝《かたじけな》く思いつつも、それをゲーテの独り言と理解することにしました。ゲーテの傍にいてその内心の思いに耳傾けるなどということは、彼の許しがあったとしても、わたしごときがすべきことではありません。彼の顔も今はもう夕闇に包まれ、表情を読み取ることはできませんでした。

航海士君！　と突然、彼は言いました。船出の前には力をつけなきゃいかんよ、そう言って彼は菓子器のなかに手を突っ込み、わたしが遠慮する間もあらばこそ、最後のチョコレートをわたしの口のなかに押し込み、わたしがそれを咀嚼するのも待たずに、ふいに腰を上げると、手を差し伸べました。——有益な時間をありがとう、フォン・レーヴェンシュテルン君、ご親戚の方によろしく。それからわたしのためにも君のガリヴァーを完成してくれたまえ。そう言って彼はわたしに手を差し出し、わたしの方は、思わずロシア式の口づけをしました。膝を折ることができなかったのは、彼がわたしの手を離そうとせず、手をつないだまま、もう一度、部屋から部屋を通って、最後の扉までわたしを誘導したからです。そこには召使のガイストがわたしを引き取るためにのみ待ちうけていました。

きっとまた会おう！　とゲーテはうしろからわたしに呼びかけて、踵を返しました。敷居の所でわたしは、召使がわたしの前を歩きながら照らしてくれた灯りの中、あの言葉を読みとることができました。SALVE! ようこそ、そしてごきげんよう。

## 4

明け方二時、わたしは、安眠を求める戦い、わたしの心中のこの矛盾を放棄して灯りを灯した。人は、自分の最後のものとなるかもしれない夜を、どうやって過ごすのだろう？　いずれにせよ酒は飲まないでいよう、とわたしは考え、早く床に就いた。だがその後、殊勝なその決心をわたしは、もうひとつの別の決心をもって破った。決闘の前に、眠れぬ夜を過ごすのは勧められることではない、健康な人間の常識がわたしにそう言ったのだ。重たいワインが効いたのだろう、わたしは真夜中過ぎ、肘掛椅子で寝入ったようだった。そしてそこで夢に見舞われたとすれば、一睡もしなかったわけではあるまい。

　わたしは決闘を無事、切り抜けた。そこまでは夢はわたしの願望の成就を手伝った。命取りの流血には至らずに終わったのだ。夢の中でわたしはトルストイの耳を狙うつもりだった。だがその代わり、彼はわたしの鼻先を掠めて撃ったのだ。奇妙なことに血は一滴も流れなかった。弾はわたしの鼻をむしろ自然な大きさに縮めたように見えた。鏡の中のわたしはわたしとは認め難かった。鼻を曲げてみせることもできないような鼻には「そっくりかえった鼻」という語はもはや適合しなかったからである。ヘルマン・ルードヴィッヒ・レーヴェンシュテルンは直裁に言えば猿となり、人前には、とくにご婦人方の前には姿を見せられなくなった。夢の中のわたしの友人たちは、失われた鼻の部分をもう一度、縫いつければよい、と言う。ノギアは、擲弾兵たちがイェナとアウステルリッツで戦死して以来、彼らのために用意していたいくつもの予備の鼻が使われないまま、彼のクリニックに残っているので、それを提供しようと言った。しかしながら試しに用いられた蠟の補綴《プロテーゼ》がわたしにくっつこうとしないので、釘を脳髄に打ち付けることになり、わたしは激しく抵抗した。するとわたしの友人たちはあっちからこっちから手を伸ばしてわたしの顔を押さえつけたので、やたらに痛く、その圧力で窒息するかと思ったほどだった。鼻の穴を塞ごう、という声が聞こえた。そしてノギアが金でそれをこね上げるまで、わたしには口で呼吸していろという。開けっぱなしの鼻に開けっぱなしの口まで要求されたわたしは、あんまりだと言った。するとノギアは、どこかの肉を切り取ってそれを顔にくっつけよう、と言い出した。母なる体《ムッターシュテレ》、この表現はわたしの記憶に残ったのだが——のどこが適当か、友人たちは議論した。人々がわたしを肘掛椅子に縛り付けると、ノギアは肉切り包丁をわたしの腹にあてた——そのとき、わたしは大声を挙げて、この椅子から飛び上がったのだ。

その後はむしろもう眠らないことにした。わたしは鼻に手をやって、わたしの鼻の先よりはどうやら依然としてわたしの命に関わる問題らしい、目前に迫った戦いのために武装した方がいいぞ、と自分に言い、弾を確実に撃つために腕を鍛えようと腕を伸ばして椅子を持ちあげた。震えることなくわたしはその姿勢を二分間、維持した。生死にかかわる一件がわたしに猶予する以上の長さだ。

日の出前にノギアとわたしは約束の場所に行った。スイス人医師はいない。寝坊したのだ。森の空き地の反対側から相手の一団がやってきた。先頭には、ミサの白い侍者服の若い男が手に大きな十字架を持って進んでくる。続くのは黒い服に身を包み、低い声で祈りを唱え、香炉を振り回している司祭だ。そのうしろに近衛兵の制服を着たトルストイ伯爵が頭を垂れ、手を胸の上で組み、三角帽は腕の下に挟んで歩いてきた。最後は二つのシルクハットを持つシェメリンである。一つは頭の上にのせ、もう一つは両手で、主の聖杯のように捧げ持っていた。

石一つ投げた距離に行列は止まった。司祭はなおも祈りを唱えながら、ベンチのようになった芝生の上に立ち、その前に伯爵が跪《ひざまず》く。シェメリンはしかし香の煙の中からちょこちょことわれわれの方に歩いてきて、途中で足を止め、シルクハットの一つを下に置くと、もう一方を頭から少し持ちあげ、それを持って大きく弧を描くようにして挨拶のポーズを取った。中尉殿、鼻にかかった声で彼は言った、トルストイ伯爵は一緒に懺悔をし、主の聖餐をお受け下さるようにとあなたを招いておいでです、介添えの方もどうぞご一緒に、とのことです。

ノギアとわたし、カトリック系無神論者とルター派プロテスタントは、互いに顔を見合わせた。伯爵にお伝えください、わたしは早速、事に取りかかる方が有り難いです、と。――シェメリンの簿記係のような顔に限りない驚愕の表情が現れた。――その場合には、伯爵はあなたの気の毒な魂も祈りに加え、彼がなさねばならぬことについての許しを乞うことになります。彼はいつもそうしてきたのです。――事実、伯爵は瞑想のポーズを取ったまま身動きもせず座り続け、司祭は香の煙を彼の方に送り続け、シェメリンはと言えばちょっと帽子を頭にのせたと思うとまたすぐ取って跪き、交唱に加わった。その上方に十字架を捧げ持っている侍者の少年の歌声が精霊の鳩のように飛び交う。嫌悪感を覚えつつも感動してわたしは、わたしの最後の時間を用意する、その和声の響きが天に昇っていくのを聞いていた。トルストイは今、過去においてそれを信じなければならなかった者たちの名前を繰り返し、その一々の名前のあとに熱烈なアーメンを唱えた。最後にわたし自身の名前が響いたときには、わたしもさすがに顔面蒼白になっていたに相違ない。というのはノギアがわたしの耳にささやいたからだ。あんたまで可笑しくなっちゃだめだよ、ハ、ハ、ハ、ハ、ハ、ル・フェンシュテルン！[26]　神が敬虔ぶる人間と一緒にいた例《ためし》はないんだから。

相手方のプロパガンダは十五分も続いたでしょうか、六月の朝はひんやりしていて、わたしは鳥肌が立っていましたが、太陽が昇っても、目に眩し過ぎることはありませんでした。ついにトルストイが立ちあがり、ノギアの立ち上がるのを待ちました。ノギアは決められた距離を測り始め、わたしの方に進んできました。そのあとからシェメリンがちょこちょこついてきます。武器を入れたシルクハットの場所がずらされました。ノギアはたっぷりと歩幅を取って敵対者間の距離をもう少し大きく取ると、自分の財布をわたしの新しい立ち位置に置きます。それからわたしはトルストイと共に真ん中で出会い、武器の入ったシルクハットにわたしが手を伸ばす前に、司祭がもう一度、その上で十字を切ります。トルストイは残った銃を手にしました。

その後の進行は介添え人たちが正確に取りきめていました。決闘の対戦相手同士は互いに目を見あって一礼します。ノギアが気をつけ《アタンシオン》！　と叫び、シェメリンが前進《マルシェ》！　と叫ぶとそれを合図にわたしたちは互いに背を向け、同時に相手から遠ざかります。最初の出発点に到着すると、相手に背を向けたまま、その場に立ち止まって待ちます。シェメリンが向きを変えて《トゥルネ》！　と叫ぶとわたしたちはそれに従い、同時に武器を高く上げます。次の命令は、ムッシュー・ルヴェンシュテルン！　のはずです。わたしが引き金を退いた後、トルストイは十秒待って、それに応えます――彼が致命的な弾を受けて倒れたのでない限り！

撃て《フュー》！

わたしはピストルを高い弧を描いて草むらに投げ捨てました。

ほっと緊張を解いたわたしは、一息、また一息、呼吸すると、相手に背を向けました。最後の一瞥で確認したところでは、相手は自分の武器を下ろすことは全くしませんでした、銃口をぴたりとわたしに向けていたのです。

次の行動をわたしは夜のうちに考えていました。植物、何でもいい、最初に目に入った植物を相手にするのです。それは若い菩提樹、親樹の根元に生えた、ひこばえでした。その葉は瑞々しく、子どもっぽく大きい。数えると、葉は十一枚、もう一度初めから数えます。その間、何も考えませんでした。エカテリーナのことも、ゲーテのことも、イザベラのことも。否、クリック！　という音がした瞬間、目の前に見えたのはゴロヴニン、わたしの長靴を磨いていいなら、という彼の条件をわたしが受け入れなかったとき、自分の長靴を引っ込めたゴロヴニンの姿でした。

トルストイの武器は機能しなかったのです。

クリック！　という音がしてから、短い永遠というべき時が流れました。目を依然としてわたしの若い菩提樹に向けたまま、わたしは立ち上がりました。限りない静けさの中、わたしは、少し腕を開きます。誰かが大声で笑ったので、わたしはうしろを振り返りました。それは司祭でした。彼は作りものの口髭をもぎ取り、体を折って笑っています。トルストイは真顔でした。しかし彼も武器を持った手を下ろしていました。

後奏、閣下、それはまことにロシア的でした。介添人たちは一緒のところに立ち、事の結末を神の裁きと受け取ることで合意していました。この状況のもと、事に関わった二人の名誉は十分に保たれた——その事にシェメリンは大きな価値を置きました——そしてロシアの名誉も保たれた、というのです。一同は、兄弟同士の血を流す代わり、ウォッカを注いでこの一件を終わらせることにしました。司祭はコスチュームを脱ぎ捨て、待者の上着も一緒に広げて、芝生のベンチの上の敷物とし、ズボンのポケットからウォッカの壜を取りだしました。壜は口から口へと飲みまわされ、こうして場面は野外の昼食《デジュネ・シュール・レルヴ》[27]へと変わり、十字架持ちの少年はガニュメートになって、トルストイが彼を膝に引き上げるまで、彼に仕えたのです。彼は事柄を軽く考えようとする様子は見せませんでした。むしろますますもって真剣に、ウォッカが少しばかり体に入ろうとも飛ぶ鳥を撃つ位の事はできる、という証明をしたがっていたのです。——残念ながら家鴨くらいしかいないがね、とシェメリンは煽ります。突然、猟銃を手にしたトルストイは、四発、きっかり四発、発射し、空から四羽の可哀そうな鳥を撃ち落としました。彼が手ずからその毛をむしると、ノギアがそれをシェフ特製《ア・ラ・マニエール・ドゥ・シェフ》の、即席ローストにしました。小さく折った十字架を薪にすることにして、司祭は彼の作りものの口髭でそれに点火し、火の勢いを増すには香炉が役立てられました。次に決闘騒ぎがあるとしたら英国流にしよう、と皆は合意します、イギリスに人の血管には「血」なんか流れてないが、とトルストイは言ったのでしたが。最後に彼はわたしを抱擁し、君を保護しよう、とまで約束しました。わたしの粗末なユニフォームが彼の目に留まらないわけはなかったのです。彼自身には十分、有力な人脈があったので問題はありません。さもなければ彼の奇行は彼をとうにシベリアに送っていたことでしょう。ペテルスブルクには彼の前で安全な女はひとりもいないよ、とシェメリンはひそひそ声で言います。亭主たちは知っているんだ、なぜ自分たちが目をつぶるのか。奴が彼らに同じサービスをするよりはましだからさ。

ノギアとの帰り途、わたしはカントによるWitzの定義を引用しました。緊張した関係を無に解消すること。――奴の武器に目印をつけるのが「無」だったと思うかい？　と彼は聞きます。――どこから彼は自分がシルクハットから正しい武器を取ると知っていたんだ？　それとももう一つもちゃんと装填されていなかったのか？――とんでもない、ちゃんと装填されていたさ、あんたは奴を撃ち殺すことができたはずだ。――あるいは彼がわたしを。――人は何ほどかは幸運に委ねなきゃならんさ、と彼は言いました。――とするとやはり神のお裁きなのか！――あんたが自分の幸運を信じられるように、ということだ。あんたは撃たなきゃいけなかったんだよ、わが友よ！　そうすりゃ馬鹿者《トルゥ・ドゥ・キュ》が一人減っただろうに！　俺は奴に兄弟の契りを拒否したが、俺たちは今一緒に飲んでここでそれを契ろう！　共和国、万歳《ヴィーヴ・ラ・リプブリーク》！

このような人間に借りばかり作っていていいものでしょうか？

たたむべき家などわたしは持ちませんが、イザベルとの別れは必定でした。死の不安は正直だったのです。

　イザベルはわたしを愛したのでしょうか、それとも彼女が愛していたのは、彼女自身の優しさ、広い心、限りない官能性だったでしょうか？　彼女はわたしの必要なものを提供する用意が常にありました——彼女にとって必要な寛大さ、自尊を。自己犠牲を。そこから逃れるのは容易ではありませんでした、それは彼女の財産にもいくらかの犠牲を強いていたからです。しかし結局のところ、それは彼女の愛だったのです——すべてはわたしのために、とはいえ、わたしに残されていたものは彼女への盲目的な隷属だけであり、この隷属は彼女の愛をさらに大きくする以外は何もできなかったのです。どうして彼女に対抗できたでしょう？　愛は人を盲目にする、と言います——でもそれが人を「めあき」にしたらどうでしょう？

　クレブニコフは、自分は士官学校生のときも女郎屋に行ったが、それは女を深く知るためだったと主張し、女から自由になる秘訣を教えてくれました。不実くらいではあまり役に立たない。女たちは許すのが好きで、そのあとはもっと要求が多くなるのだ。むろん彼は、ご婦人《ダーメ》がたという言葉を用いました。というのも愛は神聖であって、ご婦人がたは、試練に掛けられるのを待っているのだから。それに反してひとつだけ推奨できるのは、浅ましさ、しかも底なしの浅ましさだ。みっともないだけでなく、軽蔑に値する振舞いをすることだ。下劣な冗談に愚かしく笑うこと、天にも届けとばかりの趣味の悪さ、粗暴なというだけでなく愚かしい反応。馬鹿丸出しの笑い、下品なゲップ、見る方が恥ずかしくなる欠伸——そうしたものが重なると女性の愛はほとんど痛みなしに冷めるね。取り返しがつかないような形で、女を絶望させなきゃだめだ。容赦なく、いく分、嘔吐を催させる位でないとね。そうすれば彼女は愛から覚めて立ち直る。

わたしが取れる道ではありません、閣下、しかもそれを終わりまで行くなんてとても無理です。わたしは少なくとも礼儀は知っていてそれが躓きになるほどです。わたしの弱点をイザベルは鷹揚に見過ごしてきました――ただしわたしと言う人間をも彼女は見過ごしたのです、わたしの最悪の面だけでなく、わたしの最良の面も、彼女は理解しようとしませんでした。われわれは好きなだけ相手に対し罪を犯しましたが、ベッドはすべてを宥恕する格好の場になるのです。どんな恥知らずな行為も、わたしたちの間にいつも忍び入る羞恥心を克服するには足りなかったのです――ひょっとするとそれがわたし達の関係のなかの最も正直な部分であったかもしれません。それから逃れる術はありません。わたしには逃亡しかなかったのです。

ある哲学者がこう書いているのを読んだことがあります。愛し合う者たちは互いに与え合う限り恥を知らない。彼らが恥じるのはすべてを与える事ができないことだけだ。そんなことはできないのです。どうしてそんなことを試みる必要があるでしょう？　人間は誰もひとりで、ひとつの全きものなどではありません。半分を二つ合わせたとしてもそうなるわけではないのです。そしてたとえわたしがひとつの全きものであったとしても、それはわたしだけの所有です。

愛する男としてわたしは十分に大きくはなかったのです。

しかしイザベルは何をしたでしょう？

彼女は、自分をお払い箱にするよう、要求したのです。――ノギアはわたしのアドレスを密かに彼女に与えていました。決闘のあった日の午後、そんなことは全く知らなかった彼女が、「イギリス亭」にやってきたのです。われわれはサロンでお茶をのみ、よい知人同士のように話し合いました。彼女の所に残してきた物についてわれわれは一言も話しませんでした。しかしその後でわたしは二つのトランクに詰められたそれを自分の部屋に発見したのです。大きい方は彼女の亭主の物で、それらを持って彼らはツヴァイブリュッケン[28]から逃げてきたのでした。それを今、彼女はわたしの旅立ちのために荷造りしたのです。すべて洗濯し、繕い、畳んで、わたしの乗馬袋さえ忘れず、さらにはわたしの子ども時代の二、三の思い出の品さえ入っていました。彼女自身のものとしては一枚のメモがあっただけです。「さあ、わたしのお友だちのあなた、あなたのよき人生に向かって生きるのよ、ごきげんよう。」

決闘に関してわたしは一滴の涙もこぼしませんでした。しかしこのとき、わたしはペットの子犬のように泣き続けました。目の前に浮かんでいたのは、「イギリス亭」のドアの前で身を翻すイザベルの姿でした。彼女は――永遠に――立ち去ろうとしていたのです。

人工の鼻は不要になりました。また長くなるかもしれないひとつの鼻があるだけです。これでもなお、あなたにはわたしの使い道がおありでしょうか？

## 5

閣下！　最愛の名付け親殿！　あなたはわたしに、日本に向かうロシアの使節に同行する用意があるか、とお尋ねなのですね？　なんというお尋ねでしょう！

なぜなのか、わたしはおよその予測は持っています。

ツァーの使節は同時に、わたしがイギリスの自由な新聞の中で、その心臓や額を晒しものにしたあの会社の社長です。そのレザノフなる男の同行者になることはわたし自身の主義に逆らうことにならないか、と、閣下は怖れておいでなのですね？　ごもっともです。植民地はロシアの恥であり、皇帝陛下の冠の血濡れた部分だと、わたしは確信しているのですから。

でも、閣下、わたしはもう完全に昨日のままのわたしではありません。今頃は死んでいたかもしれない人間はもはや、自分に贈られた人生を、世界は現実とはまったく違う風に見えるかもしれないなどという空想の犠牲にしたりはしません。オムレツを作ろうとする人間は卵を割らなくてはならないのだ。あなたの言葉です、そしてあなたは、実際、それに従って生きる勇気を持っていました、悲しい勇気です。礼儀正しい世界はあなたにそれを感謝しています。それなのにわたしごときが躊躇《ためら》うべきでしょうか、レザノフ氏に同行して日本に行くことを？

日本へ！　それはしかしガリヴァー旅行記の続編を書くためなどではもはやありません。わたしは作家ではない――それには別の類の人間が必要です。そういう人間の一人とわたしは知り合いになったことがあります。パリでイザベラを知るより前のことです。フォン・K氏[29]は若いプロイセンの士官で、子どものような丸い頭をした男で、吊りズボンをはいた姉と一緒に、近くに家を借りて住んでいたのですが、われわれはよく似た目標地点を持っているようでした。というのも、わたしたちはいつも決まって、散歩の途上で会ったからです。しかし公園のベンチでの短い会話以上に長い付き合いには至りませんでした。彼は舌が縺《もつ》れるようでしたが、一旦、自由に話し出すと、相手が見知らぬ人間であろうと、極端な見解を述べ立てて苦しめます。それは重々しい告白にも聞こえ、あるいはまた求められているわけでもない打ち明け話のようにも聞こえるのでした。彼は学問的研究にも打ち込んでいるようでしたが、本当は、出陣命令を待っていました。彼は制服を軽蔑する人間ではあったのですが、フランス軍に入隊してイギリス侵攻に加わりたいと志願していたのです。「壮麗な墓を見つけるために」[30]――この言葉を彼があまりに楽しそうに口に上せるので、わたしは性急にも、精神異常を疑ったほどです。その告白によれば、彼は自分が立憲主義者なのかジャコバン党員なのか、日に日に分からなくなるとのことでした。そのくせ人並み外れてシャープな頭脳の持ち主で、彼の同郷人カントの哲学を徹底して学び、その批判哲学から自分自身については深い絶望を読みとっていました——そしてそれをまた即座に、そして同じようにラジカルに嘲笑することもできたのです。

　自分は、世界の「矛盾せる」建築プランという考えを、牧師の口からではないが、プロテスタントの授業ですでに受け取っていた、と彼は告白するのでした。ゴロヴニンと同じように両親を早く亡くしていた彼は、毎日曜日、父の町のマリア教会[31]のステンドグラスの前に座ったのですが、そこには、イエスの生涯ではなく、アンティ・クリストの生涯が描かれていたと言うのです。ただし、ベツレヘムからゴルゴタに至るまで——彼はそこで逆さまに十字架にかけられるのですが——の生涯において、イエスとその悪意に満ちた敵を区別するものは、唯一、彼の弟子たちが優しい天使の羽の代わりにギザギザの羽を生やしていること、そして頭には後光の代わりに悪魔の印Tが見えている、という点だけで、それ以外は、絶対悪の生涯は絶対善の生涯のモデルに従って構想されていたそうです。以来、彼は、それについて考えるのをやめることができなかったということでした。絶対的に矛盾するこの二つの生涯は単に触れあっているというだけでなく、中核の部分で重なっているのだ、と言うのです。

　考えるだけでは彼はまったく満足しませんでした。自分の主義主張に血肉を与えるために、言ってみれば、口づけ《クス》と嚙みつき《ビス》、破局と天国の本質的同意性を明らかにするためにこそ彼は *dichten*[32] せずには、詩作せずにはいられなかったのです。人の心を射るように沈黙し、また語ることができた彼の演説は、思考が自ずから観念連合を作っていくように思われ、聞いている者は、笑いながら仰天するか、仰天して笑いだすしかできないほどでした。詩人として彼は自分の作品にとんでもなく多くを要求したので、その要求に自分が応えられないことを自ら確信しなくてはならなかったのです。彼は「ペストの王」と呼んでいた素材[33]と取り組んでおり、それによって、勝利は勝利者にとって何の益にも結びつかないという条件と不可分に結びついていることを証明しようとしていました。彼はオーデルブルッフに許嫁[34]を待たせていて、彼女に愛の手紙の書き方を教えようとしていました。それは文字通り授業でした。彼女に与えた難題に彼はわたしをも参加させましたが、言うまでもなくそれが詩とは無関係だったために、彼は今度はわたしを鍛えて詩人に作りあげようとし、そのために重たいハンマーを振り上げました。それがわたしを自分と同等に扱う彼の流儀だったのです。

ブーローニュに出発する前の晩、彼は自分の草稿の大部分を燃やしました。わたしはしかし安んじて書き続けます。紙は書きながら燃やすこともできるのです。ナポレオンの侵略が不発に終わったとき、彼は疲れ切って帰ってきて、そこで医者にかかるのだと言って今度はマインツに出かけました。しかし、後にパリで彼と出会ったとき——彼の方はわたしに挨拶もしませんでしたが——、わたしは、彼が病気をなにか秘密のミッションをかくすための口実にしたことはあり得ると思ったものでした。もっとも彼は昔からわたしに打ち明けてはいたのです、自分はほんとうのところ、世界から何ものも求めてはいないのだ、死以外は、あるいはスイスで農夫になること以外は、と。

これを知りつつ、誰が自分は詩人だなどと言おうとし、また言えるでしょうか？　この分野でわたしの成し遂げたことと言えば、忘れ難い、けれども実現されずに終わった、ある世界史的人物の謁見へと導くに足りた、という程度のものでしかありません。しかし、ほんとうにわたしが日本に行けるということでしたら、わたしは、あなたの忠実な記録係としてのみそこに向かうことを、ここに誓います。日誌を書きます、一日、一日、ただあなたのお目に触れるためにのみ書かれる日誌を。検閲などとは無縁の日誌です。書く人間の自己満足に容易に誘導されて、源泉のところですでにその仕事を濁らせてしまい兼ねない「自身による検閲」とも無縁の日誌を。わたしは知っているのです、虚栄心こそは、羞恥心や不安以上に強い力を持つ検閲であることを。日本へあなたの密かな使節として、わたしは、ロシアが世界と出会うための、新しい土台を固めるお手伝いを、目立たないところでしたいと思います。巨人として小人に出会う、否、最善の意志をもってなすべきこと、まだなされるべき一切のことを考えれば、ロシア人はむしろ、小人として世界と出会うのです。

　わたし自身は、どんな些事においても判断を惑わされない人間でいたいということ以外、望みはありません。というのは、世界が立つも倒れるもその鍵は些事にあり、しかも、日本はたいへん異質なので、まずはわれわれの判断を混乱させ、次にそれを修正させるということが十分、あり得るからです。この閉ざされた国は——ケンプファーやラックスマンの存在にもかかわらず——まだ全く紹介されていない、という仮説をもって事を始めるのがよいとわたしは考えます。それゆえわたしは、ただただ、あなたがレザノフの毛皮の中に放った蚤になりたいと思います。彼が扱っている商品に鑑みてもこの形容は不適当ではないでしょう。毛皮の中に巣食い、血を吸うことなどすっかり忘れ——あの旦那の血など吸いたいとも思いませんしね！——わたしの隠れ蓑が可能にしてくれる、よりよい展望を糧に生きようと思います。というのも外交使節は、外国の支配者に信任状を手渡すために派遣されるのです。わたしはその場に居合わせ、尊敬する名付け親殿、あなたのために、この知られていない国、知られていない人々に関して、より信頼に足る認証を提供しようと思います。

　二部構成なのですよ、この探検隊は！——ネヴァ号は、リジャンスキーという海軍中尉の船長——こう申しては失礼ながら、得体の知れない男です！——の指揮のもと、ロシア領アメリカに赴き、現地を視察し、毛皮を積んだあと、シナと交易をするために船出します。もう一隻の船、わたしの乗るナデシュダ号だけがペトロパヴロフスクから日本に、その唯一開かれている港、ナガサキに向かい、そこでレザノフ氏を降ろします。そしてナデシュダ号の船長、アダム・フォン・クルーゼンシュテルンこそは、この企て全体の責任者でした。ネヴァ号も本来は彼の権限のもとにあり、両船がそれぞれの委託を果たした暁には、両船はマカオで落ち合って、一緒に世界巡航を終えることになります。

クルーゼンシュテルン、いいぞ、よくやった！——わたしなどが、この大人物の肩を叩くなど、できたことではありませんが、それでもこの任命に関しては、非キリスト教徒のわたしも神に感謝したいと思います。あなたはわたしを——ね、そうでしょう？——直接、クルーゼンシュテルンの配下に置いて下さったのです。日本へは船員として向かうつもりです。乗客としてではなく、ましてや下僕としてではなく。クルーゼンシュテルンをわたしはもう子どもの時に訪ねたことがありますし、レヴァルでも、それから彼の先祖代々の居住地アスにも。海軍で一段一段、しかも常に優秀な成績で昇進していったときも、彼、アダムには学者のオーラがありました。公正・公平で、命令を下すことなく人を導くことができ、人に対して一定の距離を取るとしても、それは彼の限りない忍耐力がつける仮面なのです。それは、彼が長い間、それを求め努力していたロシア最初の世界航海という任務に際しても、彼の役に立つでしょうし、また日本人との接触に当たっても相応しいものです。十年前、ラックスマンに対して与えられていた、再度の来訪への招待にわれわれは今、応じるのです。随分、遅まきですが、それはパーヴェル一世が——彼の場合、当然と言えば当然ながら——それを捨て置いて顧みなかったからです。レザノフが皇帝の全権を帯びて登場したとすれば、それだけ期待は高まっているわけです。われわれはナガサキに上陸するでしょう！

——しかしツァーの特使がどうして首都エドまで行けないことがありましょうか！　そこまでわたしは同行したいのです！——たとえどんな役回りであれ。わたしはケンプファーの足跡を辿りますが、今回は通行可能な道となっていてほしいものです。われわれは日本の扉を世界に開きます、閣下、それにはわれわれはそれに相応しい人間たちでなくてはなりません！　われわれはその国をわれわれの文明（われわれもその何ほどかを持っていなくてはならない訳ですが）の同盟国とし、彼らの誇りを傷つけることなく、彼らの不信を解かなくてはなりません。その抵抗に理由があることを認めるなら、われわれの誠心からの関心を証するところの、そして決して粗野な所有欲の疑いなどを抱かせる心配のない手立てを使って、彼らの抵抗を和らげなくてはなりません。

　そうです、わたしを利用して下さい！　そして、そうです——われわれが日本に上陸するまではわたしは海軍士官として任務を果たします、書きものをしている研究者とか、スケッチをしている乗客としてではありません。未知の大海原の上で、ミモザやランの世話などとはまったく異なる心配と取り組んでいる船の上では、そのような乗客を人がどのように扱うか、わたしは経験してきています。彼らは牛の餌桶のなかの犬のような存在です、干し草こそ食べませんが、牛が餌を食べる邪魔にはなります。必要ならわたしは、むしろ、帆やトップマストと取り組み、ロートを下ろし、六分儀を扱える人間として、海難に遭遇したいと思います、それを色鮮やかに描いたり描写したりする人間としてではなく！　わたしの足の下に相応しいのは揺れる甲板です、船のなかのハンモック以上にわたしが快適に眠れる場所はありません。その揺れは重力がわたしの味方であることを感じさせてくれるのです。しかしわれわれがレザノフを無事、日本まで水先案内して届けたら……そのあともわたしは、体を張ってでも、彼を守る用意はありますが、むろんそんな必要がそもそも生じないために貢献する方がずっと好ましいのです。

門番がわたしに手渡ししてくれたのは、閣下、ずしりと重い封書でした。封を開けると、あなたのご書簡と一緒に、一枚の為替が出てきました、「貴殿の決断を容易ならしめるために」とありました。このお金は、当地での一切の義務からわたしを解き放つ自由を贈ってくれました。わたしは「心の膝を折りつつ」、あなたに感謝申し上げます。これはわたしの知人である、プロイセンの詩人が好んで用いる表現です――彼はしかし依然として、彼の運命の有利な使用法を待っているのです。

わたしはノギアに――彼はほとんど仰天しましたが――借金をすべて返済しました。彼は自分をわたしの命の恩人だと見なしているので、わたしは「レカール」で盛大な別れの会を催さない訳には行きませんでした。どこに行くんだい、と彼は何度も聞きます。家族に会いに行くのだ、と言っても、彼はあまり信じません。ワイマルにまだひとつ用事があって、それが終わったら、何を犠牲にしてもまた海に出たいのだ、とわたしは言いました。すると彼は晴れやかな顔でわたしを見つめて言ったものです。男は悩みの中を行進し、海へと向かうのだ《ロム・マルシェ・ダン・レ・ソンジェ・エ・サシュミン・ヴェール・ラ・メール》[35]。すばらしい引用です、彼が作家の名前を忘れていたにせよ。しかし最後の言葉、共和国万歳《ヴィーヴィ・ラ・リパブリーク》！には作家の名は不要でした。間もなく叫ばれることになる皇帝万歳《ヴィヴ・レムペラー》！をもこの向う見ずの男は難なく口に上せることができるでしょう。ガチナにおけるシェフ時代に彼はそれを練習したのであり、また「馬上の世界精神」がその騎馬行進を終えた暁には、彼の若い頃の国王万歳《ヴィヴ・ル・ロワ》！に戻ることもするでしょう。ノギアは、どんな歴史をも生き延び、どんな資金をも利子を生むよう投資できる男です。血を流すような無駄はせず、金で塗られたナポレオンの橋の上にも喜んで足を置くでしょう。

わたしが最初にナポレオンを目にしたのはどこであったか、閣下、あなたにもうお話ししましたか？一八〇〇年十二月、彼の最後の日となったかも知れないあの日のことです。わたしにとってはパリに来てまだ三日目のこと、わたしはタルマ[36]を見ようとしたのです、コメディー・フランセーズで。しかし何よりも見たかったのは、ジョゼフィーヌを従えて現れるはずの統領ナポレオンでした。わたしがもう桟敷席に座っていたとき、外で爆発音が聞こえ、時限爆弾が爆発した！　という噂で、劇場は空になりました。それで何人かの命が犠牲になったのですが、それが狙ったのはむろんボナパルトでした。彼の馬車はあやういところで難を逃れたのです。だからと言って、ジョゼフィーヌに「フェードル」を見せるのを取りやめるなど、彼の考えるところではありませんでした。劇場は半分しか埋まっていませんでしたが、わたしは、その頃はまだ申し分のない近衛兵――中尉の制服に身を包んで桟敷席に座ったままでいて、統治者夫妻がちょうど真向かいの桟敷席に入ってくるのを見、さらにオペラ・グラスで夫妻の顔の表情を追ったのです。ジョゼフィーヌの顔には舞台上の展開が反映されましたが、第一統領の顔は、何が敵となり何が獲物となるかだけを鋭く見張っている鳥のように、時折ぐいとその頭をめぐらすことはあっても、その表情は動きませんでした。愛の悲劇は彼にとっては、戦場から戦場へと駆け巡る生活のなかのいっときの休憩でしかなかったのです。彼に当たり損ねた爆弾は次の瞬間にはもう存在しませんでした。ローマ人のような眼鼻立ちの彼の顔は寝入ることはないまでも、麻酔でもかけられたような一種の無関心の状態で休息していました。自分自身とだけ向き合っているときの、外からは読みとることのできないひとつの精神が入れられ、蓋の閉じられた容器をわたしは見たのでした。舞台で創造的活動をしている人間は、それがタルマであろうと彼にはどうでもよかったのですが、暗闇から彼を観察している人間は、彼をはっきりと目覚めさせました。突然彼は、固い表情の目をわたしのオペラ・グラスの方向に向けたのです。オペラ・グラスの中でその目が非常に大きく見えたので、わたしはぎょっとして後ろに下がりました。わたしはそれまでにアレクサンドル大帝からカール・アウグスト公に至るまで、何人かの高位の人の目を見たことがあります。彼らの目はそわそわしています。ボナパルトの視線は確固としていて、しかし虚ろです。それは、彼の鉄の嘴《くちばし》が敵の最も弱い箇所に撃ち当てられるよりも前に、敵を麻痺させてしまう視線です。

　パリにわたしをひきとめる人間はもうだれもいません。問題は、「イギリス亭」の門番がいなかったら、今後、わたしたちの交信はどういう形をとるのか、ということです。あなたという方に通じる道であるところの、最も近い人間としてあなたが信頼を寄せるところの個人とは、どのような人間なのか大変楽しみです。交信は間もなくかなり長い中断が予測されます。しかし差し当たっては、ワイマル・レーヴェンシュテルン気付で郵便は届きます。というのは別れの挨拶のためにわたしがゲーテを訪問するというのは嘘ではないからです。ゲーテには、知ってほしいのです、感謝すべきことに彼が最初にわたしに示してくれた道がついに開けたことを。

## 6

　この報告はもうペテルスブルクで書いています。ここでは、仕事中のクルーゼンシュテルンが、組んだ腕こそいわば彼のトレードマークであるにもかかわらず、その両腕を開いてわたしを迎えてくれました。待つことだ、すべてが収まるところに収まるまで、と彼の静かな視線は言っています。言葉を発しなくても彼の口は語りかけているようで、昔と同じように微かな頬笑みがちょっと長すぎる上唇に皺を作っています。だが腹立たしいことはすでに始まっていました。すべては遅れ気味なのです。リジャジンスキ[37]がイギリスで有利に、とは言え、私利私欲ぬきというわけではなく調達した二隻の古い船は装備を補填せねばならず、クローネもハンブルクで買うこともできたはずの新しいクローネより高くつきそうでした。つまり日頃から彼の慣れている個人的リベートがなく、イギリスで得ることのできる利益もなかったからです。われわれのナデシュダ号はと言えば、まずはレザノフ氏、次に彼の従者たち、それから最後に日本への贈り物をうまく調整して載せるために、もう三度も荷を積み直さなくてはなりませんでした。贈り物の中には町の門よりも大きな鏡がありました。小さなフリゲート艦はもう満載で、クルーゼンシュテルンは、コペンハーゲンで乗り込んでくるはずのあと二人の乗客をどこに乗せればよいか、読めずにいたのです。わたしはそのうちの一人、スイス人の天文学者ホルナー[38]と、窓のない小部屋を分かち合うことになりましたが、その彼はまだエルベ河口で測量に従事しています。そして英国でわれわれはなお欠けている食糧を補給し航海に備えなくてはならず、そのためには、（やれやれ有り難いことに！）もう一度、すっかり荷を積み直すという仕事があるわけです。

その上、ナデシュダ号の上では、あれやこれやの高位の役人を招いての宴会や送別会がひっきりなしに開かれています。本国への送還のために乗せられている日本人三人は、どこに居ても邪魔になり、あっちへこっちへ押しやられながら、彼らだけで会話をしています。クルーゼンシュテルンの親戚で、まだ変声期も完全に終わっていない若者二人も船上にいました。オットーとモーリッツ・フォン・コッツェブー兄弟[39]は少し前に母親を亡くしたばかりで、クルーゼンシュテルンが二人を引き受けたのは、あまり愉快でない環境から彼らを当分、引き放してやろうという心遣いでした。というのも感傷的な劇作品で知られる彼らの父親は、自分の劇場にかかりっきりの一方、今また新しい女性と恋仲にあるからです。加えて、何と言う天の配剤でしょう、船には――誰か想像がおできになりますか？――あのトルストイ伯爵が乗っていたのです。レザノフの護衛として、です。そして当然のようにあの彼の影、シェメリンもいます。レザノフは麗々しく日本に乗り込みたいわけですが、トルストイはむしろアメリカに行きたいのでした。いずれにせよ、ペテルスブルクは彼を厄介払いできる一方、われわれ乗組員は若い天才《ジュネッス・ドレ》というお荷物とどううまく付き合うか、考えなくてはなりません。クルーゼンシュテルンがこの若い貴族の決闘好きを柵内に抑えることができればいいのですが、しかしトルストイはすでにクルーゼンシュテルンに対して、お前の言う通りにはならんぞ、という素振りを見せています。だとすればこれからの二年間、ナデシュダ号の狭い空間は、賑やかなことになるでしょう。トルストイは因みにわたしと知己の間柄であるなどということを噯《おくび》にも洩らしません。

船長はわたしの顔を見るとこう言いました。レーヴェンシュテルン君、われわれは八月より前には出港できないと思うよ、君、ご家族とはちゃんと別れを済ませているかね？　行ってきた方がいいよ、ここで荷物や他の生き物たちの邪魔になっているよりはね、十日間の休暇を君にあげるから。

休暇は有り難く利用させてもらおうと思います。パリからペテルスブルクまでの駆け足の旅はわたしを相当、疲れさせましたし、ゲーテの近くに行ってもう一度、よい空気を吸ってこようと自分に許したワイマルでの滞在は、それ以上にわたしのエネルギーを消耗させるものだったからです。そこでわたしはこの待ち時間を短い報告を認《したた》めるために使うことにしたいと思います。――このような機会は、神の思し召しで無事にわたしが帰国し、あなたにわたしの報告をひとまとめにしてお渡しできるまでは、容易に持てないと思うからです、カーボヴェルデの島々、ブラジル、ペルー、その他どこであれ、われわれが寄港する町から連絡を取れるとは思えません。手当たり次第に、見も知らない船員に運を天に任せて手紙を託すなどしたらどうやって秘密の保持を保証できるでしょう。もし戦争が起これば、明日にでもそれは敵の手に落ちかねないのです。なにはともあれ、わたしはクルーゼンシュテルンに、自分は船上で日誌を書くつもりである、と前もって知らせました。すると彼の額の皺が少しばかり深くなったように見えました。というのは公の旅行記を書くのは彼の仕事であり、そのための特権を彼はツァーから保証されていたからです。船長殿！――普段、わたしと彼はざっくばらんな話し方をしていたのですが――と、わたしは呼びかけました。わたしが書くのはわたしの個人的使用に供するためだけです、回想録を書くにはまだ少し若すぎますしね。彼がすぐ笑顔を取り戻したので、わたしは言葉を付け加えました。わたしのメモはむろんいつでもあなたのお役に立てて下さって結構です。それに対して彼は次のように言っただけでした。それなら読みやすく書いてくれたまえ、頼むよ。

乗船者の中には十分すぎるほどドイツ人がいたので――学者たちは旅に出る前から早くも知ったかぶりと勿体ぶりを示していますーーなおのこと用心しなくては、と思います。でも閣下、あなたにお約束しておきます。もしも難船し、頭の上に高く物を上げてこれを救わねばならぬとしたら、わたしたちの日誌は、カメオが彼の「ルシダス」[40]をようやく最後に救ったように、わたしが救う最後のものになるであろうことを。

わたしはモイカ川沿いのペンションに十日間、部屋を取りました。十日でラジクに行って帰ってきてもあまり意味はありません。放蕩息子が二年ばかり余計に留守をするからといって家族が静かな安堵をおぼえるのをわざわざ体験する必要はないのです。許嫁に関していえば、フォン・エッセン公[41]は平和を利用して娘たちと一緒にスイスの旅に出ているのです。二年といえば長いです。その間に何人も若い男性が来て、ミンヒェンがお行儀よく利口なばかりでなく、よい結婚相手であることを知るでしょう。彼女は一か所に定住した生活というわたしの未来の展望を具現する存在です。だとすればいまどうしてわたしが彼女の所に行くべき、行ってよい理由があるでしょう？　ひょっとするとわたしに密かな不安を覚えさせるのは、世界航海であるよりは、迫りつつある結婚生活という休息かも知れません。このことが今、わたしの全想像力を要求していて、船乗りのわたしにとって何時《いつ》なんどきでも宿命的なものに成りかねないのです。若くて無垢な娘の期待をわたしの魂に結びつけることがどうして許されるでしょう?

さて、以下が、さしあたってはわたしの最後の報告となります。パリの町を通りから通りへと最後の散歩をしたことが随分昔のことのようにも、つい昨日のことのようにも思えます。二度と再び見ることはないかもしれないという予感ゆえに、どの街角も、痛いような切実さをもってわたしの心に刻まれました。ワイマルもわたしにとってこれが最後の滞在だったかもしれないのです。ゲーテに別れを告げることはしませんでした、が、ゲーテの方はとうにわたしに別れを告げているかも知れず、だとすると、それはわたしには、ある意味、世界の終わりがすでに来たようなものです。

フランクフルト、フルダ、アイゼナッハ、エルフルトを通り、わたしはわずか数日でワイマルまで行ったのでした。荷物は外套を入れた袋とトランク一つ。イザベルのそれだけを持ってきたのです。親戚には連絡をし、泊る部屋も提供されていたのですが、その家の女主人の応対は木で鼻をくくったようにつっけんどんでした。レーヴェンシュテルン家の様子は何か変です。今回は主人のせいではありません。彼は商用で旅に出ていたのですから。与えられた屋根裏部屋にわたしは荷を解いてひとまず落ちつきます。人々は夜のパーティーの用意をしていました。公爵もおいでになるとのことでしたが、彼についても皆はくぐもった声で話すばかりです。そのくせ屋敷内は蜂の巣をつついたようにざわついていました。レーヴェンシュテルン一族は、農奴制が廃止されて以来、エストニアでは「土地の者」と呼ばれている召使を二ダースも引き連れてきていました。家の女主人はその召使たちを叱りつけながら走り回っているので、わたしはむしろ外に出、イルム川沿いを散歩し、その後、まっすぐ劇場に行くことにしました。戸が閉まったままのゲーテのガルテンハウスの横を通ったとき、どうしたらもう一度彼と会えるだろうかと、考えをめぐらしました。というのは、今晩はゲーテの来訪も予定されているのかというわたしの問いに、家の女主人は口をへの字に曲げただけだったからです。

ひょっとしたら劇場で会えるかもしれないではないか、とわたしは考えました。「エグモント」[42]が予定されていて、ヤーゲマンがクレールヒェン役のはず、むろん初演ではありません。しかし周りを見渡すと、ゲーテの姿もなければ、わたしの親類も来ていません。満員と言うには程遠い劇場ホールのなかで、ヤーゲマンが今日は出ないことを知らなかったのは、どうやら、わたしだけだったようです。その日の午前中に彼女は、スイスに向けて、それも二度と帰らないつもりで旅立ち、芸術をすっかり捨て去ったのだそうです。世界の終わり？――しかしワイマルのゴシップ好きはそんなものをしたたかに生き延びます。更衣室での人々のヒソヒソ話の会話から、わたしにもその理由らしきものがいくらか明らかになりました。ヤーゲマンは彼女を第二夫人に昇格させようとする公爵を足蹴にしたのだそうです。その際、公爵は彼女の「イエス」の返事に彼の個人的幸福だけでなく、公国の命運をも賭けたのだそうで、そんなに多くの不幸の責任は負いきれないし、自分の自由を売りたくもないと考えた彼女は、急いで逃走するしかなかったのでした。

これでレーヴェンシュテルン家の興奮も理解できましたが、だからといって観劇を諦める理由はありません。劇場支配人、つまりゲーテ自身、上演に固執したということでした。人々は果敢に演じました。もっとも代役でクレールヒェンを演じた若い女優は、あまりの幸運に恐怖を覚え、それがそのまま顔の表情に表れていました。ただし、彼女がどもりながらセリフを言う様子は、シラーが手を入れたヴァージョン[43]には却ってよく合っていました。というのもシラーは素材から恐怖と同情を引き出すことを狙ったからです。そのために悪役アルバは、エグモントの裁判の場面で、ナイフをチラつかせて舞台の後方に登場しなくてはなりませんでした。けれども、風邪で苦しんでいるというシラー自身も、劇場には姿を見せなかったのです。その後わたしがレーヴェンシュテルン家に戻ると、そこはすでに宴たけなわでした。音楽が奏され、ダンスがすでに始まっていたのです。服を着かえるために後ろの扉からそっと入って自分の部屋に行きました。半時間ほど後、そこを離れ、思い切って人々の賑わいの中に出ていこうとすると、まだ階段の上端にいるとき、扉のうしろで、苦しんで呻いているような、奇妙な人声がしました。

扉を開けたわたしは、すぐに、その扉を閉じたままにしておけばよかった、と願いました。というのはわたしに背を向けていた男は閉ざされた間仕切りの向こう側に居たにもかかわらず公爵と認められたからです。ほとんど完全に衣服を身につけたまま、彼は女性の体に馬乗りになっていて、ゆっくりと体を揺すり、まるで女性に何かを教え込んでいるようであり、女性の方もその短い叫び声でその教えに応えていました。子どものような少し甲高い声でそれがこの家の女主人であることが分かりました。わたしが急いで引き返そうとすると、公爵は顔をわたしの方に振り向けました。動きを止めないまま、彼は、にやりとしてみせたようです。暗い中でわたしは彼の顔に次のように言う表情を見たように思います。「人間、何でもやるもんだろう！」

強く望みたいものです、公がわたしの顔を認識しなかったことを！

わたしは階段を下り、目立たないようにダンスホールに入って、人々の間にまぎれ込みました。ダンスはマズルカからポルカに移っていました。肉づき豊かな女性がひとりでくるりと体を回したと思うと、わたしを釣り上げました。彼女がわたしをその胸に抱き取ったと言えば、穏やかな表現になります。わたしは胸を大きくあけた彼女のデコルテの中に沈み込んでしまいそうでした。一方、彼女はわたしにぴったり体を押し付けたまま、円を描いて回ります。体をうしろに反らすと彼女はわたしを固定できなくなり、動くにつれて、彼女の平衡はまさにわたしのそれに依存していることがますます明らかになります。それでも彼女は体を揺らし回す動きを気分に任せて続けるので、二人が倒れないよう、わたしは全力を傾注しなくてはなりませんでした。ホ！　と彼女は声をあげました。ホ！　そしてまたホ！　ホラ、軽やかに！　さあもっと続けて！

お互いの体めがけて突進しようとする欲望に煽られて留まることを知らない熱烈なペア・ダンスによって、わたしたちはほかの客一同に強い印象を与えたに違いありません。しかし誰も顔を歪めたりはせず、音楽は容赦なく休みなく奏でられました。わたしたちはそのためなおも躓《つまず》きながら踊り続けていたのですが、急に誰かが手を打って、それを止めるよう命じました。家の女主人の声でした。彼女は、今はもう完全に自制心をとりもどして、われわれの真ん中に立っていたのです。今日はこれくらいにいたしましょう！——と彼女は宣言しました。公爵も早々に引き上げられましたので、わたしたちも近隣の方々の安眠を願ってお開きにしましょう。客たちも帰る準備を始めました。しかしその本当のきっかけは、紛れもなく、わたしのダンスの相手の女性にありました。わたしが彼女を一つの肘掛椅子に導いて座らせた途端、彼女は激しく泣き崩れたのです。感謝を示して引き下がろうとしたわたしのお辞儀にも、彼女に腕を貸そうと差出した年配の商人にも、彼女は目をくれようとしません。結局、二人の若い男性が彼女を部屋から誘い出すことに成功し、その後、馬と車が玄関に乗りつける音が外で聞こえたと思うと、間もなく音は遠ざかりました。

その後客たちはもはや引き上げることを考えませんでした。躓きの石は取り除かれ、人々は快活な会話を続けた、というよりは、今ようやく始めたと言うべきかも知れません。がっしりした体格の、赤ら顔ですこし汗ばんだ額をした四十代の男性がわたしの腕を取り、部屋の片隅に連れていくと、わたしの騎士的な振舞いを誉めました。わたしがリヴランドの出身だと告げると、彼はわたしに、それではコッツェブー[44]を知っているかと聞きます。――詩人のですか？　知らない人はいませんよ。――ボェッティンガーと名乗る宮廷顧問官は夢中で話し始めました。素晴らしい詩人だ、コッツェブーは！　彼は永遠にわたしの友人だ、ワイマルはその最大の息子を追放したが。――でもワイマルにはまだゲーテがいますよ、とわたしは敢えて意見を差し挟みました。――他ならぬそのゲーテがコッツェブーを追いだしたのですよ、と彼は言い募ります。だが彼はコッツェブーの作品を上演しないわけには行かないのです、観客はコッツェブーの作品よりいいものを知らないのですからね。それでいてゲーテは、コッツェブーを小さく見せるためにはどんなこともします。そしてコッツェブーの成功へのやっかみのために公爵をまき込んだのです。なぜと言って、「イフィゲーニエ」など「人間嫌いと悔恨」[45]に比べたら何でしょう！　エウラリア、これこそ女性の運命、これこそ感情です、笑うにせよ、泣くにせよ。――その作品は知らないのですが、とわたしは告白しました。――でもそれは十二カ国語に翻訳されているのですよ、とボェッティンガーは叫びました。彼は愛されているのです、引用されるだけでなく、ね。その点ではゲーテも夢にも彼に敵わないでしょうよ！

ボッェティンガーは共にゲーテを語るには相応しくない人間であることが次第に明らかになり、わたしは、相手のいなかった女性をダンスに誘う行動に出ました。その時、彼が叫んだのです。だが案の定そこに日本人《ヤパネーゼン》が登場するのですよ。――日本人ですって？　とわたしは聞き返しました、意に反して思わず引き込まれたのです。彼はわたしの耳に近づいて小声で言いました。日本はワイマルですよ！　そしてわたしの反感もお構いなく、その話を始めました。

日本人は世俗的皇帝と精神的皇帝を持っています、ちょうどワイマルのように。世俗的皇帝ゲーテは、精神的皇帝、つまりシラーこそ、本当の、そして唯一の皇帝であることをちゃんと知っているのです。そして彼を称える儀式を用意しますが、それは人知れず彼に毒を盛る目的を持つものです。そこでコッツェブーは「鐘祭り《グロッケンフェスト》」を考え出して——シラーの「鐘の歌」はご存知ですよね——自ら鐘を鋳造する男に扮して舞台に登場するのです。鐘を打ち砕くためにね。むろん、鐘はボール紙でできていなくちゃなりません、でもその上に乗っているシラー像はダンネッケの作った本物でなくてはならず、偉大なる登場人物たちが彼を称えるのです、フォン・エーゴルフシュタイン夫人が「オルレアンの処女」役、フォン・レーヴェンシュテルン夫人がテクラ役で、フォン・シュタイン夫人が「アマリア」役でね。極めつけはむろん世俗の皇帝、つまりゲーテで、彼はライバルに最大級の賛辞を捧げる役で、聖書のヨセフの言葉を用いてこう言わなくてはならないのです。君たちはわたしに悪を企んだが、神はそれを善きものに変えられた！[46]素晴らしい効果をあげたことでしょう、しかし誰がそれを妨げたと思いますか？　枢密顧問官その人ですよ。彼は断固、拒否したのですよ、シラーの胸像を持ちだすことをね。このような芸術品を毀損するような場面に晒してはならない、と言って。彼がこの祝祭劇を無に帰させたのは、実際には、文字どおり不滅の不名誉を避けるためでした。だがたった今、他ならぬあなたが、彼の裸体を覆っていた布を剝いだのですよ、絵に描いたみたいにね。おめでとう！

何のことですか？　わたしは身を固くしてボッェティンガーの鬱陶しい目を覗きこみました。

まさか知らないなどとは仰らないでしょうね、あなたが今、誰と踊ったか？

本当に、わたしは知らなかったのです。

ドモワゼル・ヴルピウスとですよ！　喘ぎながら彼は言いました。——枢密顧問官の「ベッドの宝」とです。いまだにゲーテ夫人と呼ばれることを夢見ているあの女性ですよ。――わたしはだって彼の館に行ったのですよ、でも彼女には会いませんでしたよ。

いや、あなた、彼が彼女を人前に出すなどとお思いですか？　と、彼はニタニタ笑いました。――彼女が姿を見せられるでしょうか？　ご自分で判断なさって下さい。そう、ゲーテはコッツェブーではありません！　道義的に確固としたところを持った人間ではないのです。詩的なそれについては言わないとしても。

今晩のところはもうこれで勘弁して欲しかったのですが、それでもまだ十分ではないと言うように、わたしの宿主の女性、フリーデリケがやってきて、わたしの腕を取りました。彼女はボッェティンガーの言葉を聞いていたのです。そしてゲーテの罪を少し軽減してやるのが自分の役だと考えたのでした。

わたしは知らされることになりました。彼、ゲーテは、自分が家に入れ、子どもたち――残念ながら最初の子ども、息子のみ存命なのだけど――まで儲けたマムゼルに対しては頼りがいのある立派な男として相対し、そのためにはこの町の社交界の憤慨も自らに引き受けたのよ。公爵の母君がこの女性とは絶対顔を合わせたくないと言ったときは、彼は二人の愛の巣を狩りの小屋に移したわ。結婚云々はむろん論外だけど、彼はマムゼルをそれなりに優しい感情をもって扱い、彼女が多少、羽目を外しても、彼女への愛情を変えることはないのよ。彼女が一番好きな、そして彼女に一番お似合いの交際相手は役者たちなの。劇場の事に関してなら彼女は彼女の守護者に対して助言をすることもできる、ことにゲーテがあまりよく知らない、役者たちの身の上なんかについてはね。ヴルピウス嬢は今晩の夜会に彼の代理で出席することで彼の役に立とうと考えたのよ、きっと。踊るのが何より好きでね、歌いだしたりしないだけ有り難いけど。彼女の涙には何の意味もないわ、水分を体内に溜めておけないだけ。ワインに関しても同じよ。随分行ける方と自分では思っているらしいけど、彼女以外は誰もそうは考えていないわ。

失礼します、フリーデリケ、ちょっと外気を吸ってきます、とだけ、わたしは言ったのでした。

わたしの道は自ずからのようにフラウエンプランにわたしを導きました。ゲーテ公館にはもう灯りは灯っていません。でも彼の私的な空間は裏側にあるのです。ここにあの夫婦は住んでいると言うのか？でも女性はひとりだった。レーヴェンシュテルン家でもひとりで座っていた。神にも見放されたようにひとりきりでいた。他の客たちは、気の毒に思いつつも密かに嘲笑するように彼女に対し、最後には労わりつつもうまく外に連れ出したのだ。――何も知らずにわたしが演じた役を思い出し、今更ながら髪も逆立つ想いでした。もう二度とワイマルには来るまい。

それでもレーヴェンシュテルン家の最後の朝食は避ける訳には行きませんでした。フリーデリケは、今度はヤーゲマンをやり玉に上げます。あの女も今度ばかりは自分の限界を思い知るでしょうよ。彼女を雇うなんてそもそも何という誤りでしょう！――図書館員の娘でね、場違いの所で素敵なひと《ベラ・フィギュラ》を演じようなんて生意気な気さえ起こさなかったら、誰も気に掛けたりしなかったでしょうよ。ゲーテさえそれに引っかかったんだわ。彼はひょっとして彼女を公と分け合おうと思ったのかもしれない、昔、カローラ・シュレーダー[47]をそうしたようにね。でも彼女は女優であるだけじゃなくて、芸術家なのよね。ヤーゲマンは自分を今度は「稀なる逸材」に見せるトリックを使ったのよ、そして自分の抜けたあとの穴を過大評価した。でも何時までもそれに目を眩まされている人ではないわ、公爵はね。

今、ペテルスブルクの各紙は、ヤーゲマンがワイマルに戻ったと報じています。見る所、彼女はどの辺りまでコマを進めても大丈夫か、どの時点で引退をほのめかしてそれに賭けていいか、知っていたのです、公はそれに取りあいませんでした。こうして彼女は再び公を意のままにしたのです、彼と同時に劇場も。ゲーテの負けです。

郵便馬車が待っていました。別れは容易でもあり、辛くもありました。「マムゼル」のことが気にかかっていたのです。彼女は女優ではありません、閣下、酔っぱらったとしても女優などではない。一緒に踊ったとき、彼女は自分から逃げようとして避難所を求めていた。自分の惨めさのなかでの支えを。わたしでなく誰でもよかったわけですが、誰であったにせよ、彼女の唯一の人を裏切ろうなどと言う考えは彼女には少しもなかったのです。しかしヤーゲマンに関していえば……わたしは彼女をベルリンで見たことがありました、「イーオン」[48]の少年の役で。そして彼女を夢にさえ見ていたのです。彼女のクレールヒェン役だけのためにわたしは「エグモント」を見に出かけたのでした。劇場がはねたあと、レーヴェンシュテルン家のサロンで彼女に会えるかもしれない、サロンの打ち解けた空気から——それを否定する必要があるでしょうか?——ちょっとだけ利点を引き出せるかも知れないという希望をも抱いて。そのためにわたしは危うく、またもや何も知らぬまま、しかもアウグスト公の私的空間においてまで、ひどく困った立場に陥るところでした。わたしの道学者ぶりの顛末はこんなところです。わたしの従姉妹と変わるところはありません、彼女の方が少し利口なだけです。

逃げ道はもう世界周航しかありません——今こそ海に出るときです。

ごきげんよう、閣下。二年後には、信頼に足る世界像を得て、日本から帰ります——あるいは全く帰らないかも知れませんが。

# 第III章

# アルハンゲリスク——疥癬《かいせん》

## 1

閣下、わたしは悲惨な状況です。

ペテルスブルクからあなたに宛てたわたしの最後の書簡から三年が過ぎました。そして五か月前、わたしはわたしの日誌をお送りしました。受領の印を頂ければと思いますが、以来、あなたは沈黙を守っておいでです。

その代わり、わたしはアルハンゲリスクに勤務を命じられたのです。これは何かの罰としか解釈できません。わたしがそのきっかけを作ったというのでしょうか？　とすればどんな？

探検旅行中に起こったこと、またわたしを含めて人物の誰彼に関しても、わたしが意図的・意識的に何かを隠しているようなことは断じてありません。ひょっとしてすべては語らなかったかも知れません。わたしの羞恥心がそれを阻んだからです——日本に関しては、わたしに何が書けたでしょうか？　そこには真に到着はしなかったのですから。

ガリヴァーのようにインチキをすべきだったでしょうか[1]？

それともわたしの書いたものを全然、お読みになっていないのでしょうか？　あなたの委託はご用済みになったのですか？　それともその著者のことはとうに諦められてしまったのでしょうか？

日誌はまだつけてはいます。昨日の記載は次の通りです。

そして命令が来た。アルハンゲラの貯蔵食料を点検せよ、そしてどうしてそんなに短い間にそれが腐敗したのか、原因をつきとめよ、というものだ。ブランデーは文字通り駄目だ、緑色の泡、石鹸のような気泡が表面に浮いている、カンパンはカビが生え、虫に食われている。塩漬け肉は腐っているし、バターは獣脂に変質している。——残念ながらわたしはこの点検に引きこまれ立ちあわされた。わたしをそこに巻き込もうなんて、若造のいたずら心からであれ、誰も考えてくれるなよ、というわたしの警告が現実になってしまったのだ、そしてわたしはその役目を果たし、みんなの満足を得た。だがその代償に、わたしの健康を損ねたのだ。

こんな生活がまだ正書法を云々するに値するでしょうか？

わたしは制服を憎んでいます、しかしそれなしにはわたしは身も心もばらばらに崩れてしまったでしょう。凍結だけがわたしの形を支えたとも言えます。優しい言葉は一切、警戒しなくてはなりません、それがわたしをメタメタに溶かしてしまうかも知れないからです。幸いアルハンゲリスクにはそんな怖れはまったくありません。わたしはわたし自身に帰るための鍵を紛失してしまいました。閣下、どこにそれを探すべきでしょうか？　あたりは真っ暗です。そしてまだ見える範囲内で少しばかり光がみえる唯一の場所は、われわれの文通で、その光源はあなたでした。あなたが誰なのかは推測するしかありません、あなたの光は目に眩し過ぎたのです。しかし目を閉じれば、あなたを見る必要はありません。わたしはわたしの筆に任せ、心は想像するだけですが、それは紙の上で一筆、一筆、動いてあなたのシルエットをそこに浮かびあがらせます。わたしはわたし自身のためにだけ書いていたのですが、しかし同時に、あなたを細かい目の網の中に捉えることができるように思いました。書きながらわたしはわたし自身にあなたの現存を証明し、そしてあなたを通してわたし自身の現存を得たのです。あなたはわたしの筆に淀みなさを与え、時には、わたしの筆は、踊るように文から文へ飛んだのです。

どこでストップしたのでしたっけ？

人の知るロシアは大陸の西の外れにあって、ヨーロッパにだけ目を向けている。その反対側は闇に包まれているのだ。陸地、行けども、行けども陸地が続き、それは広大さゆえに身を固くし、際限のなさゆえに凍りついている。想像もつかない彼方、陸と天がひとつになるところで始まるのは空無だ。シベリアとは一切が無に消え去る状況に与えられた名前なのだ。シベリアにいるとは呪われているということの別名以外の何だろうか。

しかしわたしはフヴォストフやダヴィドフのようにそこを通っていったのではない。船に乗って地球の半分を帆船で回り、この果てしない陸もやはり「果て」を持つことをこの目で見て、驚愕したのだった。その怒号を聞いた。陸地が断たれ、切り立った崖となって海になだれ込み、そして次なる果てしなさの中にのみ込まれていく様を見たのだ。大海の上には常時、霧が立ち込め、漁夫や毛皮取りの猟師の小屋が、無の国の端の地面に這いつくばっている。そしてその上方には、モノトーンの月面の景色のように、人を寄せ付けない火口が口を開いている。岸辺は霧に覆われていて、船がその鼻先でそこにぶつかるまで見えない、そしてぶつかれば、もうおしまいなのだ。

そのような文章をわたしは、蚊が日々わたしから吸いとる、わたしの血で書いたのです。

ヌカヒヴァ島の南でセンセーショナルな事件は起きた。レザノフは全員が聞いている前で、船長は一コペィカにも値しない、せいぜいただの船員に降格されるのが相応しい、一番いいのは即刻、自分からマストで首を吊ることだ、と叫んだのだ。クルーゼンシュテルンはこれを罷免と受け取め、船を引き受けるよう、とレザノフに要求した。しかし特使は航海の術は何ひとつ知らないのだから、一言も言葉を交わし合うことなく、航海はクルーゼンシュテルンの指揮下に続けられた。彼は船が次のロシアの港に着き次第、任を降り、陸路を通ってペテルスブルクまで行って、裁判所に訴えるつもりであった。

ナデシュダ号がペトロパヴロフスクに着岸すると探検旅行は終わった。乗組員は解任を覚悟した。当事者たちは、航海の失敗を告げつつ事の責任は自分にはないとする、ツァー宛ての書面を認《したた》めたのである。しかしペトロパヴロフスク要塞司令官コシュレフは、彼の最善を尽くして破局を避けることに努めた。善意の限りを傾注して、なんとか航海を続行するよう、対立する両者を説得したのである、両者は共に多くを失った。クルーゼンシュテルンはロシア最初の世界周航者としての名声と栄冠を失い、レザノフの日本への特使の使命に関しても、大きな極東貿易の展望は失われたであろう。

しかし最悪の事態は免れました。一八〇四年八月二十五日、ナデシュダ号は、海上に出て、それを生き延びることはあるまいとわれわれに覚悟させるほどの日本海の嵐に向かって進んだのです。その後、ナガサキ湾に到着したときは挫折寸前の状態でした。ほとんど音もない、しかし全面的な挫折です、というのも今回、ミッションは決定的に、それ自身の内部から瓦解したのです。

ナデシュダ号の狂気は、すでにその乗員の組み合わせに始まっていました。船乗りと宮廷人、ロシア人とドイツ人、学者と精神を病んだ者——それに三人の日本人。それはまるで、熊とジャッカルとラマと蝙蝠を一緒に一つの檻に閉じ込め、文明人らしい社交の場を作るように命じたようなものです。テネリファ[2]を過ぎたとき、それはもう始まりました。クルーゼンシュテルンではなくレザノフを探検隊の長に任ずる、という趣旨の、ロシア皇帝の指令なるものを、レザノフがポケットからいきなり取りだしたのです。これで一切の原則が揺らぎ始めました。南の海の上に至って、海上では船長が、陸上では特使が指示の権限を持つという原則さえ揺らいだのでした。特使は船のデッキ上でも主人顔をし、彼にとっては航海とは船酔いと退屈以外の何物でもなかったために、不機嫌や策謀やサボタージュや収賄や恫喝をもって人々を動かそうとしたのです。

残念ながらクルーゼンシュテルンは、船長となっても完全なる領主であり、仲介を事とする人間でした。命令するというより議長を務めようとしました。彼は公正な仲間と文明の洗礼を受けた人間関係を必要としたのです。ナデシュダ号の上では、彼は暴れるオットセイであるべきだったのですが、そんな振舞いのできる彼ではありませんでした。そこで彼は見て見ぬふりをする達人になったのです。特使がわれわれを激怒させているとき、彼はほかの仕事に従事していました。われわれは彼をゴッドファーザーと呼びました——しかし彼は、旧約聖書のエホヴァの全能も激しい気性も持ち合わせず、感受性だけが強かったのです。それを以て彼は、埒《らち》もない連中を制御するよりは興奮させただけでした。できることなら彼は、啓蒙主義の神のように、自分の仕事から一切、手をひき、一本の指で装置を作動させたあとは椅子の背に寄りかかって、それがどんな風に世界の終わりまでカチカチと動き続けるか、眺めていたかったのでしょう。世界の終わりはナデシュダ号の上では毎日、起こりました——それでもクルーゼンシュテルンは椅子の背に寄りかかっていたのです。特使が探検船の仕事を台無しにしたとすれば、船長はそれを投げ出しました。われわれの間からレザノフがいなくなって後、ようやく彼は、その仕事をなんとか終わりまでやり遂げることができるようになりました。しかしレザノフの代わりに、われわれは今度は、ネヴァ号の船長、アメリカ人毛皮猟師の習慣をシナに輸入したリジャンスキと衝突することになります。彼は、クローンシュタットで彼の主人よりも先にゴールラインに向かって突進したいがために、カップ岬、喜望峰を回って一緒に帰ることを拒んだのです。

マイナス×マイナスがプラスになるには数学的環境が必要です。相容れない弱点の相乗が生むのは、純然たるカオスです。ナデシュダ号の乗員、ひとりひとりがそれに貢献しました。いつも公正さを求めて努力するホルナー、わたしの唯一の友人ですら、そうでした。彼の測量技術がなければわれわれはそもそも日本の近くにさえ到達できなかったでしょう。その代わり彼は、彼の道徳的ペダントリーをもってわたしを苦しめました。われわれのキャビンはそのために一層、狭くなったのです。学者の乗船客たちは船上での平和に貢献するには、あまりにも気まぐれで、自分勝手でした。極端な場合、彼らは、チンチクリンのマントを身に付けただけの格好で、風に向かってデッキ上を這ったりぐるぐる回ったりしたのです。このような状況下では、何時なんどきでも、誰とでも事を起こすことのできるトルストイですら、ほとんど一角《ひとかど》の人物に見えました。

　わたし自身は、めちゃくちゃに壊れた家族環境の中で育ちました。その被害はたっぷり受けています。贅沢とは一切無縁でいることを学び、悩むという贅沢さえ自分に禁じていました。それよりは自分のなかに完全に籠ることを選んだのです。しかし船上ではそんなことは不可能ですし、共通の命の危険の中で互いに助け合わなくてはならないことがあり過ぎるほどしばしばありました。すると檻の中に微かに規律の風も吹くのですが、平穏な航行になるやまた通常の内乱状態が復活します。ナガサキ滞在中は、破局と救いの両方がありました。というのは日本人がわれわれを分かり易い陣営に分けたからです。レザノフは陸地に住みたいと主張して外国人居住地区の彼の小屋に立て籠もり、船の乗組員たちはナデシュダ号上でキャンプしました。特使は、一列に並んでの挨拶と礼砲をもって自分を迎えさせるためだけに船上に姿を現し、われわれは形だけ彼に仕えるために上陸して門限になると船に帰るのです。

　われわれはヨーロッパのどんなイメージを提供したのでしょうか？

　ツァーが日本への接近を期待するなら、商人を使者に選ぶべきではありませんでした。なぜなら金持ちであろうとなかろうとこの階級を日本人は非常に低いものに見做していて、農民や漁師などよりもさらに下に位置付けているからです。そもそもこの探検隊のおかしな点は、研究上の関心と商業的関心を混在させていることです。なぜ日本は鎖国をしているのでしょうか？　それは商人を警戒しているからです。レザノフはまさに、日本国内にもはや生じてほしくない——文字通り、どんな代価を払っても避けたい——「いざこざ」を具現する人物です。日本との交際は尊厳を大切にする人間に俟つべき事柄です。欲深い人間たちの集団がどれほどの価値のあるものか、われわれは彼らに十分に示しました。われわれは厚かましくも鏡を進呈することで彼らの皇帝に対する敬意を表そうとしたのです。南の島の島民はガラス玉で買うことができたというので、その延長線上で考えているのでした。日本人はそれよりいくらかは上等だとペテルスブルクの宮廷は考えたに違いありません。だから鏡は特大でなくてはならなかったのです。閣下、われわれはこの鏡に自分を写してみるべきでした、結局、それをまた梱包し、粗大ゴミよろしくペトロパヴロフスクのガラクタ市に持ち込んで、二束三文で売ってしまう前に。

日本人はわれわれに肘鉄を食らわせる、まったく独特の方法を持っています。彼らはわれわれに言ってきたのです、そのように巨大な鏡を七百露里も離れた彼らの国の首都まで運ぶには大変な数の人足の集団をもってしても不可能であります、と。――なぜ荷運び人足など必要なのか、駄馬がいれば十分ではないか、鏡は部分に分けて運ぶこともできるのだから?――とんでもございません！　ロシア皇帝よりの御贈り物とあらば、そっくりそのままの形で、人の背に背負って江戸までお運びしなくてはなりませぬ――シナの皇帝が日本の皇帝に敬意を表そうと贈られた象のときと同じようにでございます。――人の手で運ばれる象など、想像を絶するナンセンスと思われたばかりでなく、贈り物そのものを受け取れないという日本側の言い分が、レザノフにはどうしても解せませんでした。そこでひどい侮辱を受けて気分を害したという素振りをすることにしたのです。しかしそれに劣らず彼に理解し難かったのは、彼から何一つ贈りものを受け取ろうとしない人間に対して、何一つ物を売る事もできないというのはこれまたなぜか、ということでした。とりわけ毛皮は売れません。毛皮には死の匂いが付着しているからです。日本人は雨でも雪でも、獣の皮や毛皮の長靴よりはむしろ藁のサンダルを履いていく方を好むのです。

加えて、この人々からレザノフの側が何一つ買い取ることもできないというのが、これまた、彼の理解を超えることでした。ナデシュダ号が大量に買い付けようとした貯蔵食料についても、彼らは代金を受け取ろうとしません――とりわけ別れの船出に際して彼らはそれまで以上に気前良く、それはまるで、この連中がともかく早く去ってくれれば！――というようでさえありました。運んできた物はすべて持ち帰ってほしい！――視察官は船を念入りに点検しました――釘一本、残すことは許されなかったのです。礼を尽くして歓待はする――しかし交流となると、自分がそれに応えられると思う以上のものをこの国は望まないのでした。ロシアはこの国が関係を持とうとは思わない外の世界の一員だったのです。半年の間、港湾の外で無為に待機してもなお、レザノフが自分からそのことに思い至るには足りなかったとき、日本側は、然るべき形を取ってレザノフにそれを分からせなくてはなりませんでした。むろん「皇帝」その人ではありませんが、長らく待たれていた皇帝からの使者である「大名」が、二度に亘ってレザノフに謁見を許して伝えたのです。「特使」としてあなた様をお取り扱いはできないので、どうか御自身を「在りて無き者」と見做して頂きたい、と。レザノフのように虚栄心の強い男にとってこれは許し難いことでした。彼がこれをロシアに対する甚だしい侮辱と受け取ったのも無理はありません。

われわれは危うくわれわれの三人の日本人も連れ帰らなくてはならないところでした。交易のための人質たちはレザノフの誤解を具現するという悲しい罠に陥ったのです。航海の途上から彼らは、真昼の幽霊のようにうろうろしていました。トルストイが彼らの言葉を口にする唯一の人間でしたが、それはどうやら正しい言語ではなかったのです。というのもトルストイは彼らを、自分の意地の悪い悪戯のための実験動物、猿のような生き物と見なしていたからです。ロシアでは彼らはまだしも好奇心の対象でした。しかし今、彼らは、故郷に帰る代わりに、無人地帯に来ていたのです。トルストイが玩具と見なした人間たちは、辱められた口を自ら切ることがなかったら、船から下ろされることはなかったでしょう。何の価値もない自分たちの見本を日本人が引き取るには、このような捨て鉢の行為が必要だったのです。しかし彼らが今は異国となった故郷でこれからどういう目にあうか、わたしはあまり想像したくありません。しかし少なくともこの重荷分だけは身軽になって、ナデシュダ号は船出したのでした。

いいえ、われわれは日本に入ることはできなかったのです。とは言え——到着最初の数時間は希望に満ちたものでした、少なくともわたしにとっては。

　われわれがそこに着いたときは夕闇がすでに下りていました。ナガサキに近い、ある島影にわれわれは錨を降ろしました。われわれの前にはこれでもかとばかりに光の散りばめられた狭い湾が伸びています。水上に飛び交っていた蛍は陸地の方に移動し、巣のあたりに集まると思いきや、祭礼の燈火のようにちらちら光りながら山の方に上っていきました。その光景は見知らぬ故郷への懐かしさを覚えさせ、息も止まる想いでした——それはまるで、失われてはいなかった子ども時代の思い出をわたしの目の前に繰り広げるかのようでした。そこここに赤い火がかすかに光って見えます——すべては深い静けさに包まれています。ほかの船員たちも、身動きもせずにデッキに立っていました。

　すでに接岸の際、海岸沿いに小さいながら清潔な家々が固まっているのをわたしたちは認めました。竹の森があり、その中には重たそうな寺の屋根が見え隠れし、水田はテラス状に並んで、山の上の方まで広がっています。外国船の接近はすでに知らされていて、帆を膨らませたわたしたちの船が入港したときには、町は完全に目を覚ましていたに違いありません。しかし蜂の巣をつついたような騒ぎにはならず、町はじっと息を潜めています。こちらまで押し寄せてくる物音は全くありませんでした。がそのときようやく、櫓を漕ぐ水音が聞こえました。湾沿いに本の段落のようにまとまって並んでいた灯りの列から、二、三行が離れてこちらにやってきたのです。石を投げれば届く距離にそれらは停止しました。紙でできたランタンに書かれた文字が見え、そして小舟の上に立っているつるつる頭の漕ぎ手たちの姿がシルエット状に見えました。

さて今こそレザノフの出番です。ナデシュダ号が彼の舞台になります。前甲板上で護衛の者たちに囲まれて、彼は仁王立ちになります。三角帽の上の彼の羽飾りが風に揺れ、彼の勲章は松明の明りにちらちらと輝いています。そして彼は、この時とばかり、われわれの船の日本人たちと共に用意した文章を、水の上に向かって読みあげたのです。

アレクサンドルこと、全ロシアの至高の支配者は、彼の兄弟たる日本の皇帝に対し、謹んで挨拶を送り、かつその日本皇帝を、ニコライ・ペトローヴィッチ・レザノフ、すなわち、ロシア皇帝の全権を託されたる唯一の使者、陛下の侍従にして聖アンナ勲章叙勲者、帝国ロシア・アメリカ商会創設者たる者の姿において、その胸にしかと抱擁せんことを切望するものである。

外交交渉開始の演説史上、これは唯一無二のものでありましょう。というのもこれ以上短い文言でこれ以上不可能なことを述べることは不可能だからです。日本の皇帝（意味されているのは、例によって、将軍です）はペテルスブルクにいる彼の兄弟のことなど聞いたこともありませんし、その兄弟の抱擁など予想だにしていないため、それを攻撃と勘違いするのが関の山であり、ましてやレザノフ氏の「姿においいて」の抱擁など、氏がロシア皇帝の似姿たろうとしていかに努力を払っていたにもせよ、願い下げであるに違いありません。小舟に乗った日本人たちは、この長鼻《ラングナーゼン》の者たちがここで「日本語」を話していると信じ込んでいる事実を前にして、身を固くして立ちすくんでいました。するとわれらが日本人のひとりが大声を上げ、こちらの船の上に来るよう、彼らに呼びかけました。最初の小舟が恐る恐る接近し、一かたまりの人間が乗船してきました。前後にぴったりと身を寄せ合いつつも、死など恐れてはいないぞという風を全身で表しています。われわれは彼らのために場所をあけ、彼らはその代表者を前に押し出しました。代表者は、大揺れの船の上にでもいるように、広幅のズボン姿で足を大きく横に開いて立ちました。つるつるの頭の上には漆を塗った小さな被り物を載せ、帯に二本の刀を差し、紋章の飾りのついた広袖のトゥニカのような上着をきています。その顔はほとんど仮面のように固まって見えるほど、表情を殺していました。

レザノフが自分の場所に立って、この男に一礼すると、長い返礼が返されました。トルストイは何かの罰で船室に蟄居させられていたので、その後の交渉はわれわれの船の日本人に頼らざるを得なかったのですが、相手方の司令官はそれら老いた日本人たちには一瞥も与えようとせず、真に発言権を持つ人間を探している模様で、まもなくクルーゼンシュテルンに注意を向けました。ところがこの男はまったく動こうとしなかったのです。

以上が最初の接触であり、その後の一切の事を前もって味わったと言うべき接触でもありました。レザノフは至るところで厚かましく出しゃばり続けます。質素なものとは言え、無理やり自分のために要求して得た住まいに彼は納まり返り、国賓に与えられるべき特典をすべて自分にも要求し、オランダ人と同じ扱いを求めました。とは言え、彼はオランダ人との交流はもとより、彼らにあてがわれたトークスと呼ばれる通詞を除いては地元の日本人との接触も一切禁じられていたのです。通詞たちはレザノフの留まるところを知らぬ要求と果てしない苦情の受け手とされ、当惑しきっていました。もっとも厄介だったのは患者としてのレザノフです。自分に与えられないステータスの埋め合わせに、彼は体の不調を好き放題に振り回しました。そうすれば日本人を休みなく働かせておけることに彼は気づいたのです。彼は自分が病を託《かこ》っていることをほとんど隠さないばかりか、品位を欠くこと甚《はなは》だしい寝間着姿で通詞を迎えることも躊躇《ためら》わず、しかもそれを自分の磊落《らいらく》さとして鼻にかけるあり様でした。彼の体調不良がどこかに吹っ飛ぶのは、吟味のためと称して彼が飽くことなく求め、持ち込ませる漆器に目を喜ばせるときだけでした。これはペテルスブルクに持っていく！と彼は目を潤ませて宣言します。主人側は彼の気まぐれの前に深く一礼はするものの、彼のために恥ずかしく思うのでした。そして次第に彼を軽んじる気持ちを隠さなくなり、ついには甘やかされた子どものように彼を扱ったのですが、彼の方はといえば、それをもってついに民衆の心を捉えた証の頂点と信じたのでした。

むろん彼らは彼に女を差し出しました。ツァーの特使はこの点でもオランダ人と同等の扱いを求めたからです。華奢な体つきの女性たちが彼について依頼主にどんな報告をしたか、聞きたいとは思いません。彼の方はしかし、彼女たちの働きに自分が一切、金を払わなくてよいことを自慢し、女はどこでも同じだなどと漏らしていました。われわれは大方の時間、特に夜はいつも、船の上で過ごさねばならないことを喜び、ほっとしていました。日本人は船の点検を欠かしませんでしたが、それは不信というより好奇心からのもので、決められた通り鍵をかけて箱に仕舞われていた聖書や祈禱書も、点検後はわれわれに返してくれました。外交のミッションがなかなか終わらなかった間も、われわれは宗教の慰めを欠くことなくいられたのです。

通詞たちはオランダ語を話しましたが、それはわれわれのうち、この言語に通じていると思っている者にも、理解すると言うよりは想像がつくに過ぎないオランダ語でした。それでも礼儀上、相手が話すときも自分が話すときも、その間中、頷いてみせなくてはなりませんでした。この間に流暢に日本語を話せるようになったと自称するのはレザノフですが、本当にこの言語をマスターしていたのはトルストイ伯爵ただ一人でした。機会があり次第、真っ先に船を降りるのは彼に違いない、その点に関してだけは、クルーゼンシュテルンとレザノフの意見は一致したのでした。

ナガサキでのこの冬を思い出すと懐かしさにわたしの心は痛むのです、閣下。しかしアルハンゲリスクはそれに加えて肉体の苦痛を与え続けます。わたしはこの罰に値する何をしたというのでしょう？ それともあなたはもはや何をなす力もないのですか？ あなたご自身、恩寵を奪われたのでしょうか？ それとも深刻な病に倒れられたとか？ わたし自身、深刻な病気になりそうです。何とかして頂けるのなら、親愛なる名付け親殿、是非ともわたしをここから出して下さい――この手紙をもう一度、いつもの宛先に送ってみます。どうか、お返事をください。さもないとわたしはもうどうなるか分かりません。

## 2

あなたのお書き下さった数行から、あなたが元気でおられることはわかりました。そして今、あなたはもう一度、わたしの活用法をお持ちなのです。

というのも、ツァーは、日本への新しい探検隊を準備することを計画中で、トルストイ伯爵にその任務を託し、若い彼の相談役としてわたしを同行させることをお考えです、年金の見通しさえある第一士官の資格で。

こうしたすべてのことをツァーはお考えですが、わたしは知っているのです、考えるというのは難しい仕事です。大変な所だけでも彼に代わって考えることを引き受ける人材を彼はもう持っていないのでしょうか？　そう、むろん、トルストイ伯爵がいます。彼はツァーに代わって銃を撃つことはできます、どんな銃であれ、彼は飛んでいる雁さえ撃ち落とせるのですから。戦争より簡単なことはありません。

フヴォストフ氏がつい先頃、実例を示しはしなかったでしょうか？[3]　スペイン大砲数台——これはレザノフ氏がサンフランシスコで購入したものですが——を装備した商船二隻は、日本人の群れを羊のように追い立てるだけでは満足しませんでした。彼らはエトロフ島の村々に火を放ったのです、米をしたたか接収し、一切の貯蔵食を奪い去ったあと、彼らの納屋を焼き払うことも忘れませんでした！　何というやり口でしょう。懲罰の鞭から辛うじて逃れた僅かの島民は、冬の間、船一隻立ち寄ることのないこの島でどうやって生き延びろというのでしょうか。

そうです、この蛮行の知らせはアルハンゲリスクまでも届きました——その仕掛け人、レザノフ氏は、なんというヨブの報でしょう、ツァーに報告をもたらすべくシベリアを通過中、重症の風邪に罹って命を落としたのです[4]。彼が亡くなった今はその浄福を祈るばかりです。しかしこの男へのわたしの追悼の念は、死後も続いた彼の働きぶりを知っての驚愕の念にとって代わられたのでした。どうやら彼は墓の彼方から露米商社の仲間のひとりを武装させることに成功したのです、予想されたことではありますが、ダヴィドフもその男に続きました。そして倍加された力をもってこの双子の兄弟はサハリンでもう一人を獲得、彼らがそこで女性に暴行を加える機会を逸したとしたら、何のためのチーム結成だったでしょう。そしてこのチームは、あとからわたしの聞いたところによれば、日本人たちとの愉快な撃ち合いで一人も仲間を失うことはありませんでした。フヴォストフ氏はさらに、土着のアイヌ人若しくはクリーレン人を征服して彼らを誇り高いツァーの臣下として獲得、至高の皇帝の庇護下にあることを証明する飾り紐を彼らの首に掛けることまでしました。彼らはしかしこの庇護を自ら引き受ける状況には残念ながらもはやありませんでした。罰を受けた村々を炎に委ねる前に自分たちの船に積み込める限りのものを積み込んでから、彼らは再び帆をあげて出奔しました。彼らの戦利品には、数名の生きた日本人もいました。彼らは将来の交換物品として利用するためにロシアで冷凍保存されることになるのです。しかしフヴォストフ氏一行はもう少し堅固なものも残しました。日本人に対するロシアの最初の勝利の証、ちょっとした散歩の記念です。その島がツァーの帝国に所属することを記したブリキ板が打ち付けられた記念碑です。

この紳士方にわたしはポーツマスで会っています。彼らはまさに超人サイズでした。一人は巨体に過ぎてほとんど動けないのですが、もう一人はその男の逆らい難さを認めてやりつつ、実は彼を思いのままに操りました。彼らが殺人者でさえなければそれはまさに絵になる光景でした。アルハンゲリスクの新聞は、レザノフが彼らの任務遂行に完全に同意していたかどうか、明白な答えを出していません。彼はフヴォストフたちと一緒にアメリカへの寄り道を終えた後、委託を口にはしたものの、その後、実施の延期を伝え、半ば取り消し、半ば撤回したあと、最後、それをフヴォストフの意思に委ねたのです――いかにもわれらがレザノフです。フヴォストフはしかし決して同じ頼みを二度、言わせるような男ではありません。半言の依頼でも彼は常に丸々ひとつの行動をもって応えました。打てば響くように応じるのが彼です、どうして改めて自身の決意など必要だったでしょう。

しかしながら英雄たちは自分たちの行為を喜べない結果になりました。オホーツクでは人々は彼らの英雄行為を称える代わりに、官僚的な狭量をもって彼らを扱ったのです。戦利品を隠した疑いでした。人々はそのために彼らを鎖に繋ぎ、獄に入れるべくイルクーツクでまで移送したということです。レザノフがその委託を与えたり取り消したりしたとき、彼の頭にも悪い予感が過《よぎ》ったように見えます。そうでなければ、どうして彼は、ツァーへの求められてもいない奉仕のために、必要ならば自分は首を差し出す用意も[5]あるなどと言ったのでしょう？　彼がペテルスブルクへの道を急いだのは、外交的言い回しに過ぎなかった自分の委託を愚かしくも実行に移した二人の部下を犠牲にしてでも、彼らとの一蓮托生の運命から身を振りほどきたかった故なのでしょうか？　それともあるロマンティックな出来事が一役買っていたのか、つまり、ペテルスブルクへと彼を駆り立てたのは、サンフランシスコ在住のうら若い娘コンチータ[6]との結婚に是非とも皇帝陛下の同意を得たいという彼の熱い思いであったでしょうか？　こんなに幾つもの熱い想いに駆られていたこの男の命を、たまたま襲った冷気がいともあっさり奪い去ったとは不思議なことです。それに比べれば、焼き殺された数人の日本人、焼き払われ略奪された幾つかの村など、どれほどのことだったでしょう？

「アルハンゲリスク新聞」は典拠を明らかにしないまま、詩人ダヴィドフの文章を引用しています。彼の才気に興味を引かれてか、あるいはそれ以上にその無私の精神に打たれてでしょうか。「腹立たしい事態は出来《しゅったい》しない訳には行かない、だがその事態の媒体となる者こそは、あぁ、痛ましきかな。」日本人が世界に出るためには、閉ざされたままの彼らの扉は蹴破られなくてはならなかったのだ。しかし長靴を履いた助産夫は感謝を受けることはなく、凌辱者、屠殺者と罵られなければならない。本当のところフヴォストフとダヴィドフは自身の行為の殉教者と見做されなければならない。強欲な英国人やフランス人ではなく、情けあるロシア人の手に落ちることに、日本人はむしろ神に感謝して然るべきなのだ、云々。

そして今、トルストイが、これら先駆者の仕事を立派に完成させるべく、日本に行くようにとのことなのでしょうか？　そして不肖レーヴェンシュテルンに、彼の助言者として同行せよと？　手短に申しましょう。トルストイ伯爵を、彼が禍を創り出す前に、鎖につなぐことをお勧めします。レザノフとの相違は、トルストイにはまるで気骨と言うものがない上に商売の才能がないことのみです。賭けでいくら失っても尽きることがないほどの農奴を所有する男に、どうして商才など必要でしょう？　彼には無人島での長寿を祈りたいと思います。わたしはしかし、もう一時間たりとも、わたしの時間を彼と共にしたくはありません。

　とは言え、アルハンゲリスクでのわたしの時間は彼にさえ免除してやりたいと思います。

　この地へのわたしの配属にわたしの父は幸運を祈ってくれました、ひょっとしたらわたしが自分の船に乗ることになるかもしれないと考えたのでしょう。わたしの兄たちはとうに堂々たる下士官になっていますが、誇り高いヴォルデマーだけは別で、絶えず虚栄心を傷つけられています。親愛なる姉妹たちはわたしの傷口に福音主義の書物から得たような知恵の軟膏を塗ってくれます。マールヒェンだけは別で、わたしを知られざる天才と思っていてくれるのですが、これはまたこれで、ありがた迷惑なことです。しかし認めましょう、山ほどの不幸をもってしても人は容易にわたしを満足させることはできないのです。昔は、わたしは軽率な人間と見られ誤解されたのですが、今ではわたしは人も見る通りの悲惨な人間です。それを気の毒に思ってくれる唯一の人間、ホルナーも彼のスイスに逃げ帰ってしまいました。善良な乳母アマーリエだけは、すでに生前からわたしにはないも同然であった母親に代わる存在でいてくれました。そして次に母親代わりであった制服をわたしが半ば卒業しかけた頃、母は死にました。当時、二十二歳だったわたしは涙ひとつこぼしませんでした。何年も経って、マールヒェンがわたしに、母はわたしを乳母に任せず、母乳で育てたかったのだが、乳が出なかったのだ、と教えてくれたとき、初めて涙がとめどなく溢れて止まりませんでした、まるでそのとき初めて孤児になったような気がしたのでした。

むろんわたしは少女たちにわれわれの世界航海について語らなくてはなりませんでした。特に南の海について彼らは途方もない話を聞かされました。勇敢なマールヒェンは、トルストイ伯爵がオランウータンと一緒に暮らしたというのは本当か、ある南の島でそれを買い、アメリカに出発する前にそれを食べたというのは本当か、と尋ねました。ああ、とわたしは言いました。残念ながらオランウータンはナデシュダ号の生活に耐えられずに死んだのだよ、と。むき出しの真実は、無垢な耳に聞かせるにはあまりにも嫌悪すべきものでしたから。

あなたにはそれをお聞かせして大丈夫ですか？

ナデシュダ号はヌカヒワ島の前で錨を降ろしました。飢えた船乗りたちは彼らの楽しみを待ち切れずにいました。クルーゼンシュテルンは、われわれはしばらくの間、手綱をゆるめなくてはならないだろう、ボンティー号の運命を体験したくはないから、と告げました。この船の乗組員たちは、船長が土地の娘たちとのセックスを禁ずると反乱を起こし、船長を取り押さえ、公海に放り出したまま、自分たちで勝手に快楽の楽園へと乗り出して、二度と船に帰ることはなかったのだ、と。そしてクルーゼンシュテルンは、自分はこう思う、と付け加えました。男の衝動は確かに抑え難いものではある、だがわれわれの目の前でだけは、淫らなことはして欲しくない。士官としてわれわれは陸に上がっても、陸上で従うべき、従うことが望まれている義務がたっぷりあるのだから。――レザノフがすぐに口を開きました。俺の希望、俺の意志はあんたの意のままになんかさせないぞ、と。クルーゼンシュテルンは答えました。宮廷人として、あなたはせずにはいられないことをなさるがいい、しかし船乗りたちには船長の言葉は絶対なのだ、と。

そして事実、この言葉は肉となり、奇数日には女たちが船に乗り込んできました。しかし偶数日にはナデシュダ号はタブーとなったのです。我々士官は、男一人に女一人以上は来させないよう、その数だけはチェックしました。それをもって文明の原則に対して義務を果たしたものと見なし、われわれは櫓《ろ》を漕がせて小舟で岸に向かい、グループを作り、必要な武器は身につけた上で、民俗学の研究に、植物採集に、測量にそれぞれ従事しました。測量はホルナーの仕事で、わたしはたいてい彼に同行したのですが、船の当番が回ってきた時だけは、嫌も応もなく、ゴッドファーザーが見たがらず、また禁止する勇気もなかったその見世物の証人にならなくてはならなかったのです。水夫たちは、藁を敷いた甲板で無造作に女性たちに覆いかぶさります、すると程なくお決まりのうめき声や金切り声が始まり、終わることがありません。ひとりの男が営みを終えても、女はウァー・アー！と声を上げ続けます、するとその挑戦を受ける用意のある水夫が、再び事に取りかかるのです。女の枕の下に小銭を置くまでは誰も起き上ろうとはしないのでした。

ある時わたしは巡視のため船室に降りました。するとトルストイの異様な声がドアのうしろに聞こえたので、そのドアを開けたところ、おぞましい光景が目に飛び込んできました。われわれの日本人が猿のメスを相手に、言葉にするのも忌まわしい形で何やらやっている一方、伯爵はひとりの日本人を自分の前に跪《ひざまず》かせ、その口に自分の一物を突き立てているのです。いいから、入ってこいよ、レーヴェンシュタイン、と彼は落ちつき払って言います。どうだい、この構図は？ 一緒に楽しめよ。島の女たちは黄色人種とはやりたがらない、だがこいつらも結局はオスには相違ないんだ。だからこうやって、できる形で互いに助け合っているのさ。

わたしはドアを叩きつけるように閉めました。その後は甲板上で繰り広げられている営みはむしろ人間的にさえ見えたものです。興奮が果てると、船は野戦病院のような有様で、女たちだけが起き上がって大はしゃぎで、受け取った小銭をそれぞれ自分の袋に納め、甲板の手摺を飛び越え、小さな魚のように陸地に向かって泳いでゆきます。その途中にすでに男たちが待ち構えていて、女たちの受け取った日当を巻き上げるのでした。

　レザノフとその取り巻きとは、われわれは陸地行きの際も関わり合いを持たずにいられましたが、残念ながら彼の大口たたきはどうしても耳に入ってきます。王女以下とは関係を持ちたくなかったが、歓待を退けて心象を害しないためには、女王の母親も受け入れない訳には行かなかった、云々。クルーゼンシュテルン派について言えば、ホルナーがその一員であったことだけは保証できます。ヌカヒワでは彼は歯痛に苦しんでいたのですが、たとえ足を折っていたとしても彼はナデシュダ号に留まってはいなかったでしょう。クルーゼンシュテルンはせめて自分の二人の若い甥っ子を誘惑から遠ざけようと努めていましたが、一度だけ、わたしは、一人の島の娘が彼をからかっている場面を目撃しました。彼はその娘をうまく追い払ったつもりでしたが、また姿を現した彼女は、頭から足の先までココナツ椰子油を塗っていたのです。この油脂こそは間違いなく相手を虜にできる愛の妙薬と彼女は信じているのです。彼女のウヵー・アー！は、やまなかったのですが、ついにクルーゼンシュテルンがひとりの水夫に、この女の相手をするよう合図を送ると、その男はすぐさま一番近い藪のなかに彼女を引きずり込んだのでした。

　メス猿の運命はこれに劣らずおぞましいものでした。普段、彼女に甲冑のようなものを着せ、チェーンに繋いで引き回すのが伯爵は好きで、たとえばクルーゼンシュテルンの書見台のところに連れていって、航海日誌に悪戯書きさせたりしていましたが、ある時、伯爵が密かに快哉を叫んだことには、彼女はナデシェダ号の記録を数日分、ぐしゃぐしゃに引きちぎったのでした。その後は日本人が彼女の面倒を見ることになりましたが、すぐに彼らの手から逃げ出した彼女は、再びこれを捕えようとした伯爵の手に激しく咬みついたのです。怒った伯爵はこの獣を床に叩きつけました。頭蓋骨が潰れたに違いなく、鼻と耳から血が流れ出たため、伯爵は呪いの言葉を吐きながら留めの一発を放って獣を撃ち殺しました。彼は船上での生活に退屈し切っていて、誰彼を摑まえては野卑な言葉を投げつけ、相手が同じような言葉で応酬すると、彼は例の如く決闘云々を叫んだのですが、船上での決闘騒ぎはクルーゼンシュテルンが死刑をもって禁止していたので、命を危険に晒す心配はありませんでした。平手打ちは許されたので、彼は、クルーゼンシュテルンの頰への一発で鬱憤を晴らした後、謹慎を命じられてキャビンに閉じこもると、卑猥な小説に読み耽って時間を潰したのです。

コッツェブー兄弟、オットーとモーリッツも、船上で完全に純潔を守ることはできませんでしたが、むしろ純潔の方が彼らを守りました。幸いにも、彼らは偉大なる詩人の父親にではなく、おとなしい母親の方に似たのでした。彼らが余りにも早く失ったこの母親は、わたしの幼馴染の婚約者、ミンヒェンと同じ、フォン・エッセン家の出でした。この家系はレーヴェンシュテルン一族より堅実なのです。

もうひとり、一条の光明は、悩みを多く抱え、その分、他人を悩ませることも多かったにせよ、ホルナーでした。ヌカヒヴァで彼は、歯痛に顔をゆがめながらも、自分の名を正しく発音してくれと要求しました。自分の名はイーヴァン・ゴルノーではない、ロシア人にだって、hをちゃんと発音し、彼にヘル・ホルナーと呼びかけること位、要求してもよかろう、と言うのです。ナデシュダ号船上では船客の誰もがドクターと呼ばれたがっていて、それどころか、ラングドルフのようにプロフェッサーとか、ティレジウスのように宮廷顧問官と呼ばれたい人間もいるが、自分はドクターと呼んでほしいわけではない、だが、hだけはちゃんと発音して欲しい、と。

ヘル・ホルナー、とわたしは彼を宥めました。ロシア人はわたしの名前をどう呼ぶと思うかい？　エルモライ・レーヴェンステルンだよ、この方がいいと思うかい、ユダヤ人のように響くではないか。

それでも「フォン」をその上につけて考えることはできる、君は貴族だ、クルーゼンシュテルンと同じようにね。カスパルではなくエルモライという名にせよ、「フォン」がつくんだ。——羞恥心が彼をまた怒らせました。「イーヴァン」なんて最低だ、誰もがすぐに「恐怖王イーヴァン」を連想する。——ゴッドファーザーに提案しましょう、君を「天文学者」と呼ぶようにね、それなら中立的だ。——彼は額にしわを寄せました。「ゴッドファーザー」なんて言ってはいけない、冗談でもいけないよ。

　ホルナーは、自然科学者に転向した後も、根は神学者だったのです。「キント・ゴッテス」、神さまの子ども、と呼ばれると彼は喜びました。バルティック地方ではこの呼び方には敬虔よりもむしろ絶望の響きがあることなど彼は知らなくてよいのです。歯痛だけがヌカヒヴァから彼を救ったのですが、この歯痛はカムチャッカまで続きました。というのもわれらが医者、エスペンベルクが誤って違う歯を抜いたからです。何があっても測量に出かけることを彼はやめませんでしたが、それでも「余りにも人間的なるもの」を目にする腹立たしさから完全に逃れることはできませんでした。歯痛など何でもないよ、原罪の見世物に比べれば！　そこには、彼の言い方を借りれば、「悪魔ベルゼブルが背後に」いたのです。

　楽園でもあんな具合だったと思うかい？——経緯儀のうしろから彼はわたしに尋ねます。——真実は違う！　そこには一組の人間の男女がいただけだ。罪なるものを彼らが知ったとしても、それは罪などではなかった、なぜなら、楽園には淫行はなく、あったのは純潔だけなのだから。——では悪魔はエヴァにどういう誘惑をしかけたのか、というわたしの問いに、彼は言った。まさにそれなんだ！

　彼女が禁じられた果実をどうしても食べたくなって男とそれを分かち合ったとき、まさにそのとき、魂は肉体から離れ、自分が何をしたか、彼女は知ったのであって、それがまさに堕罪なのだよ！　彼らが楽園で何をしていたか、神は知っておられたが、彼らはそれを知る必要はなかった。それはまだ名前を持たなかったのだが、突然、彼らは気づいたのだ、自分たちはマグワイをしているのだ、と。それと同時に、優しい合一の行為に他ならなかったものが美化された罪となった。苦しんでエヴァは子を産むことになるのだ！　苦しみのうちに受胎したとしてもそれはまだ罪深い快楽などではなかっただろう。だが彼女は自分の性器を指差し、ウァー・アーと叫んで、彼女の上に乗るよう、長ければ長いほどいい、と男を誘惑したのだ。女は自分の母なる懐を錆びついた鉄の小片のために売る！　自然に従うゆえか？　だが自然は善良なる母であり、人は彼女を尊敬の念をもって扱うべきなのだ、乗りたいだけ乗ってよい娼婦のようにではなく！　そうなると、と彼は経緯儀のうしろで、顔をゆがめて言いました、そうなるとわれわれは悪魔のようになる！　善悪を認識するという義務は、好きなだけ悪をしてよいという許可状ではない。それは、穢れを知らぬ唯一の接近法、自然科学のそれにわれわれを義務付けるのだ！　自然科学は、自然がどこまで堕落し得るか、証明する義務があるのだろうか？　そのためには人は鏡を覗きさえすればいい、そうすれば、高貴な自然、あるいは聖なる書物がそれを教えてくれなかったとしても良心がそれを教えてくれるのだ！

やれやれ、とわたしは思いました。これでは罰を受けずには誰ひとり棕櫚《しゅろ》の木の下を歩けないではないか。われわれは大して意味のない湾を一つ、また一つと測量して歩きながらも、タブー領域として知られているところは避けねばなりませんでした。未開人にも聖なるものは何かしらあるのさ、たとえば死者がそうだ！　とホルナーは陰鬱な顔で満足そうに言いました。死と共に冗談は終わるのだ、人食い人種にとってもね。——と言いつつ、彼は、墓地でさえ測量をやめようとしません。自然科学はどこにおいても怖れることなく自然に道徳を教えなくてはならないのだから、というのがその理由でした。

しかしもっとも厳しい試練は、ペトロパヴロフスクでわれわれを待ち構えていました。提督が演出してそこに現出させた胡散臭《うさんくさ》い平和はたっぷりの酒で潤《うるお》される必要があり、誰も例外なしに、正気を失うまで飲まなくてはなりませんでした。クルーゼンシュテルンとレザノフが手に手を取ってポロネーズを踊ってみせ、祝宴はしまいには限度を忘れました。レザノフが別室に続くドアをあけ、入口に立ちはだかって、縺れる舌で次のように叫んだのです。

ここは姫君のところに通じる場所だぞ、諸君、姫君はわれわれの幸多き船出を祈ろうと待っておいでだ、静かな小部屋において、一人一人に、な。蠟燭を持って入れ、それを燃やし続けろ、この瞑想を渋る奴は悪党だ！

そこでわれわれは、ひとり、またひとりとこの扉の後ろに姿を消すことになりました。わがホルナーもベルゼブルに一灯を捧げたのです。

### 3

アルハンゲリスクはロシア最初の港だっただけでは決してありません、ロシア唯一の港です。ドゥヴィナ河が白海に注ぐ河口に位置し、すでにイヴァン雷帝[7]の時代にイギリス人が探して見つけることのできなかった北東水路の出発点です。アルハンゲリスクはすべての袋小路の代名詞であり、ペテルスブルクが開かれて後はその気の毒な親族となりました。しかし依然としてティー・タイムを守り、その夏は見まがうほどイギリスの冬によく似ています。わたしの上司キャプテン・オギルヴィーはとても闊達なイギリス人で、彼とわたしはデルタ地帯にある小島ソロンボルにクラブを開設しようと努めたのですが、下士官たちは自由時間にまで泳ごうなどという気を起こすことはありませんでした。というのもわれわれはしばしば洪水に見舞われたのです。五月、氷の解ける時期が最悪でしたが、雨期に溜め込んだ水を、一切が再び凍りつく前に、河が一気に海に流し出そうとする時期である九月に、もっとひどい事になることもあります。凍結はもう十月には始まり、七ヶ月間、そのままの状態が続きます。その光景は、ところどころ黒っぽい沁みのある鈍い白色が一面に広がって、さながら死体を包む白布のようです。

空だけが、少なくとも目のためには、切望に値するものとなります。決して夜が明けようとしない冬、空の明澄さは無比で、星座がまるで凍りついた花火のように見えます。昼の天体は、光を装って世界を惑わそうとするかのように、ほんの一時《いっとき》、顔を出すだけです。白夜はアルハンゲリスクにもあり[8]、その時期の昼は幻想的です。太陽が平たい軌道の上にうっすらと、しかし透き通るような明澄さを広げると、細い木、貧しい小屋、ぽつりぽつりと見える人物などの物体は、その物体自身よりもくっきりした輪郭を持つ濃い影を落とします。世界の濃度は、ドゥヴィナ河の、色彩と呼べるかどうか分からないほどの青に凝縮されます。それに似た現象をわたしが最後に見たのは、島影を浮かべたエーゲ海でした。わたしはわたしの憧れの揺れ動く深みに目を凝らし、それが何への憧れなのかも思いだせないために、二重に惨めな気持ちになるのでした。時々、遥かな公海に憧れますが、それはその中に、音もなく、人知れず、深く降りていくためにほかなりません。「無限に輝かしい墓」というわがプロイセンの貴族、フォン・Kの言葉さえ、わたしには大仰に過ぎます。

しかし、閣下、ご存知でしたでしょうか、アルハンゲリスクでは、余りにも寒いために雀や烏さえ、凍って天から落ちてくることを？ 激しく翼を動かしてもそれは彼らの体を温めきれないのです。すでに地上にいる者は、がくがく震え、歯をがちがち言わせてなんとか堪えなくてはなりません。それはわたしの部下たちが義務として自分に課している唯一、意味のある活動です。彼らは、隙間風の吹きぬける耐爆《たいばく》掩蔽部屋《えんぺいべや》にペンギンのように集合して、ウォッカで体を温めます。歌ったり踊ったりできない人間は凍えてしまいます。ソロモンボルではそれでも発汗という別の選択肢がありました。ストーヴの熱が四方に逃げてしまわないよう、隙間という隙間を可能な限り埋めると、中の空気はナイフで切れそうに濃くなります。空中の酸素は、人体の発散する硝石に似た匂いのする気体にとって代わられます。部下たちは失神状態に陥り、朝、戸口の所に来てようやく意識を取り戻すこともよくありました。嘔吐で窒息しないだけ幸せと言うべきだったでしょう、もっとも、そうなれば朝食代を倹約することにはなったでしょうが。部屋を微かに温めるには地獄のようにガンガン、ストーヴを焚かねばなりません。すると四方の壁は水滴をつけ、それが落ちて水たまりを作り、洗濯物を湿った状態に保つことに貢献します。何時まで経っても抜けようとしない鼻風邪や咳に悩まされつつも、人々は何よりも、病室に送られることだけはないよう気を付けます。看護員たちは、前もって自分の所持金の相続人を決めない人間は誰一人、患者として受け入れません。一番貧しい男でも何ルーブルかは所持していたのは、アルハンゲリスクでは金で買えるものなど何もなかったからです。しかし病院も、患者が次々と速やかに死んでくれて初めて辛うじて経営が成り立っている状態でした。病院付属の牧師は患者たちの最後の意志を遺書にしてやることで生活しています。埋葬料からもなにがしかの金が彼の懐に入るのです。そんな状態では、普通の人間なら兵舎にいるままでこの世から去る方がましというわけです。

悲惨は覆い隠しようもありませんでしたが、わたしはその悪用だけは極力避けるために闘いました。哀れな連中がせめて魂だけは救いに与かるようにと願って行う、夏の数週間の絶食を、わたしはやめさせました。わたしはさらに、まったく肉を断念するよりは、時にはこっそり、羊の一頭（あるいは二頭）位は殺すことを彼らに許しました。わたしの連隊はバターにありつきましたが、その代わり、わたしは兵舎の監督と争わねばなりませんでした。というのも彼もまた、飢えに苦しむ者たちから、毎日、数コペィカを掠め取っていたからです。大砲の餌食となる者たちから絞り取られるクローネをわたしは一度ならず、自分のポケットマネーから出して補ってやりました。パン屋の上にあったわたしの住まいのおかげで、わたしは彼らに比べれば贅沢三昧、生きていたと言えるからです。

冬の苦難についてはこれ位にします。――しかしこれさえも、夏の苦難の時期が来ると懐かしさを覚えるほどなのです。蚊です！　人を刺す昆虫の雲は僅かな太陽光線を遮って暗くします。彼らは失う血が一滴でもある生き物に襲い掛かります。氷のように冷たい水に飛びこんで逃げるしかありません。唸り声を上げながら家畜は、蚊を避けてドヴィナ河に浸かろうとします。蚊に生き血を吸われるよりは、飢えて死ぬか、溺れて死ぬことを選ぶのです。雌牛が狂気に駆られて突進し、頭を何かにぶち当てて死ぬこともしばしば起こります。

ところでわれわれはこのアルハンゲリスクでそもそも仕事があるのでしょうか？

われわれは、迫りくる敵を迎え撃つためにドヴィナ河口に浮かべてある砲列に要員を配置します。仮にも水上に浮いている限り、砲列は海軍の権限に属します――その印として川岸から川岸に渡した鎖で繋いで置きます。しかし砲列である以上、当然ながらそれは、砲兵隊を必要とします。その結果、二つの異なる種類の軍人グループが狭い空間に並びあって立つことになります――しかしそれぞれの指揮官は、ありとある事に関して管轄権の争奪合戦、互いの地位に関するやっかみ、陰謀のための空間は十分過ぎるほど持つことになるのです。われわれが互いに嚙みつき合う代わりに一致団結して戦うには、本当に敵の襲来が必要なのでしょう。しかしいざという時、そもそもわれわれにそれができるか否かは、神のみぞ知るところです。間もなくそれら装備一切を格納して越冬させることができるのは幸いと言わなくてはなりません。張り詰めた氷は人員配置と同じくらい信頼が置けるので、防戦体制は不必要になるからです。そうなると、われわれの間断ない戦いのために残る空間は宿舎、事務室、そして常連専用のテーブルだけとなります。士官専用の新しい食堂は、壁がもう腐り始めたというので、つい先頃、取り壊しになりました。

熱過ぎるのか寒過ぎるのか、よく分からなくなったら、それは春、または秋が来た印です。われわれの浮遊砲列を引きだして水上に引っ張っていく時か、あるいはその逆の時が来たのです。われわれは丸太を並べてドヴィナ河を封鎖し、非常な苦労をして砲列を鎖で繋ぎ、あるいはまた、切れやすい鎖を氷が引きちぎる前に、非常な苦労をしてそれらを仕舞いこみます。われわれのシジフォス的労苦は敵を防ぎとめることはできませんが、我々自身が繋がれている鎖を忘れさせることはできます。自分の体を酷使して働く人間に限って、自分は酷使されているのだという声に耳を傾けないものです。その犠牲が初めて兵士を作る、もしくはその逆であり、彼の上官は情け容赦なく犠牲を強いることができなくてはなりません、さもないと尊敬を獲得できないのです。

そこでわたしは兵士たちを、彼らの体温を熱く保つために演習場に駆り立て、小突きまわします。そしてそのどなり声でわたし自身の体温を熱く保つのです。夜、その働きをするのは安物のブランデーで、これだけはわたしの部下たちもふんだんに持っています。しかし彼らはダンスと歌のほか、祈ることもすっかり忘れた訳ではないので、これにはわたしからも神に感謝しなくてはなりません。わたしは、彼らを神の御守りにすっかり委ねたまま、自分の部屋に籠り、ゴキブリが布団の上を這いまわるのを見ていることが余りにもしばしばあるからです。

なぜと言えば、わたしにはひとつの秘密があるのです。

わたしは長患いを抱えているのです、閣下。幼年学校で背負い込んだ狼瘡で、内腿にできたどうということはない炎症だったのですが、以来、ずっと治らず、ある時、一気に全身にそれが広がったのです。清潔が今、一番必要なことですが、アルハンゲリスクではそれは当然、望むべくもなく、町の郊外で手に入れる「地獄の硫黄泉」なるものも一時的に痒みを和らげるに過ぎません。昼となく夜となく、わたしはひどい匂いのする液体の中に体を浸さなくてはならないのですが、その液体をやはり昼となく夜となく沸かしてくれる湯治場の係員がここにはいません——おそらく本物の地獄をわたしは待たなくてはならないのでしょう。だが地獄はわたし自身、身中に抱え込んでいるのです。体に塗布する軟膏は殺虫剤のような悪臭がしますし、その副作用——熱を帯びた赤味——が本来の効果を遥かに超えて甚だしく、しかも目に見える形を取るので、薬を中断すると却ってほっとする位です。しかし中断すればダニの奴らはほくそ笑みます。彼らは休憩時間を得、わたしの休憩時間が間もなく終わるよう画策します。わたしが取らずにはいられない暖は彼らには大御馳走のようです。彼らの食欲を奪うにはわたしが氷に身を浸すのが一番でしょうけれど、この療法は彼らより先にわたしを殺すことでしょう。

わたしは疥癬《かいせん》持ちになったわけです。アルハンゲリスクにこれ以上相応しい状況は想像できないので、これはもう取り除けないのでしょう。しかし何とも結構なことに、疥癬は、わたしを嘲るように、顔だけは避けて広がっています。誰かにわたしの窮状を訴えるには真っ裸になってみせなくてはならないでしょう。だが見せたとしてもその誰かに頼めるのはわたしをガリガリ、ガリガリ、引っ掻くことだけです。この燃えるような願望は最大の禁止条項に相当しますが、困ったことにそれがわたしの今、唯一の願望なのです。滑稽きわまるこの刺激が忌まわしくも通常の状態となり、しかもその起源は思春期に遡るという気恥かしさが常時それについて回ります。人に見せられない苦痛を誰が憐れんでくれるでしょう。

憤りでこの皮膚を引き破って脱皮できたらどんなによいことか。

## 4

わたしは二週間の休暇をとってレヴァルに行きました――わたしの家族ではなく、ドクター・エスペンベルク、ナデシュダ号の日々以来の顔馴染みに会いに行ったのです。ホルナーの誤った歯を抜いたにせよ、わたしの身には、彼は奇跡を起こしてくれました。アルハンゲリスクに戻った今、改めてロシアのために自分の体を破壊し続け、新たに得た力を以て、気も狂わんばかりに腹を立てることができる状態です。しかし、まったくのところ、王冠がその臣民に対して行う強奪は恥というものを知りませんね。何をどう工面しろというのでしょう？　抑圧された民はそうでなくてさえ、もう食べるものもなく、子どもを養うこともできないのです。こういう状況下では、どんな浅ましい窃盗・詐欺も、貧しい者がより貧しい者から奪うケチな泥棒に過ぎなくなり、道徳的裁きの対象から外れます。

しかし政治は無為に留まっている訳ではありません。それどころか、ロシアの外交は、やおらイギリスとの戦争を始めることにさえ成功しそうです。激越な一冬《ひとふゆ》がわれわれを守ってくれますように！　そうでもなければ彼の要塞は持たないことを、中尉レーヴェンシュテルンは決して証明したくないのです、しかしそれ以上に想像するだけでも恐ろしいのは、オギルビーがいなくなることです。要塞の要《かなめ》をなすこの有能な下士官は、敵方に属する者としてシベリア送りになることでしょう。そうなったら、ソロンボルで唯一、その名に値する、五時のお茶《ファイブ・オクロック・ティー》の楽しみはどうなってしまうことか。イギリスとの戦争は避けなくてはなりません、閣下。われわれがそれに勝てるはずはありません――加えて、ナポレオンがロシアのそんな働きに感謝する男とお思いですか、閣下?

皮膚の痒みがなくなるや、わたしはもう、誰かに助言したい病に取りつかれています――お分かりでしょう、また、昔のわたしに帰っているのです。ドクター・エスペンベルクに栄光あれ、彼はわたしの病気を治してくれたのですが、その代わり、その彼の家で遭遇したひとつのニュースはわたしに電撃的衝撃を与えました。順を追ってお話しましょう。

フヴォストフとダヴィドフは死んだ――その事をエスペンベルクは信頼すべき筋から聞いて知っていました。イルクーツクの監獄を――おそらくは賄賂を使って――抜け出した二人は、徒歩でペテルスブルクに向かって歩き出したのです。華奢な体のダヴィドフは、かつてポーツマスで誇らかに宣言し、この間に文学のなかで果たしてみせた、あの肉体の酷使を実地に移す機会を得たのでした。ただし今回は方向が逆であり、二人の英雄ももはやアルゴナウテンではなかったのです。二人は道を取って返し、訴訟に対して、自分たちは日本の、金羊毛皮など奪おうにも存在しないあの漁村で、自分たちの羊を救おうとしただけだと答弁しました。レザノフも今は至高の裁き手の前に行っていて、もはや彼らの証人にはなれません。そこで彼らは、レザノフが彼らにした通りのことをしました。責任を彼に転嫁したのです。当局はしかし彼らの一件をわざわざ裁判所で繰り広げるのは時宜にかなわないと判断しました。二人はフィンランド戦争で戦って真価を見せる機会を与えられ、それを男らしく受けて立った結果、敵の血をたっぷり浴びてペテルスブルクに帰ってきたのです。

それだけに彼らの最後はミステリアスです。彼らはナデシュダ号上で一緒だった自然科学者、ドクター・ティレジウスの家でアメリカ人の知人と出会い、したたか、酒杯を傾けました。帰り道、ネヴァ河まで来ると、橋が引き上げられているのを見た彼らは、意を決して、腕を取り合って河に飛びこんだのです――通過する船に救いを求めたけれど、それが失敗したということなのか。それとも酩酊の余り、二人、結束して、勇ましい最後を求めたのか。

　事実、通行中の船があったのだよ、とエスペンベルクは主張します、それはアメリカの旗を掲げて帆を張っていたのだ、そして、それが二人を人間性の高みに引き上げたということもあり得ないことではないではないか、どうだろう、彼らが今は星条旗のもとに仕えているとしたら？　フヴォストフの戦時名がボリバル[9]であって、南米の解放者になったとしたら？――エスペンベルクには昔から英雄崇拝の傾向があったのでした。

　いいえ、この知らせはまだ、わたしを打ちのめすには至らなかったのですが、もうひとつ別の――エスペンベルクは、保証はできないが、と断っているのですが――わたしを死ぬほど、ではなく、生に目覚めさせるほど、驚かせました。

　フヴォストフは日本人をスズメバチのように興奮させたのだよ、とわたしの医者は口を切りました。ロシア船はそうすぐには日本近海に近づいてはいけなかろう、ゴロヴニンは気をつけなきゃいかんな。

なぜゴロヴニンが？　とわたしは尋ねました。――それに「気をつける」とはどういうことだ？

誰かがエスペンベルクに話したのだそうです、ペテルスブルクでは、ゴロヴニンの指揮下に新たに世界周航船が準備されつつある、と。

　ワシリ・ミヒャエロヴィッチ・ゴロヴニンですか？　確かに確かですか？

　彼が受けたのは、クリーレン諸島（千島列島）を測量するように、という委託だけだ。

　クリーレン諸島？――クナシリもですか？　エトロフ島もですか？　でもあそこはフヴォストフがさん

ざんに荒らしたではありませんか。

だからディアナ号は戦艦でなくてはならないのだ。万が一の時に備えてね。日本人は公海に乗り出すことはもうしない。彼らが望むのは平和だけであって、ゴロヴニンはそれを乱すようなことはしない。

この夜、閣下、わたしは一睡もしませんでした。わたしに与えられていた客間の窓からは満月が見えました。その光は夜の静寂《しじま》を振動させ、わたしの神経も一緒に振動しました。わたしの目の前には、ナガサキのあのガラスのような夜が浮かんでいました。


次のことはあなたにはまだお話していませんでしたね。

レザノフとそのお付きの者は陸に居て、将軍の答えを待つこと、もう三カ月目に入っていました。ナデシュダ号は依然として湾の外に留まり、オランダ人がパーペンベルクと名付けた島影に錨を降ろしていました。月の光に照らされた島の山が影を落としているあたりです。わたしの最初の夜番は終わり、わたしは船の鐘を一突きして交替を求めました。午前二時、湾は、巡視舟の灯火を除いてはすっかり灯が消え、月だけが青白い光であたりを照らしています。その時、パーペンベルク島の木の茂みの中から一つの楽音が響きだしました。強い出だし、ほとんどけたたましいほどの、空気をつんざく鋭い吹き出し音は、やがて長い持続音に移行し、それが微かになり行くほどに穏やかな音に変わり、ほとんど聞こえない呼気のようになったかと思うと、かすかに揺れ始め、力尽きた小鳥のようにくずれ落ち、しかしまた持ち直すと水の上を漂ってこちらに響いてきて、ついに波の音の中に消えました。

それから、また唐突に、次の出だしが来ました。その声は大きくなりかけたところでもう割れて掠れ、その分、一層決然と上昇を始めました。たいへん高く昇ったところでしばらく留まり、と思うと、再び沈み行き、非常に長い道を経てついに深い沈黙を訪ねあて、やがて両者は、体を合わせるように一つになりました。その後は、沈黙自体が、まるで響き終わることのない音のように、振動を続けたのです。同時にそれは、木々や茂みの命の息吹となってこちらに吹き寄せてきて、わたしの髪に手を入れたのです。わたしは自分が世界の呼吸の通り道になった気がしました。それはわたしをひとつの耳となし、自らを集めてやってきては、また出ていくのです、わたしの心臓の鼓動よりもゆったりとしたテンポで。それは創造の鼓動そのものであり、その中で「わたし」はもはや「わたし」でなく、成り来たっては、また消え去るのでした。

その演奏が果てると、月だけがわたしの空洞になった魂のなかに灯っていました。ハンモックの寝床に行くのが躊躇われました。わたしが胸に抱いて眠りに就いたのは、このようなことをお前が体験するのは、今日が最初で最後だぞ、という考えでした。

その考えはしかし間違っていました。三日後、夜番のあと、わたしが鐘に触れるか触れないうちに、あのフルートのような音色が聞こえ始めたのです。わたしは理解しました、あの音をわたしは闇の中から呼び出すことができるのだ、と。パーペンベルクの森の中で、誰かが、わたしが彼に合図を与えるのを待っているのです。それからというもの、わたしは毎晩、実際にそれをしました。夕闇が訪れたらわたしは好きな時刻を選んで良かったのです。見知らぬフルート奏者はいつでもわたしに答える用意がありました。その答えはひとつの問いの調子を取り、それがわたしをその沈黙の中に引き込むのです、いつしか問いがもはや問いでなくなるまで。

これがわたしの日本でした、いまもそうです。

その楽器は、シャクハチというのだ、とわたしの通詞は教えてくれました。その演奏を学ぶ者は、自分が何者か、聞きとることができるのだ、と。この音と別れる日が来るのをわたしは怖れました。

しかし錨を上げる日の夜、びっくりするようなことが起きました。夜中まで待ってわたしは鐘をならしました。しかしあたりは鎮まったままです。が、そのあと、いつもの音が響いてくる辺りから、新しい音が聞こえてきました。純然たる音ではなく、それどころか引っ掻くような、しかし紛れもなくそれはヴァイオリンの音でした。見知らぬ演奏家はこの楽器をまだマスターしておらず、習い始めたばかりで、その初演を彼は、わたしの最後の夜、わたしに聞かせてくれたのです。

わたしはきっと泣いたのでしょう、それを教えてくれたのは、ナガサキの月がエスペンベルクの家の庭の上に昇るのを眺めた時の、新たな涙でした。涙はわたしの心を洗って寝入らせてくれ、そしてその夜の浅い眠りはわたしに次のような夢を贈ってくれたのです。

わたしは若く、乗馬用の拍車のついた長靴を履き、大きな広場を横切ってある屋敷の正面玄関に向かって歩いています。町は人気《ひとけ》がなく、朝はきっとまだ早いのでしょう。門には見張りがいますが、閉まってはいません。息を切らしてわたしは玉石の敷き詰められた小さな中庭に走り込みます。車入れがあって、中には華奢な作りの黒塗りの馬車があります。裏手の門も開いています。わたしは勝手を知っていて、短い階段を上って、閉ざされた庭に入り、庭に面した部屋を見ると、そこには背の高い耳付き椅子があります。椅子には年取った紳士が灰色のナイトガウン姿で座って本を読んでいます。風がすっと入ってこめかみの毛を巻き上げたので、彼は目を上げます。驚いた風はありません。息を切らして立っているわたしを見ると彼は微笑みます。閣下、わたしは日本に行きます！

彼の目は見開かれ、そこには悪戯好きの人間の目が光っていました。レ、レーヴ、ェ、ン、シュ、テ、ル、ン、ン、ン、ン、レーヴェンシュテルンチャン、と彼は語尾を上げることなく言います、ガ、ン、バ、レ、ガ、ン、バ、レ！

わたしは一語一語、理解しました。ガンバレとは*HOP!*（ホイ！）の意味です、その調子で行け《ヌーア・ツー》、努力することだ《ギプ・ディア・ミューエ》！　すっかり心を奪われつつわたしは彼の呼びかけの変化に聞き入りました。わたしは「レーヴェンシュテルンちゃん」なのです。その名前の優しい響きをわたしは底の底まで味わいました。こんな幸福を生き延びられる人間はいないぞ！　事実、夢の中で自分が気を失った途端、わたしは目が覚めました、お前は生きてよいのだ！という感情に満たされて！　窓の外では夜が明けかかっていました。

エスペンベルクは早起きです。われわれは廊下で出会いました。眠れなかったのですか？　と彼は、踊るように歩くわたしを見て尋ねました。——気分が良すぎるのです、とわたしは答えます。彼はわたしをまじまじと見つめました。診察しましょう、彼は言って、わたしを診察室に引き入れました。——わたしは衣服を脱ぎます。彼は耳に付けたランプの光でわたしを診察すると、自分の目を信じられずにいました。——あなたの発疹がもうどこにも見当たらないのですよ、と彼は言いました。——君たちはなぜ死人たちのもとで生きている人間をさがすのか？[10]——茫然としてわたしを見ている彼に、わたしはそう答えて笑いました。わたしはもう治ったのです、エスペンベルク、わたしは日本に行きますよ、ゴロヴニンと一緒に。

## 5

「関心を以て」とあなたはお書きです。わたしの手紙をあなたは読んで下さったのですね、しかも「憂慮をも以て」？　そしてあなたはわたしを転勤させて下さろうとしています、祖国の北方の不毛な地から体に優しい南の地へ。白海を黒海に換えてみよと仰せです、そこならわたしの悲惨も収まるだろう、と。そしてそこになら、あるポジションが見つかるかも知れないとお考えなのですね。わたしが心からの愛情を傾けて自分の職務、つまり物書きのそれに専念できるポジションを？

わたしの探検航海日誌にはそれに類するようなことは何も見当たらなかったはずです。あなたの足もとにわたしが「ぶちまけた」のは、ゴミの山ですが、決して皮相なものではない感想・所感もしっかり書きとめた、というよりは、勤務時間が許す範囲で書きなぐったに過ぎません。ホルナーに好奇心を起こさせることも避けたかったのです。正書法などお構いなしですし、読めない箇所も多くあります。わたしの手書き文字がすでに無理な要求を突き付けています。嫌気を起こさずにあなたがこれを読んで下さるだろうと思うのは大胆すぎる期待です。アルハンゲリスクでわたしはとうにこの期待を失っていました。それでもあなたはわたしを完全に見殺しにはなさらなかったのですね。あなたのご厚意がなければ、わたしの治療を委ねられた人たちにいささか多めに支払いをする資金さえわたしは持てなかったでしょう――「地獄の硫黄泉」はもとより、エスペンベルクの謝礼に至るまで。そして今あなたはわたしの嘆き節から読みとって下さったのです、わたしの中で「一人の作家」が失われようとしている、と。

だとすれば、尊敬する名付け親殿、わたしは十分に明らかにすることができなかったのでしょう、アルハンゲリスクではもっとずっと多くのものが失われたのです。そこで失われたのはわたしの健康だと見て、あなたは、温暖な新ロシアへの転勤を処方して下さいました――そこで元気を回復するようにと。しかしあなたは本気で信じていらっしゃるのでしょうか、そのための手段としては物を書くのが最良の選択だと？　わたしの手紙が日誌よりは（願わくば）多少、読みやすかったというだけの理由で？　残念ながらあなたは分かっておられないのです、書くとは何を意味するか。この過酷さに比べればソロンブルはまさに牧歌的田園であり、疥癬でさえ息抜きなのです、少なくともそれは、書くことを運命づけられた者の天国と地獄行き——わたしはそれを本物の作家を見て知ったのです——だけは免除してくれます。わたしのパリでの知人、プロイセンのユンカーであるフォン・Kは、なぜ自分がむしろスイスの農民になりたいのか、その訳を知っていました。

それなのにあなたは今、海軍士官として挫折した男はせめて作家にでもなるのがよかろうと言われるのでしょうか？　そう、たしかに、五月ごろ一度、そんな秋波を送ったこともありました。アルハンゲリスクでもあれやこれやに手を付け、そればかりか——どうか、一緒に笑って下さい、閣下！——「レザノフ」という題の笑劇を書いたこともあるのです。上演の見込みはフォン・K氏の尾根歩きよりももっと僅かしかなかったでしょう。——ゲーテですら、言語道断ともいうべき彼の喜劇から退屈以上のものは読みとれなかった[11]というのですから。本気でものを書いてみろという挑戦によってわたしの健康回復への扉を打ち開くことができるとお考えのあなたに、こうしたわたしの感情をご理解頂けるでしょうか？

はじめに《アム・アンファング》言葉ありき。

もう間違っています。初め《イム・アンファング》にとルター訳の聖書ではなっています。[12]初めとは物語の出発点ではありません。物語がまず自分自身に至るメディウム、媒介、それが初めです。初めはどの瞬間にもあります、どの瞬間にもあってどの瞬間にもないのが初めです。初めとは深い湖のようなものでその水面に、深みから上ってきた言葉が泳いでいます。言葉は深みの中に根を持ちつつ、同時にそれより軽くなくては、羽毛のように軽くなくてはならないのです。言葉は自分が泳いでいる水面にさえ、ほとんど触れていてはいけない、まるでその上を漂っているようでなくてはいけないのです。

何度、わたしはもうその「初め」の中に潜ってみたことでしょう！　でも充分にではありません。航海術を学んだ人間も、水中に潜るとはどういうことか、学んだことはないのです。そしてどんなに深く潜れる人間でも、自分が得た宝物をそれとして示すことができる場所、水面まで、それを掬いあげることができなくてはならないのです。

何度、わたしはなんとか水面までは戻ってきたことでしょう、一息、空気を吸うために！　海の底でわたしが見つけたもの、最初の人間、唯一の人間として見つけた一切のもので頭は一杯で、今にも割れそうです。でも空気が足りなくなると、空手で上に上がっていかなくてはならないのです――二度とその場所を見つけることはできないと分かっていても。次に潜ると手は泥土にぶつかるばかりですが、それをかき回したりしてはいけないのです、さもないと一切のチャンスは失われ、しまいにはどちらが上か下かの感覚も失われます。このような潜水の際、人は意識を失うこともあるのですよ、閣下、ですからどんなに美しい「初め」を見つけようとも、それを付き放さなければならないこともあるのです、命だけはなんとか救うために。

先日、わたしの手はある深さのところで、見覚えがあるように思われるひとりの女性の顔に触れました、さらに手を伸ばすと、ひとつの襞、女性の胸のふくらみに触れたのですが、もう一方を見つける前に、わたしはそこから手を放さなくてはなりませんでした。その後、何度、潜っても、その形姿には到達できないままです――真昼の夢の中でだけ、彼女はその全貌を見せました。

ある難破船から身を伸ばしている一人の女性のトルソーをわたしは見たのです。それは海底で暗礁に乗り上げた船、毛皮を満載した船の残骸で、舳先の像だけが深海の浸食を免れていました。その像を船体もろとも引き上げようとするなら、神の力を必要としたでしょう。しかし突然わたしは、わたしの空の手のひらにその像の名前を見出したのです、ディアナ！　今こそ、わたしの魂の両の目は真昼の光の中、彼女をしっかりと捉えました。すると彼女は、帆をいっぱいに張って大航海に連れ出そうとするのです、日本へと！　キャプテン・ゴロヴニンの船を！

わたしはこの船に乗らなくてはなりません。行かせて下さい、閣下。

もう一度、あのヴァイオリンを聞きたいのです。パーペンベルクのあの薄闇から聞こえるヴァイオリンを。もう五年前のことです、でもわたしの知るあの未知の男は、この間にきっと名手になっていることでしょう、鐘の合図を送るわたしという未知の男のためにも。

ナデシュダ号がナガサキに停泊している間にわたしは日本語を習いました。ひとりの通詞がオランダ語の辞書を持ってきて、わたしの知識を正してくれました。イルクーツクに行きたいとわたしは思います、ラックスマンのアカデミーで、コウイチ、イサク大寺院の前で出会ったあの体の不自由な男のもとで、さらに日本語を学ぶためです。わたしはさらにツァーに願い出たいと思います。今回は船客として、カムチャッカに向かうロシア船に乗せてほしいのです。海の穏やかなとき、適度の距離に来たら、船長はわたしをイセの田舎に置き去りにしてほしいのです、コウイチが二度と見ることはない彼の故郷です。彼はしかし手紙を託してくれるでしょう、それを持ってわたしは人に尋ね、尋ね、彼の村まで辿りつきます。レーヴェンシュテルン、日本に漂着した最初のロシア人です！　もちろん人々はわたしをオランダに送り返そうとするでしょう、帰国を可能にするために。しかしその間にコウイチの両親が名乗り出てわたしを引き取ってくれるでしょう、息子のように。わたしの道は先に続くことでしょう、一歩、一歩と。どこに行き着くのか、それはその道を行き通してみて初めてわたしにも分かることでしょう。その道はわたしを癒してくれるでしょう。さらなる希望の一切からも。

わたしはまた生き生きとした夢を見ました。

わたしは見知らぬある港に打ち上げられています。分かっているのはそれが世界の果てのある島に位置する、ということだけです。その港はロンドンやアムステルダムのように賑わっていますが、同時にまったく見通しがきかない港で、無数にある船のうちただ一隻だけがわたしの船のはずなのです、それが日本行きの船だからです。その名前をわたしは忘れてしまっています、その国籍も、その停泊位置も、出港の日時も。しかしそれらの情報、加えてわたしの必要書類やパスポートの類はすべてトランクに仕舞ってあり、わたしはそのトランクをいつも携帯し、わたし自身の目玉のように大切に守らなくてはなりません。確かなことは、わたしにはもう一日、時間があるということです。宿に部屋を取るには短すぎる時間です――そこではトランクの安全は保障されないかも知れないのです――その上にずっと座っているには長すぎる時間です、食事だってしなくてはなりません。決してなくしてはいけないものは三つ、日本用の衣服を入れた旅行鞄、海軍時代からのサーベル、そして何よりもトランク、イザベルのトランクで、それには必携の書物も数冊入っています。これらの持物を絶えず持ち歩くのは面倒ですが、潰さなければならない時間を一点に釘づけになって過ごすわけにも行きませんし、島の名所旧跡なるものだって――それらはポーツマスを思い出させるものでした――まったく見ないのは残念です。公園があり、劇場があり、是非とも訪れるべきものらしい歳の市もあります。そこでわたしは重たい荷物を引きずり、絶え間なくわたしを引っ張ったり押したりする人ごみの中を、歩きまわりますが、同時に、わたしはロビンソンのように孤独で、誰ひとり知った人間はおらず、そこで話されている言語はひとつとして理解できません。

市内見物に疲れたときには、そこここに休憩できる広場や、休憩所もあり、仮眠できる場所さえ設けられていて、そこにはわたしのようにたくさん荷物を抱えた家族が腰を降ろしていました。わたしは懸命に自分の場所を見つけようとしました。持ち物の展望を失わないよう、暗くなりすぎる場所は避けなくてはなりません。しかし本当のところ、大事なのはトランクだけなので、座っているときはそれを両脚の間に挟んでいました。意に反してつい寝入ってしまい、ふと我に帰ったときには、部屋は人気がなく、ほとんど暗くなっていて、すぐ分かったのはわたしのサーベルと旅行鞄がなくなっていた事でした。トランクがなくなっていない限りはまだいいか！　これだけならずっと動きも楽ですし、余計な荷物がなくなって却ってありがたい、と思ったほどでした。何にせよ、そろそろわたしの船のところに行くべき時間でしょう。正確には何時に出発なのか、どの桟橋からなのだろう？　それを知るには、わたしの書類が大事に縛って仕舞われているトランクを開けなくてはなりません。しかしそれらを広げるとき、気付かないうちにその一枚が落ちて失われるということ、あるいは、興奮のあまりわたし自身がそれをどこか誤った場所に仕舞ってしまうということも、容易に起こり得ます。そこで、むしろトランクは開けないまま、道を先に行きました。わたしの行き先はむろんわたしの船ですが、その前に安全な休憩場所があれば有り難いのです、わたしの眠気はもう押さえきれないものになっていたからです。どうにかなるだろう！　わたしは自分に言い聞かせます、疲れてもう歩けなくなってもいたのです。ところが突然、さまざまな出来事がわたしの行く手を阻み始めました。毎分のようにわたしに助けを求める人に出会ったのです。夫を探す間、子どもを見てくれという女性がいました。年老いた女性が階段を上るのを助けなくてはならず、そのためにわたしは一時、トランクを手から離さなくてはならなかったのですが、むろんそれから目を離すことはせず、すぐその場に戻りました。いつしかわたしは港町特有の一角に入り込みました。人々の眼付は、生命の安全の保証はないこと、持ち物の保証はもっとないことを示しています。若者のグループがわたしに、気付かれずに自分たちが蒸発できるよう、警官に話しかけて会話に巻き込んでいてくれ、と頼んでくるなどはまだ穏当で有り難い方です。トランクは自分たちがその間、見ていてやることを約束する、などと彼らは言うのです。警官とくだらないことを話したあと、最悪の事も予想しながらその場所に戻ってみると、トランクはまだありました、ポツンと置き去りにされて道端に立っていたのです。人間と言うのは思っているよりは善良なのかも知れない！　そこでわたしは他の仕事も引き受ける気になりました、それでわたしの命が多分、救われるのであれば、と。ただし気が気ではありません。ある時、手から離さなければならなかったトランクが、本当に消えてしまっていました。すると黒人の少年がうしろから駆けてきてトランクをわたしの手に押しつけました。彼はそれをさらに先まで運び、もしもわたしがどこかベンチで横になる必要があるなら、その間、それを見張っていてやると言います。わたしにはたしかにどうしてもその必要があったのです。半ば目を閉じ、時々、瞬きして見ると、少年はトランクの上に座ったまま、海の方を見ています。海には、奇妙なことに、人影もありません。ひょっとしたら嵐が迫ってでもいて、船舶はすべて帆上げ禁止になっているのかも知れません。それならなおのこと、わたしは急ぐ必要がないわけなので、安心して目を閉じていいわけです。

再び目をあけると、少年が姿を消していることが一目でわかりました。けれどもトランクはまだそこにあります。手を触れてみるとしかしそれはわたしのトランクではまったくなく、それに似てさえもいなくて、その上、羽のように軽いのです。大災難です！　が、半面、それは当然の成り行きに思われました。トランクの喪失はわたしの嫌な予感がついに現実になったというだけのことなのです。わたし自身、不思議に思ったことに、わたしの驚愕が一定の範囲におさまっていたことです。最悪のことはもう起こってしまったのです。書類は無くなってしまい、何時、どこから出発するのか、分かりません。自分が何者かは分かっているにせよ、それを証明することはできません。ポケットに小銭が残っているのは触れば分かります、掏《す》りさえも取る気にならなかったほどの小銭です。人ごみの中でトランクをしっかり持っていなければならない人間は、無防備に危険に晒されているのです。港湾の壁沿いに立っているボール紙のトランクは、安んじて、そのまま立たせておいて構いません。無くなったりはしそうにないからです。中で何か、がらごろ、音がしていますが、構いません、このトランクをわたしは決して開けないことにします。ペテン師たちを喜ばせるだけです。ひょっとしたらそれは開けたら最後、もう鍵もかけられない代物なのです。

突然、誰かがベンチのわたしの隣に腰をおろします。ガサゴソ、音を立てて、チーズ・サンドイッチを取り出すところらしく、そんな匂いがしたと思うと、その男がクチャクチャ、それを食べている音が聞こえます。その瞬間、ソンブレロとスペイン風長靴が目に入りました、思い当たるところがあります、そう、それはトルストイです。

ほら、出ていくよ、彼は口いっぱい、パンを頬張ったまま、言います、日本行きの船、ディアナ号が。そして事実、湾の外、一海里も離れていないところを、一隻のフリゲート艦が水平線に向かっています。三本マストの帆船の全装備がしっかり認識でき、帆桁の上でバランスをとって、一枚、一枚、帆を張っている小さな人影も見えます。船はしかし少しも走行していないようで、まだいつまでもあとを見送っていることができそうです。

奴らが勝者なんだ、とわたしの隣人は言います。

何に勝利したというのですか？——わたしは彼が口をもぐもぐさせる音に嫌悪を覚えながら聞きました。

大いなる愛を賭けての勝負さ、と彼は言います。

で、船に乗っているのは誰なんですか？

ゴロヴニンだ、と彼は言います、それにリコルドさ、もちろんね。フレブニコフ。そしてむろんムールだ。

わたしもそこにいるんだ、できる限り何気ない風を装って、わたしは言います。

船は出てしまったよ、と彼は言います。チーズと汗の強い匂いがこちらに吹き寄せます。

じゃあ、引き返すんだ、とわたし。わたしも船の一員なのだから。

だって御覧の通り、船は出ていったぜ。

事実、船は間もなく、灯台のある岬の影に消えてしまうことでしょう。

君はいったい、とわたしは激しい調子で彼に問い返します。口を閉じることができないんですか、ものを噛んでいるときには！　飲みこんでから、初めてまた、口をきくと言うことが？　唾をまき散らさずにはいられないんですか？　躾《しつけ》と言うものを受けたことがないんですか？

いささかも動ぜず、相変わらずクチャクチャ音をさせながら、彼は言います。――僕の方を見たまえ！　いやだ！　わたしはきっぱり言います。――僕は目を閉じて十、数える。その間に君は立ち上がってあのトランクを持って消えてくれ。

また痒みがはじまったんだな、と彼はにやりと笑います。――君は航海に出るさ、お若いの。だがわたしと一緒だ。

# 第Ⅳ章 グリレンブルク——大いなる愛

## 1

わたしの居室はたっぷりと広いが全体は容易に見渡せる。石膏のように白い、ゴシック風の丸天井を持ち、三つの窓が開けられている。窓は厚い壁に深く切りこまれた形になっているので、その窪みは、下の傾斜が部屋の方に向かって低くなってさえいなければ、腰かけとしても使えただろう。部屋の隅に置かれているのは木製の大きな箱型ベッドで、灰色の太綾織りの天蓋つきだ。祭壇のように見える大きな戸棚は同じく灰色である。部屋の中央には猫足の書き物机があり、その前には黒い皮張りの肘掛椅子がどっしりと置かれ、簡単には動かせそうもないが、椅子といってはこれしかないので、タイル張りの床の上に平らに踏みつぶされたように広げて敷かれ、指をゆるく開いた手足を四方に投げ出している二枚の熊の皮の上に腰を降ろそうというのでない限り、ここに座るしかない。部屋の縦横はそれぞれ歩幅十五ないし十六歩分くらいある。

それ以外の家具は多くはないがどっしりとしている。部屋の隅の櫃《ひつ》はひと家族全員埋葬できそうな位、大きい。茶色っぽい色の地球儀があり、十五、六の少年が辛うじて見下ろせる高さにあるそのてっぺんまでびっしり文字が書かれている。弓状の蔓からぶら下がる形でほとんど固定されているその天体を下から支えているのは、身を屈めた巨人アトラスの姿をした鉄の足である。この地球儀を回そうとすれば両手でこれを抱かなくてはなるまい。同じく鉄でできているのは、地震でもなければひっくり返りそうにない五つの蠟燭立てである。部屋は真昼でも薄暗い。昼の光は窓の深い開口部を通って入ってくるだけなのだ。窓はガラスが嵌めてあるらしく、隙間風はほとんど入ってこないが、うまい具合に空気の入れ替えはできるようになっているらしい。人の背丈より高い大型箱時計はビッグ・ベンを連想させるが、もう時を刻んでいない。針は四時二十分を指して止まっている。暖炉はないが、部屋は温度が一定に保たれ、軽装のわたしだが、快適に感じる。白い、まっ平らではない四方の壁を唯一、飾るのは、最初、子どものいたずら書きかと思われた絵であった。壁の一つに描かれるのは、ロシア人の艦長の服装をしたひとりの大男の絵で、他の壁には数人の少し小さめの無帽の巨人が、鎧のようなものを付けた小人たちに鎖で繋がれて引かれてゆく様子が描かれる。右手の窓の開口部の下には、誰が生けたか、平たい水盤に新鮮な緑でできた島が作られている。剣山に差された菩提樹の枝がよく考えられたコンポジションを作り、日光がその上に射してはいないにもかかわらず、ほのかに明るくさわやかな目の保養を提供している。書き物机の上にだけ置かれたオイルランプは、だが永遠の夜のような光をあたりに投げかけている。

胡桃の木でできたドアの格間《こうま》は彫刻を施されているように見える。遠目には受難物語のように見えるのだが、近くから見ると、芸術家は木目をなぞって強調しただけであることが分かる。ドアはしかしちゃんと開き、短い廊下の向こう、左手には明るい、びっくりするほど大きな空間があって、そこに置かれたいくつかの桶や盥《たらい》は幼年学校の風呂場を思い出させるが、床に何本かある溝からそこが屠殺小屋であった可能性も考えられる。四方の壁に沿って巡らされた管があって、氷のように冷たく、一定の距離を置いてところどころに蛇口が設けられている。この空間は窓がないので、目を上げてみて初めて、空気と光がどこから入っているのか、納得が行く。天井は張られていないが、空が見えるわけでもない。高い位置に屋根の張り出しがあるのに視線が行く。風呂場は少し肌寒く感じるものの、気温はわたしの修道院風の間より多少、低いだけなので、冬の凍結の心配はなさそうである。

因みに、風呂場の天井に渡した梁《はり》は、ここが城塞の一部であったことを窺わせる。屋根つきの巡視路の入り口らしきものが認められるからである。全貌を知るには外に出てみなくてはなるまい。だが事実、わたしは洗い場の端、便所がその中にしつらえられた板の囲みの隣に、同じような板を打ち付けられたドアを発見したのだ。それを押し開くと、鉄の階段の一番上に立つ形になり、その階段を三段下りると閉ざされた中庭に出る。塔のように高い壁に囲まれた、不規則ながら四角いその地面は土砂や瓦礫に埋もれており、それはまるで過去の何時の日か、回りを囲んでいた壁が崩れ落ちたか、あるいは人が突き崩したかのように見える。しかし人の手は入っておらず、隙間や溝には苔や雑草が生えている。中庭の堀に積まれた瓦礫も風化して一部はもう小石や砂になっているが、ここにはまったく緑がないのは、この一角には直接の太陽光が一切射さない故であろう。明るい浴場に比べると、外気に接しているにもかかわらずここの雰囲気は陰鬱である。空気も深いつるべ井戸の中のように動かないのだ。壁の出っ張りの上に生えた茎の長い草も絵に描いた草のようにじっと動かない。ずっと高い所に、複雑な屋根の出っ張りに邪魔されつつも、薄い青色の空のほんの一角が見えるが、昼間でも雲や飛行する鳥は見えず、夜も星は見えない。雨がわたしの中庭に降ることも決してないのだ。それでもここの滞在のすでに初日に、わたしはこの小さな砂漠に出てみたのだった。瓦礫のかけらを一つか二つ、手に取って見て、それを、必ずしも同じ場所にではなかったが、また下に置いた。そしてわたしが自分の僧院の一室のような部屋にもどると、そこも少し、変化していた。

テーブルの上には、銀色のフードで覆われた盆が置かれ、時計が耳にもはっきり聞こえる音で秒を刻み始めている。針は動いて五時近くになっていた。どんな時報が鳴るのか待たれたが、それ以上にわたしは空腹を覚えていた。フードを取って見ると、四角い小さな器が見え、中にはまだ湯気の立っている鳥肉と獣肉、茹でた野菜、緑色もしくは透き通って見えるサラダが盛られている。さらに二つ、蓋をした漆器の椀があって、その一つには米飯が、もう一つには生姜の香りのする茶色をしたスープが入っていて、その中に白い団子が浮いていた。パンはなく、ワインもないが、水を入れた壺とワイングラス、そして折りたたんだ紙に包まれた箸が添えられている。

このような盆を最後に前にしたのはナガサキの港である。通詞がそうした食事をまだあたたかいまま、小舟でナデシュダ号の上まで運んできたのだった。そしてわたしはホルナーと共に、そのような食事を味わった人間の一人だった。他の大多数の連中は船の食事の方を選んだ。トルストイが、日本人はわれわれに毒を盛って、船を乗っ取ろうとしているのだ、と言いふらしたからである。

食事をしているうちに、記憶が蘇ってきた。重たい眠りから覚めたようにわたしの意識が戻ってきたのである。わたしの物語はしかし断片的にしか浮かんでこない。パーペンベルクのヴァイオリンの音色だけが、たった今、鳴りやんだばかりのように思い出された。次第にわたしは自分の記憶の背後にある体系に思い至った。わたしが書きとめた出来事だけを記憶は保持していたのである。思うに、わたしはこの活動を続けるようにと、誘いをかけられているのだ。机の上で第一に目についたのはそれに必要な道具類だったのだから。わたしの新しい居場所が日本の品々で満たされていることにわたしは驚かなかった。それらはおそらくわたしを鼓舞すべく置かれているのだ。わたしはユカタと呼ばれる、羽のように軽い黄土色の、着物と言うよりは上っ張りのような衣服を羽織り、それを前で黒い木綿の帯で縛っていた。その下はほとんど裸である。疑いもなくわたし自身の体だ。なぜと言うに、わたしは空腹も覚えれば喉も渇き、生理的欲求も催すので、それらを満たしたり、随時、用を足したりしなくてはならないからだ。

わたしは自分の手を観察した。箸の扱いには結構、器用な動きを見せる。

置時計は時を打たず、秒針もチクタクの音を止めている。文字盤を見ると、それは五時少し前のままだ。ものを噛むのに口を動かしながらわたしは考えた。時を止めるに足るほど機が熟しているということなのか？　しかしその時計に代わって中庭ではなく、前庭の方から鐘の音が聞こえてきた。最初、耳の錯覚かと思ったのだが、耳を塞ぐとほとんど聞こえなくなったから、それはやはり、銃眼のように細い窓を通って外から入ってきた音に違いなかった。開口部はくぐり抜けるには細すぎるが、そこから覗くと見えるのは、尖った屋根を持つ家並みだった。だが人間の声もしなければ姿も見えない。

時々、急に眠気が襲ってきた。ベッドにまで行く間もなく、背凭れのある肘掛椅子に倒れこんだ。どれ位の時間、寝たのかわからぬまま、目を覚ます。窓を見ても昼なのか、夜なのか、見当がつかない。洗い場は暗くなっていたが、わたしは迷うことなく、目をつぶったままでもトイレに行く道、あるいはわたしの瓦礫の堀への道を見つけた。そしてそこは、どこから来るとも知れぬ弱い光に照らされていて、わたしがいくつかの石を拾って片付けるのには十分明るかった。

部屋に戻ると、蠟燭の芯が切られ、食器は片付けられていて、窓の前の水盤の花は生け代えられているのが分かる。今回は橡《とち》の樹の枝に添えられた赤い花の円錐花序が思い思いの方向を向いて咲いている。机の上には聖書が置かれていた。これは幼年学校では罰として部屋に閉じ込められた生徒にも委ねられていた唯一の書物である。むろんあの羊皮紙で装丁された版ではない。他にもう二冊、本が置かれていた。――わたしはそれに手を触れなかったが、金文字のタイトルは見誤りようもない。『ゴロヴニン日本幽囚記』[1]、明るい赤の表紙に黒い背皮を持つ二巻本。あてこすりであろうか。わたしは、錯覚の痛みのように、失われた人生を感じとる。

思い出せ、ということのようだ。なぜと言って、机の上にあるのは、筆記道具なのだから。鵞鳥の羽、ペン切りナイフとインク、そして紙がふた山、積まれてある。一山の紙には、古い字体で*GRYLLENBURG*と書かれたレターヘッドがある。もうひと束は白紙で、一番上の紙にだけ、子どものようなきちんとした文字で日本のガリヴァー《ガリヴァー・イン・ジャパン》と書いてその下に二本、アンダーラインしてあるのだ。

そしてそう、そこにはまだ他に、次の手紙が置かれていた。それはわたしが試しに机に座ってみたとき、最初に目に入ってきたものだった。まだ自分がどこにいるのかも分からずにいるわたしを、もう一通の手紙が待ち受けていたのだ。ルードヴィッヒ・ヘルマン・フォン・レーヴェンシュテルン男爵殿へ。親展。直接お手渡し願います。手紙はすでに開封されていて、読んだ形跡があり、最後の用箋は少し短い。誰かがサインを切り取ったに違いなかった、そしてそれと一緒に日付も。しかし見た瞬間、その書体が誰のものか、わたしは認識した。わたし自身のものよりよく知る書体だ。それをわたしは、レーヴェンシュテルン家のわたしの従姉妹がうっかり失くしそうになった走り書きの手紙で見たのだ。突然ひとつの世界がわたしの前に出現し、生命をもってちらちら動きだした。わたしは一つの鍵を手にしているのだ、わたしの物語への扉を勢いよく開ける鍵を。しかしその扉が発する光はまぶしく、目に痛く、わたしは思わず目を閉じた。信じられなかったのだ。

御机下に

わたしはまだ生き生きと思い出すのです、あなたが、何年も前、わたしに、ガリヴァー旅行記の続編を書きたいというあなたの計画を告げた日のことを。たしかわたしはその時、遠い、閉ざされた国、ニッポンへの旅に出ようというあなたを、ひょっとしたらあまりにも軽率に、励ましたのでした。この間に、あなたのお国のゴロヴニン氏がその旅を実行に移し、そのためにひどい目に遭ったと同時に、そこから測り難い価値を持つ成果をも持ち帰りました。彼の『日本幽囚記』はわたしにすばらしい二日間を贈ってくれました。そしてわたしはその読書体験に、ちょうどわたしがその頃取り組んでいた、内視的色彩[2]という実験を結びつけて考えました。日本といういわば不透明な器の中にあれほど長く閉じ込められた、功労ある人物の運命の中に、わたしは、「色彩論」発表の後になって初めて驚くような形で明らかになったあの現象[3]と類似するものを見出したのです。適度に強い鏡用グラスを何枚もの一・五インチほどの大きさの四角形に切って、これを熱し、そして急速に冷却します。この作業の間に割れてはじけ飛んでしまわなかった鏡片は、内視的色彩を発光することができるのです。

日本はゴロヴニンの探検にとってこの高熱炉の性質のすべてを持ったように思います。そこで割れてしまった鏡片も多くありました。それだけに、この炎の灼熱と急激な冷却に耐えたものは、魔法にも似た、虹の現象を示すのです。あなたの勇敢な同胞人の報告を読んでわたしは自分の研究における正しさの証明を得、そればかりかわたしの存在への確証を得た気がしています。

わたしはこの後、当分、わたしの物理学に専念しなければならず、遥かな国もゴロヴニンの著作物も不要になりますので、あなたにこれを贈り物としてお届けさせて下さい。もしかするとあなたは、ツァーの下での任務に妨げられて、このことを今まで知る機会がなかったかも知れません。加えてツァーは、あなたが計画していた日本への旅も未遂に終わらせました。時代は情勢不安ゆえに多くの人間を最愛の者から遠ざけ、また最善の企ての実現を阻みました。それだけにゴロヴニンの証言はわたしにまたとない満足を覚えさせます。彼が多くの辛苦、危険を味わったのは事実ですが、にもかかわらず、数年に及んだ日本滞在が彼に世界史の運命を免れさせたことをむしろ幸いと考えてよいのです。わたしもまた、ヨーロッパの事情がわたしにはあまりにも耐え難いものになったとき、オリエントに避難したのでした。[4] わたしの場合はむろん虚構の世界のそれですが、あなたのご同胞ゴロヴニン氏は、身を以て祝福を受け、現実にそれを体験できたのです。ある程度の罰は甘受しなくてはなりません。わたしにはもうその若さと元気が不足していたでしょうけれども。

あなたは今、結婚という穏やかな港に入られ、あなたの幸福をわたしもお祈りするばかりですが、それでもあなたの前にはまだ多くのことが控えています。この老人をどうかお覚えください、わたしもあなたのことを心に留め、声援を送ります。

あなたの……

この数行をわたしは繰り返し、身の震える思いで読みました。どうしてゲーテは、わたしがもう遥か昔に大胆にも口にした計画を、今尚、取り上げるにふさわしいなどと考えるのでしょう、ゴロヴニンがすでに彼を満足させる形で実現してしまっている計画を？　学識者の世界はゴロヴニンの報告を非常な好奇心をもって受け取ったに違いありません——そうでなければどうしてすでにドイツ語に翻訳されたりしているでしょう？　わたしは自分に誓いました、この二冊の本は手を触れずにおこう、と。書く必要などあるでしょうか？　何で読む必要などあるでしょう？

そして、この年月、わたしはどこにいたのでしょう？

この問いは古く、このわたしが存在するのと同じだけ古いのです。書くとは想起することだからです。読者を想定せずにものを書くことはできません。そこでわたしは、閣下、あなた宛てに書くことにいたします、忘れるために。GRYLLENBURUG（グリレンブルク）[5]はあなたのアイディアでなくして何でしょう？　わたしはあなたの用意した装置の中にいるのです。

壁の絵は因みに日本の木版画で、ゴロヴニン逮捕の図に相違ありません。無残な様子ながら彼そっくりです。花型リボンと房飾りのついた二角帽、体に巻きつけたサーベル、腹から腰の位置に下げた細身の剣。何と寒そうに震えていることか。頭を首の方に引っ込めていますが、立てた襟はその首を覆い切れていません。マフをつけた両腕を組んでいますが、その中に隠し切れずにむき出しのままの両手が見えます。そして顔！　まだ顔と言えたでしょうか？　左の目は絶望しきって前方を見据え、右の目はくっついてしまったか、氷ついてしまったように、一本線の下に隠れて見えません。鼻は描き損じたソーセージ、肉付きの良い唇はだらりと下がったタタール髭の下のちょっと明るい色の沁みに過ぎません。まばらな顎鬚が四角い顎を囲み、扱《こ》けた頬まで伸びています。上着の裾はだらりと下がり、折り返しのある長靴は随分、上まで届く長さですが、足先はどうやらこの履き潰した靴の中に突っ込まれているのでしょう。

日本に来たガリヴァー、日本人の目に映ったガリヴァーです。

そしてもう一つの絵。八人の巨人、こちらは無帽ですが、その先頭がゴロヴニンであることはキャプテンの肩章でわかります。他の男は皆、被りものに囲まれた道化のような顔の真ん中にひどく長い鼻をくっつけ、武器も持たず、悲しげな道中を、一歩、一歩、歩かされています。長い綱で彼らを引っ張っている小人たちは、つるつる頭にちょん曲げを垂らし、身に付けたたくさんの武器を針鼠のようにおっ立てて、前方を凝視しています。

“Gryllenburg”のレターヘッドのある用箋をわたしはもう何枚も書き散らしました。でも誰がこの郵便を持っていってくれるのでしょう？　誰をあなたはわたしの天使に任命なさったのですか、それとも鳥がわたしの身を養ってくれるというのでしょうか。

適度に強い鏡用グラスを何枚もの一・五インチほどの大きさの四角形に切って、これを熱し、そして急速に冷却します。この作業の間に割れてはじけ飛んでしまわなかった鏡片は、内視的色彩を発光することができるのです。

わたしが割れてはじけ飛んだらどうなります？　あなたの顔にはじけ飛んだら？

適度に強い鏡用グラス――それはその通りです。何でもできる男なんかではわたしは全くありませんでした。完全なロシア人でも完全なドイツ人でもなかった。何らかの意味で完全でありたいというわたしの願望は常に一定の限界内に留まったのです、わたしの知る限り、わたしがわたし自身に明かした限りでは。わたしは陽気な男の子に見せかけ、その見せかけを人々が通用させてくれる限り、満足していたように見えます。賭博師だったのでしょうか？　だとすれば少なくとも一度は幸運を射当てたのに違いありません。ナデシュダ号上の第四下士官としてもわたしはライト級の軽い男であり続け、わたしの義務を果たし、悩み多き男、ホルナーなどに対しても友情の務めを果たしました。彼らは他に人がいないと思うと、わたしに目をつけ、わたしの「イエス！」のみを受け取って、わたしの「ノー！」は聞こえないふりをしたのです。そんな風にしてわたしは万事、切り抜けてきたのですが、嘆きの壁たることは人生の最終目的であり得るでしょうか？　誰の意も迎える人間にはどこか卑屈さが付きまといます。誰かにとってわたしが無くてはならぬ人間であったことがあるでしょうか、あったとすれば何の目的のために？

わたしは、自身、不安定なまま、全地中海を不安定にしました。ナポリではレディー・ハミルトン[6]に——唇だけでなく——口づけをし[7]、そのことで、何と思いあがっていたことか。随分たってからようやく、自分が彼女とネルソン卿の間の賭けの対象になっていただけだったことに気がついたのです。ボスポラスでは湯治場である種の男たちと知り合い、そのことで死刑を申し渡されました。それを逃れるために回教徒になろうとしましたが、イスラムの律法学者は笑って取りあわず、アラーの神よりはまず自分自身を信じた方がよかろうと言いました。火薬がないのに銃を構えるような徒労[8]を至る所で繰り返し、しかもいつもあとになってその事に気づくのでした。挙句、イギリスでもナポレオンでもなく、トルストイという猿に危うく倒されるところだったのです。

ご存知ですか、閣下、無事、妻子のもとに戻ったガリヴァーが、偶然、鏡を見て何と言ったか？　こんなはずでは！　と彼は自分の顔に向かって言ったのです。旅に出る！　旅に出ていなくなる！

涙はね、とイザベルは言ったものです、魂が解けることを意味するわけではないのよ。それは憤りの殻が解けだすことなの。

わたしのこの部屋に鏡がないのは幸運というべきです、浴室にもありません。瓦礫が山と積まれた中庭のガラス片は全身を映すことは決してありません。髭を剃る？　何のために？　それには剃刀が必要です。わたしに宛《あて》がわれるのは箸だけです。日本人の上っぱりはわたしの病室用ガウンです。水！　硫黄を含んだ水。わたしは療養のためにグリレンブルクにいるのです。

刃物はありません。あるのは一冊の聖書です。

ラジクでも使われていたもの――マルティン・ルター博士の全訳ドイツ語聖書です。この施設に来て五日目のことだったでしょうか、わたしがそれを読み始め、よく知られた次の箇所に行き当ったのは。そして主なる神は言われた／人が一人でいるのは／よくない／彼に合う助け手を与えよう。[9]すべての生き物、すべての鳥のことが書かれていました。それらに人間は名前をつけてよかったのです。しかしその人間にあう助け手はいませんでした。そこで彼の胸が開かれ、肋骨の一本が取られ、それから作られた生き物は、彼の心に適いました。これこそわたしの骨の骨、肉の肉だ、Mann 男から作られたから、Mannin 女と呼ぼう。そのあとに、父と母のことが書かれています、人はそのもとを去って女のところに行く、そして彼らはひとつの肉となる、と。彼ら、男と女は、はだかであったが、それを恥ずかしいとは思わなかった。[10]

この間にわたしのところにもひとりの女性が姿を見せました。ナージャという名前のその女性はわたしの見張り役で、その権限において彼女はゲーテの手紙を開封したのでした。そしてそれを恥ずかしいとは思わなかったのです。

どういう意味だ、結婚と言う静かな港において、とは！とわたしは怒鳴りました。気狂い病院におまえたちはわたしを閉じ込めたのだ、書くことを学べとか言って！　いつまで自分を世間の笑いものにしろというのか、わたしが人に危害を加えたりはしないと人に分かるまでか？

あなたは誰に危害を加えようと言うの？と彼女は聞きます。——また、怒り狂っているのね、あなたは。フォン・レーヴェンシュテルンさん？　いらっしゃい、いいことを教えてあげましょう。——そう言うと彼女は、もうわたしの帯をほどき始めました。

トルストイ伯爵に言わせると、ある種の猿はどんな問題も性交によって解決するのだとのこと。けたたましい声をひと声、上げはするものの、すぐにお尻を突き出すそうです。

君はわたしを一体、誰だと思っているんだ、とわたしは、彼女が手堅く即物的に、わたしの感情を頂点まで齎《もたら》したあと、ため息と共に吐きだすように尋ねました。

それはこれから一緒に見つけましょう、フォン・レーヴェンシュテルンさん、と彼女は言います。——でもまずひと浴びしなきゃ。

そう言ってわたしを風呂場に連れていくと、彼女はわたしを頭のてっぺんから足の先まで洗ってから独特の仕方で体を拭き上げたので、わたしはまた我を忘れそうになりました。しかし今度はそれに抵抗します。自然は自然、男たることは男たること、別々の話です。

着衣はあっと言う間に済みました。ナージャも同じようなゆったりした衣服を身につけていたことはお話しましたか？　彼女のそれは凍結したドヴィナ号のような銅青色です。彼女は硫黄の匂いのする水を蛇口からコップに入れると、それをわたしの口につきつけました。続いてもう一杯。わたしは息を止めてそれに飛びつきます。

一人の女がいました、彼女は毎年ひとり、子どもが生まれます、そこで彼女は坊主のところに行きました、どうしたらいいでしょう?——コップに一杯、水を飲みなさい。事の前にですか、それともあとに?——事の代わりに、だ、と坊主は答えましたとさ。

ナージャはにこりともしません。——わたしはもう妊娠することはないわ、と彼女は言います。だから何かを装着したりする必要はないのよ。あの詩をあなたどう思って?

どの詩のことだ?

ゴロヴニンの『幽囚記』の中に挟まっていた詩よ、と彼女は言います。——詩は手書きで、意味は分からなかったけれど、きれいだと思ったわ。一度、朗読してみて、わたしのために!

その本にわたしはそれまで一度も手を触れなかったのですが、今はそういう訳にも行きませんでした。ひらりと紙切れが一枚、わたしの方に落ちてきました。——もう一度、あの筆跡です、おおらかで、整然と流れる文字であり、古いドイツ書体ではありませんでした。

*Laß dir von den Spiegeleien*
*Unsrer Physiker erzählen,*
*Die am Phänomen sich freuen,*
*Mehr sich mit Gedanken quälen.*

*Spiegel hüben, Spiegel drüben,*
*Doppelstellung, auserlesen,*
*Und dazwischen ruht im Trüben*

鏡のことはわれらの物理学者に、
語らせるがいい、
頭で考えて自分を苦しめるよりは
その現象を喜ぶ物理学者に。

鏡をこちらに、鏡をあちらに、
よく選んで、二か所に置く。
そしてその中間、曇った光の中、

*Als Kristall das Erdewesen.*

*Dieses zeigt, wenn jene blicken,*
*Allerschönste Fabenspiele,*
*Dämmerlicht, das beide schicken.*
*Offenbart sich dem Gefühle.*

*Schwarz wie Kreuze wirst du sehen,*
*Pfauenaugen kann man finden,*
*Tag und Abendlicht vergehen,*
*Bis zusammen beide schwinden.*

*Und der Name wird ein Zeichen,*
*Tief ist der Kristall durchdrungen:*
*Aug im Auge sieht dergleichen*
*Wundersame Spiegelungen.*

*Laß den Makorokosmos gelten,*
*Seine spenstischen Gestalten!*

水晶のように横たわるのは、土から成るもの。

それは、二つの鏡がきらりと光る時、
世にも美しい光の戯れを示す、
二つの鏡が送る薄明りは
感情に対して自らを開き示す。

十字架のような黒を、君は見出す、
孔雀の羽根の目を人は見出す、
真昼と夕べの光は移り行く、
それらが共に消えるまで。

すると名前はひとつの記号になり、
水晶は深く透視される。
目は目を覗きこみ、そのようにも
不思議な反照を見る。

マクロコスモスはそのままにしておくがいい、
幽霊のような諸々の形姿もそのままに。

*Da die lieben kleinen Welten*
*Wirklich Herrlichstes enthalten.*〔三〕

愛すべき小さな数々の世界こそ
ほんとうに《ヴィルクリヒ》輝かしいものを擁しているのだ。

ほんとうに《ヴィルクリヒ》、というところでわたしの声は途切れました。
彼女は言いました。好きなだけ泣くといいわ、レーヴェンシュテルンさん。
彼女が出ていくと、時計が秒を刻む音がやみました、何時、それは始まっていたのでしょうか？

## 2

ナージャとの交わりはびっくりする形で始まったのでした。瓦礫の山の中庭の一角に石の塊でいくつかの像を造っては部屋に帰ることを三、四日続けたあと、いつも通りの空っぽを予期してわたしは部屋に帰ってきたのです。すると一人の女性が熊の皮の上に蹲《うずくま》っていて、わたしが後ろ手にドアを閉めるや、彼女は青色のユカタの前をはだけて、背中を下に横になり、両足を開きました。

どうかしたの？——わたしが身動きもせずにいると、しばらくして彼女は聞くのです。顔を隠そうともしません。その表情は貼りついたように動かず、生気がなく、見たところ化粧らしい化粧もしていません。額だけは清らかで、黒い髪は豊か過ぎて、ちょっと本物には見えないほどでした。皺の寄った頬、ちょっと歪めた口が見えました——口の左端はきつく結ばれています。首と腹の皺、鎖骨のまわりの艶のない肌、平たい胸。女性に似合わず大きく筋張って沁みを持つ腕と下肢。横に向けられた目は、わたしから背けられてはいますが、はっきりと醒めた意識を感じさせ、ほとんど色彩のない紅彩は金色に縁どられています。恥毛は割れ目の回りに草むらのように逆立っています。

いいから、入っていらっしゃいな、気持ちがいいわよ、目を閉じて、何かいいことを考えてね。

わたしがそれに応じないので、彼女は身を起こして座り、上着の前を合わせました。それからわたしの顔を見つめて言います。

お金は要らないのよ——支払いはもう済んでいるの。

そうだろうね、とわたし。

わたし、年を取ってもいるしね、と彼女。

だとしても、だ。

それ、本気で言ってるわけじゃないわよね、あなた。

本気だとも。

もう何人もの男とやっているのよ。

それは喜んで信じるけどね。

でもひとりだけ、愛した男がいるの。

そんなこと俺が知らなきゃいかんのかな?とわたしは聞きました。

今でもその男をわたし愛しているの——そうよ、あなたには知っていて貰わなきゃ。わたしの名はナージャよ。

で、その先は?　とわたしは聞きます。

ナデシュジャ・イヴァァフスカ・ロギノーヴァ、と彼女は答えました。ほんとうはベンニョフスカヤ。わたしの祖父がそういう名前だったの。

どこで生まれたの?とわたしは尋ねます。

カムチャッカ、と彼女は答えます。――ボルシェレツクよ。働いていたのはペトロパヴロフスク。

そこなら二度、行ったことがある。会っているかもしれないね。

あなたはわたしの客だったことがあるわ、エルモライ・レーヴェンシュテルン、でも、もう何年も前の話だわ。わたしを忘れていても無理はないわ。

わたしは沈黙し、彼女は笑った。――今、わたしを抱きたい? それともいや?

今、そんな気分ではない、とわたしは答えます。――君と横になるだけならいい、君さえ良ければの話だが。

じゃあまずは試してみましょうか、と彼女は言いました。

彼女の横に身を横たえると、わたしは指先で、それから唇で、彼女の体を探り始めました。わたしの従僕はえらく元気に立ち上がります。わたしが彼女の中に入ると、彼女はわたしの耳を摑みました。

いいこと、一度だけ言うからね。――わたしのことは何の心配も要らないのよ。子どもを産んだことがあるのがわかる? からだはすり減るわ。

足を閉じなさい、とわたしは言いました。彼女は大人しく言う通りにしましたが、すぐに泣き始めたのです。――エルモライ、と彼女は囁《ささや》きます。どうしたと言うの、神の子は! 彼女は叫びます、あぁ、何という神の子なの、あなたは!――そう言うと顔を覆って頭を背けます。

見事な演技です。わたしが目を伏せると、彼女はただちにわたしたちが結ばれていた場所で驚くべき一物の上に倒れかかります。それは狼に立ち向かう赤ずきんのように立ち上がっていたのでした。

何ほどかは演技でなく本気だったのかもしれません。というのもナージャの手は彼女の涙の流れをせき止めることができずにいたからです。わたしが彼女を慰めにかかると、泣き崩れる彼女を見て元気になったわたしの従僕がその役を自らに引き受けました。そして涙と笑いがもうどちらとも区別できなくなるまで、彼はその役を降りようとしなかったのです。赤ずきんにふと目をやると、それはまた大きくなりそうな気配でした。

エルモライ、あなたは何と言う男でしょう。

君も男になりたいんじゃないかい？——とわたしは尋ねました。

男たちに見せてやりたいくらいよ、彼女は答えます。

わたしが身を引くと、棘はきえていましたが、ずきんはまだ覗いていました。

ゲーテの贈り物を開くのは気が進みませんでした。ゴロヴニンと旅の体験を共にせよというのです、今頃になって、しかし後まで残る形で。わたしの幽閉などそれに比べれば恩寵に満たされたものだとわたしに確信させたいのでしょうか？

そのためにわたしは、彼には手に入らなかった源泉の傍らに座っているわけです。ナージャからわたしは、彼が知り得なかったことを聞き知ります。わたしは遅く来すぎた代わりに、その不利を逆に彼に対する優位として用いよ、というのです。そのためにペンとインクと紙が置かれているのでした。ゴロヴニンの旅を追体験し、わたし自身を新たに組み立てよというのです、いわばわたしの背後に。よく考えられてはいます。でもひょっとすると善意で用意されているわけではないのかもしれません。

彼らを全部、知っている、とナージャは言います。レザノフもクルーゼンシュテルンも、クレブニコフもムールも、フヴォストフもダヴィドフも。カスパール・ホルナーまで知っていると言うのです。トルストイは喜んで彼女に進呈しましょう。だがその前に彼女はまずは植民地の総督と何らかの関係を持たなくてはならなかったでしょう、彼女のポストに到達するために。ゴロヴニンについては彼女は語ろうとしませんが、リコルドとは彼女は娘を儲けたのです、しかし娘についても決して語りません。羞恥心の一切の限界は交渉次第で超える彼女ですが、娘については固く口を閉ざしているのです。

時々、彼女は港町の遊女の言葉使いになります。するとわたしは悟るのです、その後に来るのは沈黙だけであることを。しかしプリンセス[12]について沈黙することはありませんでした、この家系図の話は彼女の得意のレパートリーだったのです。

われわれは二度、カムチャッカに行ったよ、一度は日本の前、一度は日本のあとだ。

ナージャがいなければ二度目なんてなかったはずよ、と彼女は言います。彼女は時々、三人称で自分のことを話すのです。

真実はこうよ。南の海から回ってきて最初のロシアの港、ペトロパヴロフスカ・カムチャッカに入った時、探検旅行は失敗も同然の状態だったの。喧嘩鳥たちは互いに口も聞かなかったわ。総督が中に入ってどうやら和解させるまではね、お馴染みのポロネーズになったわけ、クルーゼンシュテルンとレザノフが手に手を組んでね。

紳士の皆さん方は十分過ぎるほど、酔っていたんだろうよ。

二人ともナージャのところに来たのよ。

レザノフは日本のあとで、もう一度、来たはずだ、とわたしは言いました。

よく覚えていること、と彼女は言います。――名誉なことだわ。

煮えくりかえる思いだったよ、わたしはクルーゼンシュテルンの味方だったからね。レザノフがわたしを忘れないようにしてあげたわ、わたし。

どういう意味だ？

殿方が話したがらない病気があるでしょ、自分がそれに罹っていたとしてもね。——あら、あなた、どうして真っ青になるの？

彼女の瞳孔は小さく萎み、大きく見開いた目は幽霊のようになりました。
ピ、ル、ド、リ、ッ、チ？　と彼女は尋ねます。
わたしは意味が分かりませんでした。

ポーランド語が彼女の母語です。わたしの従僕は立ち上がりかけましたが、十分にではありません。わたしの不安の種は何だったのでしょう。

*3*

十八世紀後半の製品でフランス語表記のある地球儀はわたしの肩の下あたりまで届く高さです。宮廷の陳列品であり、市民層の学者には手の届かないものだったでしょう。黄ばんだ天体を、最大の陸地が書き物机の方に向くまで回してみます。ユーラシアに光があたり、中国がその名に値する位置に来ます。一方の端にはヨーロッパ半島が薄暗がりのなかに消えていき、他方の端には南北アメリカがのびています。ロシアは凍った鯨のように北極のまわりに這いつくばり、氷のふとんがその背中を覆ってながながと伸びています。ひょっとして水が終わるところ、ひょっとして陸地がはじまるところは、赤い点線で暗示されているのみです。こんな風に広がっているロシアの端から端まで一本の通路を見出そうなどというのは狂気の沙汰です。しかしどんなに身を伸ばしても広げても、濃いブルーの海には届きません。シベリアの体に回した長い帯は、なんと微かに、裏が透けて見えそうにうっすらとした緑色をなし、しかもそれはなんと忽ち砂漠の黄色に移行してしまうことでしょう！　友人のホルナーがいつものちょっと当惑したような笑いを浮かべて口ずさんでいた、スイスの戯れ歌を思い出します。

寒いタイガに
五月に君は行くがぁいいいさ、
だが君は驚くがぁ、
すぐもうそこはツンドラだぁな。

陸地、そしてまた陸地！　しかし最大の大陸といえども島に過ぎず、地球の最大の膨らみを造っているのは、世界の母なる海、静かな大洋なのです。その海の青が少し淡くなるところにまで、ロシアは渇きに苦しむ舌を突き出しています。カムチャッカ半島です。凍った涎のようにクリーレン列島が下に垂れ、アリューシャン列島が高い緯度を保って次の大陸の方、北アメリカの島に向かって伸びています。そこにもしかし地球儀はロシアの入植のあとを記載しています、アラスカ、コディアク、ノヴォ・アルハンゲリスク、そしてスペイン領北カリフォルニアに接するフォール・ロッソまで下り、そこにミニ植民地を設け、温暖な気候を求めて、ここでも気の遠くなるほど広大な世界に向かって自己主張をしています。ここまで狩りをしにやってくるのはもはやモンゴル人ではなく、インディアンで、ステップはプレーリーと名を変えます。灯火に群がる蛾のように、そこでは馬とその乗り手が弓矢を手にしたまま、白人の罠に落ちます。白人は彼らがウォッカや、ガラス玉や、紙巻きたばこと交換で彼らの毛皮を置いていこうとしなければ、彼らの生皮を剝ぎかねません。互いの間に大きな距離を置いて点在するツァーの城砦や在外商館は、嵐と霧に閉ざされた湾に面して建っています。大洋がいくつかの海域に分かれて陸に押し入っているその湾のひとつひとつは、ベーリング海、オホーツク湾など、どれを取っても、バルト海や地中海のそれよりもはるかに大きいのです。雪に覆われた高炉、雲に囲まれた溶解炉の吹きあげる溶岩を、極地の大小の流氷のただ中で大地に冷やし固めるまでには長い火山活動が必要でした。固化した鎖、固化しつつある崖となって、今もなお、火を噴く島が、ほとんど人の住まない一つの大陸から別の大陸に向かって伸びています。この踏み石伝いに、大変な苦労をして、旧大陸の原住民は新大陸に進出したのですが、それに続いたのは、商船やカンパニーなる商魂たくましい連中です。しかし彼らは海路に通じていなければならず、海の奸計に陥って難船しないためには、しっかりした測量が必要です。というのは通り抜ける海路があるところにはありとある風も流れ入り、濃い霧の塊が発生し、水は荒れ狂う滝のように押し入るか、あるいは激しく渦を巻くからです。

クリーレンを船で十日ほど行った距離に、長く伸びた半島、カムチャッカがあります。半島は、ユーラシア大陸がぐいと首を折ったように、日本列島がある方に向かって南を指さしています。日本列島はこの辺りでは最大の列島で、立ちあがりかけた竜のように延びて大洋への道を塞いでいます。クリーレン諸島を所有し、より温かい地方を探すなら、日本を避けて通るわけには行きません。しかし日本も海岸に面した砦に要員を配置し、守りを固めているに違いありません。島々にはすでに人が住んでいるのです、クリーレン・アイヌという毛深い民族で、魚や鷲の毛を商って生活しています。彼らはしかし自分たちの島を侵略から守り切れず、二主に仕えるか、さもなければ消え去るしかないのです。エトロフをイルトゥップと呼ぶか、クナッチルをクナシリと呼ぶか、それは彼らの決められることではないのです。日本は、人のまばらなロシアとは違って、領地拡充の欲求を持っています、そうしなければ比較的密集した人口を養えないのです。しかし飛び離れたところには行けません、大きな船を持たないからです。トクガワ体制は外国との交渉を禁じました。これらの島において境を接しているのは力の均衡した勢力同士ではありません、しかし衝突は不可避なのです。

ナデシュダ号がナガサキに辿りついた時の状況は、このようなものでした。ゴロヴニンがクリーレン諸島の測量という目的だけを持つディアナ号に乗って出港した時も、状況は変わっていないように見えました。しかしこの間にフヴォストフ事件が起こっていたのです。

夜の間にわたしは銃声を聞きましたが、錯覚だろうと思っていました。しかし朝、また新たな銃声がわたしを起こしたのです。比較的長い撃ち合いのあと、音は止みました。わたしは瓦礫の中庭に行きます。そこは少しづつ景色らしい様相を取ってきており、汗をかきながら仕事に熱中していたわたしは、ナージャの事をほとんど忘れていました。しかし洗い場で体をきれいにしてわたしの書斎に戻ると、ナージャが、初めて肘掛椅子に座ってわたしを迎えました。いつもより少し小さく見えます。切ったばかりのダリアの花が生けられ、急に秋が来たようでした。

やたらに銃を撃っていたのは誰だい？――わたしは聞きました。

猟師たちよ、と彼女は言います。――さもなきゃ、熊はどこから来たと思っているの？――彼女は床を指さします。

ここには熊がいるのかい？——わたしは尋ねました。

修道院がなくなってからここは熊の領域になったの。

それで町には人がいないのか。

そのうち、見られるわ、町に人がたくさん集まる様子も。グリレンブルクではね、ある詩人が自分の作品の予行演習をやるの、首都でそれを上演する前にね。あなたも劇場に行きたかったのではなかった？

どうしてそんなことを？

レザノフを舞台の上で絞殺したかったんでしょ？

ああ、あれは単なる笑劇だ、とわたしは言いました。途中で書けなくなった。レザノフに、意思に反して、多少の共感を覚えた途端にね。ナデシュダ号の上ではあの男ほど憎んだ男はいなかった、トルストイ以上だった。しかし本当の所、あいつは単なる阿呆だったんだ、それに今はもう彼は死んでいるのだ。

思いもかけず、涙が溢れました。

愛人としては彼はまともだったわよ、と彼女は言いました。他の連中は、南の海からやってくると、みんな委縮してぐずぐずしてた。相手かまわずセックスしていたから、感染したのではないかと、あとになって心配で悩んでいたのね。ナデシュダ号の上なら健康の不安なくできるって噂だったけど、そうでもなかったんだわ。

わたしの顔を見て、彼女は言いました。あなたともう一度、二人きりで会えるなんて、予想もできなかったわ。

あの当時、僕は、金さえ払ってないいんじゃないかな？

あり得ないわ、と彼女は、今は、笑いもせずに言います。——その後、ナージャは別の道を見つけたの、被害を受けないためにね。

被害は大きかったのかい？

心配すんなよ、チビさんよぅ！　と彼女は下品な調子で言い、それから普通の声に戻って言葉を続けました。わたし、ひとりのプロフェッサーを知っていたわ。彼はね、講義のあと、毎回、聞くの——どうでしたか、わたし？　って。

どうでしたか、わたし、ナージャ？

この問いにわたしは答えなかったわ、答えるまでもなかったから。でもわたしは知っているの、誰の子を孕んだのかは。

男の子、それとも女の子？

わたしに限ってはいつだって女の子よ、エルモライ。でも今は食事をなさい。終わったら眠らなきゃだめよ。そして庭でゆっくり休むのね。庭仕事の邪魔はしないわ。その代わり、わたしがどこからきて、どこに消えるか、決して、詮索してはだめ。そんなことをしたら二度と現れないから。

わたしが驚くと、彼女は付け加えました。この部屋ではわたしはあなたにお仕えいたします、ムッシュー、お代は頂きません。——これはむしろわたしの側のコメントでした。ナージャはわたしを知らないのです。わたしたちはもうこれほども共有し合う仲でした。

## 4

東の側の小さな砂漠。わたしが自由に動ける空間。わたしは瓦礫の塊を種類別に分けることから始めました。多くの破片はモルタルの残りが付着していたので、わたしはそれを注意深く払い落しました。廊下には何も入っていない衣装戸棚があり、その後ろにはわたしの部屋と他の建物をつなぐ通路があるのだろうとわたしは推測しているのですが、戸棚の足もとのところに埃だらけの道具箱をわたしは見つけました。わたしが使えるもの、斧、ハンマー、木工用追い入れ鑿《のみ》などは、日々、使っているうちに、言ってみれば、それぞれ若さを取り戻し、石を刻む鑿などは、また輝き始めさえしました。わたしが叩き落としたものは地面と合体してしまうので、苦労して雑物を取り払わなくてはなりません。シャベルがないので両手でそれをどけるしかないのでした。最初のうちはどんどん高くなっていく壁の間に自分が埋まってしまいそうでした。

それでもわたしは瓦礫を種類と大きさに従って分類しました。規則的な表面を持つ破片を使ってわたしは土台をつくり、それを石膏と水を混ぜたモルタルで固めました。こうして短い階段を埋め込んだので、今では浴場からほとんど段差なしに、わたしの工事現場である穴の端まで行けます。その穴を埋める作業は日々、進んでいます。次第にそれは考古学の発掘現場に似てきました。ただし、そこにあった何かひとつの構築物がそこから姿を現すのではなく、むしろわたしがそれをそこに創り出さなくてはならないのです。はっきりした目印を掘り込んでいくのであり、掘り出すのではありません。木片、棒きれ、ぼろきれ、金属破片など、地面を掘ると出てくるものを、わたしは一か所に集めてゴミの山にしたのですが、それは次第に、石と化した海の端に取り残された難破船に似てきます。

効果を生みそうに見えるブロックをまた消してしまうというようなことがしばしば起こります。それは、長く仕事をしているうちに、庭がどんな風に見えてほしくないかが、わたし自身に次第にはっきり見えてきたためです。わたしが暇にまかせて作ろうとしているものがすぐ目に飛び込んでくる、というようなことは、ますます少なくなります。ある崖にあまり長いこと鑿をあてていたため、それが割れて、女性の胸の形が見えてきました。その時に目に飛び込んできた塵は別として。この胸像は何か別の目的に用いるか、あるいは何の目的にも用いないか、まだ分かりません。

庭ではわたしの物語は動きを止めています、しかし、閣下、修道院の一室のようなわたしの部屋の中では新しい物語がわたしに押し付けられようとしているのです――二人の舌の働き次第ですが、その舌は語るためにだけ使われるわけでもありません。ペトロパヴロフスクでわたしは、品良く青ざめた肌を持ち、背が高く、鋭く分けた黒い髪を後ろで中国風に結っている女性と踊ったことがあります。彼女の低い声だけが耳に残っています。――わたしはプリンセスなのよ。

彼女の祖父はモーリス・ベンノフスキー[13]という名前だったのだそうです。ルードヴィッヒ十五世が彼にマダガスカルを植民地化する任務を与えたのだけれど、なんと、島の住民は彼を王に祭りあげたのよ。パリで彼はベンジャミン・フランクリンと友達になって、後に彼に同行してアメリカに行って、そこでサヴァンナを防衛して名をなしたのね。でも、マダガスカルの自分の権利をフランス人に対しても主張した時、彼はある闘いで命を落としたの。

ナージャの体はどこを舐めてもよかったのですが、手だけはだめで、口づけもさせてくれません。

だが、ベンノフスキーはカムチャッカとどういう関係にあったんだい？

そこは彼が流された地だったのよ。

ふと彼女は当時の顔になり、近づき難い雰囲気を漂わせていました。

彼は、本当はハンガリー人で、彼の領地はスロヴァキアにあったの。結婚は早かったけれど彼の心はポーランド人に向けられていた。彼は独立戦争に加わったわ。ロシア人は彼を捉えて流刑に処したの、最初はカザン、次がカムチャッカだった。彼は総督の信頼厚い人物になったのだけれど、流刑者たちが反乱を起こした時、彼は総督を殺してその船を奪い、娘のアタナシアを愛人として連れ帰ったのね。彼女は身ごもっていたわ。日本の近くを通り過ぎたとき、彼女は日本の皇帝に警告を送ったのよ、ロシア人には気をつけて！　という警告をね。

わたしの舌は彼女の上腕の内側に達していました。その時、わたしは、ホルナーを思い出しました。雌狼は死産をすると、その子が生き始めるまで舐めつづけるのだと彼は語ります。神学者の彼はその話を洗礼の比喩だと解釈していました。わたしの舌は今、ナージャに来るべき者の名を与えます。救世主ではなくヨハネに過ぎませんが、それでも彼は今や、来るべき者たちに洗礼を施すのです。ハンガリーの伯爵、ポーランドの愛国主義者、マダガスカルの王、アメリカの解放戦争の英雄、そして共和国の殉教者に。

モロッコまで来ると、彼は船を売り、愛人が娘を生んだあと、彼女をそこに残して去ったの。でもそのあと反逆者は後悔の念に駆られて母娘をカムチャッカに連れ帰ったわ。その子が成人の女性になった時、彼女はナージャの母となったの。母が死んだ時、彼女はロギノーヴァという姓だったけど、ナージャが生を受けた男は別の名前だったわ。

その男がわたしの本当の父なのよ、でも彼はわたしを堕落させたわ。

彼女の息が短くなりました。わたしの舌がついに彼女の指に達していたからです。彼女の手はピアニストの手のようで、筋張っていて、一オクターヴ以上届きそうです。わたしは演奏なんかできないわ、だからそれで遊んではいや！――わたしは許される限界を超え、指を一本、一本、味わいました。その時しかしわたしは彼女の誇りの味も知りました。女性だけがベンノフスキーの血を受け継いでいるのです。彼女は飛び上がり、手をわたしから抜き去ると、それをわたしの首に回しました。

喉を摑んでいる彼女の手が震え、血がわたしの頭にのぼりました。どちらが先に爆発したのでしょう、わたしの頭か、わたしの性器か。わたしの気が遠くなりかけたとき、彼女はもうわたしの体を征服し、激しく揺さぶり、それは次第にからかうような揺さぶりに変わりました。ついには目を閉じて彼女は横たわり、目を開けたままでいたわたしは彼女の恥部に赤い印が立っているのを見ました。ベンノフスキーの強さが勝利の感情に赤く燃えていたのです。

もうそろそろ読み始めなきゃだめよ、エルモライ！　いつ迄もレーヴェンシュテルンではなく、ゴロヴニンを読むのよ。

もうとうに読み始めているよ、とわたしは言いました。

明日、テストをするわよ、と彼女は言います。――その前はピルドリッチもだめ、ウカァ・ハァ！もなしよ。

## 5

一八一一年、六月十七日、ディアナ号はある岸辺に近づきました、そこはもうエトロフの一部だろうとゴロヴニンが推測した岸辺です。フヴォストフが五年前、その島を襲撃した時、戦艦の旗も商船の旗も両方、掲げていたはずです。それゆえゴロヴニンは旗をまったく掲げずに航行しようと決心していました。望遠鏡で彼は漁夫の小屋を認めます。それはおそらく土着のクリール人のものと思われますが、念のため、彼は、仲間の一人であるムールに様子を探らせようと、武器を積んだ舟で島に向かわせます。

遠目に、土地の者の漕ぐバイダラと呼ばれる大型の舟が一艘、ムールの方に向かって漕ぎ寄せてくるのが認められました。そこでゴロヴニンは岸辺に船を寄せ、自分のためにも小舟を一艘、水に降ろさせて、近くの、岩の出っ張りで守られている湾に向かうよう、命じました。もう遠くから、ムールの小舟が砂に乗り上げているのが見えました。ムールとクリール人の通訳アレクセイの姿はしかしどこにもありません。打ち寄せる波の背後に、ゴロヴニンは、武器のもの音を聞いたような気がしました。すぐ逃げられるよう、舟をよく見える所につけるよう命じてから、彼は三人の部下と一緒に捜索に出ました。

数百歩行ったあたりで砂浜は広くなり、河口に繋がっています。人声が聞こえたので、ゴロヴニンたちは藪の影に身を隠しました。藪の間から見えたのは異様な光景でした。アレクセイとムール、舟の漕ぎ手が彼らのすぐ前に立っています。三十歩ほど離れた所に、黒い漆塗りの鎧をつけた武士が数名、見えます。彼らの槍の矛先は四方に向けられて人を威圧し、しかもひとりひとり腰帯に二本の刀を下げています。首を守る覆いで長くなっている兜には銀の三日月が飾られ、それよりさらに高く、二本の角が伸びているのです。兜の影になっているので、顔は下につきだしてきつく結んでいる口以外は見えません。

二つのグループの人間の間に、ひとり、ムールがいます。彼は踊るような身振りで両腕を日本人の方に差しだしています、まるで日本人に魔術をかけようとするかのように。

ムールはロシア語で話していました。彼は、自分がいかに平和を求めているか、分からせようとしていました。彼がエトロフに来たのは、商艦の一員としてでもなく、あるいは毛皮商としてでもない、ただ単に、南クリールの測量に来ただけだ、ツァーは日本の皇帝とよい隣人関係を保ちたいと考えている、フヴォストフの襲撃はツァーの激しい不興を招いた、ツァーは自分の特使が誤解の余地なく拒絶された後は、もはや日本との通商関係を築こうとは考えていない。それでは、なぜ今、ディアナ号がここに接岸したのか？　それは必要に迫られて、に他ならない。貯蔵食料を補給し、水と燃料を積ませて貰うためだ。よって寛大なる取り扱いをお願いしたい、むろん、支払いはするし、補給が終わり次第、速やかに錨をあげて出港する。これがムールのメッセージであり、クリール人に今から翻訳させる、ゴロヴニンが藪蔭

ムールはアレクセイの方を向きましたが、アレクセイがこれに応じる前に、ゴロヴニンが藪蔭から姿をから姿を現しました。異国の兵士たちは一瞬、たじろぎましたが、すぐに一層、固い表情になります。ゴロヴニンはサーベルを外し、足もとに置き、さらに銃も外してその隣に置きました。それから三角帽を取ってちょっと持ち上げ、もう一方の手を胸にあてて、一礼しました。

日本人の武士の一人も同じように兜を取り、後頭部まで剃りあげたつるつるの頭を見せます。一歩、前に出て、同じように固い姿勢ながら、礼を返します。互いに相手に対して敬意を示す仕草が二、三度、繰り返されました。そのあとゴロヴニンは、武器は身につけましたが、帽子は手に持ったまま、アレクセイに向かって、日本の騎士は贈り物を受け取るだろうか、と尋ねました。クリール人は毛髪のたくさん生えた頭をゆらゆら揺らします。しかし彼が口を開こうとするや、異国の兵士の代表者がそれを制しました。彼は両足を広く踏ん張って、鎧をつけた胸を大きく上下させ、唸り声で何か言いますが、その声は威嚇のように聞こえました。短い、吠えるような調子の演説のあと、彼はそこを立ち去ろうとするかのように、向きを変え、両腕を腰に当てながら、まるで足の間に水路でもあるかのように大きく左右に足を開いて、

大股で歩いていきます。他の人間も同様のスタイルでこれに続き、少し遠く離れた距離で、改めてこちらを向いて列を整えました。槍は下に向けています。

船長はアレクセイに、誰の所に出頭すべきか、尋ねました。クリール人は彼に囁きます、日本の指揮官はいい人だ、とてもいい人だ、でも厳しい、でもとてもいい人なんだ。このあとにようやく、ゴロヴニンはついでごとのように、戦艦の仲間ムールの方を向いて言いました。誰の委託を受けて君は、日本人とあのようにも長々しく、しかも無益な交渉に入ったのだ？　そして踵を返して立ち去ろうとしました。しかしムールは急いで彼の横に行き、くどくど弁明したのです。接岸するとクリール人の乗った舟に出迎えられたのだ、彼らは震えながら、自分たちは連行され、エトロフに囚えられていた、だが今、日本人が彼らを自由の身にしたので、故郷に帰りたいが、ちょっとでも間違った行動をすれば、自分たちを待っているのは死だ、ボートが接近するのを見て、自分たちは警告しようとしたのだ、決して上陸してはいけない、そんなことをするとクリール人は捕えられるばかりか、裏切り者として死刑に処せられる、云々。この混乱した説明を聞いて、ムール自身、自分たちの状況を説明しなくてはならなかったのだ、と彼は言うのでした。

そのくせ君は見張り人をひとり舟に残すことさえしなかったのか？

そのことで自分は日本人に自分の善意を証明したかったのです。

で今はどうなんだ？　彼らは味方か、敵か？　とゴロヴニンは尋ねました。――われわれが規律を守って食糧補給し、すぐ湾を出るなら、彼らは関知しないということのようです、とムールは言いました。

ゴロヴニンは素っ気なく答えました。ムールの気まぐれな一幕のあとではもうここに長く留まる意志はない、自分はすぐにクナシリに向けて船を出し、この島とエゾの間の海峡を査察するつもりだ、と。

日本人がもしこれ以前にはまだロシアの敵でなかったとすれば、この水上の進撃をもって、他ならぬゴロヴニンが日本人を敵に回したかも知れないのです。オリーヴの枝をふりまわしてのムールの一幕が彼を苛立たせたのでした。あんなに言葉を多用しての非戦宣言はすでにして一種の宣戦布告ではなかったでしょうか？　それに、もしもゴロヴニン達のミッションの中に裏切られては困るものがなかったのなら、人はなぜ、このあとムールを裏切り者のように扱わなければならなかったのでしょう？

そもそも、彼はなぜ、模範生であるが夢遊病者でもあるムールを同行したのでしょう？　またその短気の発作は人も知るところだったクレブニコフを？　なぜレーヴェンシュテルンはそこに居なかったのでしょう？

閣下、もしもあなたがこの目的でわたしをパリの決闘騒ぎから引き放してナデシュダ号に乗せて下さったのなら、もしもあなたの名付け子を一角《ひとかど》の人間にしたいと考えておいでおられたなら、またもしもクルーゼンシュテルンの下での彼の修業時代を作家への道の第一歩と密かに考えておられたのなら――そう、それなら、そうです、それなら、この第一歩に次の一歩が続くべきだったのです。わたしより早くそれが来ることを見通しておられた失態のあと、もうひとつ別の反復を贈ることがおできになったはずです。わたしをゴロヴニンのような男に同行することができるよう、手配することがおできになったはずなのです。そしてゴロヴニンなら、日本とのわたしの二度目の出会いが、ゲーテの期待したような証明力を持つものであることを保証してくれたことでしょう。

閣下、わたしは誓いましょう、この体験のためなら自分が最善を尽くしたであろうことを。ゴロヴニンの幽閉を防ぐことはできなかったにせよ、それを共にする用意がわたしにはあったでしょう。わたしならすかさずその機を捉え、日本人に引き渡され、ゴロヴニンと存亡を共にし、日本人を委縮させることなく彼らを観察する好機を決して逃しはせず、彼らの囚われ人でいたことでしょう。この自由、そうです、閣下、囚われ人にもそれだけは残されている、あるいは囚われによってのみ得られるこの貴重な、剰余の時間！　そこからはきっと後世に残すに値するひとりのレーヴェンシュテルンが生まれ得たでしょう。そのためならわたしは喜んで命をも投げ出したでしょう。なぜならわたしは、自分の命の価値が奈辺にあるかを、遂に知り得たでしょうから。

ディアナ号にはレーヴェンシュテルンが欠けていたのです、閣下。機会を逃したその幽閉を、今、ここグリレンブルクで取り戻し、取り返しようもない事どもの痕跡を訪ねる旅に出よ、との仰せなのでしょうか、ゴロヴニンの本とナージャの体を縁《よすが》に？

ディアナ号は最高の船でした。ゴロヴニンはただ一つの任務を持っていました。レザノフのような人間を持たずに済んだのです。トルストイもリジャンスキーもいませんでした。彼はリコルドを同行したかった、それは当然です。ケルビムのとなりにセラフが添えられたのです。クレブニコフはどうでしょう？ゴロヴニンに対して、理由はどうあれ、彼は忠誠を尽くしました。ゴロヴニンは、後にペテルスブルクでの任務を引き受けた時、ギリンキに所有する領地の管理を彼に委ねたのですが、それは、幽閉中、彼には信を置くことができたからです。彼は器械の事がわかりましたし、船乗りとしての彼は無比でした。

この人々に関して本から知識をかき集めることしかできない自分をもどかしく思うことがわたしはしばしばでしたが、ナージャは、彼らについて親密な知を、血肉と化《カーナル・ナレッジ》した知識を持っていたのです。

作家としてはどうなの、彼？　と彼女は尋ねます。クレブニコフのことではありません、彼は一行も書かなかったのですから。

ゴロヴニンはまぁまぁだ、とわたしは答えます。

リコルドは？

彼の方がいいね、と短くわたしは言います。リコルドについて語ることは避けました。何を言ってもウソ臭くなるからです。

ゴロヴニンはロシア人だけを連れていったのよ、とナージャ。

ムールはどうなんだ？　とわたしは尋ねます。

ロシア人の母親を持っていたわ。あなたはゴロヴニンの階級には属していない、そこは認めて受け入れなきゃ。

ムールの墓碑を読んだよ、とわたしは言いました。——痛ましいかぎりだ。

ここに眠るは
中尉フィヨドール・ムールの霊
その生涯の終着地点をペトロパヴロフスクの
港に求めし者。
一八一三年十一月二十二日
日本にて
かつては彼の導き手であった
守護神に見放され
絶望が彼を

狂気に陥れた
しかし彼の過ちは苦い悔恨と
死によって贖われた
彼の運命に
心ある人々の涙が
注がれんことを

ナージャにとってムールは「人のたのしみをぶちこわす男」だったそうです。エトロフでの一幕の後、すぐ、彼は自殺をほのめかし、任務を果たさずにディアナ号に帰ることは許されまいと言ってそれを正当化した。ゴロヴニンは自分の代わりに誰か他の人間を送ったであろう、そうであれば、自分、ムールは、おめおめと生き続けることはできない、と。

幽囚の間、みんなを惨めな思いにさせたのよ、自分は日本人になりたいのだと言ってね、とナージャは軽蔑するように言います。結局のところ、彼は、日本人にはどうにも理解できなかった唯一の人間だったの。求められたのは男らしい男だったのだから。

ムラカミ・テイスケ[14]、彼は大した通詞だったわ、と彼女は言います。網を編めるならどんな紐も引きちぎる必要はないのよ。ほどけた端を見つけるか、必要なら自分で切ればいいのだから。

ゴロヴニンの報告では彼は「テスケ」と呼ばれるの。彼は幕府の地理学者の養子として北方の島々を測量しサハリンまで踏査したのよ。彼は腕のいい画師でもあって、オランダ語で読める限りの自然科学や技術関係のヨーロッパの原典を研究していたのだけど、エドの政府が彼を拿捕されたロシア人のところに送ると、彼は第一に彼らの言葉を学んだのね。言葉も文字も学んだのよ。彼は異国人との付き合いにおいては、何一つ自明のこととして理解されることはない、自分たちの世界の秩序さえもその例外ではない、ということを学んだのね。――以下、わたしの言葉で要約することにしますが、彼はそれを徹底的に吟味した。最終的にそれがどういうことを意味するか、彼の上司たちが知っていたら、それは、許されないやり方だっただろう。というのは、物事を比較する人間の頭脳のなかでは、多くの事が動き始めるからだ。まず比較可能なものを、次に等しくないものを措定する。テスケは捕えられた者たちの動機と共にその背景を理解する術を学ぶ。すると彼の舌だけでなく、彼の共感も二つに分かれた。彼は、自分の能力を隠す、あるいは否認することも知って、両面スパイになる。彼はロシア人が自身を見誤るようなところでも彼らを正確に理解し、面と向かって彼らに反論するほど自由で大胆であった。言葉がどのような権能を与え、いかにすれば人は言葉から意味を奪うことができるかを彼は知った。そしてこの能力を彼は捕囚の者のために、そして彼自身の自由のために用いたのだ、云々。

わたし自身はしかし、テイスケ・ムラカミのおかげで、新しいナージャを知りました。ベンノフスキーの孫娘は、外交官でないことを誇っていますが、政治はわかるのです。

あなたは上手にあなたのスパイを選びましたね、閣下。

## 6

ゴロヴニンの本が机の上に開かれているのを見て、ナージャは言いました。まだこんなところ読んでるの？

もう一度、はじめから読んでいるんだ。

ゴロヴニンはどんな人間だったかって？——彼の全てを知っているわけではないわ、と彼女は言うのですが、これは信じてよさそうです。彼はね、ペテルスブルクに婚約者がいて、自身は不実を冒すことはないまま、他人の不実は耐えることができるという、稀なる特性を持った人間だったわ。

気取りのない人ね。——自分の権威を笠に着ることは絶対ない人。物分かりが悪いところはあった。理解しようとは思わない人間が彼にはいたのね。女性はそういう人間に属するの。それを評価する人間もたくさんいたけど、女としては、自分を理解するだけじゃない男が欲しいのよ。

ナージャの男たちは、繊細だけど傷つきやすくはない、そう言う男でなくてはならなかったのです。そう言う男たちをわたしは次第に知るようになり、彼らへのナージャの敬意にやっかみなしに耐えられるようになりました、むろん、傷ついたりすることもなしに。時折、彼女は「男全体」の悪口を言ってからかうことはありましたが、それ以外の男たちについて語ることはなかったのです。

なぜあなたはムールに関心があるの？

彼がゴロヴニンの逃亡に加わらなかったからだ。彼は解放されたくなかった、日本人になりたくて、捕囚はそのよい機会だと考えたのだ。

あぁ、なんてこと！　とナージャは言いました。——最初、自分は日本人の善意に値しない男だと言い、次にはロシア人のそれにも値しない人間だなんて言い出すのよ、彼は。わたしは彼に言ったわ、銃で自分を撃ってしまいたいなんて、いつも口で言ってばかりいるのはやめて、ほんとにやったらどうなの！

そんなことを言ったのか、君は？

彼は尊厳という言葉をよく口にしていたわ。自分の不幸に関して思い込みは持っていなかった。クレブニコフはすぐ諦めたのよ、きっぱりと。彼は仮面など必要としなかったわ、そもそも顔を持たなかったのだから。弱気になる必要もなかったわ、初めから弱いのだから。落ちるところまで落ちた人間はぐらついたりはしないものよ。囚人としては彼は強かったわ――めためたになったのはそのあと。――ナージャのところで彼は犬のように吠えたそうです。――ムールは逮捕のあとも、前と同じように、固い姿勢を崩さなかったわ、ホルナーのようにしくしく泣くことは彼の自尊心が許さなかったのよ。

ホルナーが泣いたのか？　なぜ？

何もかも意のままにはならなかったからよ、そもそも何かを欲するなど許されなかった。

彼はわたしの友人だったんだよ、ナデシュダ号上の一条の光明だった。

人は悲しみから輝くこともできるわ、と彼女は言います。でもその時、その悲しみは希望のない悲しみよ。あなたは人を読むことを学ばなきゃだめよ、エルモライ。友達はいいわ、ないよりはずっといい。でもまったく何も持たない、あるいはそれ以下というのも、それはそれで意味があるのよ。もうこれ以上は無理だ、と思ったら――自分を放擲することはできるのだから。

ナージャは熊皮の上に腹ばいに寝そべって本を読んでいて、彼女の黒い頭の横にはランプが灯っています――わたしの机の上にある、グリレンブルクの掘り出し物の対のランプのもう一方です。彼女が読書を続けるためには、わたしも書き続けなくてはなりません。理想的な工房です。しかしそれが静物画のための構図でないことは、ほどなく分かりました。

ナージャが読んでいるのはフランス語訳された日本の小説で、六百年以上も前のものだそうです。著者は女性よ、彼女は日本の音標文字しか書けなかったの。主人公はプリンスで、次々に女性を求めるの。でも貴族の女性たちは間仕切りの陰の薄暗がりに身を隠していなくてはならないので、彼は、誰と床を共にしているのか、はっきりとは分からないの。彼が持ち帰るのは一つの身振り、一つの輪郭、一つの香り、ほとんど声には出されない言葉だけ。辛うじて彼女たちの名前と居所は突き止めるわ、あとから詩を贈ることができるためにね。詩には、季節、花の影など、何かしら自然の情緒が書き留められている。出会いと結びついているのは、それに劣らずはかなく消えゆくものばかり。でもその後、必ず、女性からも手書きの詩が帰ってくるのよ。幸運な場合は、思いがけなくも適切な答えであることもあるの。筆跡、紙の選び方、封筒の色、香りからプリンスは、出会いが相応しいものであったかどうかを読みとるのよ。それは繰り返しへの誘いになり、行きずりの触れあいが真の結びつきになるかも知れないのですもの。プリンスは女性たちの幸福に対する自分の責任を忘れず、彼女たちの身の回りを整え、居所を用意することに心を配るわ。結果、彼の宮殿は、花弁に囲まれる花芯のように、女性たちの小さな家に取り囲まれることになるのね。彼は彼女たちを訪れ続け、彼女たちは、自分の季節が終わっても、安心して年を取ることができるのよ。女性作家は愛について語ることはしない。それを必要としないのよね、彼女の小説が描いてみせたものは、愛着、心遣い、それだけ。

象鼻姫――そう言う名前だったのよ、異様に長い鼻を持ったひとりの姫君[15]はね。プリンスは暗闇ではそれに気づかなかった。明るい所で姿を見せなければならなかったとき、彼女はどんなに恥ずかしがったでしょう！　彼はそれを見て驚いたけれど、彼女が仕草で示すものは繊細で、恥じらいによって一層、繊細に感じられるの。彼は男の名に恥じない男だったわ、女性はずっと彼の愛人であり続けたんですもの。

彼女が本を読んでいる間、彼女のプリンスについて語っている間は、わたしの下僕はプリンスと競い合う気など起こしません。わたしが書いているとき、ナージャについて書いているときはまったく別です――すぐに立ち上がります。この悪戯者に、わたしの書き仕事などなんの関係があるでしょう！　言葉、言葉！　彼はもっと堅実なものを、繰り返しを必要とし、強化を必要としていて、しきりに、しつこく、わたしを自分の活動舞台に引き戻そうとします。わたしは二つの鏡片の間に置かれるのですよ、閣下、本に読みふけっているナージャと、描かれつつあるナージャとの間に――これが内視的色彩が生み出される瞬間なのでしょうか？　あの讃嘆に値する虹の現象が？

目の前が赤くなります。ペンを投げ出し、本を読んでいる女性を引き剝がし、彼女に襲いかかります。彼女が身を震わせようとお構いなく、ついに彼女が本を落として頭をその上に置くまで、彼女を揺さぶり続けます。

わたしは捕獲された獣の上に飛び乗ってプレーリーを駆け、哀れな犬のように母なる大地にしがみつきます。

それが終わるとナージャはひとことも言わず、衣服で体を覆って、熊の敷物の上に頭を置きます。そして再び本を手にすると読み始め、わたしは書き物机の前の席に戻ります。それは何時までか？　次回まで、です。彼女はそれを受け入れます。

時計がまたチクタク動きだし、セックスの間、その音は非常に大きくなるのです。

「わたしはナージャを獲物のように摑むが、時は容赦なく過ぎ去る。」この一文をわたしがちょうど書き終えた時、彼女は熊の毛皮の上に横になって本を読んでいました。下僕はわたしをつつきます。わたしは、今回は、彼の言うことをききません。彼女の方にすり寄る代わりに、わたしは彼女を正確に見つめ、描こうとし始めました。

すると彼女は頭をあげて耳を澄ましました。わたしのペンが紙を引っ掻く音がいつもの音とは違うのです。絵筆はちょうど彼女の手の所に来ていました——それは繊細な手ではありません、わたしによるその再現はなおさらそうではありません。すると彼女は本をぱたんと閉じて、身を起こしました。

いらっしゃい、彼女は言います。

わたしは、少し、訝《いぶか》りながらそれに従いました。

仰向けになって、お願い！

彼女は足を広げてわたしの上に乗ると、上着をはだけました。その気になれない？——じゃ、わたしが手伝うわ。目を閉じて！

わたしがその通りする事を彼女は期待していたのでしょうか。ゆっくりと肉の柱の上で体を揺すりながら彼女は五本の指を使って自身の性器の求めに従い始めました。つついたりこすったりしているうちに、赤ずきんが顔を出して大きくなります。ナージャが覆いを外すとそれは蠟燭のようにまっすぐ立って聳えています。それから彼女は人差し指をわたしの唇の間に差し込みます。

舐めるのよ、彼女は命じます。

わたしがそれを始めるや、彼女は腰の動きを速め、同時にわたしの口の中をかき回し始めたので、わたしの舌はびっくりして引っ込みました。すぐに彼女の指がそれを追いかけ、それを摑もうとします。そしてわたしの顎を押し開くので、わたしは口が裂けるかと思いました。一方の手にそれを任せ、もう一方の手で彼女は自分の性器を弄びながら、まるでわたしの体を床に投げつけるように、自分の体を上下に揺ります。ついに彼女はわたしの舌を捉えました。まるで舌を抜きそうな脅威が、意図的でないにせよ、非常に大きくなったのでわたしは歯をぎゅっと閉じ、ナージャが手を引こうとしなかったので、許される範囲を超えて激しく噛み合わされたのです。敵はそれをも意に介しません。わたしは自分の血を口の中に味わい、思わず叫び声をあげそうになりました。——するとナージャがわたしに代わって叫び声をあげ、手をわたしの口から引きだして、雌狼のように吠え始め、両手をわたしの太ももにあて、爪を突き立てます。首を伸ばして後ろに反りかえり、自分の長い叫びに身を委ねます。それは嘆きであり、同時に勝利の叫びであり、終わろうとしないかに見えましたが、いつしか泣き声に移行していました。わたしの下僕は、ほとんど忘れられていたのですが、依然として立っていて、次から次へと震えに襲われながら、この過剰に対して自分なりの貢献ができるよう、おとなしく自らを犠牲にしていました。そしてわたしの口からは一つになった歓喜と痛みがため息となって吐き出されました。それはまるで自分が難産の当事者であると同時にそれに立ち会う人であるかのような感情でした。それを乗り越えた時、わたしはわたしの下僕が戦いの場から身を引くのを感じました。しかしナージャは彼女の体全体をわたしの顔の上に乗せかけ、彼女の誇らかな戦いの場をわたしの両唇の間に押入れます。わたしの舌がそれに触れ、自分の血の鉄分と異性の性器の香り、丁子と腐敗の香りの中で、それを注意深く味わいます。

　またある時は、彼女は、わたしの顔を襲います。最初は、その素材を確認するように、それをこね、次にはそれを引っ張って、引き裂きそうにします。それが成功しそうになくても、できる限りのことをして、ますます興奮するのです。

　最後に彼女は聞くのでした。少しは気持ちがよくなった《ドゥ・ユー・フィール・ベター・ナウ》？

　このセンテンスでわれわれは一度に噴き出し、笑いの衝動に抵抗できず、何時までも笑いやめることができませんでした。それに続いたのは優しい慈しみ合いとも言えるものでした。でもそれに安心してはいられませんでした。というのはその次の瞬間、彼女はギャロップで鞍から飛び降り、冷静な声で言ったからです。自分でやってごらんなさい！

その時はそのままになりました。われわれにとって何がよいことかは、彼女が決め、わたしを捉えるのは彼女だったのです。昨日はしかし急にわれわれの立場を変え、わがまま一杯、すすり泣く子供のように、彼女はわたしの下に潜り込んで、小学生のような声で次のような文句を唱え出したのです。

二つの性の
走りはいい感じ。
代わりばんこに
下になり上になり。
どっかり座って
所有を味わう。
でも生涯に亘るとなると
とたんに難しくなる。

生涯に亘る《レーベンスヴィーリッヒ》？——ふたたび会話が可能になった時をとらえて、わたしは聞きました。こんな言葉を君はどこで見つけたの？

カムチャッカの流刑者の一人からよ、と彼女は言いました。——カントの結婚の定義を彼の口から直《じか》に聞いた、ケーニヒスベルクの学生よ。結婚とは、「互いの性的特徴を生涯に亘って相互に所有するための異なる性を持つ二人の人間の結びつき」なんですって。

情事の床はナージャの教養の場だったと言います。アメリカ人の船長から彼女は英語を学び——ヤンキーのアクセントを彼女は今もって隠そうとしません——、フランス語は総督の子どもたちのフランス人家庭教師から、ドイツ語は島流しになった教授からで、彼は何かを講じているときだけは疲れを知らなかったとのことです。哲学も彼から仕入れ、でも人生の知恵は、馬鹿げたところをたっぷり持ったあるポーランド人から学ぶと言う具合だったそうです。こんな男からは野卑な言葉を教わる位がせいぜいだろうと初めのうち、紳士たちが思っていたにもかかわらず、このポーランド人は彼女の一番の御贔屓の愛人だったようです。あるポーランドの詩人とも彼女は知りあったのですが、彼は涙ながらに、彼女こそは彼の人生の中の唯一の人間だ、と断言したそうです。そんな贅沢はわたしには許されていないわ、と彼女は答えた由。彼女が学ぶどの言語にも性交が伴ったことは時と共にあまり意味を持たなくなりました。カントは承認を与えないでしょうけれど、男たちはわたしの目的のための手段になったのよ、と、彼女は言います。わたしの目的は常に、独立のための最初の一歩を始めることだった。娘が生まれてからは、わたしに触れた男はひとりもいないわ！

　わたしは笑いました。

　何も分かっていないのね、エルモライ、と彼女は言いました。——ピルドリッチというのは歯を磨くようなものよ。わたしを動かした男は一人もいないのよ。

## 7

わたしは未だに夢を見るのですよ、閣下。昨夜は、夢の中で、ある人間の亡霊を見ました、それはわたしが高い所から見下ろしている舞台に現れたのです。わたしが寄りかかっている手摺は、フラウエンプランのあの階段を思わせましたが、大きさから言うと、それはむしろ解剖学教室の劇場[16]で、わたしはただ一人の観客でした。その人間は、下の方、深い所にある舞台に登場したというよりは、そこからわき出したのです。舞台は黒く塗られた鏡で、その上方に、宙吊りの屋根のように、同じようなもう一枚の鏡が漂っていますが、それは第一のものより少し小さく、動かせるようになっていました。突然わたしはその劇場が実験台であり、学問的実験の装置であることを見てとりました。上側の皿は顕微鏡の複眼レンズのように回すことができますが、下側の置き台の皿には、物体の代わりに、もやもやとした赤い沁みが見えるだけです。光を発する上の鏡がその位置を変えるにつれ、下の鏡の面に流動的な屈折光線のようなものが姿を現し、それが次第にまとまって色彩を持った人間の形になっていきます。そしてその中にわたしは、次第にはっきりとレザノフの姿を認めたのです。三角帽は枢機卿の布のように赤く、羽飾りは明るい緑色で、顔はまた蟹のように真っ赤で、上着は薔薇色。ちらちら光る腹は前につきだされ、薄い黄緑色の両足は大きく広げられて、卵のように黄色い色の長靴の中に突っ込まれています。胸にはきらきら光る勲章を付け、肩の徽章はウルトラ・マリーン色に輝き、辛子色のサーベルの上に置いた手袋の指は不透明な白色顔料がはたかれています。人物の輪郭はちらちら揺れていて、上の皿の鏡の動きはある時は色彩のニュアンスを、ある時はその光沢を変化させます。突然彼は、嵐の中の帆のように向きを変えました。すると、レザノフ像の一切の色彩は、一挙にその補色に転じました。それは太った蛙のように空中に立っていて、真黒な手を持ち、どぎつい緑色の帽子、緑色っぽいユニフォーム、暗緑色の顔、肩の徽章だけが黄色く、サーベルはブルー、羽飾りは赤い小さな炎のように舌を出して見えます。その一切の色彩は何度か、揺らいで見えたかと思うと、しまいにその像は色あせ、ついにはベンガル色のヴェールのように床の下に垂れさがりました。

わたしが目を覚ますと、ナージャとわたしは蛇のように絡まりあって熊皮の敷物の上に横たわっていました。彼女が目を開くのを見るや、わたしは彼女にその夢を物語り始めたのです。わたしたちの結びつきは解かれることはなく、再び、固いものになります。

わたしがレザノフのことを考えたのよ、と彼女は言いました。——だから彼はあなたの夢の中に現れたんだわ。あなたはわたしが考えるものを目に見るのよ。

彼女の口からその名前を聞くや、わたしの従僕は動きを止めました。彼女の目は泳ぎ始めています。わたしは記号を読むことを学んでいました、彼女の女陰が物語りをはじめるのです。

レザノフの話はやめてくれ！

じゃ誰の話がいいの？

ムールだ、とわたしは言い、すぐに、この希望が思慮の足りないものであったことに気づきました。

ナージャは体を固くしています。それからわたしからぐいと体を離すと、立ち上がりました。

わたし、彼の手紙を持っているわ、彼が書いた最後の手紙よ。

ムールが？　わたしは尋ねます。

読んでいいわ。今、取ってくるから。

その手紙はどこから手に入れたんだ？

もちろん、それは検閲にかかって、ツァーはそれを読みたがったわ。

アレクサンドルがそれを読んだのか？――わたしは信じられない思いで言いました。

そして泣いたの、ナージャは言って、突然、微笑みました。――それでも彼は失われた魂に感ずる心を持っているのよね。あぁ、エルモライ、と彼女は笑いました。あなたったら、信じ始めているのね、わたしの話しを！　むろん手紙を受け取ったのはリコルドよ、でなかったら何のための総督だと言うの。

ゴロヴニンが受け取ったんじゃないのか？　とわたしは尋ねます。

検閲がそれを読んでいたら、手紙はゴロヴニンの名誉を傷つけただけでしょうよ。リコルドはそれを焼き捨てたわ、ペテルスブルクに行く前にね。その前にわたしが書き写しておいたのよ。

日本人はすでに怖れていたんだよね、彼がなにかやらかすのではないかと。だから昼も夜も彼を見張っていた。どんな風に彼は自殺したんだ？

彼はまっぱだかになって足の親指で引き金を引いたの。みんなが彼を発見したときには彼はもう凍っていた。衣服は文句のつけようもないほど整然と枝にかけられ、長靴はその前にきちんと立ててあったわ。

幼年学校の時のように、だね、われわれはみんなそうしなければいけなかった。

彼をどうしてそっとしておいてやれないの、と彼女は聞きます。――日本人はわたし達が彼らを理解することを期待していなかった。彼らは彼らの平安を望んでいた。それなのにムールはその邪魔をしたのよ。彼はすんでの所で仲間の解放さえ妨げるところだったわ。

彼らは捕えられることなんかなかったんだ、とわたしは少し激しい調子で言いました。ゴロヴニンがエトロフを避けてさえいたらな。

あなたはムールを弁護できるのね、でもいいわ、明日にはあなたはその手紙を読み終えているでしょうよ。わたしは二度と彼には会いたくない、約束して頂戴、その手紙は焼き捨てる、と。

## *8*

尊敬するワシリ・ミヒャエロヴィッチ、

あと二通だけ、書くべき手紙が残っています。一通はあなた宛てで、これはあなたがわたしから受け取る最初の手紙であり、そしてむろん最後の手紙です。明日、夜明けと共にわたしはバイに散歩に出て、そこでわたし自身に一発、打ち込むのです。

旧総督の若い妻はもう館の片付けに取りかかっています。リコルドが入居できるように、です。我々の解放によって彼はつまりこの役職に値する業績を挙げたわけです。あなた方が共同で報告を発表されれば、お二人の友情は人みなの口に称えられるようになるでしょう。その最後の章をこのわたしが提供するわけですね。悲劇的なエピソードはお二人の幸運な共同作業に、結構悪くない対位法的《コントラプンクト》一節を形成することでしょう。あなたがわたしをどのように描かれるか、是非、読みたかったです、一部、プレゼントして下さい。アスベストに印刷させることをお勧めします、煉獄の火にも耐えられるように。

リコルドはカムチャッカを以て罰せられました。それが統治などできる状態でないことは、わたしも彼の前任者の館で体験しています。彼は堕天使ドゥルシーナに病気のムール、このわたしの世話を任せたのですが、彼女はわたしを怖れ始め、わたしの身を宣教師ドミートリーに押しつけました、彼がわたしの身に奇跡を起こしてくれるよう期待して。彼はわたしの中に良心のかけらも見出せなかったので、ただ祈るしか術がなく、そのとき彼が用いたのはたった七つの言葉だけでした。イエス・キリスト、神、の・息子よ、わたしを・憐れみ・給え。その後、彼は呼吸と心臓の鼓動を完全に制御して、一日中、死人のように座っていることができました。その結果、わたしは余暇を得たので、わたし自身の始末を自分でする前に、二、三の用事を片付けることにしました。あなたとの関係もそのひとつです。

わたしたちの道はどこで別れたのだろう？　とあなたは尋ねました、カムチャッカに向けての航行の途上、あなたのキャビンをひとりの敗残者に明け渡さねばならなかったときのことです。あなたはわたしを、船員たちの喜びの大騒ぎから、次には彼らの死の不安から遠ざけるために、保護のための独房にわたしを匿いました。ハコダテを出て二日後、われわれを襲った嵐は、われわれ全員の最後を意味したかも知れない凄まじいものでした。しかしあなたはわたしの傍に立ち続けました。あたかもディアナ号はリコルドのもと、確かな手に委ねられていることを知っているかのごとくに。あなた方お二人には偉大なキャリアが待ち受けています。お二人はわたしなどよりはるかに賢いからです。

だからと言ってわたしはあなた方を羨もうとは思いません。

わたしたちの道はどこで別れたのだろう、フョードル・フョードルヴィッチ？　この問いはあなたに栄誉を与えます。われわれは、一つの心臓、一つの魂、と言う訳では決してありませんでした――しかしながらどれほど多くの体験をわれわれは共にしてきたことでしょう、あなたが幸運を得てディアナ号艦長になられて以来というもの？　わたしは、階級からすればリコルドに勝りつつも二番手の男でした。この位置づけは痛みがないわけではないものでしたが、わたしは覚悟をもってそれを担ったばかりでなく、十分以上にその任務を果たしたと信じます。あなたはわたしを友情には値しないまでも、信頼には値すると考えてくれました――そしてわたしは、その信頼を裏切らなかったと思いたいのです。捕囚の間、わたしはわたしの強さを示したので、見張り人たちはわたしをグループの中核と見なしさえしました。そのため、わたしは、あなたがグループの頭としての地位を失うことのないよう、心を配らなくてはならなかったほどです——それはしかしある時点までのことでした。あなた自身が頭を、理性を失ったとき、わたしは袂を別とうと考えたのです。

わたしは捕囚の第一日目から、日本人を、客をもてなす主人役の人間とみなし、後には友人とみなして相対しました。そのため彼らはわたしたちに数々の小さな自由を与え、それはあなたも受け入れていましたね。しかしあなたの不信の念が度し難いものであることが分かったとき、わたしは自分の道を行くことを決心したのです。わたしたちは性格が違い過ぎるのです、ワシリ・ミヒャエロヴィッチ。わたしは、決してあなたのように、自分の言葉を数えたり計ったりはしません、友達とは腹の底から語るのです。捕囚の民のまま日本にいるのがいやなら——心の言語は一切の境界を超えるものだと知っていても、またそれを体験することを許されたとしても——わたしは日本語ができなくてはなりません。テスケのような男に対してはわたしも緻密な対応をしなくてはなりません、彼の知識欲は精緻を求め、的確この上ない彼の質問はわたしを恥じ入らせるに足るものだったからです。われわれは果たして文化を持っているのでしょうか、それとも自然がわれわれに贈ってくれたもの、及び、忍耐強いわれわれの国民の性質に甘えて彼らから最後の一滴まで絞り取ることができるものに満足しているだけではないのでしょうか。テスケは信じられずにいたのですよ、ロシアの土地所有者は、自分を養っている民衆を、あろうことか、賭けの借金の支払いのために売り飛ばしかねないということ、そして領主が民衆をせめて土地と一緒に人手に渡すならそれはすでに一つの進歩の印と見なされる、などということを。フヴォストフの卑劣については、わたしが改めて説明するまでもありませんでしたが、農奴の悲惨は、人間の手ができることが全くないゆえに、神の手に委ねておくしかないという実態については、説明をしなくてはなりませんでした。それ以上に困ったのは、大多数の人間が読むことも書くこともできない民族をどうして文明国家と呼べるのか、という問題でした。

見張り人の日本人が読書に耽っていなかったら、あなたの無益な逃亡すら、叶わなかったのですよ、ワシリ・ミヒャエロヴィッチ！　彼らは、われわれが聖書を読むように、声を出して文字を読みます。農民や漁師の息子でさえ、チカマツという、日本のシェークスピアに当たる作家が、人形劇のために書いたものを読みます。あなたが逃亡中、わたしは人形劇を見ることを許されました。見ているうちに演じているのは人形か人間か分からなくなります。あなたがもし、どんな国に足を踏み入れる幸いを得ていたのか、本当に知りたいとお思いなら、日本の人形劇をごらんなさい。——でもあなたにはもうそんな時間はないでしょう。ツァーの月桂冠があなたを待っているのですから。

どこでわれわれの道は別れたのか？　わたし達がマツマエで新しい家に入ったとき、日本人はそこに庭を設《しつら》えていました。湖の風景で、島がひとつあって、そこには小さな松の木が何本か植わっていました。そんな風に小さく育てるには技と愛情が要るのです。この庭は足を踏み入れるためにあるのではなく、目で見て楽しむためにだけあるのです。その時、あなたが言われた言葉を覚えておいでですか？「これが庭だって？　この水たまりと、いくつかの土盛りが？」これは野蛮人の言葉です。わたしはしかしこの瞬間に知ったのです、このような庭を造る国なら、わたしのような人間もそこに生きてそこに死ねる、と。

覚えておいでですか、われわれの食事の世話をしていた老人がある時、日本の女性の絵を見せたときのことを？　受け取っておくといい、と彼は言いました。何のために？——退屈な時、つらつら、眺めればいいのです。――あなたの嫌悪感はすぐ見て取れましたよ、ワシリ・ミヒャエロヴィッチ、そこでわたしは冗談を言ってその場を繕おうとしました。この絵は避けた方がいいでしょうね、生きた本物が欲しいという欲求を押さえられなくなりますからね、あなたがたの長官はそんな楽しみをわれわれに許されるでしょうかね？――いや、いや、と通詞は笑って答えました。今はだめです、ひょっとして後日なら。再び、われわれだけになった時、あなたは次のような内容の説教をされました。日本人の悪徳の中でも欲情が君たちには一番のものとして目に立つようだな、そして上官の勧めまで求めようと言うのだ。

事実、近くには、夜となく昼となく賑やかな音のする娼家もいくつかありました。散歩の時、その傍を通ることがあり、そうすると一ダースもの若い女性が、われわれを眺めに、扉の所に寄ってきます。あなたはコメントされました、彼女たちはヨーロッパの首都にある同じような家に置いても遜色はないだろう、と。そう、決して遜色はありません！

あなたの惨めな逃亡中、わたしは心底からの絶望に襲われました。あなたがまた捕らえられたら、その時こそ、われわれ全員、最悪の事を恐れなくてはならないことが、わたしにははっきり分かっていたのです。何度もわたしは警告していたはずですよね、でもあなたにはそれは裏切りの声としか聞こえなかった。しかしもしも、あなたの逃亡に加わることを拒んだことがわたしの有利になり得たとしても、わたしがそれを利用したと思われますか？　わたしに分かっていたのは、加担していなくても自分もあなたと運命を共にすることになるだろう、ということだけです。あなたが逮捕されたとき、わたしは、あなたの名誉になることのみ供述しようと、最大限、努めましたが、あなたはそれには全く気付きませんでした。わたしについてあなたは、わたしがあなたの計画に有罪判決を下していた、とだけ聞いていたからです――わたしはしかしその計画が失敗に終わってからその判断を下したわけではありませんし、今もその考えは変わっていません。レザノフのあと、わたしたちはロシアの本当の使者でなくてはならなかったし、なり得たのです、ただしそれはグループとして可能なのであって、わたし一人ではしたくてもできないことでした。

あなたの不在中、テスケはわたしの苦しみを和らげるために、娼家に連れていきました。今回はその傍を通るだけではなかったのです。そこで何を贈られたか、それはわたしの胸一つに収めておきます。わたしが望むのはただひとつ、この家を辱めなかった事だけです――あなたの言葉を借りれば――この家がペテルスブルクやパリのそれを辱めないように。否と言ったのはわたしではありません、わたしの中のそれが否と言ったのです。わたしはあなたの世界像からわたし自身を救い出しました。わたしの自由をわたしは盗んだ舟の中に探す必要は認めなかったのです。自由がわたしを見出しました。わたしは別の人間になったのです。しかし日本人の目には、わたしはそのために一層、ヨーロッパ人になりました。そして彼らはわたしをあなたの一行につき返したのです、そこからわたしが逃れる術はもうありません。

今こそわたしは二重の囚われ人です。

そうです、わたしはわれわれの探検旅行の真実を述べました。ロシア人は、その手段が整い次第、日本を征服したいのだ、と。それが真実ではなかったでしょうか？　それをフヴォストフのような卑劣な連中に責任転嫁したいとお考えなのですか？　われわれが他の民族に対して働いたことに関して何も知らないふりをすることはもう許されません。われわれが日本でした経験のあとでは、それはもう禁じられているのです。

日本はわれわれに寛大に対しました。われわれが知ったのは彼らの強さではありません、彼らの傷つきやすさです。われわれは日本人にとっては毒なのです。中国人が麻薬を求めて止まないように、日本人がそれを求めて止まなくなることがあるとしたら、あぁ、禍なるかな、です。ロシア人は際限なく飲みます。日本人はわずかしか飲めません。そして酔ったとしても彼らは性《たち》が悪くなることはなく、子どものように無防備に何でも信じてしまうのです、すべてを良しとして。いいえ、われわれがこの島を長靴で踏みつけるなら、もう、何一つ、良いままではなくなります。日本人はバランスよく作られた時計です。一旦、そのタクトから外れたら、二度とそれを見つけることができなくなります。

あなたがその手を逃れたと思っていた当の人間たちが一歩一歩、あなたたちの後を追っていたことが分かった時、あなたの自尊心は大変、傷つきました。あなた方の逃亡は、われわれのような生き物が自分たちだけでいると思いこんでいるとき、どんな行動をするか、好奇心の対象だったのです。そしてあなたは、ワシリ・ミヒャエロヴィッチ、その試験に合格したのです、結果がそれを証明しています。

わたしは落第しました。わたしは目がくらんでいました、あなたが正しかったのです。しかしわたしのそれなど、日本人の目がくらんでいた事に比べれば、何でしょう？ 彼らは、騎士道精神によってわれわれに立ち向かえると信じています、そして不埒《ふらち》は埒を守ることをもってすれば防げると信じていたのです。彼らは間違っています、そして彼らがわれわれを手本にするようになるのは、残念ながら、時間の問題なのです。それをわたしは身を以て体験したくはありません。あなたは逃亡が愚かしいものであったことに悩むだけで済みました。しかしわたしにとっては生存は嘲笑となったのです。その事に関してわたしはわたし自身に赦しを与えようとは思いません。そしてあなたもそれをわたしに与えることはできないのです。

わたしの命がもはや何の意味も持たなくなったので、わたしに残されているのは、主君を失ったサムライの道だけです、日本人がわたしの死に気づかないであろうこと、そしてロシア人はそれを誤解するであろうことを確信しています。わたしは何の重みもなしに死にます、わたしの軽さは完璧です。わたしのために墓石など立てないでください。できることならわたしの母を慰めてやって下さい。あんなに賢い女性であったにもかかわらず、彼女はわたしを産んだのでした。ごきげんよう、あなたにふさわしい未来が待っていますように、そしてリコルドには要注意です、というのは最も親しい友人が人殺しであるというのは、人生、ままあることだからです。

ツァー、万歳！

フィヨドール・ムール

ナージャの手で書かれたムールの言葉。ナージャの筆跡をわたしは初めて見るのでした。一つの頂点から次の頂点へと急ぎつつ、そそくさとした所は少しもありません。どの一行も茨の生け垣です。

# 第V章 庵室

## *1*

ナージャはこの数日、わたしをひとりにして、姿を見せません。庭から帰ってくると、食事はテーブルの上に置いてあります――わたしが彼女にそれを運んでくる時間を与えている訳で、都合がよいようでした。彼女がわたしを空腹のままにするようなら、その時は脱出を試みなくてはならなかったでしょう――猟人はきっとそれを待ち構えているのです。ナージャはひょっとするとわたしの唯一の味方で、それなのに今わたしは、われわれの関係を危険に晒しかけたのでした。しかし何をもってか、なぜか。余計な詮索は自分自身に禁ずることにします。

そしてわたしは『ゴロヴニン幽囚記』を再び読み始めました、まるでそれがわたし自身の生、すなわち、「ワカランの国《カニフェアシュタン》」[1]への旅であるかのように。

ゴロヴニンが二人の士官、つまりムールとクレブニコフ、四人の船員、それにクリール人の通訳アレクセイと共に、大胆にも、呑気にも、あるいは不用意にも足を踏み入れたクナシリの砦での食事中、彼らは予測しなかった攻撃を受けました。[2] ゴロヴニンは残ったメンバーと海岸までなんとか辿りつきますが、小舟はもう水に降ろせません。ロシア人は捕えられます。ディアナ号は、遥か沖に錨を降ろしています。彼らは、小包のように精巧に綱で括られて連行されます。最初のうち、その縛《いまし》めは拷問以外の何ものでもありませんでしたが、そのうち、見張り人たちは彼らが刺されないように蚊を手で追い払い、水たまりがあれば彼らが濡れないようにし、彼らが傷をすればどこでも医者がいて手当てをしてくれました。

クナシリからエゾという大きな島の首都、マツマエまで、陸路、水路合わせて四百露里は、次第に苦難の道ではなくなり、ましてや鞭に追い立てられての道行きなどではなくなりました。それは次第に行列に似てきます。平らな道では囚われの者たちは、徒歩で行くか、馬に乗るか、駕籠で運ばれるか、選べるのです。最後の選択肢は、自分たちの巨体からしても却って難儀だろう、とロシア人は遠慮します。クリール人のアレクセイはしかし好んで籠に乗せてもらいました。囚人連行という構図は大きめの町に近づくたびに再現されましたが、その際は儀式のように取り行われます。どんな移動も行列となり、物見高い視線に出会いますが、それは共感の視線でもあり、決して意地悪な喜びや残酷さは見られません。捕虜たちはサインを求められ、目の前に広げられる扇子に、クリール文字で自分の名前を書きました。ムールが大人気でしたが、それは彼が絵を描けるからでした。彼は一度も外国船を見たことのないという者には誰でもディアナ号の絵まで描いてやります。体の具合は大丈夫か、というのが、人々のいつも最初の質問でした。人々が苛立ちを見せるのは、捕虜たちが不平不満を述べたときだけで、それは「男らしくない」振舞いだからです。説明抜きに冷水と温水を交互に浴びせられる、そんな経験も一行はしました。その理由は、アレクセイの通訳にもかかわらず、ロシア人たちには謎でした。この状態は捕虜生活の間中、最後まで続くことになります。名もない人々が彼らにちょっとした食べ物を手渡すこともしょっちゅうで、異国人が縄に繋がれて連行されるのを見ると、同情から泣きだす人間さえいたのです。彼らは異国人をどう扱ってよいか分からないでいるのだ、ということだけは、ロシア人にも分かりました。何時、この者たちは敵になるのか、何時、「客」になるのか？　闖入者《ちんにゅうしゃ》として有り難くない連中なのか、教師としてこの上なく貴重な人間たちなのか、分からないのです。

ロシア人は二百年の間、希有な状態に留まり続けている国に足を踏み入れたのでした。家内で上手に遣り繰りする者は、外に借りを作る必要はないという想定のもとに、彼らは外界に対して扉を閉ざしていたのです。にもかかわらず外の世界がやってきて呼び鈴を鳴らすことがあれば、できる限り長く聞こえないふりをしますが、一番いいのは呼び鈴を取り去ってしまうことです。ガリヴァーが日本に来ていたら、日本は、その書の著者である人間嫌いの男を当惑させたでしょう。どうしてこの国を考えられる限り最善の世界として叙述しないでいられたでしょうか。その住民は背丈こそ人間の基準を下回っているとしても、人倫的にはそれを遥かに超えています。自らに満足している限り、日本は礼儀正しく、足ることを知り、しかも、狭い土地の上で多くの人口を養わなくてはならないにもかかわらず、貧しくないのです。大地から、また水から受け取る宝物を、彼らはつましく大切に取り扱います――ゴロヴニンは、日本人は海が与えるものは文字通り、すべて、食べる、と書いています。しかし彼らの食べるものはすべて勤勉と細心の産物であり、この勤勉と細心という賜物に関する限り、彼らがそれを惜しむことはないのです。宮殿は大きさから言えば小屋に等しく、ただその形式と素材において高貴な造りになっているだけです。しかし貧しい者たちの家といえども彼らなりの美への感覚を証明しています。

ヨーロッパ人捕虜の新奇な点に対応する際にも彼らは最善の形式を模索しているのでした。残念ながらこの鼻長人種には、彼らがそうと自覚していない汚点が付着しています。答えを求めてうんざりするほど執拗に同じ質問が繰り返され、その答えに矛盾がないか念入りに吟味される取り調べの中で、日本側は何度も何度もレザノフとフヴォストフに言及します。現在、捕虜の身のゴロヴニンたちが、かの特使および彼の部下の血の復讐と何の関わりがあるというのでしょう？　全くありません。

しかし一羽の雀といえどもお上の許可なくして屋根から落ちることを許されない国[3]にあっては、そんなことは理解を超えることでした。無実の主張は罰に値するばかりでなく、軽蔑に値するのです。捕虜たちは、選《よ》りによって、日本では彼らにとって最善の守りであるはずのもの、即ち、彼ら自身の尊厳を、ふいにしようとしていたのでした。かの悪行を働いた者たちはゴロヴニンの同胞なのです。どうして責任逃れをしたり、明白な事実を言い繕ったりできるでしょう？　彼の信用は立つも立たぬも日本人が求める詫びの言葉ひとつに懸かっていたのです。それは形の問題ですが形式主義ではありません。求められていたのは日本と言う体に不当にも加えられた傷を認める事でした。ゴロヴニンはしかし自分がしてもいないことで刑を申し渡されたりしたくはなかったので、告訴は無効だと言い続けることは正当だと信じていました。彼の目から見れば、申し開きもせずにぺこぺこ頭を下げたりするのは、自分の尊厳に関わることでした。それはロシア人にとっては主人側をも卑しめる、人間の卑小さの印にほかならなかったからです。一方、捕虜の身である彼らは、いかなる罪状軽減、いかなる善意、いかに有利な住まいの提供にも不信を抱きました。これらは、囚われの身のまま、生涯、日本に留まれと言われている証拠としか見えなかったからです。

しかしこの展望を解放と見なすロシア人も一人いました。ムールです。彼は日本で暮らす日々という考えに馴染みつつあり、通訳として日本に仕えることのうちに彼の使命を見出してさえいたのです。しかし一緒に囚えられている人間たちはどうして彼のような夢遊病者の言うことを本気にできたでしょう？　彼らの目には、この男が自分の個人的利益だけを求めて日本人に擦り寄り、仲間の犠牲の上に自分だけが自由の身になろうとしているように見えたのです。彼らが逃亡を決意したとき、彼は寝返りました。それに対して情状酌量に値する理由があるとすればただ一つ、彼が狂気に陥っていたに相違ないということでした。

ゴロヴニンが彼の逃亡の成功を本気で信じていたかどうかは、別の問題です。計画は無謀極まるものでした――しかし彼の名誉にかけてその試みは必要だったのです。彼はすでに一度、大胆な脱出に成功したことがありました。ディアナ号が悪天候の中、南米のホーン岬を回るルートを中断しなくてはならなかった時のことです。乗組員たちは長い航海の途上にあって、自分の国がイギリスと交戦状態に入っていたことを知らずにいました。フリゲート艦がアフリカの南端で接岸したとき、彼らは一切を没収され、何カ月も拘留されました。最後には乗組員全員、労働を以て敵に仕えることを義務付けられました。その時、ゴロヴニンは航海士として思い切った離れ業を用いて公海への突破に成功したのです。

しかし今、彼らは七人、または八人で留め置かれ、外からしか援助が期待できない場所におり、しかもこの場所は外への結びつきを持たない国の中にあるのです。なるほど個人的な慰めや、リコルドが出発前に人気《ひとけ》のない浜辺に、捉えられた仲間一人一人の名を付して残した書物は[4]、徹底した吟味をむろん経た上で、ちゃんと届けられてはいます。しかしそれらは有り難いものではあっても正負両義的な印でもありまず。見捨てられた者、諦められた者たちに対してもそのような手が打たれるものです。同志たちの解放のために万全の手を尽くすというリコルドの意志は疑ってはならないものですが、しかしその効果となると絶望するしかありません。ロシアの最強の返答、軍艦ですらも、絶望的なものでしかなかったからです、少なくとも囚われの身の者たちにとっては。

日本人はロシア人たちを人質と見なしてはいなかったのよ、とナージャは言っていました。そうではなくて人間と見なしていたの。だから彼らは自分たちが何者か、示すことさえできれば、解放されていたはずだわ、とも。

人質はたしかに取引のための商品ですが、日本には外の世界と取引の必要はなかったのでした。唯一の例外、ナガサキ港の人工の島は、隔離病棟のような形で外界との取引を行っていました。彼らは自国を維持するのにどうしても必要な分だけ、外国からの知識を取り入れ、テイスケのような選り抜きの者たちにのみそれを分かち、その知識が一般に流布することはないよう厳重にコントロールしていたのです。権威から自由な、それゆえにすでに秩序を脅かす新知識に対する不安は至る所にありました。知識を呼び覚ます人間は、彼岸への強い希求を信者に持たせて此岸における義務を軽んじさせるような信心を呼び覚ます人間とほとんど同じ位、危険な存在なのでした。オランダ人となら割り切った交流が可能でした。彼らは実質的利益の追求のみを求めていて、自分たちの商品と知識をもって日本人の貪欲さと好奇心にのみ仕えたのです。前者は軽蔑すれば済み、後者は一定範囲に限定することが可能でした。ロシアはしかしまだ得体の知れない相手です。巨体を持つが、自分の知識であれ借りものの知識であれ、それをちゃんとした紙に印刷したり、臣下に統一的な服装を指定したりすることさえできないでいるのです！　捕虜たちはいわば実験動物で、ロシアをどのようなものとして予測すべきか、彼らに即してひとつのモデルを作ってみることのできる存在でした。ロシアの特使レザノフは——儲けさえあれば良いと考える一部の商人を除けば

――この国との取引なしには済まされないという確信を日本人に抱かせることはできなかったのです。フヴォストフの事件は、むしろロシアとの取引は避けた方がよいことを証明しました。今、ロシア人を捕虜にしたものの、好んでそうしたわけでは決してなく、本当を言えば、厄介なお荷物であったのです。

しかし現に今、彼らはそこにいるのです。異なる生活様式を持つとは言え、軽蔑に値する人間たちではなく、またこんな小人数、こんな小さな泉からコントロールしきれない洪水が起こるとも思えなかったので、人は打ち解けてその前に座り、水の味を試し、その構成要素を研究したのでした。よく知られていない種類の生き物がいわば培養液の中にいるようなものですので、研究者たちは、ロシア人が彼らの自然な行動を見せるよう、努めて彼らの慣れ親しんだ生活条件を提供するようにしていました。日本人の目には、彼らの演じた役割はセンセーショナルなものでした。彼らは、日本人が決してなれないもの、すなわち外人だったからです。試験台の上に乗っているのは自分たちとは異なる文明なのだという認識を持つことができたのはテイスケのような人間たちだけでした。一般の男や素朴な女の目の関心も引くためには、ロシア人はまず自分自身にとって何らかの価値あるものでなくてはなりませんでした。だとすれば彼らは単なる囚われ人だったでしょうか？

ゴロヴニンが逃亡の試みをしたとき、そしてそれが失敗に終わったあとはなおさらのこと――ムールはゴロヴニンの恩知らずぶりを論《あげつら》いました。ゴロヴニンは日本人の理解ある態度に値しない行為をしたのだ、彼らの恩情を台無しにしたのだ、云々。しかしゴロヴニンは恩情も理解も期待していなかったのです。ロシアから助けが来ないのであれば、囚人たちが自分で自分を助けなくてはならない。エゾの海岸のどこかで人が見張っていない魚取りの小舟を見つけて失敬し、それに乗って七百露里の海路を航行し、一番近い海岸に救いを求めることは不可能ではないはずで、それら海岸には、すでに子どもの頃、ゴロヴニンが知っていたような、タタール人が住んでいるのです。もし不可能だったとしても、試してみる必要はある。日本のどこかで姿を消して命を終える位なら、身に馴染んだエレメントである海の上でむしろ死にたい。脱出者として再び捕えられたとき、彼らは最悪のことを怖れました。ロシアなら逃亡によって見張り人の心を武装解除させることなど不可能でありましょう。日本にあってゴロヴニンは遂に判断を誤りました――ただし彼に有利な方向に。彼は人々の心を捉えたのです。日本人は思ったのでした、ゴロヴニンの立場にあったら、自分たちも、祖国への愛から彼と同じ行動を取らざるを得なかっただろう、と。このことによって彼はフヴォストフを訂正し、彼のような思慮のない蛮行の代わりに、自らの利害を考慮の外に置く行動をもって応えたのです。

ゴロヴニンとムールはもうしばらく道を共にするよう、運命づけられていました。しかし彼らの道は分かれたままであり、囚われの身であることは彼らにとって同じ意味は持ちませんでした。ナージャは逃亡の王、ベンヨフスキーの孫娘です。尋ねる必要があったでしょうか、彼女はどちらの側に属すか、と。

彼女はわたしが彼女とは反対の側に立っていると見ています。でもわたしはどちらの側に立っているのでしょう？

## 2

わたしの地球儀は生命体が存在すると知られる唯一の、そしてその住人がそれに変更を加え得る唯一の天体を示しています。

わたしはその地球儀を眺め、われわれの天体は隣り合う天体からどのように見えるかを思い浮かべ、エゾ、つまり、日本列島の頭を形作るひしゃげた菱形を視野に捉えます。それは、ゴロヴニンの報告の中では、島の南西の端にあった領邦君主の首都の名に従って「マツマイ」と呼ばれています。そこの領主の屋敷の外側に、捕虜たちは強いて言えば「客」の扱いで住まっていたのでした。彼らの逃亡の道は、まずは屋敷の周りを囲む矢来を越え、寺の墓場を抜けて森の中に入っていきます。彼らの前には山中の道なき道を行く三週間の行進が待っていて、――ゴロヴニン自身に関して言えば――彼はそれを、もうその最初の一歩から、ひどい怪我を負った足で行わねばならなかったのでした。

わたしの地球儀上では、彼らが辿った道のりは、ほとんど顕微鏡で見なければ見えないほどの、漆の裂け目に過ぎません。

しかし地球表面の概観図を示すのではなく、近づくと現実の大きさに展開し得る濃縮図を示し、人がそこに宇宙から落ちて飛びこむと大地が視界いっぱいに広がって手で摑めるように近く見える、そんな地球儀を誰かが発明できたとしたら？

そうしたらわたしは、ゴロヴニンが足の傷を抱えてもはや先に進めずにいるその深い谷に、鷹のように急降下し、彼が転げ落ちようとしているまさにその瞬間に、彼を捉えたいのです。

彼がかろうじて摑まっている若木の根がもう引きちぎれようとし、彼の健全な方の足が足をかけている崖の出っ張りは、崩れ落ち始めています。

ゴロヴニンが最後の力を振り絞ってどうにか大地を捉えかけていたちょうどその瞬間に、それまで気絶していた水夫のマカロフが意識を取り戻して艦長の方に手を伸ばすなどということがどうしてあり得るでしょう。

どうやってマカロフは崖っぷちからゴロヴニンを引き上げ得るというのでしょう、彼の意識が再び失われる前に！

それは不可能なことです。でもゴロヴニンはまさにそう報告しているのです。すんでの所で助けられたゴロヴニンは、手と足の指で土くれにしがみついています、忠実な大男マカロフが意識を取り戻すまで、その土が崩れないでいてくれますように！　こうしてようやくのことで引き上げてもらった艦長は、子どもが父親のズボンに摑まるように、マカロフの腰帯に摑まって、さらに次の山、そして次の淵へと、引っ張っていってもらうことになります。

彼は仲間たちにすでに何度も、自分を後に残し、運命に委ねてくれるように、と言っていたのでした。しかし困難の中にあっても彼らはやはりキリスト教徒です。最も強い人間でいられなくなった艦長は、最も近い隣人となります。そうなれば彼らは彼を見捨てるようなことはしません、たとえ神が許し給うとしても、自らの良心にかけて彼らはそんなことはしないでしょう。

むろん彼らは夢にも忘れません、自分たちがわずかでも痕跡を残せば、追跡者はそこに杭を打ち込むであろうことを。その杭は、逃亡者たちの超人的な努力、不条理極まるが敬意を呼び覚まさずにはいない努力のあとを示す一里塚です。

わたしが本当にその場に居合わせたければ、地表の写像に留まるのではない地球儀が必要です。通常の地球儀では、近づけば近づくほど、興味の対象は消えて見えなくなります。そして顕微鏡を用いて最大限、近づいても、世界の像を構成する色素の点、漆の斑点が見えるだけです。知覚は現実を飛び越し、それをこそ捉えたい全体像は（ゴロヴニンの傷ついた足の一歩一歩のように）、大海中の塩の一粒のように消えてしまうでしょう。

わたしのパリの知人、K氏にとって、世界の没落はまさにこのようなことを意味しました。彼の同胞、定言的哲学者カントは、物自体と観念の乖離は決定的なものであり、どんな深い淵よりも越え難いものであると説明しました。そしてK氏は、世界をその真の姿において見ることができないのなら、むしろ見たくないと思ったのです、むしろ死にたいと。

ゴロヴニンとクレブニコフ、マカロフとシマノフ、ワシリ、シカーノフはしかし死にませんでした。彼らは自分たちが居る位置のイメージ（少なくとも誤ったイメージ）は持ちませんでした。それでも混沌たる現実の茂みをかき分けて、どんどん先へと進んだのです。手掛かりと言っては、クレブニコフが磁力を持たせることに成功した一本の縫い針があるだけです。それを彼らはコンパスとして使ったのでした。彼らのしていることは先の展望の全くないことでしたが、それでも彼らはそれをやり抜いたのです。それをもって彼らは、日本人の目にも初めてまっとうな男たちとして、自身を示したのでした。

わたしは外に出た。小屋の隣にあった一本の木に寄りかかり、われわれの運命について思いめぐらした。自然の荘厳な姿が私の全注意力を集めた。空は晴れているが、我々の下方、山の間には黒い雲が動いている。平地はおそらく雨が降っているのだ。四方の遠い山々からは雪がきらきら光って見える。星が輝いている様にこの夜ほどわたしが心を留めたことはかつてなかった。しかしこの崇高な図は、わたしの考えが突然、自分たちの状況の方に向くと消え去った。マツマイの最も高い山上にいる六人の人間、衣服もなく、食料もなく、それさえあれば何かしらできたであろう武器すらもなく、敵と野の獣に囲まれ、身を守る術さえなく、ひとつの島の上で迷い続け、一艘の小舟を手に入れる確信も力もない、その上、わたしは一足ごとに私を苦しめる足を抱えているのだ。[5]

追跡者たちがついに彼らをこの逃走から救い出しました。包囲網を狭め、その中で自由を求めて死にもの狂いで抵抗する彼らを、敬意は払いつつも一網打尽にしたのです。

とは言え、ひどく念入りな取り調べが免除されたわけではありません。ムールは、逃亡に加わらなかった者として、傍聴が許され、訂正したり、難をつけたりすることを許されました。なぜ、御身らは逃亡を謀ったのか？　日本人としては真実を知りたいのだ。しかし真実ならゴロヴニンはとうに述べていました。彼は責任を自分ひとりに引き受けました――それは逃亡が終わった時点での彼らの間の約束だったのです。しかしムールは全く違うことを思い出させます。捕虜生活では、ゴロヴニンの指揮権は終わり、誰の意見も同等の価値を持つはずではなかったか？　ここはヨーロッパの法廷ではない。この法廷が関心を持つのは一度もそしてどこにも存在したことはない「明白な事情」などではない。法廷が求めるのは潔い人間だ。どうしてこのロシア人たちは自分たちの行動を説明したり、正当化したり、根拠づけたりせずにはいられないのか。事は簡単だ、何がまっとうで、何がまっとうでないか、それだけだ。何故、脱走者たちは、今に至ってなお、自分たちの逃亡理由の尊厳を認めて貰いたいなどと言うのか？　そんなことは日本人に委ねればよいではないか？　まるで、日本人には尊厳の観念がなく、自分たちでは理由も考えられないと言わんばかりではないか！

ロシア人がどうしても理解できないのは以下の事でした。日本人は、脱走は名誉を守るための行動として立派なものであると認めながら、なぜ後になって、それは正当な行動でもあったとする必要があるのか。[6]共通の回想は信頼の欠如を明らかにしたのではなかったか。[7]逃亡の成功は見張り番たちに背任行為があったという不当な嫌疑をかけることにならないか？　人々が彼らに逃亡しか道が残らないようにしたことに対して、むしろ日本側から謝罪があって当然[8]ではないか？　それでもなお自分たちが汚点を負わされなくてはならないのか？　ゴロヴニンは恥を拒みました。それによって彼は日本人に、渋々にせよ、彼の代わりに恥じ入ることを強いたのです。この恥を除けば、彼は今や他のすべては譲ってもよいと思っていました。そのためには死ぬ用意すらあった自由ですら、もう時間の問題でした。日本人はもはや彼の裁き手ではなく、彼さえそれを承諾すれば、彼の同盟者でさえあり得たのです。しかしそのためには彼は自分のヨーロッパ的教育を否定しなくてはならなかったでしょう。二つの文化の間の淵は、それがもう乗り越えられたように思えたときに、最も明瞭に姿を現しました――そこでは双方が自分の面子の囚われ人だったのです。[9]ゴロヴニンは詫びようとせず、自分の信ずる意味の責任を自分ひとりに引き受けます。マツマイの奉行、アラオ・タジマノ・カミはそれにも理解を示します。[10]しかし彼は、捕虜たちに対して、次のように言わざるを得ないのでした。遺憾ながら、このような状況のもとでは、其の方たちの依願を其の方たちに有利になる形でエドに取り次ぐことはできかねる。

でも結局、彼はまさにそれをしたのよ、とナージャは言います。それだけではないわ、彼は首都においてテイスケと協力して、自分の後継者もロシア人の解放を名誉にかかわることと見なすよう、個人的に力を尽くしたの。ゴロヴニンのした事はすべて間違いだったけど、それが結果的には正しかったの。彼のような男に日本人は馬鹿者扱いされたくなかった。ゴロヴニンが最後までどんなに異質で理解し難い人間であったとしても、彼は決して馬鹿者ではなかったのだから。

ムールだってそうだろう、とわたしは言った。

彼は日本人にご無理ごもっとも、と言い続けた上に、自分の羞恥心も差し出したのよ、――日本人が必要とするよりずっと多く。彼はそうして自分を仲間から切り離してみせることを躊躇《ためら》わなかった。彼は流暢に日本語を話したけど、日本人は彼を理解しなかったの。

すでに最初の謁見のとき、アラオ・タジマノ・カミは、自分たち日本人をこれからは兄弟と思ってくれ、と捕虜のロシア人たちに言ったのです。しかしロシア人はこれを、お前たちは故郷に帰ることを諦めなくてはいかん、と聞いたのでした。

お前は人間だ、俺も人間だ、他人も人間だ、どんな人間？[11]

ゴロヴニンの耳にはナンセンス、たわ言でした。彼はそれを新しい通訳のせいにしました。「この男の厚顔無恥にわれわれは驚天するのみだ。それゆえわれわれは、このペテン師が勝手に考え出す返答によってわれわれに不利な事態を招かぬよう、何一つ、答えないぞ、と直截に告げた」のでした。

この通訳が「父」という言葉さえ彼の「辞書」に見つけられなかった時、長官も笑い出し、アレクセイに言いました。お前が通訳を続けるように。だがクリール人アレクセイは何を言い出したことでしょうか？　長官の口から自分は余りにも沢山の有り難いお言葉を聞くので、その半分も再現できないが、われわれを喜ばせるに足るその大意のみ、最善を尽くして伝えたい。そしてその大意とは、日本人も同じ人間であり、他の人間と同じように心を持っている、それゆえに怖れたり絶望したりするには及ばない、というものでした。

ロシア人はしかし怖れ、絶望し続け、ついには仲間のフィヨドール・ムールが彼らから離れることになります。ゴロヴニンは考えたのでした、日本人よりもムールに対して自分の逃亡計画をうまく隠しておかねばならないだろう、心揺れるクリール人も締め出さなくてはならない、と。逃亡が失敗に終わったとき、ムールは得意げな様子と意地の悪い喜びをもってゴロヴニンに対し、自分こそ日本人の信認を得た交渉役であるかの如く振舞い続けます。同時に彼は自分をグループの代表者とみなし、勝手に覚書を作って役所に提出します。それがロシア人をあまりにも困らせるので、テイスケのような男まで彼に向かって、お前、本気か、と尋ねなくてはなりませんでした。というのもムールは、通訳すべての中でもっとも精緻で繊細なこの翻訳者テイスケが囚われの者たちに有利なように紡ぎ出した一切の糸を断ち切りかねなかったからです。彼は、ムールを笑い者にし、ついには彼を排除する挙に出ます。ムールは、ヨーロッパ事情や、技術的ノウ・ハウに関する限り、最も勤勉な情報屋であり続けたにもかかわらず、日本人の名誉の感覚からは、ゴロヴニンよりも遥かに遠い人間となります。ゴロヴニンは、「お前はどういう人間か？」という核心的問いに対して、確固たる答えをすでに与えていたのです。その答えをもって彼は日本人に挑戦していたのですが、彼が日本人を疑問に付すことは決してありませんでした。ムールは日本人に近く寄り過ぎ、あらゆる点で、蛇蜂取らずの存在であったのです。日本には彼のためのポストはありませんでした。他の連中が祖国に帰ってよいことになったとき、ムールはゴロヴニンの後見のもと、ロシアに送り返される形になります。ゴロヴニンはムールに、君がいなくなったらロシアにとっても貴重な存在が失われることになるのだからね、と念を押していました。だがムールの方がよく知っていたのです、別の、ずっとひどい答えを。彼はもう失われていたのでした。

　　心ある人の涙が／彼の運命に／注がれんことを。

# 3

ある日の午後、思いがけないことに、ナージャがわたしの書き物机に座っていた――わたしは彼女を待つことをほとんど止めていたのだった。彼女はムールの手紙を小さく引きちぎっていた。そして挨拶の代わりに彼女はこう言った。

あなたが約束を守ったかどうか、知りたかったの。

あれは君の筆跡だった、とわたしは言った。破いたりできなかったよ。

それで、心行くまで読んだわけ？

ナージャ、とわたしは聞いた。ムールは死んだんだ。君はなぜ彼を迫害するの？

彼がまだ幽霊になってうろついているからよ、と彼女は言う。――あなたの中にね。馴れ馴れしく近づく人間は、わたし、嫌いなの。

ゴロヴニンの幽閉生活は何も変えはしなかった、とわたしは言った。彼の解放のあともすべてはもとのままだったじゃないか。ムールは別の人間になりたかったんだ。

彼はいつも同じ人間よ、と彼女は言う。いつも何か特別の存在でいたいの。一つの十字架から別の十字架に這い寄るんだわ。最初、彼は、日本人の善意に自分は値しないと言い、次にはロシア人のそれに値しないと言うのよ。いつも十字架を背負ったマザコン坊やだわ。

でも日本が変わらなければならないとしたら？　とわたしは尋ねた。

それには誠実な同行者が必要だわ。風見の旗は風そのものではないのよ。

彼女はゴロヴニンの『幽囚記』第二巻をぱらぱらめくり、ページを開いたまま、わたしに本を差し出した。

これを読まなきゃ。声に出して読んで！

僕はもう命令されることに慣れてはいないんでね、とわたし。

彼女はわたしの顔を見た。――アラオ・タジマノ・カミはこう言ってるわ――男はこんな風に語るものよ。


太陽、月、星など、全能者の創造物ですらその軌道において変化を免れないとすれば、日本人も、はかなく死すべき者の作に過ぎぬ彼らの法律を、どうして永遠に変わらぬ物と考えなくてはならないだろうか？[12]――テイスケはわれわれに向かって、日本人の中の権勢ある者たちのうち、為政者にこんな進言を呈する勇気のある人間は決していなかった、と断言した。


しばらくの沈黙のあとで、ナージャは小声でこう言った。ムールのことでわたしたちが心を痛めなかったとでも、あなたは思って？　わたしは彼と闘ったわ。

君はやっぱり彼を知っていたんだ。

わたしだってそう思っていたわ。――水を一杯、持ってきて下さる？

わたしは洗い場に行き、彼女の望み通りの物を取ってきた。すると驚いたことに、彼女は、千切って小さな山にまとめていたものを口に入れ、噛むこともせずに、硫黄の匂いのする水で喉に流し込み始めたのだ、一口、また一口と。

ディアナ号が最初にペトロパヴロフスクに入港したとき、船は南の海から来たの、でもそれにはわたしたち気付かなかったわ、とナージャは言った。もちろん、乗組員たちは腹を空かせていて、彼らが必要とするものを貪り取ったわ。でも士官たちは端然としていた。それはペトロパヴロフスクがかつて経験したことのないことだったわ。ナデシュダ号のことを思い出すとね！——コシュレフは、あなたたち荒馬をおとなしくさせるのに、大変だった——レディーたちが雰囲気を盛り上げたけど、彼女たちはレディーでなんかではいられなかったわ。

思い出すよ、とわたしは言った。

思い出したりしない方がいいわ、とナージャ。——でもゴロヴニン達の一行は品位を保っていた。酔いつぶれるほど酒を仰いだりしないで祝宴を上げる術を知っていたわ。最後に彼らはロイヤル・ネーヴィーに少しばかり悪戯をしたの——何をしたと思って？　クレブニコフとルダコフは歌い、リコルドは才気を見せ、ゴロヴニンは威厳を見せたわ、と言ってもそれはいつも控え目で、それをひけらかして証明したりする必要は彼にはなかった。ムールは他の人間よりはぎごちなかったわ。送別の宴のとき、彼はわたしに詩を書いて朗読したの、わたしに恋をしていたみたいだった。大方の男たちは夜中前に去って、何人かはまだ踊っていた。クレブニコフが隅っこで仲間と騒いでいて、ムールはまだテーブルに座っていた。絵を描いていたわ。わたしが近付くと彼が紙を隠したので、その手を払い退けてみて、びっくりよ、彼はわたしの絵を描いていたのよ、しかもヌードをね。——あなたの婚約者さんはなんて思うかしらね、とわたしは彼をからかった。——僕は女性の御機嫌を伺う必要なんかないんだ、と彼は挑戦的に言ったわ。——お母さんの御機嫌も？　とわたしは聞いた。——彼女について君が何を知っていると言うんだ？　と彼は辛そうな表情で答えたわ、僕には母親はひとりしかいない。ディアナ号だ。彼女が僕を持っているのももうしばらくの間だけだけど。——彼女の胸が羨ましいわ、処女とは思えないわよね、とわたしは言ったの。

――あぁ、舳先の像のことか。虫食いだらけだよ、フリゲート艦全体同様にね。日本まで持ったら幸運と言わなきゃならないだろう――日本征服なんかできないね、絶対に。――その計画があるわけ？――僕が知る訳はないだろう、と彼は、意味ありげな笑いを見せて言ったの。この男はわたしの興味を惹いたので、ちょっと誘惑してみたくなってわたしは言ったわ。お茶を一杯呑みながら、もう少し、おしゃべりしないこと？　ここはうるさすぎるけど、あのうしろなら人の邪魔はないわ。――彼は何と答えたと思う、わたしの顔さえ見ないで？――マドモワゼル、ご好意に感謝します、でも僕は感染しているんです。――ショックだったわ、いきなり無作法極まることを言い出すんですもの、わたしを無下に拒絶するだけのために。ちょっとした楽しみをすぐ深刻に取る男とそれ以上、関わる気はなくなったわ。――僕もそろそろ失礼します、その前に、お別れにこの絵を差し上げてもいいでしょうか。それではお暇《いとま》します。――わたしの所まで「お暇」を告げに来ることはなかったわ。

その絵をまだ持っている？　とわたしは聞いた。

ナージャは答えを返さないまま、紙の食事を続けて、それから言った。――二年後、現れた時、彼とは分からなかった位よ。ディアナ号は解放された男たちを積んできて、みんな、幽閉生活について山ほど語りたい話があったの――でもムールについては誰も一言も言わなかった。――彼なら、あの隅っこに座っているよ、とリコルドは言ったわ。――見るとクリール人の農民服を着た、背の高い、痩せた男がいたの。髪をうしろに撫でつけて、ポニーテール風に結わえて、顔は髭だらけ、頰は聖画のようにこけていたけど、目だけは射るように鋭く、青い色だった――それでムールだと分かったの。――少し、彼の面倒を見てやってくれないか、とリコルドが言うの。わたしの所にいるんだがね、少し正気を失っていて、でも危険なことはないんだ。

彼は総督の家に住んでいたって書いてあったけど？――彼の若い奥さんの世話を受けて？

リコルドが総督になったのよ、そしてその若い妻というのはわたしだったわけ。しかもわたし、妊娠していたの。

まさかムールの子ではないよね。

軽蔑するように彼女は笑った。

彼が感染していたはずはないわ、彼は全然、できないんだから、あのマザコン坊やは。彼はもう黙って座っているだけで、人の集まりは避けていた、ゴロヴニンがいくら誘いをかけてもね。わたしといる時だけ、彼はとめどなくしゃべって、人の話は聞かなかった。彼の目は少し頭のおかしくなった高校教師の目のような輝きを持っていたわ。ひとりで居る時は、彼、日本語をしゃべっているの――自分の部屋の壁に向かって。彼自身の安全のために部屋を離れてはいけないことになっていたから。でも彼は髭を剃って、食事もまた取るようになった。力をつけてしゃんとしなきゃだめだ、でないと、カムチャッカの村に行って住む許可なぞ、与えないからな、とリコルドが彼に言ったのね、それがムールの唯一の希望なんですって。そこでも彼は手本が必要なのだ、僕にとってはムールはロシアの士官であることに変わりはないんだが、とリコルドは言っていたわ。ムールはもう絵も描かなかった。しきりに狩りに出たがったけど、リコルドは武器を持たせなかったわ。それが何を意味することになるか、わたしたちには分かっていたから。わたしには彼ははっきり言っていたわ。自分がロシアの士官である限り、道は一つしかないのだ、と。わたしを相手に彼は、幾晩でも語って闘うことができたのよ、彼の名誉、彼の哲学を求めて、日本とロシアを求めて、そして彼の人生を求めて――それを彼は楽しんでいる風だった。それについて語っている間は、彼はそれをしなくて済むのだ、とわたしは考えたわ。――素朴でやさしい奥さんをお貰いなさい、フェージャ、そして新しい人生をはじめるのよ、とわたしが言うと、彼は言ったわ。――すべては女から始まるのです、そしてそれが永遠に続くのです、あなたもそれに参加しているのです。――どうしてあなたは子どもを作らせなかったの、今になって残念には思わないこと？――僕は子孫を残したりしません、一物を女の中に突っ込んだりはしません。

わたしは彼を弟のように世話したわ、そして言っていたの、地獄《ゴー・トゥ・ヘル》にお行き！

君は彼を坊さんのところに送ったんだよね、とわたしは言った。

そのあとで訪ねてきたとき、彼は、生まれ変わった人間みたいだったわ、そして今度こそ狩りに行きたいと言ってリコルドに銃を求めた。リコルドが渋ると、彼は笑ったわ、そして言ったの。僕が死にたいと思ったら、家で、ナイフとかフォークでだって死ねると思いませんか？

そんなこと言ってばかりいないで、やったらいいでしょ、と君は言ったんだよね。

彼に武器を渡したとき、彼はまずわたしを撃ち殺すだろうとわたしは確信していたわ、そう言って、彼女はじっと前を見た。――ところがまず彼の別れの手紙を読めと言うの。彼のこの虚栄心がひょっとしたらわたしの命を救ったのね。

彼女はもう一度、グラスを口に運んだが、それはもう空だった。

彼が描いたという君の絵をみたいな。

わたしの唯一の肖像よ。

きっときれいだろうな、とわたしは言った。

それ位、きれいだったことがあったらいいな、と思う位、きれいよ。と彼女は言った。これはわたしだけのために取っておくわ。――ほとんどもう声にならない声で、彼女は次のように聞いた。あなた、これでもまだわたしと関わりを持ち続けたい？

むろんだ、とわたしは言った。

彼女は、子どものように、大きく息を吸ったが、彼女の悪戯心は彼女の底なしの信頼の中に透けて見えた。

彼がお母さんに書いた手紙を見せてあげるわ、と彼女は言った。――彼から直接、貰ったの。わたしはそれを何度もコピーして、これと思う友人全員に送ったのよ。封をしてあるわ、ここに置いていってもいいかしら？　でももうこれでおしまい。どこかに隠してしまってね。

どうやって君から隠せと言うんだい？

あなたの頭の中にしまって頂戴、と彼女は言った。――そうすればわたしは中を覗けないから。でもムールのことはもう聞きたくない、もう二度と聞きたくないの。

愛する、そして尊敬する母さんへ、
あなたがこの手紙を手にする時、あなたの息子はもうこの世にいませんが、彼がそれについて釈明しなくてはならない人間は、あなたを除けば彼にはこの世に誰ひとりいないのです。あなたを慰めることは僕にはできません。僕のせめてもの望みは、僕の決断が他には選択肢のない唯一の道であったことを、この手紙によって少しでも明らかにすることができれば、僕があなたに与える苦痛を和らげられるかも知れない、ということです。あなたに宛てる僕の最初の、そして最後の言葉は感謝です。あなたは、僕と言う人間を模範生にするためにあなたの平穏と幸福のすべてを捧げました。そして長年、僕は、あなたの労苦は正しく用いられたと信じていて良かったのです。幼年学校では優等生の一人でしたし、二つの戦争では勇敢さゆえに表彰されました。そして日本での幽閉生活さえ僕の勇敢さを打ち砕くことはなかったという僕の言葉を、あなたは信じて下さっていいのです。

にもかかわらず、この幽閉生活は、運命を共にした仲間から僕を永久に分かちました。その成り行きについて、あなたは「裏切り」という言葉を耳になさるでしょう、それに対しては僕はもう答えることができません。そんなことをしてももう何の役にも立たないでしょう。運命はその進む道を変えはしないからです。ロシアと日本の戦争は避けがたく、両帝国にはその後、見るべきものは何一つ、残らないでしょう。ただし、ロシアは没落するには広大過ぎるので朽ち果てるのみですが、日本は沈みゆくでしょう。

しかしお母さん、そんなことが僕に何の関係があるでしょう。あなたは耳になさると思います、僕が日本人に媚びへつらい、僕の同胞を裏切った、と。僕が内情を暴露し、密告し、未来の敵を探るという我々の探検旅行の真の目的をぶちまけた、と。仲間の釈放劇のうしろで僕が画策し、自分に有利な光を当てて、なにかポストを得ようとした、と。それに対して言えるのは、たとえ僕がそれらの意図すべてを持っていたとしても、それは何の役にも立たなかったであろう、ということだけです。それらは僕をロシア人、日本人、双方にとって、とんでもなく不埒な男にしたはずで、その度合いは日本人に対しての方が大きいでしょう。

もちろん彼らの一人になることはできないし、なりたいなどと思っていたわけではありません。僕の念頭にあったのは、異国の侵略に対して彼らにいくらか抵抗力をつけ、その特別無比な存在の形において彼らに自信を持たせたい、ということでした。そのために僕は彼らが耳を傾けるに値する通訳になりたかった。しかしそれは彼らが外の世界をより良く理解できるように、というのではなく、外の世界の当然の無理解に対して毅然としていられるように、ということであり、海外との通商を彼らが改善するように、というのではなく、それを断念する力を彼らが持てるように、ということなのです。そのために僕はヨーロッパに関して、また僕自身に関して、持てる最善の知識を彼らに提供し、毒に対するに必要な毒をもって彼らを強くしたい、ということなのです。

孤立状態に自ら身を置く日本は、ひどく物分かりの悪い国のように見えます。しかしその物分かりの悪さの内側は独特の文化であり、それに与っている者たちは、自分たちがその中でいかに守られているか、分かっていません。魚は自分たちがその中で泳いでいる水について何も知らず、そのエレメントが余所では人が請い求める非常に貴重なものであって、それが欠ければ渇きを覚え、それが干上がれば渇きのために死んでしまうことを知りません。日本人も自分たちの良く整った繊細な生活様式が必要とする以上のことは何も知らないのです。人を魅了するばかりの彼らのこの無知は彼らの第二の性となっています。そしてすべて人間的なるもの[13]は、彼らにとっては我々にとって以上に、馴染み深いものなのです。

けれども彼らのシステムがどれほど傷つきやすいか、好奇心によってさえそれは損なわれてしまうものであるか、想像もおできにならないでしょう。日本人がガラス球の中に封じ込めたのは、彼らの創造物が生きるにちょうど適した気体の混交物です。その文化もこの混交物の生み出したものであり、外界に晒されれば、その外界なるものが特に粗野であったり繊細さを欠かなくても、壊れてしまいます。日本人は、自分のエレメントの中でだけ生きていられる海の生き物のようで、海岸に打ち上げられれば、見る影もないもの、海のごみ同然になってしまいます。それは歴史の漂流物のようなものでもあり、それ独自の基盤を失えば消え去ってしまうのです。

むろん、人間は自らに不運を禁じることができないと同様、好奇心を禁じることはできません。幽閉生活の間、僕は、何を措いても別の世界に行ってみたいと願う人間にたくさん会いました。そこで一角《ひとかど》のことを成し遂げたいという願望は正当なものです。学習意欲があり学習能力もある彼らは、すべてを知りたがります――しかし彼らは、そうすることで、日本人を日本人にしているまさにそのものを失う羽目になるということだけは知ろうとしません。彼らはヨーロッパ文化を学ぶ模範生ですが、学んだ結果、自分がなくてもよい存在になってしまったという洞察を前にすれば、拠り所を失うでしょう。僕は優秀な、極めて才能に恵まれた日本人が、僕の学問や絵の才能から学べる限りのものを学ぼうとしている様に接して、彼らが自らを見失うこの道の途上にあるのを見ました。僕は彼らを失望させないように努力しましたが、心は痛んだのです。というのもその時、彼らの顔は、比類のない独自のものを失い、どこにでもあるありきたりのものの表情を見せていたからです。彼らはもう大分、進歩を遂げましたし、速やかに更なる進歩も遂げるでしょう、しかし方向が間違っているのです。僕は自分がこの道における道案内人、それどころか手本にすら見えていることに苦しみました。

僕は、彼らがヨーロッパ人の範に従わないよう、彼らに必要な限りのものを与えて武装させたかった。なぜなら僕が提示している魅力は彼らを、僕のそれより遥かに救いのない囚われの状態に引き入れるからです。彼らに、自分たちには何が相応しいかの観念がないとしても、僕にはそれがある、だから僕は、僕が持てる限りの知識を用いて、彼らをその致命的知識欲から救おうとしました。

大それたプロジェクトです。それが僕の力を超える過大な要求であることを自身、認めたくはなかったにもかかわらず、それを知らされる事になりました。それをもって僕は仲間のロシア人から永久に別れ、それでいて日本人の側に到達できずにいます。羞恥の達人である彼らですが、僕が彼らの善意に値しないと感じて見せた羞恥を理解はしませんでした。彼らは、外国人にはそんなことはできないと信じているのです。しかし、僕が、自分は日本人の優しい心根からの扱いに値しない人間だと感じると述べたとき、それは、僕の本当の気持ちだったのです。そして、日本人に望まれたわけではないのに、彼らの代弁者をもって任じることで、僕が同胞たちから離れた後では、僕は同胞の目にも、信頼の置けない、自惚れで膨れ上がったエゴイストに見え始めていました。というのも彼らにとっては共同性がすべての物事の基準であり、その理由を問うことを彼らはしなかったからです。

僕は友人にとっても敵にとっても軽蔑に値する人間になりました。そんな状態で、あなたの息子がどうやって生きていけるか、仰って下さいませんか？　あなたは僕に、いかなる形であれ、卑しさを避けるよう、教育してくれました。僕は、日本人が僕らの文明の無定見と関わりあわずに済むよう、努力したのですが、結局は、彼らの目にも最も卑しく最も無定見な人間となっていたのです。彼らは黒い羊を自分の群れに追い返しました。迷える羊は仲間たちにまた受け入れて貰うのがいいというわけです。

仲間たちはできるだけのことをしてくれたのですよ、お母さん、カムチャッカに向かう途中もね。僕を決して裏切らないし、僕の事を悪く思うこともしない、と約束しました。彼らは僕の乱心を幽閉生活のせいだと考えました、あらゆる形で情状酌量をしてくれるのですが、その一つ一つが僕を一層、絶望させます。僕は農民の服を纏いましたが、それも水兵の軽蔑を買っただけです。ペテルスブルクは考えるだけでも耐え難い、自分はカムチャッカで農民として暮らしたいのだと僕は説明しました。彼らは僕をある家に閉じ込め、そこの若い主婦が僕に良い影響を及ぼすだろうと期待しました。しかし僕は彼女を非常に驚かせたので、彼女は僕を悪魔のような男として追放したのです。ここには精神病院はなかったので、坊さんが僕を引き取りました。しかし退屈が尚のこと、僕を懺悔の必要な人間にします。せめて検閲者の敬虔な心が、あなたの手にこの手紙が渡るよう、手配してくれるよう祈ります。その内容が刑罰に値するとしても、僕は既に、最高刑を自身に課して執行してしまっているのですから。

ごきげんよう、愛する母さん！　あなたは僕をできる限り、最善の人間にしてくれました――僕は今、僕の命を一つの手に委ねます、その手にとってはこの命もなんとか受け入れ可能なものであって欲しいと願います。僕の死によってあなたは僕が失う以上のものを失います。ですから僕が持っているただ一滴の涙を母さんに贈ることにします。

あなたの手に口づけをしつつ、永遠にあなたの息子である

フィヨドール

年配の女性の丹念な筆跡は、震えも見せず、ただの一度も書き誤りをしていなかった。

## 4

手紙はまだ開いたまま、机の上に置かれていた。と、そこへ、ノックもなしにナージャが入ってきた。彼女はわたしの方にまっすぐやってくるや、気の狂った雌犬のようにわたしに襲いかかった。彼女はわたしの上着を肩から引き剝ぎ、彼女の歯はわたしの首の静脈を探した。彼女の頭をわたしの頭で押しのけることには成功したが、彼女がわたしの肩に嚙みつくのを防ぐことはできなかった。体を捩じっても彼女は嚙みついて離さないのだ。今やわたしも彼女の髪の毛を摑み、一切の配慮を捨て去った。われわれは互い

に相手の着物を引き裂き、死闘を繰り広げた。彼女の歯はわたしの肉に食い込み、その痛みは思いがけなくもわたしの下僕を武装させた。彼は彼女の体に迫ったが虚しかった。二人が床の上を転げたとき、力づくで彼女の中に入り込むと、彼は荒れ狂い始めたが、それによって彼女の歯の攻撃を緩めさせることはできなかった。彼女は今やわたしの背中に彼女の爪を食い込ませ、長い傷を作り始めた。ついに彼女の歯が少し開き、彼女は馬の嘶《いなな》きのような長い叫びを上げた。わたしがくず折れる直前、彼女の開かれた唇が見えた。そこから血が滴り落ちている。彼女はついに、嵐が静まったように、その腕をわたしの体に回したので、あとの戦いはわたしの下僕に任せてもよいと思われた、そのとき、彼女はやおら起き上がり、わたしを横に突きのけて仰向けにした。それからわたしの手首を摑み、わたしの手を胸の上で組ませ、彼女の指をわたしの傷にあて、孤児のように投げ出されたわたしの下僕にわたし自身の血を塗りつけたのだった。

二人が互いの体を洗っていると、水は赤味を帯びて床の溝を伝って流れ去った。ナージャはわたしの手を取り、まずわたしを、それから自分を、われわれの衣服の切れ端で拭いて乾かした。裸のまま、彼女はドアから姿を消す。わたしも同様に裸のまま、机に向かった。肩からの血はもう流れていない。しかし歯のあとは一本、一本、まだ見えていて、それは次第に赤黒い腫れに変わった。傷は脈を打って疼く。わたしは置かれていた手紙をゴロヴニンの旅行記の第二巻に、枢密顧問官の手紙と並べて、挟みこんだ。

しばらくしてナージャが黄土色の着物を着て現れたが、折りたたんだクッションのように補色の銅青の着物を両手で捧げ持ち、その上に赤い縁のある黒塗りの漆の盆を乗せていた。盆には酒の徳利と平たい杯が二つ乗っている。黒と朱の杯で内側は金色だ。彼女はその小さな一式を熊皮の敷物の上に置くと、わたしの方にやってきて、唇に口づけし、傷口を調べた。それから一瓶のアルコールを袖から取り出してそこに注ぐ。鈍い痛みだったものがまた炎のように燃え上がって痛んだ。それから彼女は、同じように袖から取り出した包帯をそこに巻きつけ、引き裂いた両端を肩の所で結んだ。精確に、即物的に働く彼女の手はいつもの通り、何の装飾品もつけていなかったが、彼女の口は初めて赤紫色に塗られ、眉は糸のように細く剃りあげられていた。胸の開きからは薔薇の香りが立ち上っている。それから彼女はパッと振るって折り目から着物を広げ出すと、パリッと音のするその中に、わたしを助けて包み入れた。わたしは帯を締め、ふたりは補色をなす姿で、熊皮の上の盆のまえに座った。

われわれは依然として無言のまま、小さな器の色彩のアンサンブルを眺めていた。小さな徳利は二つの小さな杯の色を半ば中和し、その両面には繊細な筆で描かれた金色の龍が一匹は上に向かい、一匹は下に向かって飛んでいるのが見えた。ナージャはわたしが赤い杯を手に取って掲げるまで待って、それに、縁からこぼれそうになるまで酒を注いだ。それをこぼさずに小さな盆の上に置くと、次はわたしの番だ。ナージャの黒い杯に返礼の酒を注ぐのだ。彼女の杯にも、液体がその表面がぎりぎり膨らんで見えるまで、酒を注ぐ。彼女はそれをやはり一滴もこぼさずに盆の上に戻す。すべてが最初と同じ位置におさまったとき、われわれは改めて、同時に杯を口の高さまで運ぶ。

カンパイ、と彼女は言った。——さぁ、これで彼は死んだわ。

われわれは酒を啜り、その間、互いの目の中を見やった。わたしは盃を置こうとしたが、ナージャはもう一度、彼女の杯を上げる。われわれは酒を注いでは飲む。杯の金色はわれわれの傾けた頭で少し黒ずんで見えていたが、光の中でまた輝きを放って、三度目に酒で満たされた。今度はわれわれはそれを呑み干し、杯を下に置いた。

この小さな一式の器はどこかで身覚えがあるように思った。

レザノフは漆器をデジマの外国人居住地区に持ってこさせたが、自分が希望していた通りの大量の買い付けに成功しなかったので、彼の目にとまった個々の品を贈り物として扱い、出航の前に探検隊の他の参加者に分配した。個人の所有物としてナデシュダ号の最後の点検を通すためだった。こうしてホルナーも、船が出たあとで不法な所有者にまた返すことになるであろう一揃いの食器を手にしたのだった。しかし特使の使命に成功しなかったレザノフはずっと腹を立てたままでいたために、散り散りになった見本の品を取り集めるのを忘れたのだ。――その食器をホルナーの所で目にしたわたしは、不法に手に入れた品を家まで持ち帰っていいの、と彼に尋ねたのよ、とナージャは言う。

それで彼はこれをわたしにくれたわけ。最初のときの謝罪の印にね。

二度目は感謝の印というわけか？

彼女は笑った。――もう、泣きはしなかったわ。名誉の陶酔のためにわたしは悪くなかったのよ、きっと。――あなたのお友達のカスパー・ホルナーのために！

わたしは盃を上げて言った。思いがけない再会を祝して！

まだ痛む？

君が君の知りあいの秘密を明かさないと同様、僕の傷も秘密を明かさないよ。

彼女が去ったとき、酒器はそこに置かれたままだった。わたしはそれを持って彼女の後を追った。

これを今日という日の記念にあなたに上げようと思ったのよ、でもまず洗わなきゃ。念入りに、丁寧にね。漆器は古くてとても高価な品なの。

ドアのところで彼女はもう一度、立ち止まった。

ムールは死んだのよ、いいこと？

彼がもう一度僕たちの邪魔をすることはないようにするよ、とわたしは言った。

明るいうちは、わたしはわたしの庭にいた。

「戸外にいた」とは言えない。というのは要塞の壁に囲まれた幽閉所は外に向かう開口がなく、遠くに見える空の不規則な四角は、日々の、季節の、あるいは天候の変化を見ようとしても、辛うじて昼と夜の変化を示すだけであったからだ。どんよりとした光が鈍色の闇に代わるだけであり、時々は、ガラスをはめた天窓から日の光を認めるような気がする。雨は僧院の庵の中でその音が聞こえるだけで、わたしの庭からは遠いところに降るために、瓦礫の山はいつも埃を被ったままだ。それでもわたしは、浴場を出るとき、戸外に出る感覚を持つ。わたしはまず体を曲げたり伸ばしたりして、それから瓦礫の光景を眺めてチェックし、今日はそこで何をすべきか、何はやめておくべきか、考える。

次第に風景には一定程度、清潔さが生まれてきた。しかしそれと著しい対照をなすのが、死角に集められた塵の山であった。錆びた鉄の塊、虫が食って虚ろになった木、布の袋、絨毯、布の壁紙などの山であり、わたしはそれに「難破船」という名を冠した。しかしそれが塵であることに変わりはなく、石の庭が片付いて見えるにつれ、その対照はどぎついものとなって、まるでわたし自身が、自分の作品を凌辱したいがためにそうしているようにさえ見える。むろんわたしはその山を燃すことも考えたが、その煙の排気に自信が持てず、ナージャにそれを尋ねることは暗黙の契約が許さなかった。彼女はグリレンブルクに関しての情報をわたしに与える義務はなく、その代わり、庭をわたしの自由に委ねていて、わたしの知る限り、彼女は一度としてそこに足を踏み入れることはなかった。それは、わたしの庵への彼女の入り口——

あるいはわたし自身のための裏口――の探索をわたしが断念しているのと同様であった。わたしは、自分が除去できないこの塵の山の意味は、まさにその目障りな性質の中にあるのだという見解に到達するように努めた。コントラストがこれほど甚だしいものでなければ、それを何とか全部、片付けることを企てたかもしれない。しかし残骸の叫びはその正当さを主張している。それはまるでわたし自身がその塵の山の中に、ナージャがわたしを裸にする以上に裸の状態で立っているかに見える。アルハンゲリスクでわたしがそこから何としても抜け出したいと思った疥癬の肌がここに脱ぎ捨てられているようだ。オルフェウスは、伝説によれば、彼のリラの音色だけで堅固な壁を築いたという。わたしの労働歌はホルナーの持っていたスイスの戯れ歌であったが、彼のたくさんのコレクションからは、この品行方正な男の悲惨が、懺悔の衣の端のように、ちょうどうっかり開けたままのズボンの扉から顔を出していたのだった。

死は早足で人間を摑まえにやって来るが、「奴がオーバーアマガウを通ってやって来るか、ウンターアマガウを通ってやって来るか、それとも全然来ないか、それはしかとは分からない」[14]のさ。この歌のように我々が笑って見ていてよい場合もあるが、病気の隣人についても実はそうなのだ。神学者であるわたしの友人を思い出しながら、わたしはルター訳聖書をわたしの荒れ野の端に持って出た。この書物の光に照らして荒れ野を読むためであり、同時により良い昼の光の中で書物を読むためだった。この間にわたしの聖書知識は増していたが、奇異の感も増していた。イスラエルの民はモーゼに率いられて四十年の間――ワイマルの枢密顧問官がこれは巧みに計算された誤導だと証明してみせているが[15]――、荒れ野を通って約束の地に向かうが、神自身は自分の民が一つの国に無事到着することよりは、むしろ、民を再度、放浪の旅に出すことを念頭においていたように見えるのだ。荒れ野の息子とはほど遠い人間であるわたしのホルナーは、無益なヌカヒヴァの測量の間、ユダヤ人は放浪の中で初めて自分自身に、しかも最善のものに到達したのだ、と、説明した。歯痛を抱えていたホルナーは、苛立ちを旧約聖書にぶつけた。モーゼと言う男の神の像をホルナーは、ファラオの血をひく外国人のそれと呼んだ。[16]バビロン捕囚がなければユダヤ人は救済史を語るにさえ至らなかったであろう。探され、希求されるものとしてこそ意味を持った「自分たちの国」への定住については、壮大な寺院のことも含めて、凡庸なこと、怪しげなこと、それどころか残酷なことしか報告されていない。ユダヤ人が強い印象を与えるのは、家父長時代の放牧の民としてのみ、また、離散の民の状態においてのみであるのだ、と。

彼らはユダヤ人イエスに対しても、彼を神その人の姿として認めることを拒んだのではなかったか、とすればそれは同時に、神に自己犠牲の用意があったことをも否定したのではないか。ホルナーは、正統信仰におけるライバル[17]に関して軽口を言うことはあっても、チューリッヒの信仰告白に関しては冗談を解そうとしなかった。ホルナーも自分の庭を持っていたが、それについては頑固に自分の信条を守り、その庭には使えない一切のものを塵とみなし、容赦なく視界から遠ざけた。むろん彼が保護を与える地域は、スイスに相応しく山や河の形をしたものだったので、砂漠や日本の石庭より、ナイル河やバビロンの流れからの方が彼には学ぶところが多かった。しかし彼が真に愛したのは海で、チューリッヒにもっとも欠けるように彼が思ったのも海であった。それが不幸な片思いである事は、しばしば船酔いに見舞われることで彼自身が証明したのだったが、嵐や目まいの時も、彼が測船や六分儀を手から離すことはなかった。彼にとっての自己救済の手段は測量技術であり、彼が逃げ場を求める消失点は星の散りばめられた天であった。そこにのみ、彼の敬虔な感覚は、遥かに隔たった距離においてではあれ、数学とキリスト教信仰が収斂する唯一の点を確定することができたのだ。彼自身は自然を超えて成長することを必要としつつ、自然はあくまで科学的関心の対象であり続けなくてはならなかった。ヌカヒヴァでのわれわれの散歩は、まさにこうした世界分裂の例であり、彼はそれに悩んでいたが、そのことを密かに恥じてもいた。こちらには経緯儀を通しての光景があり、そこでは自然は秩序だった顔を見せている。あちらには――幸運なことに視界の外に――堕落した自然の塵の山があって、その中では肉と肉がぶつかり合い、魂の神聖さが闇の女神に生贄として捧げられ、彼女を意地悪い喜びで満たしているのだ。

そして今、わたしはこの酒器、ナージャへの彼の贈り物を手にしている。金で支払いをしない求愛者の感謝の印の品だ。彼がこの事を知ったら――どれほど彼は恥じ入ったことだろう！　しかし聖櫃に似た何かを持っていた事は彼に似つかわしくなくはない。

## 5

恥じらいに似たものは、ナージャとわたしの間にも忍びこんできていた――いずれにせよ、彼女はわれわれのあの聖なる儀式のあと、何日も姿を見せない。しかしわたしが庭仕事と水浴びを終えてわたしの洞穴に帰ると、テーブルの上にはいつも食べ物が置かれ、温かく湯気をたてていた。わたしの動きを彼女は逐一、目で追っているに違いなかった。メニューは家庭的になり、わたしの方は食欲が減退していた。挽肉団子や、レンズ豆やひえ、ポテトのお粥とグリーン・サラダを見るだけで、わたしはもうお腹がいっぱいになった。

何をする気にもならないというのが通常の状態になった。心身が弛緩して病気がちになった。肩の傷はふさがったものの、完全に治ろうとはしない。まるで肉が後になって毒に冒されたようにさえ見える。再び腫れあがり、ひどく敏感になっていて、そこに触ることを考えただけで耐え難さを覚えた。庭に出ることもなくなり、浴室の明るささえ、目に痛みを与える。夜は神経が苛立ったままの疲労感がわたしを不眠にした。その代わり昼は、机に座るか座らないうちに、早くも倦怠感がわたしを襲った。ペンを手に取って書こうと努力はするのだが、何のためにそうするのか、思い浮かばないことが日を追って多くなる。一番好もしいのは、まったく体を動かさないこと、少し熱っぽい状態で熊皮の上に横になっていることだった。それはアルハンゲリスクよりもおぞましい何かを思わせた。熱帯熱、マラリア、怒りの爆発、失神。朦朧とした精神状態の中で、わたしは自分が捨て置いた庭と同じように干上がる様を思い浮かべ、ゲーテの「高貴なティトノス」のことを思い出した。女神のベッドの中で木の根っこのように縮んだというあの老人だ。

わたしの男性もその隠れ家にこもって冬眠に入った様子であったが、それなしにいるにはわたしは弱気になり過ぎていた。それだけに思いがけない時にそれは立ち上がってわたしを驚かす。熱っぽい夢が彼を目覚めさせたのか？　わたしが覚えているのはただ、最初は信じられなかったが、彼が再び元気を漲《みなぎ》らせているのを感じ、そして彼が、温かく包まれて、彼の望む相手の方に向かおうとしている現場を押さえたことだ。その相手はできる限り遠くに置かれていたのだが、今や、新鮮な樹液のように飛び出して、朽ちた幹の方に向かった。突然の春がわたしの目を開いた。わたしは熊皮の上に横たわり、薔薇の指がゆっくりとわたしの下僕を女性の体の中に、少しずつ入れる仕事に携わっていた。ほとんどその中に消えつつあったそれを、わたしが心を込めて助けて立ち上がらせようとすると、一本の腕がわたしの肩を押さえた。それは感じやすい方の肩であったが我慢できた。だがわたしの柱がしっかり打ち込まれるにつれ、それは肩の痛みを取り去り、ほどなくわたしは不思議なほど元気になった。どういう療法にわたしは身を委ねたのだろうか?

ナージャがわたしの傍らにいた。いや、そうではなかった。彼女は横になっていて、わたしに体を押し付け、同時に半ば横を向いていた。わたしが彼女を腕に抱こうとすると、彼女の腕は突っ張ってわたしを押し、わたしの影が彼女の顔にかからないほど遠くに押しのけた。目を閉じた彼女の顔は、容赦なくあたりを照らしている書き物机のランプの光のなかにあった。わたしの接近をそうやって阻んだことを確認してから、彼女は、伸ばしていた腕を引いて、頭の後ろに置かれていたもう一方の腕の方に持っていった。尖った肘が上を向いている。腱がはっきり見える腕だ。

わたしが体を引こうとすると、彼女はかすれた声で命じた。そのままでいるのよ。

わたしの下僕が必要としていた励ましを、軽く脇をつつくようにして、彼女が与えるのを感じた。そう、ナージャは言った。——目を閉じて。そして想像するのよ、何が欲しいのか、最後のものまでね。

招待は思いがけないものだったが、下僕がこれを誤解するはずもなかった。彼は次第に恥知らずに辺りを圧して荒々しい図を呈し始めた。それから突撃を開始しようとしたが、それがわたしに猿のような、犬のような獲物を求めさせようとすると、ナージャはわたしの腕を押しとどめた。違うわ!

わたしの下僕はいまにも爆発しそうな様子を見せたが、わたしはしっかりと彼を制御し、彼が与えようとしなかった落ち着きを自分が次第に取り戻すのを感じた。ナージャの膣は彼を萎えさせることはしないまま、彼を凍りつかせた。彼は学ばなくてはならなかったのだ、目標地点のすぐ近くに来て、もう一度、憧れに身が固まる状態に陥ることができるのだということを。すると彼はもはや願望を持つ必要はなくなり、自分自身の見張り役に留まることができるのだ。自分自身を目覚めさせておくために彼は口笛を吹きだしたようにわたしには思われた、それは突撃の合図でもあり、子守歌でもあった。同時に彼は自分の調教師に対しても口笛を吹いた。わたしは目を閉じ、どんな音色も聞き逃すことのないよう、感覚は開いて横たわっていた。しかしわたしの注意力も次第に疲れてきた。体をゆったり楽にし、いつしか深い眠りに落ちていた。そしてその眠りから覚めると、このところ絶えてなかったほど、元気を回復していたのだ。

　彼女の姿はしかしそこになかった。

わたしは目が覚めた場所に、一日中そのまま横になっていた。何かを読むことも、自分自身に言葉をかけることも自分に禁じ、ただわたしの体のなかの満ち潮、引き潮に聞き入っていた。
初めてわたしは、自分とDuつまり「おれ、おまえ」の関係にいた。そして同時にわたしから距離を置くこともできていた。

　しかし彼女は再び毎日、確実に規則正しくやってくるようになった。テーブルの上に食事を置き、わたしがそれを食べる様子を見守った。そのあと同じように黙ったまま、わたしたちは例の療法に入った。彼女はわたしの下僕に体を寄せて彼の支配欲を目覚めさせ、自分が姿を消すことで彼を鎮めるのだった。天も地も、そしてわたしたちも無言だった。わたしは次第に元気を取り戻し、ナージャは若返るように見えた。しかし彼女の花開く様を見てわたしが我を忘れる時代は去った。わたしは、わたしたちをひとつにするこの時間を羊飼いの恋のひと時《シェーファーシュトゥンデ》と呼んだ。勝手気ままを許すゆとりが生まれたからである。時計の秒針の音が消え、わたしたちが二人して調教師の目を盗んで逃げだすことも時にあった。するとペトロパヴロフスクの人声が聞こえた。しかし翌日にはわたしたちは静かな放牧地に戻っているのだ。

　あなたはもう大丈夫、体がしっかりしてき過ぎた位だわ、というのが、わたしが彼女から聞いた最初の言葉だった――お腹が邪魔なくらい！
ひょっとすると僕は妊娠したのかも知れないね。
冗談はよして。――そしてちゃんと覚えておく方がいいわ。子どもは持てないのよ。
ある日、彼女は言った。どうしてわたしが娼婦になったか、あなた、聞きたい？

## 6

ペテン師ベンヨフスキーは自分の娘ユスティナを、その母親アタナシアがマカオで産褥熱のために死んだあと、水夫のロギノフに託した。彼は女の子に自分の名前を与え、カムチャッカに連れ戻した。しかし彼はよい父親ではなく、少女をボドシェルツクのある坊さんに女中として託した。だがこの坊さんもまたちゃんと彼女の面倒を見ることができず、少女は十六歳で身重になった。子どもはナデシュジャと名付けられた。ナデシュジャの父親だと名乗り出たのは追放されたユダヤ人で、名はアハスヴァーだと言ったが、本当の名はグリンスパンというのであった。彼はまだ若い母親に二人目の子を孕ませたが、難産で母親も子どもも助からなかった。こうしてナデシュジャはグリンスパンと二人きりになり、グリンスパンは子どもをこき使った。

グリンスパンはわたしがいるのでボドシェルツクに留まっていたのだけど、もともと、定住がきらいで、あちこち旅をしてきた男で、不具になってしまったのね。そのあと犬を育てる仕事を始めたわ、シベリアのそりを引く犬ね。寝る前にお話をしてくれて、わたしは、物心つく前から夢中でそれを聞いた。わたしはまだ子どもだったけど、彼にとっては自分の話を信じてくれる最初の人間だったので、次々、新しい話を考え出して話してくれた。彼は若いころ、フランスの南洋船の船長だったというの。とても厳格な船長で水夫たちに現地の娘とセックスするのを許さなかったんですって。そうしたら水夫たちは彼をマストに縛り付けて、彼はすべてを見ているしかなかった。彼が何の話をしているのかわたしは分からなかった。すると彼はじゃあ見せてやるから小犬みたいにじっとしているように言ったわ。わたしは小犬、ウリスという名前だったけど、小犬を貰っていた。雪のように白くて、彼とおなじように足が悪かったの。本当は彼、その小犬を処分しようとしたのだけど、わたしが頼んで命を助けてやった。辛かったわ。カムチャッカ人の女中たちがわたしに毛皮で服を縫ってくれて、それを着たわたしは白熊とか、セイウチとか、海牛になって、彼はそれを追う狩りの真似をさんざんしないではいられなかった。そのあとわたしを愛撫したのよ。彼はアメリカで鉱山の勉強をしてヴァージニアでは鉱山に入ったのだという話をして、そうするとわたしは鉱山のたて穴の役をしなくてはいけなかった。彼は自分が発明した乗りものの話をした。わたしはまた彼を助けてインディアンを殺さなくてはいけなかった。インディアンはいつもひとりはいたんだけど、本当の所、彼はわたしを殺したんだわ。ある時、わたしがわたしの年頃のひとりの男の子と川べりに座っていると、グリンスパンはわたしの犬を打ち殺したの、斧で。彼が前屈みになった時、わたしはその斧を手に取って、彼の頭を打った。彼は倒れて起き上がらなかったわ。わたしは坊さんの家に駆け込んで、父親を殺してしまった、と彼に言って、それきり気を失ったのね。わたしが意識を取り戻した時、グリンスパンの姿はなくて、坊さんがわたしを引き取ったわ。坊さんは老人で、昔、わたしの母が、彼のところで働いていたの。彼はわたしが母に生き写しだと言った。でもわたしをこき使って、それからわたしに罪を懺悔するように要求したわ。そしてわたしの罪は重大過ぎて許しを与えることはできないと言うのよ。それでわたしは毎日、毎日、懺悔をしなくてはならなかった。わたしの上に手を置くとき、彼は喘いだわ。わたしは十三歳だった。死に値するわたしの罪の源はわたしの黒い心にあって、悪魔はわたしの足の間に棲んでいるのだと彼は言うの。だからわたしは、悪魔をこの世から消して、ついでにわたし自身を消してしまおうとした。それで橋から飛び降りたけど、着いた先はボルシェレックの病院のバラックでしかなかった。若い医者がいて、追放されたポーランド人だったわ、彼は、わたしがまた歩けるようにしてくれた。そのあとわたしはそこで、病気になってもう海に出ていけない船乗りたちの看護をすることになったわ。そのポーランド人の医者には彼らの終油の秘蹟のときに再会できた。彼はわたしの体を愛そうとはしない唯一の男だった。でもわたしは一度でいいから本当に愛されてみたかったの。それで彼を誘惑して、わたしが与え得る一切を奪ってくれるよう、仕向けたの。わたしが与えられるものなんて大したものではなかったけど、彼はそんなことを知る必要はなかったわ。彼がわたしを「自分の命」と呼ぶまでわたしは求め続けた。洗礼を受けてはいたけど、彼もユダヤ人で、いい人だったわ。経験がなさ過ぎて、わたしの体がもう生きてはいないことに気がつかないほどだった。コレラが流行ったとき、わたしは彼の傍らで死ねたらいいのにと思ったわ。でも彼は感染してしまったのに、わたしは罹らなくて、彼がわたしの腕の中で死ぬのを見届けることができただけだった。彼は、本当はポーランドのために死にたかったの。彼の最後のため息は、彼の国の不幸のことだったわ。せめてもの慰めは、わたしの体が彼を愛せなかったことを彼が知らずに済んだこと。それを知っていたのはわたしだけ。わたしは自分を知りつくしていたの。彼が死んだあと、わたしにはもう誰もいなかった。でもわたしは自由になって、そして、自分の人生は自分の手で切り開かなきゃならないことを知ったわ。ツビグニューはわたしの最初の、そして最後の友達よ。

なぜ最後の友達なんだ？　とわたしは聞いた。

庵には二枚の熊皮があったが、胡椒色の毛、ラッカーを塗った鼻先、そして赤い、まるで光に照らされているような目、なによりも完全に残っているので恐ろしくさえ見える歯ならびに至るまで、二枚は全くよく似ていて、どちらが雄でどちらが雌かも区別できなかった。だがそれでも差はあった。それは、一枚の皮の上ではわれわれが寝て、もう一枚の皮の上ではわれわれは寝なかったことだ。

裸の肌は熊皮の荒い肌触りに馴染んでは来たものの、寝心地がよいとは言えないその皮の上に、われわれはぴったりとくっついて横になり、脇を下にして、怠け者の二匹のオットセイのように体を合わせることができた。時々わたしは一方の腕を支えに、われわれの性器が花の弁と弁が合わさるように、あるいは花序がその覆いの中に隠れるように、分かちがたく合わさっている様を眺めることができた。穏やかな牧草地に居る時は、羊飼いは杖を持ってはいてもそれを必要としない。彼の仕事は、自分が苛立って待てなくなったりしないように、自分を見張ることだけだ。それならなぜトントン叩くのか？　扉は彼に対してすでに開かれているではないか？　彼は自分が月のように消えそうになるのを感じると、ちょっと促されてまた起きあがる、これまでになかったと思えるほどの満月になるのだ。闇の中のその壮麗さはしばしば永遠を約束されているようにさえ見えるので、飼い主は安心して寝入ってしまってもいいほどである。

わたしは愛に対して不感症になっていたのよ、と彼女は言った。でも自分の性器が何に使えるか、分かったの。で男たちをその中に導き入れた、お金のためにね。養い手としては男たちは悪くなかったから。十八歳でわたしはペトロパヴロフスクに行った。そこには社交界はなかったけど、総督は社交界に似た生活が自分のまわりに欲しかったの。わたしはそれらしきものを作り出す程度にはいろいろ思いつくことができたし、彼に多少の輝きを与えることができる程度には派手好きだった。子どもの時は相手を選ぶことはできなかったけど、大人の女になってからは選り好みをすることができて、自信もあった。男たちはお殿様ではなかった。そして性器を使って男たちがわたしに教えられるものも何もなかったわ、でも、彼らの頭脳からは学びとれるものは結構あったし、彼らの真の関心が提供してくれるものは多かった。わたしは、媚びたりせずに、それを共有することができたの。わたしは自分をよい聞き手に育てた。すると客たちからいろいろ学ぶことができたの、愚かな客からも、粗野な客からもね。わたしは受け取ったけど、わたしを無益に与えることは決してなかった。わたしはペトロパヴロフスクの貴婦人になったのよ。

## 7

もう子どもを産めなくなると、女は自身がまた子どもに返るのね、きっと、とナージャは言った。——何度もそういう夢を見て、そのたびに大きな叫び声をあげて目を覚ましたわ。夢の中では、昔とおなじようにそれはひどい事になったんですもの。この子どもはわたしと何の関係があるというの？　何も、何も共通のものはありはしないわ——真実を除いては。この小さな女の子は大人の女性になりたくなかった。それはその後もあまり変わらなかったわ。——ナージャはそれで生活した。わたしはそれでは生きられなかった。でも、ナージャなしのわたしって一体、誰？　彼女だけがわたしの面倒を見られたんですもの。

彼女は自分を求められる女にした。でも彼女はわたしと同じようにちゃんと分かっていたのよ、自分はそう振舞っているだけなのだ、と。それはわたしではなかった。わたしは子どもでいたくはない、もう一度、子どもになるなんて、いや！　もう一度子供になるなんて絶対にいや！　でも初めてなるのなら子どもになってみたい。

僕は一度も子どもだったことはない、とわたしは言った。――すぐに大人の男にならなくてはならなかった。だから大人の男になれなかったんだ。

彼女は反論しなかった。

お医者さんごっこをしたことある？　と彼女は聞く。

誰とさ？　妹たちとかい？　君が僕の人生の最初のお医者さん《デア・ドクトル》だ。

男のお医者さん《デア・ドクトル》！　それはいいわ。わたしはあなたの姉妹なんかじゃない。わたしは男になりたいのよ、エルモライ！　あなたがそうでないというなら――学ばなきゃね、どうやって男になるのか。

それについてなら少し読んだことがある、とわたしは言った。スイス人の医者が書いたものだけど、出版はできなかった。彼の人生はそれで終わったろうからね。彼はあるロシア人の大公妃に仕えた宮廷医で、彼のインスピレーションの源は彼女だったそうだ。手書きのそれはこっそり手から手に伝わって、ホルナーがそれを持っていたので、僕は驚いたよ――でも驚かなかったとも言える。性の事柄に関しては、彼は厳格な主義を持っていた。それが余りにも厳格だったので、彼は第二の生活を必要としたんだ、秘密保持のための生活をね。秘密というのは分かち合わずにはいられないものだ。そして僕はナデシュダ号上で彼の唯一の友人だった。

彼はあなたに触れた？

うん。

わたしにもよ、と彼女は言った。——でも触れただけ。でもそれを止められなかった。彼は一度も女の傍で寝たことがなかったの、それで一度だけ、全部、見てみたかった、手で触れてみたかった——でも彼、服は全部、身に付けたままだった。女はみんなこうなのか？ と彼は聞いたの、でもわたしはちゃんと知っていたわ、彼がいつズボンを濡らしたか。彼はその時、顔を歪めた。でもそのあとで学者のように質問したの、声を震わせたりせずにね。もう一度、自分でやってみてくれますか？ わたしは彼がメモを取るのかとおもったわ。でもそうはしなくて、カトリック教徒のように跪《ひざまず》いて、そしてもう一度、ズボンを濡らしたの。

そのあと、君に、漆塗りの一式をプレゼントしたんだね、とわたしは言った。彼は、何か、お金で買ったんじゃないものをプレゼントしたかったんだよ。

彼が持っていた極秘の手稿について、あなた、話そうとしていたのではなかった？——ベルンの医者が書いたものでしょ？

わたしは答えた。彼は、男性の下半身の専門家だが、人は男と女の区別を大きく考え過ぎると主張している。人間は誰も両性具有の形で生まれるのだ、とね。性的単一性に慣れるのは、持って生まれた解剖学的器官のせいというよりは、慣習の圧力によることの方が多いのだ。普通に考えられているよりもずっとしばしば、誤ってそう解釈された一義的性器官が、それとはまったく逆の魂にそぐわないまま、何も変えることができない人間たちがいるのだ。不幸な者たちはガレー船の漕ぎ手にされた奴隷たちのように、肉体のなかに閉じ込められ、その悲惨を感得することさえ許されない。目で見てわからないから配慮を受けることもない。それどころか、一方では、彼らの一切を衣服と言うコルセットで締め付けて一つの性に飼い馴らし育て上げようとし、他方ではしかしそれによって毒を与え続ける。時々、不用意なお世辞を言ったりするわけだ、たとえば男性にして、驚くほど繊細な肌だとおだてたり、女性に対して、アマツォーネのように立派な体だと誉めたりする。医者の目が生きた人間の体においてどんな妥協を働くか、自然の気まぐれにどんな風に対するか、素人は驚くばかりだよ。インチキ医者は亡骸を布で包む段階に至ってようやくそのことに気づく。そして、早く蓋をしろ、体の欠陥も一緒に片付けろ！　民衆の間における嫌悪の感情が、まだいくらか残っている敬神の念によって和らげられていただけでも、まずはよかった、ということになる。

　だがそんな敬意は、慣習と称するものが許す限り、気の毒な者たちの生存中に見せた方がよかったのだ。つまり、誤ってそう見なされている体の欠陥なるものを多様性として受け入れ、性に関して自然が示すと同様の機転を利かせて、自由にそれに対処すればよかったのだ。というのも、どんなことにも動じない科学にとってと同様に、自然にとって大事なのは実験であり、規則なるものと戯れるのが好きなのだ。だから人は、常に空想の大事な衝動でもある自然の遊戯衝動をタブー視せず、成すがまま自由に任せ、それがどこに導いていくか、妥協のない目で見届けるべきなのだ。

　それであなたはそれをどう思うの？　とナージャは尋ねる。

　僕の経験でもそうだ、とわたしは言った。

　レーヴェンシュテルン！　彼女は顔を輝かせて言う。わたしたちは二人で一つの性なのよ！

　万歳、とわたしは叫んだ。――これで難所を切りぬけたのだ、僕たちは！

　わたしたち、最高よ、最善で最大の欲望の持ち主なのよ！　と彼女は大きな声で叫んでわたしの首に飛びつき、そして同時に、わたしにはそう見えたのだが、一瞬、気を失った。しかしそう見えただけであった。というのもすぐさま彼女は荒々しい愛人のようにわたしを征服したからだ。わたしたちは自然の望むままに身を委ね、何事もなかったかのように鎮まった。

われわれはこんな風にしてわれわれの「ひとつの性」を持続させたのです――まだ読んでいて下さいますか、閣下？――そしてわれわれの想像力をわれわれの体の器官と同様、思いきり働かせました。我々の性的特色の「相互使用」がわれわれを怖がらせることはもうありませんでした、ほとんどといってよいほど。――そしてわれわれは共同して多くのことを初めて学んだのです。禁じられたパンフの著者はスイス人ですが、彼ですら、だからと言って、彼の考えるそのようにも変種に富む性に、永世中立を義務付けたりはしませんでした。変種と言っても数限りなくあるわけではありません。幸いなことに衝動の方が記憶力より強く、パートナーのうち、女性性の優勢な一方が他方よりもアイディアに富んでいます。そして、それがナージャの男性性のせいかどうかは確かではありませんが、彼女はそれに絶えず新しい名前を思いつくので、わたしはそれを愛称と考えることにしました。愛称に関しては彼女のスラブ語に敵うものはありません。こうしてわたしはこの間に彼女のポーランド人の愛人すべてを一度は腕に抱き、それどころか、その最善の者に至っては繰り返し抱くことになったのです。しかし、ナージャの体の一か所だけは未発達でした。それは唇で、少なくとも口づけに関してはそうでした。ここに押し入ってはいけないのです、舌で押し入ることはなおさらだめです。そんなことをすれば、その点ではわたしの方が優位に立つ言葉――わたしはむしろ彼女の言葉の方が優れていると思っているのですが――によって彼女の舌が毒されるとでもいうようでした。赤ずきんさえ舌で試してもよかったのに、口と口、あるいは舌と舌を合わせることは、ナージャには許容の限度を超えることでした。もしかすると娼婦であった母親の警告が後を引いているのかもしれません。いいかい、男には何をやらせても構わないけど、親密さは与えちゃいけないよ！　それについてジョークを言ってもこの禁を破ることはできませんでした。しつこく迫って彼女に嫌われることはしたくありません。それは躊躇《ためら》われたのです。われわれはもうただ一つの性しか持っていないのですし――わたしはあくまで彼女の客でしたから。

しかしわたしの中の男性的な部分も女性的な部分も、ナージャ――彼女を再びこう呼ぶことにしますが――が、特に幸せな合一のあとで口にした次の考えには思い及びませんでした。次の時はわたしたち、証人がひとり必要ね。

証人という言葉には、結婚とか、生涯に亘って、という響きがあります。でもあとで分かったのですが、それはもっと軽い気分で、あるいはもっと本気で言われたのでした。

というのも置時計のあった場所に――それは任務を終え、時を刻む音は聞こえなくなっていました――今は見知らぬ騎士が立っていたのです。ただし甲冑だけ、サムライの黒い鎧だけからなる騎士で、中は空洞です。兜と面の黒い部分の後ろには顔があると見なさずにはいられないのですが、その虚ろな穴からは何かがギリリとこちらを見据えています。囚われの身のロシア人たちには、死はこのような形で姿を見せたに違いありません。

しかしわれわれの同盟における三番目の者、この騎士はわたしの唯一の相方になりました。何日もわたしは一人きりで置かれたからです。ナージャは何かの用事のために――それが何であるか、彼女は明かそうとしませんでした――来られなかったのです。時々、グリレンブルクのどこか深いところから巣に籠る蜂たちの唸り声のような音が聞こえました。繰り返し――建物の外からか、中からか？――人間がいるような物音、人声、足音、遠くでの笑い声も聞こえたのです。わたしが庭に出るとその音は消え、そこから帰ってくると、静寂があるのみで、食卓が用意され、生け花は新しくなっています――今は赤いアジサイが生けてあります。こうしてわたしは、合戦の花《シュラハターブルーメ》とも呼ばれるこの花が初めて嫌ではなくなりました。孤独は歓迎できなくもありませんでした。ご覧の通り、わたしはまた書き始めたからです。郵便は食事の後、食器の隣に置いておきます。朝の水浴びからわたしが帰ってくるとその両方とも必ず片付けられています。ナージャはわたしの手紙を開封して見るようなことはせずに発送することを最初から自分に義務づけていました。どこに送るのか、それを尋ねる必要は彼女にはなく、わたしも手紙の返事は期待していません。

あなたは書かなきゃいけないのよ、でもあなたが何を書くのか、それはわたしの知ったことではないの、と彼女は最初から言っていたのです。

ナージャに託されていた任務――彼女がもしそんなものを持っていたとして、そしてそれを彼女が実際、遂行していたとすれば、それは、わたしを読む、ことでした。何のために、それを知る必要はわたしにはないのです。

昨日、久しぶりに、わたしの扉をノックする音がしました。

入ってきたのは、わたしにはほとんどそうとは分からなかったのですが、ナージャでした。短い茶色の髪の頭に赤いターバンを巻き、胸のふくらみのすぐ下の高い位置で絞られた白い長い服を着ています。肩には濃い赤のショールをかけ、その長い端が彼女の腕にかかっています。肘の窪みにエニシダの花束を抱え、白い手袋で肘まで覆われたもう一方の手には、帆布でできていて紐で結ばれた平たいトランクを持っていました。

どこか旅に出るの？　わたしは聞きました。

あなたに服を持ってきたのよ、と彼女は言いました。——ひんやりしてくるかも知れないでしょう。長くお邪魔はしないわ、花を生け代えるだけだから。

衣服を入れた袋を彼女はわたしに差しだしました。わたしは黙ってそれを受け取ります。

それは農民の衣装よ、と彼女は言います。下着と上着とズボン。紐結びの靴はドアの前に置いておいたわ。まだ庭で仕事があるのでしょう。屋内用には短いカフタンが服と一緒に入っています。どれも体に合うかどうか、試してみて！

ありがとう、わたしは言って、思わず、ユカタの前を合わせました。ふと寒気がしたからです。わたしは、彼女が花束を下に置き、金の漆塗りの花器を手に取って水を替えるためにドアを開けて出ていくのを見守ります。彼女は花器を持って入ってくると、跪いて、それにエニシダを生けます。前かがみになって曲げている彼女の背には長いショールの端が懸かっていて、その姿は淑《しと》やかな女性らしく、華奢に見えました。

また来てくれるよね、とわたしは言いました。

あなたのお仕事のことをもっと聞かせて下さったら嬉しいわ。

お仕事？　わたしはぎごちなく尋ねました。

だってあなたは『ゴロヴニン幽囚記』と取り組んでおられるのでしょう？——と彼女は言いました。

——戦争になるそうですものね。

戦争になる？　わたしはびっくりして聞き返します。——いったい、なぜだい？　捕虜たちはもうとうに自由になったよ。

捕虜たちが自由に、ですって？　彼女は体を起こしながら聞きます。——本気でそう考えておられるの？——いいいいわたしたちは自由になったわ、と彼女は視線を動かさずに言います。今度は他の人たちの番よ。わたしたち、忙しくなるわ、エルモライ！

# 第VI章　皇帝に死を

## 1

新しい衣装を着てわれわれは新しいペアとなった。

規則的に、午後遅く、わたしの接待役の女性、マダム・ナデシャ・ロギノヴァはわたしの具合はどうかと聞きにやってくる。アンピール様式とビーダーマイアーの中間というべきコスチュームを纏《まと》った彼女はレディーそのものだ。

ロシア人はどうやって自由の身になったのかな？　とわたしは彼女に聞く。彼女は言う。どうしたと思う？　リコルドに聞くといいわ。[1]

一八一一年七月十一日、ディアナ号は日本の要塞、クナシリの沖に停泊していた。艦長《キャプテン》ゴロヴニンはムール、クレブニコフ、四人の水夫と通訳のアレクセイと共に陸に行ったきり、あまりにも長いこと、姿を現さない。リコルドは次第に不安を募らせながら、望遠鏡で岸辺を覗いていた。その後、彼は、自分の悪い予感が現実になったことを自分の目で見なくてはならなかった。武装した敵、数百人を相手にしては、ディアナ号に残った男たち五十人では太刀打ちできない。リコルドは数発、大砲を撃った。途方に暮れた末の怒りの叫びだ。それから彼は一同を呼び集め、協議した。確かなことは、艦長《キャプテン》抜きでは、そして仲間を残しては、ロシアに帰れない、ということだけだった。しかしそうするためにもまずは援軍を求め、政府の後ろ盾を確保しなくてはならない。だがロシアは戦争になる。捕虜たちはどうしたらそれを生き延びられるのか。

クナシリを離れる前に、彼らは、見張りのいない海岸に、捉えられた仲間の衣服、書物、個人の持物を残した。知り得たところで判断する限り、解放までには時間がかかるからだ。ディアナ号が向かうオホーツクの海には、人も物資も、この危急への備えはまったくない。土地の司令官はリコルドにイルクーツクと、あるいはペテルスブルクと直接、交渉するよう、勧めることができただけだ。そこでリコルドは船を第一操縦士ルダコフの指揮に委ね、自分は冬が始まろうとする時期、犬橇《いぬぞり》で出発し、最後は馬を走らせる。しかし彼は、長い事、馬に乗っていなかった。ある崖を渡るとき彼の馬が谷底に落ち、彼は辛うじて命拾いはしたが、足を折り、イルクーツクまで人に運んで貰わなくてはならなかった。その地で彼はナポレオンのロシア進出の報を聞く。ツァーは世界の果てで捕虜になった片手の人数のロシア人のことなどよりずっと緊急の心配を抱えているのだ。ようやく歩けるようになった頃、彼リコルドは、船でクリーレン諸島に戻って捕虜たちがそもそもまだ生きているかどうか、たしかな情報を得るよう、そこで待てという命令を受ける。そして急いでオホーツクに、そしてクナシリに戻る。フヴォストフの人質だった日本人で今はロシア人になっている通訳の男を「詐欺湾」で船から下ろしたが、彼が持ち帰ったのはヨブの知らせだった。捕虜たちは死んだ、人々は彼らを米盗人として処刑した、というのだ。

リコルドは衝撃を受けつつ理解する。ゴロヴニンが夏に本気にしようとしなかったこと、あれは本当だったのだ。フヴォストフの襲撃を日本人はロシアの宣戦布告と受け止めていて、北の海の拠点だった所に要塞を作り上げていた。とは言え、捕虜たちの所持品はどうやら運び去られたらしい。リコルドは希望を捨てない。その希望を確かなものにするために、彼は、目には目をもって応ずることを決意する。偶然が一隻の日本の商船を通過させたとき、彼はそれを戦時の策略をもって拿捕する。数名の日本人が命を落としはしたが、船長を捕虜にすることができた[2]。これは身分のある男のようだった[3]。

タカダヤ・カヘイというのはね、とナージャは言った。ある大きな漁業会社の社長でね、リコルドが彼をペトロパヴロフスクに拉致したとき、彼は自分を日本の商売を一身に担う支配人と見なしていた。リコルドは賢いから彼を人質扱いはしなかったわ。船で行く間、リコルドは艦長の船室を彼と分かち合ったの。二人は会話をすることはできなかったけれど、身振りや行動で意志を疎通させた。カヘイがハンモックを嫌がると、リコルドもそれを諦めて、二人で床に寝たのよ、大きな男と小さな男が枕を並べてね。でも小さい男の方が船乗りとしては上手《うわて》だった。それを彼は大きな嵐が来た時、証明したわ。彼がいなかったらディアナ号はカムチャッカには到達できなかったでしょうよ。

ナージャは、ローマのヴェスタの女司祭のような白く長い、流れるような衣装を纏って登場してから、いつの間にかわたしの庵に置かれるようになっていたクッション付きの床几にまっすぐ背を伸ばして座るようになり、彼女の言葉づかいも洗練されたものになっていた。

ペトロパヴロフスクでも彼はリコルドと一つ屋根の下に住まっていたのよ、自分の使用人たちも連れてね。

使用人だって？　どこから彼はそんな人間を連れてきたんだ？　とわたしは聞いた。

彼らは自分から進んで従ってきたの。[4] 年配の男たち五人と、クリール人の男の子で、とりわけこの子は決して主人の傍を離れようとしなかったわ。彼らはカヘイと一緒に死ぬ覚悟だと言って迫ったの。でもリコルドは彼らを解放しようとしていたわ、カヘイの妻の了解を得てカヘイについてきたヨネという女性も一緒にね。リコルドは彼女に船の中を見せて歩いたわ、[5] 水夫たちがカヘイの荷物をディアナ号に積み替え、二年分の食料の備蓄などを運び込んでいた間に。

備蓄までも、かい？

でなきゃ、ペトロパヴロフスクで日本人にどうやって生きろというの？　グリュッツェやボルシチを食べろとでも？　リコルドはカヘイに帯刀も許した。女友達とは涙の別れになるのだろうと人は予想していたわ。永遠の別れになるかもしれなかったのですものね。ところが二人は深く一礼し合っただけだった。その方がぐっと来る別れの光景だわ。

わたしは微笑んだ。語りはもう安んじてナデシュジャに任せておくことができた。

立派な人物を見分けるには何を見たらいいと思う？——周囲の人間の生き方よ。カヘイが捕えられたと知ると、彼の妻は巡礼の旅に出て、不自由な生活を彼と分かち合おうとしたのよ、せめて遠くからでもね。彼の最も親しかった友人は資産のすべてを寄進して僧になったわ。

でもカヘイは何一つ不自由しなかったようじゃないか？

すべてに不自由したわ。——でも決して不平は言わなかった。心配事はひとつだけ、自分の使用人たちのことだったの。

タカダヤ・カヘイは、人形劇で有名なアワジ島の出身で、名もない漁師の息子だったという。有能さを発揮して魚の商売を広げ、彼の国の法律が許す最大規模の商会を作った。北方の島々を開いてアイヌやクリール人と取引したが、一方的に儲けたりするようなことは決してしなかった。軍隊も疑念を持たずに彼の助言に従った。商売がなければ占領の意味もなかったからだ。彼は北の島の最大の港、ハコダテを開いた最大の功労者だった。金持ちになり、マツマエの領主も彼にはかなり借金があったほどだ。しかし領主はカヘイが彼のために建てた大きな屋敷を訪ねるという名誉をカヘイに与えなかった。商人は農民よりも下の階級だったからだ。カヘイは個人として徳を磨くことによって、誇りを保つしかなかった。彼はしかし漁師の息子であり続け、船を出す時は必ず自分も一緒に働いたという。

その彼は、ちょうど冬に入る前の最後の漁に出て、その獲物をエトロフから船で持ち帰ろうとしていたところを、突然、捕えられてロシア船上の捕虜になったのよ。[6] 彼は静かに覚悟を決めてそれを受け止め、カムチャッカに連れていかれることに同意したの。彼の方から条件を出してね。リコルドはそれを受け入れたわ。というのは、カヘイのおかげでリコルドは、ロシア人たちは生きているという待ちに待った情報を得たのだったから。異国人捕虜の話は田舎の奥深くまで伝わっていたわけ。カヘイのリストにあった最初の名前はムールだったのよ。ゴロヴニンはどこに行ったのか？

公海に出て数日たって初めて、リコルドはカヘイの口から出る「ホボーリン」という言葉を理解したの。[7] あぁ、そうだよ、体のえらく大きな男で、いつも暗い顔をしていて、ほとんど口もきかなければ、たばこさえ吸わないんだ。[8] リコルドは安心した一方、友人の身を気遣った。ゴロヴニンはさぞかし辛かっただろう、と。しかしともかくも彼は生きていたのだ！

ペトロパヴロフスクに到着したとき、彼らは同じランクに属する二人の人間だった。しかし土地の人間にとってはカヘイとその一行は捕えられた猿以上の存在ではなかった。だから彼らは「海軍大将邸」と呼ばれる石の家を一歩も出なかった。決して開けられることのない透明な窓や、いつも真っ赤に燃えている丸型ストーヴ、シュンシュンと音を立て続けるサモワールなど、彼らは不思議に思いながら眺めた。彼らに宛がわれた部屋を彼らは自分の国のやり方で整え、日本の食べ物を広げた。そうしながらも彼らはあたりに注意を怠らず、いざとなれば戦う構えであった。カヘイは彼らの治外法権が尊重されない場合を予測し覚悟もしていた。その場合には、まず町に火を放ち、弾薬庫を爆破したあとで、名誉ある形で死を遂げなくてはなるまいと考えていたのだ。

しかしそれまでは、でき得る限り、自分の使用人たちが傷つけられたり辱めを受けたりすることが少なくて済むよう、カヘイは心を配った。使用人たちがしかしそのために外出をしなかったことは、健康によい影響を与えず、彼らは次第に病気がちになった。リコルドが目配りしている間は、彼らは保護を受けていたが、彼が人質交換の協議のためにオホーツクに出発すべく、背中を見せるや、彼の代理人、ルダコフは日本人をさんざんにいたぶった。彼は貧しい家の出で、それだけに軍を嵩に来て権威を振り回したのだ。

しかし彼はここで真に高貴な一人の人間に出会う。カヘイは、多くの費用を費やして用意した日本式の正月の祝いの席にルダコフを招待したのだ。ルダコフは一滴もアルコールを飲まなかったが、それでも彼の中で何かが動き始め、思わず彼は、カヘイを不思議な生き物のように眺めた。ねぇ、教えてくれませんか、と彼は言った。わたしのような人間にはどんなチャンスがあるんですかね？——あなたはわたしの弟を思い出させるんですよ、とカヘイは答えた。弟はあなたほど才能があったわけではないが、それだけに自分に辛く当たっていた。で、わしは奴に言いましたよ、弟よ、お前の心を広く持て！　お前に欠けているのは広い心だ！――そう言いながらカヘイは着物の胸をはだけて見せた。するとルダコフは涙を流して泣き始めた。彼は初めて、泣くことの許される子どもになったのだ。

リコルドはカムチャッカの総督になったのではなかったっけ？

そうよ、とナージャは言った。その事を彼はオホーツクへの旅の途上で聞いたの。リコルドにとってはそれは自己犠牲を意味した。でも彼はゴロヴニンのためにその犠牲を払ったわ。そうしなければ友人を救うために何かをすることはできなかったから。ロシアは麻痺状態だったのですもの。オホーツクの司令官は彼におめでとうと言ったわ。司令官は陽気な人間で、彼自らリコルドに新しい職務への導入をするのだと言ってきかず、自分の家族全員を伴って、橇でペトロパヴロフスクに向うと言う。――リコルドは焦り、もどかしさに炭火の上に座る思いだった。カヘイもそうだったに違いなく、毎晩、リコルドはドアの外に立って友人の到着を待ったわ。ついに彼は鈴の音を聞いた気がした――何マイルも隔てた距離でもそれは聞こえるの。カムチャッカの夜は墓場のように静かだからよ。しかしリコルドの試練はようやく始まったばかりだった。司令官の小さな娘は日本から来た小さな男に、ロシアではどうやってキスをするのか、教えるのだと言って聞かない。――彼女はきっと彼に恋をしたのね、ちょうどわたしのように。でも彼に話しかけることはわたしには躊躇《ためら》われた。彼は目には見えないけれど大天使の鎧をつけていたのよね、きっと。

ナージャがこんな風に語るのをわたしは初めて聞いた。

そうしながらもカヘイの心は血を流していた。彼の日本人が次々に死んでゆくのだ。彼らのために彼は焦った、彼らの傍らで夜を明かした。だが日本人は一人、また一人と死んでいった。残るのは二人だけだった。それでも彼は、オホーツクからの一行に対して、彼らが鈴を鳴らしながら雪の中を遠ざかるまで、礼を尽くすことを忘れなかった。カヘイは死者たちを葬り、一方、リコルドはひたすら待っていた。氷が解けてついにクナシリに向けて船出ができる日を。それにはしかし日本人がいなくてはならない！今こそ、カヘイが彼の同胞にとってどれほど価値のある人間かが示されなくてはならないのだ。——でも交換は釣り合いのとれないものになっていたわ。八人の体格のよい長鼻族と三人のやせ細ったちっちゃな猿たちよ！

カヘイはロシア語ができたのかい？　とわたしは聞いた。

ええ、とナージャは言う。リコルドが彼につけてやった小間使いの少年、オリンカから習ったの。彼は当時十二歳だった。彼らは毎日、四時間、一緒に勉強した。まずオリンカがカヘイにロシア語の単語を教える。それからカヘイはクリール文字を覚える。オリンカが自分の言った単語を文字で書いて見せることができるようにね。そうしながらオリンカは、自分でも気づかないうちに日本語を学んでいたのね。数週間後には、彼は初めての日本の文字を書いたわ。一方がダウンすれば他方もダウンしていたでしょうね。クナシリに向けて船に乗ってからも授業は続いた。通訳のオリンカは日本の航海術も覚えて、カヘイはついに息子を持つことができた。わしの実の息子はどうしようもない奴でね、と彼はわたしに言っていた。でもそれは、自分に関することはすべて小さく言う、彼一流の表現だったかもしれないけれど。

とうとう君も、彼と話せるようになったんだね、とわたしは言った。

彼女の目に涙を見たのはこれが二度目だった。彼女は身動き一つせず、声がまた彼女の思い通りになるまでじっと待った。

カヘイは背が低くて、わたしたちみんなより、頭一つ分は小さかったけれど、彼の隣に立つと他の人間は……みんな余分に見えた。体にも声にも動作もどこか余分なものがあるのよ。読書しているときでも――彼は何日も何日も本を読んでいたのよ――彼の姿勢には敬意が表れていたわ、本に対する、そして自分自身に対する敬意がね。

本に読みふけっていても彼は全身に気を漲《みなぎ》らせていたわ。立ち上がると、突然、足の下から地面が攫《さら》われたように、一瞬、ぐらりとする。でもすぐ平衡を取り戻してまっすぐ立つの。彼の傍にいるとわたしは、立つことを学ばなきゃと思ったわ、昔、歩くことや泳ぐことを学んだように。彼は三つの人生訓を持っていたわ。誰も軽んじないこと。自分を大きく見せないこと。すべての事柄の大きさと重みを正しく測ること。商人としての知恵ね。――突然、ナージャは声を上げて笑った。でもカヘイは時に少し頭がおかしくなって、気が触れて、デーモンのように荒れ狂うこともあったのよ。クナシリに向かう船中で、リコルドはある文書を手にしていた――シベリアの役所の証言で、フヴォストフの暴挙の謝罪文の冒頭だった。この書面を手に入れるまで、リコルドには実に遥かな道のりだった。ここまで来ればもう何も起こることはない、難船もなければ、世界の没落もない！　ところが起こったのよ、ある事件がね。カヘイ、という男の事件よ。リコルドは彼にその書面を見せたの――それが彼の彼らしいところね。カヘイはその書面を持って船室に降りていくとオリンカと一緒にそれを念入りに、一語、一語、丹念に吟味したわ。ついにそれをリコルドに返しに来ると、彼は言ったの、俺はこれを引き裂くところだったよ、そうしなかったのは、ただただ、俺たちが友だちからだ。

ディアナ号が詐欺湾に近づくと、岸辺の光景はカヘイをまた日本人に戻し、騾馬のように頑固にしたの。リコルドはカヘイが狂ったのかと思ったわ。それともそう演じているだけなのか？　ロシア語の書簡はクナシリの指令官に宛てたものだったの、ロシア人を最初に捉え、彼らはもう死んでいると伝えたあの男よ。彼の目眩ましはこれで霧散するはずだった。ディアナ号の帰還とそれが彼に齎《もたら》すこの手紙によって彼の面目は丸つぶれになるはずだったわ。誰がその手紙を彼に届けるべきか。カヘイの使用人のうちの誰かをやろう、とリコルドは言った——リコルドは、最後の切り札であるカヘイを無論、手放したくはなかったわけね。駄目だ！　とカヘイは言った。この手紙はとんでもない手紙だよ。オホーツクの司令官は脅かしているんだ、日本人が捕虜を返さないなら、彼らの帝国は根底から揺るがされるであろうと言ってね。

　これが謝罪の意を表す文だろうか？　もしもロシア人が彼らの威嚇を正当だと思っているなら、個人として前面に出て、口頭で、それを無効にできる人間はひとりしかいない——この俺、カヘイだ。俺以外に誰が、当局にこの書面を正しく読ませる、あるいは一番いいのは、全く読ませないことなのだが、そんなことができるというのか？

　リコルドは色を失った。カヘイもそれ以上は一言も言わず、自分の船室に消えた。頭髪の一部を切り、自分の肖像を箱に入れ、使用人たちを呼んでそれらの品を、彼の刀と共に手渡して、これをわしの家族に届けてくれ、と告げた[9]。

　使用人たちは体を固くしたに相違ないわ、カヘイの振舞いはたったひとつの事しか意味しなかったのだから[10]。衣服は、わしが名誉を守ってこの世を去った証として、わしの体と思って焼いてくれ。

　リコルドは決意を固めたわ。書簡はクナシリに届ける、変更を加えず、リコルドが定める使者を介して——あるいは、直ちにオホーツクへ引き返す、タカダヤ・カヘイと共に。その二つに一つしかない、と。

　オホーツク、とナージャは言った。——最悪だわ。すべての忌まわしい事はそこから来たの。リコルドがオホーツクに船を向けたとき、カヘイはオリンカを唆《そそのか》してリコルドの机を探させる事までした。リコルドはオホーツクで本当は何をしようとしているのか、探ろうとしてね。オホーツクの知事の娘のキスもカヘイの誤解を解くことはできなかったわ。オホーツク、それは戦争を意味するのであり、今こそ、彼の友人は仮面を剝いだのだ。誰も自分を生きたままオホーツクに届けることはできないのだ！

　わたしはナージャの女優としての天分を初めて知ることになった。

　彼は自殺しようとしていたの、でもその前に彼は一幕《ひとまく》、演じずにはいられなかった。突然、曲芸をしてみせたのよ。この華奢な男がね、ディアナ号の横静索を上り始めて――まさに、ロシア人がいつも彼の中に見ていた、小猿そのもののようだったわ――てっぺんまで上って見張りの籠に入ったの、そして四方に向かって叫んだのよ、イクルズ！　イクルズ！――吃驚しているキャプテンにオリンカが説明したわ、あれは船長《キャプテン》、あなたのことです。[11] 二人が友人同士であったとき、かれらは互いをタイショウ（大将）と呼んでいたのよ。オリンカはリコルドの返答を待たず、自分もマストの上の見張り台によじ登っていった。彼が絶望しながらカヘイに語りかけている様子は下からも見てとることができたけど、その声は聞こえない。あっという間に彼は甲板まで下りてきた。カヘイはあのてっぺんであなたを待っているのです、男と男の一騎打ちだと言って。そして息を切らしながら彼は付け加えたわ。カヘイはちょっとだけ切りつけてほしいのです、名誉のために。そうしたら彼は自分から下に飛び降りるつもりなのです。今やカヘイはそれをリコルドなしでもやってのけるつもりのように見えた。リコルドは自分の良心の呵責を吹き飛ばそうとして叫んだ。タイショウ！　お前さんの言いたいことはわかったよ！　しかし何の反応もない。そこで今度はリコルド船長《キャプテン》自身が大マストの突端までよじ登っていかなくてはならなかった、彼がそんなことをするのは幼年学校時代以来、初めてのことだったわ。今や二人は船のてっぺんの見張りのための籠の中に、檻の中の二匹の鼠のように入って揺れていたのよ、天と地の間で宙釣り状態になって！　戦うより互いにしっかり相手を支える方がよさそうだった、一番いいのは互いに助け合うことだったわ。適度に間をおいて、二人は慎重に籠から出て、注意深く下に降りてきた。リコルドは最後に、急に年とったように見える男を支えねばならなかったわ、彼自身もしっかりと足で立っているわけではなかったけどね。――それでも彼は今一度、試練に耐えたのよ、それがどんな試練であったにせよ。

もう一度、甲板の上に戻ったわけだ、とカヘイはしっかりした声で言った。わしは着替えてくる。リコルドも、俺もそうする、と答えた。そのあとでお前さんを食堂で待っていてもよろしいかな、お茶を飲もう。カヘイは黒い着物を着て現れた。彼の使用人を最後に葬ったときに来ていた着物よ。白い経帷子《きょうかたびら》でないだけよかったわけね。それから改まった口調でカヘイはタイショウに――カヘイは彼をまたそう呼んでいた――伝えたのよ、残念ながらあのような不穏当な手紙を二級の使者に持たせてクナシリの長官の所に遣るわけには行かないのだ。だからカヘイは自分を――だがその前に何人かのロシア人を、残念だがいずれにしろまずリコルドを、そして第二の士官をも殺すつもりでいた。だがこの間に自分は、この手紙を渡すことはロシア側にとっては必須の件であることに思い至った。そしてそれなら自分が直々に、クナシリの指令官のところに持っていく用意がある。自分、カヘイは、そうすればしばらく止め置かれることになるであろうから、しばらくの留守を許してほしい、と言うのよ。

ありがとう、タイショウ、とリコルドは言って一礼したわ。――舟は用意させる、いつでも君がいいと思う時に使ってくれ。

カヘイも礼を返したわ。だがこうなれば何も急ぐことはない、お互い、一寝入りするのが良かろう。そう言って彼は短刀を手に取り、その切れ味を確かめるように、白いハンカチを真ん中で断ち切って、一方をリコルドに渡し、他方を自身の懐に入れたの。

夜明けと共に舟が水に下ろされた。リコルドは日本側の岸、つまりリコルドが外国人として足を踏み入れることが許されない岸辺に、カヘイに従者をひとりつけて降ろそうとした。カヘイはしかし彼を舟から助け降ろしたリコルドに、日本の浜に降りて一つの方向に三十歩、そして反対の方向にまた三十歩歩くことを許したの。[12]リコルドはそれをしたわ、儀式ばってではなかったけれど、ちゃんと歩数を数えてね。これが新しい道に踏み出す最初の数歩だったわけね。

子どもの遊びのように始めたわけだ、とわたしは言った。――それにしても君はどうしてそんなことを全部、知っているの？　君はそこに居合わせた訳じゃないだろう？

リコルドはそこに居たわ。――でも、今日の所はこれで十分ね。じきにターニャが食事を運んでくるわ。食欲はある？

ターニャ？　誰だい、それは？

もう覚えていないの？　わたしどもはあなた様にお仕え申す所存でございます《オ・ネ・プレ・タ・ヴ・セルヴィル》。――楽しみに待っていらっしゃいな。

ナデシュジャ、とわたしは言った。――僕たちは一度だって一緒に食事をしたことがないじゃないか。

わたしたち、まだそれほどの仲ではございませんわ、フォン・レーヴェンシュテルン様！　と彼女は言った。

明日、続きを話してくれるかい？

それは明日になってみないとね。――あなたを疲れさせたくはないから。

クッションを張った丸い床几がぽつりと取り残された。わたしの庵の中の異物だ。ナデシュジャが残した窪みはまだ温かいまま残っている。わたしはそれを取り上げると書きもの机の真ん中に据え、お辞儀をして言った。これからは何と言っても君が作家だ。それからわたしは熊皮、いままでわたしたちが横になったことのない、もう一枚の方の上に横になって、黒い侍を、目が痛くなるまでじっと眺めた。

夢の中でわたしは彼の名前を聞いたのだ。「ヨシ」という名前を。

## *2*

翌日、彼女はまたやってきた。服装はほとんど昨日のままだが、飾り帯は、エニシダに代えて生けようと彼女が手に持っているヒヤシンスと同じくブルーだ。それを生けるために彼女は白いアンフォーレの壺も持ってきた。床几はまた床に降ろされていた。

全部、新しいんだね、わたしは言った。

ターニャをどう思って？　彼女が聞く。——彼女もまったく新しい？

ターニャは要らないよ、とわたしは答えた。——僕は庭に行っていた。新じゃがいもは実にうまいよ。だが僕にとってまったく新しいことは、じゃがいもが収穫できると同じ時期に、ヒヤシンスが摘めるということだ。

グリレンブルクは季節を知らないの。ここは暑いと同時に寒いのよ。

たしかにそれは変わっているね。——常時、適温なわけだな、温室みたいに。本当を言えば僕の好みではない。生ぬるいものを主は口から吐き出された。[13]

快適さに飽きておいでのようね、レーヴェンシュテルン様？　と彼女は聞いた。——Novarum rerum cupidus?

君はラテン語もできるのか？

カムチャッカの冬は長いのよ、と彼女は言った。——リコルドがわたしに教えてくれたの。ラテン語は彼にとってゴロヴニンと彼を結ぶものだったのよ、彼がゴロヴニンのためにまだ他には何もしてやれなかった頃にね。幼年学校で彼らはラテン詩人を勉強したのよ、勤務が終わると。

覚えているよ、とわたしは言った。——変わった道楽だ。

リコルドにはいつもどこか学校の先生風のところがあって、アザラシやオットセイへの興味には限界があった。だからわたしは彼の女生徒になってあげたわけ。

*Novarum rerum cupidus*、新しいことに貪欲に、というのはしかし、とわたしは言った。ローマの市場で新しいものを物色する、という程度の意味ではなくて、渇望する、革命を起こすと言う意味だよ。

そうしていけないわけがある？——と彼女はこともなげに言った。——ガラスの温室に座っている人間だってたまには石を投げてもいいのよ。ガラスの破片が散るでしょうけれど、いつか四季が訪れないとも限らない。人間もまた熱くなったり、冷静になったりするわ。そうすれば主も彼らを口から吐き出したりはなさらないでしょ。

日本の四季はナガサキの港でも感じられた。春風は湾を超えてやってきて、デジマの梅の花となって吹いた。——われわれは桜の花も見たよ。秋の色彩はもっと美しい。われわれが到着したときには紅葉が山々の頂きに真っ赤に燃えていた。十一月が一番きれいなのだと僕が少しばかり日本語を教わった通詞が言っていたっけ。また夏や秋を見たいな、ナデシュジャ。

ここを去って外の世界に出たくてたまらなくなっているわけね？　と彼女は聞いた。

でもまず君の話を終わりまで聞きたいな、どこにも書かれていない話だからね。カヘイの姿が目の前に見えるよ、まるで僕がそこに居合わせたみたいにね。

ナージャは微笑んだ。――リコルドは、浜辺で三十歩行って三十歩戻ったとき、それは日本で最初の、そして最後の数歩になるのかもしれないと思ったのね。彼のボートがディアナ号に戻るとき、小さなカヘイがますます小さくなって遠ざかるのが見えたわ。――かつてのゴロヴニンのように彼から遠ざかる二人目の友人だった。そして二人目もこれで最後になるのかもしれなかった。カヘイは七人のロシア人捕虜解放のための唯一の鍵を携えていった。それを手にたった一人で高い所にある獅子の穴に入っていったんだわ。そこから彼自身、無事に出てくるためには、彼は自分の国の基礎を新しく作り変えなくてはならなかった。一方、リコルドは手にもう一枚の札も持っていなかった。自分は手ぶらで目的地にやってきたんだと信ずるしかなかった。彼らは二人共、新しい人間でなくてはならなかった。でもカヘイは古い日本に到着したのよ、そのことを彼はすぐに感じ取ったわ。

われわれは腰を降ろしていた。わたしは無骨な事務机に、彼女はわたしがまた部屋の中央に戻しておいた床几の上に、白鷺のように座っていた。ふわりと長い彼女の衣裳が床几を隠し、彼女はまるで宙に浮いているように見えた。

クナシリの長官は、カヘイに自分の家にはどうか足を踏み入れないでほしいと請うたとき、極めて丁重ではあったわ。知事あての手紙は受け取られたけど、使者は要塞の隣の粗末な宿舎をあてがわれたのね。だが大家の主《あるじ》カヘイがどうしてこれに甘んじられて？　彼は自分の世話をする使用人をまず雇い、それからアイヌ人の大工を雇って、マツマエから返事が来るまで自分が滞在するための屋敷を建てさせたの。でも彼は友人たち、ロシア人たちが恋しかった。ほとんど毎日、彼は、漁獲の季節ではないので高価だったけど、新鮮な魚を買っては、ディアナ号上に届けさせた。それから海岸に出て、白い絹の布を刀に結びつけて振ったの。リコルドはカヘイをフリゲート艦に連れてくるための小舟を出したわ。クナシリの長官はフリゲート艦は存在しないも同然に振舞った。以前なら発砲させたところよ。カヘイはもうそこまでの成果を示していたわけね。

ついに知らせが届いたわ。首尾は悪くなさそうに見えた。長官もかつて捕虜たちに会って知っている、彼らも人間だ、と書かれていたわ。彼はテイスケのような通訳も持ち、タカダヤ・カヘイのような要人が何を自分の身に引き受けたか、理解し、尊重することを知っていた。しばらくすると彼に全権を委ねたわ、それをどう使うかもカヘイに任せたの。要塞の司令官もここに来て親切な方の顔を見せ始めたわけ。

でも、次の一歩のためにはまだ必要な書面があったの。オホーツクの長官が脅し半分告知することを是とした姿勢はここではそれ以上問題にしなかったけど、その代わりに要求されたのは、フヴォストフは高位の者からの指令なくして行動したのだという証言で、このたびはそれが最高の権威ある者からの手紙と封印を以てなされてほしい、ということだった。さらに略奪された品々は、可能な限りにおいて返却されるべきことという一文が必要だった。むろん日本側はフヴォストフがすでに死んだことを聞いていたから、彼の略奪品はとうに四方八方に散ってしまっていることは知っていた。その際にはだから最高度の遺憾の意と共に、略奪品の返却はすでに叶わぬ旨を伝えてほしい。そう言って良ければ、詫びの言葉を求めていたわけね。それさえあればもう罪云々は問わない、ということなの。

ゴロヴニン赦免までの長い道のりは、繰り返し、儀礼的なやり取りを必要とした。けれど儀礼は本質的な事柄に関わるものであって、いい加減なやり方は許されなかった。遠いヨーロッパでは戦局が逆転していて、ツァーが連合軍の先頭に立ってパリに進軍していたことは、この間に日本にも知られていた。この事はゴロヴニンの件に悪影響を及ぼすことはなかったけれど、しかしそれがもう片付いたなどとは誰にも思ってほしくなかった。日本は一枚の紙切れが欲しかったのではなく、捕虜を自由にするだけの自由を持つ一国に対する敬意の印を見せてほしかったのよ。

リコルドはもう一度、ロシアと日本の間を往復するしかなかったわ。今度は、名誉ある本国送還人となったカヘイぬきで。カヘイは、今は、両者の関係がしっかり保たれていることの保証として陸地に頑張っていたのだから。複雑なこの一件の結び目がすべて解かれ、事に相応しい展開を見るまで、もう一度、数か月が過ぎ去った。最後の一幕は次のような展開になったのよ。

ディアナ号はオホーツクからの再訪にあたって、クナシリを通らず（「詐欺湾」はもはや問題外だった）、北から直接、大きな島、エゾにやってきた。入港すべき港が艦長リコルドに告げられた。島の首都マツマイにあまり近過ぎず、しかも高位の役人たちが比較的足を運びやすい場所でなければならなかった。つまりそこまで幕府の役人のひとりが、捕虜たちの間で選ばれた使者を送ってくるというのだ。その者はディアナ号の同胞に最初に会って情報交換の役を引き受けるが、それは一方では互いの負担の軽減に、他方では今後の段取りの合意に役立つよう、任を果たさなければならない。そのあとでディアナ号は岸にもう少し近い所まで舳先を進めてよいが、あくまで日本側の水先案内人に従うべきこととする。リコルドはむしろんカヘイに来てほしかったが、それは叶わなかった。カヘイはロシア人に近過ぎたのだ。カヘイはロシア人捕虜たちと同じく――と言っても個人的に彼らに出会うことはなしに――ハコダテでディアナ号の到着を待たなくてはいけない。というのはそこ、ハコダテに、ゴロヴニンと彼の仲間は、今や、捕虜としてではなく国家の客人として、マツマイから丁重に移されていたのであったから。

ハコダテはカヘイの町とも言えた。漁業界一の大商人カヘイなくしてはハコダテの開港はなかったのであるから。そこに向けてディアナ号は舟を進めてよいが、着岸してはならず、リコルドは見張りの者がついて小舟で岸まで運ばれなくてはならないことになっていた。

その旨をゴロヴニンは、自分の使者を介してリコルドに警告していた。だが籤《くじ》で使者の役を引き当てたのは水夫のシモーノフであった。他ならぬムールが、ディアナ号にはどうしても自分が最初に足を踏み入れたい、そうでなければ不幸なことになる！　自分だけが情報を握っているのであり、日本人の真の意図を知っているのだから、と言い張ったにもかかわらず、あるいは言い張ったからこそ、ゴロヴニンは籤引きで使者を決めた。

籤はムールの代わりに単純素朴な人間を選んだ。シモーノフは自分の庭の柵を超える世界を見ることはできない人間で、ゴロヴニンからの委託も覚えていられなかった。結果、リコルドはゴロヴニンのその警告を聞かなかったのだから、それを無視する必要もなかった。彼は平和を信じていたので、見張り人なしにハコダテに渡り、自らを安んじて日本人の手に委ねた。

ハコダテの当局は税関[14]を晴れがましく飾っていた。ここで二人の友人同士は二年ぶりに相手を腕に抱くのである。日本側が作らせた衣裳に身を包んだゴロヴニンを、リコルドはほとんどそれと見分けられなかったほどであった。再会は、最初、立会人の前で行われたが、すぐに彼らは姿を消した。もっとも知事のアラオ・タジマノ・カミは幕の後ろからこの場面の一部始終を見守っていた。博愛主義者の彼も、むろんこの場面に立ち会うだけの功績があったのだ。

そのように約束はなされていた。そのように事は運ぶことになっていたのだ。そしてそのように事は運んだ。ディアナ号は再び艦長《キャプテン》を取り戻した。友は友を取り戻したのだ。一人を除いて、全員がそこにいた。

　そしてカヘイは？　彼が感動の頂点たる場面にいなかったとしたら、それは彼の自由意思によるものかどうか、ナデシュジャは明らかに疑っていた。彼の名声の樹が天まで届くのは良くないと思われたのか、それともその樹の根には外国の毒が入りこんでいると警戒されたのか、いずれにせよ、彼は病気のため欠席ということだったわ。ひょっとしたら幸運の再会を果たした家族たちに引きとめられたのかも知れない。彼が勘当した鼻つまみ者の娘がまた家に帰っていたのかも知れない。リコルドの強い勧告があればこそ、カヘイは娘が家族の生きている間に家に帰ることを許す気になっていたのだった。あるいはカヘイが自分の若い弟に肩入れして後継者候補から外していた息子が家に帰ってきていたのかも知れないわ。――カヘイは、ナデシュジャには自分の家族の事情を少し漏らしていたのだ。ペトロパヴロフスクでは彼女がカヘイの養女であったことを、わたしは疑わない。――オリンカとともに彼女はカヘイの家族であり、カヘイよりむしろ彼女のほうが、彼の家族に会いたいと思っていたのかもしれない。

　しかし自身の死ということでもなければ、カヘイがロシア人友人たちの旅立ちに際して、最後の見送りに顔を見せないことはあり得なかったでしょうね。彼は、ナデシュダ号の最後の宴に、小さな樅の木のように元気な姿を見せたわ。別れの場面は長く続いた。日本人がロシア人のために陸上で催した宴に続いて、お返しの宴がディアナ号上で開かれ、招かれなかった者たちも大勢、小舟でやってきて歓迎を受け、船を外から、また中から見ては、讃嘆していた。――女たちも、好奇心満々で、隅から隅まで覗いては笑い声を上げ、見たこともないものを見せてもらうたびにお辞儀をして感謝を表していた。贈り物は、日本人の友人たちはこの時ですら受け取ることを許されなかったので、小さな品々をこっそり記念に手渡すことができただけだった。最後にティンパニーが打ち鳴らされて、ディアナ号が錨を上げ、風が有利な方向から吹いて帆を一杯に張ると、礼砲が水上をあちらからこちら、こちらからあちらへと轟き渡ったわ。こうしてロシア人は彼らの自由を、そして日本人は彼らの秩序を取り戻したのよ。

ナデシュジャの目を通してわたしが見たのは、ディアナ号が公海に出ていくのを見守った最後の人間の中にいたタカダヤ・カヘイとムラカミ・テイスケの姿だ。彼らは初めて二人一緒に一艘の舟に乗っていた。船に向かって彼らが手を振ったとき、彼らは知っていたわ、彼らの一部も一緒に公海に出ていったのであり、それが帰ってくることはないことを。でも別れの傷は新しいひとつの世界への旅立ちでもあるの。彼らは勇気をもって自らそれを行ったので、身を以て証言することができた。日本が怖れている変化はひとつの希望でもあること、そしてそれは自らの変化を恐れない人間を必要とするだけなのだ、ということを。

船乗り仲間、ムールの場合はどうだろう？

あえてそう問うことをもはやわたしはしなかった。折角の気分を壊す人間でありたくはなかったから。できれば残りたかった唯一の人間は幸運な人間たちの船に乗せられ、歴史の死角に消えていった。ナージャの目は、カヘイとリコルドが別れの時に振り合った、半分ずつの白い布を眺めている。それは二人を、時間と空間を超えて、分かちがたく結んでいるのだ。

## 3

次第にナデシュジャは自由になり、彼女のペトロパヴロフスクの年月を顧みることもできるようになった。というのはそこにこそ、彼女の今なお葬り去られていない愛はあったのだ。言葉を交わして話しあうことはほとんどできないカヘイ、自身、凍てつく異国で寄る辺ない身のカヘイが彼女の守護神だった。リコルドの手が唯一、カヘイを支えていたが、そのリコルドがナデシュジャの手に触れるということが起こった——そして彼女の人生は生きるに値する生へと開花した。長い間、彼女は自分の舌をわたしに対して拒んできた。今や彼女はその舌を自分自身のために必要としている。そして彼女の言葉に黙って耳を傾けていた間、一日ごとにわたしは彼女と親しみを増すように思えたが、一方、彼女がわたしに紹介する一人、一人がわたしを彼女の性から遠ざけた。偉大なる愛は長い時間、顔を隠した。死と取り組み始めたからだ。

ペトロパヴロフスクの新年の祭りのすぐあとに、カヘイは彼の二人の使用人を失った。カヘイと運命を共にしたいと名乗り出た者たちの中から最も年老いた者ばかりを彼が選んだことが祟ったのだ。とはいえ唯一の例外として伴った若いアイヌ人が早くも二番目の死者となった。船大工が棺の寸法を取りにやってきたとき、カヘイはリコルドに言った。すぐにもう一つ、作らにゃなるまいて。果たしてそのすぐ後に三人目の死者が出た。カヘイにはあと二人の使用人が残るばかりだった。彼は黙り込んだ。教区付きの司祭がやってきて、彼の言う唯一至福を与える信仰のために、苦しみの果実を収穫しようとすると、カヘイは首を横に振った。すると神に仕えるこの男は言ったのだった。それならお前ら自分たちで互いに葬り合ったらよかろう。

リコルドは水夫たちを呼び集め、共同墓地を一つ作るよう命じたが、彼らの道具は氷にぶち当たるばかりだった。それほど厳しい凍結だったのだ。リコルドはカヘイが指差した場所に火を焚かせ、地面を少し柔らかくした。ペトロパヴロフスクのはるか遠くに人は目を注いだ。わしがこの者たちを殺したのだ、とカヘイは言った。せめて日本のある方角に向けて彼らを眠らせてやろう。カヘイは仏教の僧のようなビロードの被りものを作らせて冠り、黒い着物を着た。死者が出た場合に備えて彼は白い着物も用意していた。クナシリにいた間に彼は最悪のこともすべて考えていたのだ。

三つの棺を山の上まで担ぎあげるとき、水夫たちは強風と闘わねばならなかった。その風にカヘイの喪服が黒い帆のように旗めいた。卒塔婆に彼は自分の手で文字を書いて美しい戒名を与えて——たとえばアイヌ人の少年は「雪の枝に花咲く鶴」と名付けられた——、彼らを彼岸に渡す渡し守にはたっぷりと酒手を与えた。口を開けたままの墓の中に向かって彼は経を唱え、凍える手で数珠を弄《まさぐ》った。棺の蓋が閉じられると、彼は酒を注ぎかけ、その小さな酒壺を戒名の板の前に置いて、長い間、その前で頭を垂れていた。リコルドがカヘイの肩に手を置いて言った。テ、ン、タ、イ、シ、ョ、ウ！——テンというのは天を表す彼らの共通の言葉で、彼らの身に降りかかるすべてのことに通用したのだ。しかしカヘイは無言で背を向けた。残った最後の二人の使用人が、まだ開いたままの墓にカヘイが落ちないように、彼を支えた。だが彼ら自身、ほとんど立っていられない状態だったのだ。

モスクワの大火[15]以来、ペトロパヴロフスクにももはや社交の集まりはなくなっていた。ナデシュジャのパトロンであった年老いた知事は去り、彼女は、リコルドが任務を引き継ぐまでの間、がらんと大きな屋敷に一人で住んでいた。リコルドは彼の日本人たちと一緒にまだ「海軍大将邸」に住んでいたのだ。四月に入って、二日にわたって雪が降り、町は再び深い冬の中に沈み込んだ。リコルドは毎朝、雪をかき分けて執務室までやってきては、余りにも長いこと、放擲されていた書類に目を通した。カムチャッカの惨状が数時間の間は彼を家政の嘆きから解放することになった一方、それを倍加もした。二人の日本人はもう何も食べようとしなかった。カヘイは一日中、壁に向かって座り、オリンカは彼の隣に蹲《うずくま》って泣いていた。ディアナ号は深い雪の中に船体が突き刺さったままであり、ゴロヴニンを迎えに行くために船が再び水に浮かぶ日などもう考えられないほど、遠くに退いたように見えた。リコルドはカヘイが使用人の死について自分を許すことはあるまいと確信していた。彼を捕虜にした時点ですでに一人が溺死しているのだ。彼らの運命の責めを彼が一人きりで抱えているのは日本人らしい潔《いさぎよ》さだったが、それはしかし、その真の原因を作った人間を恥じ入らせた。だがこうして、リコルドが仲間の解放のために使おうとした梃子の力はますます弱まっていく。カヘイまでもが死んでしまうと、ゴロヴニンとその一行は捕虜になったまま取り返しようもなくなるのだ。ロシアは流血の余り死に瀕しており、郵便は途絶えたままだ。リコルドの婚約者、ルドミラからはクリスマス以来、一通の便りもない。本来、彼らはペテルスブルクで結婚しようとしていたのだった。もしかすると彼女はすでにシベリア大陸横断の旅に発っているかもしれない。とすれば心配がもう一つ増える。彼女がリコルドの流刑の運命を分かち合わねばならない理由があるだろうか。

社交界をなくした社交界の花形、ナデシュジャは、リコルドと一緒にラテン語を学んだ。この営みの無意味さが彼には有り難かった。心配事で心を散らす代わりに一点に集中できたからだ。とは言え最大の労力は事態改善のために最低限のことをすることに費やされた。みじめな港町に立つたびに彼は時間を浪費しているという感情に捉えられた。時間浪費の最たるものは事態の改善のためになされる試みであった。ナデシュジャは、ペトロパヴロフスクにもう一つだけある石造りの家、海軍大将邸におけるリコルドの家政も見ていた。日本人がここに住むようになってからは彼女が彼らの面倒を見、彼が旅に出るときは彼の代りも引き受けた。はじめのうち、彼女は、リコルドの臨時代理人であるルダコフの無作法、つまり一方では彼女に迫ろうとし、他方では日本人に辛く当ろうとする彼を、厳しく戒めて制した。こうして彼女とリコルドの間には、兄妹のような関係性が生まれた。彼女は兄を持ったことがなかったのだ。

ナデシュジャが彼の執務机のところにお茶のポットを運んだとき、彼は目も上げずに言った。ナデシュジャ、君がもう一度、向こうに行くなら、見てきてほしいんだ、彼らがまだ生きているかどうか。

彼女は長靴に足を突っ込み、毛皮のマントに潜り込んだ。雪はもう降っていなかったが、陽の光は永遠に消え去ったかのごとくであり、海軍大将邸も死んだように横たわっていて、ストーヴに燃える火だけが屋内の空気を刃物で切れそうに濃密にしていた。キンゾウとヘイゾウが敷物の上に身動きもせず横たわり、カヘイは壁に向かって正座していた。彼女がその肩にそっと手を触れると彼はほとんどそれと分からぬほどに頭を横に振った。オリンカはストーヴのところに蹲って、時々、シャベルで石炭を投げ込んでいる。窓は隙間風を完全に防ぎ切れずにいた。有り難いことに、とナデシュジャは思った。密封状態なら住人は窒息死してしまうに違いない。医者が彼らに冷たい空気を禁じていたのは、そもそも良いことだっただろうか？　壊血病という診断を彼は下していた。手足を枯れ木のように無感覚にし、心臓を弱らせ、遂にはその働きを止めてしまう病気だ。日本人はだが栄養不足で死ぬのではなく、絶望で死ぬのだ。

ストーヴのウォームプレートの上にはボルシチの鍋が乗っている。彼女が自分自身のために一皿、取り分けたあと、まずオリンカがスプーンで掬《すく》って食べ始めた。それから彼女はフリンジ付きクロスのかかったテーブルに座った。このサロンもかつては華やかだったのだ。今は闇が四方から忍びより、聖像の前の蠟燭に火を灯そうとする人間は誰もいない。彼女は卓上ランプを磨き、開いたままそこに置かれていた本を手に取った。マンゾーニの「婚約者たち」のロシア語版だった。リコルドの婚約者がペテルスブルクから送ってきたものだ。ナデシュジャは最初は何気なく目を走らせていたが、次第に本の世界に取り込まれた。ストーヴのそばにはオリンカが寝入ってしまっていた。彼女はそっとその手から匙を取り、彼が自分の足で自分の小部屋まで行けるよう、なんとか起こして引きずっていった。彼を抱いて運ぶことはもうできない。寝巻を着せかけるとオリンカはもう眠りこんでしまった。そして彼女の首に手を回すと、ため息まじりに、ジイサマ、おじいちゃんと言った。彼にはカヘイ以外にもう誰もいないのだ。だがそのカヘイは次第に壁と一体化しかけていた。

柱時計が時を打つ音が彼女を起こした時、彼女はテーブルに突っ伏して寝込んでしまっていた。針は十二時を指している。窓はもう真っ暗であった。真夜中になっていたのだ、リコルドはどうしたのだろう？

知事公邸も、明かりが消えたまま、鈍い白色の世界の中にみなし子のように横たわっていた。彼女は、肌を刺すような寒さの中、ドアの前に立つ。彼は海軍隊員たちのバラックの方にでも行っているのだろうか？　あるいはディアナ号のところにでも？　ひとりでアヴァチャ湾の海岸を散歩することはよくあったが、この雪の中を？　工場や倉庫が、星空のほのかな光がその上に漂う白い重荷を乗せて立っている様を彼女は眺めた。空は開けていて、静寂が耳に響き、湾の遥けさがどんな夜よりも黒々と広がっていた。

このところずっとリコルドは疲れ切った様子だった。彼が酒場を訪れることはない。もっとも酒場もとうに閉ざされていた。ひょっとすると彼は執務室で寝入ってしまったのかも知れないが、もしも外に出てどこかに腰を下ろしていたとしたら、凍えてしまうだろう。毛皮のコートとフードと長靴を取ってこようと、彼女は海軍大将邸に引き返した。二度目に彼女がドアを開けようとしたとき、彼女はドアに、そしてそのうしろにいた人間にぶつかった。

リコルドだった。彼の動作、そして彼の息も、彼がひどく酔っていることを示していた。彼が家の鍵を持っていて助かった。彼女は全力で彼を支え、その重みを抱えて、懸命に彼の寝室の方に向かった。幸いなことに寝室は同じ階にあった。ベッドに転んだきり、その姿勢で彼は横たわったままだ。ようやくのことで彼女が彼をそこまでの状態に齎《もたら》したとき、彼は手を壁に突っ張ってガラスのような眼で彼女を見て、そして言った。ルドミラ！　回らぬ舌でそう言うと、彼は激しく彼女を抱きよせた。――わたしはルドミラではないわ、ピョートル・ペトロヴィッチ、あなたは眠らなきゃだめ！――君だけだ！　と彼は酔った舌で言い、彼女のマントを剝ぎ取って、自分の寝床の中に彼女を引き入れようとする。けれども彼女は全身の力を振り絞って抵抗し、彼をぐらつかせると、力任せにベッドの中に突き戻した。彼がもう一度体を起こすと、彼女は彼を押し倒し、足から長靴を引き剝がして、その両足をベッドの端まで持ち上げ、掛布団を彼の上に投げかけた。眠るのよ！　彼女は鋭く、しかし、壁の後ろの静かな男のことを考えて大き過ぎない声で言った。リコルドは喘ぎながら横向きになった。

荒い息が規則的な息使いになるのが聞こえるまで彼女は待った。それからサロンに戻ると、防寒具を脱ぎ捨てた。正座している限り、カヘイは生きているに違いない。彼女は、彼が床に就くまで夜番を続ける覚悟をし、もう一度、本を手に取った。しかし文字の列は明るくならず、しまいには乱れて読めなくなった。

彼女はどれ位、うとうとしていたのだろうか、ふと名前が呼ばれるのを聞いた気がした――ナデシュジャ！　はっきりとは聞こえない。しかし身を起こして彼女はもう一度ぎくりとした。幻を見ているのだろうか。リコルドの部屋には裸の男がひとり立っている。顔色はまっさおでその目ははっきりしていた。彼の唇のまわりに頰笑みの跡がちらついていたが、彼自身は全身で震えていた。しかしそれは欲望の震えであることが彼女には分かった。彼は両腕を広げ、彼女が彼の口から一度も聞いたことのない言葉を聞いた。オイデ！

その後起こったことは二度とは起こらなかった。それ以来、彼女は男に指一本、触れさせなかった。で、カヘイは？　とわたしは尋ねた。

彼のことは忘れていたわ。彼はわたしたちの証人よ。

ディアナの船出の一週間前、ルドミラがドアの前に立ったの。リコルドの花嫁よ。わたしは彼女がペトロパヴロフスクに慣れるまで世話をしたわ。初めて会ったときからわたしは彼女が好きになったの。すぐに彼女は、カムチャッカの知事の妻を待っているのはどんな仕事が見て取った。そしてわたしが妊娠しているのに最初に気付いたのも彼女だったわ。そのあと日本から帰ってきたロシア人たちがカムチャッカにやってきて、ついに自由の身になった！　みんな大騒ぎだったわ。わたしはもうその中のひとりではなかった。ムールもね。わたしは彼の世話をするように言われた。彼はわたしと同じように世界から外れ落ちた人間だった。彼がわたしを殺してくれればいいと思ったけど、彼は一人きりでこの世に別れを告げた。彼がいなくなったときわたしもその町を去ったの。子どもにはこの世の命を与える責任があった。リコルドの結婚式の前に姿を消して、ベルシェレツクに行って、新しい司祭の家に世話になったわ。小さい子どもが三人いて、奥さんは病気がちだったから、わたしはくたくたになるまで働いた。自分の子どもをなくすか、この子たちとの付き合い方をおぼえるか、どちらかだったわね。彼らはわたしのところに来て叫びまわるだけ。わたし自身、寄る辺ない子どもだったのにね。でもわたしの子どもは生き続けたわ。そして九ヶ月目に入ったとき、わたしは家畜小屋にいて、真夜中、仔牛が生まれるのを手伝っていた。でもわたしの子どもの方が早かったの。わらの寝床の上にね。召使が、自身、子どもを産んだばかりの産婆女を呼びに行ってくれたけど、彼女が来たときには、わたしはすべてを終えていた。でもクセーニアはわたしのお乳を飲もうとしないの。それでその女が彼女に乳を与えてくれて、わたしはその子を揺すって寝かせた。そういう状態が続いたけど、旅に出られるようになったとき、わたしはクセーニアとその乳母を連れてペトロパヴロフスクに戻ってきたの。

彼女の父親のところにか？

ルドミラのところに、よ。彼女はすべて分かっていた。子どもは彼の目を持っていて日一日、彼に似てくるの。リコルドは言わなくてはならないことを彼女に言ったわ。彼が黙秘しようとしたらルドミラは彼のもとを去ったでしょうね。結婚式は終わってはいたけど。わたしも彼らの所に行った。子どもは母親を必要とするのですものね。彼らはすぐに納得したわ。子どもは二人に幸福を齎した。家の子どもになったの。プリンセスよ。彼女はわたしの名前を継いだ。そしてわたしは任を解かれた。

そしてどこに？

ペテルスブルク。わたしは女優になろうとした。でも愛人役には年を取り過ぎているし、性格俳優には成熟度が足りない。そのあとリコルドがペテルスブルクの指令官になってやってきて、わたしはもう一度、遠くに去ったの。

君の子どもには会わなかったのか？

ルドミラがわたしのために彼女の肖像を描かせてくれたわ。彼女はベンノフスキーの娘よ、とナデシュジャは笑った。でも幸いなことに、彼の手は受け継がなかったわ。

遠くに去ったって、君は一体、どこに行ったの？

彼女は贈り物を持っているかのように、両手を開いてそれを眺めた。それから立ち上がるとわたしの方に向かってやってきて、その手をわたしの首のまわりに置いた。そしてかつて傷跡を調べたように、わたしの喉仏を調べた。

あなたのところに来たのよ、エルモライ・レーヴェンシュテルン！　と彼女は言った。ナデシュジャ、とわたしは聞く。ここで何をしろと言うんだ、われわれは？

突然、彼女はわたしの首を、力いっぱい、圧迫した。殺すことを学ぶの、と彼女は小声で言って、また突然、わたしを自由にした。

彼女は立ち上がり、髪の毛を手で漉くと、帯をしっかり締め直した。

ヘルマン・ルードヴィッヒ・フォン・レーヴェンシュテルン、と彼女は言った。——何か、御入用のものがおあり？——なければ今日の所はこれで引き取らせて頂きますわ。

## 4

翌朝、自分の庭を前にして立ち、もうすべきことはほとんどないのを見たとき、突如として、どこかから投げつけられたような憤りがわたしを捉えた。わたしはきれいに掃き寄せられた瓦礫に向かって突進し、腹を空かせた犬が骨を探すように、あるいは、かつてそこに埋めておいた宝を掘り起こそうとするものの、それを見つけられないでいる帰流民のように、そこに埋められた塊を素手でまた掻き出し始めた。汗をかきながら、もうどれくらい前のことか思いだせない昔にわたしの前にあったと同じような無秩序を創り出そうとし、アモクのように石に向かって突進してはそれを滅茶苦茶にかき回して投げ出した。もう沢山だ！　だが、何が沢山だと言うのか？

体を洗ったあと、まだ裸のまま廊下に立ったとき、わたしの足は止まった。庵の扉の前、壁際にある空の衣装ダンスには、そこに置いたはずのわたしの衣服の代わりに、ロシアの士官の制服が懸かっていたのだ。艦長海軍中将の肩章が付いている。黄色い上着と農民の服は青い制服の後ろに皺くちゃに丸められていた。制服の素材のフェルトの肌触りはまったく見知らぬ人間の肌のようにわたしをゾクっとさせた。わたしはシャツとズボンを身につけてわたしの庵室に足を踏み入れた。そこは人気がなく、ヨシが置かれてあっただけだが、それは生きているように思われた。この日の食事一式の隣には一八一七年五月十三日付のサンクト・ペテルスブルク新聞が置かれていた。第一面には、カムチャッカ号がワシリ・ミヒャエロヴィッチ・ゴロヴニン指揮のもと、昨日、クローンシュタットから新たな世界探検旅行に出発したという記事が載っている。ペテルスブルク指令官ピョートル・ペトローヴィッチ・リコルドを従えたツァー・アレクサンドルが自らフリゲート艦を送り出したという。戦艦はゴロヴニンの希望に応じて建造され、彼の部下には、その研究能力——いかなる研究能力かは挙げられていない——を基準に選ばれた若い士官たち、下士官ヴランゲル、リトケ、マチュチキンなどがいる。さらに彼の妻の兄弟であるダリオンとフェオペンプトが海軍幼年学校生として同行する。

その記事は鉛筆でマークされている。わたしは一つの幻影を見ていた。カムチャッカ半島が大陸から離れてカムチャッカ号として日本に向かって南下してゆく。縞模様の布の旗が掛けられ、その後ろにはいつでも発砲可能な大砲が隠されていた。

ドアにノックの音が聞こえ、わたしはぎくりとした。それは警告の印のように思われた。その瞬間、焦燥がわたしをも捉えた。ナデシュジャを入らせる代わりに、わたしはドアの前に立ちふさがって、わたしのキャビネットの中の制服を指差した。

これは何だ？　わたしは尋ねた。

浴室からの逆光線の中で彼女の顔は見えなかった。

あなたの名誉ある衣裳よ、分からなかった？　と彼女は聞く。――出発よ、男爵。あなたは決断しなくてはならないわ、殺すか、あるいは死ぬか。

何のためだ？　わたしは尋ねる。

わたしを部屋に入れてくれる？　と彼女は聞く。室内の蠟燭の光の中、彼女の姿はすらりとして見え、長い白い衣裳は見慣れているというよりは不気味な感じがした。花は持っていなかった。自分がその代りである如くに、彼女はいつも部屋を飾る仕事をしていた場所に立ち、わたしに背を向けた。ショールがずり落ちて露わになった彼女の肩は痙攣していた。その姿は若い時のわたしに強い印象を与えたある絵を思い出させた。刑場に向かうマリー・アントワネットの絵だ。顔を背けたまま、彼女は言った。カムチャッカ号はたった今、出発したわ。船上では革命が起こった。船がペトロパヴロフスクに到着したら、ペテルスブルクとロシアはその鎖を引きちぎるの。わたしたちの出番よ、エルモライ！

僕に何をしろというのだ？

あなたはツァーを殺すのよ、と彼女は言った。

わたしは笑った。――で、その代わりに誰がツァーになるというのか？

友情よ、と彼女は言った。――ゴロヴニンとリコルドが力を合わせて、新しい人間を帝王の座に上せるの。女性よ。

そこまでやるのか、とわたしは言った。

そうよ、そこまでやらなくてはいけないの、と彼女は言う。――そしてそれにはあなたが正しい側に付くことが大事なの。

カムチャッカ号はどこに向かうのだ？――とわたしは尋ねた。

日本よ、と彼女は答える。――日本は立ち上がるの。

わたしは愕然とした。日本を救う道はまだあるのか、ナデシュジャ？　とわたしは言った。

彼女はこちらに向きを変えた。その顔はわれわれの最初の出会いの時のように青ざめてこわばっており、目は非常に小さく、瞳孔だけが大きく開いて見えた。

もう一度だけ、あなたは男にならなきゃ、と彼女はほとんど唇を閉じたまま言った。

## 5

わたしは思い出せません、閣下、わたしが最後に新聞を手に取ったのは何時《いつ》の事であったか。もう十五年ほど前、厩を改装したグリーンの外国人通信員クラブが最後だったように思います。ペテルスブルクの新聞からは歴史の狂気がグリレンブルクの静寂さの中に忍び足で戻ってきます。

わたしが見るのは、粗雑な推測、下手くそに描かれた愚かしい絵、不器用な繰り返しの世界です。ゴロヴニンは南西まわりで帆船を極東に進めます。今回は、彼は半周するだけではなく、クルーゼンシュテルンと同じように世界を一周するのです。カムチャッカ号はディアナ号とは違って、改造した貨物船などではありません。彼は、今回はホーン岬を回って帰るのではありません。新聞によれば、彼は、南米西海岸を北上し、カヤオで錨を下ろし、スペインの副王領の首都、雨の降ることがないと言われるリマを訪れる予定です。そこで彼はカムチャッカへの直行に備えて食料を補給し、カムチャッカからまた東を目指し、アリューシャンに沿ってロシア領北アメリカを訪れ、そこから南下して、かつてのレザノフのように、カリフォルニアに行きます。そこからハワイに到達するとすれば彼は、日本を遥かに迂回するばかりでなく、南洋諸島と悪徳の天国も迂回することになるでしょう。残るはもはや帰路のみで、すでに頻繁に利用されてきたシナ、インド、そして喜望峰を回って大西洋に戻るわけです。ヨーロッパ神聖同盟は世界のその他の地域においても予期せぬ出来事の危険を限界内に押さえました。世界を混乱に陥れたナポレオンもセント・ヘレナ島に流されました。島の火山噴火は恐ろしくはありますが、解放者という嫌疑を呼び起こしさえしなければ危険もなく通過できる島です。カムチャッカ号はディアナ号のように挫折することはないでしょう。世界一周の軌跡はそのままその指揮官の出世街道、海軍主計総監への道を先取りするものです。ツァーは彼を送りだしたとき以上の恩寵をもって彼を出迎えることでしょう。新聞で読んだ所によれば、彼は任務完遂の祝賀を結婚式で飾って頂点とするのだそうです。そして必ずや彼は、彼最後の航海を報告にまとめて資料として残し、求められ尊敬される人物となって、もはや自ら航海に出たりする必要はなくなるでしょう。

それがしかしわたしと何の関係があるのですか、閣下？　あなたはまだこうしたことと関わりをお持ちなのですか？　何のためにわたしを利用しようとお考えなのですか？

この質問をわたしはすでに若い頃、あなたに向けたことがあります。その時あなたは、わたしをクルセンシュテルンの探検旅行に参加させるという形で、その問いに答えられました。その旅行は、わたしのガリヴァー・プロジェクトには有り難いことで、ナデシュダ号、希望と言う名前の戦艦の第四士官の服に身を包んだ作家志望のわたしを、日本に導いたのです。この試みの成り行きについてわたしはあなたにすでにご報告し、なぜそれが挫折したかもご説明しました——最短の説明はレザノフという名前です。この名前にすべては集約されます、ロシアが、日本においてだけではなく、何をし損ねたのか。わたし自身はほとんどこの国を見ていないのです。レザノフの気まぐれが許す時だけ、わたしはネズミ島とわれわれの呼んだデシマに小舟で漕ぎ渡ることができたのですが、その結果と言えば、レザノフの悪徳と無能に腹を立てることと、退屈のあまり埒《らち》もない悪戯で時間を潰すことだけでした。ホルナーとわたしは、たとえば、矢来の上方に小さな気球を飛ばしたりしたのです。日本人はわれわれがナガサキを焼き払うのではないかと心配しました。

わたしのガリヴァー・プロジェクトをあなたが最終的に葬り去ったのは、あなたが次の大旅行に巨人ゴロヴニンを採用し、わたしが同行しないように手配されたとき――あるいはわたしが同行するように手配されなかったときです。ゲーテの心配りがなければ、ひょっとすると、彼の幽囚生活について知ることさえなかったかもしれません。それともアルハンゲリスクでわたしが日本について何か読むことができたとお考えでしょうか？　わたしは祖国の破局に関してさえ、イギリスの新聞を通して初めて知ったのです――これがロシアです！　彼の粗野な手は自らの行動を愚行にし、あるいは事故にしてしまうのです。そのような手に日本のような芸術品を委ねてよいものでしょうか？

わたしが日本に行かなかった後、政府はわたしをそのことで罰しました。アルハンゲリスク、冷たい狂気のあの滞在地を、わたしはあまりにもよく覚えています。そしてその後、何が来たでしょう？――時折、フラッシュバックのように目の前に浮かぶものがあります。向日葵《ひまわり》の畑とか、黒海とか。いずれにしろ雪は皆無です。南国でいつも蒸し暑く、いつも汚い。今度の狂気は色がどぎつく、喧《やかま》しく、苦蓬、杜松、線香、樟脳、クロロフォルムの匂いがしました。意識を失って野戦病院のベッドにいたのでしょうか？　もう死体置き場に運ばれるところだったのでしょうか？　人はわたしにコルセットをつけさせ、ベッドに縛り付けていたのでしょうか？　時々、体の節々が痛みます、今でも痛むのです。これは痛みの幻想か、それとも責具の記憶でしょうか？

グリレンブルクに来て初めてわたしは意識が戻りました。自分が何者であったのか、断片的に意識に上ってきます。多くの箇所は明瞭過ぎるほどに。ある時は夢の中でトルコのフリゲート艦がロシアの旗をつけて現れました。拿捕された船舶です。それを拿捕したのはわたしではありませんが、でもそれはわたしの船で、新たに装備されたあとも、モグバイというトルコの名を持っていました。その泳ぐ屑鉄ともいうべき船が戦闘に巻き込まれたりせず、検疫のための停泊地を辿って航行できたことをわたしは喜ぶべきだったでしょう。どこに向かおうと、われわれが選ぶことのできたのは、ペストかコレラか、二つに一つでした。わたしの失われた人生のこの失われた一章はただ夢に見ただけなのでしょうか？　同じころ、ナポレオンは彼の剣をロシアの巨体に突きさし、同じ傷口からその剣を引き抜いたのですが、彼の軍隊「グランド・アルメー」の鋼鉄部分は朽ちた木片のようにぼろぼろ毀《こわ》れ、剣の握りの部分だけを手にした闘牛士は、命からがら逃げ出しました。ロシアが雄牛であったとしたら、彼はその心臓部を突き刺していたでしょう、しかしそれはとてつもなく大きな軟体動物で、考えられる限りの神経中枢と無数の手足を持っているのです。われわれの神経中枢は剣のひと突きをほとんど感じませんでした。苦しんで地面を引っ掻くわれわれの動作は通常の、倣い性となった、ロシアの破局の常態でしかありません。わたしはこの死体からはい出したウジ虫の一匹に過ぎず、それを思い浮かべるだけで吐き気を覚えます。わたしは自分の吐きだしたものの中で窒息死したのでしょうか？　どれ位、長く、わたしは死んでいたのでしょう？　それともわたしは嫌悪感の中に溶け去ってしまったのでしょうか、完全に？

グリレンブルクは、未完成の人間が、その使用目的は推測しない方がいいような何かの道具に作り変えられる実験室のように、わたしには思われます。わたしは恩知らずでありたくはありません。あなたはわたしを新しく作りだし、しかもわたしに伴侶を与えるに際してわたしの肋骨を痛めたりはなさらなかったのですから。わたしの心も、あなたはこの件には加担させないようにしておいでです。なぜならあなたは操縦をわたしの奴隷、本来、素朴極まる心情の持ち主に委ねておられるからです。

しかしレーヴェンシュテルンは道具として彼に仕えることはしないひとりの女性の手に落ちました。彼女の気ままさは相当なものです。空想力の乏しい、道徳にうるさい今の時代の人間は彼女を精神異常と見なすでしょう。一つの仮定、あくまで仮定に過ぎませんが、仮に、彼女がわたしごとき卑小な人間においてある委託を果たそうとしているとするならば、そしてその委託を秘密にする義務を背負っているとするなら、そして仮に、それがあなたによる委託だとするなら――あなたは予測しておられなかったのです、彼女があなたのその委託を果たさないばかりか、わたしの期待もその最も粗野なものを除いては決して満たしはしないということを。あなたは、彼女があなたの操縦通りには動かなくなることを計算に入れておられましたか？　あなたが神でわたしがアブラハムだとしたら、わたしの最愛のものを生贄として要求され、わたしの手をその実行のために用いようとしておられるなら、わたしは、あなたの御心のままに！と言わなくてはならないでしょう。しかしわたしはレーヴェンシュテルンであり、そしてわたしがレーヴェンシュテルンである限り、わたしの答えはこうです。わたしが殺すことを学ばねばならないと言うなら、その対象として考えられるのはただひとりしかいません、それはあなたです。

たった今、ある見知らぬ人物が食事を持ってきました。スペイン人の女性で、白いレースの付いた小さな帽子を被り、赤いマンティラと長くて黒いジプシーのスカートを穿いて、その下からはバックルつきの長靴が覗いて見えます。

召し上がれ《ボナペティ》！

その声で初めてナデシュジャだと分かりました。それとほとんど白く見える虹彩で。唇は化粧の紅が口づけの口の形に塗られています。

なぜそんな恰好をしているのだ？

わたしの役柄のせいよ。あなたもちゃんとした服を着なきゃね。あなたの制服はいかがかしら、艦長中将どの？　すぐ着られるように外に懸かっていてよ。

そんなものに手を通したりはしないし、そんなものはわたしに合わない。二度といやだ。――彼女がドアの所に行ったとき、わたしは彼女を名前で呼びました。

え？　彼女は肩越しに答えます。

ナージャ！　わたしは繰り返しました。

手でやって欲しいの、それとも口で？　彼女はそう聞くと、体を揺すって大股で出ていきました。

そのあとわたしはわたしの庭を前にして長い間、座り、愕然としてその荒廃ぶりを眺めていました。まるでそれは自分がしたことではないかのように。しかしもう修復のしようもありません。

部屋に戻ってくると、ヨシは衣裳キャビネットのなかに納まっていました。わたしのユニフォームとナージャが身につけていたスペイン風衣装の間に押し込まれていたのです。服の下にはバックル付き長靴もありました。そしてユニフォームの下にはなんと、ワックスで磨かれた、膝下まである留め金つきの長靴があったのです。人体の入っていない衣裳の集合はまるで別の世界からの使者たちのように見えました。

種の存続のための営みらしきものを全く欠くと、肉体にはすぐ衰退の印が現れます。わたしの指は痛風持ちのように見えましたし、下腕の皮膚は老人性の沁みが見え、自分の脚を見ると愕然とします。まさに老人の脚です。わたしは黄色っぽい小さな上着を着ました。それはむくんだ肉体を隠し切れずにいます。窓辺の花器は空っぽで、庵室全体、どことなく荒れて見えます。

その時、慰めのない状況に置かれたときは聖書を開くという父祖伝来の習慣を思い出しました。目を閉じて針で聖書の言葉を突き刺すのです。すると神御自身が偶然の手を導かれると言うのでした。

針は手元にありませんでした。――いや、一度どこかにナージャのヘアピンが落ちていなかっただろうか？　取っておいたはずだが、さてどこに？　それを探し始める前に、しかし、それがなくなった状況が思い浮かびました。わたしたちは抱き合ったままうとうとしていたのですが、その時、夢はわたしをポーツマスの一角獣の二階に運んでいました。巨人ゴロヴニンがわたしの目の前にいました。後ろから抱くように腕を回した男を彼は宙に抱えあげました。その動作は支配者のそれではなく、抱え上げているのもフヴォストフではありません。まだ若い男だったわたし自身が抱え上げられているのをわたしは見たのです、わたしのユニフォームは継ぎ接ぎだらけではなく、わたしが人生で初めてツァールスコーイェ・ゼロ[16]に向かう途上で着た、士官候補生のそれだったのです。有頂天の瞬間でした。巨人ゴロヴニンがわたしの後ろ盾になってくれている限り、何も怖い事はない。そして同時にわたしはナデシュジャの横にいて、彼女の膣はわたしを、ちょうど、巣から落ちた小鳥を温かな手が包み込むように包み込んでいたのです。

こうしてわたしは思い出したのです、ヘアピンをどこに置いたか。栞《しおり》としてゴロヴニンの著書のページに挟んだのでした。わたしはその針金の脚先を一つにして目を閉じ、二つ折版聖書の後半四分の一ほどの箇所、わたしのピンが指している箇所を読みました。

わたしが来たのは地上に火を投ずるためである。その火が既にもえていたらと、どんなに願っていることか。[17]

### 6

キャビネットはユニフォームで次第に一杯になっていく。ロシア海軍士官の金モールのついた濃紺のユニフォーム、帽子の置き場には三角帽が置かれ、その羽毛の飾りは高い位を思わせる。それらがサムライをほぼ覆い隠し、婦人用の衣裳は消えていた。衣裳で一杯のカジノのクロークの前に立っているような気がしたが、誰も姿を見せない。

次にわたしが庭から戻ると、ナデシュジャの靴がまた置いてあったが彼女のコスチュームは見えない。そのほかの衣服は狩の獲物のように横棒に掛けられてぶら下がっている。ワックスで磨きあげた男性用長靴は威張ってこちらを睨みつけているようだ。そこを去ろうと向きを変えたとき、わたしはナデシュジャの長靴の上端に奇妙なものを発見した。指ほどの幅の肉だ。肉の続きは海軍のマントに覆われていて見えない。マントは膨れていて、背後に人間の姿が隠れているようにも見えるが、動きでそれが正体を明かすことはない。

真夜中、ふと目を覚ました時、わたしは窓の外に人声を聞いた。ドイツ語を話しているように聞こえる。しかし窓の覗き穴から見えるのは小さな松明だけだった。真向かいに見えるアーチの全面をすっとかすめてそれは動いた。

翌日、ヨシが浴室に通ずる廊下の真ん中に立っていた。誰かがそれを衣装戸棚から退《の》けたのだ。というのも衣装戸棚は今や、はちきれんばかりにユニフォームの各部分や、マント、上着、沢山の長靴が詰め込まれていて、まるで一連隊がやってきてグリレンブルクでキャンプを張ってでもいるように見えた。わたしは鎧を抱えて自分の部屋に入れた。それから庭に出た。

わたしはかき集めた瓦礫の上に、アヴァチャ湾に聳《そび》えていた岩の塔に似せた石の柱を三本、立てた。足のつま先で銃の引き金を引く直前にムールが見た最後の光景は、この三つの岩であったに相違ない。その柱をわたしは、遠くだけを見たい人間はそれに気付かなくてすむよう、難破船が作る山になるべく近く、展望台脇に立てた。

それから石を五つのグループに分け、再び庭を構築し始めた。高い所から見るとそれは島のように見えたろう。陸地の端に押し寄せる波のうねり、それをわたしはフォークで砂に波型を描いて表現した。ゴロヴニンがマツマイの庭の価値を評価できないことをムールは軽蔑したのだったが、緑の全くないわたしの庭を見たら、ゴロヴニンはこれを躓《つまず》きそうな石が二つ三つあるだけの子どもの砂箱と見たに違いない。

わたしの銃眼の外に聞こえるドイツ語の音声、はじけるような笑い声、男たち、女たち。ピアノ、俗謡の拍子、それに合わせて歌う歌声、トレモロ、コロラチュラ・ソプラノ。笑いでまた中断、拍手の音、さっきよりも大きな笑い声。その間をぬって、注意を喚起する高い声が響く。物音は躊躇《ためら》いながら少し鎮まる。声は長々と説明を続ける。男性だろうか、女性だろうか？　わたしは一語も理解できないし、窓の覗き穴を通してはわたしの視線は床まで届かない。

ナデシュジャが姿を現したとき、彼女は襞のある濃緑色の服を纏い、帯は締めず、下には同じ色のハーレムズボンを掃き、頭には黒テンの帽子を被っている。胸を包む銀色の小さな上着に施された刺繍は肩の肉を暗示する。彼女は二人目の人物のためにドアを支え、全身、黒い衣服に包まれたその第二の人物は、食器を持って部屋の中にするりと入ってきて、それをテーブルの上に置くや、すぐに姿を消した。あの顰《しか》め面は中国人のそれではなかったか？　突然、愉快でない思い出が浮かび上がってくる。この頭はホルナーが広東で処刑場から失敬し、夜明け前に布に包んでわれわれの部屋に持ってきたものだった。彼の友人で、頭骸骨の収集家であるガルへの学問的贈り物だった。わたしの友人が人間の頭部を漁ろうとはわたしは予想もしていなかったので、彼が獲物をレモンの酸に漬け込む様を、愕然として眺めていたのだった。

狼魚《ルー・ド・メール》の料理よ、取り分けてあげましょうか？　彼女は言った。

自分でできるさ！　わたしは答えた。――あれはいったい何の音だ？

予告しておいたでしょ、彼女は言った。――いつかはこういうことがあるって。コッツェブーが彼の新作のリハーサルをしているの。十二月にはレヴァルで上演されるわ、そして検閲が許せばペテルスブルクでもね。

コッツェブーだって？　あのコッツェブーか？　とわたしは聞いた。

あの劇作家よ。大人気で、一作、また一作と成功を収めているわ。二百五十作も書いていて、その一つにわたしも出演したことがあるの。今度のは悲劇よ。

彼の息子たちがナデシュダ号に乗っていたよ、幼年兵として。

この間にオットーは海軍中将になって彼初の世界一周航海を控えているわ。モーリッツの方はコーカサスを攻撃して、幾つも勲章を貰っている大将よ。――でもあなた、折角の魚が冷めてしまわないうちに召し上がれ。

ナデシュジャ、とわたしは言った。――このグリレンブルクというのはどこにあるんだ？

ペーター・マントイフェルの所有地の一部よ、と彼女は言った。

それじゃ僕の家からそう遠くはない場所だ。マントイフェルに直《じか》に会ったことはないけれど、少し頭のおかしい伯爵として知られていて、たいていは旅に出ている。彼は上がりの大きい領地をたくさん持っているので、飛行機の制作なんかに手を出すことができた。人愛主義者として領民の面倒も見ていて、彼らに読み書きを教えたり、飲酒癖をやめさせたりもしていた。エストニア語で出版しているので、レヴァルでは誰も彼の本を読めないけれどね。

彼がここに来たことは一度もなくて、領地は娘に譲ったんだけど、彼女も大方は町に住んでいるの。コッツェブーはここを自由に使っていいのよ。

で、君はグリレンブルク専属というわけなのか？　とわたしは言った。

今はあなたがわたしの唯一のお客というわけではないので、だらしのない格好で現れるわけにはいかないの。俳優たちは市民階級の服装を好むのよ。

君も出演するの？

端役だけどね。あなたも出演できるといいわね、レーヴェンシュテルンさん。

わたしはオオカミウオの肉を骨から外していた。――君が一緒にテーブルに座ってくれる方が嬉しいね。

あとで、ひょっとしたらね、と彼女は軽く言った。――今は沢山することがあるの。あなたがちゃんと食べてくれるよう、見に来ただけなんだから。

君も試食しなきゃ、とわたしは言って、魚を一切れ、フォークに刺して彼女に差しだした。それを彼女は、頭の中は役の事で一杯にしながら、ちょっと膝を曲げて口に入れた。

「レザノフ、あるいは永遠の誠実」、と彼女は言った。——本当はオペラなのよ、でもオーケストラはあとで加わるの。ここでは幾つかの楽器だけで間に合わせるのよ。

聞こえているよ、とわたしは言った。——ヴァイオリンが一丁、クラヴィコードが一台、それにアコーディオンだね。

音楽は部分的にスペイン風の性格を持っているけど、でもロシア風でもあって、なによりも宗教的なのよ。

変わった取り合わせだ。

コーラスが主なの。愛に捧げる雅歌ね。スタントマンも歌い手なのよ。

僕は歌えないよ、とわたしは言った。

沢山の人間が歌うんだから、わからないわよ、それにやっているうちに歌えちゃうのよ。

「レザノフ、あるいは永遠の誠実」か、とわたしは言った。——それなら舌の上でとろけるように歌わなきゃなるまいな。

われわれが立ち寄った港町で、レザノフが行く最初の場所が娼家でないところはなかった。コペンハーゲンでは彼はなんとサン・アンナ勲章を下げたままで行ったのだ。勲章が見えなくなったとき、彼はクルーゼンシュテルンに、あの家を爆破しろと言ったっけ。ナガサキのネズミ島では彼はずっと寝巻で通した。具合が悪いか、欲情に捉えられているかのどちらかで、どちらとも区別のつかないことが多かった。

とは言え、わたし自身、どれ位長い間、ネグリジェを着たままでいたのだろうか？

リブレットがあるの、と彼女は言った。――出演者全員に配られたのよ、あなたも貰えるわ、出演すればね。あなたも一度は手掛けた素材ではなかった？

コッツェブーが扱いを心得ていればいいが。

あなたを彼に紹介しましょうか？

まずリブレットを読んでからにするよ。

ではどうぞ！　彼女は言って、広く開いた胸から一冊のパンフを取りだした。


ロシア人の侍従ニコライ・レザノフ、露米毛皮商会支配人は、彼の妻を葬らねばならず、冒険を必要としていた。彼はツァーから太平洋上のロシア植民地視察の委託を受けた。彼はユーノーとアヴォスという彼の船――フヴォストフとダヴィドフという二人のならず者の指揮に委ねた船――でサンフランシスコに向かい、ちょうどスペイン総督の娘の十八歳の誕生日直前に到着した。女帝エカテリーナの髪飾りを彼は運んでいる途中だがそれを彼は愛するコンチタに捧げることもできる。彼女の心を捉えたのはしかし彼の高貴な人柄だった。コンチタにはしかしすでにフェルナンドという騎士的精神の持ち主の若い婚約者がいた。四十一歳の男寡とコンチタの年齢差は大きかったが、愛はこの境界も越える。そのために彼は神の聖なる母に捧げる礼拝の二つの祈りの間の時間を利用する。聖母は予期せぬ結婚式、愛と忠誠の熱っぽい誓いの証人となる。父親は権威の前に屈するが、二人の幸福にはまだ二つの障害がある。まずフェルナンド、これは決闘によって片付けられる。だがもう一つ、皇帝の祝福が必要である。レザノフは彼の承認を得るために急ぎペテルスブルクに向かう。彼はしかし二人の船長、フヴォストフとダヴィドフもロシアに連れ戻さなくてはならない。二人はアメリカでまたもや良からぬことを仕出かしたからだ。愛する二人は、しばしの別れのために彼らの流したたくさんの涙が、永久の別れの涙となることをどうして知り得たであろうか？　しかしそれが冷酷な運命の定めるところであった。レザノフはシベリア経由の帰国の旅の途上、命を落とすのだ。コンチタはそれを受け止めることができず、尼寺に入る。そしてそこで彼女自身が死を迎えるまで、彼を待って三十年が経つ。しかし彼女の死はレザノフの幻に伴われなくてはならない。そしてこの最後の愛のホサナにおいてこそ、二人の忠誠は時間と死を超克する輝かしい奇跡となる。聖母マリアの恩寵溢れる懐の中でロシアの英雄とアメリカの花嫁は永遠に結ばれるのである。

この構想の大胆さは目を驚かす。コッツェブーを動かした点は二つあった。作品をまずは黙ってリハーサルにかけ、そして共演者たちに沈黙を義務付けること。二点とも際どい合一に関わる。まず教会と言う空間内での男女の合一であり、それが肉体的なものであることには音楽が疑いを抱かせない。全開のオーケストラの代理であるアコーディオンは、キリストの受難を示す音楽言語を使用しながらも誤解の余地のない喘ぎを表現する。もう一つの際どい点はむろん宗派の相違に関わる。罪の殉教――聖母マリアはそれに祝福をあたえるだろうか？　教皇、そして首都の大司教はどうか？　そして、世俗的な首長であり、同時に正統信仰を代表する宗教的な首長でもあるツァーはどうであろうか？　さらには、神聖同盟はこれについて何と言うだろうか？

だがこの傑作が検閲をすりぬけることに成功するなら、ゲーテもも う笑ってはいられまい。レザノフは『ファウスト』の影を薄くするだろう。しかしそれと共に、コッツェブー自身も、彼の成功に執拗につき纏う羨望と悪意の影から抜け出すに違いない――そして彼の作品が世界のあらゆる舞台で熱狂的な観衆を獲得することを妨げることはもはやできないだろう。コッツェブーはパッペンハイマーを知っている。[18]作品が駄作だとしても、声の大きさ次第では勝つ。その時、それが何を言っているか、誰が注意するだろうか？

オーケストラの伴奏がないと、セリフは容赦なく聞こえる。コンチタがスペイン語で歌い、ラテン語で祈るなら、幸い、誰にも一言も分からない。声はよく通るが、それは何の意味も持たない――レザノフの声は苦も無く四オクターヴをこなす。ロシア語はよく響く。オーケストラが加勢すればそれは天にも届くだろう。世慣れた男コッツェブーは宗教の扱いを心得ている。彼の作曲者は巷の歌謡によく通じているので、耳に入り込んで離れないメロディーが次から次へと厚い壁を通してわたしの所まで聞こえてくるのだ。わたしは、一緒に歌えるメロディーはないかと次の俗謡が聞こえてくるのを待っている自分に気付いた。トリルはすべて愛を求めての叫びであり、クプレはすべてよりよき世界における抱擁の夢だ。残るは魂だが、ロシア語のそれは理解されないことをむしろ喜ぶ節がある。ヴィブラートが大事なのだ。

あぁ、レーヴェンシュテルンは懐疑癖と嘲笑癖がまだ治っていない。その罰に彼は愛のハレルヤ！を来る日も来る日も罪の油と一緒に耳になすりつけられるのだ。コッツェブーは百人もの人間を引き連れてグリレンブルクにやってきているに違いない。ナデシュジャが姿を見せないのも無理はない。一緒に出演しないかという彼女の問いは本気ではなかったに違いない。それゆえわたしは二重に孤独を覚えてわたしの庵室に座っている。無言で素早くわたしに食事を運ぶのは中国の烏だ。食欲もなくわたしは、おそらくは俳優たちに出されるのと同じ、量産の食事をスプーンで口に運ぶ。だが城郭の地下からわたしのいる所までそのざわめきが立ち上ってくる夜毎の宴会からはわたしは締め出されたままでいるのだ。わたしは抑え難い嫉妬の古い穴に落ち込む。わたしの知るナデシュジャは、大勢の人間の真ん中にいて、主人役の女性という役どころに相応しい一切の喜びを自分に許しているに違いないのだから。ようやくまた、夜会が持てるのだ！　ペトロパヴロフスクにようこそ！　というわけだ。

リハーサルの仕事によって一日の時間が区切られるようになった日以来、時間の感覚がまた戻ってきた。昼と夜は明確に区切られ、わたしだけが昼も夜も同じように孤独でいる。ナデシュジャにすっかり馴染み、彼女がいなくて寂しいという思いを久しく覚えずにいたのに、今は、彼女を待って、待ち焦がれる始末だ。荒々しい愛が手の届かない遠さに退くにつれ、愛の細やかさを痛いほど感じるようになる。レーヴェンシュテルンはその場にいないのだ、一緒に食事することができさえすれば彼は嬉しいに違いないのに。彼はじっと耳を凝らし、アコーディオンが嘆きの歌を始めるのを心待ちにしている。その嘆きはわたしの嘆きだ。感情は感情だ、それをとやかく言うことはもうしない。

わたしは特に音楽好きの子どもではなかったが、ラジクでホームコンサートが開かれることがあれば、わたしはいつもそっとその最前列にすり寄った。知っている人間であれ知らない人間であれ、わたしの姉妹たちでさえ、人間がこんなに間近に肉体を見せることはないのだ。深く息をして高まる胸、思わず開く唇、ぴくぴくと動く腰。それらをわたしはまるで見ないふりをしながら、実はそればかり見ていた。どんなにわたしは見たかったことか、日曜学校の女先生の裸を——女性なら誰でもよかった、愛にハレルヤ！　である。

## 7

再び彼女が姿を現したとき、わたしはまたそれが彼女と見分けられなかった。すっかり喪服に身を包んだスペインの未亡人で、レースの長いドレスに広いつばのある帽子を冠り、そこから長いヴェールが垂れ下がっている。顔は見える部分が真白く塗られ、唇も白い。だがその両端はしっかり結ばれていて、それを見てようやく彼女だと分かり、わたしの心は躍った。彼女はまだ完全に縛りを解かれている身ではない。

君も役を貰っているんだ！　とわたしは言った。

あなたの出番もあるのよ、フォン・レーヴェンシュテルンさん！　と彼女は言った。——ロシア海軍のコーラスに補強が欲しいの。それにサンフランシスコの裁判官を兼ねた市長の従者にもう少し男性が必要なのよ。今日にも仕立て屋を寄こすわ、あなたの寸法を取るためにね、夜会服の寸法よ。明日にはできていないと困るの、明後日はもうあなたの登場場面があるのですからね。

わたしは眉を上げた。

あまりにも急な話かしら？　と彼女は聞いた。彼女が姿を消すや、部屋に入ってきたのはお下げを垂らした年齢不詳の二人の中国人だった。黒いパジャマを着ている。無表情でひと言も言わずに彼らは巻尺をわたしの体にあて、あらゆる方向に寸法を測り、その間、歯の間から息を吸った。メモは必要ないのだった。棺のためならこんなに手間はかけないだろうな、わたしは思った。彼らがいなくなったあと、わたしは少し食事をし、それから横になった、試験を受ける人間のように落ちつかない気分だった。それでもかなりの時間、眠ったに相違ない。目を覚ますと、外ではもうリハーサルが始まっていた。

だがベッドの横のフレーム、いわゆる紳士の服掛けに懸かっていたのは何だったろう？　さまざまな部分から成る夜用紳士服だ。しかし黒づくめで、ボタンも黒い。白いのはただ一つ、フリル付きのシャツ、わたしはまずそれを肌に直《じか》に着た。それから体を引き締めるための腹帯を締め、パンタロンに脚を通し、ボタンのたくさん付いたヴェストを着て、様々な架空の勲章の付いた明るい肩帯を巻きつけ、最後に燕のように別れた裾を持つフロックコートを羽織った。すべてぴたりと体にあっているので、裸でいるよりもスムースに体が動かせる気がした。仕上げに灰色のスカーフを首に巻きつける。少し小さい気もしたが、しかしそれもぴったりと納まりがいい。

自分を眺めることはできない、髯や髪の毛の具合を見るための浴室の鏡は小さ過ぎて全身は映らないのだ。

とてもお似合いよ、と後ろで声がした。黒衣の未亡人だ。――あとはシルクハットだけね。ご自分をどうお思いになって？

何だか自分ではないみたいだ、とわたしは言った。

まだ仮面をつけなきゃならないわ、あなたの役にはそれが必要なの。

彼女は、目の所だけがうつろに開いている石膏のように真っ白な仮面を手に持って、わたしのすぐ後ろに立った。彼女が腕を上げたとき、香水が香った。アクセントに麝香の入ったパチュリが体の匂いと混ざって香ってきてわたしを惑わす。わたしの顔に仮面を乗せ、頭のうしろでひもを縛るのにずいぶん長い時間を要したので、わたしは思わず彼女の腰に手を回した。彼女は避けようとはしなかったが、腰が押し返してくる圧力には特別の表情は全くない。そのあと彼女はわたしの頭にシルクハットを乗せ、それをしっかりと落ちつけた。

わたしの空想の中ではシルクハットは塔のように高く上に伸びた。自分のものではない眼孔からわたしは見慣れない空間を見降ろした。巨人のように背が高くなった気がしたが、わたしの耳のすぐ近くにナデシュジャの温かい息があり、それが囁き声に強まった。

聞こえて？　と彼女は小声で言う。

聞こえるよ、とどこか遠くからわたしは答える。

明日がその日よ、と彼女は囁く。――われわれはスペインの市長の家にいるの、民衆に囲まれていて、コンチタのリート「永遠に」のあと、ルガノフの答え「今か、さもなくば永遠に終わりだ」に続いて、わたしが一声、叫び声をあげて倒れるの。人が集まってきて、そうしたらあなたは、人に気づかれないようにその後ろに隠れるのよ。

彼女の指がわたしの指を探り、何か固いものを指の間に刺し入れた。

そしたらやるのよ、あなたは、と彼女は言った。――ひと突きでね。

わたしは仮面を顔から押しのけた、シルクハットが床に落ちる。わたしの手にある短刀は動物の角の握りがついていて皮のサックに納まっている。

ヴェストの下に隠すのよ、と彼女が言う。ちゃんとそれ用のポケットがあるわ。

彼女は短刀とわたしの両手を摑むとそれをわたしの胸の方に持っていこうとする。だがわたしが握りを離したので、彼女はひとりでそれを握っていなくてはならなかった。

誰を？　とわたしは尋ねる。

大丈夫、分かるわ、あなた、と彼女は言った、――一人しかいないのだから。

僕は誰も殺したりはしない、とわたしは言った。

未亡人のヴェールの下で彼女のきっと動かない白眼がわたしに向けられているのをわたしは見た。あなたを愛しているわ、と彼女は言った。

彼女はみじろぎもしない。

外では俳優たちがてんでに何か言っていて誰かが繰り返し、手を打ちならした。コッツェブーが静かに！　と言い、ピアノが最後の合唱の導入部を弾いた。

ナデシュジャはわたしの書き物机の所に行き、その縁に腰かけた。それからヴェールを顔から払いのけると、練習中の合唱が聞こえてくる中、微かな声で次のように言った。あなたにまだ話してなかったわね、びっくりすることがわたしたちを待ち受けている、って。ポーランドの副王である弟のコンスタンティンと一緒に旅の途上にある皇帝陛下がここに来訪されるという知らせがあったの。ワルシャワが不穏な状況にあるのよ。皇帝と副王は昨日マントイフェルの領地に到着して、コッツェブーの劇の印象を得たい、という意向なのよ。わたしの言うこと、聞こえてる、エルモライ？

わたしは黙っていた。

びっくりして言葉も出ないようね、と彼女は続けた。——でもあなた、もっとびっくりするわ、ゴロヴニンがペトロパヴロフスクに到着次第、逮捕されると聞いたらね。

何故だ？　とわたしは聞いた。

ツァーは、カムチャッカ号上で謀反が行われつつあるという確かな情報を得たの。ゴロヴニンに最も近しい人間たちの中に秘密結社のメンバーがいて、農奴制と検閲の廃止を叫んでいるんですって。そのことならツァー自身、帝位に就く時に約束したじゃないか。

今ではそれは死罪に値するの。謀反人の中にはフィヨドール・リトケや、ゴロヴニンの未来の娘婿、フェオペンプト・ルトコフスキーもいるわ。彼らは皇帝の退位を要求しているのよ。

ゴロヴニンは謀反を起こすようなタイプの人間ではない、とわたしは言った。

彼が嫌疑を晴らす方法は、戦争──日本に対する戦争──を目途《もくと》とした探検旅行の指揮を執るという一つの方法しかないのよ。彼は日本人のメンタリティーを知っていると言うことだし、ツァーは、ゴロヴニンには幽囚の仇を取るという大義名分があるはずだと考えているのよ。それによってツァーに対する忠誠心の揺るぎない証拠を示せということね。

彼はそんなことはしない、とわたしは言った。

クローンシュタットでは、と彼女は言葉を続けた。対日戦争に投入する戦艦が装備されているそうよ。コンスタンティン大公が反対しなかったら、もう出発していたでしょうよ。彼はロシアの戦力を分散したくなかったのね、ポーランドが平定されないうちは。コンスタンティンもゴロヴニンに有利な考えを持っているわ。コンスタンティンがツァーになれば改革主義者はもう怖れることはないのよ。

コンスタンティンは統治者になることなど望んでいないよ。

それはアレクサンドルも望んでいなかったわ、と彼女は言った。──それがどういうことになったか、あなたにも分かるわ。ひょっとしてあなたに興味があるかしら？　アレクサンドルは演劇好きの人間としてだけではなくて、レザノフの崇敬者としてここに来るのよ。彼の名誉回復を図りたいの。

ナイン（まさか）！　とわたしは言った。

あなたのナイン（否）！　の一言を期待しているわ、エルモライ、と彼女は言った。──そろそろあなたを一人にするわね。

ナダシュジヤ、とわたしは囁いた。ツァーはツァーだよ──絶望的だ。

そうね、と彼女は言った。――ゴロヴニンの逃亡も絶望的だった。ベニョフスキーは日本人にロシアを警戒するよう言ったわ――これも絶望的ね。だとしたらどうする？　しなきゃならないのよ、これは。そしてそれがなされれば、もはや絶望的ではなくなる。

僕は人を殺さない、ナデシュジャ、とわたしは言った。

あなたは何のためにここにいると思って？

君のためだ。

彼女はヴェールで顔を覆うと急ぎ足で外に出ていった。剣はテーブルの上に残されていた。

## *8*

エルモライ・レーヴェンシュテルンはこの夜、自分の庭を見て、驚いた。四角い庭がすっかり水に浸かっていたのだ。壁に囲まれたこの一角のどこかで水道管が破裂したに相違ない。不規則な空間に足を踏み入れることはできず、瓦礫が作る風景は地面が見えない。その代わり水面には満月が映っていた。その輪郭はゆらゆら揺れ、天体はまるで生きているように見えたが、空気は全く動かず、天を仰いでもその姿はなかった。城壁の鋸《のこぎり》状の縁が作る四角形の中には澄んだ夜空があるだけだった。光がどこから来るのか見るには、水の中に足を踏みだしてみなくてはならなかったであろう。だがこの庭が太陽の光で満たされることは決してなかったのに、どうして今になって、月の光が差し込むというようなことが起こり得るのか。月とはそもそも、照り返し、つまり、母なる天体の太陽が沈んでまだ上ってこない間だけ見ることのできる、夜ごとの穏やかな反映ではなかったか？

しかし水に映った鏡像、絵の中の絵には、ひょっとすると、その光源においてそう見える以上にはっきりとそれが持つ身体性、つまり襞や、くすんだ箇所、影の部分などが見える。それらが集まって作る像を、人間の想像力は昔から、人の顔、あるいは月に住む男の全身と見立ててきたのだ。磨かれていない鏡は、「内なる像に」満たされている——この言葉をレーヴェンシュテルンは昔、アルブレヒト・デューラーの書物で読んだことがあった。そしてそれこそが画家の想像力に刻印されて、自然の一切の範型からまったく独自のものを生み出すのだ、と。レーヴェンシュテルンの感覚はこれまでいつも、彼の母語が——物に性を付与する他のすべての言語とは逆に[19]——月を男性に、太陽を女性として扱うことに抵抗を覚えていた。今、水の中に映っている像は、ちらちらと揺れつつもその堅固さを少しも失わず、独自の存在感を持つ身体を見せている。揺れがその身体を生きたものにしている。そう、小さな池に映った月は、高くにある時よりも力強く、ほとんど迫ってくるように見え、その光は、借りたものであろうとなかろうと、「内なる像に満たされて」いた。消えた太陽の光を追憶に和らげている月が水に映っているその面には、この小さな天体の像がより高められた形で現れ、まるでレンズを通したように、輝かしさを増していた。

レーヴェンシュテルンの手は思わずある動きをした。彼は自分の手と向きあい、それを驚くばかりに異質のものとして眺めた。両手は彼の目の前で同じ高さに上げられ、ゆるやかに開かれた状態で、少しの距離を間《い》において互いに向き合い、傾けた手の平を相手の方に向けている。そしてこの微かな光の中でも彼は見ることができたのだ、彼の両手が指し示している何もない空間も生き生きした影によって何かが描かれていて、月と同じように「内なる像に満たされて」いる様子を。襞や厚みを持ったそれは、彼の労働の痕跡を内に宿し、一つに集めて、彼がこれまで触れた一切の物体の持続性の刻印となっていた。

彼は手の位置をいろいろに変えて遊び始めた。彼の両手は天秤の両腕のように軽く揺れた後、またもとの同じ高さに戻る。すると彼は創造者の手がそこに働いている様を見る。その手は何かの中に突っ込んだり、何かを摑んだりすることはなく、微かな動きをもって、その空を測り比べ、そのバランスを崩してみてはまたもとに戻る。その動きが作りだしてはまた元に戻す差異から何かが生まれる。そしてこの何かはもはや無ではないのだ。こちらとあちらの間の重みのごくわずかな移動さえも何かの像の始まりであった。「ほとんど無である差異」は水の中の月光のように振動していた。ここで何かが鼓動を始め、呼吸を始め、多くなったり少なくなったりしていた。

そしてレーヴェンシュテルンは自分の手を見つめることにますます沈潜し、その指示を待とうとしたが、とその手は無に留まる以上のことはしなかった。それは彼に告げていたのだ。一切はバランスに懸かっていて、それとの戯れからすべては生まれる。何一つそれ次第ということはない「遊び」すらもそこから生まれるのだということを。それは男と女、あれかこれか、意見と反対意見の対立などではなく、生と死の対立ですらない。それは創造の根底にある存在と非存在のバランスであり、微妙な差異から何かを生じさせ、また消滅させる何かなのだ。このバランスを想像できる人間は、そもそも何かがそこにあり、もはや無ではないということに、ただただ驚く。

エルモライ・レーヴェンシュテルンにとって、すべきことが何かあるのか？

彼はもう少し、遊びを続ける。

彼は手を二つ持っている。一つは存在、もうひとつは非存在を示す。彼はしゃがんで、水の中から一つの石を拾い上げた。その石がどこにあるか、彼は知っていたのだ。彼自身がそこ、つまりムールの記念として彼が建て、今も水の中にちょうどアヴァチャ湾の中における現物と同じように立っている、ちょっと曲がった三本の石の塔の足もとに置いたのだから。どう置いてもうまい具合に収まらなかったので、少し脇に退けておいたのだった。今、彼は、水の中に手を浸しただけで、すぐにそれを見つけた。それはほとんど拳大もある、夜のように黒ずんだ濃緑色の孔雀石だった。風化した壁から取り出した他のすべての石と同様、この石も、遠くから持ってこられたものに相違なく、その中庭ではこの種の物としてはこれ一点しかなかった。レーヴェンシュテルンの手は、確たるものであると同時にしなやかさも持つその石の体の表面を撫でた。部分的に湾曲しているその表面には人が手を加えた痕跡があるようにも見えたが、だとすれば何のためだったのだろう？　同時にしかしレーヴェンシュテルンは、形から判断してその石は誰の手にも委ねられたことはないと信じようとし、これは本当に月から落ちてきた石かも知れないという想像を楽しんだ。それともそれは純然たる空無から生まれたものだったろうか？　思わず彼はその面を撫でて乾かした。石は微かながらしっかりした抵抗感をもって、小さな手斧のように彼の手の中にある。それは左手であった。レーヴェンシュテルンは生まれつき左利きであった。彼が右手で字を書き、食事をし、挨拶をするのは、子どもの時の躾《しつけ》と訓練の賜物だ。何も考えず心のままに何かを摑むとき、彼はいつも左手を使っているのだ。それゆえレーヴェンシュテルンは決心した。左手が存在を表す手であり、乾いた右手は非存在の手であることを受け入れなくてはならないのだぞ、と。

再び彼は両手を肩の高さのほぼ半分ほど迄、上げた。石を摑んだ左手は丸くし、右手は先程と同様、空のままだ。

次第に両の手の重さはほとんど同じであるように思われてきた。石は少しも重くないのだ。左手の方が重い事を感じるためには彼は目を閉じなくてはならなかった。今、彼の想像力はそれが次第に重くなり、支えきれないほどになる様を想い浮かべた。彼の左手は重さに対抗しようと突っ張り始めた。レーヴェンシュテルンはふと思いついて、それまで忘れていた右手に神経を集中した。すると何と、右手の空が満たされ始めたのだ——何をもってか？　左に拮抗する重さをもってである。彼はただ心をもって、バランスが彼の両手の間に生じるのをちょっと後押しすればよかったのだ。彼がバランスを揺らす、するとそれはゆっくりと、ほとんどのんびりと、もとに戻る。それは水準器の中で水泡が目盛りの間を揺れて戻るのと似ていた。重さは非常に顕著なものであったにもかかわらず、その重さの作るバランスは安定していて、全体は軽かったのである。そして天秤が落ちつくその点が彼自身だった。

そしてこの瞬間に彼の中で、自分は何をすべきか、明らかになった。彼は目を開け、手に注意を集中する。左手はなんと生真面目に石を持ち続けていることか。だが今、右手にも仕事ができた。その右手を彼は真剣に吟味した。彼の調教師の委託を受けた手、握手の挨拶のために差し出され、ナイフをもって切るために用いられ、ペンを握って書くために使われ、皇帝への宣誓に使われた手。今、その手は何も持っていないので、彼は指に注目した。これは彼の非存在であった。しかし彼が今自分の全重量を感じることができたとすれば——これはすでに幸福の半分を意味するのではないか？　一方の手には形作られた石、すでに何かである石がある——彼の存在は大変な重みを持っている。そしてもう一方の手には、それが存在するためには欠けていたすべての物、やり損ねたこと、忘れ去られたこと、意識の奥にしまいこんでしまったこと、みすみす台無しにしたものがある——これらはすべて無であったろうか？　あるいは人は自分を非存在に形作り、それに大きな重みを滑り込ませて、存在と非存在が秤の両端でバランスがとれるようにすることもできるのではないか、そしてその重みは二つの手の上で、非常な軽さをもって宙に浮く形で安らっているので、人はそれがどこかに飛んで行ってしまわないよう、しっかり握っていなくてはならないほどなのだ。

何とやすやすと彼は立ち上がることができたことか――まるでずっと座っていることに慣れている日本人のようだ。いや、彼はヘルマン・ルードヴィッヒ・レーヴェンシュテルンに過ぎない。だがまだ何かをやろうとしているのだ。少年のように構えて彼は石を水に投げた――左手で投げたのだが、それは狙い通りの的に当たった。月の面の真ん中に落ちたのだ。月はきらきらと光を散らしていくつもの小片に割れ、興奮した波の輪が、始めは激しく、次第に落ち着いて、分散した光を月に投げ返していたが、くしゃくしゃに乱れた光体も再び集まってもとの丸さに戻った。そのあとややしばらくは小さな後揺れを繰り返してはいたが。

レーヴェンシュテルンは動きの一つ一つを眺め、大きな静寂が戻ってきた後も、まだしばらくの間、そこに留まっていた。このような投擲は、彼の庭にまさにこれまで欠けていたものだったのだ。水が引いたら石はまた顔を出すことだろう。

もしも二度と姿を見せなかったらどうだろう？

それはそれでまた是としよう。

## 9

庵室に戻ると、机の上の蠟燭の光の中、水盤の前の薄暗がりに女性が蹲《うずくま》っているのを認めた。彼女は最初の日のように、鉄紺の浴衣を着ていた。彼女が生けている白いにわとこの花の照り返しで彼女の額が白く見え、はらりと垂らした前髪がそこで彼女の動きにつれて揺れていた。彼女は話し始めたが彼の方は見なかった。

あなたにまだ言っていないことがあるの。あなたにはまだ何も言っていないわ。まだ一度も何かを言っていない。

彼は熊皮の上に腰を下ろした。一方か、他方かは、どちらでもよかった。

聞いているよ、彼は膝をついて言った。

あなたに聞いていてほしくはないの。

じゃあ、どうすればいいんだ？

あなたは同時に何かを言うの、そして決して言いやめてはいけないの、一秒だってやめてはだめ。

何を言えばいいんだ？

びゃくしん《ヴァホルダー》って言って。

にわとこ《ホルンダー》でもいいのかい？

あなたの好きな言葉でいいの、でもずーっと言い続けるのよ、ずうーーーーっと！

彼はヴァホルダー、ヴァホルダーと呟き始めた。彼女も同じように小声で何か言い出した。しかしそれは、知らない言語のようでもあり、よく知った言語でもあるように聞こえる、長い一続きの文章であった。彼は耳を澄ました。しかし彼自身の口から出る言葉が邪魔して彼女の言っていることは理解できなかった。女性を陥れようと彼が口だけを動かすと、女性も同じようにした。ホルンダーに飽きると彼はそれをポルンダーに変え、さらにプルオーヴァー、ポルンダー、パラヴァー、ホレンダー、ハロドリと続け、それらの単語を単語自身の気ままさとナンセンスに委ねれば委ねるほど、彼は女性のテンポについていける気がしたが、彼女の言葉をますます少ししか理解できなくなった。彼女は動物についいて、動物であった人間、そしてまた動物に戻った人間についいて何か言っているようだった。彼女の息は次第に短くなり、彼女の興奮は男にも伝わり始めた。彼も今や意味のない文章を作り始め、好きに任せて大言壮語し始めた。彼がそのナンセンスな文章の由来を問わなくなればなるほど、それは滑らかに流れ始めたのだ。

女性は立ち上がった。顔は紅潮し、そのおしゃべりも勢いを帯び、迫力を増した。彼は彼女の唇がピクピク動き、嫌悪の顰め面と陶酔が素早く交替する様を見詰めた。彼も低姿勢をやめ、その立ち位置は変えないまま、女性の動きを真似るともなく真似た。というのも彼女の動きはダンスの歩調になり、体を回したり、つま先旋回をしながら男の方に進んできたのだ。その間に彼女は衣服から滑り出て、薄い布を胸の前で摑み、それを、あらわな肌の前で、口から出るおしゃべりのタクトに合わせて、揺すってみせた。彼女のおしゃべりは、レーヴェンシュテルンが息継ぎのためであれ少しでも黙ると、すぐ中断されるのだった。

最初のうち、ユニゾンは楽しげな要素を持っていたが、どちらも相手に最後まで語らせまいとする印象が気障りなものになり始めた。男は思わず声を高くし、女も熱してきて、その肩はピクピクし、足はリズムを崩してきた。一度、男が腕を高く上げて女を抱きとろうとしたが、彼女は口を動かし続け、不快感を示す短いゼスチュアを見せて彼から遠ざかり、それどころか身震いして体を背けたまま、部屋の角に向かって罵り続けた。それから身を屈めると語りの流れは止めないまま、お尻を突き出した。子どもの頃、ふとした時に目にして嫌悪感と共に記憶に留めていた、裸の母親のイメージが男の心を過《よぎ》ったが、目の前にある、足を開いて尻を揺すり始めた痩せた女の姿はむき出しの嘲笑であり、彼の言葉を奪った。彼女は肩越しに無愛想な視線を彼に向け、それから体の向きを変えると、支配者の身振りでしゃべり続けるよう促した。しかし無駄であった。すると彼女は上着を軽く体に巻きつけ、脅すような足取りで彼の方に向かってきた。

女の上に乗れよ、意気地なし、ズボンを濡らしてばかりいないでさ！

彼には信じ難かったが、それはまだほんの序の口に過ぎなかった。彼女は男の衣服を肩から引き剝がすと破き、足で踏みつけにしながら、卑猥な罵りの言葉の奔流を口から吐き出し始めたのだ。それは船乗りの時代以来、彼が聞いたことのなかった言葉だった。彼の顔のすぐ近くにある彼女の顔が、人が人に対して言うべきではない、言ってはならない最後の言葉を唾と共に吐きかけた。彼が耳にしたのは、報酬を騙し取られて、罵ることでその埋め合わせをしようとする娼婦のわめき声だった。男なんてみんなこうなんだ、下衆で、図々しいばかりでインポテンツでさ。詐欺師、雑巾野郎、大口叩きの糞ったれ。だがここにいるこいつはどうだ？――そもそも男か、こいつは？　口ばっかり上手くて、自惚《うぬぼ》れ上がった能なしで、話にもならんわ。――ここから彼女の本当の演説は始まった。彼女は本題に入り、驚くほど入念になった。文章の一つ一つが、毒と胆汁に浸された矢であり、感じやすい部分を射当てて、男の名誉心、男の自尊心を狙わない矢は一本もなかった。

どうすべきか？　女を殴ることは男としては許されず、逃げることもできず、ましてや沈黙を守ることはできない。返す言葉を探し、恥ずべきことに女と同じ調子に陥った。もう沢山だ！　と彼は叫んだのだ。いいのか、覚悟しろよ！　彼は警告し、脅しを最後通牒にし、それを二度、三度繰り返したが、女の方は、手を膝について、にたにたしながら体を上下に揺すっている。ガンバレ、ガンバレ、レーヴェンシュテルン、行け、行け、小さな友達くん！　泣くのはおやめ、青ざめた坊や、男になるんだよ！　彼が思わず口を噤むと、彼女は彼に、彼が洗濯女《ワッシュヴァイプ》か市場の女《マルクトヴァイプ》のどっちでありたいか、選ばせようとする。彼女の嘲笑を尖鋭にしているのは二つの罵り言葉のなかの女《ヴァイブ》という部分であることを、彼の耳は正確に聞き取った。彼女は歯をむき出し、引き上げた上唇の下で、その歯は獰猛なネコ科の動物のそれのように、彼を少しずつ、引き裂き始める。彼女は彼の顔から閣下の仮面を引き剝がし、その下には顔などないことを隠すためにだけ、それをもう一度、そこに乗せる。彼女は、自分がそれを読んだばかりでなく食べてしまって、その後の嘔吐から未だに抜け出せないでいるという手紙の文章で彼の耳をいたぶった。わたしがそもそも何で生きているか、あんた、知ってるの？　あんたみたいな無能な男とどうしてわたしが一緒にやっていけると思う？　あんたはいつだって言い訳ばかりしている――だってそれ以外に何ものでもないんだもの、あんたの書き仕事なんて。自分が生きなかった人生の言い訳、どぎつい色に塗られたショーウインドーのケーキみたいなものだわ、それは。

たった今、自分の庭で宇宙のバランスを測った男は理解し始めた。存在と非存在――それはせいぜいのところ単なるいろはに過ぎない。生きた肉体の中なる道徳的な非存在、そのことに彼は思いを致していなかったのだ。そして今、女が悪魔を演じて、彼にそのことを思い知らせようとしている。

数回にわたる彼の最後通牒が聞き流されて終わった時、彼は心理学で自己救済を図った。自分の手持ちのもっとも卑俗なもので彼を覆い尽くそうとする女の言葉を文字通り取る必要はないのだ。彼女はそれによって自分が卑下され貶められているその深さを訴えているのであり、その中で耐えきれなくなった者は卑劣になり、誰かを、最も手近で最も格好な人間を、貶めずにはいられなくなる。だが彼女が他ならぬ彼にそれをぶつけるとすれば、彼は少なくとも彼女の最も格好で最も手近な人間であることを、それ以上ないほど明白に示しているのだ。彼女が彼の尊厳をすべて奪い去ろうとしたとしても、彼女は彼女の知る誰よりも彼を評価しているわけだ。彼女が彼に投げつける呪いのどの言葉も、ある意味で、彼女自身が反駁している。この男は殺すことができない、だから生きていてはいけない。彼女がさらに、あんたが詩人だと言うならわたしは日本人女性よ！　と罵るなら、彼女は、あんたに触るだけでも吐き気がする、と言いながら、彼のもとを去ることができないでいるのだ。

　この遊びに彼は加わり続けるべきだろうか？　彼は読むことはできる。彼はいつも読む人間であった。彼にはこの泉から確実に湧き出てくる立派な理由がある。彼女はそれを「言い訳」と名付けた。彼が突然、そうした言い訳に飽きてうんざりした、ということがあり得るだろうか？――死ぬほどうんざりし始めたということが？

　彼を侮辱することをやめようとしないこの顔を、彼は見る。この女が言っている事は彼を打ちのめしはしない。愚かしい言い草ばかりだ。彼を真に侮辱するのは彼女の醜さだ。彼女の要求の執拗さ、彼女の物語の恥知らずな様である。彼を怒り狂わせるのは彼女、彼女自身だ。今や彼女は目までつむっている。そして彼女の口の端ときたら――。

　この口の端だけのために彼は彼女の首を絞め殺したっていいのだ。拳を丸めたとき、彼はだが大きなため息を吐き、自分が啜り泣くのを聞いた。もはや何が何やら分からない。彼は拳の直撃を受けた男のように何か口ごもり始めた。すると彼はもう一つの声を聞いた。女も彼と一緒に何か口の中で言い始めたのだ。同時に耳が鳴る。名指しで言われなかった事どもの堆積がひっくり返り、ザラザラ、パリパリ、音を立てながら、自らを空にする。そこに口が加わって何か言ったとしても、口は自身の言葉を聞き取れないだろう。だがしかしこの時、この男女のペアは大声で泣き始めたのだ――誰がいったいこの狼の調性を指示したのか？　否、それは空中に漂っていたのだ――ほとんど一つの声のように、それは押しつぶされた喉から吐き出され、呼吸の続く限り、果てしなく長くのび、グリレンブルクのすべての壁を突き抜けて、響き渡った。

呼吸の限界に来ると、その声は、二つ同時に、終わった。彼らは目を開き、初めて互いを見た。女は弱々しく、だが、片頬ではなく、口のすべてを使って微笑んでいた。唇は自由になっていた。彼女は自分の額を男の額に寄せた。それから二人は互いに腕を相手の体に回した。

彼女は彼を、二枚の熊皮のどちらであったか、一方の上に座らせると、他方を自分たちの上に掛けた。彼の下になって熊の皮を彼の肩にかけたか、彼の上になって皮を彼女の肩にかけたか。いずれにせよ二人は、今やすっかり熊の皮の下に隠れ、一見、動きを留めた。しかしその内側はさまざまな音形や留まることを知らない囁きで満たされていたのだ。何か言って、エルモライ、言いやめてはだめ、いっときもやめてはだめよ。わたしはまだまだたくさん知っているんだから。わたしのサバト《マイン・サバト》、わたしの金杯《マイン・ゴルドケルヒ》、わたしの刀《マイン・シュヴェアト》、わたしの兜《マイン・ヘルム》といった言葉が続き、わたしはその間に、カタスターなどといった言葉を挟み込んでいった。カテーダー、カテーテル、ピアスター、ピラスター、イッヒ・ケンテ・ディッヒ・ウムブリンゲン、マイン・ヘルツナルヒェン、マイネ・アインザムカイト、マイン・シフ、マイン・シェーネス・タール、マイネ・ベローヌング。――もっと喋って！　聞いてはダメ！――マイネ・ヴィーゲ、マイネ・シュティメ、マイン・リヒター、マイン・ショースキント、ヴィーダー・アイネン・フィンガー・シュレークスト・ドゥ・ミア・アイン、マイン・ズューストェーネンダー、マイン・トイラー・ズュンダー、マイン・ゴルドケルヒ、マイン・アインゲヴァイデ、マイネ・ホーホツァイト、ディ・タウフェ・マイナー・キンダー、マイン・トラウアーシュピール、マイン・ナッハルーム、ヴィーダー・アイネン・ナーゲル・シュレークスト・ドゥー・ミア・アイン。繭の中で、ゴトゴト、音をさせながら、その外では彼女は狂ったように何かを引っ掻いた。熊の八つの足先で石の床を叩き、鍵爪で死の舞踏のように引っ掻き、エカテリーナの大理石の床の上に響く長靴の踵のような音をさせた。マイン・ゴルドケルヒ、マイネ・ペルレ、マイン・ヨハネス、マイン・ケルビム・ウント・セラフ、オー・ヒンメルス・トェヒターヒェン、マイン・ゴッテスマン。われわれが繭から出るのを助けてくれる人間がいるだろうか、ナージャ？　誰もないわ、誰一人いないの。ようやくあなたはわたしの言うことを聞いてくれたのね。マイン・アレス・ウント・イェデス、マイネ・フェアガンゲンハイト・ウント・ツクンフト・ドゥ・フェアゲーブング・マイナー・ズュンデン、マイネ・モェルダーグルーベ。釘をもう一本だけ、そうしたら終わりよ。わたしたちを生から遠ざけているのは、あとたった一つの悪戯だけなのよ、エルモライ、小さな悪戯殺人だけ。

あなた、どこに居るの、神の子？

ぼくはグリーンのことを考えている、と男は言った。

彼が生存していたとしたらもう死んでいるわ。でも彼は死なないのよ、影だから、わたしたちの影だから。わたしたちは彼をガリヴァーのように大きくも小さくもできるわ。

ガリヴァーを僕の中から追い出したのは君じゃないか、と男は言った。

あなたは世の中に出てこなきゃだめ。そのためにわたしはあなたにわたしの体をあげたのよ。だってあなたは自分が体を持っていることさえ知らなかったのですもの。そのかわりわたしはあなたの魂を貰ったわ、自分の魂をなくしてしまったから。

今やぼくたちは大きくも小さくもなれる、だが一つになることはない。

それならもっといいでしょうね、と女は言った。でもわたしたちは一つに合わさったの。そしてこれ以上、深く、沈み込むことはできないわ。わたしたちはまた卵の中にいるのよ、わたしのひよこちゃん《マイネ・キューケン》、そして殻を破るのにハンマーなど要らないわ。あなたには嘴があるし、わたしは歯がある。わたしの生命《マイン・ズィーセス・レーベン》、わたしの女の子《マイン・マートヒェン》、わたしの花嫁《マイネ・ブラウレ》——

そうだね——

パーン！

蛹は弾けた。彼らの体を包む網は広がって透明になった。二つ合わさった生き物は四枚の羽を広げ、光の中で体を揺すり始め、風のように軽やかにペアになった。ペアの上に、高く聳えるのは風雲に耐えた鋸状の胸壁の雲、その流れる裾、そして下方の深いところには永遠の夏のざわめきがあった。あなたにも聞こえる？

ラバルバー、ラバルバー、ラバルバー！

全身を耳にするのよ——

愛にホサナ！

さっきとはすっかり違うわ、それがあなたよ！

これでいいんだ、このままでいいんだね。

そうよ。

# 第Ⅶ章　後奏――パルファー、劇場

## *1*

アレクサンドル・ロシア皇帝は、四十二歳、亡くなる五年前のことだが、一八二〇年の晩秋、トロポーでの君主会議[1]に向かう途上、オットー・フォン・コッツェブー[2]の所領地、パルファーで休憩を取った。ツァーはレヴァールで思いがけず具合が悪くなったのだ。左手の小指が一夜の間に腫れて激しく疼きだした。爪床が膿で一杯になり、同行していた三人のドイツ人侍医のうち、第一侍医が切開して膿は除去した。だがそのあと、手全体が腫れあがった。そして関節、それどころか下腕全体が痛みを伴って動かなくなり、三人の医師は、この細菌感染は深刻な性質のものであるという判断において意見が一致した。皇帝の側近の中にはベルン市の外科医、アブラハム・シフェルリ[3]がいて、彼はロマノフ家の極秘の用件のためにペテルスブルクにやってきていたのだが、もうひとつ、これも同様に秘密を要する件でもツァーの歓迎を受けて同地に滞在していた。今回のこの件では彼はしかしカミレ茶に指を浸すという保守的な手当てを処方し、それでも二、三日の休養は必要だという指示を出した。ツァーの一行はそれゆえ、急遽、意を固めて、オットー・フォン・コッツェブーの屋敷の門を叩いたのである。

パルファーはオットー・コッツェブーの義理の父親、マントイフェル伯爵[4]の所領であった。伯爵は変わり者で、いつもの事ながら、この時も旅に出ていた。しかし資産家であり、パルファー滞在は必要な快適さを提供してくれるであろうことは間違いなかった。その辺りは水が良いことでも知られていた。加えてツァーはコッツェブーに一度、会っておく必要があった。彼の世界航海は外相のルミヤンツフ[5]個人の懐から経費が支払われたのだが、後に問題になったのは、コッツェブーがベーリング海峡において、自身の健康上の問題から北西航路の開発を断念したことであった。批評家たちは、皇帝陛下の海軍の艦長たる者は、その心臓が機能を発揮しなくなった場合、指揮権を代理の者に譲り、最初に死ぬ覚悟がなければならぬと同時に、船を離れることが許されるのは最後であるべきだ、と論じたのだった。その後コッツェブーは、カムチャッカの海でさらに嵐に遭い負傷した。公的には彼の航海続行断念は、マニラで全面的に分解修理させなくてはならなかった船の状態の悪さに起因するとされた。

ツァーは寛大な扱いを心に決めていた。最短の交易路を開拓できなかったとしても、コッツェブーは利用価値の高い一つの潮流を発見し、南洋の探検においても画期的な功績を上げているのだが、それには、探検に同行した、『ペーター・シュレミール』の作家として知られる自然科学者、アーダム・フォン・シャミッソー[6]の働きが大きかった。コッツェブーは外交官としても手腕を発揮し、ニュー・カリフォルニアにおけるスペイン王権のごたごたを回避し、ハワイ王と共にそれを解決することに成功した。彼の功績に対しツァーはすでに彼を海軍中将に昇進させ、聖ヴラディミール勲章第四等を与えていた。その上、三十二歳の彼は妻を迎えたばかりであり、少し無骨で時に怒りを爆発させたりすることはあれ、父親、すなわち先頃マンハイムでドイツ人の愛国主義者に暗殺された、あのロシアの枢密顧問官であり、大詩人であるコッツェブーとは異なって、冷静で合理的に計算して行動できる人間であった。

ツァーが従者と共にパルファーに到着すると、恭《うやうや》しくというよりは親しみの籠る歓迎を受け、領主館の南翼に部屋を提供された。一休みした後、ツァーはコッツェブーの書斎で、シャミッソーの収集した珍しい植物や道具などを見せてもらった。コッツェブーはこのフランスからの移住者とは必ずしも親しい仲ではなかったが、学問的な旅行報告書作成には不可欠であったので彼をパルファーに招いていたのだ。痩せて背の高いシャミッソーは、そのドイツ語に外国訛りが抜けなかったにせよ、貴族の風格と教養ある市民の繊細さを併せ持っていた。とはいえ、長く垂らしたライオンのたて髪のようなヘアスタイルは彼のアウトサイダーぶりを示していた。ベルリンでは彼は文学同好会の一員であった。ロマン派的な気ままさと最高位のプロイセン人貴族の好奇心とユダヤ人サロンの啓蒙された機知の混ざり合うその場所は、完全に市民的な顔を持ち、外見は屋根裏部屋のように地味であることが多かった[7]。

ツァーは自然科学的な説明にはそこそこの関心を示すだけだったが、ポリネシア人の国家（そう呼べるものとして）なるものの仕組みについて多くの事を聞きたがり、次いで島民の宗教、それからとんでもなく乱れたものであるに違いない風紀について尋ねた。コッツェブーは同意したものの、ヨーロッパ人の航海者が島民の風紀荒廃に関与した度合いについても歯に衣着せず述べた。そこでツァーはこれについてさらに質問することはやめ、自由は、いわゆる自由精神者、すなわち無神論者たちに委ねるには貴重すぎるものであるというコメントに留めてから、さらに話を進めて、広く世の荒廃を抑える効果が期待される神聖同盟[8]について熱を込めて語った。

当然、近隣の貴族たちはツァーに敬意を表すべくパルファーに馳せ参じた。参会者たちは、腕を包帯で吊っている皇帝に、儀式張らない形で紹介された。主催者のジョークで味つけされた、酸味の強いグリーンランドのワインによる立式の乾杯のあと、一同は食卓についたが、そのテーブルが撓《しな》うほどの大御馳走が出されたわけではなかった。その分、一層、人々は香辛料の効いた食卓の会話を楽しんだ。ツァーは、大公であった頃、自分はジャコバン党員になったこともあるが、その苦い経験によって、自由はたしかに人間のために作られたにせよ、人間は自由のために作られたのではないことを学ばなくてはならなかった、と語った。自分に相応しく、また自分を高めてくれるのは、唯一、神と人に仕えるという慣習である、と述べたのである。

ベルン市の外科医は人間に関するツァーの意見には同意を表しつつ、神については自分はもはや語らないと宣言した。彼はスイス人であり、皇帝に対して一定の自由を主張して良かったのだ。その自由は医者としての彼の能力——および、内密ながら家族と言ってもよい近しさ——による後ろ盾を得ていたのだ。シフェルリは人間の下半身一般、中でも男性器官に関する大家であり、ツァーは彼の助言を必要とした。皇帝妃が儲けたものの余りにも早く失った二人の娘は外相クラトリスキー[9]との結びつきから生まれた、というのは、公然の秘密であった。ツァーはしかしポーランド人であったこの外相に変わらぬ信頼を寄せた。ツァーの方でも寵愛するポーランド人女性に慰めを求め、彼女によって男性の子孫を儲けることができたのだ。彼は情愛細やかな関係と彼の幸福に関わる全ての女性との平和的な関係に大きな価値を置いていたが、そうした関係の肉体的基礎はある種のヴァイタリティーを必要とすることを認めており、自分が間もなくそれを失うのではないかと危惧していた。

シフェルリは彼を慰め、皇帝陛下のご心配には及びません、わたしが特許を有しておりますある器具の助けを借りますれば大丈夫にござります、と述べ、その使用法をツァーには極秘に伝授した。背も高く頑健に見える医師自身、言うなれば自らの肉体をもってこの術の有効性を例証していた。大公妃殿下アンナ・フェデロヴナの[10]亡命先、ベルン郊外エルフェナウにおける宮廷主侍医として仕えたシフェルリは、アレクサンドル大帝の弟コンスタンティン大公と正式離婚の後のアンナに生まれた子どもの父であったのだ。正式に離婚が成立するためにはペテルスブルクにおいてそれ相当の年金が出るよう工作せねばならなかったが、彼女の名誉の騎士《シュヴァリエ・ドヌール》たる侍医シフェルリは、財務の交渉に際しても外科医としてのそれに劣らぬ手腕を発揮した。ツァーのいわば義理の弟にあたるこの男は政治的な分銅も天秤に乗せた。というのはコンスタンティンの状況は動的で微妙なものであったのだ。彼がポーランド人の愛人と結婚すれば、それをもって彼は兄アレクサンドルの後継者たる資格を失う。このことは彼には彼の愛を正当化すると同じ位、重要であった。シフェルリはと言えば、コンスタンティンが彼の自由を得るために多少の犠牲を払って、ロシア全土のツァーとなる代わりにポーランドの王に留まるならば、孤立無援の大公妃殿下に対して外科医として自分の手を差し伸べ続けることができたのである。

アレクサンドルは弟を羨んだ。彼とても自分の晩年をできれば田舎に――たとえばジュネーヴ湖畔に――隠棲し、彼の尊敬する師セザール・ラ・ハルプ[11]の近くで、哲学者として過ごしたかった。彼がウィーン会議において、古くからの威厳ある自由を有する理想国家スイスの永世中立を支持し、メッテルニヒの陰謀からこれを守ろうとしたのは理由のない事ではなかったのだ。それゆえ彼は今、実利主義者である医師の抗議を、食事をしながらほろ苦い思いで聞いた。市の政治家でもある医師はツァーに向かって、残念ながらウィリアム・テルの国においてすら、輝くものすべてが金である訳ではないのです、輝きを断念するものの方が、むしろ、尊敬に値する理由以外の何かを隠していることがありますからね、と言わずにはいられなかったのである。

片手しか使えなかったツァーは、料理を前もって切り分けてもらわなくてはならなかった。鹿料理のときはそれになかなか手間がかかったが、ツァーはその間、盛んにブルグンド・ワインに手を伸ばしたので、不機嫌な表情の中にもまだ若さが残る顔に、さっと赤味が増した。そして彼はこう言った。わたし以上に統治に倦んでいる人間がいるだろうか。だがわたしは義務に服従する。わたしには任務に服する他に自由はないからだ。この重荷から解放されるには神の手招きを待つほかはなかろう！ コンスタンティンはわたしの王冠を継ぎたくないと言う――とすればそれは末弟ニコライ[12]に行くほかはないが、彼の妃[13]は王座につきたくてうずうずしている。彼女は、その母ルイーゼ同様、プロイセン風の優美さをもって国に君臨したいのだ。ルイーゼは何と言ってもすばらしい女性だった！

デザートの時になると国家の政治が論じられることはもうなかった。ツァーは屋敷の主人の向かいに座席を占め、彼の右の席には一家の女主《おんなあるじ》が座った。彼女が身重であることは誰の目にも明らかだった。そのことによって彼女は、女性の同行者がいないツァーの騎士精神を一身に集めたようだった。三人の医師を除くと、夜会の客はバルティック地方ではその名がよく知られた紳士淑女二十四人から成っていた。第一のランクに属するのがアダム・フォン・クルーゼンシュテルンで、世界周航者はこの間にペテルスブルクの海軍幼年学校の校長になっていた。彼は祖国の父であり、陸上における役職を目指す若者はツァーコイェー・ゼロのリュツェウムを卒業しなくてはならないが、海を目指す帝国中の若者は教育者としてのクルーゼンシュテルンの手、どんな時も公正な彼の手を経て育てられるのである。コッツェブー家と幾重にも縁戚関係にあるクルーゼンシュテルンは、航海術におけるオットーの養父でもある。だから他の日なら彼と彼の妻ユリアンネはクルーゼンシュテルンを食卓の一番の上席に座らせたことだろう。

客たち、すなわちフォン・クノリングス、フォン・デトロフス、フォン・ブレヴェルスたちは、最上の、ということはエストランド風に、控え目な晴れ着で現れ、病を抱えた高貴な客アレクサンドルに敬意を表明した。バルト海ドイツ人の貴族は農奴廃止を真っ先に受け入れ、常にロシアを志向していたのだ。とは言え、社交の場に求められるフランス語が苦もなく口から出るのはツァー自身とシャミッソーだけであった。だがそのシャミッソーはほとんど口を開かない。ペーター・フォン・マントイフェル伯爵の欠席は、その娘であるこの家の女主人によって十分以上に埋め合わせがなされていた。アマーリエ・フォン・コッツェブーは旧姓をツヴァイクと言う。これは、ウイーン出身の羊飼いの娘がバルティック地方の貴族との間に作った庶出の子どもたちのために考え出した架空の姓である。結婚証明書はなかったにもかかわらず二人は互いに忠誠を尽くし、この女性の死を非常に悲しんだマントイフェルは、後年、今度は階級に相応しい結婚をしたのちも、これら庶出の子どもたちを正式の結婚後に生まれた子どもたちと同等に扱った。

アマーリエ・ツヴァイクとオットー・フォン・コッツェブーとの結婚以降は、家族の正当性は一つの称号で事足りたが、この件は思いやりを込めた話題としてなら触れられても一向に構わなかった。そしてその話題にツァーとその食卓のお相手の女性は長い時間を費やしたのだが、その間、ツァーの自由に動く方の手が彼女の手の上に置かれることは珍しくなかった。そしてツァーは、彼の健康を祈願する乾杯に対して謝辞を述べた後は、もっぱら旧姓ツヴァイク、今は皆がキティと呼ぶ女性の相手をしたのだ。彼女の生き生きした様子が彼に元気を与えるようだった。

ツァーはもはや、二十年前、帝位に上った時のような若々しい王、ロシア人の心とヨーロッパの希望がすべてそこに向けられた、若枝のようにすらりとした若い神ではなかった。彼は浮腫《むく》んだように見え、彼の伝説的な青い瞳は水っぽく薄まり、ブロンドの髯の間から見える重々しい顔の肌色はとても健康的とは言えなかった。しかしキティの隣にいると彼は憂苦を忘れるように見え、屋敷の主人の驚いたことには、翌朝の小さな狩りの企ても彼はもはや排除しようとしないのだった。パルファーに参集を依頼していたのは狩猟人ではなく看護人のはずですが、という医者たちによる抗議があって後、主人の驚きは、ようやく静まった。——母親たちがいなかったらわれわれはいったい何者だろうね？　とツァーは冗談のようにキティに向かって言った。ツァーも彼女をこの名で呼び始めたので、これには彼女も、誰の目にも明らかなほど、顔を赤くした。——母親たちに比べたらわれわれ男たちなんて何ほどの者だろう！　自然自身が、われわれ男たちに特に重要な役を割り当てないよう、配慮しているのだ。そして女性とは道義性のヴェールを被った自然でなくして何だろう！　キティ、わたしも、父親たちからではなく母親たちから生まれたのだ——それこそわたしの真の資格証明だ！

　アレクサンドルの父親、不運なパーヴェルの最後を思い出すなら、このテーマは敏感な感受性を必要とした。キティがエカテリーナ大帝の「広い心」と呼ぶものもそれだけにデリケートな扱いが必要だった。エカテリーナは、至高の存在たる女王に相応しくその住まいに多くの部屋を持っていたのだ[14]、とキティは言った。考えに耽っているためにテーマ一つ分遅れて何かを言うのが常であったシフェルリは、この時、人間の生物学的種としての性質についての話題に捉われていて、屋敷の主《あるじ》に、今、われわれが賞味しているこの鱈は鱈のミルクで調理されたのですか、と尋ねた。いつも額に皺を寄せているクルーゼンシュテルンが、鱈はいつから哺乳動物になったのかね、と問い返したが、シフェルリは優越感を露わにして答えた。ミルクとは魚の精液のことを言うのです。海の男のあなたがこの表現をご存じないとはびっくりですね。海軍大将もたまには魚釣りをなさってはいかがですか。コッツェブーもしかし自分の食卓では精液のミルクなど使ったことはないと突っぱねたので、シフェルリは容赦なく説明した。本当を言えばそれは魚の最良の部分で、グラン・キュジーヌではそれをソースの材料に使うのです、ソースと言ってもそれはむろん、じゃぶじゃぶのソース《トゥンケ》になってはいけないのですが、云々。キティは、赤くなったり青くなったりしながら、聞いていなくてはならなかった。ドイツ語でもミルクを *die Milch* と女性扱いし、女性の胚を *der Rogen* と男性扱いしますが、このことは両性の隠れた単一性を明かしているのであって、性の区別は神によって与えられたものではなく、種の存続のために常に有利な変種を生み出そうとする自然の策略なのですよ。これこそ第一の状況証拠ですな、何か面白いものを生み出そうとするならば、個体は浮気をしなくてはならないということに対するね。

道徳規律をやかましく問わない生き方の根拠を自然に求める彼の論法は人々に奇異の感を抱かせた。だが彼の科学的精神に対してはある程度の無礼は大目に見るべきであったろう。そういう精神には精液のミルクなるものも清らかなものなのだから。しかしながら彼が、ミルクを胚の上に振りかけるときに生じる受胎の随意性をも自然なものとして叙述し始めたとき、ツァーは、結婚の神聖を彼に思い起こさせることが必要だと考え、結婚のひな型として神と教会、教会とその信者のそれを称えた。それゆえ真の信仰からの逸脱は姦通とみなすべきであり、姦通はユダの裏切りと同罪とみなすべきなのだ、と。それに対してはもう誰も答える勇気を持たなかった。ツァーのこの確信は、幾晩も眠れぬ夜を過ごして勝ち取られた、自己克服の賜物なのだということが感じ取れたからだった。

この時、クルーゼンシュテルンが立ち上がり、自分も男だと言おうとした。自分も考え直さなくてはならないことがあったのだ、と。二十年前だったら、人権ではなく検閲を宣言したカールスバード決議[15]は、自分を怒りのあまり「棕櫚《しゅろ》に上らせ」[16]ただろう――南洋航海を連想させる海の男の荒っぽい表現を人々は微笑みをもって聞き流した。だが迷信に凝り固まった馬鹿者どもが――奴らはいつだって迷信に凝り固まっているんだ！――自分たちの幻想を共有しないというだけの理由で、真率な男たちを圧制者として殺害することが許されるなどと考えるようになって以来、自分はこの解放主義的殉教者たちにさらば！を言うことに決めた。ブルータスたちは、今日、世界市民が彼らに反対してシーザーたちの味方をせざるを得ないとすれば、それは自分たちのせいだと考えるべきなのだ、なぜなら人道は、結局のところ、シーザーたちのもとにあってこそ大切にされるからだ。

回りくどい表現ではあったが、これは食卓に同席中のシーザーに対する敬意の表明であった。だがこの時、シーザーことアレクサンドル自身が立ち上がってこう言ったのだ。

クルーゼンシュテルン君、君は、わたしが部下の血を流すよりはむしろ自分の胸を刃《やいば》に向かって差し出すだろうなどと考えたいのかな？　わたし以上に専制権力に反対している人間は誰もいない、いつ何時それはわたしの幸福、わたしの平安、それどころか、わたしの命まで危険に晒しかねないのだから、とでも？――しかしだからこそ王権は人間によって作られた憲法などではなく、神の中に根拠が置かれなくてはならないのだ――憲法などと言うものは、罪そのものと戦う勇気はなく、それへの許可を制御するに過ぎない。福音こそは我々自身以外には誰もそれを奪い取ることはできない人権を唯一、打ち立てているのだ。そのための基礎はキリストご自身のなかに置く以外、誰もできないのだ。あぁ、お許しくださいね、キティ――と彼は、今はドイツ語で、隣席の女性に向かって言った――わたしは熱に浮かされているのではなく、我を忘れているのでもありません。わたしはリアリストであり、それ以上でもそれ以下でもない。調理は地上の水でしなくてはならないことを学ばねばならなかったと同時に、そのために十分な熱を与えるものは天上の火以外にないことを学ばねばならなかった人間なのですよ。

自身の火に燃えて彼は、女主人の手を押さえ、それから彼自身の手、世界で最も力ある手をその上にそっと置いた。——わたしはあなたの子どものことを考えているのですよ、キティ。子どもは父親たちの罪を受け継いではならない、そうではなくて母親たちの徳を受け継ぐべきなのだ。だが時には大胆な男がわれわれの心を高揚させることもある。どれほど多くの素晴らしい時間をわたしはあなたの亡くなった義父、不滅のアウグスト・フォン・コッツェブーと彼の劇場に負うていることか！　彼の暗殺者たちはそう考えていたとしても、彼がわたしのスパイであったことなど一度もない、彼こそわたしが思っている男であったのだ、高い意味においてね。そしてここに誓おう、わたしは、彼の殺害を図るような人間すべてに対して、彼の死の復讐を果たす。人間の生命の神聖を守れないなら、何のための神聖同盟か！　アウグスト・フォン・コッツェブーの霊がトロポーまでわたしに同行してくれる。わたしは、この世界のすべての君主たちの前で、彼の生の正当性を主張する！

あぁ、陛下！　あなたご自身が最大の存在であられますのに！

「人間の憎悪と後悔」、何という感情の深さか！「わたしの人生のもっとも奇妙な一年」——なんという書物、何と言う鏡だろうか、それは我々自身の独善、専断を映し出しているのだ！　君もこの本を読んだことがありますか、シャミッソー君？

いいえ、陛下！　と、話しかけられた者は答えた。彼はテーブルの一番の末席にいたのだ。

彼はわたしの父の本は読まないのです、と、オットー・フォン・コッツェブーが言った。

それは何という不当だろう、ムッシュー！　とツァーは言って、再び非の打ちどころのないフランス語に戻った。——そして何と腹立たしいことか！　君は不当を行っているのだよ！　コッツェブーの父君は機知に富む頭脳の持ち主だった、そして独立不羈《ふき》の男だった。権威ある者たちに対しては民衆であり、賤民に対しては正当主義者であった。フランス人に対しては心と心情を持つドイツ人、小市民に対しては世界市民であった。ただ一人、アンティ・クリストたるナポレオンに反対するという点では、彼は不羈だった。――このわたしはと言えば、ナポレオンという男にすっかり惑わされたのだったが。オットー・フォン・コッツェブーは決して買収されない男だった。そのために暗殺されたのだ、彼は！

死者に平安あれ！　しかし彼はオポチュニストでしたよ、とオットー・フォン・コッツェブーが言った。一瞬、食卓はしんと静まり返った。

キティ、とツァーは言った。わたしはあなたの御主人と一度、一対一で話をしなくてはならない気がしますよ、わたしのためにとりなしをしてもらえますか？

一同は唸った。何という主権者だろう！

あなた様に対して何を拒めましょうか、陛下！　とキティは言った。

あぁ、陛下などと！　と彼はため息交じりに小声で言った。――わたしは一人の孤独な人間でしかないのです、あなたに恋さえしてしまいそうだ。だがそんなことをすればあなたの御主人はわたしを取って食うでしょうよ。もう遅いのです。すべてが遅く来すぎる、わたしもそうなのです、キティ！

大きな声で彼は言った。今宵は何という魅力的な夕べであったことか、親愛なる友人たちよ！　この美しいパルファーに自分が来たのは楽しみのためだけではなかったことをわたしはすっかり忘れていましたよ。病気治療が今、容赦なくわたしを待っています。皆さん、どうかそのままで！　お医者様方《ドクトレ》！　わたしをあなた方の意のままになさってください。

彼は立ち上がって、キティの手に口づけをした。もちろんこれをもって会はお開きになった。だが貴族の紳士がたは喫煙室で今しばらくの時を共に過ごし、ご婦人がたはサロンに陣取った。彼らはツァーの慈しみ深さ、彼の繊細さ、彼の消し難い悲劇についてこもごも語りあった。

まだ戸口の所に立ったまま、ツァーはオットー・フォン・コッツェブーの肩に手を置いた。

コッツェブー君、と彼は小声で言った。まずはゆっくり眠ろうと思います。でも適当な時間に目を覚ますことは自分でできます、わたしも老人になりますのでね。ですから朝食前の孤独な散歩《プロムナード・ソリテール》こそはわたしの願うところです。いえ、それにお付き合いいただくには及びません。しかしどうでしょうか、朝八時ごろ、あなたの薔薇の庭園でお会いするというのは？　ずっと端の、庭園全体を見渡せる所で？　あそこならわれわれ男二人、誰にも邪魔されずにいられます。——そしてコッツェブーの耳に口を寄せて彼は言葉を続けた。あなたの父君は恐ろしかった《シュレックリッヒ》、でもわたしの父はおぞましかった《アップショイリッヒ》のです。——おやすみなさい、フォン・コッツェブー殿。

## *2*

この夜、ツァーはもう一度、ドクター・シフェルリを呼ばせた。医者はコッツェブー家の簡素な客間に姿を現した。皇帝陛下は寝間着姿でテーブルに座り、自分ですでに包帯を外していた。腫れはもう退いている。しかしシフェルリは冒された腕を、一インチ、一インチ、肘の所まで押しながら探って確かめた。

シフェルリ、わたしの瘭疽《ひょうそ》はそれぐらいでよかろう、と、アレクサンドルは言った。だがわたしの膀胱結石の方はどうなんだ？　鳩の卵大になっているというのは本当か？

あなた様の膀胱の中を覗くことはできませんが、陛下。――石が適度の大きさになっていてくれるとよいと存じます。そうすればそれがあなた様を苦しめる危険は一番少ないのです。

それを消し去る君の方法は何かね？

シフェルリがその説明をするのはこれで三度目だった。何よりも大切なのは患者の命取りになりかねない膀胱切除を避けることだった。シフェルリはある方法を考え出していた。それはですね、尿道に一種の穿孔器《ボーラー》を差し込む一方、肛門の方から手を差し込んで固定しておいた障害物をそのボーラーでそっと押しつぶすというものです。この操作は、石の破片が尿と共に自然に排泄され得る大きさになるまで、続けなくてはなりません。

ということは、何度くらいかね？　とツァーは尋ねた。

シフェルリは二十回くらいでしょうか、と言った。一回ごとに数日の間をおかなくてはなりません、膀胱の痛みと、場合によっては出血を止めるためです。

そいつは地獄の苦しみだな、ドクター・シフェルリ、とツァーは言った。拷問以外の何物でもない。

シフェルリは言った。いえ、敢えてそうとは申しませんが、しかしこの処置は患者の側に一定程度の覚悟を要求するということは、わたくしも認めざるをえません。

二十回も拷問にかけられるわけだ、そしてその間に三日ずつ、わたしが小便もできぬ日がある、ということか。

排尿はたいていの場合はできます、とドクターは言った。

ベルンに行っていなくてはならない期間は二か月というわけか、と身震いしながらツァーは言った。

――で、その間、国家の政治はどうなる？

わたくしがペテルスブルクに伺ってもよろしゅうございます、と、シフェルリは言った。

そうしたら君の大公妃殿下は何と言われるかな？　特別手当云々は言わないことにしても、わたしがその二ヶ月の間、皇帝の椅子に座っている図を、君はどんな風に想像するのだ？　下半身にボーラーを差し込まれた全ロシアの支配者を？──ドクター・アイゼンバルト[17]だって君に比べれば温情があると思わないか、ドクター・シフェルリ先生？

その代わり石はなくなります、とシフェルリは言った。

死んだ方がずっとましだ、とツァーは言った。

ドクター・シフェルリは口をつぐんだ。それからこう言った。──石が十分に大きい間は……

石は十分に大きいさ、ドクター。ではゆっくり休み給え。

ツァーは身を横たえた。外科医が語った「お休みメルヘン」は彼を最初ひどく不安がらせたが、それから深く安堵もさせた。彼は、諦念の深い淵にあって、また自分自身に突き返されたのだ。膀胱の石は、彼の王冠と同じく、再び、神の手の中に安らっている。聖霊の鳩がその卵を彼の下腹部に産みつけたのだ。それなら聖霊自身が卵をボーラーから守ってくれるだろう。


翌朝は曇っていたが、寒くはなかった。屋敷の主は軽い狩猟服姿で庭園の端にある薔薇の四阿屋《あずまや》に陣取って高位の客を待ち受けた。この薔薇の四阿屋はマントイフェルの作で彼の誇りでもあった。秋遅くまで魔法にかけられたように香り続ける無数の白い花が広大な迷路を作っており、それは領主館の裏手の方に向かってテラスのような展望台になっている。その端からは高い石の壁に囲まれた香草や野菜の畑を見やることができる。領地の端は葡萄畑の形を取って公園へと続き、近くをうねうねと流れる川の岸辺の茂みからそれを分けていた。

コッツェブーの海の男らしい目ははるか遠くまで人間の姿を探したが虚しかった。が次の瞬間、彼はびっくりして飛び上がった。彼のすぐ隣にツァーが立っていたのだ。白いズボンを穿いていたが、その脇は長く裂けていて、長靴は露でしとどに濡れていた。

まだ跳び越せるのだよ、オットー、ちょっとした壁くらいはね。

おはようございます、よい朝をお祈り申します、陛下。

良い朝はもう味わったよ、フォン・コッツェブー殿。今、わたしはね、言うまでもないことではあるが、君に対するわたしの絶対の信頼をちゃんと伝えておきたい、と思ってね。君にはもう一度、航海に出てほしい。君の家庭の幸福が許し次第、次の世界航海に乗り出してほしいのだ——ロシアの名誉のため、学問の成果のため、それを完遂してほしい。北西水路を是非とも発見して貰わなくてはならないのだ。そうでなくては、どうやってわれわれは大洋の所有地を長期に亘って物資補給して保持できよう？　それは放っておいても維持できる性質のものではないし、航海路は不安定で、陸路は果てしない。

仰せの通りでございます、とコッツェブーは言った。陛下が極東の海岸を陛下の帝国の第二の顔と見なそうと決意される限りは、ですが。

見なすだけで済むならわたし自身もそうしたいところだが、とツァーは言った。だがそれをそう扱うにはどうしたらいいのか、教えてほしいものだね。たとえアメリカ西海岸と、望むならばなお数百の島に配置するだけの人間と船をわれわれが持っていたとしても、われわれは絶えず戦争を繰り返さなくてはならないのだよ、スペイン、イギリス、フランス、そしてアメリカと。海に強くさえあればどんな小人だって帝国の一方の端から他方の端までわれわれの道を押し戻すことができる。われわれの最大の強みは陸地にある、だがそれがたった一つの強みなのだ。南に行くのも、東に行くのも、同じ位遠い——アフガニスタン、ペルシャ、インド、そしてそこには他の民族が住んでいる、チュクチェン人、サモア人、インド人、その上どこにももう他のヨーロッパ人がいるのだ。

われわれはヨーロッパ人に留まっていてはいけないのです、閣下。

それ以外、何だと言うのだ、われわれは？　とアレクサンドルは聞いた。——白紙だ！　意味もなく大きいだけだ！　ロシアは何かであり得るかもしれない——ロシア人さえいなければ！

アメリカ合衆国も同じような問題を抱えています、とコッツェブーは言った。——一切が東海岸に集中してしまっていますので。

アメリカ人が西部をどう征服するか、われわれはこれから見ることになろう。——そしてそこに到着しさえすれば彼らは果てしなく広い、温かい海岸を持つのだ。彼らは企業家だ！　ひょっとしたら、われわれの所有地を早いうちに彼らに売ってしまうのが最善かもしれない、そうすればどんなに重荷を下ろすことができることか。

今の状態では誰もそれをわれわれから買おうはしませんよ、陛下。取りたければ彼らは好きなだけ取るでしょう、われわれはそれを防ぐこともできないのです。

で、だから、どうしろと言うのだ？——とツァーは聞いた。

シベリアを横断する鉄道を建設なさいませ、もっと征服するためではありません。持っているものを消化するためです。

鉄道だって？　とツァーは聞いた。——どういうことだ？

レールロード、とコッツェブーは言った。つまりレールを敷いた道、鉄の軌道が敷かれていてその上を走れる道、あるいは鉄で表面を覆った木と石でできた軌道があってその上を車の輪が走るのです。それによって普通の車輪が外延上で受けねばならない抵抗が少なくなり、ほとんど車軸の摩擦の問題さえ克服できればよいことになり、前進は少なくとも十倍は容易になります。

ツァーは笑った。――そんなものは炭鉱なら役立つかもしれないが、それでシベリアを走り抜けると言うのか？　一万露里を？　長い消化の道だね、コッツェブー。それなら競走馬の方が早い位だ。われわれには海路が運命づけられているのだよ。――だが今は、別のちょっとした謎をひとつ解いてくれないかな。向こうの森の中でわたしは長い壁に突き当たったのだ――そこに行く道が断たれていたので、わたしは一本の木に登ってみた。そして覗き穴を通して見たところ、一つの町全体が見えたように思うのだよ、絵の描かれた壁があって、たいていは崩れているんだが、壁の立っているところも、その背後には何もなかった。何だい、あのポチョムキンの村みたいな[18]のは？

あぁ、あれですか、陛下、あれはわたしの父の実験の町だったんです、とコッツェブーは言った。――あれを片付けるまでは手が回らないでいるのです。

実験の町？　とツァーは聞き返した。

彼は、レヴァールや時にはペテルスブルクで、彼が率いてドイツ劇場の舞台に登場させる劇団員をまずマントイフェルの領地に集めるのが常でした。彼の最初の妻、キティの母親ですが、彼女もそれが好きでした。彼女自身、庶民の娘ですからね。陛下がごらんになった古い城塞はこの地方がカトリックだった時代の司教の城ですよ。――ズボンを裂かれたようですが、陛下、お怪我はなさらなかったでしょうね？

まさか。いや、楽しかったですよ。しかし登るというのも結構大変なことだ、もう猿ではない人間にとってはね。――司教の城、と言われましたか？

閉鎖されてからすっかり荒れました。それをマントイフェルが癲狂院に作り変えたんですよ。人愛主義者として彼は費用を惜しまなかったのです。患者たちが我が家にいるように感じられるようにとね。わたしの父は時々、彼らを舞台に引っ張り出して端役に使ったのです。多彩な変人たちでしたよ。インスピレーションには役立ったでしょうね。道徳は相当に乱れていましたが、父はそこを「ワレンシュタインの陣地」[19]と呼んで大層、寛大に扱いました。

父上に関してあまり敬意をもってお話しにはなりませんね。

敬意などどこから生まれ得ましょう？　母が早く亡くなって以来、結びつきもほとんどなかったのです。

母上は素晴らしい女性だったのでしょう？　とツァーは言った、フォン・エッセン家の出ですよね？

アウグストは慰めを得て元気に子供を作り続けましたよ、とコッツェブーは言った。――知っているだけで十人の兄弟姉妹がいました――もう少し多かったかもしれません、彼の劇団が彼を父《ファーター》と呼んだのも言われないことではないのですよ。

君は母上なしで大きくなったのですね、オットー、とツァーは明らかに心を動かされて感慨を述べた。

わたしは二人の母を持ちました、海と学問です、とコッツェブーは言った。――わたしと弟のモーリッツには、父親も欠けていたわけではありません。クルーゼンシュテルンです。彼はわれわれを世界航海に連れ出してくれました。当時、われわれは髯さえ生えていなかったのです。

アウグスト・フォン・コッツェブーは何と言っても天才ですよ、彼が用いた資料についてはあまり狭量に考えてはいけません。

彼はいずれにせよ、上手に隠す才能を持っていました、本当の天才に寄生したとしてもね。自分の劇団を「ウイルヘルム・マイスター」をモデルにして作ったほどです。それは彼のフィリーネ[20]のための苗床でした。

しかし彼自身、ワイマルの生まれで、ゲーテとはよい友人だったのでしょう？　あなたの美しいキティは、彼がゲーテと一緒に舞台に立ったこともあると言っておいででしたよ。

「姉妹たち」の郵便配達人として、です、とオットー・フォン・コッツェブーは言った。それもたった一つ、セリフを言っただけですよ。重量オーヴァーです、二〇フラン、切手代、半分不足です。でも彼にはぴったりです。経済人としては仕事のやり方を心得ていましたね。作家としてゲーテには及びもつかなかったとしても、彼の本は良く売れましたからね、それが彼の誇りなんです。

あなたは父親問題という点で少なくとも一つ、わたしと共通点をお持ちのようですね、とツァーは意見を述べた。——でも愛のないところに公正さを求めるわけには行きません。「ベンノフスキー、あるいはカムチャッカの策謀」——わたし達はペテルスブルクでそれを見ましたが、涙が出るほど感動しましたよ。ベンノフスキー、あぁ、何という人物でしょう。ロシアが彼を世界の果てに送る以上に良いことを知らなかったとは、ね。

彼は悪名高いペテン師ですよ、本から抜きだしたように次から次、嘘をついた。わたしの父もそうです。二人はお似合いのカップルです。

父親というのは十字架ですよ、オットー、とツァーは言った。——これについてはわれわれ、いくらでも語れますね。わたしの父はあなたの父を追放した——それからまた気まぐれに恩赦を与えた。王の任務と言う重荷がわたしに回ってきたとき、わたしが何と誓ったか、御存じですか？　わたしの父のようにではなく！　わたしの父のようには——決してならない！

あなたのお父上も、皇帝になられた時、よく似たことを誓われたに違いありません、とコッツェブーはそっけなく言った。――決してわたしの母のようには！――そうです、「カムチャッカ」という作品は、あなたが先ほど御覧になった書き割りで試演されたのです。役者たちは瘋狂院に住んでいました。領主然としていい暮らしをしていたのは賢いアウグストだけです。自分の執務室は僧院の中に持っていて、女性や男性――どちらかと言えば好んで女性を役の研究のために大部屋の寝室から直接、書き物机のところに連れてきたものです。

あなたのお話はわたしを相当に混乱させますね、瘋狂院、僧院、書き物机――次は何が出てくるのですか？

失礼しました、陛下、建物の歴史は錯綜しているのです。いずれにしてもわたしの父はその建物を役者と狂人たちを一つ屋根の下に暮らさせるために用いました。演劇的表現の真実性のために役者たちがそこから得るものは大変多いと彼は考えたのです。つまり、役者はよく演じるためには狂人にならなくてはならず、狂人はそもそもある役の虜になった役者なのだ、という理論を彼は持っていたのです。

彼は気の毒な人たちを自分の芸術の手本として利用したというわけですか？　とツァーは尋ねた。

陛下直々のお許しを得ていると彼は主張していました、とコッツェブーは言う。――当時、陛下は、御自身、いわゆる「自然の夜の側面」に関心を持っておいでした。ウイーン会議のあとで彼は陛下に彼の最も重いケースを個人的にお目にかけたと申しておりましたが。

どんなケースですか？

「カムチャッカの策謀」の中である脇役に予定されていた人間ですが、想像の中で主役になり切ってしまったのです。自分はベンノフスキーの真の孫娘だと主張していました。そしてその名において彼女はアウグストの仕事に手や口を出し、できればそれを完全に彼の手から取り上げようとしました。どうにも始末に負えなくなった時、あなたが彼に助言なさったのだそうです。試しにその女性に思い通りやらせてみてはどうか、と。その結果は恐ろしいものでした。彼はあやうく命を落とすところだったのです。

話して下さい、とツァーは興奮した様子で言った。その件はまったく記憶にありません。

彼はその女性を回復の見込みがないある人間と一緒にしました、とコッツェブーは言った。――兵役検査で不合格になった海軍士官で、クルーゼンシュテルンについて日本に行った男です。わたしは彼のことをよく覚えています――当時、彼はおとなしそうに見え、ちょっと嘲笑癖があって、ひどく几帳面な所もありましたが、根は信用のおける人間でした――人に危害を加えたりすることは決してなく、人を少しでも不幸にしたりすることはなかったのです。そのあとわたしは彼を視界から失いました。アルハンゲリスクで勤務し、それからトルコに行って、ドナウ沿いのクリミアにいたということですが、そこで彼は完全に頭がおかしくなったに違いありません。自分はさ迷える日本人であるとか、偉大な詩人であるとか思い込んでいたのです――何が何だかわからなくなっていたようです。任務に耐えなくなり、しかも病気になったのです――らい病か何かで、新ロシアの湿地地帯ででも背負い込んできたのでしょうか。要するに隔離しない訳に行かず、グリレンブルクに来ることになりました。誰かの後ろ盾を得ていたとか――マントイフェルはあろうことか、陛下ご直々の支援を彼は受けていたのではないかと推測しておりましたよ、陛下。

それは奇妙な話だな、しかしツァーなるもの、すべてを知らされている訳ではないからな、とアレクサンドルは言った。で、その女優はどうしました?

彼女をレーヴェンシュテルンと一緒にしたのです、とコッツェブーは言った。

レーヴェンシュテルンというのは誰だ？

失礼しました――そういう名前だったのです、今、お話した海軍士官は。彼と一緒に女はずっとプリンセスの役を演じることになります――その傍らで彼は日本人と詩人の役を演じるわけです。

毒を持って毒を制する、というのだな、とツァーは言った。――障害をもって障害を扱う。ホメオパティー、類似療法というのだ。ああ、思い出した、一時、そんな理論を信じていたことがあるのです、わたしも。――わたしは自分が思っていた以上に悪魔に近かったようだな、コッツェブー。――神がよい時期にわたしを拾い出して下さらなかったら、わたしはどうなっていたことか！

朝の散歩の後の健康な肌の赤味と、木登りをする少年のような面影はツァーの顔からすっかり消えていた。思わず彼はコッツェブーの腕を摑んだ。

悪魔、それ位ならまだ結構でしたよ、と腕を摑まれた方は言った。でもあなた様は危うく命を落とされるところだったのですよ、事が予定通り進んでいたとしたら。

どういうことだ？　とツァーはやっとのことで自分を制し、コッツェブーから手を離した。

覚えておいでにはなりませんか？――この件は話題になりましたよ。わたしの父は当時、新しい作品をリハーサルにかけていました――「レザノフ」です。キゼレフ劇場[21]で初演されることになっていました。アウグストは上機嫌でした、彼はそのお涙頂戴劇をオペラ風に仕立てて大成功を見込んでいたのです。調子に乗って彼は何か特別なことをやってみようと思いつき、自分の劇団員たちに、ツァーがリハーサルを御覧になりたいと思し召してパルファーにお越しになるぞ、と吹き込んだのです。

それは何時《いつ》の事だ？　とアレクサンドルは尋ねた。

わたしはいずれにせよ、すでにルリク号に乗っていて留守でした、とコッツェブーは言った。――もちろんツァーの御来席など作り話でした。アウグストは自分のためにその役を考え出したのです。自分の劇団員にまずぞっとすることを教え、[22]最後には彼らに自分というさらに偉大な役者を強く印象付けようと言う、その思いつきは彼には抵抗し難いものだったのです。

彼はそういう扮装をしたのか？——つまり——わたし、皇帝の扮装を？

陛下に少し似たところがあると言われていて、それがそんな登場のアイディアを助けたのでしょう。

そんな話は初めて聞くが、とツァーはちょっと気分を害した様子で言った。

いずれにせよ、そのいたずらはあまりにもうまく行ったのです、とコッツェブーは言った。——アウグストはつまり例の気の触れた男女もそこに投じて役を与えるという間違いをしたのです。二人は擬装のツァーを本当のツァーと思いこんで、彼を殺害しようと試みました。つまり、プリンセスがそれを試みたのです、手にナイフを持って。彼女はしかしわたしの父にかすり傷を与えただけでした、レーヴェンシュテルンがその腕に飛び込んだからです。

皇帝に死を！　というわけだ、と、アレクサンドルは小声で言った。

思い出されますか、そうです、女はそう叫んだのです。

いずれそういうことになるよ、彼らが思っている以上に早くね、とアレクサンドルはほとんど声にならない声で言った。——それから身を起こして微笑んだ。

「レザノフ」と君は言ったね、その作品はわたしは知らないが。

むろんそれはお蔵入りになりました、とコッツェブーは言った。そして黙秘されたのです。父は告訴も諦めました。皇帝陛下誹謗！　そんなことになれば彼の栄光も終わりです。お許しください、実に陳腐な話です。しかし陛下ご自身、その建物に行き当られてしまいましたので……わたしの父もフィクションと現実を分けて考えられない人間でして……

彼は死んだのか？　とツァーは尋ねた。

わたしの父は亡くなりました、とコッツェブーは訝《いぶか》りながら答えた。

レーヴェンシュテルンのことだ、とツァーは言った。

彼は鍵のかかった部屋で生きています、彼のプリンセスもです。

彼らを問いつめたりはしなかっただろうね、望むらくは、とツァーは言った。――彼らはすでに十分に罰を受けているのだ。気の毒な連中だ。

何とかうまく行っているようですよ、聞くところによりますと、とコッツェブーは言った。彼らは結構幸せそうで、お互い、似合いの相手を見つけたようにさえ見えます。

彼らは病気が治ったということですか？　とアレクサンドルは尋ね、その目は輝き始めた。

いずれにせよ彼らは満足しているようです、とコッツェブーは言った。ちゃんと衣食の面倒は見てもらっていますしね。そのために心配りをしているのはキティです。

奇跡のような話だ、とツァーは明るい顔になって言った。

はい、女は様子も変わったと聞きます――最近は日本人女性のなりをしているとか。

日本人女性だって？　ということは、レーヴェンシュテルンの古い夢をかなえてやっているということか？　とツァーは尋ねた。――彼女は彼を詩人にもしたのかな？

わたしが知っておりますのは、彼らの役者ごっこは果てしなく続いているということだけです。そうそう、本物の日本人もひとり、わたしの領地にはおりますよ。難船者で、ここでお情けのパンを貰って生きている放蕩息子というわけです。しかしわたしの知る限り、日本人であるというのは、結構、大変なことのようですね。

しかしツァーはもう彼の話を聞いていなかった。薔薇の四阿屋を出て、テラスの端に立ち、野菜畑と公園越しに向こうの丘の方まで、遠くを眺めていた。彼方の森に樹木が少しまばらになっている場所があり、そこから断片的に残る城砦の輪郭が見えた。君主の白いズボンには傷の他に、緑色や茶色の染みも見られた。

そんなことがあるかな、君！　と彼は自分自身に言うように問うた。あり得るだろうか、彼ら[23]が幸福だというようなことが？

わたしがですか？――とコッツェブーは思わずぎくりとして言った。するとツァーは、笑いながら彼の方を向いて言った。

違うよ、オットー、あなたが幸福だと言うことは全世界が知っている。キティの旦那さんは幸福な男だ。わたしが尋ねたのはレーヴェンシュテルンと、彼の――名はなんというのかな、その女性は？

存じません、閣下、とコッツェブーは言った。われわれの間ではプリンセスで通っているものですから。

それもメルヘンに相応しいな、名前は自分で聞こう、二人に会いたいのだよ、オットー。

コッツェブーは化石のように立ちすくみ、そして言った。陛下、相手は依然として気の触れている人間たちです――何年もの間、自由なところに出たことがありません。女は二語しか話さず、男の方に至ってはもう一言も。暗殺事件のあと彼は口がきけなくなったのだそうです。あの建物に近づかれてはなりません。あそこは、命の危険があるとまでは申しませんが、倒壊寸前です。恐れながら何があっても責任は取りかねます。

と言ったって誰かしら、そこに出たり入ったりしているのだろう？　とツァーは応じた。だったらその人間に頼んでくれませんか、二人をあなたの屋敷の方に連れてきて、顔を見させてくれるように。わたしもそれ以上のことはしない。

オットー・フォン・コッツェブーは黙って足もとに目を落とした。――仰せのようにいたします、と彼は陰鬱な声で言った。――でも彼らを一定の状態にまで齎《もたら》すには時間が必要です。他の客人も間もなくまた来られます、歓迎会が予定されていますし、夜にはささやかながら公式晩餐会が……

わたしはそんなものを期待してはいないのだよ、わが友よ、とツァーは言った。はっきり申せば、気が重い。わたしが会いたいのは、レーヴェンシュテルンと彼のプリンセスだ。――ティータイム位に。それ位なら君もできないことはなかろう？　立会人がいるなら尚、結構。観客がいるのには慣れている。ところでお腹が空いたな、あなたさえよろしければ朝食に向かうことにしましょう。昼食は不要です。少し横になります。そのあとでわれわれの狂人たち、気の毒なカップルに会うことにします。

オットーは黙って一礼した。二人は、ツァーが一歩先を行く形で、屋敷の方に戻る道を進んだ。花の咲き乱れる中央のトンネルを潜ってゆくのだが、そのトンネルからは、ちょうど一本の枝から葉っぱが出るように、何本か斜めに小道が伸びていた。上から見たら一本の薔薇の樹のように見えたことだろう。マントイフェルは羊飼いの少女だった最初の妻を称えてそれをそのような構造に作ったのだった。道々、コッツェブーは君主に追いつくと、息を切らしながら言った。二人に綱をかけて登場させるということがあるかもしれませんが。……

誰であれ、綱をかけて連れてくると言うようなことがあってはなりません、コッツェブー殿、とツァーは答え、それからうっとりして言った、ごらんなさい、もうわれわれを待っていてくれる人がいますよ！

というのも、トンネルの出口には、愛らしい光のように、キティの姿が認められたからだ。身重の体を覆うゆるやかなマントを彼女は着ていた。ツァーはトンネルの壁から白い薔薇を一輪手折ると、ユーモラスな騎士の足取りになり、キティの前に来ると跪《ひざまず》いてその薔薇を彼女に差しだした。彼女は顔を赤くしながら膝を屈めたが、オットー・フォン・コッツェブーは道を先に行き、少し離れた所に、固い笑顔を作って立っていた。

あなたは何と朝に似つかわしいことでしょう、キティ！

血を流していらっしゃいますのね、陛下、と彼女は囁いた。

いつものことです、とツァーは言った。でもあなたが来て下さらなくてはならなかったのだ、わざわざそれに目を留めるために。

彼女は身を屈め、彼の指に口づけをした。

何という天国の喜びだろう、あなたの殉教者になるのは！　とツァーは言った。あなたは人を癒す力をお持ちだ。

朝食のお迎えに上がっただけですわ。

彼は彼女に腕を差し出し、指を自分の口に入れた。それから彼は言った。申し訳ありません、遅い朝食になりましたね。まず茂みを抜けて歩き、それからあなたの夫君にお会いして、レーヴェンシュテルンについて話をしたのです。

レーヴェンシュテルンですって？　と彼女はぎくりとした様子で聞き返した。あなた、どんなことをお話し申し上げたの、オットー？　彼は危険ではありません、子羊のように大人しいのですよ！

コッツェブーは短く笑って言った。興奮したりしてはいけないことは君、分かっているよね。――わたしの最愛の妻は彼をひどく可愛がっているのですよ。でも彼もまだ十分、おかしなところを残していますのでね。――皇帝陛下はあの二人に会わせてほしいと仰せられるのだ。わたしはすぐその手配をしないとならない。失礼いたします、陛下。キティ、その間、陛下のお相手を申し上げてくれるね。

わたしでよろしいのでしょうか？　と彼の妻が尋ねると、君主がお愛想を言うより早く、夫は言った。

いいいい、それはもう疑いのないところだ。

## 3

招待客たちは、画家のために群像を作るような形で、期待を抱いてサロンに陣取っていた。ツァーはもう包帯は外し、近衛兵団長のユニフォームを着てソファーに腰を下ろし、その隣には家の女主《おんなあるじ》が座り、そしてその後ろには淑女たちが色々な形の椅子に席を占めていた。皇帝陛下の側近の者たちは背後に控えている。クルーゼンシュテルンが耳付き肘掛椅子を占領し、その他の者たちはグループを作って立っていたが、その真ん中にはシフェルリがいる一方、シャミッソーはちょっと距離を置いた所に立っていた。ボディーガードの男たちは壁際に分かれて立ち、すべてに目を配っていた。

前もって屋敷の主が客たちに短い言葉で心の準備をさせ、それから遠ざかった。そのあと一同は囁きを交わしながらもうかなり長い間、珍しい客人の入場を待っていたのだ。

二人のガードマンに付き添われた男女のペアを先導して入ってきたのは、平服ながら胸にウラディミール勲章をつけたオットー・フォン・コッツェブー自身であった。男はおよそ四十才位で、海軍のキャプテン中将のユニフォームを着ていた。むろん武器は持っていない。しかし一同の目はすぐに、彼に続いて歩み入るというよりは掏り足で部屋に入ってきた女性の方に向けられた。というのも女性の手足の動きは推測するしかなかったのだ。彼女は濃紺のキモノに身を包んでいるが、その着物は白い履きものをつけた足がほとんど隠れる位、長い。足の動きは歩を進めるというより床を滑っているように見えるのだ。衣服は銀色がかった藤色の帯でまとめあげられ、その垂れは背中で芸術的な小箱に結ばれている。両手は広やかな袖に隠れ、袖の付け根からはワインレッドの裏地が覗いている。顔は真っ白に塗られ、血のように赤い色の紅が自然のままよりもずっと強く真ん中に唇を寄せる形で引かれている。眉の代わりに額の方に向かって細い弓型の線が引かれていた。両目の端も黒い線で実際よりも長く横に描かれ、目自体は一本の裂け目にしか見えないが、そこから覗く目は青かった。鼻は人がアジア人女性において想い描くよりはしっかりして高い。そして頭の飾りの重みで沈み込みそうにして前に進んでいたにもかかわらず、彼女は背丈が小さいとは言えなかった。

彼女はしかし自分を観客にゆっくり吟味させる時間を与えなかった。部屋の中央まで来るや、彼女は膝をつき、頭をツァーの前に垂れて、つやつやと黒く光る髪の毛だけを見せながら座ったのだ。高く上げて複雑に結いあげられた髪には、二本のべっ甲の櫛と琥珀の玉のついた長い針の飾りものが刺さっている。白い粉をはたいた項《うなじ》を深く垂れていて、その付け根は、また赤い裏地の覗く襟のところで奥深くに消えてゆく。両手は床に置かれているが、一方の手は他方を覆いたそうな気配であった。

彼女の同伴者はつっ立ったまま、ツァーの方に体を向けようともしない。部屋に入る時、彼は三角帽すら取ろうとしなかったので、オットー・フォン・コッツェブーがそれをそっと彼の頭から取って軽く持ち上げた。その下からは白い粉をはたいた鬘《かつら》が現れたが、そこから辮髪が下がり、それを束ねる黒いリボンは蝶結びになっている。館の主は大きな声ではなかったが、はっきりと告げた。ヘルマン・フォン・ルードヴィッヒでございます。

紹介された男は身動きもしなかったが、アレクサンドルが自分から立ち上がった。

ようこそ、キャプテン。

ユニフォームを着た男はツァーに一瞥も与えない。重々しい沈黙が広がった。その静寂の中、クルーゼンシュテルンの声が響いた。これはレーヴェンシュテルンではない。

士官は彼の方に頭を向け、一方、ツァーは躊躇《ためら》いながら腰を下ろした。

意識が朦朧としているのです、とアマーリエ・フォン・コッツェブーが言った。眠ったまま歩いていることもあるのです。

彼女はソファの一角に退いた。ガードマンたちが身構え、男が少しでも怪しい素振りをしたら飛びかかる姿勢をみせたのに人々は気づいた。しかし当の男は蠟人形のようにつっ立ったままである。

失礼します、とシフェルリが半ばツァーに向かい、半ばはもうレーヴェンシュテルンに向かって言った。というのも彼はこの男に近寄り、手首を取って脈を確かめていたのだ。それから男の瞼を引き下ろして見た。

脈拍五十以下、とシフェルリは言った。血圧は低いです。

ホボリーン！　と日本人女性が甲高い声で言った。それからもう一度、ホボリーン！

何と言っているのだ、コッツェブー？　とツァーは聞いた。

日本語は解しませんので、陛下。

シフェルリは少し後ろに退いた。――他の機能は正常です。

このコメントは他の客たちの雰囲気とは合致しなかったが、それでも少し緊張を和らげた。なるほど、少し民族学的色彩を帯びた、医学的デモンストレーションに立ち会っているのか、そんな気がしたのだ。クルーゼンシュテルンは半ば叫ぶように言った。レーヴェンシュテルンはほっそりした、どちらかと言えば痩せた男で、神経質だったと言ってもよい。それに彼は白っぽいブロンドだった。これは違う人物だ。

目以外は、とコッツェブーは言った。目は合致しています。

その目こそ合致していない！　とクルーゼンシュテルンが抗議した。

あなたが世話されるようになってから、彼の様子は変わりましたか？　とツァーは家の女主《おんなあるじ》の方を向いて尋ねた。

と申されましても、陛下、わたしも彼をそれほどよく知っている訳では。……

どれ位になるのですか、彼がこの――僧院に来てから？――彼が兵役検査で不合格になったのはいつなのですか？

ワーテルローは終わっていました、父が「カムチャッカ」と言う作品のリハーサルをしていたときには、とコッツェブーが言った。お涙頂戴の市民劇に書きかえられたのはその後です。「レザノフ」の舞台がそのまま使われていました。新スペイン風の農場のためのお金はなかったからです。レーヴェンシュテルンはウイーン会議の少し前に除隊になったに違いありません――それがおよそ五年前だったわけですが、それ以上の事はわたしの義父の方がよく知っているでしょう。はっきり記憶に残っている限り、わたしが彼をナデシュダ号上で見た最後は、船が一八〇六年八月に帰港したときです。この男はたしかにその時の彼に似てはいません。しかし十四年という歳月のうちには人は変わります。特に彼のような人生を送ってくれば。

彼ではないよ、とクルーゼンシュテルンが拘《こだわ》った。——わたしは自分の士官たちをよく知っている。彼の手を見たまえ。あれが海の男の手か？　日本人女性の手の方が大きい位ではないか。

本当のレーヴェンシュテルンはラジクにいますよ、と、フォン・ユックスキュール氏が断言した。——ここには彼をこの数年の間に見かけた人間が何人かいるはずだ。彼をこのドッペルゲンガーに引き合わせてみたいものだね、彼は大笑いするだろうよ。

彼はもうほとんど笑いませんよ、とフォン・クノリング夫人が言った。——彼にレーヴァルで会ったとき、気が付いたんです。ヨハネス祭り[24]の最後の日でしたわ。

昨年のヨハネス祭りで、だよ、ヘンリエッテ、と彼女の主人が直した。

彼はフォン・エッセンのミンヒェンと結婚したのですよ、とフォン・デートホフ氏が言った。——知事の娘だよ。これじゃ知事ももう笑ってはいられんな。

二人には子どももいないわ、と彼の夫人が声を上げた。

会話は家族の話題に映り始め、高位の出席者のことも次第に気に留められなくなった。

これはムールだ、とクルーゼンシュテルンは言った。船員仲間のムールだ。

いやだわ、アダム！　と彼の夫人が声を上げた。あの男はとうに自殺しているじゃないの！

飢えだけは知らずに済むのだよ、この男は、とフォン・タウベン氏が言った。——僧院の生活は彼には有り難いに違いない。

日本人の女性がここで初めて頭を上げて、囁いた。イコルズ、イコルズ。

よくこの言葉を口にするんですよ、彼女、とキティが言った。——二語だけです。イコルズとホボリーン、の二語です。

彼女は何を言いたいのだろう？　と誰かが聞いた。

ホボリーン、と日本人の女は繰り返し、額を床につけた。

わたしは知りたいんだが、とクルーゼンシュテルンは言った。いったいどうしてこの女はロシア迄来たのだろう？

われわれの海岸に打ち寄せられる難破船の乗員はたくさんいるのですよ、海軍大将、とツァーは言った。体も魂も救われた人間がわたしの亡くなった祖母の時代にもいました。

男たち、それなら、陛下、この間にその数は百人にも上るでしょう。わたし自身、その三人をナガサキまで連れていきましたよ。しかし女はこれまで一人もいない。それにどうして二語だけは話せて、ロシア語はまるで話せないのだろう？

この男の方は何を話したか、あなた、覚えていて？　と、ユリアンネ・フォン・クルーゼンシュテルンが聞いた。

彼はごく最近、セックスしていますね、とシフェルリが言った。他の客の当惑の沈黙には構わず、彼は言葉を続ける。下瞼を見れば分かります。

ツァーは立ち上がって、日本人の女の傍に片膝をついた。それを見ると女はまた深く身を屈めた。

尊い姫君、と彼は言った。彼がロシア語を話すのを人々は初めて聞いた。――あなたのために何をしてあげられますか？

女は額を床に打ち付け始め、ホボリーン、イコルズ、イコルズ、ホボリーン。――長く引き伸ばされた母音は嘆きの叫びのように聞こえた。

頭をあげた時、ツァーの目には涙があった。――分かりますよ、と彼は言った。故郷が恋しいのですね、家に帰りたいのですね。――彼は再び立ち上がったが、苦もなく、という訳ではないように見えた。それから家の主の方を向き、感動をほとんどまだ抑えきれていない声で言った。あなたは間もなくまた東方に向かって帆を上げるのです、フォン・コッツェブー殿、そして、この女性を連れていくのです。

どういう意味でしょう？　どもりながら家の主は言った。

日本に立ち寄ってこの不幸な女性を下ろしてやりなさい。

そのように務めます、陛下。コッツェブーは青ざめながらもはっきりと言葉を押し出した。

わたしの夫はゴロヴニンの運命を辿らなくてはいけないのでしょうか？　とアマーリエが聞いた。

い、い、い、ホボリーン、と日本人の女が言う、ホボリーン、い、い、い！

心配しなくていいよ、いい子だね、とツァーは言った。

彼女はゴロヴニンと言っているのだよ、とクルーゼンシュテルンが言った。日本人はわれわれの名前を発音できないのだ。

ペトロパヴロフスクまで行けば十分だろう、とツァーは言った。――その先は日本に向かう誰かが彼女を連れてゆけば良い。

日本まで行く人間はもう居りません、陛下、とコッツェブーが言った。日本は閉ざされた国なのです。それでもやってくる人間を待っているのは良い事ではありません。よその土地にいた人間を彼らはもう受け入れようとしないのです。殺しはしませんが、生涯に亘って囚われの身です。それがしかも女性だったら、彼らは何をするでしょう？　考えることもできません。

それは面白いな、とシフェルリが言うのが聞こえた。――動物も同じような反応をする。最近、われわれわれのサミーが麦刈りのとき、小鹿を見つけて、愚かしい事にそれを拾いあげた。——放してやれ《ドネ・リュー》！とわたしは叫んだのです。でももう遅かった。母親の鹿はその子をもう受け入れようとしなかった。大公妃殿下がミルク瓶で育てなかったら死んでしまっていたことでしょう。家畜のように大人しく育って、ベリーの奴がそれを引き裂きさえしなかったら今も元気で生きていたでしょう。奴にとってはそれは一匹の野《ル》の獣だった。そう、巣の匂です。自然は頑固ですよ。

もしかすると日本人なる民族とは一度きちんと話をつけなくてはいけないかも知れない、とツァーが言った。

問題ありませんよ、陛下、と退役軍人のフォン・ユキュルが言った。資金だけの問題です。ちゃんとした大砲一台あればいい、そしたらあんな国はトランプの家みたいに総崩れですよ。

警告をしておきますが、とコッツェブーは言った。——日本は底のない樽です。征服することはできるかもしれませんが、維持できますか？　ロシアは冒険を必要としません。必要なのは改革です。

一同はぎくりとした。しかしツァーは微笑んだだけだった。レーヴェンシュテルンと推測される男は立像の静けさを保ち続けている。人々はしかし彼に注目することはもうやめていて、気分に乗って、しかし意味のない会話を続けていた。

ホボーリン！　と日本人の女が言った。イコルズ！　突然、彼女は身を起こし、まだ膝はついたまま、厳しい目つきでまっすぐ前を見た。今や彼女の目は大きく見開かれ、輝くように青い。唇は真っ黒な歯を見せ、唇の赤は今や二粒の血の滴の形になった。呪縛されたように、一同は見守っているしかなかった。女の両手が後ろに伸べられ、ゆっくりと広幅の帯の結び目をほどき、それを同じようにゆっくりと体から外した。そしてそれを小さな小箱の形に畳むと、後ろに置いた。それから——今度は素早く——青い着物を脱ぎ棄てたが、その時、濃い赤の着物も一緒に滑り落ちた。その二つを彼女は、振り向きもせずに、うしろに放り投げたのだ。同伴の男はそれを受けとめ、その塊をそのまま自分の胸に押し当てた。女は今や、細い紐一本で留めている、雪のように白い下着姿で背を伸ばして座った。手元に目を向けることもなく彼女は細紐もほどくと、白い下着の着物を象牙色の肌の上にカーテンのように羽織り、胸だけをそれで覆った。次にキッと背を伸ばして座り、目を閉じ、深い瞑想に沈むように見えた。

しかし次に展開したことはあまりにも早かった。彼女の右手が左の袖の下の隠しに突っ込まれたと思うと、一瞬、そしてそれはもう遅過ぎたのだが、刃物が彼女の手にあり、その握りを彼女が両手でつかんで左の下腹につき刺したと思うと、今度はそれを水平に右に引いた。その圧力を助けるために彼女はまさに刃の上にのしかかるように自分の体を投げ出したのだ——それは終わった。女は両手を腹の下から出し、指は刃物を白い着物で拭きとって、それを震える手で絨毯の上に置いた。一瞬の間、頭を垂れてじっとしていたが、それからやおら身を起こした。目は引きつったが大きく見開かれたままだった。ピンと張った腹はきれいな縫い後のような切り口を見せ、そこから数滴、血が滴り落ちた。

ようやく驚愕が一つの叫びとなり、途方に暮れた呼び声、混乱した動きが広がった。キティは気を失って倒れ、他の婦人たちも飛び上がって紳士たちにしがみついて、顔をその肩に伏せて泣き始めた。呪いの言葉を吐いているシフェルリさえ、支えを求めて彼にしがみついている誰かわからない女性から身をもぎ放すことができずにいた。ツァーもソファに倒れ込んで死んだようになっていた。ドイツ人の医者たちが応急処置のために駆け寄ったが、彼らが、今や前にがっくりと倒れて沈み込んだ怪我人に手を差し伸べることができる前に、澄んだ声が響いた。やめろ《ハルト》！

それはアダルベルト・フォン・シャミッソーだった。

彼は大股で日本人の女の方に行き、跪くと、開いた手を、沢山の簪《かんざし》で守られている頭の上方に翳した。それから目を上げてレーヴェンシュテルンの方を見た。しかし彼の目に行き会うことはなかった。彼は、両手で自分の体に押し当てている高価な布の包みの中に自分の顔を埋めていたのだ。姿勢をまっすぐにしたまま、身動き一つしない。それはまさに、猛火の中、もはや救いを求めることも断念して立ちつくす士官の姿勢だった。

シャミッソーは日本人女性の上に身を屈めて歌い始めた。信じられないという一同の思いが次第に落ち着いて静寂が増す中で、歌詞が聞き取れるようになった。

あの方を知ってから／わたしは盲目も同然／どこを見ても見えるは／ただあの方のみ／真昼の夢の如く／目の前にあの方の姿が浮かぶ／深い闇の底からそれは／明るく浮かび上がってくる[25]

すると何と最後の言葉の所で、女はゆっくりとまた身を起こした。今は目が閉じられている。瞼《まぶた》は澄んでいた。シャミッソーは、静かなしっかりした声で歌い続けた。

置き去りにされた女は／じっと前方を見る／世界は空しい／わたしは愛し／そして生きた／もはやわたしは生きてはいない／わたしはわたしの内部に静かにもどる／ヴェールは落ちる／そこにこそわたしは／あなたとわたしの失われた幸福を持つ／君、わたしの世界よ

女性はシャミッソーの方に沈み込んだ。君、わ、た、し、の、世界よと言う言葉のあと、人々は、シャミッソー

が女を抱き、歌のメロディーのみを口ずさみ続けながら、一見、苦もなく彼女を抱えあげる場面の証人となった。彼自身が立ち上がったとき、人々は彼が全身で女を包み込んで守ろうとしているのだと信じた。だが、魔法にかけられたように見守っていた者たちは、それればかりか、女の姿が徐々に薄れ、歌声が続く中、次第に消えていくのを見たように思ったのだった。見間違いではなかろうか？――女は小さくなったのではない。依然としてそこにいた――だが同時にそこにはいなかったのだ。残っていたのはシャミッソーの開いた腕であった。ゆっくりと、まだ何かを抱えているように、今になってようやくその重さに耐えかねないようにそれを抱えている様子で、レーヴェンシュテルンと呼ばれる、今なおじっと真ん中に立ちつくす男の方に歩いていった。するとどうだろう、男は抱えていた女性の衣服をはらりと下に落とした、あるいはこれも消え去ったのだ。というのもシャミッソーは何の遮るものもなくこの人物に腕を回したのだったから。そして人々は、士官の腕もゆっくりと持ちあげられてシャミッソーを抱く様を本当に見ることができたのだ。その人間の額が詩人の肩に落ちかかったとき、二人はおなじ大きさで、双生児のように、あるいはライオンのたて髪と兵士の辮髪が違うだけの兄弟のように見えた。

二人は沈黙の抱擁をしばらく解かなかった。居合わせた人々も言葉を失っていた。キティのすすり泣く声だけが聞こえ、ツァーが彼女を腕に抱いた。

かの男とシャミッソーが体を離した。シャミッソーは後ろに退いた。レーヴェンシュテルンはしかしツァーの前に一礼した。ツァーは戸惑った様子だったが、それから立ち上がって手を差し出した。しかしレーヴェンシュテルンはそれを取らず、大きな声で言った。今日、あなたはまだ死にません《ホイテ・シュテルベン・ズィ・ノッホ・ニヒト》。

彼は女性の着物を左腕にギュッと抱えた。そして右腕で大きな円を描くような仕草をし、シャミッソーの方に一礼するとしっかりした足取りで部屋を離れた。ツァーは警護の者たちにそのあとを追わないよう、合図した。

どこに行くのだ、彼は？　と誰かが聞いた。

彼は神の御手にあるのだ、とツァーは囁くように言った。――何と言う奇跡《ケル・ミラクル》だろう！

この瞬間、キティ・フォン・コッツェブーが大きな叫び声を上げて床にくず折れ、彼の膝を抱いた。子どもが死にます、と彼女は泣き声で言った。――子どもは死にました、陛下――

彼は、彼女の小さな頭が、くずれた髪もそのままに、保護を求めるように彼の膝にこすりつけられている様を見下ろしていた。だが一瞬に赤みを増した彼の顔から次第に困惑の表情が消えた。彼はキティの上に身を屈め、手でそっとその肩を摑んだ。

いけませんよ、と彼は言った。――お立ちなさい、キティ。――そして自分から立ち上がるとくず折れている女性を引き上げて立たせた。オットー・フォン・コッツェブーが急いで寄ってきて彼女を支えた。包帯をもう外していたツァーは、今や両手を彼女の身重の体にあて、目を閉じた。彼の顔は晴れやかになった。キティの方はしかし何か呟き始めた。それは祈りのように聞こえた。急に彼女は体を起こすと両手をツァーのそれの上に置いた。――跳ねていますわ、子供が！　と彼女は涙の中から笑いかけながら喜びの声を上げた。感じ取れますか？　あぁ、陛下！――そう言って彼女は頭を傾け、彼の手を口づけで覆った。

彼はしばらくの間、目を閉じて、そのままにさせていた。それから目を開くとちょっと顔をゆがめて――だれがこの時、彼の小指のことを考えたろうか――自分の手を彼女の手から引き抜き、おごそかに彼女の上で十字を切った。それから、一歩、退いていた彼女の夫の方に目を向けた。

オットー、と彼は言った。彼女は休息が必要です。われわれの訪問はあまりにも多くの御面倒をおかけしてしまいました。――そして思いをこめて首を横に振っているキティの方に、腕を差し出したのだ。何と言う奇跡《ケル・ミラクル》だろう！　短いすすり泣きのあと彼に腕を絡めたキティに向かって、ツァーはこの言葉を繰り返し、そしてオットーに対してはこう言った。新鮮な空気を吸いに外に出ましょう、一緒に来て下さいますか？

二人はすでにドアの方に歩きだしたが、コッツェブーは客たちの方にもう一度顔を向け、引きしめた唇で言った。皆さま、どうぞそのままでいらして下さい、すぐ戻ります。

## *4*

空になったソファが漂わせている一つの存在感がまだ沈黙を命じていた。人々はしばらくの間、身動きもせずにいた。ついに言葉を発したのはクルーゼンシュテルンだった。

彼女は大丈夫だ！　と彼は断固とした口調で言った。

赤ん坊もですわ、と彼の妻、ユリアンネが彼に賛同して言った。――女性と言うのは自分が考える以上に多くの事に耐えられるものです、特に妊娠中はね。陛下は奇跡を働かれましたね。

ツァーご自身が奇跡なのですよ、今なおね！――前の発言に負けまいと、後ろから一つの声が飛んだ。ひょっとするとフォン・ブレヴェルス氏だったろうか、しかし彼のカウンター・テナーは彼の奥さんのディスカントと区別がつきにくいのだ。

レーヴェンシュテルンは気の毒だな、とフォン・デトロフ氏が言った。まるで正気を無くしてしまっている。

彼は身動きもしなかったのよ、彼の奥さんが……！　フォン・クノリングス氏の妻が泣きそうになりながら言った。

あれはあの男の細君なんかじゃないよ、イルゼ！　とクノリングス氏が訂正する。

もう一度言うが、男はレーヴェンシュテルンでは断じてない、とクルーゼンシュテルンが言った、だがあの女性は彼の目を持っていた。

バカバカしい、まったく！　とフォン・ユキュスティル氏が怒りを爆発させた。彼の小さな顔はこれ以上なれない位、真っ赤になり、その両目は今にも眼孔から飛び出しそうだった。——失礼、皆さん！　しかしレーヴェンシュテルンはラジクで生きているんですよ、これはわたしがここに居るのと同じ位、本当のことだ！　われわれは三週間前にレーヴェンシュテルンを訪ねたんですから！　そうだよな、違うか、ノルブルガ？

わたしあの時すぐ言ったわ、長くお邪魔はいたしませんわ、って。彼の妻がそう応じた。——何と言う様子だったでしょう！　彼は書き物机に座りっぱなしで、昼も夜も部屋から出ないのよ。ミンヒェンが何と言ったか覚えてる？　これはもうわたしのヘルマンではないのです、って言ったのよ。

ミンヒェンに何が分かると言うんだ？　ユキュスティルが鼻息も荒く言った。彼は存在しているんだ、それが肝心なことだ。

彼は爆発しそうだった。彼の奥さんは一生懸命笑い顔を作って彼を鎮めようとしていた。あぁ、ベルント、もう全然、正確には覚えていないわ。今日この頃はなんでも起こり得るんだから。

まったくそうですな、とシフェルリが言った。分裂性精神病患者というのがいるのです。シュヴィーツ州にひとつの村がありましてね、そこの地方病なんですな。常に近親相姦と一緒に現れます。兄と妹、従兄弟と一等親の従姉妹、叔父と姪などです。——そしてシャミッソーに向かって言った。ところで有名な動物磁気というのは一体、何なのかね？

有名なのですか、それは？　とシャミッソーが応じた。

まやかしだ、とシフェルリはガラガラ声で言った、——どこで君は医学を学んだのかね？

わたしが研究しているのは友情です、とシャミッソーは答えた。しかしわたしの友人の中にも医者はいますよ、たとえばコレフ[26]とか。

インチキ医者だ、とシフェルリは断言する。——ユダヤ人がわたしの目の前で何かやってみせても、わたしは非難しないつもりだ。そいつに騙されたとしても、わたしはそれを自分のせいにするよ。

我らが友人シャミッソーは、と、いつの間にか部屋に戻ってきていたオットー・フォン・コッツェブーが話し始めた。彼は、言ってみれば、神の恩寵の研究者でしてね。ありとあらゆるものを集めるのですよ、彼は。彼の情熱ゆえにわれわれはどれほど悩まされたでしょう。ルリク号は単に戦艦であるばかりではない、小さな戦艦なのだからね、とわたしは最初に彼に言ったのですよ。乗客のために作られている訳ではない、ましてや君のように、岸という岸からその地方一帯の植物相や彼のもっと愛好する動物相まで集めてくるような客のためのものではないのだとね。ルリクは博物館だったでしょうか？　戦艦は別の任務を持っていたのです。

ユリアンネ・フォン・クルーゼンシュテルンは夫と共に座りなおした。シャミッソーは「博物誌」を書いたのですよ、オットー、まったく新しい植物の種に彼の名がつけられているのです！　シャミッソーがまだ誰も行ったことのない土地で集められる限りのものを集めてこなかったとしたら、他の何が、あなたを皇帝陛下に推奨したと思って？　これは不変の真実よ！

天文学者は星を集める、航海士は島を集める、と彼女の夫である海軍大将が、ほほ笑みながら言葉を続けた。そしてわが友人コッツェブー君はとうとう一つの島にわたしの名をつけてくれたわけだ。凍え死にしなくて済む一つの島にね。環礁だ。棕櫚があり、ピンクの岸辺がある！　夢のような隠居場だ。残念ながら少し遠過ぎるがね。

一つの大洋全体にわたしはあなたの名を冠したかった位ですよ、伯父上、とコッツェブーは苦々しげに言った。あなたなくしてわたしは航海の何たるかを学ぶことはできなかったのですから。

妻にとってはそれは心配と孤独と不自由を意味するものですけれどね、と、もう一度、ユリアンネ・フォン・クルーゼンシュテルンが口を開いた。――このことも忘れないようにしたいものですわ。

学び尽くすということはないものさ、と彼女の夫。それは篩《ふるい》みたいなものでもある。もみ殻が下に落ちる。

もみ殻は飛び散るんですよ！　とユキュスティルが言った。あなたが農夫でないことがこれで分かりますね、世界航海者殿！

フォン・カイザーリング氏が咳払いして言った。我々が見たのは、あれは、しきたりに適った正しい自殺の仕方ではありません。

そんな話をここでしなくてはいけなくて、フリッツ？　と彼の妻が聞いた。

わたしは日本人の慣習を研究したのです、と彼は言葉を続けた。――あの女のやり方は典型的に男のやり方でした。日本女性は決してあんな自殺の仕方をしません。刀を絹の布に包んで前から喉を突くのですお黙りなさいったら、嫌な人ね、あなたという人は、フリッツ！　と彼の妻は叫んだ。

ですからここに居たのは、あれは、女性なんかでは決してないのですよ、と彼女の夫は容赦なく言葉を結んだ。

最初に見たとき、わたしは彼女が妊娠しているのだと思いましたよ、とシフェルリが言葉を返した。——彼女は帝王切開を試みたのだとね。だがそんなことは医者に任せるべきだ。それをやる自信のある医者は多くはありませんが。

お見受けする所、あなたはその少数の医者のひとりであられるようですね、とコッツェブーが言った。

メスを手にしたときはたいていもう遅すぎるのです、と医者は言った。——そして失血はもう手術はすべきでないという予兆です。つまり母体は犠牲にするしかないのです。シーザーの母親は切開に耐えて生き延びたということですが、わたしなぞ讃嘆せざるを得ませんな、古代の技術には。きっと伝説ですよ。

良かったわ、キティが聞いていなくて、とユリアンネ・フォン・クルーゼンシュテルンが言った。そんなことになりかねませんでしたものね、今。

だがこの瞬間、彼女が、ツァーの腕に支えられて、部屋に入ってきたのだった。二人はとても上機嫌だった。彼は彼女をソファに導き、自分もそこに腰を下ろした。王座はふたたび占められたのだ。

あなたの薔薇の丘を散歩してきましたよ、オットー、と彼は会の主催者に向かって言った。何と心若やぐ気分にしてくれることでしょう！　一度、この芳香の天国に浸るや、人はまた人間にもどった気がしますよ。キティは花と咲き誇りましたし、わたしの腕も治りました。——そしてわれわれはひとりの詩人がその働きを示す場に居合わせたのです、詩そのもの《ポエジー・プール》です、あれは。シャミッソー、あなたは天分に恵まれている。あの男がレーヴェンシュテルンと言う名であろうとなかろうと——名前が何でしょう！　彼は生きている人間の輪の中に戻ったのです！——まだ心配ですか、オットー？

彼が元通りの人間に戻れれば良いと願うばかりです。

キティが立ちあがった。——誰が自分自身でいられるでしょう？　それがどういうことか、誰が正確にわかっているでしょう？　それを人間に言えるのは至高の魂だけですわ。あぁ、シャミッソー、わたしたちは見たのですわ、彼が必要としていたのは何か。ひとりの友人なのです、それは。

シャミッソーは微笑んだ。——わたしは彼を一緒に連れていきたい位なのです。

どうしてそうなさいませんの！　とキティ。——彼をベルリンに連れていって下さいな。

わたしには彼を養うことができないでしょうよ、奥様。

でもあなたにもご友人がおありでしょうに？　請うようにキティは言った。

あぁ、マダム、と彼は軽く一礼しながら言った。友人はおりますけれども、彼らは裕福ではないのです。雨を避けてドシャ降りの中に入るような、かえってひどい状況に彼は陥りかねません。我々は地上のよそ者なのです。われわれのサークルはフランス人、ユダヤ人——シャミッソーはシフェルリに向かって麗々しい一礼の身振りをした——、そしてわれわれのドイツ人たち——と言っても、そう、霊視者とか蝶の収集家ばかりです。国家の安寧を脅かしかねない空気がいつもそこには漂っていますので、こうした集まりはわがプロイセンでは、陛下、——ここで彼はアレクサンドルに向かって深く一礼した——あなた様のもとにおけるのとは異なって、至高の権威の共感を得ている訳ではありません。ですからわたしはわれわれの集まりをクラブと呼ぶことさえ控えたく思います。

だが主義や原則はいくつかおありだろうが？　とアレクサンドルは尋ねた。

友情においてはあまり多くの主義原則を持ってはならないのです、陛下、とシャミッソーは答えた。友情というのは絶えざる実験で、それが成果を――望むらくはかなりの成果を――見せているのは文学においてだけです。われわれの意見が一致しているのは、くだらない作品のために苦労するのはよそう、という点だけです。われわれは自分たちを職人と見なしていますが、黄金の大地は[27]――、われわれの手職には残念ながらそのような大地はないのです。われわれは互いに影を貸し合うことで何とか生きています。

あぁ、とキティが叫んだ。ペーター・シュレミール[28]ですね、自分の影を売る男の話ですわ。読んだことのない人間がいるでしょうか！

それに続いた沈黙は、誰もそれを読んでいないことを暗に示していた。

残念ながら、奥様、とシャミッソーは言った。わたくしは悪魔との結びつきを誇ることはできません。その代わり、黄金の中で溺れるという苦難だけは免れております。お金がざくざく出てくるリュックサック、幸運の小袋、隠れ蓑、七マイル走る長靴、そうしたものは何一つ持っていないのです、それどころかパン籠さえ持っていません。そうでなければわたしはルリク号に乗らなくても自然科学者としてのポストを見出していたでしょう。そうすれば友人のオットーも要らぬ苦労をたくさん背負い込まずに済んだのです。

君の「影のない男」というのはそもそも何を意味するのかね、とツァーが尋ねた。

その質問は陛下が初めてではございませんが、それに対してわたしが解答を試みるのは陛下が初めてです――とシャミッソーは言った。――陛下、わたしは、プロイセンの中将としてハーメルンに居合わせたのです、ハーメルンの「屈辱」とか「背信」として世に知られるあの出来事のときです。つまりわれわれは戦わずしてナポレオンに要塞を明け渡したのでした。われわれには他に道がなかったのです、あるとすれば、最後の一兵まで血を流し尽くすという道だけでした。われわれの指揮官は、最後のこの道を取ることを断念しました。そうでなければわたくしは、こうして陛下にお目にかかる光栄を得ることはなかったでしょう。しかし、陛下、躑弾兵を従えたナポレオンがハーメルンに入城するのを見ていなくてはならなかったわたくしの、このうえなく複雑に入り混じる思いは、あなたさまにはご想像頂けないのではと存じます。彼らはわたしの言語を話しました――わたしのドイツ人の友人もそうです。わたしは二重の影を落としていました――ドイツの影かフランスの影か、どちらか一方のみを投げすてるために魂を売るということをしたくなければ、わたしはそもそも影を持つことを断念しなくてはならなかったのです。

でも、ご本の中では別の書き方をなさっておいでalong でしたわ、とキティが言った。

本がその著者よりも賢いというのはしばしばあることです、とシャミッソーは説明した。その代わり、本はすべてを言わないのです。本はたくさん言い過ぎるか、あるいは言い足りないかのどちらかです。わたしのベルリンの友人たちも、それぞれのやり方で裏切り者ですが、それでいて――ひとりひとりの人間に対してであれ、あるいは自分自身に対してであれ――忠誠を守っています。しかしわれわれの投げる唯一の影は紙の上にあります。我々が交換したり、互いに朗読し合ったりするのは、物語です。それがわれわれの影の貸し出しです。

君は今は何のポジションも持っていないのかね？　とツァーが尋ねた。――君のために何かしてあげることはできそうなものだが……

失礼ですが、陛下、それがそういうわけには行かないのです、とシャミッソーは応じた。

耳にも聞こえる静寂が広がった。その中にひとりの女性が震える声で話しだした。わたしはフリーデリケ・フォン・エッセンという者で、耳が遠いのです。でも音楽や歌はいまだによく聞こえます。ですからあなたに伺うのですが、シャミッソーさん、さきほどあなたが歌われた歌は、あれは民謡ではありませんよね？

シャミッソーはその老嬢が何のことを言っているのか、すぐ理解した。

残念ながら違います、奥様。
フ、ロ、イ、ラ、イ、ンと呼んでください、未婚女性です、わたしは、と彼女は訂正した。――修道院付属養老院の世話になっています。あなたはあの女性詩人を御存じなのですか？
はい、少しは、と彼は言った。でもあれは男性詩人、男性です。

それでしたら、女性の魂をよくご存じですね、とその方にお伝えくださいな。

彼女の頭の震えは少々不安を与えるほどひどくなってきた。

シャミッソーはお辞儀して言った。――喜んで彼に伝えましょう。

あの楽譜はありまして？　と彼女は聞いた。――わたしの姪はピアノを弾きますのよ。

ないと存じます、残念ながら、とシャミッソーは答えた。

それじゃウィルヘルミーネが自分で作曲すればいいのよね。あの詩は幸せな結婚を描いた絵そのものですわ。

シャミッソーはもう一度、身を屈めた。

そしてあの狂った士官さんのことだけど、ねェ、あなた、と女性は甥にあたるコッツェブーに向かって、話しを続けた。あの人はちゃんと結婚しさえすればいいのよ。本物のレーヴェンシュテルンを手本にすればいいのだわ。あれはまともな男性よ。この事は皇帝陛下の前ではっきり申しあげておかなきゃならないわ、あなたが彼の面倒を見てくださるわね、キティ、でもオットー、あなたが最後まで責任を持つことが大事なの。そしてあの男が貴族階級の人間なら、奥さんが必要よ、それも彼にしたいことをさせてやれる、いい家の出の奥さんがね。そうでないとあの人の妄想は決して終わらないわ。

# 編者のあとがき

## *1*

ここにお目にかけたものは、二百年以上、世界の目に触れることがなかったひとつの手記である。エストニアの首都タリンの南東、ラージクという旧地方貴族領地の現在の所有者、イーヴァール・Kが自分の古い厩舎の改装中に、たまたまこれを見つけたのであった。レーヴェンシュテルンの原稿は、「コベット政治記録」という新聞の「一八二六年度年鑑」をくり抜いて箱状にしたものの中に詰め込まれ、同紙の無傷の年鑑数冊とともに真鍮メッキを施した箱に収められて、かつて秣桶《まぐさ》が置いてあった後ろの壁に塗りこめられていたのである。大理石模様の装丁は素人愛好家の仕事を思わせた。イーヴァールはこの「掘り出し物」をタリンの古物商の所に持ちこんだが、商人は箱にのみ興味を示し、年鑑数冊は古紙としてしぶしぶ引き取った。イーヴァールは細工を施した一八二六年版は手元に残すことにした。彼はもうドイツ語を解せず、ましてや古い筆記体は読めなかったが、それでも、こんなものもひょっとすると、いつか、誰かの興味を惹くかも知れないと思ったのだった。

その幸運な人間がわたしであった。二〇一一年五月十八日、水曜日のことである。

日本への旅の途上、わたしは、特に注意を向けることもなく、二度、バルト海の上空を飛んだのであるが、帰国後、その東の端、EUの新しい一地方であるエストニアに舞い戻った。ヨーロッパの結束に関するある会議に出席するためであり、同時に、わたし自身の仕事の関係でその地方にひとつ用事があったためでもあった。先に発表したわたしの小説中に登場するチューリッヒの天文学者カスパール・ホルナーは、一八〇三年から一八〇六年にかけてのロシア最初の世界航海の発案者・提唱者でもあって、自身、その航海に天文学者兼測地学者として参加したのだが、これはそもそもの最初から剣の刃を渡るような危険な航海であった。というのも、バルティック・ドイツ人、アダム・クルーゼンシュテルンが船長としての任にあたることになったその探検旅行には、学問上の関心に加えて、もうひとつ政治的任務が課されていたのである。ロシアは、外交上のミッションを携えて鎖国中の日本に入り、オランダによる日本貿易の独占を打破するだけでなく、北太平洋地域への勢力拡大を戦略的に固めたかった。「露米商社」の社長でもあって東アジア毛皮通商の主権を握っていた外交特使レザノフは、クルーゼンシュテルンの航海上および学問上の手腕を、彼本来の目的にとっての単なる手段と見做していた。世界航海者の方も自らを単なる御者に貶めたくはなかったから、ナデシュダ号上では最初から衝突には事欠かず、ケープ・ホーン回りの西ルートでの航海上、最初のロシア海港であるペトロパヴロフスクに到着する以前に、ミッションは早くも暗礁に乗り上げそうになった。

ナデシュダ号の第四士官、ヘルマン・ルドヴィッヒ・フォン・レーヴェンシュテルンは、この重要な旅行中、日誌をつけていたのだが、これは彼自身の個人的な覚え書きのつもりだったので、さまざまな出来事を、言葉を飾らず率直に記している。この日誌はようやく最近になって、往時のロシア領アラスカの大学の女性ゲルマニスト、ヴィクトリア・ヨアン・メスナーによって判読され、出版された。[1] 二十五歳の男の日誌は、今でもこの年頃の青年にはよく見かけそうな一つの性格を示している。無頓着のように見えてどこか不安げでもあり、事柄の細部を見る目は持ちつつ省察においてはどちらかと言えば無欲で、どこか悪たれ小僧のようで、「ガルゲンフモール」[2] を好む風を持ち合わせている。船長の肩を持ちつつも彼に対して無批判ではなく、しかし「船上の客たち」、特に横柄極まる特使レザノフに関しての批判は容赦ない。わたしが彼の日記のこの豊穣さを新しい文学形式の素材とするに足るものと見なしても、カスパール・ホルナーの友人でもあったこの若い海軍士官にあまり失礼にはならないだろう。彼の時代にはロシア領のレヴァルであり、今日ではエストニアの首都としてバルティック・ドイツとハンザ都市の名残を留めている町タリンは、わたしに今、かつてレーヴェンシュテルンが生まれ育ち、遍歴時代の後に結婚し、領主として戻ってきた、その辺りを踏査してみるよい機会を提供してくれたのだ。首都から優に三〇キロは南東に離れた彼の領地ラジクは、文学的プロジェクトのひとつの支点としてわたしの脳裏に去来していた。そしてその対極にわたしが置こうとしていたのは日本であった。たった今、わたしが後にしてきた、そしてもう二百年以上も昔に、レーヴェンシュテルンが接点は持ちつつ、本当には足を踏み入れることができなかった日本、「もうひとつの国」である。その点にわたしはレーヴェンシュテルンとわたしの間の、空間と時間を超えた家族の縁のようなものを感じたのだ。

## 2

その時代、日本に足がかりを得ようとしたツァーの帝国の最初の試みは挫折した。日本は、十六世紀以来、諸外国に対して門戸を閉ざし、徳川将軍体制のもとにかなり高度な文明を発展させ、その中で自足の術を知ることを自らに課していたのだ。ロシア人との接触は日本をそれまでで最大の試練に晒した。一八一一年春、ワシリ・ミヒャエロヴィッチ・ゴロヴニン船長が、彼のフリゲート艦ディアナ号に乗って、千島列島の南に姿を現す。一帯を測量し地図を作成するためであった。千島列島を自国の領土として占有していた日本人は、ゴロヴニンらのこの企てを非友好的行為と見なしたのだが、それには、先年、ロシア毛皮商会代理人たちが引き起こした事件がもっともな原因を作っていた。ゴロヴニンが航海の糧食補給の必要に迫られて、日本の要塞の司令官と交渉しようと国後島に上陸した途端、ゴロヴニンの一行――三人の士官、四人の水夫とクリル人の通訳一人――は、船長代行で副艦長であるリコルドの目の前で捕えられた。残りの乗組員と共にディアナ号上にあって湾内に錨をおろそうとしていたリコルドは、敵の優勢の前に何一つ手を打てなかった。捕虜となった仲間の命を危険に晒すわけには行かなかったからである。仲間は連行され、不思議の国のアリスよろしく、鏡の向こうに姿を消してしまった。ひょっとするともう永久に再会できないかもしれない！

ヨーロッパ文化圏の一つに属する者たちは、まさにそのような衝撃を受けつつ、全く別のある文化の人質となった。しかもそれはちょうどロシアの軍事力がナポレオンの大部隊による侵略のために手を取られている最中であった。こうして世界史の僻地でゴロヴニンが捕虜になった事件は異文化接触ドラマの第一幕となったのである。それがひどい幕切れにならないためには、互いに相容れない二つの統治機構は、その何れも力づくで無効にされ得ない以上——捕虜たちをたちどころに処刑してしまえば話は別だが——、なんらかの意味で例外を許す余地を作ろうとする機運が生じなくてはならない。つまり捕虜が単に野に放たれるというだけでなく、警護する側も自由を得て捕虜が立ち去るのを許す、そういう状況が生まれなくてはならなかったのである。幸運な結末を招くためには、両方の側に繊細な感覚を持つ俳優と、予測不可能な力がそこに介入する一幕を必要とした。

それは現実の歴史の中ではよくある例というわけではなく、また永続性を持つものでもなかった。それは日露戦争（一九〇四年〜一九〇五年）を阻止することはできなかったし、他のどんな戦争を防ぐこともできなかったろう。しかしながら平和を生み出すための道具はそれが残すどんな小さな痕跡も貴重な素材である。わたしの物語のためにわたしは、そこから何かを生み出そうとするひとりの登場人物を、一つの衣装を探した。その人物が自分の生身の姿、つまりは彼の人間性を露わに示すことなしには纏《まと》うことができないような衣装を探したのだ。その人物は日本への旅行の途上、わたし自身にもまだ見極め難いような変身をその身に引き受けなくてはならなかった。

わたしは再びヘルマン・ルードヴィッヒ・レーヴェンシュテルンのことを考えた。彼は現実にはその場に居合わせなかった。だとすれば彼に語り手の資格を与えるものは何か？　それは、体験を共にするには、必ずしも捕虜として一緒に捉えられる必要はないということである。レーヴェンシュテルンはわたしの証人であってほしい。人間に対する希望は、それが持ちこたえ得るものである限り、希望の担い手の期待を嘲笑する事なしには阻止し得ないものであることの証人であってほしいのだ。彼自身がその希望に、あるいは自分自身に絶望したりせず、希望が彼を単に滑稽なものにするだけであるなら、彼は幸運と言うべきである。ついでに言えば、欠場、遅延、怠慢は国民投票で合法化されることもよくあって、わたし自身の国の島国的な経験の一部をなしており、しかもそれは常に、何かのチャンスを逸したかもしれないという疑念につきまとわれている。止むを得ず、あるいは幸いにもその場に居合わせない（居合わせなかった）というのは、歴史上、スイスのお家芸なのだ。このテーマを小説の形で発展させるために、わたしは、日本を探して見つけ損ねたわたしの海軍士官にグリレンブルクの隠居所を与えてやろうと考え、インクと紙を渡してそこにずっと居座らせようとしたのである。こうして彼は幸か不幸か一つの状況に置かれ、その中でわれわれは互いに言うべきことを言い合った。というのも、物語ること、つまり何があったのか、何があり得たかを想起することは、何かを具象的に作りだしながら自らに対して喪失の申し開きをすること、不在から文学的と呼ばれるかの現在形の形式を勝ち取る術に他ならないからである。

この素材に相応しい形式を求めてわたしは何カ月も格闘したのだが、その間にあまり軽視できない形でわたし自身の健康上の限界を見せつけられた。そして一つの手術の後、第一にわたしがしたかったのは、ゴロヴニンの不本意な滞在地となった場所をこの目で見ておくことだった。一八一一年に彼は、一緒に捕虜となった者たちと共に、千島列島から当時は蝦夷と呼ばれた北海道へ移動させられ、そこから島の最大の港、函館を経て、この地方の首府、松前につれてこられた。松前は、新しい北方地域を植民化するための管理業務と軍事の中心地であった。そのちょうど二百年後にわたし達は飛行機の切符を予約し、親類を訪ねてから北海道で調査旅行をすることにした。その時のわたしたちの最大の心配は、国民すべてが旅に出る「ゴールデンウイーク」と呼ばれる連続休暇の期間にちょうどそこに来合わせてしまうことだけだったので、松前にある唯一のホテルに、桜の開花直前の日々を選んで部屋を予約した。北海道には、桜は一番遅れて到着するのである。四月四日にわれわれは出発することにしていた。

ところがその間に、あることが起きたのだ。

## 3

二〇一一年三月十一日、日本は、海を震源とし、マグニチュード九を超える大地震に見舞われた。地震は本州北部の太平洋に面する海岸一帯に津波を発生させた。津波は防波堤を嘲って何百キロにも亘って浸水し、島の狭い平地はどこでもそうであるように人口の密集する居住地を、一瞬にして果てしなく続く廃墟とし、住居の下敷きになり海に攫われた二万人もの人間の墓場に変えたのだ。この前代未聞の出来事は、ちらちらするテレビ画像となって世界中に伝わり、目をくぎ付けにされてそれを見る者は、次の瞬間には自分が波に攫《さら》われそうな恐怖を覚えずには居られなかった。地球の他の半分には日の光が溢れている時間、人々はテレビの前で、繰り返しスピーカーから流れる警報、恐怖の叫び、救いを求める叫びに引き裂かれる、シュールと呼ぶ他はない光景にただ見入った。そこでは舟に乗って人が人家の屋根に漂着するかと思えば、村全体が家畜の群れのように公海に押し流されていった。われわれは見たのだ、逃げる人々の群れが大波に呑み込まれていく様を、灰色とも土色ともつかぬその大波が押し流して運ぶ車で小路を塞ぎ、それから幅の広い流れとなって平地に押し入り、野菜栽培のビニールハウスの一団を外見にはやんわりゆったり押しつぶしていく様を。夕闇が訪れて以降は、ヘリコプターの高さから捉えられた、今は音もなく上がる火花のかたまりが見られるばかりだった。鎖のように地平線まで続く一連の炎は地獄の不屈さをもって夜の間ずっと赤く燃え続けた。われわれは想像するのみで理解はできなかったけれども、こうして何世代もの労苦が、大水によってほんの一瞬、小さな一撃を受けただけで、油を注がれたゴミの山のように焼き尽くされたのだ。

目にも明らかなこの破局の後、まったく別のものが視界に入ってきた。それは霧状の、宙に浮かぶ工場施設のようなものの輪郭となって固まり、破壊されたカテドラルのように忌まわしくも聖なる趣を持っていた。近付くことを許さないその特別な物体が命ずる遠い視点からは、破壊がどのように進んでいるのか、推測することしかできない。それが何を意味するかはさらに見通し得なかった。自然の暴力は、一瞬にして原子エネルギーの格納庫を破壊して浸水を許し、設置を義務付けられている冷却装置をも麻痺させたのだ。こうして発電所は放射性物質を発し、閉じ込められていたエネルギーを放出し始めた。自動運動であり、制御しようがない。爆発がパンドラの箱をさらに大きく開け放った。一夜にして、フクシマ・ダイイチは、核戦争を除けば文明世界が最も恐れていたもの、チェルノブイリ以来、できればそれには触れずに忘却の淵に沈めたままにしておきたかったものの総称となった。今や地下聖堂は秘密を命ずる封印を解いた。それはもう開いたままになっているが、誰もそこに近づいてはいけない。にもかかわらず、途方に暮れた企業主の指示によってそれに近づくことを余儀なくされた者たちには人身御供のアウラがあった。それはしかしカミカゼ特攻隊員ではなく、核ジプシーと呼ばれる、あちこちからかき集められた臨時労働者たちである。東京電力から支払われる（安い）賃金は、労働者たちが——ともかく何かをするために——白い防御服に身を包んで、せいぜい数分そこに留まれるだけの暗い穴の中に降りていかねばならぬことに対する報酬であり、また、その穴は埋められようもないのだという証明のために彼らが自分の健康を犠牲に供さなくてはならないことに対する報酬であった。彼らはいわば請求書から「減価償却」された最初の人間たちである。経費がこのようにも安くて済み、しかも環境に優しくさえ見えたのは、その請求書が肝心の点を見落として作られていたからである。専門家たちは自然には責任能力がないことを計算に入れていなかったし、それのみか、どんな技術の進歩によっても自らを改善はできない人間という自然の責任能力のなさも計算に入れていなかったのだ。

## 4

外国人の多くは、取れる限り早い飛行機の便を取って、風向きが悪ければ三千万の人口が密集する大東京圏に吹き寄せてくる恐れのある放射能の嵐から身を遠ざけた。住民に避難命令が出るとして——いったいどこに避難できたのか？　まだそうとは呼ばれていなかった「最大仮想事故《スーパー・ガウ》」が最初にその姿を現したのは、格融解が確実な情報となった時点においてであった。既知のすべての座標は揺れに揺れた。スポークスマンが嘘をついていたのだろうか。その可能性は日本では低く、同情的解釈と言うべきであったろう。そうではなくて、彼らは何も知らなかったのだ。専門家たちは、想定外と考えられていたケースに対して、まるで準備ができていなかった。

三月末、わたしたちにとって動かないのは次の事だけだった。つまりチューリッヒ—日本間の航空券をキャンセルはしないことにしたのだ。英雄的行為というわけではない。わたしたちの計画は被災地と直接の接点はなかったのだ。出発点は関西であり、そこにはすでに多くの大使たちが避難してきていた。それでもドイツ大使、スイス大使とは東京で会い、急遽、そこに残っていた人々との対話の会がアレンジされた。

日本でテレビの前に座っている限りは、状況はスイスとあまり変わらなかった。一日、どの時間帯においても非常事態が感じられた。旅行中はしかしそれは地味な形をとって現れるだけだった。気がついたのは観光客の少なさである。松前のホテルではわたしたちが唯一の客で、帰路、小樽から舞鶴へのフェリーもわたしたちの占有だった。北海道、昔の蝦夷では、わたしのロシア人艦長の足跡はいくつもの森を通って続くのだが、森に入ることはやめるようにとわたしたちは強く警告された。ゴロヴニンが幽閉されていた施設の一つが立っていた、町をちょっと外れただけの渓谷でも、土地をよく知る案内人は熊を追い払うためにホイッスルを吹き、何歩か進んではその鋭い音を響かせた。これらの森を通ってゴロヴニンは五人の仲間たちと共に、どこか見張りのいないところで小舟をみつけるために、絶望的な逃避行を敢行したのだ。

われわれがスイスに帰った時、東京電力は、被災地から強制避難させられていた人々が原発近辺の彼らの地に帰れる日はそう遠くない将来に来るという見通しを発表していた。この間にしかし五十年も避難用の応急宿舎に住んで待ち続けたくはないと考える若い人々は故郷を捨てて出ていった。残る人生も多くはないと考える老人たちは、禁止があろうとなかろうと自分たちの家に戻ってそこに留まった。彼らが望んでいるのは、放射線癌ではない他の病気で死ねたらいいということだけである。わたしもこの年齢ならこの人たち同様、禁止区域に長時間滞在する資格があるだろう。狼が戸の前に姿を現そうと、人々はもはや、「狼だ！」と叫びはすまい。わたしの年限も定められているという事実にわたしも慣れることにしよう。

## 5

エネルギー政策に関して大きな高まりを見せるヨーロッパに帰ってすぐ、わたしはタリンにおけるある会議で、ＥＵ・ヨーロッパにおける「古い」加盟国と「新しい」加盟国の間には一層の相互理解が望まれるということで、その橋渡しに向けての講演をすることになっていた。会議日程の合間にわたしは自分に休暇を許し、チューリッヒの天文学者からロシアの艦長へとわたしを導いた道を辿るべく、ロシアの世界航海船上で率直なプロトコルを残したヘルマン・ルードヴィッヒ・レーヴェンシュテルン（一七七七～一八三六）の領地、ラジクを訪れた。

わたしは彼の肖像画を二枚知っている。最初のものは海軍士官の制服に身を包み、屈託なく世界に目を向けているように見える、若いジェントルマンの肖像だ。その表情は、善良な、しかしただ行儀がよいだけというのではない若者のそれで、すこしばかりダンディーの趣がある。面立ちは柔らかい素材から成っており、経験の荒っぽいペン先がこの顔に書き込みをしたら、いったいどのような表情になるか、まだ分からない。白っぽいブロンドの、柔らかくウェーブした髪を、ジャコバン党員風に前に撫でつけ、白い襟は赤い折り返しで補強され、首を支える高さを持つ。繊細な、だが情熱的ではなさそうな性格。この男が太い綱を引きちぎったりすることは想像できない。ひょっとすると彼はナデシュダ号上で彼の人生の最上の時を持ったのではあるまいか。もしもそれ以前、地中海上をナポリからイスタンブールまで彷徨い、ほとんどイスラム教徒になりかけたこともある遍歴と迷誤の途上ですでにそれを味わっていないとすれば、の話だが。しかしすでに世界航海の前から、そしてその参加者となってからはなおさらのこと、彼には自分を重んずる念が強く、自分に関して記録を残さねばならないと考えていた。良心的な記録を残すことが重要なのであって、正書法は彼の忖度《そんたく》するところではなかった。

二枚目の肖像画は細密画で、同じ顔を、ひょっとしたら二十年後位だろうか、より明瞭に描いている。少しばかり崩れ、膨れかけたが完全に発酵はしなかったパン生地のように浮腫《むく》んで見える。強い赤みは血圧が高いのか、アルコールのせいか、勿忘草《わすれなぐさ》のような眼は力なく、今は蓄えている口髭も、猛々しいというよりは、むしろメランコリックな印象を与える。この男は何かに執着しているが、何に執着しているのかは、我々に告げない。というのも彼は日誌をつけることをやめてしまったのだ。まるでそんな労力は無駄だとでも言うように。彼は領地ラジクを所有していたが、それが彼を晴れやかな気持ちにすることはなかったようだ。

今、ラージクという地名になっているその地をわたしは自分の目で見たいと思ったのだ。

## 6

ホテルは窓に遮光ガラスを張った車を用意してくれた。運転手は流暢な英語でわたしに話しかけはしたものの、会話は最小限のことに限定してくれれば有り難いという様子に見えた。その日は、雨季の最中、初めての明るい五月の一日だった。われわれは郊外の平屋住宅が並ぶ地区を走っていたが、その後ろにはバルト海の広がりが予感された。まるでまっすぐにペテルスブルクに向かうかに見えるアウトバーンを少し走ると、車はカーブを切り、雲の下に広がる開けた野に出て、その平坦な地を突っ切って進む。緩やかな丘は木がまばらで向こうが透けて見える森に覆われていた。どこまでも広がる畑にはまだ緑は見えず、牧草地の緑もまだ力ない。散見される家はどれも同じようで標識はほとんどない。小さな、色塗りの、たいていは一階建てのバンガローは工場生産のプレハブのように見える。ダッチャと呼ばれるロシア風夏別荘が、公園、あるいはゴルフ場を思わせるほど広い面積を持つシュレーバー・ガルテンの中に立つ。開けた野に〈Raasik〉という地名標識が現れたが、集落は見えない。運転手は、これはその辺り一帯の名か、あるいは伯爵領の名だろうと説明する。何はともあれ、われわれは今やレーヴェンシュテルンの圏内にやってきたのだ。人家は相変わらずまばらなまま、集落らしい密集にはならない。歴史的建造物らしきものもどこにも見当たらない。時たま、KONSUMと書かれたコンクリートの建物や、病院か薬局らしいバラックがある。その果てにわれわれは何もない平原に伸びるレールを横切った。これがラージク駅だという。

どこに駅があるというのか。まっすぐに遠くに伸びるレール脇に立っているのは頭でっかちのレンガの建物だった。信号操作所？――それとも貯水塔だろうか？　レール両脇の傾斜路、それはたしかにあった。そして記念碑が。

ここに来たかったのではないのか、わたしは？

碑はテレージエンシュタット強制収容所からの移送を記念するものだった。ラージクはユダヤ人撲滅のための輸送中継所だったのだ。フランクフルトとベルリンのユダヤ人はここでバスに移され、収容所へと輸送された。そのことをわたしは後になってインターネットで知った。運転手はわたしのことをどうやら歴史の跡を訪ね歩く観光客と見なしていたようだ。いや、もっと昔のラージクが見たいのだと言い張るわたしは、我ながら、ない物ねだりの文句屋に思えた。運転手はやむなく車を降りて人々に尋ねまわったが、得られた答えはいつも同じで、貴族の領地などない、というのだった。貴族の館などはソヴィエト時代にひょっとしたら一切、取り壊されたのだろうか。結局、われわれは尖った塔のある教会に辿りついた。この教会はグーグル・イメージでもすでに見ていたが、たかだか百年前のもので、それ以上古くはない。これは、ヘルマン・ルードヴィッヒが洗礼を受け、父の四番目の息子としてその名前を受け継いだ、あの聖ヨハネス教会などではもはやない。教会の横で庭仕事をしていた男が教会の扉をあけて中に入れてくれた。内部はプロテスタント教会の作りで、聖書の文言が古い字体で書かれていたが、壁は白く塗られ、何ともがらんどうで、おまけにところどころ工事中だった。訪問者の記念帳の最後の書き込みは三年前のものだった。親切に相手をしてくれた男にわたしは尋ねた。牧師さんでいらっしゃいますか？　いえ、執事です。牧師は四週間に一回、礼拝の司式のためにここにくるだけです。古い貴族領地ラジクはもうありません。——ひょっとしてその跡地だけでも案内して頂けませんか？——有り難いことに彼が同行してくれることになった。まずは古い墓地を訪ね、錆びた鉄の十字架をいくつもいくつも見て回わらねばならなかったが、中で最も古い、ドイツ語で書かれた墓碑にもレーヴェンシュテルンという名はなかった。

## 7

われわれは最後に、自動車道の脇に広がる、灌木に覆われ、若い木が立ち並ぶ丘に辿りついた。そこでわたしの目に入ったものは、小さな商店か何かのように見え、開けっぱなしのまま、埃を被っている。だがよく見るとそれは、かなり大きな建物の増築部分、あるいは嵌めこみ部分の廃屋で、それが今は植物に覆われた丘になっているのだった。傾斜した地面の前の方はなだれ落ちて、壁に囲まれた丸天井の地下室へと繋がっている。残っているアーチの間は、深い穴があくびをするように口を開けていて、それがゴミ捨て場の役を果たしているのだった。埃まみれのペットボトルや、プラスティックの破片や、錆びたブリキの容器などが捨てられている。

この瞬間、ある確信に襲われた。ここにお前は来たことがあるぞ。——あとになってわたしはこのデジャ・ヴュを解く鍵に思い至った。日記を書いている最中、「領域《ツォーネ》」という語を書いたときのことである。そう、間違いない。わたしは、何十年も前に見てすっかり忘れていた、タルコフスキーの映画「シュタルカー」の一場面の「ツォーネ」に入り込んだのだ。帰宅後、ネットを検索して分かったのだが、あの映画の多くの場面はエストニアで撮影されたのだ。ラージクから何キロも離れてはいない。ツォーネ、生きた肉体の地下世界、抹殺された国、だがそれは依然としてまだそこにある。というのもその消滅があまりにも顕著なものだったからだ。

意地の悪い目が一旦覚めさせられると、それは次々と他の情景をも襲って、かつての美しいレヴァル、古いハンザ都市の趣を残す町タリンですら、それ自身の思い出となる。わたしはガイド付き市内観光に加わったのだが、それは至るところに立ち留まってなかなか先に進まない。どの建物についても、パステルカラーの塗装の下に隠された三重の歴史を明かしてみせることができるからだ。エストニアはわたしの目の前にイソトープとなって現れる。美しいEU世界の町となってから、さまざまの記念碑が立って、できる限り移ろいゆかぬ昔のままの町と見えるように町を飾っているが、移ろいゆかぬということは現在生きているということとは違う。死んでいない人間が生きている人間ではないのと同じだ。遮光ガラスを嵌めた車の中のわたしは、ヨーロッパの未来について会議をしている町の光景のいわば舞台裏に迷い込んでしまったのだ。つまり、「光景《スツェーネ》」から「領域《ツォーネ》」へと。

わたしはレーヴェンシュテルンの地下室跡地の脇に生えていた、白い花をつけた木の枝を折り取った。わたしの同行者は、それはトミンガという木だと教えてくれた。だが検索ページで見つけた訳語(Vogelkirsche)とその画像が示す「トミンガ」は、はわたしの折取った枝にはまるで似ていなかった。帰り道でそれは見るかげもなく萎れてしまっていたのだ。ブラインドはまた降りてしまった。

# 8

廃屋から少しばかり行った所に、回りに木が植えられた池があった。ひょっとするとかつての庭園の名残かも知れない。白鳥が浮かんでいても似合いそうだった。そのうしろの緑の牧草地に小奇麗な四階建ての木造家屋があり、屋根は寄棟作りになっている。二百前のものでは絶対にない。男がひとりわれわれの方に向かってやってきた。野球帽を被り、青い農作業服を着て、ドボッとした長靴を履いている。彼はわたしの同行者に知り合い同士の挨拶をし、仕事で荒れた大きな手を差し出して、言った。イーヴァールです。彼も少し英語を話した。レーヴェンシュテルンなる人物に関するわたしの興味に関して説明するのに通訳は要らなかった。むろんイーヴァールは、祖母から遺産相続で受け継いだ屋敷の昔の住人である、貴族の祖先については何も知らなかったが、彼の農作業のための建物を案内しようと言ってくれた。そのいくつかは本当に古い時代からあるものだからと言う。

馬小屋、納屋、背の低いいくつかの住居などが集まって、何も置いていない中庭を四角く囲んでいる広い建物のブロックをわれわれは一巡した。白く上塗りされ、窓のない外壁がずっと続く様は、城塞か、あるいは日本の寺のまわりを囲む壁を連想させる。近くから見ると、すべて朽ちかけている。イーヴァールはすでに修理を始めていて、その継ぎ接ぎ細工が一種、構造の見える建物になりかけている数か所をわれわれに見せた。とは言えイーヴァールが一人でやっているその改修作業は、おそらく、ヘラクレスかシジフォスを必要とするものだった。馬小屋はまだ空だったが、納屋には、これも修理を必要とする保有車両が集められている。トラクターの多くは集約農業時代からのものだった。

イーヴァールはお茶に招いてくれたが、わたしの同行者は、わたしがイーヴァールに個人的な用件があるのだろうと察して、一時間の休みをとってその場を去った。イーヴァールはわたしを屋内に招じ入れた。建物のファサードはさておき、内装は一目瞭然、すべて完成にはほど遠い状態を示していた。ごく最近、組みたてたばかりの階段をよじ登って、上階の居住空間に入った。ここはしかし木造りの小綺麗な部屋になっていて、アンティークの家具があり、書棚があり、「白雪姫のお棺」なる箱が置かれている。プレキシガラスの蓋で覆われたその箱には、古いブラウン・プレーヤーとラジオの装置が収められ、それに新しい二つのスピーカーが接続されている。第四の壁は当分ないままだ。つまり控えの間は戸外に通じていて一種のヴェランダとなり、籐《とう》で編んだ椅子が置かれている。われわれはそこに、船のデッキでハンモックに揺られているような具合に座る。建築現場の足組みの向こうに平原が広がっていた。すでに沈みかけて赤く灯った太陽が隣接地の白樺と楡の並木の間から見えている。並木の木々は葉を付け始めたばかりであった。

## *9*

二百年前のロシアの世界航海者の話はイーヴァールには初耳だった。彼は小さなカップを盆に載せて運んできた。マイセンの磁器のこのティーセットも彼の祖母の遺品なのだ。お茶は煙の臭いがした。われわれは互いの幸運を祈ってアクァヴィットの最初の一杯を飲みほした。イーヴァールは野球帽を脱ごうとしない。彼の顔立ちは、古いモービー・ディック・フィルムに出てくるキャプテン・エイハブ役のグレゴリー・ペックを思い出させた。

あんたが古い時代のラージクに興味があると言うなら、見せたいものがあるぞ。

そう言って彼は古くからある建物の中に入っていったと思うと、戻ってきた時には、腕の下に何やら物体を抱えていた。「一八二六年」というレッテルが貼られている、灰色に変色した紙包みだ。「コベット政治記録」という表紙の下から現れたのはひと束の手書き文書で、まるで密輸品のように年鑑の中に埋め込まれていたのだ。レーヴェンシュテルンの手書き文字をわたしはファクシミリの試し刷りで見たことがあるだけだったが、これは見誤りようもなかった。一見したところ、それは手紙だったが、思いつくまま書き下ろしたと見るにはそれはあまりに念が入っている。紙は両面にびっしりと書かれていて、まるで書き手が用紙を倹約しなければならなかったように見えるのだ。

数ページ、走り読みしたのちいくつか見知った関係者の名前――たとえばゴロヴニンという名前など――に出会い、もう疑う余地はなかった。わたしはレーヴェンシュテルンの未発見の原稿を手にしているのだ。ひょっとすると、これは、たとえばわたしが抱いていたいくつものイメージをより鮮明にし、反駁し、あるいは不必要にするなど、わたしの計画にとって計り知れない価値を持つ鍵を含むかも知れないのだ。すっかり興奮していたわたしは、イーヴァールが古物商に出かけていった話を、なかば上の空で聞いていた。

是非コピーしたいので、君、この手稿を明日まで僕に貸してはもらえないかな。

彼はもう一度、二つのグラスを一杯にした。あたりの風景はすでに少し輪郭がぼやけてきていた。

少し音楽《ライク・サム・ミュージック》でもかけようか？　と彼。

だが言葉より早く立ちあがって、彼はステレオ装置のところに行き、何やらやっている。彼が戻ってきた時、あたりには完全な静寂があった。

ブラウンTK4のステレオ装置だね、とわたしは言った。最初の給料で買ったなぁ。

音楽が響き始めた。イーヴァールはラウド・スピーカーをまわしてラージクの駅まで聞こえそうな音量にした。ショスタコーヴィッチ、ピアノ・コンチェルトの二番、第二楽章だ。

俺はアメリカに行ったことがあるんだ、と彼はトランペットのパッセージの響く中に叫んだ。ニューヨークの文化人会議に行ったんだ、一九四六年、ワルドルフ・アストリアで開かれた会議だよ。俺はコミュニストであったことは一度もない。

わたしは首を振ってみせた。

だが音楽家だった——こんな風にな。彼はまるで、一クラフターの木の束を抱えるように両腕を広げてみせた。

わたしは目を凝らして緑を見つめた。すると木々も緑いろになり、わたしにウインクを送ってよこした。音楽が鳴りやみ、イーヴァールは今度は建てかけの家の方に行った。戻ってくると彼は椅子が置いてある場所の端っこに立ったまま、足場を支える横棒に両手をつっぱった。彼のプルオーヴァーの肘のところには黒い皮の充てがあった。下には運転手が姿を現し、腕を振った。次には両手でメガホンのような形をつくって叫んでいた。

あんたはもう行かなくちゃならんな、とイーヴァールは言った。——それから彼は前かがみになり、わたしの膝の上にあった紙の束を持ちあげ、それを一瞬、自分の胸にあててから、もう一度わたしの方に差しだした。

取っておきなさい《キープ・イット》、君にあげよう。

オー、ワオ、サンクス！

彼はグラスを二つ満たした。レーヴェンシュテルンの健康を祝して！

君のために！《トゥ・ユウ》　とわたしは応じた。われわれは一息でグラスを飲みほした。

紙袋がいるかな、彼は言った。ところで《バイ・ザ・ウェイ》、なぜレーヴェンシュテルンは新聞を隠したのかな。

当時のロシアではあんな新聞を読んではいけなかったのではないかと思うよ。

コベットって誰なんだい？　と彼は聞く。

まったく知らないんだ。

俺は知りたくなったぞ、新聞をもう一度手に入れてみることにしよう。いくら位するもんかな。

誰かが彼を抱擁することに彼は慣れていなかった。そのためにわたしは紙束の入った袋を一旦、下に置いたのだったが。その袋には APOTHEK のロゴがあった。

## *10*

帰り道、われわれは最後にたまたまながらようやく一つの領主館の跡地に通りかかった。がらんどうの空き家になってしまってはいるが、それでもなお、それを建て、それに命を与えていた当時の生活形式の何ほどかは推測できた。四階建ての黄色に塗られたヴィラは、控え目な擬古典主義様式でまとめられ、左右に伸びる側翼と柱廊玄関があり、少し高くなっている建物中央部の上には三角の破風屋根が乗っている。サッカーをしていた少年たちのグループが、崩れかけた壁を通りぬける道を教えてくれた。それを利用すれば格子の垣根を通らずに中に入れるというのだ。中に入ればそこには、伸び放題のいちいの樹に囲まれる円形広場があって、それを自分たちの遊び場として独占できる。注意すべきは唯一、ボールが、あんぐり口を開けている窓の穴に飛びこんでしまわないようにすることだ。後ろには荒れ放題の一区画があったが、それはおそらく薔薇園であったろう。ここで人々は領主らしく生活していた。隣の領地を訪問したり、集まって狩猟や賭けごとを楽しんだり、舞踏会や、朗読の夕べ、ホーム・コンサートを催したりしたのだ。しかしすぐ近くに「ヨーロッパの文化中心都市」があるといっても、この建物を再生させることは一朝一夕にはできないだろう。ファースト・フードの店、ガレージ、ミニ・ゴルフ場、キャンパーたちのためのゲレンデ、カリブ海風のデコレーションが賑やかな赤線大農場。一人のアメリカ人の歴史家がこの辺りを「ブラッドランド」と新たに命名した。誰が一番多く血の借りを作ったか、誰が一番多く血を売ったたか、賭けはここで終わるのだ。ラージクの駅は、タリンからペテルスブルクに行く列車が通っているにもかかわらず、依然として、廃止になった路線のレールだけが残っているように見える。もう人間の手には負えないとでも言うように、遠隔操作で制御されているのだ。アプローチだけは残っている。

その後は特に何か起こることもなく、わたしはレーヴェンシュテルンのテキストを家に持ち帰り、再び金庫に封じ込めた。防空壕の中なら安全だろうと希望する。一九九一年、わたしがこのアトリエを建てた当時、新築の建物には防空壕の設置が義務付けられていたのだ。このコピーも二部、作った。旅行に行く時はいつも、その数ページをわたしは持って歩く。そして国内でも国外でもビジネス・ホテルの一室に籠り、午前中は、レーヴェンシュテルンの手稿を判読し、コンピューターに打ち込むことに時間を費やしながら、彼の土地の気候に自分の体を合わせていったのだった。知人に会うことも町を見物することも後回しだった。わたしはコピーに、もとの原稿には欠けているページ数を書きこんだ。そして年代入りのメモをわたし自身のために作った。というのも年代決定はなかなか厄介な問題なのだ。

# 11

これまで、レーヴェンシュテルンの日記は彼一人のために書かれたものだと思われていた。新発見の原稿からはしかし次のことが言えるように思う。すなわち彼は、決してその名は挙げず、ただ「閣下」とだけ彼が呼びかける高位の人間に人物に仕える身であり、この人物は彼を情報収集家としてナデシュダ号に送りこみ、その後、容易ならぬ状態に陥ったこの男の人生の継続を可能にしたのも彼である。多くの証拠となる事実から、この人物は、大帝に仕えて軍事および外交分野で出世街道を歩んだピョートル・ルードヴィッヒ・フォン・パーレン伯爵（一七四五〜一八二五）であったと推測される。エカテリーナの息子パーヴェル一世のもとでは、彼は突如、寵愛を失ったり、一転してまた高位の役職に戻されたりした。ペテルスブルクの軍事総督であった時、彼は深慮遠謀をもって、ツァーを亡き者にしてその息子アレクサンドル一世を即位させるためのお膳立てをしたのであったが、一八〇一年の政権交代後、任を解かれた。

パーレンとレーヴェンシュテルンの間の直接の結びつきについてはしかし証拠となる文献は見つからない。確かに宮廷の黒幕と一介の海軍士官は社会的には異なる世界に属しているが、二人は沢山の共通点も持つ。リップランドの貴族名鑑は二人の家系を同じ系列に数えている。というのも二つの家系は共にスウェーデンに発しているのだ。二人は、彼らの同郷人ヨーハン・ゴットフリード・ヘルダー[3]と同じ、リフランド・ドイツ語を話し、また書いた。つまり彼らは愛国主義的ロシア人であるよりは、むしろ諸国民に関心を持つコスモポリタンであった。レーヴェンシュテルンについて言えば、彼は、使用人たちとのやり取りに必要最低限のエストニア語、いわゆる「ひどいドイツ語《ウンドイッチュ》」と同じ程度しか、ロシア語ができなかったという。そもそもツァーの帝国の上層階級はフランス語を話したし、海を渡り歩いた遍歴時代に英語がレーヴェンシュテルンの第二の母語となっていた。レーヴェンシュテルンがこの言語によって媒介される自由思想を共有する一人であったことは、彼が「コベット政治記録」を購読していたことからも推測され得る。この新聞は検閲の国ロシアでは闇のルートを経てしかラジクに届かなかったはずで、それゆえにまた、彼が極秘のメッセージを盛る器ともなったのである。パーレンとレーヴェンシュテルンはフリーメーソンであった。ついでに言えば、ツァーリ・アレクサンドルその人も――謀反の怖れと敬虔なフォン・クリューデラー夫人[4]の影響下に秘密結社の活動を禁止するに至るまでは――フリーメーソンだったのだ！　レーヴェンシュテルンはしかし彼の「名付け親」である人と親密に書簡を交わした。その親密さを正当化するのは、フリーメーソンの兄弟関係などではなく、レーヴェンシュテルンの手記の中にその曖昧な輪郭が見出されるに過ぎないひとつの委託であった。その曖昧さは、それ以外ではしばしば命知らずなほど歯に衣着せることを知らない手記の書き手の率直さと際立った対照をなしている。ひょっとして愚者の頭巾も隠れ蓑の役を果たしたのだろうか。レーヴェンシュテルンの原稿はある英字新聞の中に隠され、一八二六年と表書きされていた。一八二五年にはピョートル・ルードヴィッヒ・フォン・パーレン伯爵もクアランドにある自身の領地で亡くなっている。もしもこの人がレーヴェンシュテルンの「手紙」に見える「閣下」であったとすれば、レーヴェンシュテルンはこの年、もはや手紙の宛名人を持たないことになったはずだ。

一八二五年はロシアの歴史上、特別に重要な年である。アレクサンドル一世の死後、一八二五年十二月には、ペテルスブルクの宮城前広場で、「デカブリスト」たちの反乱が鎮圧された。帝位後継者ニコライ一世は自分の近衛兵に自由思想的貴族の精鋭を瑠弾で撃ち殺させた。デカブリストは以来、ロシア史の大きなテーマである。トルストイの「戦争と平和」はその前戯と考えられた。後戯は今日に至るまで終わっていない。改革の意志を持っていたアレクサンドル二世の暗殺から十月革命を経てソヴィエト連邦の崩壊に至っているのだ。

しかしながら件《くだん》の手記が――むろん裂け目やひび割れをもって――暴こうと企てていた時代におけるレーヴェンシュテルン自身の人生に関しては、何が分かっているだろうか。

## 12

世界航海の後、彼は、キャプテン・クルーゼンシュテルンなどとは異なって、賞賛されたり昇進させられたりすることはなく、それどころか病気がちの身で財力もないまま、おそろしく辺鄙な場所にあるロシアで最も古く最も寒い海港、アルハンゲリスクに勤務を命じられた。彼は英国人の海港進入を阻むために水上に浮かべた大砲の「指令官」であったが、襲ってくるのは英国人ではなく蚊の大軍であり、また氷が砦の役を代行してくれるので筏を引き上げてよい時期になると、嫌な上官たちに喰ってかかったり、あるいは、みじめな寒い宿舎で凍えたくないためにやむなく外に出て、まるでやる気のない部下たちの訓練に当たったりする以外にすることは何もないのだった。その上、なかなか治らない疥癬に悩まされていた。レーヴェンシュテルンは、ロシアが新たに獲得した南の地、ドナウ河口における勤務地に移された当初は嬉しかったに相違ない。だが結局のところ、極寒のなかの惨めな五年間に取って代わったのは高温多湿の中の惨めな五年間であった。それについても彼は、散発的にではあるが、日記に書いていて、終わりのない嘆きとして読むことはできる。だがそこには、ナデシュダ号上での闘鶏の数々についての彼のコメントに見られた、あの辛辣な才知がまったく欠けている。レーヴェンシュテルンは寵愛から外されたのか、そうだとすればなぜなのか。一八一五年の日誌には任務を返上し、「農夫」としてラジクに落ちつきたいという切なる願望が記されているだけである。その願いが——資産のあるウィルヘルミーネ・フォン・エッセンとの結婚の結果——成就した時から、六十歳にもなっていなかった一八二五年の死の年まで、彼はもはや一行も日記を書いていないのだ。あるいはこの新しく発見された手記をその続編とよむべきか——あるいはひょっとすると、むしろ、それに「代わるもの」として読むべきなのだろうか。

ウィルヘルミーネ・フォン・エッセンとの結婚が、彼の幼少年時代の地、そして彼の人生最後の二十年を過ごす場所となった地であるラジク同様、その中で何の役割も果たしていないというのは、何れにせよ、注意をひく。手記の中核部をなす手紙の部分は一八〇三年のパリ時代まで遡る。それに先立つ物語部分はもっと古い時代から始まるのだ。同様に物語の形式を持つ終結部、一八二〇年という日付が書かれた「パルファー」の章は、自伝の扱いを一切、拒否する場面を含む。だとすれば、一人称で書かれている手紙の部分も含め、その他の部分もすべてはフィクションであることも考えられる。だがそれは、彼がかつての、自分にとって危機的だった人生の一時期に関する実録的素材を生かすための一つの形式である可能性もあるのだ。地理的に特定できない「グリレンベルク」でさえ、執筆者の内面においてのみ展開したのではない出来事を盛る器であるかも知れず、それゆえ「廃墟」なるものも性急に単なるメタファーと見るべきではないだろう。

しかしながら——ヘルマン・ルードヴィッヒ・レーヴェンシュテルンが一八一五年にラジクに落ちついて以降は、わたしの持つ資料の中に、大きな動きを示すものはひとつもないのである。表彰も昇進もなく、目立った場所の移動もなければ、子孫の誕生を報じる記録もまったくない。パートナーであるナデシュダ、彼の日本への旅の時の船と同じ名前の女性は、完全に筆者の想像の産物であると思われ、彼女は最後に、異国の詩人シャミッソーの詩の中に消えていく。キリスト教修道女であるフォン・エッセン嬢(レーヴェンシュテルンの実の妻の親戚の女性)が一八二〇年にそれに付曲を望んだ詩は、二十一年後にようやくシューマンによって作曲され、彼の「女性の愛と生」のなかに収められた。

## 13

日記に使用された紙にはどれもページの下の端の方に、d.G. という二つの文字が書かれていたのだが、わたしは長い間、それが何を意味するのか分からずにいた。それはたとえば、遺言状の書き手のサインでそれによってページの連続性に信憑性が与えられるイニシャルなどといったものではない。*Deo gratia*(神の恩寵によりて)という意味であれば、大文字書きは逆のはずだ。検索をかけてみると、文字のこの組み合わせには、Dachgeschoß に始まって Deutsche Gesellschaft für Gentherapie に至るまで、無数の提案があるが、どのヒントも適合しない。

だがわたしはまた幸運に出会った。ハルトムート・フォン・ヘンティヒ[5]を訪ねたとき、彼はわたしにわたしの妻あての手紙を託した。夕食への招待への感謝の手紙だった。封をした封筒の左下の隅に、d. G. という二文字があったのだ。d. G.、これはどういう意味だっけ?——おや、忘れたのかい? 彼の方も驚いた。durch Güte、個人に託す手渡しの手紙にそう書くのさ。

わたしは感謝の他なかった。というのも、レーヴェンシュテルンの文書の宛名人が誰であれ、それは

durch Güte、個人に託して手から手へと渡されるべきものだったのだ。

## *14*

わたしの目には見える。

ヘルマン・ルードヴィッヒ・レーヴェンシュテルンが彼のいつもの机に座っている、領主館を背にし、手帳を膝に乗せ、鉛筆を口にくわえて。鉛筆は今にも草の上に落ちそうだ。芝刈りが必要だし、レーヴェンシュテルンは運動が必要だ。彼は五十歳になろうとしていて、レヴァルの医者は卒中の体質だと証言して予防のために瀉血を行った。たくさん乗馬をすることです！　だがそうする代わりに彼は今、座って何か書いているのだ。だってメモ帳を持ち出してきているのだから。だがページは依然として空白のままであり、彼は鉛筆を歯の間で揺らしているばかりだ。医者は、血が濃くなり過ぎていると言って、彼に喫煙を禁じた。彼の血は、まるで自動瀉血器の前へどうぞ！　と言われるのを待つばかりのように流れが悪いのだそうだ。

九月の午後も遅い時刻、四時を過ぎるともうひんやりする。太陽は、わたしがあの時見たと同じように、木々の間、低い位置に懸かっている。しかし楡と白樺はまだたっぷり葉をつけている。大気は静かだ。くろうたどりももう鳴きやみ、蛙も沈黙している。

何を彼は書こうと言うのか。日記だろうか？　だが彼の日々は毎日、同じようで、ただ次第に短くなるだけだ。ミンヒェンは、陽の光を、それが続く限り、彼女の手仕事に利用する。サロンの中で窓辺に座っている。新鮮な空気は彼女の健康にもよいであろうに。

夕食の時間までまだ二時間ある。だが何のためというのか?

ミンヒェンは、彼の好物の食事ができると、彼を呼ぶ。ケーニヒスベルク・クロプセ[6]だが、脂肪分はほとんどないようにしてある。彼女は料理など学ぶ必要はないと思っていたのだが、今は、彼の健康を考えて料理を工夫する。エストニアの女性調理人、つまり主婦たちはたくさん脂っこいものを食べるのが健康の秘訣と信じている。ミンヒェンはだがそれは違うと知っているのだ。

エルモライは書く素材を持たない。彼は作家ではないのだし、彼の生きた人生はもう遠い過去のことだ。

彼のパイプ入れの小袋は背の高い芝生の中で無くなってしまうことはない。一見しただけでは見つかりにくいというだけのことだ。ゆっくりと彼はパイプを詰めるが、まだ火をつけようとはしない。だが鉛筆は口から取って、手帳の表紙と背の間の溝に納める。

読み物も持ち出してきていた。「コベット政治記録」の新しい版で、「パケットボート」と呼ばれる、イギリス製蒸気レガッタでレヴァルに着いたばかりのものだ。働き者の使用人コーリャが、配達された煙草と一緒に受け取ってきたのだ。——黒い草、ラタキアの味が混ざる英国製シャグに勝るものはない。刺激が強く健康に良くない。だが彼は先のトルコ戦争以来、それに馴染んでいた。

ギリシャは解放された。そして蒸気で走る船の時代だ。むろんそれを製造したのは英国人である。帆船はもはや終わりだ。

彼の人生はそもそも書くに値する素材ではないというのか。

パイプに火をつけ、最初の一口、深い一口を何度かする間に、彼は思いついた。

この素材を新しくアレンジし直してみたらどうだろう、と。

そして文を書き始めた。一文、そしてまた一文と書くうち、いつの間にかページの余白が少なくなり、次のページに取りかかっていることにさえ、気付かなかった。

「日本のガリヴァー」。スウィフトの小説のこの続編を彼はすでに三十年前に書こうとしていたのだ。その後いくつかの出来事があった。完結しなかった日本への旅、航海士としての年月、単に生きているだけの生活。それ以上何を彼は望んでいたのか？　本当に単に生きているだけだったのか？

テキストとは衣装を纏《まと》うことである。

今、ラジクの領主は時間がある。とはいえ――医者が言おうとしなかったことまで聞き取るならば――もうそんなに沢山の時間が残っている訳でもない。それを自由に使うのに何の障害があっただろうか。彼の物語を新しく書くということ――まったく新しくではない。だが当時彼が、今はもうそんな風ではなくなっている人間であったとしたら、こんな風に生きて体験してみたかった、という風に書いてみること。それなら遊びの余地はたっぷりある。それを利用するための平穏が必要なだけだ。だが急がねばならない。

空気が冷えてくる。毎日その時刻が早くなる。そして今、それをもはや感じなくなる日々が来ているのだ。彼は自分の物語の虜になっていた。他の人間から見れば彼はまだそこにいる、池の端に。

エルモライ、風邪をひくわよ！

今、行くよ。物語は待つことができる。物語は、寝かせておくと、時に訝《いぶか》しく思われるほど両腕を開いて彼を迎える。すると彼には分かる。彼女（＝物語）は何かを仕掛けたのだ。彼は彼女にそれを諦めさせる。彼に対する悪気があってのことではないが、彼女は彼女自身の益になるよう、何かを仕掛けるのだ。彼は再び、彼女の相手をする、パイプを除けばそこには同行の者は誰もいない。日々は流れ去る、彼も同様だ。だがそれに彼は気付かない。

冬になる。彼は、今は暖炉のところに座っている。

そんなに煙草を吸っちゃ毒よ。

もう少し書くだけだから。

その中にわたしが出てくる？

君は出てこないさ。

約束する？

約束だ。

もちろん航海のことよね。あなたは船にホームシックなんだわ。

そんな時代は終わったよ。

それじゃいったい何をいまだに書いているわけ？

正直、わしも分からん。

回想録？

そんなものだ。わしのもう一つの人生だ。

それじゃわたしはもう寝るわね。わたしのこと、書いてもいいのよ、でもお願いだから上品に書いてよ。

それじゃ一番いい事はなんにも書けないじゃないか。

じゃぁ、およしなさいな、あなたは作家なんかじゃないんだから、エルモライ。そしてわたしも年をとるわ。

そんなふうには見えないよ、ミンヒェン、お休み！

しばしば彼は夜通し書く。毎時間、一度は良心の咎めを覚えはする。というのも彼が眠らせないコーリャが音もなく入ってきて、白樺の薪を足していくからだ。コーリャは彼の日本名で呼びかけられるのを嫌う。どうしてロシアに来ることになったのか、彼は領主に語ろうとしない。彼はもはや難船して流れついた男などではなく、毎日、レーヴェンシュテルンの旦那様と奥様のために祈りを捧げている。彼の部屋は小さな礼拝堂なのだ。その中で自分の祖先のためにも祈っているかどうか、彼は言わない。敬虔なキリスト教信者になった彼にはロシア人の妻、イローナがいて、レーヴェンシュテルンはその四番目の息子の名付け親である。

彼は暖炉の火の光の中で、膝の上に乗せた彼の手帳の上に屈みこんで書いている。煙草を吸うのを忘れたような気もする。だが何度も体を起こして、ボルドー酒――彼はそれを未だにClaretと呼ぶ――を一口飲む。健康のためだ。体に悪いということもあるまい。

ミンヒェンが暖炉の前で何かしている彼の現場を押さえたのは、彼がレヴァルでの二週間の休暇を終えて帰宅したばかりの時だった。彼は火に何かをくべていた。それは彼が毎夜、何か書いているのを、ミンヒェンが見ていた、あの雑記帳だった。いつもの肘掛椅子に座って、いつものように我を忘れているが、今はその雑記帳の燃えている様を見ているのだ。

何をしているの、あなたったら？――びっくりして彼女は聞いた。

言い足りなかったし、言い過ぎた。まったくお前の言う通りだったよ、わしは作家なんかじゃない。

何ということを！　と彼女は言った。だからといってなぜすぐさまそんなことを？

いいかい、わしはわし自身の胸の中の死と、死に物狂いのフェンシングをしていたのだ、と彼は言った。

彼女はまっさおになった。

ただの引用だよ、ミンヒェン、と彼は笑った。――ハイネだ。

ドクター・エスペンベルクはなんて？

お前の行動の格言がお前の意志によってあたかも普遍的な自然の法となるかのように行動せよ、ってさ。

それだけ？　と彼女は聞いた。

それ以外はわしは元気だよ。ごらんよ、よく燃えている。綴じた紙の類はそんなに簡単には燃えないものなのだが。

あぁ、エルモライ！――彼女は彼の首にかじりついた。――あなたが元気でないんだったら、わたし、明日、レヴァルなんかに行けないわ。

むろん、君は行くんだ、と彼は言った。――そしてフォン・エッセンのパパやママ、その地の領主と奥方にわしからの「よろしく」を伝えてくれ。

## 15

彼が彼女に伝えなかったこと。

ナデシュダ号に乗っていた、あの時の船医、ドクター・エスペンベルクの所での滞在を彼は、彼の手帳の中味を、二枚折の紙にびっしりと字間を詰め、しかし判読はできるように書き写すために利用した。そして妻の旅の間を彼は、今度は、その紙束を、鋭いペーパーナイフの助けを借りて、「政治記録」の一巻の中に埋め込み、他の巻と一緒に船用の長持の中に納めるために利用したのだ。そのあと彼はそれを、長年、厩《うまや》の中で彼をうつろな目で見つめるばかりでその用途を明かさなかった壁の窪みに入れ、口の堅いコーリャの助けを借りてそこを塗りつぶした。新しく塗られた壁は前よりももっと目立たないものとなった。

こうして彼は今や、落ちついて、法律上の遺言書を書いた。遺産として残すものは僅かしかなかった。ミンヒェンは彼女が昔から彼女の所有であった物を相続したのだ。

イーヴァールとわたしに関して。

彼は古いドイツ文字の筆記体でびっしりと、だがきれいに書かれたそれらの紙片を読めなかった。しかし念には念を入れての隠し場所は何かしらの謎を秘めているように思われたので、彼は、それを古紙として古物商に渡して処分してもらう代わりに、誰か、歯を折ってもそれにかぶりついて解読しようという用意のある人が現れるまで、それを保存しておくことに決めたのだった。そして、知りあって一時間もしない間柄だったのに、彼はわたしを信用してこの手に渡してくれた。判読と清書にわたしはほぼ二年をかけたが、それを読むためにイーヴァールがわたしの言語を学ぶことは期待しなかった。彼の労力はレーヴェンシュテルンの厩の改装・増築のためにより有効に費やされたのだ。母屋の領主館の方は失われたままだ。それでも彼がわたしに投げてよこしてくれた鍵は、ひとつの空間を開き、そこをわたしは仮の住まいとして集中的に利用した――わたしに手渡されたものはわたし一人の所有ではないことを忘れることなく、否、むしろ、ますますはっきりと思い出すために。相続人のない遺産？　公共の財産？――法律上の遺産相続人がもし居られるなら、この公示をもってわたしはお願いしておきたい、どうか名乗り出て下さるようにと。

## 注

### 第I章

［1］一八〇二年三月、北フランスの町アミアンで結ばれたイギリスとフランスの間の講和条約。

［2］現在、エルミタージュ美術館として世界に知られる、ペテルスブルクにあるロマノフ家の冬宮。

［3］Alexander I. Pawlowitsch Romanow（1777-1825）。ロマノフ王朝女帝エカテリーナの孫。一八〇一年、父である皇帝パーヴェル一世の急逝後、若くして帝位に就き、内政の改革に努め、ナポレオン支配下のヨーロッパの国際政治に大きな役割を演じる。晩年、治世に倦み、保守化、一八二五年、病死。

［4］Baltoromeo Francesco Rastreli（1700-1771）。イタリアの建築家。ストロガノフ宮殿、ツァールスコイエのカタリーナ宮殿、ペテルスブルクのウインターパレス（エルミタージュ）他の建築に大きな貢献を残す。

［5］十七世紀にスウェーデンのグスタフ二世によって建てられた大学。大北方戦争（一七〇〇～一七二一）後、閉鎖されていたが、一八〇二年、アレクサンドル一世が大学を再開、授業はドイツ語かラテン語で行われ、バルト海沿岸のロシア人貴族の子弟やバルト・ドイツ人の学生を集めたエリート養成機関であった。

［6］モスクワから一七〇キロ北西にあるロシア有数の古い都市。

［7］イスラム教で礼拝の時間を告げて人を集める触れ役。

［8］ロシアで最も古くエリート的な近衛連隊。

［9］パーヴェル一世（1754-1801）。母親エカテリーナ二世との確執から彼女の政治を全否定する政治路線を選ぶ。一八〇一年月、暗殺された。

［10］猜疑心の強いパーヴェル一世が自分の身の安全のための方策を何重にも巡らして建てさせた城は一八〇〇年十一月に完成したが、彼の用心の甲斐もなく、一八〇一年三月には彼はここでフォン・デア・パーレンなど

貴族の手で暗殺される。このフォン・デア・パーレンはムシュクのこの小説では主人公レーヴェンシュテルンの名付け親ということになっている。

［11］中世以来、帆船で公海に出るヨーロッパの船舶は、暴風雨など自然の猛威による難船の可能性に加えて、異教徒（特にトルコやシリアなどイスラム圏）の船による攻撃、海賊の襲来など、常に生死にかかわる危険に晒されていたため、航海には聖職者を同行し、キリスト教徒の船員の魂の安寧のために礼拝や死者の弔いなどを行わせた。しかし近代的な蒸気船の時代になれば、規模から言ってもスピードから言っても、異民族や海賊の攻撃はもとより悪天候による難船の危険も、帆前船の時代に比べればはるかに少なくなるので、牧師を伴った「キリスト教徒の航海」も時代遅れになるだろうという意味。

［12］アレクサンドル一世のこと。

［13］極東と北アメリカにおける植民地経営と毛皮取引のため一七九九年に作られた国策・勅許会社。注［15］のニコライ・レザノフがパーヴェル一世から勅許を得て創立した。

［14］次に出てくるダヴィドフと共に、注［15］のレザノフの部下で、レザノフの日本外交の失敗の後、その腹いせのように、一八〇六年、日本の北方の島国後などで略奪を働いて、同時の日露外交史に大きなダメージを与えた。

［15］Nikolai Petrovich Rezanov（1764-1807）ロシアの外交官。注［13］の露米商社の創立者の娘婿で社長。フォン・クルーゼンシュテルンとともに世界一周航海に出発し、一八〇四年に出島に来航。日本との通商関係構築を図ったが失敗に終わる。

［16］ギリシャ神話に出てくる飛ぶことも話すこともできる黄金の雄羊。

［17］Jean François de Galaup, comte de La Pérouse（1741-1788?）。フランスの海軍士官及び探検家。

［18］不当に人権を奪われている人間の身柄を裁判所に提出することを求める条例。

## 第Ⅱ章

［1］ムシュクのこの小説では、主人公のレーヴェンシュテルンは遠い親戚に当たるピョートル・ルードヴィッヒ・フォン・パーレン伯爵（1745-1825）を名付け親に持つと設定されている。伯爵は女帝エカテリーナとその息子パーヴェル一世に仕え、ロマノフ朝の継承争いにも陰で大きな役割を演じた高位の宮廷官吏である。（「編者のあとがき」参照）

［2］Alexander Michailowitsch Rimski-Korsakow（1753-1840）ヨーロッパ連合軍におけるロシア軍の将軍。チューリッヒ近郊における第二次出撃（一七九九年七月二五―二六日）で仏軍に敗れ、あとを援軍に託してロシアに引き返した。

［3］アレクサンドル一世のこと。女帝エカテリーナはパーヴェル一世の「事故死」のあと、アレクサンドルを帝位につけた。フォン・パーレン伯爵は、この帝位継承を陰で後押ししたあと、一時、一切の役職から手をひいて引退した。

［4］イヴァン四世（1530-1584）。対外的には東方拡大を進め、内政では強引な圧制や静粛によるロシア型専制政治、ツァーリズムと呼ばれる一種の恐怖政治を行った。イヴァン雷帝とも仇名される。

［5］露里は昔のロシアの距離の単位で一露里は約一・〇六キロメートル。

［6］漁師や商人で船で江戸に向かう途中、嵐で漂流しアリューシャンの島に流れ着いてシベリアを経てロシア国内に入った難船者は当時、かなりいた。ここは伊勢の船頭、大黒屋光太夫（一七五八―一八二一）をひとつのモデルにしていると思われる。光太夫は一七八二年、やはり漂流してロシアに長く滞在、一七九二年、ペテルスブルクでエカテリーナに謁見、帰国を許されている。

［7］Adam Laxman（1760-1806?）ロシア帝国軍人。小説中ではラクスマン、またはラックスマンと表記される。イルクーツクで大黒屋光太夫ら日本人漂流民と出会い、エカテリーナ女帝に謁見させて、彼らの帰国を助けた。一七九二年、光太夫ら送還すべき日本人三人を伴い、シベリア総督からの親書を携えて江戸に向かい、日露通商の交渉を図るが、江戸幕府は彼に丁重に相対しつつも、今後の交渉については長崎に来航されたし、として彼を函館から帰国させた。

［8］「光を升の下に置く」（マタイ伝五章一四–一六節）

［9］Friedrich de la Motte Fouque（1777-1843）。彼の短編の女主人公ウンディーネを引き合いに出している。人間の男性と結婚して人間世界に入り込んだ水の精ウンディーネはその一挙一動が水界のスパイによって見守られていた。

［10］十七、八世紀に小規模な戦闘のためにハンガリーに派遣したオーストリアの歩兵。

［11］中世イスラム社会におけるトルコ系奴隷傭兵。

［12］ピョートル三世（1728-1762）、ドイツ・フリードリッヒ大王の崇拝者で親プロイセン的政治によって国内に反感を買った。在位わずか半年（一七六一年一月-七月）で暗殺され、妻のエカテリーナの時代になる。

［13］七年戦争中、破滅寸前だったフリードリッヒ二世の軍に加勢して救った。

［14］生年・没年不詳。紀元前三世紀のローマの武将で、ローマをカルタゴに対する海戦での勝利に導いた。

［15］ペテルスブルクにあるロシア皇帝の離宮。

［16］女たちはレーヴェンシュテルンに対して親称 du を用いて話している。

［17］女主人の誘惑に負けぬよう振舞った旧約聖書のヨセフのこと。

［18］ロシア帝国時代の中央ヨーロッパ領土の一部の名。

［19］レーヴェンシュテルンを愛した女性で、後出の「ツヴァイトブルエッケ出身の女性」も彼女のこと。レーヴェンシュテルンが決闘騒ぎの後、船に乗って外国に出る決心をするところまで彼に忠誠を尽くす。

［20］フランスの執政政治時代は一七九九年から一八〇四年まで。

［21］Engelbert Kaempfer（1651-1716）。ドイツ人医師、博物学者。一六九〇年、オランダ商館付きの医師として二年間、出島に滞在、一六九一年および一六九二年、江戸に出る機会を得て徳川綱吉にも謁見している。日本滞在中、オランダ語通訳今村源右衛門の協力を得て精力的に日本に関する資料を収集し、『日本地誌』（*Geschichte und Beschreibung von Japan*、ドイツ語版一七七七-七九年）を著す。日本に関するヨーロッパでは最初の体系的な記述である。

［22］一七九九年から一八〇五年迄、ゲーテが主導し、美術史家J・H・マイアーらと共に行った美術コンテスト。

「イリアス」や「オデュッセウス」などホメロスの作品から選ばれた主題で若い画家たちを競わせた。

[23] 社交ダンスで女性がダンスの相手を選んでよい曲目の時。

[24] Christiane Friederike von Loewenstern（1761-1847）。小説の主人公レーヴェンシュテルンの親戚筋にあたり、ワイマールの自宅で社交会を催し、そこにはカール・アウグスト・ザクセン・ワイマール公やゲーテ、シラー、俳優・女優たちも姿を見せた。

[25] Karoline Jagemann von Heygendorff（1777-1848）。当時のもっとも有名な女優。一七九七年からワイマール宮廷劇場の女優、歌い手であり、カール・アウグスト公の愛人でもあった。

[26] レーヴェンシュテルンのフランス語風発音。

[27] エドゥアール・マネの同名の絵（一八六三年）が意識されているだろう。

[28] 現在のラインランド・プファルツ州にある町。一七九三年から一八一四年までフランス軍占領下にあった。

[29] Heinrich von Kleist（1777-1811）。詩人、劇作家、ジャーナリスト。若き日にカント哲学を学び、人間理性は「もの自体」の認識に到達できないという知見を得て絶望したと言われる。作品には有名な「こわれ甕」、「アンフィトリオン」、「ペンテジレーア」ほか、未完成のまま自ら焼却した悲劇作品（「シュロロッフェンシュタイン」「ロベール・ギスカール」）もある。姉ウルリーケと共にパリに比較的長く滞在したのは一八〇一年七月〜十一月。啓蒙哲学と革命の結果であるはずのフランスの矛盾に満ちた現実にも絶望。ルソーの影響を受け、田舎に籠って農夫になることを夢見、婚約者ヴィルヘルミーネとの破局に至る。一八一一年十一月二十一日、ベルリン、ヴァンゼー湖畔で人妻ヘンリエッテ・フォーゲルを道連れに自殺。

[30] 「壮麗な墓のことを思うとわたしの心はおどった」。一八〇三年十月二十六日、姉ウルリーケ宛て手紙参照。

[31] クライストの生まれ故郷の町、フランクフルト・アン・デア・オーダーにある教会。十四世紀に作られ、鉛の枠で囲まれた全部で百十七枚の絵からなるステンドグラスは、天地創造、アダムとエヴァの物語、ノアの箱舟、イエスの生涯とそしてアンティ・クリストの生涯を描いていることで有名。戦火から守るためにポツダム、ベルリン、レニングラードなどに疎開させられた。

[32] dichten にはまた、dicht にする（=凝縮する）の意もある。

[33] 自ら焼き捨てた悲劇作品「ロベール・ギスカール」のこと。
[34] Wilhelmine von Zenge (1780-1852)。クライストは彼女と一時、「非公式に」婚約していた。一八〇三年、ヴィルヘルミーネは哲学者・神学者で後にケーニヒスベルクでカントの後継者となる Wilhelm Traugott Krug (1770-1842) と結婚、六人の子供を儲けた。
[35] Saint-John Perse (1887-1975) の詩“Chanson du Présomptif”にある一行。ただし一九一四年から一九四九年までフランスの外交官であり、一九六〇年にノーベル文学賞を得ている現代詩人がどうして、十九世紀初めのはずのこの場面に引用されているかは不明。
[36] François Joseph Talma (1763-1826)。一七八七年、コメディー・フランセーズにデビュー。堂々たる体躯、豊かな声、簡素な衣裳でその時代を代表する俳優であった。ナポレオンとも親交があり、ナポレオンは彼を後にエルフルトやドレスデンにも伴った。
[37] Juri Fjodorowitsch Lissjanski (1773-1837)。ゴロヴニンのナデシュダ号と共に極東に向かったもう一隻の船、ネヴァ号の船長。
[38] Johann Kaspar Horner (1774-1834)。スイスの天文学者、数学者。一八〇三年から一八〇八年までフォン・クルーゼンシュテルンの世界周航に加わる。
[39] Otto von Kotzebue (1787-1846) と Moritz von Kotzebue (1789-1861)。二人は注[44]のアウグスト・コッツェブーの息子たち。オットーについては第Ⅶ章注[2]参照。
[40] Luís Vaz de Camões (1524/25-1579/80) ポルトガルの国民詩人。叙事詩 *Die Lusiaden* (*Os Lusiadas*) を著す。ゴアからマカオへの航海の途上、難船したが、彼は最後に自分の著作を救った。
[41] レーヴェンシュテルンの幼馴染で、婚約者であるミンヒェンの父親。
[42] ゲーテの『エグモント』は完成が一七八九年、発表が一八〇〇年。歴史家の立場からこの戯曲を批判していたシラーにゲーテは改作を許す。同じ歴史上の人物を扱いながら、両者は重点の置き方が異なった。ゲーテは後に、シラーは、王女の役割を小さくし、クレールヒェンの場面を短くし過ぎたと不満を述べている。しかし舞台ではシラーの『エグモント』の方が好評であったと言う。

［43］恐怖と同情（Furcht und Mitleid）はE・レッシングの悲劇論の中心概念。

［44］August Friedrich Ferdinand von Kotzebue（1761-1819）。劇作家、小説家。多作の人。ワイマルの出身ながらゲーテと折り合いが悪く、ベルリンで作家活動。ペテルスブルク・ドイツ劇場支配人も務める。ロシアのツァー・パーヴェル一世から与えられたエストランドの所領地で自分の雑誌 Die Biene, Die Grille を発刊、ナポレオン批判を展開した他、多くの風刺作品を書いた。一八一七年、ロシア総領事としてドイツに。その後もしかしドイツの大学やブルシェンシャフトの思想傾向を痛烈に批判、イェナ・ブルシェンシャフトの一員によって一八一九年三月、「祖国の裏切り者」として暗殺され、これが一つの契機となって、その年の九月、「カールスバード決議」が採択され、ナポレオン体制後の復古体制を象徴する厳しい検閲制度が敷かれる。

［45］コッツェブー作の五幕ものの喜劇。十九世紀初頭、ドイツで大変人気があった。

［46］旧約聖書「創世記」五十章二十節。

［47］Corona (Elisabeth Wilhelmine) Schröter（1751-1802）。一七七六年、ワイマルでゲーテのアマチュア劇団に加わったのが最初で、次第に宮廷劇場の歌い手、女優として才能を発揮するようになる。ゲーテの悲劇「イフィゲーニエ」が彼女の当たり役であった。

［48］「イーオン」は August Wilhelm Schlegel（1767-1845）が一八〇三年にベルリンの舞台にかけた悲劇。

## 第Ⅲ章

［1］スウィフトはガリヴァーに一週間で日本を駆けまわらせている。

［2］カナリア諸島最大の島。スペイン領。

［3］一八〇六年九～一〇月にレザノフの部下であるフヴォストフ率いる武装商船二隻が樺太に上陸し松前藩出張所を襲撃（レザノフが計画したもののフヴォストフが独断で行動したとされる）。一八〇七年四月には択捉島、五～六月には礼文利尻周辺の船を襲撃し利尻島にも上陸。それぞれで略奪・拉致した。いわゆるフヴォストフ事件。

［4］長崎からアラスカに向かい、アラスカを巡るスペインとの交渉の後、カムチャッカを経てシベリア大陸を横断、ペテルスブルクに向かう途中、疲労が祟り、一八〇七年月十三日、クラスノヤルスクで病死した。

［5］レザノフは、食糧難のロシア領アラスカにメキシコからの食糧を備蓄する狙いから、スペイン領カリフォルニア（アルタ・カリフォルニア）に向かい、そこでスペイン政府と交渉して通商関係を開こうとしていたが、植民地には外国との通商を開く権限はなく、交渉は難航、レザノフはその成功に自分の首まで賭けた。

［6］通商関係を求めてのスペインとの交渉中、アルタ・カリフォルニア総督ホセ・ダリオ・アルゲージョの十五歳の娘コンセプシオン（コンチータ）とレザノフは相思相愛の仲になり、彼は結婚を決意していた。

［7］帝は、一五五五年、北東航路を求めて来たイギリス商人に、アルハンゲリスクの港使用の特権を与えた。

［8］太陽が全く沈まない「白夜」が起こるのは北半球では北緯六六・六度以上の北極圏であるが、それよりは低緯度の地域（六〇度三四分以上）でも太陽は沈むものの朝まで薄明の状態が続くので、これをも「白夜」と呼ぶことがある。アルハンゲリスクの緯度は六四度三二分、この意味の白夜が見られるのである。

［9］Simon Bolivar（1783-1830）。南米大陸のアンデス五か国をスペインから解放、独立に導き、コロンビア共和国初代大統領ともなった。

［10］新約聖書、ルカ伝二十四章五節の引用。墓場でイエスの亡骸を探していた女たち、弟子たちに天使たちが現れて、イエスはもう復活して天に上げられていると伝える言葉。

［11］ゲーテはアダム・ミュラーを介してクライストの「アンフィトリオン」と「壊れ甕」を受け取り、これを厳しく批判するが、にもかかわらず、いずれもワイマルの舞台に一度はかけている。しかしゲーテ演出のクライスト劇は大変不評で、このことでクライストはゲーテに恨みを覚えたとされる。

［12］新約聖書、ヨハネ伝一章一節。現行ドイツ語聖書では、Am Anfang となっている。

## 第Ⅳ章

［1］一八一六年ロシア語版、一八一七年にはドイツ語版が出ている。

［2］向かい合わせに置いた二枚の鏡の間に、熱して急激に冷やした鏡の破片、何層かに貼り合わせたガラス、雲母の小片などを置き、これらのものに光が当たって、あるいはそれを通過して屈折する際に人間の目に生じる様々な色彩を言う。レーヴェンシュテルン宛ての手紙の中でゲーテはこの現象を人間学的に解釈する形でゴロヴニンの強靭さを称える。のちに引用されるゲーテの詩 Entoptische Farben. An Julien（一八一七年）はこの現象が目に与える喜びとそれが人間の心に与える感動を歌う。また第Ⅳ章（二二一ページ以下）におけるレーヴェンシュテルンの夢の中のグロテスクなレザノフ像にもこの現象をめぐるゲーテの実験の一つが応用されている。

［3］ゲーテの「色彩論」発表（一八一〇年）後、物理学者ゼーベックらが実験によって明らかにし、ゲーテに報告、ゲーテはこれによって自分の色彩論の主張が確認されたと理解。

［4］ナポレオン時代のヨーロッパの混乱を避けて、十四世紀ペルシャの詩人ハーフィスの世界に文学的逃避を行った結果成立したゲーテの詩集『西東詩集』（一八一九年）のこと。

［5］Grille は昆虫の「コオロギ」の意の他、「奇妙な考え」、「妙なことを考えて塞ぎ込む」の意味もある。-burg は城塞の意。「コオロギ」は一八一一～一八一二年にコッツェブーの発刊した風刺誌 “*Zwischen Polemik und Kritik: Die Zeitschriften des August von Kotzebue / Die Grille*”（攻撃と批判の間: コッツェブーの雑誌: コオロギ）を連想させる。レーヴェンシュテルンが保護されると同時に幽閉されたこの Gryllenburg は「奇妙な考え」の牙城、実験場だったのだろうか。

［6］Emma, Lady Hammilto（1765-1815）。美貌と多くのアヴァンチュールで知られる。ナポリ駐在だったイギリス公使 William Douglas Hamilton（1730-1803）は甥の愛人だったエマに恋をし、一七九一年、結婚。

［7］Horatio Nelson（1758-1805）。イギリス海軍提督。アメリカ独立戦争やナポレオン戦争に功績があった。アブキールの会戦で戦勝したものの片腕と歯のほとんどを失う傷を負ったが、前注のエマ・ハミルトンと不倫の恋に陥る。周囲はこれを寛大に扱い、彼女の夫もこれを黙認したという。

［8］シュヴァルツヴァルトのホルンブルクという町の市民が射撃大会の準備をするがあとになって火薬のない事に気付いたと言う逸話に因む熟語で、「徒労に終わる」の意。

［9］『創世記』、二章十八節。

［10］同十五-二十五節。

［11］"Entoptische Farben. An Julien"（一八一七年）

［12］自分はベンヨフスカヤの孫娘でつまりはプリンセスだと彼女は好んで語るのだ。

［13］Moritz August Benyovszky（1746-1786）。ハンガリー生まれの男爵。ポーランド独立運動に加わり、一七六九年、ロシア軍の捕虜となってカザンに、そしてそこでの逃亡の企ての後、カムチャッカに流刑となる。一七七一年、受刑者たちと共謀、所長を殺害して逃亡。ガレー船で日本、台湾、マカオに至り、そこでフランス船に乗ってマダガスカルを経てフランスへ。ルイ十五世の許可を得て一七七四年、マダガスカルの探検に。そこで住民の信頼を得て一七七六年、マダガスカルの王を名乗ることに成功するも探検は不成功に終わる。一旦フランスに戻り、新たにルイ十六世の信認を得て再度、マダガスカルに。そこでB・フランクリンの知己を得る。一七七八／一七七九年、オーストリア継承戦争に参加。一七八三年、今度はオーストリアの支援を得て二回目のマダガスカル探検に。一七八五年そこに到着早々、フランス軍との戦いで負傷し、一七八六年、死亡。コッツェブーは、ベンノフスキーの自伝（一七九〇年）をもとに戯曲「カムチャッカの反逆」（1795）を書いている。「ベンノフスキー」という二幕物のオペラ（Venedig 1831）もある。

［14］村上貞助（一七八〇-一八四六）。江戸後期の画人。フヴォストフ事件でカムチャッカに連行された日本人の聞き書き調査を行い、その業績が認められて、幕府の役人であった村上嶋之充の養子となり、共に蝦夷地の調査に当たる。ゴロヴニン、ムールらにロシア語を学び、めざましい進歩を示して日露の間の通訳の役を果たして、ロシア人捕虜の釈放に尽力した。

［15］末摘花のこと。

［16］解剖の場をすり鉢状に囲んで上から見られるように作った円形劇場のような形の古い解剖学教室の構造をそのまま利用した小劇場がたとえばゲッティンゲン大学にはあり、実験的な演劇などに好んで用いられている。

## 第Ⅴ章

［1］Kanniverstan（カニフェアシュタン）は十八世紀の作家 Peter Hebel（1776-1826）のよく知られる短編の題。ドイツの片田舎から大都会アムステルダムにやってきたある男が、言葉が通じないために、"Kanniverstan"（ワカランな！）という相手の答えを、それぞれ自分の問いに対する答えと受け取って自分の解釈を作り上げ、ひとり納得するユーモラスな話。

［2］一八一一年七月十一日、朝、食料・水の補給のために国後の浜辺に降り立ったゴロヴニンらは日本人に囲まれ、陣屋に連れていかれ、茶や昼食の供応を受ける。日本人の善意を信じかけようとしていたが、暇乞いをしようとしたところ、急に色めき立った役人たちの様子にロシア人は逃げ出そうとするが、ムールらは陣屋内ですでに捕えられ、ゴロヴニンは海辺まで逃げてボートの無くなっているのを見て、観念し、抵抗をやめて捕えられる。（岩波文庫『日本幽囚記』［上］一三八－一四五参照）

［3］「……一羽の雀さえ天の父の許しなくして地に落ちることはない……」（マタイ伝十章三十節）のもじり。

［4］副艦長のリコルドはゴロヴニンたちの救済には本国からの何らかの措置が必要と見て、一旦、国後を離れディアナ号をロシア領地に向けて出発させるが、それに先だって捕虜になった者たちの手に渡ることを願って、彼らの衣類や所持品、書物などを一人一人名前を書いてまとめ、浜辺に残した。

［5］ゴロヴニン『日本幽囚記』、［中］、二〇ページ参照。

［6］松前の奉行は、脱走後、捕えられて奉行所に連れて来られたゴロヴニンに対して、西欧における脱走の扱いを確認した後、「もし其の方が日本人で、看視の目をかすめて脱走したのであれば、結果はきわめて悪いだろう。しかし其の方どもは異国人で、日本の法を知らぬ者であるし、且つは日本側に対して何らの害意なく脱走いたしたのである。其の方どもの意図はひたすら祖国に帰るというものであった。誰しも自分の祖国は世界中の何よりも愛すべきものである。従って余は其の方どもに対する好意を変えようとは思わない。」（岩波、中、五九ページ）と自分の見解を述べた。しかしその翌日の取り調べで、彼は、改めて、「其の方は一同で脱走したことを善いと思うか、悪いと思うか。其の方は、日本側に対して正当であると思うか、悪かったと思うか」と問い質す。奉行は個人的にはゴロヴニンたちの行動に理解を示す一方、江戸からロシア人たちの解放の命

を取りつけるためには、彼らの謝罪の言葉が必要だったのだ。

［7］上記の奉行の問いに対し、ゴロヴニンは次のように答える。「日本人自身がわれわれをしてこの手段を取らしめたのである。」「第一に欺瞞してわれわれを補縛し、こちらの陳述を信用しなかったのみならず、ロシアの船が来ても、これと折衝して、われわれの言明が正しいというロシア政府の証言を得ようとしていないではないか。こうなればわれわれとして、為すべきことは他にないではないか。それ故、私は、事の真相から見て、日本側に対して悪かったとは認めないのである。」（同、六六ページ）

［8］前注参照。

［9］ゴロヴニンはキリスト教徒の良心に照らして真実と思うところを曲げず、奉行は心情的理解はしても、立場上、また立て前上、相手に謝罪の言葉を言わせてこれを幕府に取り次がずには、彼らの赦免状を江戸から取り寄せることはできないのである。良心一本やりのロシア人ゴロヴニンと、本音と立て前を分けて形式を整えざるを得ない日本人奉行のやり取りは、まさに二つの文化のぶつかり合いであった。

［10］「他の仲間を救わんがため、其の方が一人で罪を背負ったのはいかにも見上げた次第である」とゴロヴニンの意図を正しく理解した。（岩波、中、六七ページ）

［11］国後で拿捕された後、一八〇七年、松前に引かれて来た時の問答。「通訳」を買って出た、ロシア語を多少解すると自称する人足の源七が奉行の言葉をロシア語に訳した。（岩波、上、二七一-二七二ページ）

［12］松前での任期を終えて江戸にもどっていた荒尾但馬守は、あくまで長崎を通じての交渉に拘る幕府に対し、法は永劫不変のものではなく、時代に応じて変わっていくべきものであると論じて、ロシア人捕虜の扱いを松前奉行所の権限に委ねさせることに成功し、彼らの釈放を進めた。

［13］すべて人間的なるものはわたしに疎遠ではない、というギリシャ時代からある言葉を捩っている。

［14］南独からスイスに伝わる民謡。女の子が恋人が来るのを待って歌う。

［15］ゲーテは若い頃、旧約聖書、出エジプト記を研究し、イスラエルの民の砂漠の旅が四十年もかかったはずはないことを証明する小論を書いていた。『西東詩集』の「論功と註記」の中に収められている。

［16］モーセがエジプト人の血を引くことはフロイトのモーセ論にも言われる。

［17］「チューリッヒの信仰告白」はツヴィングリの起草になる。正統信仰におけるライバルとはルターのことであろう。二人はとりわけ聖餐に関する理解において対立した。

**第Ⅵ章**

［1］このあとの記述に関しては、「一八一二および一八一三年．日本沿岸海および対日折衝記．ピュートル・リコルド手記」（ゴロヴニン『日本幽囚記』、岩波文庫下巻、一九七ページ以下）参照。

［2］同上二四一ページ以下参照。

［3］「……この男は高田屋嘉兵衛と称する男で、日本では船頭船持、つまり船長兼船主という称号を持っていることがわかった云々」（同二四二ページ）

［4］同上、二四九ページ以下。

［5］同上、二五〇ページ以下。

［6］同上、二四二ページ。

［7］「ゴロヴニン」の名を日本人は「ホボリン」と発音した。

［8］同上。

［9］同上、二七四ページ。

［10］同上、二七八ページ。嘉兵衛はのちに自分の振舞いの意味をリコルドに明かす。「お前さんが止めても止まらぬ方針を立てたと思った瞬間、わしは断然自殺することに決心したのだ。その証拠にわしは自分の髪の毛を切って、あの似姿の函に入れて置いたんだよ。これは日本の習慣では、髪の毛を届けた者は自分の名誉を保つために死んだ、つまり割腹したという意味なんだ。だからこの遺髪に対しては、本当な遺骸と同じような葬式をすることになっているのだ。（……）」

［11］「イクルズ」、リコルドの名を嘉兵衛はこう発音して呼んでいたのだ。

［12］司馬遼太郎、『菜の花の沖』、文春文庫、二〇〇九・二〇一〇、（六）、二一一－二一二参照。

[13] ヨハネ黙示録三章十五-十六節参照。
[14] 沖の口番所をゴロヴニンはこう呼んでいる。
[15] 一八一二年九月、ナポレオンの侵攻を前にモスクワは自ら火を放って町を焼いた。
[16] 十八世紀半ばに作られたツァーの居城。エカテリーナ一世、二世、アレクサンドル一世およびニコライ二世が住まった。
[17] ルカ伝十二章四十九節。
[18] 実在の武将でシラーの『ヴァレンシュタイン』に登場、ヴァレンシュタインを裏切る。Ich kenne meine Pappenheimer は熟語で、わたしは自分の部下がやりそうなことを知っている、の意。
[19] ラテン系の言語、たとえばフランス語では太陽が男性（le soleil）、月が女性（la lune）である。

## 第Ⅶ章

[1] 一八二〇年十月二十日から十二月二十日まで、Troppau で開催された第一回君主会議。オーストリアのメッテルニヒの提唱でロシア、プロイセン、オーストリア、フランス、イギリスの君主や皇太子、外交官が集まって、革命勢力の台頭も始まる中、君主制はじめ旧秩序の維持を合議する。
[2] 劇作家コッツェブーの次男。クルーゼンシュテルンの世界航海（一八〇三～一八〇六）に若くして同行、以来航海者として功績あり。一八一五年、僅か二十七名の乗組員と共に北極海の探検に出る。同行者に注[6]のシャミッソーがいた。
[3] Rudolf Abraham von Schiferli（1775-1837）。ベルンの婦人科医、外科医、医学部教授。一八一二年から一八三七年まで、ロシア人、大公妃殿下 Anna Federowna（1781-1860）のスイス・ベルン郊外の避難先における上級侍医を務め、彼女との間に子どもを儲けた。
[4] Graf von Manteufel（1786-1842）ウィーンで羊飼いの娘ヨハンナ・ドレスラーと恋に落ちるが、身分の差ゆえに正式結婚はできなかった。二人の間にできた三人の娘のうち、末娘アマーリアが、オットー・フォン・コッ

ツェブーの妻となる。

[5] Nikoay Petrovic Rumyantzev (1754-1826)。ロシア皇帝エカテリーナおよびアレクサンドルに仕えた外相。

[6] アーダム・フォン・シャミッソー (Adelbert von Chamisso, 1781~1838)。フランス、シャンパーニュ地方に領土を持つ貴族の家柄。フランス名は Louis Charles Adelaide de Chamisso de Boncourt。フランス革命時、難を逃れて一家はドイツに亡命、シャミッソーは家族の帰国後もベルリンに残り、志願してプロイセン軍とともにナポレオンと戦う。ベルリン大学で植物学、博物学を修め、傍らロマン派詩人たちのサークルに出入りし、自らも文筆活動を始める。後年はオットー・コッツェブー率いる観測船に乗って南洋諸島の植物や動物を収集、独自の博物誌を著す。短編小説「影を亡くした男。ペーター・シュレミール」(Peter Schlemihls wundersame Geschichten, 1814) には、生れ故郷フランスと文化的故郷ドイツの間で揺れる若き日の作家自身のアイデンティティーの問題が背後にある。シューマンの連作歌曲で知られる「女の愛と生涯」(Frauenliebe und Leben, 1840) の原詩はシャミッソーである。

[7] ヘンリエッテ・ヘルツなどによって始められたベルリン文学サロンは貴族、市民、男性、女性を問わず集まり、知的好奇心に燃えて新刊の書物を読み、議論する場であった。シュレーゲル兄弟など多くの文人も出入り、シャミッソーもその一員であった。彼らに多くの知的刺激を与えたユダヤ人女性、ラーエル・ファルンハーゲンは自分のサロンを Dachstube 屋根裏部屋と呼んでいた。

[8] ロシア皇帝アレクサンドルの提唱によって生まれたヨーロッパ君主間の精神同盟。ナポレオン戦争後のヨーロッパ秩序の回復を目指した。

[9] Adam Jerzy von Crartoriyski (1770-1861。一八〇四~一八〇六年まで皇帝アレクサンドルの外相を務める。その後も彼のよき助言者であり、ウイーン会議にも同行した。

[10] 十五歳で、ロシア皇帝アレクサンドルの弟、当時まだ十六歳のコンスタンティン大侯爵(1779-1831)に嫁いだが、暴力的で知られるコンスタンティンとの結婚は不幸であった。一八一二年、ペテルスブルクから逃れてスイス、ベルン郊外 Elfenau に住まう。そこで注[3]に登場のスイス人外科医との間に子どもを儲けた。一八二〇年、コンスタンティンとの離婚が成立。

［11］Frédéric-César de La Harpe（1754-1838）。スイスの法学者。一七八四年、ロシア女帝、エカテリーナの招きを受け、彼女の二人の孫、アレクサンドルとコンスタンティンの家庭教師となる。初めはフランス語を教えていただけであったが、次第に歴史や哲学を教えるようになり、J・J・ルソーやJ・ロックなどの啓蒙哲学に導き入れた。自由革命思想ゆえにベルン当局から送還を求められ、一七九五年、ペテルスブルクを離れるが、故郷へは帰らず、ジュネーヴ湖畔に落ちつく。アレクサンドルとは親しい文通が続く。

［12］Nikolaus I. Pawlowitsch（1796-1855）。兄のツァー・アレクサンドルの急死（一八二五年十二月一日）の後を受け、正式には翌年一八二六年三月、モスクワで帝位に就く。数年かけて準備されたデカブリストの乱と呼ばれる武力蜂起が一八二五年十二月起こった時、直ちにこれを弾圧、以後も強圧的な為政者であった。

［13］プロイセン王フリードリヒ・ヴィルヘルムⅢ世の娘、シャルロッテ・フォン・プロイセン。結婚は一八一七年七月三日。

［14］新約聖書、ヨハネ伝一四章二節「わたしの父の家には住む所がたくさんある。」のもじり。

［15］一八一九年、メッテルニヒの主導で、ドイツ連邦を構成する十カ国が集まって出した決議。ブルシェンシャフトなどの自由主義やナショナリズム弾圧の目的を持った。劇作家のコッツェブーがイェナのブルシェンシャフトの一員によって暗殺されたことがこの決議のきっかけとなったとされる。

［16］auf die Palme bringen は慣用表現で、かんかんに怒らせる、の意。Palme（棕櫚）の一語が南洋を思わせるゆえの言葉遊び。

［17］Johann Friedrich Eisenbart（1663-1727）。実在の外科医で独特の手腕で功績を上げ「奇跡を起こす医者」という評判があった一方、学生歌や酒場の歌には「目くらを歩かせ、足なえの目が見えるようにする」など、怪しげなインチキ医者、ペテン師のように歌われ、今日までそのイメージで知られる。

［18］ロシアの将軍ポチョムキン（1739-91）がエカテリーナ二世に占領地クリミア半島の繁栄を見せかけるために急造した舞台装置のような村にちなみ、「立派にみせかけたもの」の比喩。

［19］シラー（1759～1805）の悲劇「ヴァレンシュタイン」（三部作）（1799）の「第一部」がこう題される。ヴァレンシュタイン（1583～1634）は三十年戦争（1618～1648）で皇帝軍を率いてスウェーデン王グスタフの新教軍と戦っ

た優れた武将ながら最後は自らの野心のため皇帝に背き、部下に裏切られて暗殺される。十二万余を数える彼の軍も実は状況次第でどちらにも寝返る雑多な傭兵たちの集まりであった。

［20］「ウイルヘルム・マイスターの修業時代」に登場する女優。

［21］ペテルスブルクにあったドイツ劇場。十九世紀の初め、劇場はさまざまな名前を持っていた。

［22］ぞっとすることを知りたい（zu Gruseln lernen）と旅に出る男の話がグリム童話にある。

［23］三人称複数の sie は耳で聞くと二人称敬称の Sie と同じに聞こえるので、コッツェブーは誤解した。

［24］洗礼者ヨハネの祝日。六月二十四日。民間では夏至の祭りと重なる。

［25］シャミッソーの詩で後にシューマンによって作曲された「女の愛と生涯」の一節。

［26］David Ferdinand Koreff（1783-1851）。医者、詩人。裕福なユダヤ人の家系に生まれる。父も医者でその友人に Franz Anton Messner（1834-1815）がおり、彼の唱えた「動物磁気」の考え方は息子ダヴィドにも大きな影響を与えた。ベルリン・ロマン派に属し、サロンにも出入りした。シャミッソーのほか、E・T・A・ホフマンとも交流があり、彼の「ゼラピオン同盟」にも才気あふれる人物ヴィンツェントとして登場する。

［27］Handwerk hat goldenen Bogen.（手職は黄金の土壌を持つ）という諺のもじり。

［28］Peter Schlemihl's wundersame Geschichten.（ペーター・シュレミールの不思議な物語）、一八一四年初版。

**編者のあとがき**

［1］*Eine kommentierte Transkription der Tagebücher von Hermann Ludwig von Löwenstern (1777-1836), Band. 1 u. Band 2,* Transkription und Anmerkungen von Victoria Joan Moessner., The Edwin Mellen Press, 2005.

［2］Galgen は処刑台。Galgenhumor は死を前にして戯言を言ってみせるのに似たどぎつく悲しい諧謔。

［3］Johann Gottfried von Herder (1744-1803) ドイツの神学者、哲学者、文学者。一七七一年、シュトラースブルクで出会った五歳年下のゲーテにシェークスピア、旧約聖書、ドイツのゴシック建築、民謡の世界に目を開かせ、その才能の開花に大きな役割を果たした。後年、そのゲーテに招かれてワイマルの宮廷牧師を務める。

［4］Juliane von Krüdener（1764-1824）。バルト海沿岸出身の貴族女性。ゲーテの『ヴェルテル』の影響下に感傷主義的小説 Valene を著し名をなしたこともある。ヘルンフート派の宗教運動を熱心に行い、ペテルスブルクの社交界に、中でも宗教的神秘主義に傾くアレクサンドル一世に影響を与えた。彼の神聖同盟も彼女の発想になる。

［5］Hartmut von Hentig（1925~）。教育学者、出版人。

［6］ケーニヒスベルク地方の料理。仔牛の挽肉団子をクリームのたっぷり入ったソースで煮たもの。

『レーヴェンシュテルン』訳者あとがき

## 作者紹介

アドルフ・ムシュク（Adolf Muschg, 1934〜）はマックス・フリッシュ、フリードリッヒ・デュレンマットに次ぐ国際的作家としてスイス文壇を率いて来た大御所である。二〇一四年五月、八十歳の誕生日を迎えたが、今なお、休むことを知らず、旺盛な執筆活動を続けていて、二〇一五年二月、新設の「スイス・グランプリ文学賞」の第一回受賞者ともなった。

まだ幼い少年の頃、ムシュクは、彼の年の離れた異母姉妹で、あるスイス人家族の家庭教師としてやって来て大正時代の日本に二年を過ごしたエルザ・ムシュクが著した児童書『ハンズィとウメ』（*„Hansi und Ume“*, Elsa Muschg, 1937 / 1938）を読み、そこに描かれた「ヤーパン」（日本）に魅了される。そしてこの遥かな国への憧れが彼の運命を方向付けることになった。一九六二年に来日、国際基督教大学で二年間、ドイツ語とドイツ文学を教え、帰欧後、一九六五年、日本滞在を題材とする小説『兎の夏』（*„Im Sommer des Hasen“*）を発表、その斬新な文体で一躍、ヨーロッパ文壇にデビューする。ドイツ、アメリカで教壇に立った後、スイスに戻り、チューリッヒ工科大学教授としてドイツ文学を講じる傍ら、多くの小説、戯曲、エッセイ、評伝を著して、ヘルマン・ヘッセ賞（一九七四）を皮切りに、ビュヒナー賞（一九九四）、グリンメルスハウゼン賞（二〇〇一）など、数々の文学賞を受賞している。この間も日本への関心を持ち続け、『コロンブスが発見しなかった島』(„*Die Insel, die Kolumbus nicht gefunden hat*", 1995)、『永観、遅いぞ』(„*Eikan,du bist spät*", 2005) など、数々のエッセイや中・短編作品を発表している。

「作家である前にひとりの市民たれ」とはマックス・フリッシュの言葉だが、ムシュクもチューリッヒの若い高校教師だった時代から公害問題やスイスの政治・社会に関与し続けて来た。七〇年代半ばにはスイス国憲法の改定に関わり、マックス・フリッシュ、ギュンター・グラスの応援を受けてスイス社会民主党（SPS）からスイス連邦議会上院議員に立候補、当選はしなかったが彼の社会的関心を国内外に印象付けた。スイス国内の問題にとどまらず、EU、核問題、世界の平和に関しても活発に発言、二〇一一年三月の東日本大震災直後の四月に来日、小説の取材で北海道を旅したあと、東京、京都、金沢で講演や朗読会を行って東北に義捐金を送ることもした。この時の、人間のコントロールをそもそも遥かに超える核エネルギーを意のままに扱い得ると考える人間の傲慢にラディカルに警鐘を鳴らす彼のスピーチは、日本と世界に向けての彼の衷心からの訴えである。

**作品紹介**

ここに訳出したムシュクの小説『レーヴェンシュテルン』(„*Löwenstern*", C. H. Beck, 2012) は、実在の人物 Hermann Ludwig von Löwenstern (1777-1836) をモデルとし、彼の書き残したもの（学術出版社 Edwin Mellen Press より二〇〇五年に刊行されている）に一部は拠りつつも、Löwenstern の伝記ではなく、ムシュク特有の加工が施された現代的なフィクションである。

実在のレーヴェンシュテルンはバルト海沿岸に領地を持つ古いロシア貴族の家系に連なる青年で、一八〇三年から一八〇六年まで、海軍大尉アダム・フォン・クルーゼンシュテルン (1770-1846) 率いるロシア艦船ナデシュダ号に若い海軍士官として同乗を許され、ロシア人による初の世界一周の探検航海を共に体験する幸運を得、その体験を手書きの手記(上出)に綴った。現実から目を背けず、痛烈な毒舌も交えて人や出来事を描く、少し乱暴ながら個性的な文章である。帰国後はしかし一年のうち七か月は氷に閉ざされる極北の古い軍港アルハンゲリスクに、次には温暖ながら湿気のひどい黒海沿岸のクリミアに勤務を命ぜられて病を得るなど、不遇であった。一八一五年には自ら願い出て職を退き、結婚して故郷のラジクに閑居、一八三六年、同地で孤独な生涯を終える。

クルーゼンシュテルンのナデシュダ号は、日本との通商を望むロシア外交使節ニコライ・レザノフを乗せて一八〇四年秋、日本にやって来る。しかし鎖国中ゆえに半年の間、長崎に留め置かれた末に帰国を余儀なくされた。かねてからの憧れの国の入り口まで来ながら一歩もそこに足を踏み入れることができなかったレーヴェンシュテルンに、ムシュクはこの小説の中で、実際はレーヴェンシュテルンが同行しなかったワシリ・ゴロヴニン(1776-1831)の千島列島探検旅行と彼の二年に及ぶ日本幽囚(一八一一－一八一三)を追体験させる。自分が生きなかった生を「想起」させるのだ。

「編者のあとがき」によれば「編者」は、レーヴェンシュテルンの名ももはや知らぬ彼の遠い子孫が古い屋敷の厩舎を改造中に発見したというレーヴェンシュテルン手書きの原稿を譲り受け、いわばミッシング・ピースを手に入れるという「作家の幸運」を持つ。それによって編者は、その手記は単に個人の覚書ではなく、ロシア・ロマノフ朝の宮廷に権勢を振るったある高官(レーヴェンシュテルンの名付け親にあたる!)にあてた書簡であった可能性が非常に高いことを確信するに至る。(おそらくは虚構である)この巧みな設定によって、ムシュクは、ひとりの海軍士官の運命を、ナポレオンに攪乱されたヨーロッパ、ロマノフ王朝の血にまみれた相続争い、権力闘争、デカブリストの乱などの動きの中、生き延びる道を求めて極東の海に、そして日本にまで手を伸ばすロシア帝国と、一方、その脅威に晒されつつも、鎖国を盾に威信を守り抜こうとする徳川体制下の日本、という大きな歴史的枠組みの中に置いて描くことに成功している。それによって我々日本の読者は、レーヴェンシュテルンの視点から十九世紀日露交渉史の一局面を見、ロシア海軍将校たちの「日本」を共に体験することになるのである。

ムシュクのこの小説は、十九世紀、東洋の果ての野蛮人と思われていた日本人が、実は、質素ながら清潔な暮らしの中、恥じらいや同情心を知り、礼儀を心得た文明人であることをヨーロッパ世界に知らしめたゴロヴニンの名著『日本幽囚記』(一八一六年)——この書を友人に推奨するハイネの手紙が小説巻頭に引用されている——を読者に思い出させ、当時の素朴な民衆や、高田屋嘉兵衛、荒尾但馬守の姿を通して、日本人がかつては持っていた、そして現代も忘れたり捨て去ってはならない、我々の中の「良きもの」、「尊いもの」に思いを致させるであろう。ゴロヴニンの解放に尽力した高田屋嘉兵衛とロシア人船長リコルドの友情物語は、司馬遼太郎の小説『菜の花の沖』(一九八二年)にも感動的に描かれる。

しかし異文化間の真の理解と友情の達成は昔も今も容易なことではない。

二つの文化の間の淵はそれがもう乗り越えられたように思えたときに、もっとも明瞭に姿を現しました——そこでは双方が自分の面子の囚われ人だったのです。(『レーヴェンシュテルン』第Ⅴ章より)

小説も現実もそれゆえ安易な「ハッピーエンド」を許さない。ムシュクの小説の登場人物のひとりで、「文明の無定見」に警告を発していたロシア人青年海軍士官フィヨドール・ムールはロシアと日本の間との「通訳」たろうとして果たせぬまま、狂気の果て、死を選んだ。書くことで日本理解に達しようとする小説中のレーヴェンシュテルンもまた自己分裂の瀬戸際まで追い詰められる。

北方領土や尖閣諸島、竹島問題などで再燃している近隣諸国と日本との間の緊張関係は、こうした衝突・軋轢・理解の困難が今もって決して乗り越えられてはいないことを証明しているのではないか。慰安婦問題もいまだ解決していない。国家や宗教、言語や文化の壁、敵・味方、支配・被支配、強者・弱者、男と女の区別など、無意識のうちに我々をがんじがらめにしているさまざまな壁、「囚われ」から人間が本当に自由になって、人と人として相対することができるようになるための道は果たしてあるのだろうか。それが我々すべてにこの書が投げかけている問いであり、その意味においてムシュクのこの小説は、今まさにアクチュアリティーを持つ。

別表に見る通り、多くの作品を発表し、多くの文学賞を受賞し、スイスのみならずヨーロッパにその名を知られる作家であると同時に、その社会的発言が注目される知識人であり、また上述の通り、少年の日以来、日本を愛して日本の読者に語りかけようとしている親日家であるのに、その作品は処女作の『兎の夏』（宮下敬三、新潮社、一九六七年）、および短編集『ハンズィとウメとわたし』（拙訳、朝日出版社、二〇一〇年）を除いては邦訳がなく、ほとんどその名が知られていないのは残念である。ムシュクの国際基督教大学時代の教え子のひとりでもある私はそう考え、非才を顧みず訳出を試みた。出版助成を賜ったスイスのプロヘルヴェティア財団、資料や画像と共に常に声援を送ってくださったチューリッヒ在住ムシュク夫人充子さんと淡路島高田屋顕彰館の斉藤智之氏、および誠意をこめて丹念に校正に当たり出版に漕ぎつけてくださった松籟社の木村浩之氏に心からの感謝を申し上げたい。

## アドルフ・ムシュク略歴

一九三四　チューリッヒ州ツォリコルンに小学校教師の息子として生まれる。バーゼル大学教授、文学史家、批評家ヴァルター・ムシュク（1899-1965）、児童文学作者エルザ・ムシュク（1800-1976）を異母兄弟に持つ。

一九五三－五九　チューリッヒおよびケンブリッジにおいてドイツ文学、英文学、心理学を修め、チューリッヒ大学の文学史家・批評家エミール・シュタイガーのもとで、表現主義の作家・彫刻家エルンスト・バールラッハに関する論文で博士号を取得。

一九五八－六二　ギムナジウム教員（チューリッヒ市）

一九六二－六四　国際基督教大学（東京三鷹市）でドイツ語、ドイツ文学を教える。

一九六四－六七　ドイツ・ゲッティンゲン大学助手。

一九六七－六九　ニューヨーク、コーネル大学助教授。

一九六九－七〇　スイス、ジュネーヴ大学助教授。

一九七〇　反体制的な若い作家のグループ（グルッペ・オルテン）主導。

一九七〇－九九　スイス工科大学教授。（一九九七年には、センパー・シュテルンヴァルト内に学位既得者のための国際的学際的研究機関「コレギウム・ヘルヴェティクム」創設を主導。）

一九七四－七七　学識経験者としてスイス憲法の全面的改定委員会の一員を務める。

一九七五　チューリッヒ州社会民主党からスイス連邦共和国上院議員に立候補、当選はせず。

一九七九／八〇　フランクフルト大学詩学講義「セラピーとしての文学？」。

一九八五　南カリフォルニア大学名誉教授、同年五月、日本の禅寺に滞在。

一九八七／八八　映画「デシマ」のためしばしば日本を訪れる。

二〇〇三－〇六　ベルリン＝ブランデンブルク芸術アカデミー・プレジデント。
二〇一〇～　ベルリン＝ブランデンブルク科学アカデミー評議員。
二〇一一年四月－五月　東日本大震災後の日本を訪れる。
二〇一五年二月　スイス連邦共和国・グランプリ文学賞受賞

**作品**

＊小説

*Im Sommer des Hasen* (1965), Arche Verlag, Zürich
*Gegenzauber* (1967), Arche Verlag, Zürich
*Mitgespielt* (1969), Arche Verlag, Zürich
*Ablissers Grund* (1974), Suhrkampf, Frankfurt
*Baiyun oder die Freundschaftsgesellschaft* (1980), Suhrkamp, Frankfurt
*Das Licht und der Schlüssel* (1984), Suhrkamp, Frankfurt
*Der Rote Ritter. Eine Geschichte von Parzival* (1993), Suhrkamp, Frankfurt
*Sutters Glück* (2001), Suhrkamp, Frankfurt
*Eikan, du bist spät* (2005), Suhrkamp, Frankfurt
*Kinderhochzeit. Roman* (2008), Suhrkamp, Frankfurt
*Sax* (2010), C.H. Beck, München
*Löwenstern* (2012), C.H. Beck, München

＊短編集

*Fremdkörper* (1968) , Suhrkamp, Frankfurt
*Liebesgeschichten* (1972), Suhrkamp, Frankfurt
*Entfernte Bekannte* (1976), Suhrkamp, Frankfurt
*Noch ein Wunsch* (1979) , Suhrkamp, Frankfurt
*Leib und Leben* (1982), Suhrkamp, Frankfurt
*Der Turmhahn und andere Liebesgeschichten* (1987), Suhrkamp, Frankfurt
*Das gefangene Lächeln* (2002), Suhrkamp, Frankfurt
*Wenn es ein Glück ist. Liebesgeschichten aus vier Jahrzehnten* (2008), Suhrkamp, Frankfurt

＊戯曲

*Rumpelstilz* (1968),
*Die Aufgeregten von Goethe. Ein politisches Stück* (1971), Suhrkamp, Frankfurt
*Kellers Abend. Ein Stück aus dem 19. Jahrhundert* (1975), Suhrkamp, Frankfurt
*Deshima* (1980), Suhrkamp, Frankfurt

＊研究、エッセイ、講演

*Gottfried Keller* (1977), Suhrkamp, Frankfurt
*Literatur als Therapie?* (1981), Suhrkamp, Frankfurt
*Goethe als Emigrant* (1986), Suhrkamp, Frankfurt

*Die Schweiz am Ende – am Ende die Schweiz* (1990), Suhrkamp, Frankfurt
*Die Insel, die Kolumbus nicht gefunden hat* (1995), Suhrkamp, Frankfurt
*Wenn Auschwitz in der Schweiz liegt* (1997), Suhrkamp, Frankfurt
*O mein Heimatlnd* (1999), Suhrkamp, Frankfurt
*Der Schein trügt nicht. Über Goethe* (2004), Suhrkamp, Frankfurt
*Was ist europäisch?* (2005), C.H. Beck, München
*Freiheit, ach Freiheit* (hg. mit Zusza Breier), 2012, Wallstein, Göttingen

**受賞歴**（抜粋）

| | |
|---|---|
| 1967 | Hamburger Lesepreis |
| 1968 | Conrad-Ferdinand-Meyer-Preis |
| 1974 | Hermann-Hesse-Preis |
| 1984 | Züricher Literaturpreis |
| 1989 | Carl-Zuckmayer-Medaille |
| 1993 | Ricarda-Huch-Preis |
| 1994 | Georg-Büchner-Preis |
| 2001 | Grimmelshausen-Preis |
| 2004 | Bundesverdienstkreuz |
| 2015 | Schweizer Grand Prix Literatur |

【訳者紹介】

野口　薫（のぐち・かおる）

中国天津生まれ。国際基督教大学人文科学科卒業。法律特許事務所、国際基督教大学での勤務の後、中央大学大学院文学研究科に入学し、同科を修了。中央大学文学部講師、同助教授を経て、2013年3月まで中央大学文学部教授。

専攻はドイツ文学。

著書に『ドイツ女性の歩み』（共編著、三修社）、『聖書を彩る女性たち』（共著、毎日新聞社）など。訳書にアドルフ・ムシュク『ハンズィとウメ、そして私』（朝日出版社）がある。


レーヴェンシュテルン

2015年4月21日　初版発行　　定価はカバーに表示しています

著　者　　アドルフ・ムシュク
訳　者　　野口　薫
発行者　　相坂　一

発行所　　松籟社（しょうらいしゃ）
〒612-0801　京都市伏見区深草正覚町1-34
電話　075-531-2878　　振替　01040-3-13030
url　http://shoraisha.com/

印刷・製本　　モリモト印刷株式会社
装丁　　安藤　紫野

Printed in Japan


 ISBN978-4-87984-335-7　C0097

ボーフォート海
アラスカ
（1741-1867：ロシア領）
ベーリング海
コディアク
アラスカ湾
コディアク島
シトカ
（ノヴォアルハンゲリスク）
アリューシャン列島
フォールロッソ
サンフランシスコ
太平洋